SOUVENIRS POÉTIQUES

DE

L'ÉCOLE ROMANTIQUE

·1825 A 1840·

PRÉCÉDÉS

D'UNE NOTICE BIOGRAPHIQUE SUR CHACUN DES AUTEURS

Contenus dans le volume

PAR

M. ÉDOUARD FOURNIER

4 Portraits sur acier par M. NARGEOT

PARIS

LAPLACE, SANCHEZ ET Cie, LIBRAIRES-ÉDITEURS

3, RUE SÉGUIER, 3

1880

SOUVENIRS POÉTIQUES

DE

L'ÉCOLE ROMANTIQUE

Corbeil. Typ. et stér. Crété.

ALEXANDRE DUMAS, père

PRÉFACE

On pourrait dire de l'ère poétique, dont les œuvres
se déroulèrent avec tant de retentissement et d'éclat
de 1825 à 1840, ce que Tacite disait d'une période,
égale en longueur, pendant laquelle s'étaient passés,
en son temps, les événements les plus considérables :
quinze années peuvent tenir une large place dans un
siècle, *Quindecim anni grande ævi spatium.*

A quelle époque, en effet, a-t-on pareil essor,
éveil plus subit et plus éclairé, mouvement d'idées
plus ardent, plus unanime, lutte d'un plus vif
et plus sincère entraînement contre les vieilleries
routinières, rénovation plus complète dans les
choses de l'esprit, refondues toutes, et remaniées sur
une base plus fière, avec une forme de la plus rayonnante hardiesse ?

Sous cette forme peu à peu conquise, près de laquelle l'ancienne, qu'on délaissait, ne paraissait plus
être que lambeaux et haillons, quel infatigable vol,
même dans le ciel des autres — celui de Shakespeare et de Byron, de Schiller et de Gœthe — vers
les splendeurs du plus lumineux idéal, sans que la

terre en fût presque effleurée, si ce n'est dans ce qui
la rattache aux choses d'en haut : la Foi, la Mélancolie et l'Amour !

Quels coups d'aile, même dans le doute et le désespoir !.

Ainsi, de l'inspiration en pleine flamme, de l'élévation sans trève et d'un élan continu en montant,
excelsior ; du génie souvent, du talent toujours, de
la jeunesse partout : voilà ce temps béni, ces quinze
années prédestinées, pendant lesquelles chacun,
soit qu'il fît partie de l'ancienne noblesse, comme
Lamartine, Vigny, Musset, Rességuier ; soit qu'il fût
fils de soldat, comme Victor Hugo et Dumas ; soit
qu'il fût sorti de la bourgeoisie, comme Auguste
Barbier, les Deschamps, Sainte-Beuve, Gautier et
tant d'autres ; soit qu'il appartînt au monde des
ouvriers, comme Reboul, Poncy, Magu, etc. ; apporta sa part de la grande moisson de poésie.

Les femmes n'y furent pas les dernières. Jamais
époque ne vit un plus grand nombre de ce qu'aux
siècles derniers on appelait des dixièmes Muses.
Plusieurs : Élisa Mercœur, Madame Tastu, etc , en
méritèrent vraiment le nom.

Les vers semblaient être à ce moment la langue
universelle. Aussi ne faut-il pas être surpris de voir
que l'usage n'en était pas étranger à ceux même,
tels que Chateaubriand, Balzac, Soulié, Eugène Sue,
Georges Sand, dont on pouvait penser que la prose
était le langage exclusif.

Notre choix dans cette foule de génies ou de

talents n'a pas été difficile. Nous l'avons fait aussi large que l'exigeait leur nombre.

A l'exception de quelques-uns, qui n'ont pas suffisamment marqué, ou de quelques autres d'une fougue et d'une fantaisie trop excentriques : Lassailly, par exemple, Philothée O'Neddy, Petrus Borel, etc., tous y ont trouvé place pour des extraits de leurs œuvres, dans la proportion à laquelle leur donnait droit leur renommée.

La notice sur chacun a été écrite avec autant de soin que possible et contient assez de détails pour que l'on puisse avoir ainsi, par fragments, l'histoire du Romantisme et de ses Cénacles : le grand qui siégeait chez Victor Hugo à la place Royale ; l'autre, moins magistral, qui faisait son joyeux tapage à l'impasse du Doyenné, chez Théophile Gautier.

C'étaient des écoles irrégulières : on en faisait partie un jour, on s'en échappait le lendemain, pour y revenir à sa fantaisie ; et, somme toute, on ne cessait pas d'être indépendant.

Il était donc malaisé, pour nous, d'en bien fixer les groupes. Nous ne l'avons pas tenté. Afin de laisser à chacun la liberté qu'il se donnait lui-même, nous avons admis, pour le classement de ces talents émancipés, une classification qui n'en est pas une : l'ordre alphabétique le plus commode de tous et le plus élémentaire.

On n'aura qu'à feuilleter jusqu'à la lettre où se trouve le nom du poète avec lequel on veut se remettre en communion de pensée ; du fond de la page il ré-

pondra à l'appel, vous apportant idéales et spiri-
tualisées quelques-unes de ces inspirations aujour-
d'hui presque entièrement désapprises.

On s'était élevé trop haut, on est retombé trop
bas.

29 septembre 1879.

ALLETZ (Pierre-Édouard)

Assez inconnu aujourd'hui, il eut son moment de réputation aux belles années du romantisme militant, moitié vers et moitié prose, mi-partie de philosophie et de poésie.

La philosophie l'emporta. Pour deux volumes de vers : *Études poétiques* en 1832, et *Caractères poétiques* deux ans après, il en écrivit dix ou douze de prose philosophique et néo-chrétienne, car il était croyant et sincère quoique libéral.

Il avait foi surtout en la bourgeoisie qu'il croyait devoir être chez nous la vraie forme de la démocratie. Dans son meilleur ouvrage : *De la Démocratie nouvelle* ou *Des Mœurs et de la puissance des classes moyennes en France,* qui obtint en 1838 un prix de 4,000 francs à l'Académie française, il a pris ce système pour base. Il y touchait de trop près à la politique pour que celle-ci ne finît pas par l'accaparer.

Il fut du mouvement révolutionnaire de 1848. Il y gagna une place de consul à Barcelone, où il mourut deux ans après, à cinquante-deux ans. Il était né à Paris.

La pièce qui suit, la mieux inspirée certainement de ses poésies, se trouve dans son second recueil, *Caractères poétiques.* Nous l'avons beaucoup abrégée.

LE POÈTE

De l'espace et du temps, grand Dieu ! tu m'as fait roi !
Des astres dans mon sein j'écoute l'harmonie.
Eux sont dans l'univers, et le monde est en moi :
    J'ai tout un ciel dans mon génie.

Je m'entoure à mon gré de cent peuples divers ;
Et dans l'immensité des déserts de mon âme,
Brillant de tous côtés d'une céleste flamme,
    Roule à mes yeux notre univers.

Moi, je nage en jouant en des flots de lumière,
Quand l'ombre vous ravit l'horizon éclipsé.

1

. Je parais immobile ; et du pôle glacé
        Mon esprit touche la barrière.

Je dis à ma pensée : Allons, fume, volcan !
Sois l'amour, la colère, un autel, un grand homme,
Un vallon plein de fleurs, le Panthéon de Rome,
        Ou l'écume de l'Océan !

Je veux : ma trace brille avec honneur suivie
Par mille êtres charmants de mon souffle animés.
J'inonde avec le feu, superflu de ma vie,
        Leurs cœurs que Dieu n'a point formés.

Je leur donne des pleurs, je leur fais des années ;
Je leur compose un ciel sur leur tête grondant.
Lave des passions, de mon sein débordant,
        Tu sillonnes leurs destinées !

Partout je porte un monde où j'aime à m'envoler,
Qu'on ne peut me ravir, où l'on ne peut m'atteindre.
Mon sort est de le voir, mon bonheur de le peindre,
        Ma gloire de le révéler.

Je dispense l'éclat dont mon front s'environne :
Sans l'épuiser le monde a senti mon ardeur :
Le rayon sort toujours des feux de ma couronne,
        Et n'ôte rien de ma splendeur.

Mais parfois enivrés d'un céleste pouvoir,
Nous transgressons les lois de l'auguste devoir
        Qu'impose le génie.
Nous faisons de la gloire un abus éternel ;
Plus mon nom s'étendra, plus je suis criminel ;
Et l'immortalité rend la faute infinie.

. . . .
Le sceptre du talent, au jour prédestiné,
Fera devant le Dieu qui me l'avait donné
        Mon honneur ou ma honte :
Sur la face du monde où mes fruits ont germé,
De chaque sentiment dans les âmes semé,
A ta justice, ô Dieu, ma gloire rendra compte !

AMPÈRE (Jean-Jacques)

Fils d'André-Marie Ampère, le plus distrait' de nos grands savants, il n'eut pas de son père que les distractions. André-Marie avait commencé par vouloir être poète, Jean-Jacques commença de même. Le père, qui avait rêvé de faire des tragédies, les oublia vite pour la science ; le fils qui, en vrai romantique, avait surtout écrit des vers de sentiment et d'émotion, ne tarda pas à s'en départir pour l'histoire, quitte à la délaisser elle-même pour les voyages.

Plus que tout le reste, ils remplirent et agitèrent sa vie. Il alla partout : en Scandinavie, en Amérique, en Afrique, etc., et de chaque pays il rapporta des volumes de promenades, d'impressions, de poésies, etc. L'Italie l'attira surtout et le retint. Il redevint historien sur cette terre de l'histoire. Quiconque veut la ressaisir vivante sous ses cendres refroidies doit s'être pénétré des beaux livres d'Ampère : le *Voyage Dantesque*, et *l'Histoire romaine à Rome*.

Il les écrivait sur place, en complétant ses souvenirs avec ses livres. On parle encore, dans un des principaux hôtels de Florence, de ce Français qui voyageait avec une bibliothèque, et qui passait des jours et des nuits à écrire.

Des goûts de poésie l'avaient aussi repris, mais avec moins de succès, dans cette poétique et dramatique contrée. Il y fit une sorte de drame de *César*, qui ne put être joué, car c'est à peine si l'on peut le lire.

L'Académie française, qui avait reçu J.-J. Ampère en 1847, n'a jamais connu d'Académicien plus nomade. La mort seule l'arrêta. Quand il mourut en 1864, il avait soixante-quatre ans ; il était né à Paris avec le siècle.

I

LE BONHEUR

Mes amis ont raison, j'aurais tort en effet
De me plaindre ; en tous points mon bonheur est parfait,

J'ai trente ans, je suis libre, on m'aime assez ; personne
Ne me hait ; ma santé, grâce au.ciel, est fort bonne.
L'étude, chaque jour, m'offre un plaisir nouveau,
Et justement le temps est aujourd'hui très beau. —
Quand j'étais malheureux, j'étais triste et maussade ;
J'allais au fond des bois, rêveur, le cœur malade,
Pleurer : c'était pitié ! J'aimais voir l'eau couler
Et briller ses flots purs et mes pleurs les troubler.
Mais maintenant je suis heureux, gai, sociable ;
J'ai l'œil vif et le front serein ; je suis aimable.
Le ruisseau peut courir à l'aise et murmurer ;
Dans son onde, à l'écart, je n'irai point pleurer.
Quand j'étais malheureux, souvent, lassé du monde,
Je m'abîmais au sein d'une extase profonde ;
Dans un ciel de mon choix mes sens étaient ravis,
Indicibles plaisirs de longs regrets suivis.
Maintenant j'ai quitté les folles rêveries ;
C'est pour herboriser que j'aime les prairies ;
A rêver quelquefois si je semble occupé,
C'est qu'un passage obscur en lisant m'a frappé.
Quand j'étais malheureux, je voulais aimer, vivre ;
Maintenant je n'ai plus le temps, je fais un livre.
Vous qui.savez des chants pour calmer la douleur,
Pour calmer la douleur ou lui prêter des charmes,
Quand vos chants du malheur auront tari les larmes,
  Consolez-moi de mon bonheur !

11

  J'ai trop vécu par la pensée,
  J'ai trop peu vécu par le cœur ;
Je redescends des monts, car leur cime est glacée :
Ah ! ce n'est pas si haut qu'habite le bonheur !
  Pour les sommets sont les nuages,
  Les nuages et l'aquilon.
Je laisse au plus hardi le séjour des orages ;
Moi, timide et lassé, je m'abrite au vallon.

III

A MON PÈRE

Je viens à toi, mon père, au pied du Puy-de-Dôme ;
Je te trouve faisant le tour de ton royaume,
Royaume du savoir, grande et calme cité,
Où loge tout problème, et toute vérité.
Par ses mille chemins tu vas et te promènes,
Tu fais signe en marchant aux sciences humaines,
Et chacune aussitôt, d'un pas obéissant,
Accourt au lieu marqué par ton geste puissant ;
Et toi, législateur des célestes campagnes,
Tu les ranges du haut de tes sombres montagnes,
Comme un chef, en bon ordre, étend ses bataillons
Ou comme un laboureur espace des sillons.

ANCELOT (Jacques-Arsène-François-Polycarpe).

Quoiqu'il eût, comme on voit, quatre prénoms, on ne lui en connaissait aucun. Il ne fut pas plus un romantique que son compatriote du Havre, Casimir Delavigne. Nous ne pouvons cependant pas l'oublier ici.

L'Épître, d'ailleurs, que nous donnons, ayant paru d'abord dans les *Annales romantiques* de 1826, nous sommes justifié d'avance de l'admettre dans notre recueil.

C'est par quatre tragédies qu'Ancelot est surtout connu : *Louis IX*, qui lui valut en 1819 une pension de Louis XVIII ; *le Maire du palais*, qui le fit décorer en 1823 ; puis *Fiesque*, et plus tard, en 1838, *Maria Padilla* qui lui permit de poser sa candidature à l'Académie française, où il fut reçu trois ans après.

L'influence du salon de sa femme, qui était alors en rivalité de puissance avec celui de Mme Récamier à l'Abbaye-aux-Bois, ne fut pas étrangère à ce succès.

Ancelot n'avait plus rien d'académique lorsqu'on l'avait fait de l'Académie. Depuis longtemps, sauf son regain tragique de *Maria Padilla*, il ne donnait de pièces qu'aux théâtres de second ordre, au Vaudeville surtout, tantôt avec Paul Dupont, tantôt avec Decomberousse, Labiche, Lefranc, Deforges, etc. Il se fit ainsi un répertoire de 108 pièces, dont rien ne restera. Presque tout en a déjà disparu. Que voulez-vous? il travaillait alors pour la faim, *pro fame*, comme il disait lui-même, après avoir travaillé pour la gloire, *pro fama*.

Devenu directeur du Vaudeville, en 1842, il n'y revint ni à la gloire ni à la fortune. La plus grande partie de ce qu'il avait gagné fut emportée.

Il mourut en 1854, à soixante ans. Sa dernière pièce importante ayant été un drame, *La rue Quincampoix*, joué le 30 mai 1848 à la Comédie-Française pour les débuts de Delaunay.

Le meilleur de l'œuvre d'Ancelot est peut-être son recueil, *Épitres familières*, dont fait partie celle qui suit, adressée à l'auteur de *l'Homme à bonnes fortunes* et des *Deux Cousines*. Ces épitres-satires étaient la vraie note de son esprit infatigablement caustique et mordant Vers sa fin, il passait toutes ses soirées au foyer de la Comédie-Française, où je l'ai connu. Il n'y venait jamais sans une épigramme nouvelle en quatre, six ou huit vers.

ÉPITRE

A MONSIEUR CASIMIR BONJOUR

SUR SA CONVALESCENCE.

Septembre 1823.

Ils sont passés les jours de la souffrance !
L'amitié près de toi ne vient plus en tremblant ;
　　Et j'ai vu, sur ton lit brûlant,
Des lèvres du docteur descendre l'espérance :
La vie a reparu dans tes yeux entr'ouverts ;
La fièvre, au pouls ardent, se détourne et s'arrête ;
Et la neige, durcie au souffle des hivers,
Sous un bandeau glacé ne presse plus ta tête.
Tu nous seras rendu ! Gloire à la Faculté !
Gloire aux doctes mortels qui, penchés sur l'artère,
Interrogeaient ton sang de sa route écarté,
　　Et, dans la coupe salutaire,
　　Enfin t'ont versé la santé !
　　Ah ! si ton maître et ton modèle,
Molière s'arrachait au ténébreux séjour,
Désormais le grand homme, à sa haine infidèle,
　　En remontant à la clarté du jour,
Avec la Faculté signerait une trêve :
Car de ses traits malins elle a su se venger,
Lorsque, loin de ta couche écartant le danger,
Elle a rendu la vie à son plus jeune élève.

Bientôt, sur le parquet, d'un pied mal affermi,
Tu vas, en chancelant, tenter un pas débile,
　　Et tu riras de ta marche inhabile,
　　En t'appuyant sur le bras d'un ami.
Mais à peine, emportant sa couronne effeuillée,
Loin de nos champs flétris l'été s'envolera ;
Le souffle de l'automne à peine agitera
Des arbres de nos bois la cime dépouillée,

Que, semblable à l'aiglon jeune et craintif encor,
    Qui, s'échappant de l'aire paternelle,
Pour la première fois, dans son timide essor,
Au vent qui le soutient ose livrer son aile ;
Tu viendras avec nous, au déclin des beaux jours,
Faible, et du bois noueux, appui de la vieillesse,
    Empruntant l'utile secours,
Demander au zéphyr sa dernière caresse.
Puis enfin reprenant tes fidèles pinceaux,
    Armé d'une vigueur nouvelle,
Dans l'arène comique où la France t'appelle
    Tu poursuivras les méchants et les sots.

    A tes efforts quel temps fut plus propice ?
    Vois tes illustres devanciers,
De leur char triomphal dételant les coursiers,
A leurs rivaux futurs abandonner la lice.

Andrieux dans l'Épître exile sa malice.

Repoussé de la scène avec la Vérité,
Dans un in-octavo *Duval* se réfugie,
Et lègue désormais à la postérité
De ses tableaux récents la brûlante énergie.

    Censeur joyeux des modernes travers,
Picard ne livre plus aux échos du théâtre
Que les traits fugitifs d'une prose folâtre,
Qu'un obscur galoubet attriste de ses airs :
Pour tracer de nos mœurs la peinture hardie,
A des détours adroits sa prudence a recours,
    Et sur une scène agrandie,
Dans ses romans, où vit l'histoire de nos jours,
    Il transporte la comédie.

Étienne, tout à coup en son vol arrêté,
A dérobé son front aux palmes dramatiques,
    Et, dans nos feuilles politiques,
Avec le *trois pour cent* enterre sa gaîté.

Viens donc, armé d'audace et brillant d'espérance,
T'emparer de leur lyre et consoler la France !
La carrière est ouverte et les lauriers sont prêts.

    Viens ; de nos nouveaux *Turcarets*[1]
    Peins l'orgueilleuse impertinence ;
Que sur leurs trônes d'or ces rois de la finance
Pâlissent quelque jour en voyant leurs portraits.
S'ils vendent leur crédit aux caisses épuisées,
S'ils contemplent, assis sur des monceaux d'argent,
    Leurs richesses improvisées
Que l'Europe emprunteuse accroît en enrageant,
Que du moins leur sottise, appelant nos risées,
Venge de leurs dédains le rentier indigent.

    Quelle moisson plus abondante
De vices rajeunis et de travers nouveaux
    Pourrait jamais à de hardis travaux
    Solliciter ta muse indépendante ?
Le talent n'admet point un honteux préjugé.
Non, tout ne fut pas dit par tes divins modèles.
    Les passions sont éternelles :
    Les ridicules ont changé.

On ne voit plus, couverts de nœuds et de dentelles,
Sautiller des marquis au babil indiscret
    De l'*Œil-de-Bœuf* au cabaret,
    Du cabaret dans les ruelles ;
Si leur frivole essaim loin de nous est banni,
Plus ignorants peut-être et non moins ridicules,
    Leurs successeurs et leurs émules
En larges pantalons règnent chez *Tortoni*.

N'as-tu pas admiré nos modernes savantes,
Ainsi que Philaminte, en leurs doctes salons,
Festoyant, caressant de petits Apollons ?
Fustige devant nous leurs images vivantes ;

---

1. M. Casimir Bonjour venait de terminer une comédie en cinq actes,
intitulée *l'Argent*.

1.

Montre-nous, le cœur gros, les yeux noyés de pleurs,
    Nos Armandes et nos Bélises !
Le temps a fait germer de nouvelles sottises,
D'autres originaux veulent d'autres couleurs.
Qu'importe, si ton œil avec soin les épie,
    Qu'un grand peintre t'ait devancé?
De l'immortel tableau que ses mains ont tracé
Tu feras le pendant et non pas la copie.
Les sots du temps présent valent ceux du passé.
Qu'ai-je dit ? ah! du moins ces pédants narcotiques,
Que Molière écrasa sous ses rimes caustiques,
    Savaient du grec et du latin,
    Et les beaux esprits romantiques
    Nous font regretter *Trissotin.*

Écoute ce banquier : la noblesse l'irrite ;
    Entassant écu sur écu,
    Dans un comptoir trente ans il a vécu.
La fortune à ses yeux est le premier mérite.
L'éclat d'un titre vain ne le peut éblouir ;
Philosophe, des grands il maudit l'insolence ;
Au fond de ses calculs s'il trouva l'opulence,
C'est avec ses égaux qu'il en saura jouir.
Aux parchemins poudreux d'une antique famille
Il préfère cet or, par ses travaux acquis!...
Puis, quand il faut donner un époux à sa fille,
Au prix d'un million il achète un marquis.

De tartufes nouveaux quelle foule se presse
    Sous tes regards observateurs !

Contemple ces marchands, généreux souscripteurs,
Qui, pour les malheureux palpitant de tendresse,
    Mais désirant des acheteurs,
Dans les journaux, chargés de leurs noms bienfaiteurs,
Inscrivent leur aumône, en donnant leur adresse.

    Vers les honneurs vois marcher à grands pas
Ces petits *Montesquieu,* dont la franchise austère
Aux Puissances du jour livra de longs combats,

Pour vendre enfin au ministère
Des opinions... qu'ils n'ont pas.

Vois cet homme à l'œil faux, qui dans nos jours d'orgie
Jadis insulta Dieu jusque sur son autel,
    Et couvrit son front criminel
    Du sanglant bonnet de Phrygie !
Par un autre chemin il s'élève aujourd'hui :
Regarde !... D'un prélat humblement il s'approche,
    Ce nouveau saint, implorant son appui,
La supplique à la main s'incline... et de sa poche
Les grains d'un chapelet s'échappent malgré lui.

Sur tous les charlatans dont l'essaim t'environne
Promène, cher Bonjour, un regard sans pitié.
Dans tes succès futurs mon cœur est de moitié,
Et d'avance ma main va tresser la couronne
Que réserve à ton front ma fidèle amitié.

    Mais, diras-tu, sur la mer orageuse
    Où doit encor s'élancer mon esquif,
        Plus d'un danger, plus d'un rescif,
    Menaceront ma muse voyageuse !
Brave-les, et poursuis ta marche courageuse !
Pourtant sache éviter, en cachant tes desseins,
Ces corsaires, montés sur une nef agile,
Qui viennent chaque soir étaler leurs larcins
    Dans les bazars du vaudeville :
Puis, si tu dérobas aux forbans chansonniers
    Ta pacotille littéraire,
En abordant au port tâche de la soustraire
    A l'œil perçant des douaniers.

ANGLEMONT (ÉDOUARD D')

Il est mort en 1876, à soixante-dix-huit ans, après avoir survécu trop longtemps à ce qu'il s'était fait de réputation de 1825 à 1835, lorsqu'il était venu de Pont-Audemer à Paris, pour être poète.

Quelques vers monarchiques, une traduction en vers du *Tancrède* italien, que Castil-Blaze voulait pour l'Odéon avec la musique de Rossini, une comédie en un acte, le *Cachemire*, à laquelle collaborèrent Ader et Lesguillon, furent ses premiers essais.

Il ne publia qu'un peu plus tard les recueils, qui lui firent un nom : les *Légendes françaises* d'abord, en 1829 ; puis les *Pèlerinages*, en 1835 ; les *Euménides*, en 1840 ; les *Amours de France*, les *Roses de Noël*.

Il y a dans ces volumes des morceaux à signaler, dans les *Légendes françaises* surtout, où nous avons pris celle qui suit, et pour laquelle d'Anglemont s'était inspiré d'une tradition rappelée dans le *Journal* de P. de l'Estoile.

C'était un aimable homme, insouciant de tout excepté de ses œuvres, et leur souriant partout, même lorsqu'on le jouait au théâtre Beaumarchais, comme je ne sais quel fragment de sa *Jeanne d'Arc* qu'on y massacra certain soir de 1866.

Les *Mémoires* inédits qu'il laisse doivent être curieux.

LE GRAND VENEUR

LÉGENDE (1599)

Le doux soleil d'avril luit sur Fontainebleau,
Et dévoile aux regards le magique tableau
De son royal séjour, de ses claires fontaines,
De sa vieille forêt, de ses roches hautaines.
Des fanfares, des cris partent du sein des bois ;
La meute a triomphé, le cerf est aux abois,
Il succombe, et le cor proclame sa défaite.
Henri Quatre a pris part à cette noble fête ;
Fatigué de sa course, et loin de son château,
Le monarque s'arrête au penchant d'un coteau ;

Entouré de sa cour, à l'ombre d'un vieux chêne,
Auprès de la beauté qui le charme et l'enchaîne,
Sur un gazon naissant et parsemé de thym
Il s'assied, et l'on dresse un champêtre festin;
On savoure les mets que la faim assaisonne;
Le vin s'échappe en flots du grès qui l'emprisonne :
On boit, on rit, on chante; et, chantant à son tour,
Le Béarnais célèbre et le vin et l'amour :

    « Maint souley cuysant environne
        « La couronne !
    « Si la mort m'arreste en chemin,
    « Qu'en gais instans la camarde me treuve !
    « Du sort chanceux un chascun faict l'espreuve !
    « Sully, qu'adviendra-t il demain ?

    « Que m'importe, belle duchesse,
        « La richesse ?
    « Le sceptre embarrasse mà main;
    « Mais, presque mort d'amoureuse souffrance,
    « Sur votre cœur règne le roi de France....
    « Que mesme heur m'advienne demain.

    « Une santé de cœur et d'ame,
        « Belle dame !
    « Tous en accord le verre en main !
    « Ventre-saint-gris ! cet Arboys a mon àge !
    « Emply toujours... encores, petit page...
    « Advienne que pourra demain ! »

Mais des cors, des limiers sèment un bruit immense !
Dans le taillis du nord une chasse commence !
Le bruit s'accroît et court de rochers en rochers,
Et le roi tout surpris appelle ses archers.

            HENRI IV.

Quel est donc le forban qui bat notre domaine?
Allez, et qu'à l'instant devant nous on l'amène.
Capitaine, en avant !

      LE CAPITAINE DES ARCHERS.
        Sire...

HENRI IV.

Fais ton devoir.

LE CAPITAINE.

Sire.... arrêter une ombre! est-ce en notre pouvoir?...
C'est l'ombre d'un piqueur tué dans l'avenue;
Sire, de l'homme noir redoutez la venue;
Il ne paraît jamais sans présager des pleurs :
Il a de Charles Six annoncé les malheurs!

HENRI IV.

C'est bon pour faire peur aux enfants du village.
Buvons...
          Et l'homme noir écarte le feuillage;
Et d'un accent terrible interrompant le roi :
« Je t'apporte un avis, duchesse ; amende-toi !
« Il est temps ! » — Puis, suivi de sa meute effrayante,
Dont s'éteint par degrés la voix rauque et bruyante,
Aussi prompt que l'éclair, au sein de la forêt,
Le fantôme chasseur s'enfonce et disparaît.

      Une seule semaine est à peine écoulée,
Et l'on voit Henri Quatre au pied d'un mausolée,
Où, le cœur déchiré d'un désespoir brûlant,
Il lit en lettres d'or et sur un marbre blanc :

      CY GIST TRÈS HAUTE ET TRÈS PUISSANTE DAME,
      GABRIELLE D'ESTRÉE, ÉPOUSE SANS DIFFAME
      DU SIRE D'AMERVAL, COMTE DE LIANCOURT,
      DUCHESSE DE BEAUFORT : FLEUR, SON ESCLAT FUT COURT !
      PASSANTS, PRIEZ DIEU POUR SON AME.

ARVERS (Félix)

Il a écrit près de vingt pièces, dont deux, l'une et l'autre en trois actes, furent jouées au Théâtre-Français : *la Course au clocher*, en 1839, et *le Second Mari*, en 1841 ; il a collaboré avec Scribe pour *les Dames patronesses*, et avec Bayard pour le joli vaudeville *En attendant* ; il a publié en 1833 un volume de vers charmants, *Mes heures perdues* ; malgré tout cela, sans un sonnet, qui n'est pourtant qu'une traduction de l'italien, et que plusieurs autres de son recueil égalent pour le moins, il serait complètement inconnu.

Il commença par de très grands succès universitaires. Venu de Joigny à Paris, pour suivre les cours du collège Charlemagne comme élève de la pension Massin, il obtint à dix-huit ans, en 1824, le prix d'honneur des Vétérans, pendant que M. Désiré Nisard remportait celui des Nouveaux ; et il y ajoutait le premier prix de discours français.

Son recueil de vers, *Mes heures perdues*, fut son premier ouvrage ; ensuite s'égrenèrent avec des succès inégaux les pièces dont nous avons dit le nombre. Il aurait pu les multiplier davantage, mais il était riche et ne se pressait pas.

Soit négligence, prodigalité, ou spéculations mauvaises, il perdit, flânant et s'amusant, presque tout ce qu'il possédait, voulut revenir plus énergiquement au travail, mais n'en eut pas la force. Bien jeune encore, il avait déjà trop vécu. La paralysie le gagnait, et il fut bientôt cloué dans son lit comme Henri Heine.

Comment alors surveiller les intérêts de son esprit, comment « placer » ses pièces, ainsi qu'on dit au théâtre ? Un ami s'en chargea, mais sans grand succès : un jour il revint du Vaudeville rapporter au paralytique, avec la pièce qu'il y avait envoyée, la réponse qu'on lui avait faite : « On trouve, lui dit-il, qu'elle manque de mouvement. — Je les admire, dit Arvers, du mouvement ! du mouvement ! Si j'en avais, je ne le mettrais pas dans mes pièces, je le garderais pour moi. »

Cette pauvre pièce, qui s'appelait *Mieux vaut tard que jamais*, finit par aller échouer aux Folies-Dramatiques le 6 novembre 1849.

Arvers mourut un an après, à quarante-trois ans.

I

UN SECRET

IMITÉ DE L'ITALIEN

Mon âme a son secret, ma vie a son mystère :
Un amour éternel en un moment conçu ;
Le mal est sans espoir, aussi j'ai dû le taire,
Et celle qui l'a fait n'en a jamais rien su.

Hélas ! j'aurai passé près d'elle inaperçu,
Toujours à ses côtés, et pourtant solitaire ;
Et j'aurai jusqu'au bout fait mon temps sur la terre,
N'osant rien demander, et n'ayant rien reçu.

Pour elle, quoique Dieu l'ait faite douce et tendre,
Elle suit son chemin distraite et sans entendre
Ce murmure d'amour élevé sur ses pas.

A l'austère devoir pieusement fidèle
Elle dira, lisant ces vers tout remplis d'elle :
« Quelle est donc cette femme ? » et ne comprendra pas.

II

SONNET

J'avais toujours rêvé le bonheur en ménage,
Comme un port où le cœur, trop longtemps agité,
Vient trouver, à la fin d'un long pèlerinage,
Un dernier jour de calme et de sérénité ;

Une femme modeste, à peu près de mon âge,
Et deux petits enfants jouant à son côté,

Un cercle peu nombreux d'amis du voisinage,
Et de joyeux propos dans les beaux soirs d'été.

J'abandonnais l'amour à la jeunesse ardente ;
Je voulais une amie, une âme confidente
Où cacher mes chagrins, qu'elle seule aurait sus.

Le ciel m'a donné plus que je n'osais prétendre :
L'amitié, par le temps, a pris un nom plus tendre,
Et l'amour arriva, qu'on ne l'attendait plus.

AUTRAN (JOSEPH)

Un des derniers morts de la poésie, dont il avait fait sa vie, et qu'il honora de si haut par son talent et son caractère.

Véritable Athénien de Marseille, où il était né en 1813, ses premiers vers furent pour un poète, pour Lamartine s'en allant en Orient. Autran n'avait alors que dix-neuf ans, et l'on sentait déjà dans son *Ode* quelque chose du sentiment de celle d'Horace s'adressant au vaisseau qui emportait Virgile. L'Antiquité et la Mer furent ses deux muses. La Méditerranée natale lui semblant trop étroite, il fit passer dans ses vers les bruits plus profonds, les agitations plus vibrantes de l'Océan « avec l'âme humaine mêlée à l'immensité et plus grande qu'elle encore, » comme l'a si bien dit Théophile Gautier à propos de son recueil *la Mer* publié en 1835, et qu'Autran fit réimprimer beaucoup plus complet en 1850.

Il était riche alors ; le succès de sa tragédie, *la Fille d'Eschyle,* jouée en mars 1848, à l'Odéon, et couronnée par l'Académie, lui avait reconquis la sympathie d'un oncle, très riche armateur, qui jusqu'alors l'avait dédaigneusement oublié dans sa mansarde. Il le fit revenir à Marseille, l'entoura de bien-être, et, en mourant, lui laissa toute sa fortune.

Autran n'en travailla pas moins. Marin dans les *Poèmes de la mer*, il se fit paysan dans ses recueils : *Laboureurs et Soldats, la Vie rurale, Épîtres rustiques.* Théocrite, dont il devait traduire *le Cyclope,* l'inspirait, comme Eschyle auparavant l'avait inspiré pour sa tragédie.

Il eut ensuite une échappée très heureuse vers le moyen âge avec son volume héroïque, *les Paladins.*

L'Académie où il frappa trois fois l'accueillit, la troisième, en 1867, à la place de Ponsard.

Sur ses derniers jours il devint presque aveugle, mais n'en fut pas plus morose. C'est de la convulsion d'un éclat de rire qu'il mourut subitement, un jour qu'il lisait je ne sais quelle énormité grotesque de l'un de nos poètes les plus sérieux.

Le comique Philémon, un grec comme lui, n'était pas mort autrement.

A UNE BAIGNEUSE

Qui donc es-tu, folle étrangère,
Qui sur nos plages viens le soir,

Et dans la mer, au clair miroir,
Cours te plonger, blanche et légère ?

L'écho demande d'où tu sors,
L'écho l'ignore ; — le rivage
Ne sait de toi que ton courage
Et que les grâces de ton corps.

De qui tiens-tu cette âpre flamme ?
De qui tiens-tu ce bras viril
Qui te fait braver le péril
Du vent qui souffle et de la lame ?

La côte, l'autre soir, grondait ;
L'onde accourait sous la tourmente,
Et sur la grève, au loin fumante,
Énorme, elle se répandait.

Les hommes sentaient en silence
Trembler le môle et le rocher :
Ils contemplaient, sans approcher,
L'irrésistible violence.....

Tu vins ; tu vis cette fureur,
Tu dénouas soudain ta robe,
Et dans le flot, qui te dérobe,
Tu plongeas du front sans terreur.

Scène d'effroi ! spectacle étrange !
Tu triomphais des flots amers.
Étais-tu la reine des mers ?
De la tempête étais-tu l'ange ?

La plage admirait: — Le soleil,
Retournant à son lit de gloire,
Sur tes bras, sur tes pieds d'ivoire,
Imprimait un baiser vermeil.

Toi, tu jouais dans sa lumière ;
Dressant ta tête aux blonds cheveux,

Tu repoussais d'un bras nerveux
Les flots mêlés à ta crinière.

Dans l'écume et dans le rayon,
Tu flottais, ô nageuse insigne,
Déployant des blancheurs de cygne
Et des souplesses d'alcyon.

Et nous pensions : Qui donc est-elle ?
Quel est cet être audacieux,
Dont la grâce, au siècle des dieux,
Eût fait jadis une immortelle ?

Un souffle de rébellion
A-t-il émancipé cette âme ?
Qui sait s'il reste un cœur de femme
Sous cette force de lion ?...

Est-ce l'amour qui pourra dire
Ce qu'elle attend pour s'émouvoir,
Ce qu'il faudrait à cet œil noir
Pour se noyer dans un sourire ?

Prodigue, vient-elle à ces bords,
Les soirs où trop de vie abonde,
Jeter au vent, jeter à l'onde,
Le superflu de ses trésors ?

Ou bien, est-ce un cœur en démence,
De ses blessures ulcéré,
Qui revient, en désespéré,
Lutter avec la mer immense ?

Serait-ce enfin qu'ayant goûté
A mille coupes décevantes,
Elle demande aux épouvantes
Une suprême volupté ?

Que savons-nous ? Passons ; toute âme
A des replis fermés au jour...
Laissons ses secrets à l'amour
Et ses mystères à la femme !

BALZAC (Honoré de)

L'auteur de la *Comédie humaine* ne fut poète que par hasard, et ses vers sont plutôt une curiosité que des modèles. Nous n'avons pas moins pensé que, puisqu'il en avait fait, il était bon d'en mettre quelques-uns dans ce recueil. On y trouvera ainsi un illustre nom de plus.

C'est par des œuvres en vers que Balzac, arrivant de Tours, sa ville natale, à Paris, avait d'ailleurs voulu commencer. Le poète tragique s'éveilla en lui avant le romancier. Inconscient de lui-même, ne se doutant guère encore des romans si profondément humains et vivants qu'il devait produire, et dont nous n'avons pas à dresser ici la liste, il chercha sa première voie dans l'histoire traduite en tragédie.

Cromwell fut son premier héros. Il dépensa, pour le mettre en scène, toutes les vaillances d'une pensée qui veut, mais par malheur aussi toutes les maladresses d'une plume qui ne peut pas. Il avait l'idée; la forme lui manquait : il y était d'une impuissance absolue. C'est ce qui certainement, sauf en de rares circonstances, le dégoûta pour jamais de la rime : « les idées m'accablent, écrivait-il à sa sœur pendant qu'il travaillait à ce *Cromwell*, mais je suis sans cesse arrêté par mon peu de génie pour la versification. »

La tragédie faite, on réunit pour l'entendre toute la famille, à laquelle s'était joint un vieux professeur de littérature à l'École polytechnique, dont voici quel fut l'arrêt : « L'auteur doit faire quoi que ce soit, excepté de la littérature. »

Balzac heureusement ne se le tint pour dit qu'en ce qui concernait le tragique. Il essaya d'abord toutefois de suivre complètement le conseil, de faire autre chose que de la littérature. En 1826, à vingt-sept ans, il acheta un fonds d'imprimerie au n° 17 de la rue des Marais-Saint-Germain, aujourd'hui rue Visconti.

Parmi les ouvrages qu'il y mit sous presse, se trouvait un recueil annuel, assez nomade et intermittent, qu'on appelait les *Annales romantiques*, et dans lequel tous les poètes de la nouvelle école donnaient rendez-vous à leurs vers. Devant ce concours, ce flot de rimes, l'imprimeur Balzac se souvint que lui aussi, il avait rimé : il faufila, dans le volume de 1827-1828, les strophes qu'on lira plus loin. Elles y étaient accompagnées de quelques autres vers écrits pour un album.

Après ceux-là, je ne connais guère de lui qu'un pastiche moyen âge dans son roman *l'Israélite*, et un pastiche d'un autre

genre, cette grotesque *Bilquéide* dont il a glissé de si comi-
ques fragments dans le *Député d'Arcis*, un de ses meilleurs
romans, quoiqu'un autre l'ait fini pour lui. Quand Balzac mourut, en 1850, à cinquante et un ans, cet ouvrage était inachevé.

ODE A UNE JEUNE FILLE

Du sein de ses torrents de gloire et de lumière,
Où, sur des harpes d'or, les esprits immortels,
Aux pieds de Jéhova, redisent la prière
  De nos plaintifs autels ;

Souvent un chérubin, à chevelure blonde,
Voilant l'éclat de Dieu par son front reflété,
Laisse au parvis des cieux son plumage argenté,
  Et descend sur le monde :

Comprenant du Très-Haut le sublime regard,
Il vient sourire au pauvre à qui tout est souffrance :
Et, par son tendre aspect, rappeler au vieillard
  Les doux jeux de l'enfance.

Il inscrit des méchants les tardifs repentirs ;
A la vierge amoureuse il accourt dire : « Espère. »
Et, le cœur plein de joie, il compte les soupirs
  Qu'on donne à la misère.

De ces anges d'amour, un seul est parmi nous
Que le soin de notre heur égara dans sa route ;
En soupirant, il tourne un regard triste et doux
  Vers l'éternelle voûte.

Ce n'est point de son front l'éclatante blancheur
Qui m'a dit le secret de sa noble origine,
Mais son tendre sourire et l'accent enchanteur
  De sa plainte divine.

Ah ! gardez, gardez bien de lui laisser revoir
Le brillant séraphin qui vers les cieux revole ;

Trop tôt, il lui dirait la magique parole
Que, pour nager dans l'air, ils prononcent le soir.

Vous les verriez, des nuits perçant les sombres voiles,
Comme un point de l'aurore atteindre les étoiles
            De leur vol fraternel;
Et, le marin, le soir, assis sur le rivage,
Levant un doigt craintif aux campagnes du ciel,
De leurs pieds lumineux montrerait le passage.

BARBIER (Auguste)

Une révolution de Paris, celle de 1830, fit poète ce parisien : il venait d'avoir vingt-cinq ans, et n'avait encore écrit que quelques vers, et un roman, *les Mauvais garçons,* en collaboration avec Alphonse Royer. Quand il vit, après *les trois glorieuses,* la bande d'affamés d'honneurs et de places qui se ruaient sur les débris du vieux trône, à la suite du nouveau roi, tous plus soucieux de leurs appétits que de la France et de la liberté, sa verve s'alluma par l'indignation. Il fit son premier ïambe, *la Curée,* qu'on lira tout à l'heure, bien digne, par l'entraînante vigueur du rhythme choisi, d'Archiloque qui, suivant Horace, en fut le créateur :

Archilocum proprio rabies armavit iambo.

C'est dans la *Revue de Paris* de l'un des derniers mois de 1830 que cette pièce parut. « Tout à coup, dit Alexandre Dumas, au chap. 165ᵉ de ses *Mémoires,* tout à coup, en face de la *Parisienne,* et comme pour faire sentir le vide de cette poésie du temps de l'Empire, surgit *la Curée,* torche secouée par un poète inconnu. »

Ce chef-d'œuvre, cette merveille, cet ïambe plein de poudre et de fumée, de fièvre et de soleil, où la liberté passait d'un pied ferme, marchant à grands pas, l'œil ardent et le sein nu, était signé : Auguste Barbier. Nous poussâmes tous un cri de joie ; c'était un grand poète de plus parmi nous ; c'était un renfort qui nous arrivait, comme arrivent par une trappe, et au milieu des flammes, ces génies qui viennent prendre part au dénoûment des drames fantastiques.

L'an d'après, cet ïambe s'était fait légion : au lieu d'un seul, on en avait tout un volume, dont Sainte-Beuve salua la brûlante éclosion, et auquel fit fête le plus unanime succès.

Auguste Barbier était déjà loin, il s'en était allé par de là les Alpes, à Florence, à Rome, à Venise, chercher de nouvelles inspirations. Il rapporta, en 1833, de ce beau pays, qui n'était plus alors que celui des regrets, son recueil *il Pianto,* c'est-à-dire la Plainte. Pour ce bouquet de fleurs en deuil, il n'avait pas épuisé sa moisson. Restaient quelques glanes qu'il ne daigna jamais ramasser : le gracieux sonnet de *Laura* entre autres. On le lira tout à l'heure, et l'on verra que le poète n'aurait pas dû l'oublier.

Quelques années après, Berlioz était en quête d'un poème

d'opéra, Auguste Barbier lui écrivit, en deux actes, celui de
Benvenuto Cellini. L'Italie et ses génies le poursuivaient encore.
En 1840, il était revenu à la Satire. Il publia deux poèmes.
Erostrate et *Pot de vin*, dont le symbolisme sembla transparent
pour tout le monde, à cette époque de renommée à tout prix,
et de corruption prête à tout vendre.

On a encore de M. Barbier plusieurs recueils remarquables :
Rimes héroïques, *Silves*, *Chants civils et religieux*, et une
excellente traduction en vers du *Jules César* de Shakespeare.

Il fut élu à l'Académie française en 1869, à la place d'Empis.

LA CURÉE

Oh ! lorsqu'un lourd soleil chauffait les grandes dalles
    Des ponts et de nos quais déserts,
Que les cloches hurlaient, que la grêle des balles
    Sifflait en pleuvant par les airs ;
Que dans Paris entier, comme la mer qui monte
    Le peuple soulevé grondait,
Et qu'au lugubre accent des vieux canons de fonte
    La Marseillaise répondait :
Certe, on ne voyait pas comme aux jours où nous sommes
    Tant d'uniformes à la fois ;
C'était sous des haillons que battaient des cœurs d'hommes
    C'étaient alors de sales doigts
Qui chargeaient le mousquet et renvoyaient la foudre ;
    C'était la bouche aux vils jurons
Qui mâchait la cartouche et qui, noire de poudre,
    Criait aux citoyens : Mourons !
Quant à tous ces beaux fils aux tricolores flammes,
    Au beau linge, au frac élégant,
Ces hommes en corset, ces visages de femme,
    Héros du boulevard de Gand,
Que faisaient-ils, tandis qu'à travers la mitraille
    Et sous le sabre détesté,
La grande populace et la sainte canaille
    Se ruaient à l'immortalité.
Tandis que tout Paris se jonchait de merveilles,
    Ces messieurs tremblaient dans leur peau,
Pâles, suant la peur, et les mains aux oreilles,

                        2

Accroupis derrière un rideau.
C'est que la Liberté n'est pas une comtesse
Du noble faubourg Saint-Germain,
Une femme qu'un cri fait tomber en faiblesse,
Qui met du blanc et du carmin :
C'est une forte femme aux puissantes mamelles,
A la voix rauque, aux durs appas,
Qui, du brun sur la peau, du feu dans les prunelles,
Agile et marchant à grands pas,
Se plaît aux cris du peuple, aux sanglantes mêlées,
Aux longs roulements des tambours,
A l'odeur de la poudre, aux lointaines volées
Des cloches et des canons sourds;

. . . .
. . . .

Qui plus tard, entonnant une marche guerrière,
Lasse de ses premiers amants,
Jeta là son bonnet, et se fit vivandière
D'un capitaine de vingt ans.
C'est cette femme enfin qui, toujours belle et nue,
Avec l'écharpe aux trois couleurs,
Dans nos murs mitraillés tout à coup revenue,
Vient de sécher nos yeux en pleurs,
De remettre, en trois jours, une haute couronne
Aux mains des Français soulevés,
D'écraser une armée et de broyer un trône
Avec quelques tas de pavés.
Mais, ô honte! Paris, si beau dans sa colère,
Paris, si plein de majesté
Dans ce jour de tempête où le vent populaire
Déracina la royauté;
Paris, si magnifique avec ses funérailles,
Ses débris d'hommes, ses tombeaux,
Ses chemins dépavés et ses pans de murailles
Troués comme de vieux drapeaux;
Paris, cette cité de lauriers toute ceinte
Dont le monde entier est jaloux,
Que les peuples émus appellent tous la sainte,
Et qu'ils ne nomment qu'à genoux;
Paris n'est maintenant qu'une sentine impure,

Un égout sordide et boueux,
Où mille noirs courants de limon et d'ordure
Viennent traîner leurs flots honteux :
Un taudis regorgeant de faquins sans courage,
D'effrontés coureurs de salons,
Qui vont de porte en porte et d'étage en étage
Gueusant quelques bouts de galons ;
Une halle cynique aux clameurs insolentes
Où chacun cherche à déchirer
Un misérable coin des guenilles sanglantes
Du pouvoir qui vient d'expirer.

Ainsi quand désertant sa bauge solitaire
Le sanglier frappé, de mort,
Est là, tout palpitant, étendu sur la terre,
Et sous le soleil qui le mord ;
Lorsque blanchi de bave et la langue tirée,
Ne bougeant plus en ses liens,
Il meurt, et que la trompe a sonné la curée
A toute la meute des chiens ;
Toute la meute alors, comme une vague immense
Bondit ; alors chaque mâtin
Hurle en signe de joie, et prépare d'avance
Ses larges crocs pour le festin.
Et puis vient la cohue, et les abois féroces
Roulent de vallons en vallons ;
Chiens courants, et limiers, et dogues et molosses,
Tout s'élance et tout crie : Allons !
Quand le sanglier tombe et roule sur l'arène,
Allons ! allons ! les chiens sont rois !
Le cadavre est à nous, payons-nous notre peine,
Nos coups de dents et nos abois.
Allons ! nous n'avons plus de valet qui nous fouaille
Et qui se pende à notre cou ;
Du sang chaud, de la chair, allons ! faisons ripaille,
Et gorgeons nous tout notre saoul.
Et tous, comme ouvriers que l'on met à la tâche,
Fouillent ses flancs à plein museau,
Et de l'ongle et des dents travaillent sans relâche,
Car chacun en veut un morceau ;

Car il faut au chenil que chacun d'eux revienne
  Avec un os demi rongé,
Et que trouvant au seuil son orgueilleuse chienne,
  Jalouse et le poil allongé,
Il lui montre sa gueule encor rouge et qui grogne,
  Son os dans les dents arrêté,
Et lui crie en jetant son quartier de charogne :
  « Voici ma part de royauté ! »

LAURA

Dans Avignon la Sainte, à l'ombre d'une tour,
Parmi les murs croulés d'un cloître solitaire,
Deux noirs et longs cyprès groupés avec mystère,
Et quelques fûts de marbre allongés à l'entour,

Voilà ce que le temps, ce vieillard sans amour,
De la tombe de Laure a laissé sur la terre ;
Voilà ce qu'il a fait de cette dame austère
Qu'un poète chanta jusqu'à son dernier jour.

Mais qu'importe, après tout, qu'il ne reste rien d'elle !
Le bon Pétrarque a fait sa mémoire immortelle,
Et rangé son beau corps à l'abri du trépas ;
Car ces pieux sonnets sont un tombeau splendide,
Où le temps usera toujours sa faux rapide,
Et que son large pied ne renversera pas.

IAMBE

Dante, vieux Gibelin ! quand je vois en passant
Le plâtre blanc et mat de ce masque puissant,
Que l'art nous a laissé de ta divine tête,
Je ne puis m'empêcher de frémir, ô poète !
Tant la main du génie et celle du malheur

Ont imprimé sur toi le sceau de la douleur!
Sous l'étroit chaperon qui presse tes oreilles,
Est-ce le pli des ans ou le sillon des veilles
Qui traverse ton front si laborieusement?
Est-ce au champ de l'exil, dans l'avilissement,
Que ta bouche s'est close à force de maudire?
Ta dernière pensée est-elle en ce sourire
Que la mort sur ta lèvre a cloué de ses mains?
Est-ce un ris de pitié sur les pauvres humains?
Ah! le mépris va bien à la bouche de Dante,
Car il reçut le jour dans une ville ardente,
Et le pavé natal fut un champ de graviers
Qui déchira longtemps la plante de ses pieds :
Dante vit comme nous les passions humaines
Rouler autour de lui leurs fortunes soudaines;
Il vit les citoyens s'égorger en plein jour,
Les partis écrasés renaître tour à tour;
Il vit sur les bûchers s'allumer les victimes;
Il vit pendant trente ans passer des flots de crimes.
Et le mot de patrie à tous les vents jeté,
Sans profit pour le peuple et pour la liberté.
O Dante Alighieri, poète de Florence!
Je comprends aujourd'hui ta mortelle souffrance,
Amant de Béatrix à l'exil condamné,
Je comprends ton œil cave et ton front décharné.
Le dégoût qui te prit des choses de ce monde,
Ce mal de cœur sans fin, cette haine profonde,
Qui te faisant atroce et te fouettant l'humeur,
Inondèrent de bile et ta plume et ton cœur.
Aussi, d'après les mœurs de ta ville natale,
Artiste, tu peignis une toile fatale,
Et tu fis le tableau de sa perversité,
Avec tant d'énergie et tant de vérité
Que les petits enfants qui, le jour, dans Ravenne,
Te voyaient traverser quelque place lointaine,
Disaient, en contemplant ton front livide et vert :
Voilà, voilà, celui qui revient de l'enfer.

VENISE

Ah! quand l'été jadis florissait dans les âmes,
Quand l'amour, cet oiseau qui chante au cœur des femmes,
Sur terre s'abattait de tous les coins du ciel;
Que le vent parfumé portait l'odeur du miel;
Au beau règne des fleurs, quand toute créature
Maniait noblement sa divine nature,
Venise, il était doux, sous tes cieux étouffants,
D'aspirer ton air pur comme un de tes enfants;
Il était doux de vivre aux chansons des guitares,
Car, ainsi qu'aujourd'hui, les chants n'étaient pas rares.

Les chants suivaient partout les plaisirs sur les eaux,
Les courses à la rame, à travers les canaux,
Et les beaux jeunes gens, guidant les demoiselles,
Alertes et gaiement, sur les gondoles frêles.
Alors, après la table, une main dans la main,
On dansait au Lido jusques au lendemain;
Ou bien vers la Brenta, sur de fraîches prairies,
On allait deux à deux faire ses rêveries,
Et sur l'herbe écouter l'oiseau chanter des vers
En l'honneur des zéphirs qui chassaient les hivers.
Alors jeunes et vieux avaient la joie en tête;
Toute la vie était une ivresse parfaite,
Une longue folie, un long rêve d'amour,
Que la nuit en mourant léguait encore au jour.
On ne finissait pas de voir les belles Heures
Danser d'un pied léger sur toutes les demeures;
Car Venise était riche, et les vagues alors,
Comme au grand Salomon lui roulant des trésors,
Sous son manteau doré, sa pourpre orientale,
Le visage inondé de la senteur natale,
Elle voyait ses fils, épris de sa beauté,
Dans ses bras délicats mourir de volupté.
Mais le bonheur suprême en l'univers ne dure;
C'est une loi qu'il faut que tout le monde endure,
Et l'on peut comparer les forêts aux cités,
En fait de changements et de caducités.

Comme le tronc noirci, comme la feuille morte
Que l'hiver a frappé de son haleine forte,
Le peuple de Venise est tout dénaturé.
C'est un arbre abattu sur un sol délabré ;
Et l'on sent, à le voir ainsi, que la misère
Est le seul vent qui souffle aujourd'hui sur sa terre.
Il n'est sous les manteaux que membres appauvris,
La faim maigre apparaît sur tous les corps flétris :
Partout le bras s'allonge et demande l'aumône,
La fièvre à tous les fronts étend sa couleur jaune ;
Puis partout le silence ; et l'onde vainement
Bat, dans le port, le dos de quelque bâtiment.
On n'entend plus gémir, sous leurs longues antennes,
Les galères partant pour les îles lointaines,
La voix des grands chantiers n'éveille plus d'échos,
Et le désert lui-même est au fond des cachots.
Voilà pour le dehors ; au dedans la tristesse
A tous les seuils branlants s'assied comme une hôtesse ;
Les palais démolis pleurent leurs habitants,
La famille s'écroule, et, comme au mauvais temps,
Les oiseaux du bon Dieu, manquant de nourriture,
Volent aux cieux lointains chercher de la pâture ;
Les jeunes gens ne font usage de leurs pieds
Que pour abandonner leurs parents oubliés.
Alors tout ce qui touche à la décrépitude
S'éteint dans l'abandon et dans la solitude ;
Et la vieillesse pauvre, ici comme partout,
N'inspire à l'être humain que mépris et dégoût.
Enfin Venise, au sein de son Adriatique,
Expire tous les jours comme une pulmonique ;
Elle est frappée au cœur et ne peut revenir :
Les guerres ont tué son royal avenir,
Et pour toujours sevré sa lèvre enchanteresse
Du vase d'Orient que lui tendait la Grèce.
Alors, bien qu'il lui reste une rougeur au front,
Dans ses flancs épuisés nulle voix ne répond.
Pour dominer les flots et commander le monde,
Sa poitrine n'est plus assez large et profonde ;
C'en est fait de Venise, elle manque de voix :
L'homme et les éléments l'accablent à la fois.

BARTHÉLEMY (Auguste-Marseille)

Son second prénom nous dit sa ville natale, qui fut ainsi tout
à la fois, en 1796, sa mère et sa marraine. Ses premiers vers
imprimés, *Epître à M. de Chalabre, administrateur des Jeux
à Paris,* nous font une autre confidence. Ils nous disent la
malheureuse passion qui dévora sa vie, et par ses insatiables
exigences fit continuellement échec à ce que le poète aurait pu
mériter d'honorabilité et de gloire. Le caractère chez Barthélemy fut l'éclipse du talent.

Après ses vers au directeur des Jeux, en 1825, il en écrivit
d'autres tout aussitôt sur le *Sacre de Charles X.* Cent écus en
furent le salaire. Il le trouva médiocre, et passa sans évolution
préalable du dithyrambe à la satire. Elle fut d'un meilleur produit. Son compatriote Méry, avec lequel il s'était lié à la suite
d'un échange de vers qui aurait pu les brouiller, fut son second
pour cette campagne.

Tous les ministres y furent tour à tour attaqués: M. de Peyronnet dans la *Peyronéide,* M. de Corbière dans la *Corbiéréide,*
etc.; mais c'est à M. de Villèle que furent portés les coups
les plus rudes et les plus retentissants. *La Villéliade ou la
prise du château Rivoli* — c'est-à-dire le ministère des finances,
— poème en quatre, puis en six chants, acclamé par tous les
journaux de l'Opposition, n'eut pas moins de quinze éditions
consécutives.

Les vingt-quatre mille francs, qui en furent le produit net
pour les deux poètes, leur permirent de se reposer un peu de
la satire par l'héroïsme, du pamphlet par l'épopée: ils firent
Napoléon en Egypte, dont Barthélemy courut, dès que le dernier vers fut imprimé, porter un exemplaire au duc de Reichstadt
à Vienne. On faisait bonne garde, il ne fut pas admis, et dut
revenir son poème en poche. Au retour, un autre était déjà
fait. De Vienne, Barthélemy avait collaboré avec Méry qui était
à Marseille.

Ce poème, *le Fils de l'homme,* où de trop vives espérances
se mêlaient aux regrets, fut saisi. Barthélemy, qui l'avait signé
seul, dut comparaître devant la police correctionnelle, et se
vit condamner à 1,000 francs d'amende et trois mois de prison.
C'était en juillet 1829. Juste un an après, la révolution, que
ses attaques avaient préparée, donnait à la France un souverain nouveau, qui n'était pas celui qu'il avait espéré, mais
dont il pourrait s'accommoder, s'il reconnaissait suffisamment
ses services. Il n'obtint qu'une pension de 1,200 francs, ce

n'était pas assez. Par une évolution pareille à celle qu'il avait faite après son ode du *Sacre*, il revint à la Satire.

Pendant cinquante-deux semaines, à partir du 1er mars 1831, *Némésis* fut sa muse, et ses serpents son fouet. On sait avec quelle vigueur et quelle fertilité d'infatigable verve il le mania.

On en jugera du reste par la satire en *strophes* qui se trouve plus loin. Lamartine, dont la double candidature à Dunkerque et à Toulon y était attaquée, répondit par une ode admirable, qui mit dans la politique plus de lyrisme qu'elle n'en comporta jamais. Barthélemy répliqua de très haut, et ces deux grands talents furent quittes l'un envers l'autre.

Cette lutte fut l'apogée de celle de *Némésis*. Barthélemy qui la soutenait s'en lassa, bien qu'il n'y eût jamais été complètement seul, et que Méry le plus souvent y fût de moitié. De séduisantes avances de la part du pouvoir attaqué l'encourageaient dans ces idées de fatigue, qui laissaient entrevoir une prochaine retraite.

Quand la séduction fut arrivée au point qu'il désirait, et lui eut assuré ce qu'il voulait de gages, il se retira en effet. L'impression du public fut d'abord de l'étonnement, puis devint de la colère, lorsqu'il apprit que si le poète ne faisait plus parler *Némésis*, c'est qu'il travaillait à une traduction de l'*Énéide*, pour laquelle le ministère lui avait donné un encouragement de quatre-vingt mille francs. Il voulut se justifier, sa *Justification* se perdit au milieu du bruit des protestations. Plus tard, lorsqu'ayant dévoré le gâteau de miel qui l'avait fait taire, il essaya de mordre encore, ce ne fut plus le bruit, mais le silence plus implacable encore qui lui répondit. La Nouvelle Némésis, le *Zodiaque* — ainsi s'appelait ce renouveau de satires hebdomadaires — était condamné d'avance, comme le poète lui-même, qui ne se releva jamais. Un moment vint où l'on ne parla plus de lui, où l'on ignora même ce qu'il était devenu. Où vivait-il? Charles Monselet va nous l'apprendre : « J'ai, dit-il dans une note manuscrite, vu souvent Barthélemy à Bordeaux, alors que sa fille, mademoiselle Elian, était première chanteuse légère au Grand Théâtre. Toujours seul, sombre, drapé dans un manteau, il avait l'air d'un général espagnol. » Il mourut tout à fait oublié le 23 août 1867.

A MONSIEUR DE LAMARTINE

Je me disais : donnons quelques larmes amères
Au poète qui suit de sublimes chimères,
Fuit les cités, s'assied au bord des vieilles tours,
Sous les vieux aquéducs prolongés en arcades,

Dans l'humide brouillard des sonores cascades,
    Et dort sur l'aile des vautours.

Hélas ! toujours au bord des lacs, des précipices,
Toujours comme on le peint devant ses frontispices,
Drapant d'un manteau brun ses membres amaigris,
Suivant de l'œil, baigné par les feux de la lune,
Les vagues à ses pieds mourant l'une après l'une,
    Et les aigles dans les cieux gris.

Quelle vie ! et toujours poète suicide
Boire, et boire à longs flots une existence acide ;
Ne donner qu'à la mort un sourire fané ;
Se bannir en pleurant loin des cités riantes,
Et dire comme Job en mille variantes :
    « O mon Dieu, pourquoi suis-je né ?

Oh ! que je le plaignais ! ma douleur inquiète
Demandait aux passants : « Où donc est le poète ? »
« Que ne puis-je donner une obole à sa faim ? »
Et lui dire : suis-moi sous mes pins d'Ionie,
Là tu t'abreuveras d'amour et d'harmonie,
    Tu vivras comme un Séraphin.

Mais j'étouffai bientôt ma plainte ridicule :
Je te vis une fois, sous tes formes d'Hercule,
Courant en tilbury, sans regarder le ciel ;
Et l'on disait : demain il part pour la Toscane,
De la diplomatie il va sonder l'arcane,
    Avec un titre officiel.

Alors je dis : heureux le géant romantique
Qui mêle Ézéchiel avec l'arithmétique !
De Sion à la Banque il passe tour à tour :
Pour encaisser les fruits de la littérature,
Ses traites à la main il s'élance, en voiture,
    En descendant de son vautour.

D'en haut tu fais tomber sur nous, petits atomes,
Tes *Gloria Patri* délayés en des tomes,

Tes psaumes de David imprimés sur vélin :
Mais quand de tes billets l'échéance est venue,
Poète financier tu descends de la nue,
    Pour traiter avec Gosselin.

Un trône est-il vacant dans notre académie ?
A l'instant sans regret tu quittes Jérémie
Et le char d'Élisée aux rapides essieux ;
Tu daignes ramasser, avec ta main d'Archange,
Des titres, des rubans, joyaux pétris de fange,
    Et tu remontes dans les cieux.

On dit même aujourd'hui, poète taciturne,
Que tu viens méditer sur les chances de l'urne ;
Que le front couronné d'ache et de nénuphar,
Appendant à ton mur la cithare hébraïque,
Tu viens solliciter l'électeur prosaïque,
    Sur l'Océan et sur le Var.

O frère ! cette fois j'admire ton envie,
Et tu pousses trop loin le dégoût de la vie :
Nous avons bien permis à ton modeste orgueil
D'échanger en cinq ans tes bibliques paroles
Contre la Croix d'honneur, l'amitié de Vitrolles,
    Et l'académique fauteuil ;

Mais qu'aujourd'hui, pour prix de tes hymnes dévotes,
Aux hommes de Juillet tu demandes leurs votes,
C'en est trop ! L'Esprit-Saint égare ta fierté ;
Sais-tu qu'avant d'entrer dans l'arène publique,
Il faut que devant nous tout citoyen explique
    Ce qu'il fit pour la liberté ?

On n'a point oublié tes œuvres trop récentes,
Tes hymnes à Bonald en strophes caressantes,
Et sur l'autel Rémois ton vol de séraphin ;
Ni tes vers courtisans pour les rois légitimes,
Pour les calamités des augustes victimes,
    Et pour ton seigneur le Dauphin.

Va, les temps sont passés des sublimes extases,
Des harpes de Sion, des saintes paraphrases,
Aujourd'hui tous ces chants expirent sans écho :
Va donc, selon tes vœux, gémir en Palestine,
Et présenter, sans peur, le nom de Lamartine
      Aux électeurs de Jéricho.

RÉPONSE DE LAMARTINE

Non, sous quelque drapeau que le barde se range,
La muse sert la gloire et non ses passions ;
Non, je n'ai pas coupé les ailes à cet ange
Pour l'atteler hurlant au char des factions.
Non, je n'ai pas couvert du masque populaire
Son front resplendissant des feux du saint parvis,
Ni pour fouetter et mordre irritant sa colère
      Changé ma muse en Némésis.

D'implacables serpents je ne l'ai point coiffée,
Je ne l'ai pas menée une verge à la main :
Injuriant la gloire avec le luth d'Orphée,
Traîné des noms fameux aux ruisseaux du chemin.
Prostituant ses vers aux haines de la rue,
Je n'ai pas arraché la prêtresse au saint lieu,
A la dérision je ne l'ai pas vendue,
      Comme Judas vendit son Dieu.

Non, non, je l'ai conduite au fond des solitudes
Comme un amant jaloux d'une chaste beauté,
J'ai gardé ses beaux pieds des atteintes trop rudes,
Dont la terre eût blessé la tendre nudité;
J'ai couronné son front d'étoiles immortelles,
J'ai parfumé mon cœur pour lui faire un séjour,
Et je n'ai rien laissé s'abriter sous ses ailes
      Que la prière et que l'amour.

L'or pur que sous mes pas semait sa main prospère
N'a point payé la vigne ou le champ du potier ;

Il n'a point engraissé les sillons de mon père,
Ni les coffres jaloux d'un avide héritier.
Elle sait où du ciel ce divin denier tombe,
Tu peux, sans le ternir, me reprocher cet or ;
D'autres bouches un jour te diront sur ma tombe
    Où fut enfoui mon trésor.

Je n'ai rien demandé que des chants à sa lyre,
Des soupirs pour une ombre et des hymnes pour Dieu,
Puis quand l'âge est venu m'enlever son délire,
J'ai dit à cette autre âme un trop précoce adieu.
Quitte un cœur que le poids de la patrie accable,
Fuis nos villes de boue et notre âge de bruit ;
Quand l'eau pure du lac se mêle avec le sable
    Le cygne remonte et s'enfuit.

Honte à qui peut chanter pendant que Rome brûle,
S'il n'a l'âme et la lyre et les yeux de Néron ;
Pendant que l'incendie en fleuve ardent circule
Des temples aux palais, du cirque au Panthéon !
Honte à qui peut chanter pendant que chaque femme
Sur le front de son fils voit la mort ondoyer ;
Que chaque citoyen regarde si la flamme
    Dévore déjà son foyer.

Honte à qui peut chanter pendant que les sicaires,
En secouant leur torche, aiguisent leurs poignards,
Jettent les dieux proscrits aux rires populaires,
Ou traînent aux égouts les bustes des Césars.
C'est l'heure de combattre avec l'arme qui reste,
C'est l'heure de monter au rostre ensanglanté,
Et de défendre au moins de la voix et du geste
    Rome, les Dieux, la Liberté.

La Liberté !... ce mot dans ma bouche t'outrage...
Tu crois qu'un sang d'ilote est assez pur pour moi,
Et que Dieu de ses dons fit un digne partage,
L'esclavage pour nous, la liberté pour toi !
Tu crois que des Séjans le dédaigneux sourire
Est un prix assez noble aux cœurs tels que le mien,

Que le ciel m'a jeté la bassesse et la lyre,
 A toi l'âme du citoyen !

Tu crois que ce saint nom qui fait vibrer la terre,
Ce nom que l'ange envie aux généreux mortels,
Entre Caton et toi doit rester un mystère ;
Que les pavés vainqueurs sont les premiers autels ?
Tu crois que d'un chrétien ce mot brise la bouche,
Et que nous adorons notre honte et nos fers,
Si nous n'adoptons pas ta liberté farouche
 Sur l'autel d'airain que tu sers?

Détrompe-toi, poète, et permets-nous d'être hommes
Nos mères nous ont fait tous du même limon ;
La terre qui vous porte est la terre où nous sommes,
Les fibres de nos cœurs vibrent au même son !
Patrie et liberté, gloire, vertu, courage,
Quel pacte de ces biens m'a donc déshérité ?
Quel jour ai-je vendu ma part de l'héritage,
 Ésaü de la liberté !

Va ! n'attends pas de moi que je la sacrifie
Ni devant les dédains, ni devant le trépas.
Ton Dieu n'est pas le mien, et je m'en glorifie,
J'en adore un plus haut, que tu ne comprends pas !
La liberté que j'aime est née avec notre âme,
Le jour où le plus juste a bravé le plus fort,
Le jour où Jehova dit au fils de la femme :
 « Choisis des fers ou de la mort ! »

Que ces tyrans divers dont la vertu se joue,
Selon l'heure et les lieux, s'appellent peuple ou roi,
Déshonorent la pourpre, ou salissent la boue,
La honte qui les flatte est la même pour moi !
Qu'importe sous quels pieds se courbe un front d'esclave,
Le joug d'or ou de fer n'en est pas moins honteux :
Des rois tu l'affrontas, des tribuns je le brave !
 Qui fut plus libre de nous deux ?

Fais-nous ton Dieu plus beau si tu veux qu'on l'adore ;
Ouvre un plus large seuil à ses cultes divers ;

Chasse de son parvis, que leur pied déshonore,
La Vengeance et la Mort, gardienne des Enfers ;
Écarte ces faux dieux de l'autel populaire,
Pour que le suppliant n'y soit pas insulté ;
Sois la lyre vivante et non pas le Cerbère
          Du temple de la Liberté !

Un jour de nobles pleurs laveront ce délire,
Et ta main, étouffant le son qu'elle a tiré,
Plus juste arrachera des cordes de ta lyre
La corde injurieuse où la haine a vibré !
Moi, j'aurai bu cent fois l'amère calomnie,
Sans que ma lèvre même en garde un souvenir,
Car je sais que le temps est fidèle au génie,
          Et mon cœur croit à l'avenir (1) !

RÉPONSE DE BARTHÉLEMY

Tu ne me connais pas : de colère saisie,
Ta Muse juge mal un frère en poésie ;
Tu sais mesurer l'âme à ton brillant compas ;
Oui, mais le cœur humain, tu ne le connais pas.
A l'emblème infernal que ce fronton indique,
En entendant rugir mon vers périodique
Qui, pareil au reflux que le ciel fait mouvoir,
Vient miner, en grinçant, le rocher du Pouvoir,
Au retentissement de mes sauvages rimes,
Tu crois que, me jouant des vertus et des crimes,
Ennemi de tout nom par sa gloire abrité,
Je marche, en Erostrate, à la célébrité,
Et sans que ma justice un instant délibère,
Sur l'honneur désarmé je me rue en Cerbère :

(1) Nous avons cru devoir conserver ces quatre derniers vers tels qu'ils
parurent en 1831 ; plus tard M. de Lamartine les modifia de la manière
suivante :

> Mais moi j'aurai vidé la coupe d'amertume,
> Sans que ma lèvre même en garde un souvenir,
> Car mon cœur est un feu qui brûle et qui consume
>   Ce qu'on jette pour l'y ternir.

Tu crois que vil forban, sans patrie et sans port,
J'ai cloué sur mes mâts une tête de mort ;
Que pareil au Malais des îles de la Sonde,
Criant *Amock*, courbant ma tête vagabonde,
Gorgé de l'opium qui fascine mes sens,
De mon double poignard j'éventre les passants.
Va, ton luth cette fois a vibré de colère ;
Avant d'incriminer ma muse populaire,
D'infliger à mon nom d'injurieux délits,
Médite mieux sur moi, prends cette feuille, et lis.
Non, tu n'as point sondé les secrets de mon être ;
Poète aérien, tu n'as pu me connaître,
Ni moi, ni cet ami, mon complice fervent,
De mon vers implacable hémistiche vivant !
Jumeaux prêts pour la palme et prêts pour le martyre,
Romulus et Rémus de la haute satire,
Un pâtre insoucieux, dès notre âge enfantin,
Ne nous égara point sur le mont Aventin ;
Ce n'est pas le poison qui dans mes veines couve ;
Nous n'avons pas sucé des mamelles de louve ;
Une femme robuste, au sein jaspé d'azur,
Nous abreuva tous deux d'un lait suave et pur ;
L'harmonieuse mer, dans son vague caprice,
Nous endormait le soir comme un chant de nourrice ;
Le premier souffle d'air entré dans nos poumons
Fut embaumé des fleurs qui tremblent sur les monts,
Brise de promontoire, haleine enchanteresse,
Qui n'arriva jamais aux vallons de la Bresse.
Et maintenant, depuis qu'en ses fantasques jeux
Le sort nous transplanta sous un ciel nuageux,
Parfois un souvenir de nos plages marines
Comme un vent d'archipel dilate nos poitrines ;
Alors, tout rajeunis par ces rêves touchants,
Nous murmurons aussi de poétiques chants,
Fils de nos visions qui, dans leur vol agile,
Ne charment qu'un instant nos pénates d'argile,
Parfums qui, s'exhalant de nos doux entretiens,
Aux abîmes du ciel vont rencontrer les tiens.
Non, nous ne jouons pas avec les funérailles ;
Non, l'appétit du sang n'est pas dans nos entrailles ;

Nous cherchons ce repos que les soucis cuisants
De notre âme orageuse ont éloigné quinze ans,
Et notre jeune lyre a conservé la corde
Qui frémira de joie au jour de la concorde !
L'an dernier, même à l'heure où ces vers sont écrits,
Bien souvent accourus vers de funèbres cris,
Sur le sanglant forum nos prières intimes
Au lion des trois jours arrachaient des victimes :
Non, nous n'appelons point, par d'exécrables vœux,
Cette époque de sang qui roidit nos cheveux ;
On ne nous vit jamais, comme en souvenir d'elle,
Construire en acajou notre échafaud modèle ;
Insoucieux de bruit, de gloire, de cordons,
C'est le pain d'Habacuc qu'ici nous demandons ;
La moitié de ce pain que chaque jour apporte
Nourrit la faim du pauvre assis à notre porte.
Le monde nous invite en vain sous ses lambris ;
La Thébaïde sainte est pour nous dans Paris ;
Trop de flamme nous brûle ; ainsi que saint Jérôme,
Il nous faut à tous deux ou le désert ou Rome ;
Ces secrets du foyer, qu'un pudique dessein
Nous a fait jusqu'ici clore dans notre sein,
Permets que notre bouche aujourd'hui les propage ;
Des hommes généreux signeraient cette page ;
Car nous ne manquons pas d'amis ; nous invoquons
Plus d'un nom glorieux sur les deux Hélicons :
Nul qui le désavoue et nul qui ne le signe ;
Hugo, Dumas, Fontan, Étienne, Delavigne,
Hommes de probité, véridiques témoins,
Je vous invoquerais, si je m'estimais moins.
C'est assez : abaissons le rideau poétique
Qui voila si longtemps notre seuil domestique ;
De ce pénible aveu mon cœur est en émoi,
Et je plains l'accusé qui prononce le moi :
J'aurai plus de courage à défendre mon œuvre.
Ton imprudente main a blessé ma couleuvre ;
Elle monte en spirale, elle siffle dans l'air ;
Son affront est le mien, Némésis est ma chair.
Eh ! crois-tu que, poussé par le Démon du Dante,
J'embrasse avec plaisir une Furie ardente ?

Est-ce une volupté de travailler debout
Au bord de la fournaise où ma vengeance bout ;
De tenter, à pieds nus, de sanglantes sorties
Sur un rude sentier tout parsemé d'orties ;
D'avoir dans les cheveux un éternel frisson,
Et de sentir la nuit les dards du hérisson ?
Va, né pour le repos, nul penchant ne m'attire
Vers ce métier de feu qu'on nomme la satire :
Que ne puis-je, un beau soir, éteindre avec mon nom
Ma lampe suspendue à son triple chaînon,
Dormir de longues nuits, et, libre de secousses,
Recommencer ma vie en des choses plus douces !
Oh ! parfois, quand mêlé dans les groupes houleux
J'aborde le théâtre au passage anguleux ;
Quand sur un siège obscur je respire à la gène,
Sous la blanche lueur du soleil hydrogène ; .
Quand du sol au lambris circulent dans les rangs
Des miasmes de femme, atomes enivrants ;
Quand je compte, en levant mes paupières tendues,
Trois couronnes de peuple aux gradins suspendues,
D'où tombent à torrents, par d'abruptes chemins,
Des murmures, des cris, des battements de mains,
Surtout quand à la foule attentive et muette
L'acteur aux trois saluts lance un nom de poète ;
Oh ! que de fois alors, dans mon sublime élan,
J'ai créé d'un seul jet un dramatique plan :
Que de fois j'ai brûlé d'inscrire au répertoire
Quelque fait imposant de la moderne histoire,
Germe né dans mon sein, compagnon de mes nuits,
Que n'a point étouffé le poids de mes ennuis !
Aussi, quand vint le jour de notre nouvelle ère,
Je me dis : Trève enfin à mes chants de colère,
Je vais réaliser, sous des astres amis,
Ce rêve poétique à mes destins promis ;
Inutile soldat, rentrons dans notre tente !
Mais l'orage obscurcit l'atmosphère éclatante :
Neuf mois, muet témoin, arrêté sur le seuil,
De notre liberté je vis passer le deuil,
Se hisser au pouvoir comme sur leur domaine
Tous les grands déserteurs de la grande semaine ;

Les hommes tour à tour vendus ou suborneurs ;
La doctrine repue au banquet des honneurs ;
Mes amis de Juillet, dispensateurs d'un trône,
D'une livre de pain sollicitant l'aumône ;
Un ministre orgueilleux, par nos mains établi,
Frappant tout homme pur de dédain ou d'oubli :
Alors, moi-même aussi broyé par l'injustice,
Lacérant de ma main le traité d'armistice,
J'invoquai *Némésis*, patronne de mes vers ;
Non pas cette furie exécrée aux enfers,
Qui, sur le lit d'airain où la torture habite,
Roule un œil égaré dans son profond orbite,
Et dont le fer aveugle immole au même autel
Le contempteur des dieux et le juste mortel ;
Mais cette *Némésis*, auguste vengeresse,
Qui frappe le méchant dans sa coupable ivresse,
Celle qu'André Chénier, poète aux rêves d'or,
Invoquait dans la nuit du sanglant thermidor ;
De la Grèce idolâtre elle n'est point la fille ;
Sur le berceau des temps son premier culte brille ;
Sous les traits de Typhon l'Égypte la rêva ;
Elle est au livre saint dicté par Jéhova :
Quand Aaron, le chef de la tribu d'élite,
Violait au désert la charte israélite ;
Quand devant le veau d'or, sous le mont Sinaï,
Tombait le Décalogue, œuvre d'Adonaï,
Dieu même, qui parlait par la bouche d'un homme,
Révéla *Némésis* dans le Deutéronome,
Satire formidable où la voix du Dieu fort
Flétrissait le parjure et le frappait de mort.
Eh ! qui mieux que le Christ, le Dieu sous forme humaine,
De l'austère critique agrandit le domaine ?
Aux scribes, aux docteurs d'épouvante saisis,
Il lançait chaque jour la sainte Némésis,
Il leur disait : « Malheur sur vous et sur vos pères,
« O sépulcres blanchis, ô race de vipères,
« Maudits ! vous descendez dans les gouffres ardents
« Où l'on verse des pleurs, où l'on grince des dents. »
Heureux l'auteur qui marche avec un tel exemple !
On dit qu'un jour, debout sur l'escalier du temple,

Ce sage, humble de cœur, l'Évangélique Dieu,
Surprit l'agiotage assis dans le saint lieu ;
Qu'il vit même, au milieu des trafics mercenaires,
Les prêtres de la loi, types des doctrinaires ;
Tout à coup, agité d'un sentiment haineux,
Il saisit un long fouet aux satiriques nœuds,
Et mêlant le sarcasme à la colère sainte,
Il chassa les impurs de la divine enceinte.

Voilà ma *Némésis*, celle qui suit mes pas.
Qui me dicte ma haine et ne m'égare pas.
Quant à ma liberté qui de loin t'épouvante,
Que ton erreur transforme en Alecto vivante,
Si je puis te trouver un jour sur mon chemin,
Je veux qu'en souriant tu lui serres la main.
Va, ce n'est point le monstre aux guerres intestines,
Qui court boire le sang au pied des guillotines,
Qui choisit pour amants les valets du bourreau,
Et pour char de triomphe un hideux tombereau.
La mienne la voici : par les peuples gardée,
Sur un lion qui dort elle veille accoudée,
Aux lèvres de ses fils arrache les bâillons,
Regarde du même œil la pourpre et les haillons :
Sa tente est suspendue à la voûte éternelle,
Le monde tout entier palpite sous son aile ;
Chaque empire est le sien ; elle ne connaît pas
Ces cloisons de pays que marque le compas :
Si quelque cri du peuple à son oreille arrive,
Elle brise leurs fers et la main qui le rive ;
Rien ne peut altérer son immuable front ;
Insensible aux clameurs des vieillards qui s'en vont,
S'élevant de son vol au-dessus des tempêtes,
Qu'importe qu'en passant elle froisse des têtes ;
Elle sait bien qu'un jour de sa baguette d'or
Elle doit affranchir ce monde jeune encor.
Alors nous la verrons secouant sur le globe
Les trésors amassés dans les plis de sa robe ;
Elle parsèmera son immense moisson
De la zone torride aux glacières d'Hudson ;
Pour nourrir l'industrie accourue après elle,

Son bras fort bâtira la paix universelle,
Empire ou république, où tous auront des droits,
Règne qu'en six mille ans n'ont pu fonder les rois.
Oh! viennent les beaux jours, précurseurs de cet âge!
Que je puisse compter sur ce grand héritage!
Que mon front soit doré d'un rayon d'avenir,
Poète, et tu verras si j'aime à le ternir;
Ma lyre, fille aussi de la muse chrétienne,
Chantera la concorde aussi haut que la tienne.
Quel bonheur, de son char en brisant les essieux,
De dire à Némésis : Remonte dans les cieux!

BEAUCHESNE (Alcide-Hyacinthe DUBOIS de)

A vingt et un ans, et à peine arrivé de Lorient, sa ville natale, à Paris, il était déjà lancé dans le monde des arts et des lettres. M. de La Rochefoucauld l'avait pris pour chef de cabinet au département des beaux-arts. Il y resta de 1825 à 1830, et s'y concilia toutes les sympathies : « M. de Beauchesne, écrit Alexandre Dumas qui le connut beaucoup, était la véritable lumière de M. de La Rochefoucauld... Charmant garçon de vingt à vingt cinq ans, il est devenu depuis un charmant poète. Cœur loyal, s'il en fut, il avait pris pour devise : *video nec invideo ;* et en effet, qu'aurait-il pu envier ? Tout ce qui était grand l'appelait *frère*, tout ce qui était bon l'appelait *ami.* »

Après la révolution de Juillet, il se voua tout entier aux lettres dans la jolie villa gothique qu'il s'était fait bâtir au bois de Boulogne, avenue de Madrid. Son premier recueil de vers : *Souvenirs poétiques*, parut à la fin de 1830, et n'eut pas moins de trois éditions coup sur coup. Le second, qu'il appela *Livre des jeunes mères*, se fit beaucoup plus attendre : il ne le publia qu'en 1858.

L'histoire l'avait distrait de la poésie. Il avait écrit son volume d'une si touchante et si navrante vérité : *Louis XVII, sa vie, son agonie, sa mort*, qui fut couronné par l'Académie française. M. de Beauchesne est mort il y a trois ans.

L'ÉCOLIER

> La Victoire était sa compagne,
> Et le globe de Charlemagne
> Était trop léger pour ses mains.
> Victor Hugo.

« A genoux ! à genoux ! au milieu de la classe,
    L'enfant mutin !
Dont l'esprit est de feu pour l'algèbre, et de glace
    Pour le latin ! »

Ainsi parlait le maître à l'élève indocile ;
        Car l'écolier
Était du petit nombre ardent et difficile
        A se plier.

Enthousiaste et fier, comme on l'est à son âge
        Dans le Midi,
Ses yeux noirs éclairaient d'une lueur sauvage
        Son front hardi.

Loin de ses compagnons, dans les heures de trêve,
        Pensif et seul,
Aux beaux jours, il s'en va s'asseoir avec son rêve
        Sous un tilleul.

Car aux plaisirs bruyants on dirait qu'il préfère
        Le noir chagrin ;
Et son maître a songé parfois qu'il pourrait faire
        Un bon marin.

L'hiver ! c'est la saison qu'il aime ! que de charmes
        N'a-t-elle pas,
Quand le ciel aux enfants semble jeter des armes
        Pour leurs combats ?

Alors ce sont des forts, des redoutes de neige,
        Un grand château ;
Puis un mouchoir flottant qui couronne le siège
        Comme un drapeau !

Et puis des boulets blancs, dont la grêle foudroie
        Les rangs pressés !
Puis les cris triomphants des soldats, et leur joie
        S'ils sont blessés !

Géographe apprenti, quelquefois il s'amuse
        A situer
Les vieux empires peints sur des cartons, qu'il use
        A remuer.

Un jour que, s'essayant sur la route inconnue
      Qu'il mesura,
Montgolfier triomphant s'envolait dans la nue,
      L'enfant pleura.

Oh ! que ne planait-il ainsi loin de la terre,
      Fier, et pareil
A l'oiseau souverain qui s'en va solitaire
      Droit au soleil !

D'où vient donc cette flamme à cette jeune tête,
      Et ce frisson,
Quand il sent, indigné, qu'une chaîne l'arrête
      Dans sa prison ?

D'où lui vient ce mépris des études vulgaires ?
      Et dans son cœur
Ce tourment, où se mêle avec des bruits de guerres
      Un cri vainqueur ?

A-t-il donc par un coin soulevé le grand voile
      De l'avenir ?
Et d'un secret de gloire entend-il une étoile
      L'entretenir ?

Non ; il pense à son père, à son île captive,
      A son ciel pur,
A ses rivages nus où se roule plaintive
      La mer d'azur ;

Il songe à son rocher qu'il aime mieux qu'un monde ;
      A son berceau
Que le ciel a placé tremblant au bord de l'onde
      Comme un roseau.

Puis il se dit : — Je veux épouser une fille
      D'Ajaccio :
L'été, j'établirai ma petite famille
      A Vecchio.

Que nous serons heureux dans notre maison blanche
      Aux gazons verts,
Qu'indique au gondolier le palmier qui se penche
      Au bord des mers:

C'est là que je mourrai, comme ceux de ma race !
      Car, ignoré,
J'aurai passé dans l'ombre, et sans laisser ma trace
      Je m'en irai !!... —

Alors au fond de l'âme il sentait la tempête
      Qui s'élevait !
Il l'écoutait, croisait les bras, baissait la tête,
      Puis il rêvait....

Rêvait-il qu'il faudrait par front un diadème
      Dans sa maison ;
Et qu'on l'appellerait de son nom de baptême
      Napoléon ! —

« A genoux ! à genoux ! au milieu de la classe,
      L'enfant mutin !
Dont l'esprit est de feu pour l'algèbre, et de glace
      Pour le latin. »

LA VIERGE D'ARGELÈS

C'était dans un vallon dont j'ai chéri l'asile,
Où des prés verdoyants séparent les chalets,
Où, couché sur des fleurs comme un pâtre tranquille,
      Repose l'heureux Argelès.

Je te vis un instant et je te vois encore,
Belle comme ces lieux qui font tout oublier,
Belle de mille attraits que ta candeur ignore :
A la chapelle, un soir tu t'en allais prier.
      Je ne sais si dans ta prière

Tout bas se mêle un nom d'amour,
Je ne sais quel humble séjour
Dieu t'a destiné sur la terre.
Au vallon de Campan, la cloche d'un hameau
Peut-être annonça ta naissance ;
Peut-être s'épanchant auprès de ton berceau
La cascade de Gèdre endormit ton enfance
Au doux murmure de son eau ;
Ou plutôt, sur ces monts qui dépassent la nue
Tu naquis voisine des cieux ;
Les cieux ne t'ont point méconnue ;
Ils ont donné leur calme à ton âme ingénue,
Et leur azur à tes beaux yeux.
Ah! conserve toujours le simple habit de bure
Que ta grand'mère porte encor,
Et la pourpre de ta coiffure
Et le velours de ta croix d'or ;
Que tes jours tout pareils s'en aillent en silence,
Que d'un vain espoir d'opulence
Ton cœur ne soit point combattu ;
A la fleur de tes champs demande ta parure,
Tes spectacles à la nature
Et ton bonheur à la vertu.
Adieu : d'un voyageur si les vœux sont propices,
Tes moissons jauniront au bord des précipices ;
Au coin de ton foyer, l'hiver, en se chauffant,
Les pauvres au bon Dieu diront ton nom prospère,
Et ce Dieu bénira la tombe de ton père,
Et le berceau de ton enfant.

BÉRANGER (Pierre-Jean de)

Sa biographie est partout ; lui-même l'a écrite ; nous ne devons donc que la résumer très sommairement ici. On sait, par sa chanson *le Tailleur et la Fée*, qu'il naquit à Paris en 1780, et que sa première enfance se passa dans la mansarde d'un pauvre vieux tailleur, son grand-père. C'était rue Montorgueil, à l'endroit où se trouve la Halle aux huîtres.

Après quelque temps passé dans une pension du faubourg Saint-Antoine, où il entendit le tapage plus bruyant que terrible de ceux qui prirent la Bastille ; après une seconde étape d'éducation à Péronne où il avait une tante aubergiste, il devint apprenti imprimeur, et se mit à rimer.

À quatorze ans, il avait déjà fait des chansons, que Cousin, d'Avallon, dont plus tard il aida la vieillesse nécessiteuse, voulut bien accueillir dans son recueil annuel, la *Guirlande*. En 1796, Béranger lui en avait déjà donné une trentaine, lorsqu'il vint à Paris, pour se livrer plus complètement aux lettres. Il était sans ressource, elles ne lui en créèrent pas.

Il se désespérait, quand Lucien Bonaparte, à qui on l'avait présenté, lui abandonna, pour vivre, son traitement de membre de l'Institut. C'était le nécessaire ; avec ce qu'il gagna bientôt après, comme collaborateur aux *Annales du musée* de M. Landon, et mieux encore avec les appointements d'une place d'expéditionnaire que lui fit obtenir l'académicien Arnault au secrétariat de l'Université, ce fut la richesse.

L'idée lui vint alors de mettre en volume tout ce qu'il avait écrit : méditations, idylles, chansons surtout, et de dédier le recueil à son bienfaiteur Lucien. On le sut à la censure, et comme le prince était alors en exil, on fit dire à Béranger que la mise en vente ne serait pas permise avec cette dédicace. Il renonça bravement à son livre, et même n'y pensa plus jamais. Ses chansons restèrent dans la *Guirlande* et dans l'*Almanach littéraire*, où j'ai retrouvé, à la page 45 du volume de 1805, et republié le premier dans la *Revue française* (10 août 1857) les couplets qui devaient en être la préface chantée.

Les nouveaux biographes de Béranger s'emparèrent de ma petite trouvaille, mais sans dire, bien entendu, à qui ils la devaient. Je le leur rappelle aujourd'hui, et j'ajoute qu'en m'empruntant l'humble découverte sans remonter au livre où je l'avais faite, ils ont commis une omission, dont je fus le premier coupable, mais que je vais les aider à réparer. En copiant sans doute trop vite, je passai un couplet, le quatrième. On le trouvera plus loin, à sa place, avec les autres.

Béranger, une fois ce recueil abandonné, n'eut pas de cesse qu'un autre ne fût prêt. La chanson du *Roi d'Yvetot*, que lui inspira une enseigne de la rue Saint-Honoré, au coin de la rue du Chantre, en fut l'avant-goût. Il la laissa courir, elle fut chantée par tout le monde, et Napoléon lui-même, dont, par le contraste de cette royauté en bonnet de coton avec son empire si chargé de couronnes, elle était une si amusante satire, ne fut pas le dernier à la fredonner. Quand le volume parut en 1815, toutes ces couronnes de l'Empire étaient par terre. .

Le titre choisi par Béranger était celui-ci: *Chansons morales et autres*. Or, comme les unes, les morales, s'y trouvaient en plus petit nombre que « les autres » ; et comme on se trouvait alors sous un régime qui ne plaisantait pas sur la question des mœurs, il lui fut signifié que sa place au secrétariat de l'Université courrait de grands risques s'il continuait à prendre pour muses Lisette, Frétillon et la Gaudriole.

Il obéit, mais comment? en substituant à la gaîté la politique, qui est bien autrement dangereuse. Son recueil, augmenté d'un volume, où il chantait un peu trop haut la gloire, hélas ! disparue, et, sous prétexte de liberté, l'Empire qui en avait supprimé jusqu'à l'ombre, reparut, fut saisi, et fit perdre à l'auteur sa pauvre petite place. Ce n'est pas tout : une condamnation à trois mois de prison et à cinq cents francs d'amende aggrava cette disgrâce. Il ne restait plus au chansonnier que ses chansons. Cette ressource lui aurait même manqué bientôt, par suite de la banqueroute de son libraire, si M. Laffitte ne lui eût offert sa garantie pour trouver un autre éditeur à des conditions au moins équivalentes.

Il était temps; avant sa faillite, le premier libraire avait lancé une nouvelle édition, et une condamnation nouvelle, plus accablante que la première: dix mille francs d'amende et neuf mois de prison, était survenue.

Ce fut la dernière des tribulations de Béranger. Pour ne pas en avoir d'autres, il voulut n'être rien, lors même que les gouvernements, qui pouvaient le faire arriver à tout, triomphèrent. Après Juillet 1830, il refusa jusqu'à la croix ; après février 1848, nommé représentant, il donna sa démission presque aussitôt; et lorsque revint l'Empire, il repoussa les faveurs qui l'auraient récompensé de ce qu'il avait fait pour ce retour.

Quant à l'Académie, quoiqu'on lui eût accordé de ne pas faire les visites, il ne voulut jamais s'y poser comme candidat. Son influence en toutes choses s'employa pour les autres : à ceux-ci, il ouvrait sa bourse, qu'alimentaient le produit de ses œuvres passées, et des avances sur ses œuvres à venir ; à ceux-là, il prodiguait les conseils, qui n'étaient pas les moins efficace de ses bienfaisances. Aussi, quand il mourut, le 17 juillet 1857, survivant un peu à sa gloire, sinon à sa popularité, aurait-on pu écrire sur sa tombe ce vers de Voltaire, dont il n'avait été que trop le disciple en irréligion et en morale indépendante : .

J'ai fait un peu de bien, c'est mon meilleur ouvrage.

COUPLETS

Air : CHANTONS, CHANTONS.

Mes amis, accueillez ce livre !
Au triste oubli ma muse y livre
    Ses joyeux sons.
Des siècles bravons la mémoire :
De la vôtre j'attends la gloire
    De mes chansons.

Rappelez-vous qu'elles sont nées
Au sein des heures fortunées
    Que nous passons ;
Soit de jeunesse ou de folie,
Un souvenir toujours se lie
    A des chansons.

Qu'aux lieux où règne l'étiquette
On dédaigne la chansonnette :
    Nargue aux façons !
Chantons, et dans son vol rapide
Que du Temps le front se déride
    A nos chansons.

Chanter toujours n'est pas facile,
Mais quand d'un cœur pur et tranquille
    Nous jouissons,
Les refrains de notre jeunesse
Nous inspirent dans la vieillesse
    D'autres chansons.

La vie est une longue enfance ;
Nous sommes tous de l'espérance
    Les nourrissons :
Pleurons-nous un hochet frivole,
Elle nous berce et nous console
    Par des chansons.

Pour nous que l'amitié rassemble,
Nous devons de chanter ensemble
 A ses leçons :
Chant d'amour, de peine et d'ivresse,
Sa douce voix s'unit sans cesse
 A nos chansons.

Avant vous s'il faut que je meure,
Séparés au plus pour une heure,
 Point d'oraisons ;
Dansez tous en rond sur ma cendre,
Amis, et ne faites entendre
 Que des chansons.

LE CINQ MAI

Des Espagnols m'ont pris sur leur navire
Aux bords lointains où tristement j'errais :
Humble débris d'un héroïque empire,
J'avais dans l'Inde exilé mes regrets.
Mais loin du Cap après cinq ans d'absence,
Sous le soleil je vogue plus joyeux :
.Pauvre soldat, je reverrai la France,
La main d'un fils me fermera les yeux.

Dieux ! le pilote a crié Sainte-Hélène !
Et voilà donc où languit le héros ;
Bons Espagnols, là s'éteint votre haine,
Nous maudissons ses fers et ses bourreaux.
Je ne puis rien, rien pour sa délivrance,
Le temps n'est plus des trépas glorieux.
Pauvre soldat, je reverrai la France,
La main d'un fils me fermera les yeux.

Peut-être il dort ce boulet invincible
Qui fracassa vingt trônes à la fois :
Ne peut-il pas, se relevant terrible,
Aller mourir sur la tête des rois ?

Ah! ce rocher repousse l'espérance,
L'aigle n'est plus dans le secret des dieux.
Pauvre soldat..., etc.

Il fatiguait la victoire à le suivre,
Elle était lasse, il ne l'attendit pas :
Trahi deux fois, ce grand homme a su vivre,
Mais quels serpents enveloppent ses pas ?
De tout laurier un poison est l'essence,
La mort couronne un front victorieux.
Pauvre soldat..., etc.

Dès qu'on signale une nef vagabonde,
Serait-ce lui ? disent les potentats.
Vient-il encor rédemander le monde ?
Armons soudain deux millions de soldats...
Et lui peut-être accablé de souffrance
A la patrie adresse ses adieux.
Pauvre soldat..., etc.

Grand de génie et grand de caractère,
Pourquoi d'un sceptre arma-t-il son orgueil ?
Bien au-dessús des trônes de la terre,
Il apparaît brillant sur cet écueil.
La gloire est là comme le phare immense
D'un nouveau monde et d'un monde trop vieux.
Pauvre soldat..., etc.

Bons Espagnols, que voit-on au rivage ?
Un drapeau noir ! ah ! grands dieux ! je frémis.
Quoi! lui, mourir! O gloire, quel veuvage !
Autour de moi pleurent ses ennemis.
Loin de ce roc nous fuyons en silence,
L'astre du jour abandonne les cieux.
Pauvre soldat..., etc.

A MES AMIS DEVENUS MINISTRES

(1831)

Non, mes amis, non, je ne veux rien être ;
Semez ailleurs places, titres et croix ;
Non, pour les cours Dieu ne m'a pas fait naître ;
Oiseau craintif, je fuis la glu des rois.
Que me faut-il ? maîtresse à fine taille,
Petit repas et joyeux entretiens.
De mon berceau près de bénir la paille,
En me créant Dieu m'a dit : Né sois rien.

Un sort brillant serait chose importune
Pour moi, rimeur, qui vis de temps perdu.
M'est-il tombé des miettes de fortune ?
Tout bas je dis : Ce pain ne m'est pas dû.
Quel artisan pauvre, hélas ! quoi qu'il fasse
N'a plus que moi droit à ce peu de bien ?
Sans trop rougir fouillons dans ma besace ;
En me créant Dieu m'a dit : Ne sois rien.

Au ciel, un jour, une extase profonde
Vient me ravir, et je regarde en bas ;
De là, mon œil confond dans notre monde
Rois et sujets, généraux et soldats.
Un bruit m'arrive, est-ce un bruit de victoire ?
On crie un nom : je ne l'entends pas bien.
Grands dont là-bas je vis ramper la gloire,
En me créant Dieu m'a dit : Ne sois rien.

Sachez pourtant, pilotes du royaume,
Combien j'admire un homme de vertu,
Qui regrettant son hôtel ou son chaume
Monte un vaisseau par tous les vents battu.
De loin, ma voix lui crie : Heureux voyage !
Priant de cœur pour tout bon citoyen.

Mais au soleil je m'endors sur la plage.
En me- créant Dieu m'a dit : Ne sois rien.

Votre tombeau sera pompeux sans doute,
J'aurai sous l'herbe une fosse à l'écart ;
Un peuple en deuil vous fait cortège en route ;
Du pauvre, moi, j'attends le corbillard.
En vain on court où votre étoile tombe,
Qu'importe alors votre gîte ou le mien ?
La différence est toujours une tombe.
En me créant, Dieu m'a dit : Ne sois rien.

De ce palais souffrez donc que je sorte,
A vos grandeurs je devais un salut.
Amis, adieu : j'ai derrière la porte
Laissé tomber mes sabots et mon luth.
Sous ces lambris avec vous accourue
La Liberté s'offre à vous pour soutien ;
Je vais chanter ses bienfaits dans la rue.
En me créant, Dieu m'a dit : Ne sois rien.

BERTRAND (Aloysius)

Un des méconnus de l'École romantique. Né en 1807 dans le Piémont, lorsque c'était un département français; retiré ensuite à Dijon, où il défendit dans les feuilles locales le système de la décentralisation littéraire, il oublia trop Paris, qui se vengea en ne voulant pas le connaître.

Il n'y vint guère que pour chercher un éditeur, et mourir; encore la mort se fit-elle moins attendre que le libraire.

Quand Eugène Renduel, à qui le sonnet qui va suivre est adressé, et qui depuis 1834 promettait le recueil du poète, prit enfin, en 1842, le parti de le publier sous ce titre : *Gaspard de la nuit, fantaisie à la manière de Rembrandt et de Callot*, Bertrand était mort depuis un an. Où? à l'hôpital Necker !

SONNET

A EUGÈNE RENDUEL

Quand le raisin est mûr, par un ciel clair et doux,
Dès l'aube, à mi-coteau, rit une foule étrange :
C'est qu'alors dans la vigne, et non plus dans la grange,
Maîtres et serviteurs, joyeux, s'assemblent tous.

A votre huis, clos encor, je heurte. Dormez-vous ?
Le matin vous éveille, élevant sa voix d'ange :
— Mon compère, chacun, en ce temps-ci, vendange;
Nous avons une vigne : eh bien ! vendangeons-nous ?

Mon livre est cette vigne, où, présent de l'automne,
La grappe d'or attend, pour couler dans la tonne,
Que le pressoir noueux crie enfin avec bruit.

J'invite mes voisins, convoqués sans trompettes,

A s'armer promptement de paniers, de serpettes.
Qu'ils tournent le feuillet : sous le pampre est le fruit.

5 octobre 1840.

BALLADE

O Dijon, la fille
Des glorieux ducs,
Qui portes béquille
Dans tes ans caducs ;

Jeunette et gentille,
Tu bus tour à tour
Au pot du soudrille
Et du troubadour.

A la brusquembille
Tu jouas jadis
Mule, bride, étrille,
Et tu les perdis.

La grise bastille
Aux gris tiercelets
Troua ta mantille
De trente boulets.

Le reître, qui pille
Nippes au bahut,
Nonnes sous leur grille,
Te cassa ton luth.

Mais à la cheville
Ta main pend encor
Serpette et faucille,
Rustique trésor.

O Dijon, la fille
Des glorieux ducs,
Qui portes béquille
Dans tes ans caducs :

Ça, vite une aiguille,
Et de ta maison
Qu'un vert pampre habille,
Recouds le blason.

BLAZE DE BURY (Henri)

C'est un allemand provençal. Né en 1816, à Cavaillon, comme son père Castil-Blaze, il s'éprit de l'Allemagne, mais n'y toucha que pour la colorer. Ses premiers essais furent pour la *Revue de Paris* et la *Revue des Deux-Mondes*, que dirigeait son beau-frère François Buloz.

C'est dans la première qu'il publia, au mois de novembre 1837, la poésie qu'on lira plus loin, et qu'il oublia de joindre à son recueil *Intermèdes et poèmes*, qui parut en 1859.

Ses principaux ouvrages sont une traduction complète du *Faust*, et un livre du plus vif intérêt, *Meyerbeer et son temps*, qu'aucun autre que lui n'aurait pu écrire. C'est l'historique animé de ses relations avec le grand compositeur pour lequel il avait fait le plus original des poèmes d'opéra, la *Jeunesse de Goëthe*, malheureusement inédit encore comme la partition qu'il a inspirée.

CHANSON DU SOIR

A MEYERBEER

Mais, silence ! le jour décline ;
Déjà les bois de la colline
Sous un voile épais de bruine
Commencent à se dérober ;
L'oiseau s'endort, la fleur nocturne
S'éveille et prépare son urne
Pour les trésors qui vont tomber.

Une vapeur rose et fluide
Enveloppe la terre humide,
Et semble à l'œil, en descendant,
La poussière d'or que secoue
Le soleil qui plonge sa roue
Dans l'ornière de l'occident.

4

La charrette revient couverte
De la plus belle moisson verte
Que puisse donner le jardin ;
Et tandis que la fleur nouvelle
File sa robe la plus belle,
Ignorante de son destin,
Du haut du chariot superbe
Les épis verts et les brins d'herbe,
Déjà liés et mis en gerbe
Par l'avide main du faucheur,
Déplorant leur tige flétrie,
Pour derniers baisers à la vie
Jettent au vent de la prairie
Leur mélancolique senteur.

Pauvres fleurs, dont le sort s'achève !
Et sentant s'épancher leur sève
Goutte à goutte par le chemin,
En mourant se tournent encore
Vers l'endroit du ciel où l'aurore
Se lèvera le lendemain.

Silence ! la journée est close :
Voici l'heure où l'on se repose.
Femmes, artisans, écoliers,
Laissez là les graves volumes,
Et les marteaux et les enclumes,
Et les rouets et les métiers.

Écoutez la cloche du maître
Qui sonne l'heure de renaître
A la vie, à l'air, au ciel bleu ;
Et celle de l'auguste enceinte,
Qui forme la prière sainte.
Voici la fin du jour qui tinte ;
Louez Dieu, frères, louez Dieu....

Louez Dieu, vous, docteurs sublimes,
En sortant des sombres abîmes
Où vos fronts se penchent en vain,

Pour venir tous, libres d'envie,
Sur l'aile de la fantaisie
Contempler l'horizon divin....

Louez Dieu, forgerons robustes,
L'âme heureuse et le cœur dispos,
En donnant des mesures justes
Aux saintes heures du repos;
En quittant la maison des flammes,
Pour aller retrouver vos femmes,
Qui béniront votre retour;
En saluant l'aïeule grise,
Dans son fauteuil de chêne assise;
En jetant sur la table mise
Le joyeux salaire du jour.

BRIZEUX (Auguste)

Son nom, qui, avec la simple variante d'une lettre, *Briseuk*, signifie Breton, en langue bretonne, le prédestinait aux inspirations de la muse de son pays. C'est par elle qu'il se fit un nom.

Une pièce qu'il écrivit à vingt-deux ans, en 1828, pour l'anniversaire de la naissance de Racine, peu de temps après son arrivée de Lorient à Paris, passa inaperçue.

Il cherchait sa voie, mêlé à beaucoup d'autres impatients de la même vocation et du même âge, tels que G. Farcy, dont la mort vaillante lui inspira des vers fort peu connus qu'on lira plus loin.

C'est peu après, en 1831, que Brizeux se révéla. Un amour de sa première jeunesse, presque de son enfance, lui était revenu au cœur, et il avait écrit le poème charmant de *Marie*, tout imprégné des souvenirs de la ferme du Moustoir et des fraîcheurs du Scorff, sa rivière natale.

Marie, qu'il y chantait, n'était pas un personnage imaginaire. N'ayant guère que quinze ans, il l'avait connue au temps des vacances près de Quimperlé, à Arzannô, où se trouve le Moustoir. Son vrai nom était Marianne Pelann. Elle ne parlait que le breton, et, quand elle mourut, il y a quelques années, riche fermière, bonne épouse et bonne mère, elle n'avait pas lu un seul vers du poème dont elle était l'héroïne inconsciente.

Brizeux, après *Marie*, n'eut que de médiocres succès avec les *Ternaires* ou *Fleurs d'or*, et les *Bretons*, recueil pour lequel on lui reprocha de n'avoir pas évité l'écueil qu'il avait habilement tourné dans son poème de *Marie* : il y était par trop bretonnant.

Son pays l'avait complètement repris. Quand il mourut en 1858, à cinquante-deux ans, il ne voulut de ceux auxquels il léguait son maigre héritage qu'une seule grâce: un coin de terre où il fût inhumé comme dans son berceau, à quelques pas du Scorff, près d'un chêne et d'une pierre celtique surmontée d'une croix. Il fut exaucé. On a, suivant ses vœux, donné au poète breton cette tombe où il semble que se résume toute la Bretagne.

MARIE

O maison du Moustoir ! combien de fois la nuit,
Ou lorsque sur le port j'erre parmi le bruit,
Tu m'apparais ! ce sont les toits de ton village
Baignés à l'horizon en des mers de feuillage.
Une grêle fumée au-dessus; dans un champ,
Une femme de loin appelant son enfant,
Ou bien un jeune pâtre, assis près de sa vache,
Qui, tandis qu'indolente elle paît à l'attache,
Entonne un air breton, un air breton si doux,
Qu'en le chantant ma voix vous ferait pleurer tous. —
Oh ! les bruits, les odeurs, les murs gris des chaumières,
Le petit sentier blanc et bordé de bruyères,
Tout renaît comme au temps où pieds nus, sur le soir,
J'escaladais la porte et courais au Moustoir :
Et, dans ces souvenirs où je me sens revivre,
Mon pauvre cœur troublé se délecte et s'enivre !
Aussi, sans me lasser tous les jours je revois
Le haut des toits de chaume et le bouquet de bois,
Au vieux puits la servante allant emplir ses cruches,
Et le courtil en fleurs où bourdonnent les ruches,
Et l'aire, et le lavoir, et la grange ; en un coin,
Les pommes par monceaux, et les meules de foin,
Les grands bœufs étendus aux portes de la crèche,
Et devant la maison un lit de paille fraîche.
Et j'entre, et c'est d'abord un silence profond,
Une nuit calme et noire ; aux poutres du plafond
Un rayon du soleil, seul, darde sa lumière,
Et tout autour de lui fait danser la poussière.
Chaque objet cependant s'éclaircit ; à deux pas,
Je vois le lit de chêne et son coffre, et plus bas
Vers la porte, en tournant, sur le bahut énorme,

4.

Pêle-mêle bassins, vases de toute forme,
Pain de seigle, et laitage, où plonge la cuiller ;
Enfin, plus bas encor, sur le bord du foyer,
Penchée, en travaillant, vers le grillon qui crie,
A son rouet j'aperçois la petite Marie
Qui, sous sa jupe blanche arrangeant ses genoux,
Avec son doux parler de loin me dit : C'est vous !
. . . .
. . . .
Bien des jours ont passé depuis cette journée,
Hélas ! et bien des ans ! dans ma quinzième année,
Enfant, j'entrais alors ; mais les jours et les ans
Ont passé sans ternir ces souvenirs d'enfants,
Et d'autres jours viendront, et des amours nouvelles,
Et mes jeunes amours, mes amours les plus belles,
Dans l'ombre de mon cœur mes plus fraîches amours,
Mes amours de quinze ans refleuriront toujours !

RAPHAEL

Tu reçus en naissant le don de la beauté ;
Un front pur, un regard plein de sérénité,
D'où sortait par éclairs, comme une chaste flamme,
L'idéale beauté que renfermait ton âme ;
Les vierges, les enfants et les anges de Dieu,
Ce qu'on voit de plus pur en tout temps, en tout lieu,
Morts à jamais sans toi, retrouvèrent la vie,
Et ta main amoureuse en sema l'Italie ;
Amour et gloire à toi, peintre envoyé du ciel,
Jeune ange au long profil appelé Raphaël !

A. G. FARCY

TUÉ PRÈS DU LOUVRE DANS LA JOURNÉE DU 29 JUILLET 1830

Oh ! toujours j'enviai, Farcy, de te connaître,
Car toi, me connaissant, m'aurais aimé peut-être,

Pauvre cœur, qui d'une ombre, hélas ! t'intimidais,
Attentif à cacher l'or pur que tu gardais.
Un soir, en nous parlant de Naple et de ses grèves,
Beaux pays enchantés où se plaisaient tes rêves,
Ta bouche eut un instant la douceur de Platon ;
Tes amis souriaient, lorsque changeant de ton
Tu devins brusque et sombre et te mordis la lèvre,
Fantasque, impatient, rétif comme la chèvre ;
Ainsi tu te plaisais à secouer la main
Qui venait sur ton front essuyer ton chagrin.
Que dire ? le linceul aujourd'hui te recouvre,
Et, j'en ai peur, c'est lui que tu cherchais au Louvre.
Dors en paix, pauvre cœur, dors, car tu fus pleuré
Par un ami bien vrai, de toi-même ignoré ;
A mon tour un ami que je n'ai pu connaître
Sur ma tombe... qui sait ?... viendra pleurer peut-être.

Août 1830.

CARLIER (Théodore)

On ne sait rien sur ce poète. Ses deux recueils de vers, publiés en plein romantisme : *Voyages poétiques, suivis d'une traduction du Giaour* (de Byron), 1829, in-8 ; et Ψύχη (Psyché), *Études*, qui parut en 1838, et fut, je ne sais pourquoi, attribué, dans ces derniers temps, à M. Jules Favre ; voilà toute sa vie publique, toute son œuvre.

Selon Charles Asselineau, qui lui a consacré, dans sa *Bibliographie romantique*, quelques pages où son talent, qui s'était mûri par la méditation et la pratique des vers, est fort bien apprécié, Carlier serait mort, vers 1840, professeur en province.

Sa première poésie, l'*Aveugle*, avait été publiée dans les *Annales romantiques*, 1827-1828.

SONNET

Désert pour qui le ciel n'a point d'eau fécondante,
Le Sahara sans borne, océan sablonneux,
Déroule au loin ses flots, comme un serpent ses nœuds,
Quand le simoun le fouette avec son aile ardente.

Là, se traîne la soif dont la langue est pendante ;
Là, le pied brûle au sol ; là, nul trou caverneux
N'offre d'ombre ; et l'hyène, au regard soupçonneux,
Y fait rugir l'écho de sa voix discordante.

Là, baigné de fatigue, on s'égare souvent
A chercher le palmier qui rafraîchit le vent,
Et près de l'oasis le ruisseau qui tournoie.

Point vague, imperceptible, à l'horizon perdu !
Ainsi le cœur, grand piège à tous les maux tendu,
Est si large au chagrin que le bonheur s'y noie !

CHATEAUBRIAND (François-René
et non Auguste de)

Nous ferons pour lui comme pour Balzac. Le poète nous occupera seul. C'est ce qu'il voulut être d'abord. Quand, en 1789, n'ayant que vingt ans, il vint de Saint-Malo à Paris, l'unique gloire à laquelle « il aspira » — lui-même le disait plus tard en riant, — c'était de faire insérer quelques vers dans l'*Almanach des Muses*. Il l'obtint, grâce à Delisle de Salles. Le volume de 1790 publia de lui, p. 205-206, une pièce : l'*Amour de la campagne*, qu'on lira plus loin.

Espérant mieux faire, il n'avait pas signé cet essai. Il avait mis seulement à la fin : par le chevalier de C... Il réservait son nom tout entier et sans voile pour de plus grandes œuvres. On sait qu'elles sont venues, mais en prose. L'*Almanach des Muses* n'en put donc rien avoir. Je ne vois pas qu'il y soit retourné. S'il fit encore des vers, ce fut à de rares intervalles, mais son style en garda le rhythme et le timbre : « Chateaubriand, a fort bien dit son ami Chênedollé, est le seul écrivain en prose qui donne la sensation du vers. »

Ce n'est que trente-six ans plus tard que nous trouvons des vers de lui dans un recueil. En 1824, les *Annales romantiques* publient sa petite élégie *la Forêt*, où le sentiment de mélancolie, entrevu dans ses vers de 1790, se fait encore plus délicatement sentir.

Comme tout le monde en son temps, il avait rimé une tragédie de jeunesse, un *Moïse* en cinq actes. Il eut le tort de ne pas l'oublier. On la joua, après plusieurs lectures chez madame Récamier, et elle fut sifflée.

Quelques strophes, dont au contraire on se souviendra toujours, l'avaient heureusement vengé d'avance. Elles sont un des charmes de sa nouvelle, *le Dernier Abencérage*, qui parut pour la première fois dans l'édition des œuvres complètes, 1826-1831.

L'idée de cette romance lui était venue en 1805, au mont Dore, en entendant chanter par un pâtre un air qu'il n'eut qu'à rendre moins vif et moins gai que ne le faisait le joyeux garçon : « En ralentissant, disait-il à M. de Marcellus, la mesure au gré de la mélancolie, l'hilarité du pâtre s'est changée en complainte de l'exilé. Les paroles alors me sont venues d'elles-mêmes. »

Pour Sainte-Beuve, et il a raison, c'est « une perle de grâce et d'innocence. »

Les premiers vers de ces couplets étaient la véritable ins-
cription qu'il eût fallu mettre, après sa mort. en 1848, sur le
tombeau qu'il s'était fait préparer au bord de sa mer natale,
sur le Grand-Bey près de Saint-Malo.

LE MONTAGNARD EXILÉ

Combien j'ai douce souvenance
Du joli lieu de ma naissance ;
Ma sœur, qu'ils étaient beaux les jours
   De France !
O mon pays, sois mes amours
   Toujours !

Te souvient-il que notre mère
Au foyer de notre chaumière
Nous pressait sur son cœur joyeux,
   Ma chère,
Et nous baisions ses blancs cheveux
   Tous deux ?

Ma sœur, te souvient-il encore
Du château que baignait la Dore
Et de cette tant vieille tour
   Du Maure,
Où l'airain sonnait le retour
   Du jour ?

Te souvient-il du lac tranquille
Qu'effleurait l'hirondelle agile,
Du vent qui courbait le roseau
   Mobile,
Et du soleil couchant sur l'eau,
   Si beau ?

Oh ! qui me rendra mon Hélène,
Et ma montagne, et le grand chêne ?

Leur souvenir fait tous les jours
Ma peine,
Mon pays sera mes amours
Toujours !

L'AMOUR DE LA CAMPAGNE

Que de ces prés l'émail plaît à mon cœur !
Que de ces bois l'ombrage m'intéresse !
Quand je quittai cette ombre enchanteresse,
L'hiver régnait dans toute sa fureur.
Et cependant mes yeux demandaient ce rivage ;
Et cependant d'ennuis, de chagrin dévoré,
Au milieu du palais, d'hommes froids entouré,
Je regrettais partout mes amis du village :   [jours.]
Mais le printemps me rend mes champs et mes beaux
Vous m'allez voir encore, ô verdoyantes plaines,
Assis nonchalamment auprès de vos fontaines,
Un Tibulle à la main, me nourrissant d'amours.
Fleuve de ces vallons, là, suivant tes détours,
J'irai seul et content gravir ce mont paisible ;
Souvent tu me verras inquiet et sensible,
Arrêté sur tes bords en regardant ton cours.
J'y veux terminer ma carrière ;
Rentré dans la nuit des tombeaux
Mon ombre encor, tranquille et solitaire,
Dans les forêts cherchera le repos.
Au séjour des grandeurs mon nom mourra sans gloire,
Mais il vivra longtemps sous les toits de roseaux ;
Mais d'âge en âge en gardant leurs troupeaux,
Des bergers attendris feront ma courte histoire :
Notre ami, diront-ils, naquit sous ce berceau,
Il commença sa vie à l'ombre de ces chênes ;
Il la passa couché près de cette eau,
Et sous les fleurs sa tombe est dans ces plaines.

1790.

LA FORÊT

Forêt silencieuse, aimable solitude,
Que j'aime à parcourir votre ombrage ignoré !
Dans vos sombres détours, en rêvant égaré,
J'éprouve un sentiment libre d'inquiétude !
Prestige de mon cœur ! je crois voir s'exhaler
Des arbres, des gazons, une douce tristesse.
Cette onde que j'entends murmure avec mollesse,
Et dans le fond des bois semble encor m'appeler.
Oh ! que ne puis-je, heureux, passer ma vie entière
Ici, loin des humains !... Au bruit de ces ruisseaux,
Sur un tapis de fleurs, dans ce lieu solitaire,
Qu'ignoré, je sommeille à l'ombre des ormeaux !
Tout parle, tout me plaît sous ces voûtes tranquilles :
Ces genêts, ornements d'un sauvage réduit,
Ce chèvrefeuille atteint d'un vent léger qui fuit,
Balancent tour à tour leurs guirlandes mobiles ;
Forêts ! agitez-vous doucement dans les airs !
A quel amant jamais serez-vous aussi chères ?
D'autres vous confieront des amours étrangères ;
Moi, de vos charmes seuls j'entretiens les déserts.

COLET (Mme LOUISE)

Née à Aix, le 15 septembre 1810, dans une famille d'artistes lyonnais, les Révoil, elle épousa, n'ayant guère que vingt ans, Hippolyte Colet, d'Uzès, ancien lauréat du Conservatoire, où il devint plus tard professeur.

En 1835, elle était à Paris, qu'elle ne quitta plus guère que pour l'Italie. Elle s'y fit bientôt de nombreuses amitiés dont quelques-unes très puissantes, surtout à l'Académie française, qui lui décerna quatre fois le prix de poésie. On s'émut de cette persistance de succès. Les *Guêpes* d'Alphonse Karr vinrent rôder autour de ces couronnes. Madame Colet piquée au vif ne répliqua pas avec la plume. Elle attendit le journaliste, à la nuit brune, et le frappa. Pour toute vengeance, il lui prit son arme des mains, et la fit dessiner dans le numéro suivant de son pamphlet. Le poignard de cette muse était un couteau de cuisinière! Au-dessous il avait écrit : « Offert .... dans le dos par madame L. Colet. »

En 1836, elle avait publié un premier recueil *Fleurs du Midi,* où l'on sent la chaude influence du soleil natal. En 1839, un nouveau volume, *Penserosa,* d'une inspiration non moins pénétrante et colorée, en fut la suite. Ce sont, vu l'espace que nous nous sommes tracé, les seules poésies d'elle où nous ayons dû puiser.

Dans un de ses voyages au midi de l'Italie, elle courut un réel danger. Les paysans d'Ischia que le choléra décimait s'imaginèrent que c'était elle qui avait apporté la contagion. S'il faut en croire le récit qu'elle en a fait dans son volume, *Les derniers abbés,* elle ne leur échappa qu'à grand'peine.

En 1839, elle se mêla de la querelle de madame Sand et de M. Paul de Musset à propos de l'illustre frère de celui-ci. Deux romans biographiques, *Lui et elle* et *Elle et lui,* étaient déjà les gages de cette lutte ; elle en lança un troisième, *Lui!* qui est peut-être son livre le plus vrai, le plus vivant.

Madame Louise Colet est morte, il y a trois ans (1876).

JALOUSIE

Jeunes femmes, parfois, quand je vais me mêler
A vos jeux... si je sens mon âme se troubler ;

Si soudain sur mon front une ride se creuse,
Si ma pensée empreint sa trace douloureuse
Sur mes traits que l'on voit se couvrir de pâleur,
Ce n'est point jalousie, ô femmes ! c'est douleur
Du bonheur passager de la nouvelle épouse,
De ses illusions je ne suis pas jalouse.
Quand elle apparaît, j'aime à l'entendre applaudir,
A voir sous l'oranger son front pur resplendir,
Sa parure éblouir la foule qui l'entoure ;
J'aime à la croire heureuse, alors qu'elle savoure
Cet encens que le monde aux femmes jette un jour,
Encens de vanité, parfumé par l'amour !...
Mais ce qui me torture et fait fléchir mon âme,
C'est de voir auprès d'elle assise une autre femme,
Jeune de son bonheur dont elle prend sa part,
Fière de ses succès, l'adorant du regard,
Et la nommant tout haut sa fille. Oh! peine amère;
Je suis jalouse alors, car je n'ai plus de mère !

LES FLEURS QUE J'AIME

Fleurs arrosées
Par les rosées
Du mois de mai,
Que je vous aime !
Vous que parsème
L'air embaumé !

Par vos guirlandes,
Les champs, les landes,
Sont diaprés :
La marguerite
Modeste habite
Au bord des prés.

Le bluet jette
Sa frêle aigrette

Dans la moisson :
Et sur les roches
Pendent les cloches
Du liseron.

Le chèvrefeuille
Mêle sa feuille
Au blanc jasmin ;
Et l'églantine
Plie et s'incline
Sur le chemin.

Coupe d'opale,
Sur l'eau s'étale
Le nénuphar ;
La nonpareille
Offre à l'abeille
Son doux nectar.

Sur la verveine
Le noir phalène
Vient reposer ;
La sensitive
Se meurt, craintive,
Sous un baiser.

De la pervenche
La fleur se penche
Sur le cyprès ;
L'onde qui glisse
Voit le narcisse
Fleurir tout près.

Fleurs virginales,
A vos rivales,
Roses et lis,

Je vous préfère,
Quand je vais faire,
Dans les taillis,

Une couronne,
Dont j'environne
Mes blonds cheveux,
Ou que je donne
A la madone,
Avec mes vœux.

AU BORD DE LA MER

Debout, sur les rochers où ta voix se lamente,
M'enivrant de ta force et de la majesté,
Je te vois tantôt calme et tantôt véhémente,
    Déserte immensité !

O mer, je t'aime ainsi, sublime, solitaire,
Repoussant les pêcheurs, dédaignant les vaisseaux,
Et semblant tour à tour plaindre ou railler la terre
Avec les cris stridents qui sortent de tes eaux.

*
* *

Oh ! que nous voulez-vous, vagues insidieuses !
Parfois vous vous dressez avec des bruits si doux
Que l'essaim éperdu des âmes malheureuses
    Voudrait aller à vous.

Montez, montez vers ceux que l'angoisse consume !
Couvrez leurs pieds lassés et leurs fronts abattus ;
Ensevelissez-les dans votre blanche écume,
Vous pleurerez sur eux quand ils ne seront plus.

CORAN (Charles)

Un inconnu qu'on devrait connaître. Patronné, ou plutôt aiguillonné par Brizeux, qui l'avait pressenti poète, il publia en 1840, à vingt-six ans, un premier recueil *Onyx*, qui a tout le poli et les purs reflets de la pierre sur laquelle il aime à faire jouer les rimes avec ses pensées. Pour donner la raison du titre de son volume, il le termine par ce distique :

> Mais du moins, j'aurai fait d'une main jeune encore
> Reluire sur l'onyx le profil que j'adore.

En 1847, il a donné un recueil nouveau, *Rimes galantes*, « mélange heureux, dit Monselet, de Parny et de Musset ; » puis, en 1869, après un silence trop long, un troisième volume, où dès le titre perce je ne sais quoi de ce précieux dont M. Coran ne s'est peut-être pas assez défendu. Il s'appelle *Dernières élégances*.

Quoi que je pense de l'étiquette, je suis encore de l'avis de Monselet pour le reste : « Pourquoi dernières ? dit-il. Tant qu'il existera des gourmets littéraires, il y aura des lecteurs pour M. Coran. »

LE VIN DE JURANÇON

Petit vin doux de Jurançon,
Êtes-vous gai dans ma mémoire !
Avec mon hôte et sa chanson,
Sous les rosiers j'allais vous boire.

Passant par là, vingt ans après,
J'ai retrouvé sous la tonnelle
Mon hôte, assis, toujours au frais,
Chantant la même ritournelle.

Le verre en main, rubis dans l'œil,
On trinque, on boit... mais quel vinaigre !

Jamais piquette d'Argenteuil
A mon palais ne fut plus aigre.

Pourtant c'est le cru du bon temps,
Le jus pareil, la même tonne. . . .
C'est vous, gaieté de mon printemps,
Qui manquez au vin de l'automne.

FLEURS

Le docte horticulteur pas à pas me conduit,
Et j'affronte un discours devant chaque produit.
Il me vante en latin sa rose panachée,
Sa tulipe à fond bleu, sa pivoine tachée.
« Mon cher monsieur, veuillez regarder cet œillet;
Admirez ma pervenche et mes lis, s'il vous plaît. »
J'admire, et le savant, de peur de quelque fraude,
D'un œil de bijoutier lorgne sa serre chaude.
Que fait-il de ses fleurs? Il attend le grand jour
Où les échantillons iront au Luxembourg :
Là, le jury décerne un prix à sa bruyère;
A son jasmin le roi donne une tabatière;
La croix d'honneur revient à ses camélias :
Et si la greffe enfin bleuit ses dahlias,
Notre homme, c'en est fait, entre à l'Académie.
A sa place... mon Dieu! que de fleurs pour ma mie!

DELATRE (Louis)

Poète et philologue, qui associe par une union que son talent semble rendre naturelle la poésie et l'hébreu, la rime et le sanscrit.

Nous ne nous occuperons pas du linguiste; nous ne verrons en M. Delâtre que le poète.

On connaît de lui trois recueils : *Chants d'un voyageur; Au bord de la Baltique* et *Chants de l'exil.* Quoique parisien, M. Delâtre fit paraître les deux premiers à l'étranger, l'un à Lausanne, en 1840, lorsqu'il avait vingt-cinq ans; l'autre à Riga en 1842.

Le troisième seul, *Chants de l'exil,* qui, par son titre, aurait dû avoir un même point de départ, fut publié à Paris en 1843. M. Delâtre y fut longtemps collaborateur de l'*Artiste* et de l'*Illustration.*

Il vit maintenant à Rome avec sa femme, qui est, elle aussi, un poète distingué.

A L'OCÉAN

Rugis, vieil Océan! rugis, lion superbe!
L'homme, sur tes déserts, flotte comme un brin d'herbe;
Des volcans altérés tu nourris les ardeurs;
Des races de géants peuplent tes profondeurs;
Ton haleine disperse et brise les navires;
Le moindre de tes flots dévore des empires;
Tandis qu'au bruit confus des vagues et du vent,
Sur tes bords déchirés, je m'égare en rêvant,
Ta surface infinie offre à mes yeux l'emblème
De cet autre océan que je porte en moi-même,
Serein dans l'espérance, orageux dans l'effroi,
Changeant, mystérieux, immense comme toi!
Pour les infortunés ton aspect a des charmes,
Océan, n'es-tu pas le fleuve de nos larmes?

Tes murmures plaintifs et tes rugissements
Ne sont-ils pas l'écho de nos gémissements?

Terrible, échevelé, de ta couche profonde
Tu t'élances; ta voix ébranle au loin le monde.
Comme le Tout-Puissant, sur l'abîme porté,
De nuages vêtu, de foudres escorté,
Tu roules sur un char traîné par la tempête,
La trombe est dans tes mains, l'orage est sur ta tête;
Le flambeau de la mort t'éclaire et te conduit,
La terreur te devance et le chaos te suit,
Berceau de l'univers, toi qui seras sa tombe,
Abîme d'où tout sort, abîme où tout retombe,
Viens balayer ce monde impur; viens submerger
Tous les peuples toujours prêts à s'entr'égorger!

DELAVIGNE (Casimir)

Né au Havre en 1793, mais élevé à Paris, il faisait des vers dès l'âge de dix-huit ans, et arrivait presque aussitôt à être lauréat de l'Académie française.

C'était aller trop vite. Le courant poétique était mauvais en ce temps de littérature impériale. Il s'en imprégna trop, il y contracta de mauvaises habitudes de périphrases et de tournures rhétoriciennes, qui l'empêchèrent de prendre le ton juste quand s'élevèrent les grandes voix du Romantisme. Au milieu de leur concert il ne put faire entendre qu'une note mixte, que leur éclat a peu à peu couverte, malgré tout ce qu'il déploya de soin, de volonté, pour qu'elle prît le dessus.

Sa première éducation poétique, de laquelle la sincérité dans l'accent, le simple et le vrai dans l'expression, étaient autant de qualités proscrites, le gêna, le paralysa toujours. Sauf de rares éclairs, et quelques véritables élans de franchise, on en sent partout l'entrave : dans *les Vépres siciliennes* d'abord, qui fut en 1819 son début au théâtre ; dans le *Paria* deux ans après ; dans *Marino Faliero* en 1829, bien qu'ici l'inspiration de Byron et le souffle qui lui venait d'Italie l'eussent un peu dégagé et coloré.

Son *Louis XI*, trop pris dans Walter Scott, et pas assez dans les historiens, n'eut pas, en dépit d'un grand soin de style et de belles parties dramatiques, beaucoup plus de justesse de ton que de vérité historique.

Dans les *Enfants d'Edouard*, joué l'an d'après, c'est-à-dire en 1832, il sent l'aiguillon de Shakespeare et arrive, avec un style plus simple, à des effets plus vrais. Le coloris manque encore. Un tableau de Paul Delaroche l'a inspiré, et il a fait une tragédie à la Paul Delaroche.

Sa *Famille au temps de Luther*, la seule tragédie qui ait été faite en un acte, vibre d'un assez fougueux élan de fanatisme, mais le souffle en est trop court. Nous aimons mieux *La fille du Cid*, jouée d'abord à la Renaissance en 1839, et reprise au Théâtre-Français avec un succès trop froid. On y trouve d'admirables scènes. Delavigne a saisi la vraie forme. Son vers parle enfin à l'unisson de celui des meilleurs Romantiques en leurs meilleures œuvres.

Dans ses comédies en vers : *les Comédiens*, qu'il écrivit en 1820 par vengeance d'un refus du comité du Théâtre-Français ; *l'École des vieillards*, sa plus remarquable et sa plus remarquée ; *la Princesse Aurélie*, qui tomba à la scène sans pouvoir

5.

se relever à la lecture ; *la Popularité,* qui ne fut pas plus heureuse, quoique avec des qualités plus fortes ; il pèche encore par l'excès de périphrase et d'élégance trop rhétoricienne. On n'y sent ni le franc comique de Molière ni le rire étincelant de Regnard. Il procède de Gresset dans *le Méchant.* Son vers est, comme le sien, bien moins le vers alerte de la comédie que celui plus empesé de l'épître.

Son *Don Juan d'Autriche,* qu'il écrivit en prose, est du Scribe littéraire, avec trop d'esprit pour que l'histoire y parle juste ; et trop de drame pour qu'elle ne soit pas faussée.

Ses trois actes du *Conseiller rapporteur* valent mieux. C'est de la farce, un peu grosse pour le Théâtre-Français, où, du reste, elle fut accueillie froidement ; mais sincère, et riant d'un bon rire. Il ne s'était pas nommé. Le prologue en vers libres était la seule chose qu'il y eût signée.

Il avait de ces pudeurs, quand il croyait qu'une œuvre pourrait le faire plus ou moins déchoir de son sérieux tragi-comique.

Pour ses poésies il fit de même. Tandis qu'il multipliait au grand jour, en s'en faisant gloire, les éditions de ses *Messéniennes,* si peu lisibles aujourd'hui, avec leur versification de l'Empire, où la phraséologie du rhéteur parle plus haut que le cœur du patriote, il cachait obscurément dans un recueil son admirable ballade, l'*Ame du Purgatoire ;* dans le coin d'une note, sa romance de la *Brigantine* où Mme Pauline Duchambge la découvrit pour la mettre en musique ; et je ne sais où, son adorable pièce de *Néra,* que Scudo ramassait de même pour y appliquer une de ses plus pures mélodies.

Ce sont trois perles, pour lesquelles nous donnerions toutes ses *Messéniennes,* les premières comme les dernières, y compris ce fameux chant de juillet, cette *Marseillaise* essoufflée de 1830, *la Parisienne,* comme on l'appelle aujourd'hui, et dont le vrai nom est *la Marche parisienne.*

Delavigne n'a retrouvé l'inspiration des trois pièces que nous venons de signaler que pour quelques-uns de ses *Derniers chants,* publiés en 1845 par son frère Germain. Il y avait alors deux ans qu'il était mort, à Lyon, en revenant d'Italie, emporté par une maladie de poitrine que sa manière de travailler avait aggravée.

Il composait de mémoire ; or en se répétant continuellement ses vers, soit pour les refaire et les polir, soit pour ne pas les oublier, il s'était exténué la poitrine. Son horreur d'écrire était telle, qu'en 1825, afin d'échapper à la prose pour laquelle la mémoire est plus rebelle, et la plume plus nécessaire, il fit en vers son discours de réception à l'Académie française, et le récita avant de l'avoir transcrit. Depuis Crébillon, l'on n'y avait pas vu pareil tour de force.

Non seulement le poète avait ainsi abrégé sa vie, mais il tua avec lui sa dernière œuvre, une tragédie de *Mélusine,* entièrement achevée, et qu'il n'avait plus qu'à dicter quand la mort les emporta ensemble.

L'AME DU PURGATOIRE

BALLADE

Mon bien-aimé !... dans mes douleurs,
Je viens de la cité des pleurs,
Pour vous demander des prières.
Vous me disiez, penché vers moi :
« Si je vis, je prierai pour toi. »
Voilà vos paroles dernières.
   Hélas ! hélas !
Depuis que j'ai quitté vos bras,
Jamais je n'entends vos prières.
   Hélas ! hélas !
J'écoute, et vous ne priez pas.

« Puisse au Lido ton âme errer,
« Disiez-vous, pour me voir pleurer !... »
Elle s'envola sans alarme.
Ami, sur mon froid monument
L'eau du ciel tomba tristement ;
Mais de vos yeux pas une larme.
   Hélas ! hélas !
Ce Dieu, qui me vit dans vos bras,
Que votre douleur le désarme !
   Moi seule, hélas !
Je pleure, et vous ne priez pas.

Combien nos doux ravissements,
Ami, me coûtent de tourments !
Au fond de ces tristes demeures
Les jours n'ont ni soir ni matin,
Et l'aiguille y tourne sans fin,
Sans fin, sur un cadran sans heures !
   Hélas ! hélas !
Vers vous, ami, levant les bras,
J'attends en vain dans ces demeures.

Hélas ! hélas !
J'attends, et vous ne priez pas.

Quand mon crime fut consommé,
Un seul regret eût désarmé
Ce Dieu qui me fut si terrible.
Deux fois prête à me repentir,
De la mort, qui veut m'avertir,
Je sentis l'haleine invisible.
Hélas ! hélas !
Vous étiez heureux dans mes bras,
Me repentir fut impossible.
Hélas ! hélas !
Je souffre, et vous ne priez pas.

Souvenez-vous de la Brenta,
Où la gondole s'arrêta
Pour ne repartir qu'à l'aurore ;
De l'arbre qui nous a cachés,
Des gazons qui se sont penchés,
Quand vous m'avez dit : *Je t'adore.*
Hélas ! hélas !
La mort m'y surprit dans vos bras,
Sous vos baisers tremblante encore,
Hélas ! hélas !
Je brûle, et vous ne priez pas.

Rendez-les-moi, ces frais jasmins,
Où sur un lit fait par vos mains
Ma tête en feu s'est reposée.
Rendez-moi ce lilas en fleurs,
Qui sur nous secouant ses pleurs
Rafraîchit ma bouche embrasée.
Hélas ! hélas !
Venez m'y porter dans vos bras
Pour que j'y boive la rosée !
Hélas ! hélas !
J'ai soif, et vous ne priez pas.

Dans votre gondole, à son tour,
Une autre vous parle d'amour ;

Mon portrait devait lui déplaire,
Dans les flots son dépit jaloux
A jeté ce doux gage, et vous,
Ami, vous l'avez laissé faire.
      Hélas ! hélas !
Pourquoi vers vous tendre les bras ?
Non, je dois souffrir et me taire.
      Hélas ! hélas !
C'en est fait, vous ne priez pas.

Adieu, je ne reviendrai plus
Vous lasser de cris superflus,
Puisque à vos yeux une autre est belle.
Ah ! que ses baisers vous soient doux !
Je suis morte, et souffre pour vous :
Heureux d'aimer, vivez pour elle.
      Hélas ! hélas !
Pensez quelquefois, dans ses bras,
A l'abîme où Dieu me rappelle !
      Hélas ! hélas !
J'y descends, ne m'y suivez pas.

SCÈNE DE MARINO FALIERO

ACTE I, SCÈNE II.

FERNANDO.

Ce n'est pas mon amour, n'en prenez pas d'ombrage ;
Restez : ce n'est pas lui qui dompta mon courage ;
J'en aurais triomphé ! mais c'est ce désespoir
Que n'ont pu, dans l'exil, sentir ni concevoir
Tous ces heureux bannis de qui l'humeur légère
A fait des citoyens sur la rive étrangère.
C'est ce dégoût d'un sol que voudraient fuir nos pas,
C'est ce vague besoin des lieux où l'on n'est pas ;
Ce souvenir qui tue, oui, cette fièvre lente
Qui fait rêver le ciel de la patrie absente,
C'est ce mal du pays dont on ne peut guérir,
Dont tous les jours on meurt, sans jamais en mourir :
Venise ! . . . . .

ÉLÉNA.

Hélas !

FERNANDO.

O bien ! qu'aucun bien ne peut rendre,
O patrie ! ô doux nom que l'exil fait comprendre,
Que murmurait ma voix, qu'étouffaient mes sanglots,
Quand Venise en fuyant disparut sous les flots !
Pardonnez, Éléna, peut-on vivre loin d'elle,
Si l'on a vu les feux dont son golfe étincelle,
Connu ses bords charmants, respiré son air doux ?
Le ciel sur d'autres bords n'est plus le ciel pour nous.
Que la froide Allemagne et que ses noirs orages
Tristement sur ma tête abaissaient leurs nuages,
Que son pâle soleil irritait mes ennuis !
Ses beaux jours sont moins beaux que nos plus sombres
Je disais, tourmenté d'une pensée unique :   [nuits.
Soufflez encor pour moi, vents de l'Adriatique !
J'ai cédé, j'ai senti frémir dans mes cheveux
Leur brise qu'à ces mers redemandaient mes vœux.
Dieu ! quel air pur et frais inondait ma poitrine !
Je riais, je pleurais ; je voyais Palestrine,
Saint-Marc, que j'appelais, s'approcher à ma voix,
Et tous mes sens émus s'enivraient à la fois
De la splendeur du jour, des murmures de l'onde,
Des trésors étalés dans ce bazar du monde,
Des jeux, des bruits du port, des chants du gondolier :
Ah ! des fers dans ces murs qu'on ne peut oublier ;
Un cachot, si l'on veut, sous ses plombs redoutables.
Plutôt qu'un trône ailleurs un tombeau dans nos sables,
Un tombeau qui parfois, témoin de vos douleurs,
Soit foulé par vos pieds et baigné de vos pleurs !

BALLADE

La brigantine,
Qui va tourner,
Roule et s'incline
Pour m'entraîner.

O Vierge Marie,
Pour moi priez Dieu !
Adieu, patrie !
Provence, adieu !

Mon pauvre père
Verra souvent
Pâlir ma mère
Au bruit du vent !
O Vierge Marie,
Pour moi priez Dieu !
Adieu, patrie !
Ma mère, adieu !

La vieille Hélène
Se confiera
Dans sa neuvaine
Et dormira ;
O Vierge Marie,
Pour moi priez Dieu !
Adieu, patrie !
Héiène, adieu !

Ma sœur se lève
Et dit déjà:
« J'ai fait un rêve,
« Il reviendra. »
O Vierge Marie,
Pour moi priez Dieu !
Adieu, patrie !
. Ma sœur, adieu !

De mon Isaure
Le mouchoir blanc
S'agite encore
En m'appelant.
O Vierge Marie,
Pour moi priez Dieu !
Adieu, patrie !
Isaure, adieu !

Brise ennemie,
Pourquoi souffler
Quand mon amie
Veut me parler ?
O Vierge Marie,
Pour moi priez Dieu !
Adieu, patrie !
Bonheur, adieu !

LA FILLE DU CID

FANÈS.

C'est toi !

LE CID.

Je veux que tu m'écoutes.

FANÈS.

J'attends quelqu'un.

LE CID.

Qui donc ?

FANÈS.

Mon fils.

LE CID.

De qui tu doutes ?

FANÈS.

Que n'en suis-je à douter !

LE CID.

J'ai vu ce qu'il a fait.

FANÈS.

Et tu dis qu'à l'honneur ce fils n'a pas forfait ?

LE CID.

Certe.

FANÈS.

Et quand tu le dis, tu ne sens pas la rage,
La honte, devant moi, te monter au visage ?

LE CID.

Je n'ai point à rougir.

FANÈS.

N'es-tu pas son parrain?

LE CID.

Je l'excuse aujourd'hui ; je le louerai demain.

FANÈS.

Mais tu l'as vu faiblir.

LE CID.

Généreuse faiblesse !

FANÈS.

C'était vertu?

LE CID.

Qui sait?

FANÈS.

Opprobre à ma vieillesse,
Si l'affront fait aux miens n'est par moi réparé !

LE CID.

Comment!

FANÈS.

En le tuant.

LE CID.

Fanès !

FANÈS.

Je le tuerai.

LE CID.

Tais-toi.

FANÈS.

Quand le rameau s'est flétri jeune encore,
Il faut le séparer du tronc qu'il déshonore.

LE CID.

Il faut venir en aide à sa fragilité,
Pour qu'il couronne un jour le tronc qui l'a porté.

FANÈS.

Va-t'en !

LE CID.

Pourquoi?

FANÈS.

Tes bras deviendraient son refuge.

LE CID.

Ils le seront.

FANÈS.

Va-t'en !

LE CID.

Je resterai.

FANÈS.

Pour juge.
Je veux que nous n'ayons que Dieu seul entre nous.
Il vient là ; cette main le jette à mes genoux ;
Je lui donne un moment pour recueillir son âme :
« Allons, votre prière !... » et puis meure l'infâme !
Je fais justice, et cours chercher en combattant
Ma place au lit funèbre ou son frère m'attend.

LE CID.

Toi, son père !

FANÈS.

Le père est juste et non barbare,
Qui prodigue un vil sang dont le fils est avare.

LE CID.

Était-ce bien son sang qu'il voulut épargner ?

FANÈS.

De la mêlée alors pourquoi donc s'éloigner ?

LE CID.

Quel sentiment saisit cette âme vierge encore,
Quel trouble l'agitait, quelle horreur ? je l'ignore ;
Mais au-devant du choc sans crainte il a volé ;
Sous leurs coups qu'il cherchait, il n'a pas chancelé.
Soigneux de les parer plutôt que de les rendre,
Le premier qu'il porta, ce fut pour me défendre ;
Le sang jaillit : alors, je le vis frissonner,
Comme atteint par le coup qu'il venait de donner.

FANÈS.

Eh ! quand on lâche pied, qu'importe qu'on frissonne
De celui qu'on reçoit ou de celui qu'on donne ?
Faible, qui sans pâlir ne meurt pas à son rang,
Et faible qui pâlit à l'aspect d'un mourant !
Il a manqué de cœur.

LE CID.

Il en eut trop peut-être ;
Non de ce cœur tranquille et qui, si fier de l'être,
Aux combats endurci, nous fait voir de sang-froid

Tous leurs maux comme un bien ou du moins comme un
Mais de ce cœur sensible aux douleurs, à la plainte, [droit ;
Ému qu'il est encor par la pieuse crainte,
Par la douce pitié dont les hommes de Dieu
L'ont rempli, dès l'enfance, à l'ombre du saint lieu.

FANÈS.

Tu m'éclaires : je vois leur damnable artifice,
Et je soupçonne, moi.....

LE CID.

Quoi donc ?

FANÈS.

Un maléfice.

Afin de ramener la brebis au bercail,
Tous ces capuchons noirs se sont mis en travail ;
Ils ont traîtreusement formé quelque pratique
Pour amollir l'acier de cette âme héroïque,
Pour refroidir l'ardeur du fier sang dont il sort :
Leur ruse a fait mouvoir quelque secret ressort ;
Ils l'ont frappé d'un charme, oui, d'un charme invincible ;
Car c'est chose inouïe, incroyable, impossible,
Qu'un Minaya jamais dans la lice ait failli,
Et qu'un poil de sa barbe ait de peur tressailli.

LE CID.

Devaient-ils, en soldats, exercer leur tutelle
Dans la maison de paix, et leur règle veut-elle
Qu'ils forment un novice à notre art meurtrier ?
Ils en ont fait un prêtre, et non pas un guerrier :
Quand il aurait eu peur...

FANÈS.

C'est donc vrai ?

LE CID.

Je le nie,
Mais faudrait-il s'en prendre à quelque noir génie ?
De plus braves que nous ont eu leur jour d'effroi.

FANÈS.

Pas moi, du moins !

LE CID.

Toi-même.

FANÈS.

Encore un coup, pas moi !

LE CID.

Toi, comme un autre.

FANÈS.

Non !

LE CID.

A ta première affaire...

FANÈS.

Non !

LE CID.

Ton cœur a battu plus fort qu'à l'ordinaire.

FANÈS.

Jour de Dieu ! non !...

LE CID.

C'est sûr.

FANÈS.

Tu le crois ?

LE CID.

Je le crois.

FANÈS.

Tu n'as donc pas dit vrai pour la première fois !

LE CID.

Un démenti, Fanès !

FANÈS.

A qui m'insulte en face

Je le donne.

LE CID.

A ton Cid !

FANÈS.

Choisis l'heure et la place :

Je ne crains pas le Cid.

LE CID.

Je le sais.

FANÈS.

Pas autant

Que tu vas en champ clos le savoir à l'instant.

LE CID.

Conviens qu'il sera beau, Fanès, nous voir aux prises,
Nous, leur exemple à tous, leurs chefs, nous, têtes grises !
Nos jeunes hidalgos sont prompts à s'emporter,

Et c'est une leçon qui doit leur profiter :
Ils feront comme nous. Eh quoi ! si la colère
Allait jusqu'à t'armer contre le sein d'un frère,
Le sein que tant de fois tu vins couvrir du tien,
Tes entrailles, pour moi, ne te diraient donc rien ?
Tu crois ton bras bien fort ; mais, Fanès, qu'il me blesse,
Et toi, qui de ton fils accuses la faiblesse,
Devant un peu de sang reculant aujourd'hui,
Tu sentiras le cœur te manquer comme à lui !

FANÈS.

Pardonne, j'étais fou.

LE CID.

Vieille barbe !

FANÈS.

Pardonne,
Tu sais qu'au moindre choc le sang-froid m'abandonne.
Je ne fus jamais bon qu'à me battre, à mourir,
Mais à mourir pour toi dont je dois tout souffrir,
Dont la volonté calme ou me pousse ou m'arrête ;
Que suis-je, moi ? le bras, et le Cid est la tête.
Mais peux-tu m'en vouloir ? j'étais si malheureux !
Je le suis tant ! Deux fils !... Hélas, j'en avais deux !
Le premier dans sa gloire à mes côtés succombe,
Et je ne puis pour lui conquérir une tombe.....

LE CID.

Ben-Said, qui par eux l'aura fait respecter,
Forcera ses vainqueurs à te le rapporter,
Il aurait dû déjà répondre à mon message.

FANÈS.

Le second...

LE CID.

De son frère il est la digne image :
Fernand fut ton orgueil, Rodrigue est ton espoir :
Je le verrai, Fanès ; c'est moi qui dois le voir,
Moi seul.

FANÈS, qui éclate en sanglots et tombe sur un siège.

Il a traîné mon blason dans la boue !
J'ai beau rougir des pleurs qui me brûlent la joue,
Ils sortent malgré moi. Je dois faire pitié,
Faire honte, mon Cid, à ta vieille amitié.

Un soldat, sur un fils qui de lui n'est pas digne,
Pleurer comme une femme! aussi, je m'en indigne.
Et j'ai perdu Fernand, et je n'ai pas pleuré!
Mais lui n'était que mort; l'autre est déshonoré.

LE CID.

On vient.

FANÈS.

Ah! cache-moi ! cache-moi !

LE CID.

C'est Elvire.

FANÈS, à voix basse.

Sur ce malheureux-là promets de ne rien dire.

LE CID.

Je le louerais.

DENNE-BARON (P.-J. René)

A vingt-cinq ans, en 1806, ce Parisien d'Athènes, débuta par un poème en quatre chants, d'inspiration grecque, *Héro et Léandre*, qui, bien qu'un simple essai, fut remarqué. Plus tard, on sentit mieux en lui qu'il était de l'école de Malfilâtre et de celle plus pure d'André Chénier, et, par là, un romantique avant le Romantisme, ou du moins de la première heure.

Comme Chénier, c'est par l'antiquité, par Anacréon et Properce dont il fut le traducteur sincère et pénétré, qu'il put se mêler à ce renouveau de poésie, avec un charme, dont sa pièce toute ailée et parfumée, *Zéphyre*, suffira pour marquer l'effet. C'est un adorable bouquet détaché de ses *Fleurs poétiques*.

Sainte-Beuve, qui a consacré une causerie à Denne-Baron, et Alexandre Dumas, qui écrivit sur lui trois articles, lorsque ce poète mourut en 1854, à soixante-quatorze ans, avaient, avec raison, son talent en grande estime.

ZÉPHYRE

Il est un demi-dieu, charmant, léger, volage ;
Il devance l'aurore, et d'ombrage en ombrage
    Il fuit devant le char du jour :
Sur son dos éclatant, où frémissent deux ailes,
S'il portait un carquois et des flèches cruelles,
    Vos yeux le prendraient pour l'Amour.

C'est lui qu'on voit le soir, quand les heures voilées
Entr'ouvrent du couchant les portes étoilées,
    Glisser dans l'air à petit bruit ;
C'est lui qui donne encore une voix aux Naïades,
Des soupirs à Syrinx, des concerts aux Dryades,
    Et de doux parfums à la nuit.

Zéphyre est son doux nom ; sa légère origine,
Pure comme l'éther, trompa l'œil de Lucine,

    Et n'eut pour témoins que les airs ;
D'un soupir du Printemps, d'un soupir de l'Aurore,
Dans son liquide azur le ciel le vit éclore,
    Comme un alcyon sur les mers.

Ce n'est point un enfant, mais il sort de l'enfance ;
Entre deux myrtes verts tantôt il se balance,
    Tantôt il joue aux bords des eaux ;
Ou glisse sur le lac ou promène sur l'onde
Les filets d'Arachné, la feuille vagabonde,
    Et le nid léger des oiseaux.

Souvent sur les hauteurs de Cynthe ou d'Érymanthe,
Sous les abris voûtés d'une source écumante,
    Il lutine Diane au bain ;
Ou quand, aux bras de Mars, Vénus s'est endormie,
Sur leur couche effeuillant un rosier d'Idalie,
    Il les cache aux yeux de Vulcain.

Parfois aux antres creux, palais bizarre et sombre
De la sauvage Écho, du Sommeil et de l'Ombre,
    Du Lion il fuit les ardeurs ;
Parfois sur un vieux chêne, aux forêts de Cybèle,
Dans le calme des nuits il berce Philomèle,
    Son nid, ses chants et ses malheurs.

. . . .
. . . .

Puisses-tu, beau Zéphyre, auprès de ton poète,
Pour seul prix de mes vers, au fond de ma retraite,
    Caresser un jour mes vieux ans !
Et si le sort le veut, puisse un jour ton haleine,
Sur les bords fortunés de mon petit domaine,
    Bercer mes épis jaunissants.

DESBORDES-VALMORE (Mme Marceline)

Née à Douai en 1787. Toute enfant, la misère la chassa de cette ville avec sa mère, qu'elle perdit en Amérique. Jeune fille, n'ayant pour ressource qu'une jolie voix, elle se fit chanteuse, vint à Paris, et fut engagée au théâtre Feydeau. A la suite de nouveaux deuils qui l'accablèrent, elle dut, elle-même l'a dit dans une lettre touchante, renoncer au théâtre. C'est alors qu'elle devint poète, sans savoir qu'elle l'était.

Sa voix ne chantant plus, son âme chanta.

« Le bruit de ma voix, dit-elle, me faisait pleurer ; mais la musique roulait dans ma tête malade, et une mesure toujours égale arrangeait mes idées à l'insu de mes réflexions. Je fus forcée de les jeter sur le papier pour me délivrer de ce frappement fiévreux ; et l'on me dit que ce que je venais d'écrire était une élégie.

« M. Alibert, qui soignait ma santé devenue très frêle, me conseilla d'écrire, comme moyen de guérison, n'en connaissant pas d'autre. J'ai suivi l'ordonnance sans avoir rien appris, rien lu, ce qui me causa longtemps une fatigue pénible, car je ne pouvais jamais trouver de mots pour rendre ma pensée. »

Voilà comment se révéla, pour ne cesser de grandir, ce talent si vrai, d'une originalité si pure, dont son inconscience même a fait la sincérité, et cela sous toutes les formes, avec les nuances les plus diverses, sans s'éloigner pourtant jamais des sentiments qui sont de l'inspiration et de l'essence les plus délicatement féminines.

Ce qui la distingue de tant d'autres chez qui l'amante, l'épouse, la mère disparaissent pour faire place à l'esprit fort, à la libre penseuse, etc., « c'est, on l'a dit, qu'elle fut femme, toujours femme, et ne fut absolument que femme. »

Son premier volume d'*Elégies* parut en 1819 et le dernier, *Bouquets et Prières*, en 1843. Nous omettons ceux qui furent publiés entre l'un et l'autre, et celui que sa famille fit paraître après sa mort.

Quant à ses romans ou contes en prose, nous n'avons pas à nous en occuper.

Madame Desbordes mourut en 1859, à quatre-vingt-deux ans, veuve depuis longtemps déjà de l'acteur Valmore, qui avait joué la tragédie au Théâtre-Français, puis plus longtemps à Lyon, et qu'elle avait épousé en 1817. .

6

L'OREILLER D'UN ENFANT

Cher petit oreiller ! doux et chaud sous ma tête,
Plein de plume choisie ; et blanc ! et fait pour moi !
Quand on a peur du vent, des loups, de la tempête,
Cher petit oreiller ! que je dors bien sur toi !

Beaucoup, beaucoup d'enfants pauvres et nus, sans mère,
Sans maison, n'ont jamais d'oreiller pour dormir ;
Ils ont toujours sommeil, ô destinée amère !
Maman ! douce maman ! cela me fait gémir.

Et quand j'ai prié Dieu pour tous ces petits anges,
Qui n'ont pas d'oreiller, moi, j'embrasse le mien ;
Et seule, en mon doux nid qu'à tes pieds tu m'arranges,
Je te bénis, ma mère, et je touche le tien.

Je ne m'éveillerai qu'à la lueur première
De l'aube. Au rideau bleu c'est si gai de la voir !
Je vais dire tout bas ma plus tendre prière :
Donne encore un baiser, douce maman, bonsoir !

PRIÈRE.

Dieu des enfants, le cœur d'une petite fille,
Plein de prière, écoute ! est ici sous mes mains.
Hélas ! on m'a parlé d'orphelins sans famille !
Dans l'avenir, mon Dieu ! ne fais plus d'orphelins !

Laisse descendre un soir un ange qui pardonne,
Pour répondre à des voix que l'on entend gémir.
Mets sous l'enfant perdu, que sa mère abandonne,
Un petit oreiller qui le fera dormir !

LE COUCHER D'UN ENFANT

« Couchez-vous, petit Paul ! Il pleut ; c'est nuit ; c'est
[l'heure.
Les loups sont au rempart, le chien vient d'aboyer ;
La cloche a dit : Dormez ! et l'ange gardien pleure,
Quand les enfants si tard font du bruit au foyer. »

— « Je ne veux pas toujours aller dormir ! et j'aime
A faire étinceler mon sabre au feu du soir ;
Et je tuerai les loups ; je les tuerai moi-même. »
Et le petit méchant, tout nu, vint se rasseoir.

— « Où sommes-nous ? mon Dieu ! Donnez-nous pa-
Et surtout soyez Dieu, soyez lent à punir,   [tience,
L'âme qui vient d'éclore a si peu de science !
Attendez sa raison, mon Dieu ! dans l'avenir.

« L'oiseau qui brise l'œuf est moins près de la terre,
Il vous obéit mieux ; au coucher du soleil,
Un par un descendus dans l'arbre solitaire,
Sous le rideau qui tremble ils plongent leur sommeil.

« Au colombier fermé nul pigeon ne roucoule ;
Sous le cygne endormi l'eau du lac bleu s'écoule ;
Paul ! trois fois la couveuse a compté ses enfants ;
Son aile les protège, et moi, je vous défends !

« La lune qui s'enfuit toute pâle et fâchée
Dit : Quel est cet enfant qui ne dort pas encor !
Dans son lit de nuage elle est déjà couchée,
Au fond d'un cercle noir la voilà qui s'endort.

« Le petit mendiant perdu seul à cette heure,
Rôdant avec ses pieds las et froids, doux martyr !
Dans la rue isolée où sa misère pleure,
Mon Dieu ! qu'il aimerait un lit pour s'y blottir ! »

Et Paul, qui regardait encor sa belle épée,
Se coucha doucement en pliant ses habits ;
Et sa mère bientôt ne fut plus occupée
Qu'à baiser ses yeux clos par un ange assoupis.

LE VER LUISANT

Juin parfumait la nuit, et la nuit transparente
N'était qu'un voile frais étendu sur les fleurs.
L'insecte lumineux, comme une flamme errante,
Jetait avec orgueil ses mobiles lueurs.

« J'éclaire tout, dit-il, et jamais la nature
N'a versé tant d'éclat sur une créature.
Tous ces vers roturiers qui rampent au grand jour,
Celui qui dans la soie enveloppe sa vie,
Cette plèbe des champs dont j'excite l'envie,
Me fait pitié, me nuit dans mon vaste séjour.
Nés pour un sort vulgaire et des soins insipides,
Immobiles et froids comme en leurs chrysalides,
La nuit sur les gazons je les vois sommeiller ;
Moi, lampe aventureuse, au loin on me devine :
Étincelle échappée à la source divine,
        Je n'apparais que pour briller !
Sans me brûler j'allume un phare à l'espérance ;
De mes jeunes époux il éveille l'amour ;
Sur un trône de fleurs, belles de ma présence,
J'attire mes sujets, j'illumine ma cour :
Et ces feux répandus dans de plus hautes sphères,
Ces diamants rangés en cercle radieux,
        Ce sont assurément mes frères
        Qui se promènent dans les cieux.
Les rois qui dorment mal charment leur insomnie
A regarder courir ces légers rayons d'or :
Au sein de l'éclatante et nocturne harmonie
        C'est moi qu'ils admirent encor !
Leur grandeur en soupire et rien dans leur couronne
N'offre l'éclat vivant dont seul je m'environne. »

Ainsi le petit ver se délectait d'orgueil ;
Il brillait. Philomèle, à sa flamme attentive,
   Interrompt une hymne de deuil
   Que le soir rendait plus plaintive.
Jalouse ou rappelant quelque exilé chéri,
Mélodieuse encor dans son inquiétude,
Amante de ses pleurs et de la solitude,
Elle épuisait son cœur d'un lamentable cri,
N'ayant de tout le jour cherché la moindre proie.
   Par instinct, sans projet, sans joie,
   Elle descend à la lueur
   Qui sert de fanal pour l'atteindre ;
Et, sans même goûter de plaisir à l'éteindre,
S'en nourrit pour chanter plus longtemps sa douleur.

REFUGE

J'irai, j'irai porter ma couronne effeuillée
Au jardin de mon père où revit toute fleur ;
J'y répandrai longtemps mon âme agenouillée ;
Mon père a des secrets pour vaincre la douleur.

J'irai, j'irai lui dire, au moins avec mes larmes :
« Regardez, j'ai souffert... » Il me regardera,
Et sous mes jours changés, sous mes pâleurs sans char-
Parce qu'il est mon père il me reconnaîtra.   [mes,

Il dira : « C'est donc vous, chère âme désolée !
La terre manque-t-elle à vos pas égarés ?
Chère âme, je suis Dieu : ne soyez plus troublée ;
Voici votre maison, voici mon cœur, entrez ! »

O clémence ! ô douceur ! ô saint refuge ! ô Père !
Votre enfant qui pleurait, vous l'avez entendu !
Je vous obtiens déjà, puisque je vous espère,
Et que vous possédez tout ce que j'ai perdu.

Vous ne rejetez pas la fleur qui n'est plus belle,
Ce crime de la terre au ciel est pardonné.
Vous ne maudirez pas votre enfant infidèle,
Non d'avoir rien vendu, mais d'avoir tout donné.

SOUVENIR

Quand il pâlit un soir et que sa voix tremblante
S'éteignit tout à coup dans un mot commencé ;
Quand ses yeux, soulevant leur paupière brûlante,
Me blessèrent d'un mal dont je le crus blessé ;
Quand ses traits plus touchants, éclairés d'une flamme
      Qui ne s'éteint jamais,
S'imprimèrent vivants dans le fond de mon âme,
      Il n'aimait pas, j'aimais !

DESCHAMPS (Émile)

Né à Bourges, le 20 février 1791, élevé au collège d'Orléans, puis revenu à Paris avec son père, qui était du monde le plus délicat, et du goût le plus éclairé, il fut de bonne heure initié par lui aux choix à faire dans les sociétés et les littératures. Des deux côtés, ses préférences ainsi guidées furent toujours pour le meilleur et le plus élevé. Il mit tous ses soins à se faire un goût difficile, un art de tout point poli et distingué; il y réussit.

A l'éclosion du Romantisme, il était armé déjà de convictions et d'un talent qui le rendaient dignes d'y prendre place parmi les premiers.

Deux comédies, qu'il avait données avec H. de Latouche, ne comptaient pas; mais il tenait tout prêt un volume de vers : *Etudes françaises et étrangères*, qui devait compter. Il parut en 1828, avec une préface où se continuaient, sous une forme moins magistrale peut-être, mais plus vivement serrée et tout aussi éloquemment persuasive, les idées émises un an auparavant dans la fameuse préface de *Cromwell*.

Victor Hugo y avait déployé l'étendard de l'école nouvelle; Emile Deschamps le lui prenait des mains pour ne pas le porter moins haut.

Ce fut sa plus fière campagne. Depuis lors il ne fit presque plus que la petite guerre, quoique digne de continuer la grande. Il ne se dépensa qu'en escarmouches, où, malgré son incomparable fertilité d'esprit et sa merveilleuse souplesse de talent, il ne sut pas s'armer d'assez d'originalité. Il se plut trop à traduire ou à compléter les œuvres des autres au lieu d'en créer qui lui fussent propres.

C'est ainsi que, dans son bagage, d'un si grand prix d'ailleurs, il faut compter pour une grosse part : deux traductions de Shakespeare, celle de *Macbeth* et de *Roméo*, l'une et l'autre excellentes il est vrai; la traduction de l'opéra du *Don Juan*, que Da Ponte avait fait pour Mozart; et une part anonyme de collaboration dans les *Huguenots*, dont il fit le quatrième acte et où il créa presque en entier le rôle de Marcel.

Pour faire plus et autrement, il fut trop occupé et trop bienveillant. Une place qu'il avait aux Finances le retenait presque tout le jour. A peine chez lui, il y était pris par ces causeries où il faisait merveille, par mille demandes de conseils et de leçons poétiques, et par les mendicités d'album, les pires de toutes. Le soir le monde lui dérobait ses dernières heures.

Quand, ayant obtenu sa retraite, il prit le parti de se réfugier à Versailles, il était, pour revenir sérieusement au travail, trop vieux et trop souffrant.

C'est là qu'il est mort, brisé par nos malheurs, en avril 1871. Il avait espéré, et tout le monde lettré avec lui, que l'Académie lui rendrait justice en l'accueillant. Elle fit la sourde oreille. Il s'en vengea par ce joli quatrain renouvelé d'un mot de l'abbé de Voisenon :

> J'aime mieux — ce n'est faux-fuyant subtil —
> Qu'on dise de moi, d'une voix amie :
> Pourquoi n'est-il pas de l'Académie ?
> Que si l'on disait : Comment en est-il ?

PREMIÈRE PAGE D'UN ALBUM

A MON AMI AUGUSTE BRESSIER

Sur cet album tout fraternel
Vous m'honorez du premier chiffre !
J'accepte ce rang solennel :
Au fait le tambour et le fifre
Ont le pas sur le colonel ;
Chantres et bedeaux en campagne
Marchent en tête des prélats ;
Et le gros vin, dans nos galas,
Circule avant les vins d'Espagne ;
Tous nos *Muséum* ont grand soin
D'abandonner leurs vestibules
Au pinceau faible, aux toiles nulles,
Et les Raphaëls sont plus loin :
Tout suit la loi de l'Évangile
Où les premiers sont les derniers ;
Et quand Dieu de l'inculte argile
Tira les mondes par milliers,
Il créa, ce fut son envie,
D'abord les minéraux sans vie,
Puis la fleur, miroir du soleil,
Et puis les animaux sans âme,
Puis l'homme à lui-même pareil,
Et puis son chef-d'œuvre, la femme.

Et voilà pourquoi j'ai fini
Par préluder sur cette lyre ;
C'est l'accordeur qui se retire,
Lorsqu'arrivent les *Rossini*.
Mais si mon esprit se récuse,
Et, de peur d'un revers choquant,
Se tient à la porte du camp
Pendant le tournoi de la Muse,
Croyez qu'avec vous de moitié
Mon cœur tout autrement raisonne,
Et qu'il ne redoute personne
Au grand concours de l'amitié.

JE SUIS MORT

ROMANCE

Oh ! dites-moi, vous qui vivez encore,
Fait-on la guerre à ceux qui font l'amour ?
Soupire-t-on, sur la harpe sonore,
De longs serments qui ne durent qu'un jour ?
Donneriez-vous tous les biens qu'on envie
Pour un des maux que l'on souffre en aimant ?
    Que font-ils ceux qui sont en vie ?
    Moi, je suis mort pour le moment.

Oh ! dites-moi, quand la lune se voile,
Va-t-on encor rêver deux sous les bois ?
Et des regards, dans le feu d'une étoile,
Se cherchent-ils, de loin, comme autrefois ?
Et la beauté courroucée et ravie
Refuse-t-elle... un peu trop tendrement ?
    Que font-ils ceux qui sont en vie ?
    Moi, je suis mort pour le moment.

Oh ! dites-moi, des écrits pleins de flammes
Sont-ils cachés parmi les fleurs du bal ?

Sait-on troubler le cœur des jeunes femmes?
Avec l'Amour l'Hymen est-il bien mal?
Au noir hibou la colombe asservie
Se venge-t-elle... on ne dit pas comment?
    Que font-ils ceux qui sont en vie ?
    Moi, je suis mort pour le moment.

Oh! dites-moi, la belle poésie
S'embellit-elle aux injures des sots ?
Profanent-ils sa coupe d'ambroisie,
Sa lyre d'or, son prisme, ses pinceaux?
Mais n'est-on pas, contre leur froide envie,
Encouragé d'un sourire charmant?
    Que font-ils ceux qui sont en vie ?
    Moi, je suis mort pour le moment.

Oh! dites-moi, vous, que pour être aimée
Mon plus beau rêve une nuit vint m'offrir ;
Légère et tendre, et si vite alarmée,
Charmante enfant, vous m'avez fait mourir :
Vous que tout haut je nommerai... « Sylvie »
Lorsque tout bas je vous nomme autrement ;
    Dites-moi : « Reviens à la vie »,
    Et je renais dans le moment.

SONNETS

L'ÉTÉ DE LA SAINT-MARTIN

Quelquefois, sous un ciel au tiède Eurus ouvert,
Novembre a ses soleils, été rapide et chauve,
Où — parmi les rameaux, dont le feuillage fauve
S'éclaircit — apparaît le spectre de l'hiver.

Alors, pour éviter ce front de deuil couvert,
L'année, en folâtrant, dans les herbes se sauve,
Et tresse une couronne avec la pâle mauve,
Et l'œillet encor rose, et le thym encor vert.

Telle, au soir de la vie, il semble que renaisse,
Pour plusieurs, une courte et seconde jeunesse,
Où le soleil d'amour brûle comme à midi,

Et le cœur qui dormait, se hâtant à revivre,
Chante à toutes les fleurs son réveil, et s'enivre
D'un nectar, que demain l'âge aura refroidi.

A UNE MÈRE QUI PLEURE

Comme un voleur de nuit, chez vous, la mort avide
S'est glissée... et voilà qu'il dort sous le gazon
Le beau petit enfant, lui qui dans la maison
Tenait si peu de place, et laisse un si grand vide.

Quand le fil de nos jours lentement se dévide
Sur le fuseau fatal, et que notre toison
Tombe mûre et jaunie, à l'arrière-saison,
Insensé qui se plaint du moissonneur livide !

Mais qui donc, avec vous, qui ne gémirait pas,
Voyant que votre Abel se lasse au premier pas ;
Que son rire, si vite, en un râle se change ?...

Pourtant, réfléchissons que Dieu dut bien l'aimer,
Puisqu'il le prend à l'âge où, sans le transformer,
De l'enfant rose et blond il va se faire un ange.

DESCHAMPS (Antoni)

Frère d'Emile, qui précède, et plus jeune que lui de neuf ans, il fut, sous son inspiration, exclusivement poète, se voua au Dante, c'est-à-dire à l'Enfer, et s'y perdit. Il avait voulu l'étudier sous son ciel même, à Florence ; il en revint mélancolique et sombre, comme celui dont il y avait cherché le secret.

Vers 1834, après avoir publié ses *Etudes sur l'Italie*, il sentit sombrer sa raison, et pendant quelque temps il n'y retrouva de clartés que pour en peindre les douloureuses éclipses. Son recueil, *Dernières paroles*, est sorti de cette pénombre de son talent. Par bonheur il se réveilla : ce qu'il croyait être ses dernières paroles fut suivi d'un autre volume, dont le titre, *Résignation*, dit bien l'état de son esprit et de son âme, dans ce réveil souvent encore entrecoupé de ténèbres.

« Se résigner » fut désormais sa vie. Il est mort en 1869.

LE JUIF ET L'HOSTIE

A M. A.-S. SAINT-VALRY

Le dimanche de Pâque était proche : la veille,
Chez Samuel Musson, vint une pauvre vieille,
Afin d'en emprunter trente sous parisis,
Sur le nantissement de trois méchants habits.
« Je t'en donnerai cent, et je te tiendrai quitte,
Lui dit en souriant le fourbe Israélite,
Si tu consens, demain, à cette heure, en ce lieu,
Vieille Nazaréenne, à m'apporter ton Dieu. »
La vieille à son logis retrouva la misère
Et la faim, cette pâle et vile conseillère,
Et revint apporter, dans un vieux parchemin,
Ce que le juif voulait, le lendemain matin.
Lorsque le réprouvé fut seul avec sa proie,
Son œil oriental étincela de joie.

« Dieu des Nazaréens, je te tiens donc enfin, »
Dit-il ; il le froissa de fureur dans sa main,
Et prenant un marteau, dans son ivresse impie,
D'un clou sur la muraille il traversa l'hostie.
Le sang à gros bouillons en jaillit à l'instant,
Et la chambre s'emplit et regorgea de sang ;
Et les enfants, voyant le sang couler à terre,
Se mirent à genoux et s'écrièrent : « Père,
Oh ! ne le tuez pas une seconde fois. »
Et le bourreau fut sourd à leur touchante voix.
Il la plongea de rage au fond de sa chaudière ;
Mais l'hostie en sortit rayonnant de lumière ;
Et l'élévation vint à sonner. Alors
La femme et les enfants s'en allèrent dehors,
Et s'adressant à ceux qui passaient dans la rue :
« Votre Christ est chez nous, et mon père le tue, »
Dit le petit Jacob. Une sourde rumeur
Circula sur le juif, meurtrier du Seigneur ;
Le prévôt des marchands, et l'évêque à sa tête,
Vinrent en grand cortège et firent une enquête ;
Le Dieu fut emporté par le prélat tremblant,
Et dans le tabernacle enfermé tout sanglant.
Le juif fut brûlé vif, son nom fut anathème,
Et sa femme et ses fils reçurent le baptême ;
La maison fut rasée ; on faisait chaque fois,
En passant sur la place, un grand signe de croix.
Lecteur, ainsi finit la vieille comédie,
La légende du Juif et de la sainte Hostie.

Ainsi, faibles mortels, infortunés pécheurs,
Nous rouvrons chaque jour la plaie et les douleurs
De Celui qui mourut pour le salut des hommes :
Quand nous faisons le mal, insensés que nous sommes,
Ne semble-t-il pas dire, avec sa douce voix :
Vous me crucifiez une seconde fois !
Car toujours, ô chrétiens, cette grande victime
Souffre et nous tend les bras sur son arbre sublime,
Et toujours nos péchés pénètrent dans le cœur,
Et font encor saigner le flanc du Rédempteur.

LE DERNIER JOUR DU CARNAVAL

A ROME

Le jour des *moccoli*, lorsque Rome la Sainte
Laisse errer la folie en sa bruyante enceinte,
Ceux de Castel-Gandolfe et ceux de Tivoli,
Portant la lourde boucle en argent mal poli ;
Les filles de Nettune, au corset d'écarlate,
Ornant de médaillons leur sein où l'or éclate,
Et dans un réseau vert enfermant leurs cheveux ;
Et celles de Lorette où l'on fait tant de vœux ;
Celles de Frascati, dont les beaux yeux sans voile
Brillent, sous le *panno*, comme une double étoile ;
Hommes, femmes, enfants, s'avancent d'un pas lent
Vers la nocturne fête et le *Corso* brûlant.

Alors le ciel s'embrase, et la flamme agrandie
S'étend le long des toits comme un vaste incendie,
Et les *moccoletti* courent de mains en mains,
Brillant et s'éteignant. Tel au bord des chemins
On voit le ver luisant, dans la nuit qu'il éclaire,
Paraître ou se cacher au mois caniculaire.
Au milieu du tumulte et des joyeux propos,
Quelques femmes d'Albane, assises en repos,
Imitent par leur taille et leur antique tête
Des déesses de marbre assistant à la fête.
Cependant le temps fuit, la lumière pâlit,
Et la jeune Romaine, en regardant son lit,
Voit à regret mourir le dernier feu !.. La foule,
Sur la place du Peuple, en murmurant s'écoule ;
Les voix sont déjà loin, l'écho n'a plus de sons,
Et les balcons muets ont fini leurs chansons ;
Par la lune éclairés, quelques *dominos* sombres
Dans le *Corso* désert glissent comme des ombres ;

Mais le *saltarello* près du Tibre a cessé,
Le jour des *moccoli* tel qu'un rêve a passé,
Et l'on n'aperçoit plus, dans une teinte grise,
Que les murs dentelés du palais de Venise ;
Et Rome se repose, et la paix des tombeaux
Succède au bruit des chars, à l'éclat des flambeaux.

Et puis le lendemain, sortant de leurs cellules,
Et les bruns Franciscains, et les blancs Camaldules,
S'emparent de la ville, et leurs yeux pénitents
Disent qu'il faut enfin commencer *le saint temps*.
Ils marchent en silence, et le marbre des dalles
Retentit lentement sous leurs larges sandales,
Qui foulent dans ces lieux, la veille profanés,
Et des flambeaux éteints et des bouquets fanés.

Ainsi l'âme s'endort quand sa fête est finie ;
Et soucis et chagrins, à la face jaunie,
Reviennent la fouler dans les sentiers humains,
Comme les pieds pesants de ces moines romains.

DERNIÈRE PAROLE

Depuis longtemps je vis entre deux ennemis,
L'un s'appelle la Mort, et l'autre la Folie ;
L'un m'a pris ma raison, l'autre prendra ma vie...
Et moi, sans murmurer, je suis calme et soumis !

Cependant, quand je songe à tous mes chers amis,
Quand je vois, à trente ans, ma pauvre âme flétrie,
Comme un torrent d'été ma jeunesse tarie,
J'entr'ouvre mon linceul, et sur moi je gémis.

— Il respire pourtant, disent entre eux les hommes,
Et, debout comme nous, sur la terre où nous sommes,
Nous survivra peut-être encor plus d'un hiver !

— Oui, comme le polype aux poissons de la mer,
Ou comme la statue, en sa pierre immortelle,
Survit à ceux de chair qui passent devant elle !

DOVALLE (Charles)

Né en 1807, à Montreuil-Bellay dans l'Anjou, il ne quitta pas sa province, comme tant d'autres, pour débuter. Écolier au collège de Saumur, il faisait déjà des vers, que, par exception pour cette merveille, on voulait bien récompenser d'une couronne spéciale.

Étudiant en droit à Poitiers, il rima de plus belle, et, se souvenant sans doute qu'il était là dans le pays d'où partit le Dorante, de Corneille, avec ses jolis mensonges, il se cacha sous une voilette de jeune fille, Mlle Pauline A..., pour envoyer au *Mercure* ses premiers vers.

C'était la vieille ruse de Desforges Maillard, dont Piron s'était inspiré pour sa *Métromanie*. Elle réussit toujours : les vers de Dovalle furent imprimés, il se nomma, et comme ils étaient jolis, on ne lui en voulut pas trop du pseudonyme féminin dont il s'y était masqué.

A vingt ans, il était à Paris, tâchant d'écrire un peu partout : en vers dans les recueils, en prose dans les petits journaux. Il y avait l'esprit moins délicat, la plume moins heureuse. Le *Journal rose* fut un de ceux où il travailla. Il y faisait une petite chronique des théâtres. Un soir, à la fin de novembre 1829, il se présente aux Variétés où il croit avoir ses entrées ; on lui refuse la porte. Il court, déjà fâché, chez le fils de Brunet, M. Mira, le directeur ; il en sort tout à fait furieux. M. Mira l'a reçu si mal qu'il s'en venge le lendemain dans le supplément du journal : « M. Mira, écrit-il, peut être Mira sévère, il ne sera jamais Mira beau. »

Pure gaminerie, qu'au théâtre surtout d'Odry et de Brunet, où l'on s'entendait en calembours, on aurait dû laisser tomber dans le rebut des plus mauvais ! M. Mira n'en jugea pas ainsi.

Il envoya ses témoins à Dovalle. Jour fut pris, on se battit au pistolet, et Dovalle tomba frappé en pleine poitrine. Son portefeuille, où se trouvaient les derniers vers qu'il eût écrits, et qu'on lira plus loin avec les déchirures dont la balle les troua, n'avait pu amortir le coup.

Il n'avait que vingt-deux ans et demi.

Peu après, une main amie recueillit ses vers dans un volume, *le Sylphe,* auquel une lettre de Victor Hugo servit de préface.

Sous le charme de ce qu'il a laissé, on y sent, comme des parfums de fleurs brisées, les promesses de ce qu'il eût pu faire.

LA JEUNE FEM
DÉLAISS

La souffrance a creusé mes joues,
Les larmes ont terni mes yeux...
Toi, pauvre enfant, tu ris et joues,
Dans mes bras, crédule et joyeux !...

Oh ! que j'envie à ton enfance,
Cher petit, son charm   ngénu,
Et sa tranquille ins   e
Et son cœur qui   nu ! (1)...

Faible oiseau battu par l'orage,
Moi, j'ai vécu... moi, j'ai souffert...
Moi, j'ai tant pleuré, qu'avant l'âge
Mon front de rides s'est couvert...

Et pourtant la vie était douce
Autrefois à mon cœur aimant !
Comme un flot, qu'un autre flot pousse,
Mes jo   coulaient paisiblement !

J'ét   lors une humble fille,
Heureu e, en son obscurité,
D'avoir l'amour de sa famille,
La paix de l'âme et la gaîté.

Brillant d'u   nheur ineffable
Pour moi co   ençait l'avenir,
Et ma jeunesse était semblable
A la fleur qui vient de s'ouvrir.

. . . .

(1) Et son cœur qui n'a rien connu !

LE CONVOI D'UN ENFANT

Un jour que j'étais en voyage,
Près de ce clos qu'un mur défend,
Je vis deux hommes du village
Qui portaient un cercueil d'enfant.

Une femme marchait derrière,
Qui pleurait, et disait tout bas
Une lente et triste prière,
Celle qu'on dit lors d'un trépas.

Point de parents, point de famille !
Je ne vis, le long du chemin,
Qu'une pauvre petite fille
Cachant des larmes sous sa main.

Elle suivait la longue allée
Qui conduit au champ du repos,
Et paraissait bien désolée,
Et dévorait bien des sanglots.

Ainsi marchant, quand ils passèrent
Au pied de ce grand peuplier,
Ceux qui travaillaient s'arrêtèrent,
Et je les vis s'agenouiller,

Prier le ciel pour la jeune âme,
Faire le signe de la croix,
Et quand passa la pauvre femme,
Se détourner tous à la fois !

Cependant, inclinant la tête,
Au cimetière on arriva.
Une fosse ouverte était prête ;
Alors un homme dit : « C'est là ! »

Et la fosse n'était plus vide,
On y poussa la terre... Et puis
Je ne vis plus qu'un tertre humide,
Avec une branche de buis.

Et comme la petite fille,
S'en allant, passa près de moi,
Je l'arrêtai par sa mantille :
« Tu pleures, mon enfant, pourquoi ?

— Monsieur, c'est que Julien, dit-elle,
Mon petit camarade est mort ! »
Et voilant sa noire prunelle,
La pauvrette pleura plus fort.

BERGERONNETTE

Pauvre petit oiseau des champs,
Inconstante bergeronnette,
Qui voltiges vive et coquette,
Et qui siffles tes jolis chants ;

Bergeronnette si gentille,
Qui tournes autour du troupeau,
Par les prés sautille, sautille,
Et mire-toi dans le ruisseau !

Va, dans tes gracieux caprices,
Béqueter la pointe des fleurs,
Ou poursuivre, aux pieds des génisses,
Les mouches aux vives couleurs.

Reprends tes jeux, bergeronnette,
Bergeronnette au vol léger ;
Nargue l'épervier qui te guette !
Je suis là pour te protéger.

Si haut qu'il soit, je puis l'abattre...
Petit oiseau, chante !... et demain,
Quand je marcherai, viens t'ébattre
Près de moi, le long du chemin.

Moi, qui voyage sans compagne,
Moi, pauvre amant, triste et rêveur,
Errant dans la verte campagne,
Quand je suis seul avec mon cœur,

C'est ton doux chant qui me console :
Je n'ai point d'autre ami que toi.
Bergeronnette, vole, vole,
Bergeronnette, devant moi !

LA MUSE ROMANTIQUE

Brûlant d'amour, palpitant d'harmonie,
Jeune, laissant jaillir tes vers brûlants,
Libre, fougueux, demande à ton génie
    Des chants nouveaux, indépendants.
Du feu sacré si le ciel est avare,
Va l'y ravir d'un vol audacieux ;
Vole, jeune homme !... Oui, souviens-toi d'Icare :
Il est tombé, mais il a vu les cieux.

DUMAS (Alexandre)

Dans cette vie si occupée, où il semblerait que le drame en prose et les romans n'aient pu laisser la moindre place, la poésie en sut prendre une assez large encore, surtout, on le conçoit, dans les premiers temps.

En 1820, à dix-sept ans, clerc de notaire à Villers-Cotterets où il était né, Alexandre Dumas avait déjà fait, pour le concours de l'Académie, une ode, dont le sujet était le *Dévouement de Malesherbes*. Venu un peu plus tard à Paris avec sa mère, il se tint au courant des actualités poétiques, dont chacune eut de sa part strophes ou dithyrambes : un jour c'était la *Recherche de La Peyrouse*, dont alors on se préoccupait beaucoup ; une autre fois la guerre des Grecs qu'il personnifiait par l'héroïsme de *Canaris*, ou bien encore *la Mort du général Foy*, etc.

Il cherchait sa voie et sa forme, et comme il sentait à l'activité de son esprit et à la force d'action qu'il avait en lui que le théâtre serait cette voie et le dialogue cette forme, il s'essayait surtout à façonner des vers scéniques.

En 1827, il avait fait sa tragédie romaine : *les Gracques,* dont rien ne semble être resté ; puis peu après il s'était pris corps à corps à l'un des sujets traités par l'un des dramatiques allemands en ce moment à l'apogée de leur vogue : « Je m'habituais, a-t-il dit, à tailler la poésie dramatique en traduisant en vers le *Fiesque* de Schiller. » C'est vers ce temps aussi qu'il fit *Christine*. Son succès d'*Henri III et sa cour*, qu'il avait écrit en prose pour aller plus vite, lui fit oublier toutes ces rimes. Il y revint, piqué, aiguillonné d'émulation après la grande bataille d'*Hernani* et une lecture de *Marion Delorme*. « Je n'avais, dit-il avec sa franchise ordinaire, entendu rien de pareil à ces vers ; j'étais écrasé par la magnificence de ce style, moi à qui le style manquait surtout. » Il reprit sa *Christine*, la remit sur le métier avec un nouveau titre : *Stockholm, Fontainebleau et Rome*, et, toujours impatient, quoiqu'elle fût reçue au Théâtre-Français, il la fit jouer à l'Odéon. Le succès fut douteux. Un an après il revint à la charge avec cinq autres actes en vers : *Charles VII chez ses grands vassaux*, qui ne réussirent pas beaucoup plus. Seul, il ne fut pas mécontent ; poète, il fut même satisfait : « Comme vers, dit-il, c'était un grand progrès sur *Christine*. » Soit, mais progrès perdu. Le tourbillon de la prose au jour le jour, la fougue de l'improvisation sans frein et dépensée partout, dans le livre, dans le

7.

journal, au théâtre, commençaient à l'emporter. Si, parfois, ses drames revêtirent encore la forme rimée, ce ne fut qu'avec l'aide de collaborateurs, dont les vers nombreux, s'enchevêtrant avec les siens plus clair-semés, ne permirent pas de savoir quelles étaient sa part et la leur. En 1837, pour *Caligula*, dont le charmant prologue semble toutefois être en entier de lui, on nomma tout bas un collaborateur ; pour l'*Alchimiste* de même, deux ans après, mais plus haut. Chacun savait que Gérard de Nerval, avec qui Dumas venait d'écrire l'opéra comique de *Piquillo*, s'était presque entièrement chargé du style. Quant à l'*Orestie*, plusieurs plumes y travaillèrent avec la sienne.

Il va de soi que le temps des poésies fugitives était alors, depuis de longues années, passé pour lui. Qu'auraient fait ces rimes volantes dans l'impétueux courant de tant d'œuvres ? Celles qu'on lira plus loin sont de sa jeunesse : le *Sylphe* fut publié, si je ne me trompe, dans la *Psyché*, recueil de 1832 ; l'*Arrangement à l'amiable*, ces jolis couplets imités de la *Capuana*, dont la musique de Reber a fait le succès, date du premier voyage de Dumas en Italie ; et la belle pièce *A toi !* est l'écho passionné de l'un de ses premiers et de ses plus vifs amours ; cette « liaison, dit-il au chapitre CXLIII de ses *Mémoires*, dont Dieu a permis que pour les mauvais jours il en restât un de ces vivants souvenirs qui changent les tristesses en joies, les larmes en sourires. »

ARRANGEMENT A L'AMIABLE

En me promenant hier au rivage,
Où, pendant une heure à vous j'ai rêvé,
J'ai laissé tomber mon cœur sur la plage ;
Vous veniez ensuite et l'avez trouvé.

Aujourd'hui, comment arranger l'affaire ?
Les procès sont longs, les juges vendus,
Je perdrai ma cause. Et pourtant, que faire ?
Vous avez deux cœurs et je n'en ai plus.

Mais quand on le veut, pourtant tout s'arrange,
Et souvent un mal finit par un bien :
De nos cœurs entre eux faisons un échange,
Donnez-moi le vôtre, et gardez le mien.

LE SYLPHE

Je suis un sylphe, une ombre, un rien, un rêve
Hôte de l'air, esprit mystérieux,
Léger parfum que le zéphir enlève,
Anneau vivant qui joint l'homme et les dieux.

De mon corps pur les rayons diaphanes
Flottent mêlés à la vapeur du soir ;
Mais je me cache aux regards des profanes,
Et l'âme seule, en songe, peut me voir.

Rasant du lac la nappe étincelante,
D'un vol léger j'effleure les roseaux,
Et, balancé sur mon aile brillante,
J'aime à me voir dans le cristal des eaux.

Dans vos jardins quelquefois je voltige,
Et, m'enivrant de suaves odeurs,
Sans que mon poids fasse incliner leur tige,
Je me suspends au calice des fleurs.

Dans vos foyers j'entre avec confiance,
Et, récréant son œil clos à demi,
J'aime à verser des songes d'innocence
Sur le front pur d'un enfant endormi.

Lorsque sur vous la nuit jette son voile,
Je glisse aux cieux comme un long filet d'or,
Et les mortels disent : « C'est une étoile
Qui d'un ami nous présage la mort. »

A TOI

Minuit sonne : c'est l'heure où chaque soir, mon ange,
Notre baiser d'adieu sur nos lèvres s'échange ;

C'est l'heure où je te dis, pour me ravir à toi :
Le sommeil va venir : rêveras-tu de moi?...
Puis je prends un second baiser, et me retire
Dans la chambre voisine où mon travail m'attire ;
Convaincu que je suis que je vais jusqu'au jour
Travailler en effet; mais bientôt, mon amour,
Tout de ce grand projet rend mon âme oublieuse ;
C'est le bruit qu'en tombant fait ta robe soyeuse,
C'est ton pied accusant le lacet entêté
Dans un trou du corset par un nœud arrêté ;
Ce sont les vingt objets que sans but ta main touche,
Les mots qu'à tes pensers répond tout haut ta bouche,
Le léger craquement que sous ton corps lassé
Fait entendre ton lit, par ton poids affaissé ;
Le froissement du livre où, prolongeant tes veilles,
Victor du vieux Paris raconte les merveilles,
Et dont chaque feuillet, entre deux doigts conduit,
Disparaît, à son tour, sous le feuillet qui suit.
Ta lampe qui pétille, épuisée et mourante,
Et dont le dernier jet laisse, à ta vue errante,
Un instant de clarté, pour s'arrêter encor
Sur l'aquarelle sombre en sa bordure d'or ;
Puis, bientôt échappant à ton œil qui se lasse,
Chaque objet se confond, se ternit et s'efface,
Comme lorsqu'une haleine a touché ton miroir ;
Ta bouche en se fermant balbutie un bonsoir ;
Le souffle régulier, qui de ton sein s'élance,
De la nuit, à son tour, trouble seul le silence ;
Et moi (lorsque tout bruit a cessé de frémir)
Qui t'écoutais veiller, je t'écoute dormir.

C'est alors, mon amour, que reviennent en foule
Nos mille souvenirs, que le temps qui s'écoule
Dans le fond de mon cœur pourra bien entasser
Sous d'autres souvenirs, mais non pas effacer ;
Car, loin de refroidir mon amour en mon âme,
Le temps passe sur lui comme l'air sur la flamme,
Et nul autre en ce cœur, que je croyais blasé,
Ne laissera sillon si largement creusé.

Ainsi, plus que jamais échappe à ma pensée
De mon drame fictif la fable commencée ;
Car, remontant mes jours, je rentre avec lenteur
Dans le drame réel où Dieu me fit acteur.
Alors ce ne sont plus de factices alarmes,
Ce sont de vrais sanglots, de véritables larmes,
Des malheurs bien vivants, dont le ciel eut pitié,
Puisque tu vins vers moi m'en demander moitié.

Un jour on connaîtra quelle lutte obstinée
A fait sous mon genou plier la destinée ;
A quelle source amère en mon âme j'ai pris
Tout ce qu'elle contient de haine et de mépris ;
Quel orage peut faire, en passant sur la tête,
Qu'on prenne pour le jour l'éclair de la tempête,
Et ce que l'homme souffre en ses convulsions,
Quand au volcan du cœur grondent les passions...
Je ne cacherai plus où ma plume fidèle
A trouvé d'Antony le type et le modèle,
Et je dirai tout haut à quels foyers brûlants
Yâgoub et Saint-Mégrin puisèrent leurs élans !

Puis, si l'on s'étonnait que si vite en ma vie
Cette agitation de calme fut suivie ;
Si l'on me demandait quelle céleste main
Versa l'ombre et le frais sur mon ardent chemin ;
Si l'on voulait savoir quelle colombe pure
M'apporta dans l'orage un rameau de verdure,
Et quel ange en son vol, à l'horizon épais,
Fit briller tout à coup le signe de la paix ;
A tous les yeux alors j'écarterais ton voile,
Et dans mon ciel d'azur on verrait une étoile.

ESQUIROS (ALPHONSE)

Né à Paris en 1814, il fut, de 1834 à 1841, presque exclusivement poète. Jusque-là, par conséquent, il nous appartient.
Ensuite, la politique la plus exaltée l'ayant saisi, il nous échappe,
et nous n'avons plus à le suivre.

Son premier volume de vers, les *Hirondelles*, d'une inspiration religieuse jusqu'au mysticisme, parut, en 1836, sous le
patronage de Victor Hugo, qui disait : « C'est un essaim de vers
charmants qui s'envole ; c'est un livre de poète que celui-là. »
L'éloge est vrai, le livre n'en eut pas pour cela plus de succès.
Il n'en fut pas vendu plus de douze exemplaires, au dire d'Esquiros lui-même.

Les Chants du prisonnier réussirent mieux, sept ans après.
Il est vrai que la politique ardente, dans laquelle il commençait à se lancer, et qui venait de lui valoir quelques mois de
prison, y avait glissé son appoint de vers démocratiques, et
qu'alors déjà avec un pareil gage le succès de popularité était
toujours sûr.

En 1846, son poème : *Fleurs du peuple,* fut encore plus ac-
centué. Aussi Monselet, frappé du contraste de ces violences
du poème avec le calme toujours affable et souriant du poète,
avait-il écrit, sans autres commentaires, cette note sur son
exemplaire : « De 1847 à 1848, j'ai vu presque tous les jours,
à l'*Artiste*, Alphonse Esquiros, le plus doux et le plus affec-
tueux des hommes. »

Exilé après le deux décembre, devenu préfet après le 4 septembre, Esquiros est mort sénateur il y a deux ans.

LES HIRONDELLES

Le peuple des oiseaux, comme celui des hommes,
   A des penchants divers ;
Les uns quittent aussi le pays où nous sommes
   En fuyant les hivers ;

D'autres dans les sillons d'une mer orageuse
   Aiment à se croiser ;

Et le nocher pliant sa toile aventureuse
    Voit leur ombre passer.

Quand la faux a tondu la blonde chevelure
    De nos champs moissonnés,
Plusieurs glanent l'épi qui doit sous la ramure
    Nourrir leurs nouveau-nés.

L'un cherche le grand jour, l'autre fuit la lumière
    Et veut l'obscurité ;
L'un au palais des rois, l'autre sous la chaumière
    Prend l'hospitalité.

Mais dans ce lieu d'exil, pour compagne fidèle,
    Parmi tous les oiseaux,
Mon cœur par sympathie a choisi l'hirondelle
    Qui vole sur les eaux.

Comme elle nous passons, comme elle, dans ce monde,
    Cherchons des cieux meilleurs,
Et nous allons tous deux, rasant la mer profonde,
    Nous reposer ailleurs !

Tu cherches le printemps, hirondelle légère,
    Et l'homme le bonheur ;
Tu dois l'aller trouver sur la rive étrangère,
    Et lui dans le Seigneur.

LE MAL DE L'ATTENTE

C'en est fait, le nuage a dévoré l'étoile ;
Mon Dieu, ta vérité disparaît sous un voile,
Et la Foi, qui jadis éclairait l'univers,
Flotte, soleil éteint, au sépulcre des airs.
O siècle, je frémis lorsque je te contemple :
Plus d'amour dans les cœurs, ni de Dieu dans le temple !
Quelques cultes nouveaux sortent, mais leur clarté
Pâlit dans l'abandon et dans l'obscurité.

Nous avons beau changer l'Olympe et le Calvaire,
Nous avons beau détruire et nous avons beau faire,
J'entends toujours gémir l'humanité ; je vois
L'éternelle douleur sur l'éternelle croix.
Le bûcher s'est éteint avec l'ardeur des cierges ;
Le gril ne brûle plus le sein tremblant des vierges ;
Le tigre n'a plus d'homme à manger ; le bourreau
A remis son vieux fer usé dans le fourreau :
Mais nous avons au flanc une douleur latente,
La soif de l'avenir avec la longue attente ;
Le monde n'est pas fait comme nous voudrions ;
Nous pleurons en dessous, même quand nous rions :
Tout notre cœur s'agite avec inquiétude ;
Nous souffrons du repos, nous souffrons de l'étude,
De ce que nous aimons et que nous n'avons pas ;
Ah! le mal de l'attente est égal au trépas !
Abrégez, ô Seigneur ! ces mauvais temps d'épreuve,
Faites venir l'époux qu'attend notre âme veuve,
Car, s'il tarde à paraître encore plus d'un jour,
Nous n'aurons plus d'espoir, nous n'aurons plus d'amour!

FARCY (Georges)

Né à Paris, le 20 novembre 1803, tué le 29 juillet 1830, sur une barricade au coin de la rue de Rohan, sa mort a fait sa renommée.

Après des études brillantes au collège Louis-le-Grand, il était entré à l'Ecole Normale, et s'y était lié, pour s'échauffer de leur ardeur, avec tous les ardents de l'Université, tels que Victor Cousin, qui devait dédier à sa mémoire sa traduction des *Lois* de Platon.

Il voyagea ensuite en Italie, d'où il semble être revenu frappé d'un amour sans espérance; puis au Brésil, où il cherchait la fortune qu'il n'y trouva pas. Sa seule ressource, au retour, fut d'entrer dans l'institution, alors célèbre, de M. Morin, à Fontenay-aux-Roses, comme professeur de philosophie « au rabais », ainsi qu'il l'écrivait à un ami. Il était là près de la vallée aux songes, où vivait Hyacinthe de Latouche, qu'il connut, et qui l'a peint d'un trait : « A sa taille mince, à ses favoris d'un blond vif, on l'eût pris pour un Écossais. »

Loin de se désintéresser alors de la politique, il n'y avait jamais apporté plus d'ardeur. A la nouvelle des ordonnances de juillet, et lorsqu'il sut que Paris n'était plus qu'un champ de combat, il y courut, c'était le 29. On attaquait le Louvre, avec des barricades pour approches; Farcy se posta à l'endroit où la fusillade des Suisses rendait le danger plus terrible. Une balle l'eut bientôt renversé. M. Littré, qui combattait près de lui, le reçut dans ses bras. Quelques instants après il était mort. On lui éleva un monument à quelques pas de là, sur la place du Carrousel, au coin de l'hôtel de Nantes, avec lequel il a disparu.

Un plus durable survit heureusement, c'est le petit volume, *Reliquiæ*, composé de quelques-unes des « reliques » trop rares de ce brave cœur et de cet excellent esprit.

Ce livre de vers et de prose, publié à la librairie alors nouvelle de L. Hachette, un autre de ces normaliens militants qui avaient fait le coup de feu pendant « les glorieuses », est précédé d'une étude de Sainte-Beuve, et porte la date du 29 juillet 1831, premier anniversaire de la mort de Farcy. Il est aujourd'hui rarissime.

LA FOURMI ET LE PAPILLON

LE PAPILLON.

Je nais au jour où fleurissent les roses,
Et frère ailé de ces objets charmants,
Comme une fleur entre les fleurs écloses,
    J'ajoute une grâce au printemps.
    Au doux bruit de l'onde plaintive,
    Parmi les parfums de la rive,
    Parmi les accords ravissants,
    Emporté d'une aile légère,
    Je passe et semble sur la terre
    Leur âme dévoilée aux sens.

LA FOURMI.

Je travaille, j'épargne et je vis sous la terre,
Mais le ver se plaint-il d'habiter un tombeau?
Admire qui le veut les airs et la lumière,
Je compte mes trésors, l'utile seul est beau.

LE PAPILLON.

    Dans ma volage indifférence,
    Épris d'une sage inconstance,
Je glisse dans la vie et ne me pose pas.
    Eh! quels biens méritent, hélas!
    D'arrêter nos cœurs et nos pas?
    Image de l'âme exilée
    Par ses vœux au ciel rappelée,
    Je suis sans demeure ici-bas.

LA FOURMI.

Je ne tiens qu'un sentier, et ne suis qu'une voie;
De ma proie au logis, du logis à ma proie.
Le promeneur oisif, le soir, las du chemin,
Trouve son grenier vide, et s'endort dans sa faim.

LE PAPILLON.

Dans mon idéale existence,
Chaque objet sublime et léger
De ma symbolique apparence
Ici-bas aime à s'ombrager :
Emblème de l'âme immortelle,
Je peins dans ma course infidèle
Les vains désirs, nés du hasard.
Pour voler vers les fleurs nouvelles
Les sylphes empruntent mes ailes,
Et Vénus m'attelle à son char.

LA FOURMI.

Mortel laborieux, retiens cette sentence :
C'est joindre à ses trésors qu'ôter à sa dépense.
Que l'abeille aux humains partage ses bienfaits,
Plus sage, moi, je prends et ne donne jamais.

LE PAPILLON.

Que je plains le mortel qui, courbé vers la terre,
Vit pauvre et soucieux pour mourir opulent,
        Et, dans son avare misère,
Expire sur son or, en un supplice lent !
    Ah ! jouissons ; ces instants de la vie,
        La mort est là qui les envie
        A la gloire comme aux amours.
        Une heure d'une douce ivresse
        Vaut mieux qu'un siècle de tristesse ;
        Les jours heureux sont les longs jours.

LA FOURMI.

Que la faveur des dieux est pour moi sans égale !
Je ne ressemble point à l'errante cigale,
Qui chante et n'entend pas la tempête venir.
Je travaille et me tais. — Posséder, c'est jouir.

LE PAPILLON.

    Dieux! quelles vives étincelles
    Ont jailli de l'ombre des nuits !

Salut, ô clartés immortelles
Dont rêvaient mes vagues ennuis !
Que me murmurez-vous d'un dangereux mystère?
Taisez-vous, soupçons inquiets.
Le feu qui brûle est-il le feu qui nous éclaire?
Ah ! volons, volons plus auprès !
Que de bonheur promet tant de lumière !
Que j'en approche, et je meurs sans regrets.

LA FOURMI, tournant autour du papillon étendu à terre.

C'est un papillon mort, il a brûlé ses ailes ;
Je n'en ai pas ; j'en cours d'autant moins de danger.
Rentrons, ma cave est close et mes moissons sont belles,
Pour dormir à mon aise et vivre au chaud l'hiver.

FRAGMENT.

Oh ! qui me guidera dans ces ombres profondes?
Créature d'un jour, jeté parmi ces mondes
Qui, dans l'azur des cieux promenant leur splendeur,
Racontent leur néant en montrant leur grandeur ;
Comment oser lever mon front de sa poussière?
Chaque horizon plus vaste agrandit ma misère ;
Dans ces vastes déserts mon esprit égaré
D'un vertige fatal s'éblouit par degré.
Il défaille, il succombe à cet aspect sublime,
Comme un homme perdu sur le bord de l'abîme,
Les bras en vain tendus pour chercher un appui,
Roule et meurt dans les flots qui se ferment sur lui.....
Que suis-je en ce moment? Qu'étais-je avant de naître?
Une ombre maintenant, et rien après peut-être.
Quoi? Rien après? Pourquoi frémir épouvanté?
Prends courage, ô mon cœur, l'arrêt n'est pas porté.
Oh! qui m'expliquera ce terrible mystère?
L'oracle est dans les cieux, l'énigme est sur la terre,
Et l'esprit ballotté du doute au désespoir
Se consume à chercher et s'éteint sans savoir.

FÉVAL (Paul-Henri)

Né à Rennes, le 27 septembre 1817, il n'a jamais cessé d'être Breton d'esprit et de cœur. Avocat à dix-neuf ans, apprenti banquier à vingt et un, correcteur d'épreuves, puis rédacteur au *Nouvelliste*, il faisait entre temps quelques jolis vers, comme ceux qu'on va lire, et des couplets pour des amis qui se partageaient à trois ou quatre la fabrication d'un vaudeville. Il écrivit quelques articles pour l'*Encyclopédie catholique*, devenue ensuite l'*Encyclopédie du XIXe siècle*, et s'attacha un instant aux feuilles royalistes *la Mode* et *la Quotidienne*.

On lui commanda un jour, je ne sais plus dans quel grand journal, *les Mystères de Londres*, pour faire concurrence aux *Mystères de Paris*, dont le succès était alors énorme. Sans s'effrayer d'une si grosse tâche, il les développa avec une vogue presque égale, en onze volumes qu'il signa : sir Francis Troloppe.

Dès lors il se trouva lancé dans l'engrenage compliqué des romans sans fin où nous ne le suivrons pas, malgré l'habileté de ses machines.

Aujourd'hui, par une évolution qui n'étonne que ceux qui ne le connaissaient pas, il est revenu à la littérature religieuse de la *Quotidienne* et de l'*Encyclopédie catholique*.

SON NOM

> Le nom de celle que j'aime,
> ....
> Je ne le dis qu'à moi-même...
> Loïsa Puget.

On rêve, quand la lune est doucement voilée,
Quand l'œil distrait s'égare à la voûte étoilée,
    Quand la terre est sans bruits.
Des souvenirs d'amour viennent reposer l'âme ;
On cause avec son cœur, on jette un nom de femme
    Aux tièdes vents des nuits.

Un nom qu'on aime tant! qui charme la souffrance,
Et se mêle, toujours radieux d'espérance,
          Aux rêves d'avenir ;
Nom gracieux et beau, que souvent, à l'oreille,
L'ange vient murmurer au malheureux qui veille.....
          Doux comme un souvenir !

Un nom, qu'un jour nous dit sa lèvre bien-aimée,
Et qui, plus tard, signa la lettre parfumée,
          Qu'on porte sur son cœur ;
Un nom... le nom sacré de la première femme
Dont le regard d'amour initia notre âme
          Aux secrets du bonheur !

Car ce nom, c'est le sien. Recueilli par la brise,
Il revient : on l'entend comme une voix exquise
          Qui chante un chant d'amour ;
Comme l'écho lointain d'une sainte harmonie,
Ou comme un faible accord des harpes d'Éolie
          Vers le soir d'un beau jour.

Oh! qui ne l'a mêlé souvent, dans sa prière,
Aux vœux qu'on fait, le soir, pour la sœur ou la mère
          Qui pleure loin de nous?
Qui ne l'a murmuré dans ses nuits d'insomnie,
Quand on prend en dégoût cette terre et la vie
          Si pesante pour tous?

Hélas! moi qui connais les heures d'amertume
Où le spleen assombrit de son voile de brume
          Nos songes de vingt ans,
Que de fois j'ai trouvé dans ce nom plein de charmes,
Quand j'étais seul et triste, un remède à mes larmes,
          Un baume à mes tourments !

Aussi, j'en fais serment, que je vive ou je meure,
Je veux que, jusqu'au bout, ce nom béni demeure
          Mon culte le plus pur.
Elle ! je veux l'aimer de loin, comme une sainte,
Vierge d'âme et de corps, pure et sans nulle atteinte,
          Comme des cieux l'azur !

FONTANEY (A.)

Si nous ne disons pas son prénom, c'est que jamais on n'en a connu que l'initiale. On croit qu'il était de Paris, et du même âge à peu près que Victor Hugo, qui fut son guide et son dieu. Il fit partie du cénacle. Un des sonnets les plus célèbres qui furent inscrits à la gloire du grand Victor, sur les marges du Ronsard in-folio, qui en était comme le livre d'or, portait la signature de Fontaney.

En 1825, à vingt-deux ans, il publia son premier volume de vers : *Ballades, Mélodies, et Poésies diverses*, le seul où il ait mis son nom.

Toujours volontiers mystérieux, il se masquait de pseudonymes. A la *Revue des Deux Mondes*, par exemple, et à la *Revue de Paris*, où il écrivit dès leur fondation, il n'était connu que sous celui de Lord Feeling, qui d'ailleurs lui seyait bien.

Il y avait de l'anglais, du Byron en lui, surtout par l'ironie, l'horreur des bas-bleus, et la distinction qu'il portait haut et très élégamment. On ne s'étonna donc pas lorsqu'on sut, en 1834, que M. le. duc d'Harcourt l'avait attaché à l'ambassade de Madrid. Fontaney n'en rapporta que des mécomptes ; mais comme compensation, du moins pour le lecteur, un volume charmant de couleur et de vie : *Scènes de la vie castillane et andalouse.*

Ce volume, signé encore Lord Feeling, parut en 1835. Fontaney mourut deux ans après, à trente-quatre ans.

Sa fin, selon Ch. Asselineau, fut un roman douloureux, dont le tome IX de l'*Histoire de ma vie*, par G. Sand, « nous a livré à demi le secret. »

MEDORA

I

Une femme échevelée
Nous apparut au printemps :
Triste et de pâleur voilée,

De la mer à la vallée
On la vit errer longtemps.

Dans leur course monotone
Ainsi se passaient ses jours,
Comme la feuille d'automne,
Qui s'enlève, tourbillonne,
Va, vient, et revient toujours.

Son front, que chaque chaumière
Avec joie eût abrité,
Des tombeaux pressant la pierre,
Ne voulait qu'au cimetière
Devoir l'hospitalité.

De la grève sablonneuse
Ses pas étaient bien connus !
Souvent la vague écumeuse
Baisa, par la nuit brumeuse,
L'albâtre de ses pieds nus.

II

A la voir sur le rivage
Ainsi marcher en rêvant,
On eût dit l'oiseau sauvage
Qui se plaît pendant l'orage
A lutter contre le vent,

Et qui de son aile blanche
Caressant le flot brillant,
Sur son écume se penche,
Et de même qu'une branche
Vient l'effleurer en volant.

On eût dit une sylphide,
Gracieux enfant de l'air,
Cherchant un golfe limpide

Et quelque bord moins rapide
Pour se baigner dans la mer;

On eût dit la fée errante
Qu'implorent les naufragés,
Élevant leur voix mourante
Sur la tombe transparente
De leurs vaisseaux submergés;

On eût dit la jeune épouse
Engloutie auprès du port;
Ombre, encor mère jalouse,
Qui va revoir la pelouse
Où son enfant joue et dort.

III

Qu'elle eût passé solitaire
Par d'invisibles chemins,
Créature de mystère,
Ange ou femme, sur la terre,
Elle apprit les maux humains.

Quelque douleur insensée
Semblait troubler sa raison;
Et sur l'Océan fixée,
Comme ses yeux, sa pensée
N'avait plus d'autre horizon.

Par la pluie et la tempête,
Sur la falaise, le soir,
Ainsi qu'en un jour de fête,
De fleurs couronnant sa tête,
Pensive, elle allait s'asseoir.

Paraissait-il une voile,
Comme à travers un ciel noir
Rayonne une blanche étoile?

Elle détachait son voile,
Elle agitait son mouchoir;

Et puis, jusques à la cime
Gravissant quelque rocher,
De ce piédestal sublime,
En souriant, sur l'abîme
On la voyait se pencher.

IV

Que te disaient les orages?
Quels étaient vos entretiens,
Pauvre cœur? tous ces nuages.
Amenaient-ils des naufrages
Aussi cruels que les tiens?

Tu criais, mais dans ce monde
Tu n'étais plus entendu.
A ta détresse profonde
La voix des vents et de l'onde
Avait seule répondu. —

Mais le temps délie une âme
Qui ne veut que s'envoler ;
La vie en vain la réclame :
Aux passions, à leur flamme
Son lien doit se brûler.

V

La mort a fini ses transes ;
Peut-être auprès des élus
Voit-elle, avec ses souffrances,
S'enfuir bien des espérances ! —
Du moins elle n'attend plus.

SOIRÉE CASTILLANE

Quel plaisir de fumer au Prado son cigare,
Le soir, quand l'air brûlant que l'amour enflamma
Revient frais et glacé par le Guadarrama !
On s'assied : on entend bourdonner la guitare ;

Puis passent les enfants avec leur tintamarre,
Les moines, les majos. C'est un panorama.
On aperçoit de loin les femmes qu'on aima ;
Dans sa voiture bleue on voit la Transtamare.

Cependant le cigare exhale son encens ;
Au parfum du tabac l'âme s'est embaumée :
On regarde monter et s'enfuir la fumée.

Cette fumée, hélas ! dont s'enivrent les sens,
Il semble de l'amour que ce soit un symbole :
Il enivre aussi vite. — Aussi vite il s'envole.

FOUINET (Ernest)

Il était né à Nantes en 1798 : venu de bonne heure à Paris,
il y fit un cumul singulier de vers, de philologie, d'administration et de romans. Comme philologue, il traduisit moitié vers,
moitié prose, un *Choix de poésies de l'Orient*, et fournit à
Victor Hugo les traductions de l'arabe et du persan qui s'éparpillent dans les notes des *Orientales* ; comme romancier, il
publia quinze à vingt volumes de romans, de voyages que nous
ne tirerons pas de leur oubli ; comme poète, il sema ses vers
dans les recueils, les *keepsakes*, les albums ; enfin, comme
homme d'administration, il parvint au ministère des finances
à une place de sous-chef qu'il occupait en 1845, lorsqu'il
mourut.

LA MAGIE DE LA VOIX

A MADAME LOUISE L***

(Écrit sur un album musical.)

Notes qui vous taisez, retournez à votre âme,
Car vous n'en avez pas sans la voix d'une femme,
Signes mystérieux des rythmes ravissants.
Vous couvez, je le sais, des airs pleins de tendresse,
Mais, pour vous évoquer, il faut l'enchanteresse
Qui vous fait mélodie avec ses purs accents.

Pour que l'encens parfume, il faut que l'encens brûle ;
La harpe éolienne, au mourant crépuscule,
Ne soupire qu'au gré de la brise et du vent ;
L'amour au fond du cœur serait longtemps encore,
Sans le regard, le mot qui le vient faire éclore,
Comme la fleur éclôt sous le soleil levant.

Les cordes ne sont rien sans la main qui les touche ;
L'œil n'est rien sans regards, et qu'est-ce que la bouche
Sans un mot caressant, un rire gracieux ?
Redemande la vie, ô musique muette !
A celle qui te chante et qui rendrait poète,
A ces accords si doux qu'ils font penser aux cieux !

FRAGMENT.

J'aime à m'abandonner sur un lac solitaire
Enclos d'arbres penchés qui me cachent la terre,
Et font d'autres forêts dans les limpides eaux,
Où le cygne plus blanc, sous le feuillage sombre,
En naviguant, se mire et glisse sur son ombre,
Qui se perd avec lui dans les épais roseaux.

Comme un léger esquif, qui, d'une onde tranquille,
Suit le balancement, sous sa voile immobile,
Sans effort, mollement on le voit s'avancer,
Et puis en serpentant son cou ploie et s'allonge,
    S'étend sur la surface, et plonge
Vers son ombre à laquelle il semble s'enlacer.

Aucun bruit, aucun souffle ici ne l'inquiète :
Dans ce lieu de la paix, viens, amant, viens, poète,
Dont l'œil est ébloui, dont l'essor est lassé !
C'est ici que l'esprit se repose avec joie,
Sur ce lac sans courant sur lequel il ondoie,
Comme un duvet de cygne au gré du flot bercé.

FOUCHER (Paul)

Frère de Mme Victor Hugo, il se lança en 1831, n'ayant que vingt et un ans, dans le Romantisme à la suite de son glorieux beau-frère.

Un drame en vers du plus pur moyen âge, *Iseult et Rimbault*, fut son début. Il rima quelques pièces de vers comme celle qu'on va lire, puis se donna tout au mélodrame ou au vaudeville.

En 1839 seulement, il s'en détacha pour une tragédie de *Don Sébastien* qui fut couronnée par l'Académie française.

On lui dut aussi, de 1842 à 1844, deux opéras : *le Vaisseau fantôme* et *Richard en Palestine*, l'un en deux actes, l'autre en trois.

Paul Foucher, lorsqu'il mourut il y a trois ans, s'était depuis assez longtemps consacré presque tout entier à la critique dramatique et au journalisme.

LE FILS DE NAPOLÉON

Reichstadt, lorsqu'autrefois, t'emportant vers l'Austrie,
L'ennemi t'arracha du trône ta patrie,
Sans doute trop enfant pour sentir ton malheur,
Ne sachant pas en toi quel homme l'on révère,
Tu crus n'être qu'un fils d'empereur ordinaire,
Et tu t'estimais grand toi-même dans ton cœur.

Mais lorsqu'on t'instruisit de toute ta naissance,
Quand tu sus que la main qui berçait ton enfance
De vingt trônes brisés avait forgé ton lit;
Qu'elle t'avait laissé sur la face du monde
Pour blason de famille une empreinte profonde,
Ton front découragé d'épouvante pâlit.

« Jamais, t'écrias-tu, quoi que je puisse faire,
« Je ne serai qu'un point dans son immense sphère;

« Le poids de son épée accablera mon bras;
« Mon nom éclipsera toujours ma renommée;
« Et jamais, si je prends sa route accoutumée,
« Mes pieds ne rempliront la trace de ses pas. »

N'est-ce pas qu'il est dur, Reichstadt, à la jeune âme
Qui voudrait, pour mûrir, une gloire de flamme,
De sentir qu'un grand nom à nul autre pareil
L'ensevelit entière en son ombre jalouse,
Comme l'arbre hautain couvre sur la pelouse
L'arbuste qui, pour vivre, a besoin du soleil !

Tant de gloire entravait ta marche embarrassée,
Que tu n'en pus sortir, même avec la pensée !...
Alors l'obscurité dut sourire à ton cœur,
Déesse au doux sommeil qui vaut mieux que tout rêve,
Qui, sous le voile épais que nul revers ne lève,
Comme une mère un fils, garde notre bonheur.

Vain désir !... Tu naquis tout ce que fut ton père :
Illustre, redouté, malheureux et prospère;
Sur la foi de ton nom, on t'adore, on te fuit.
L'âme dont la chaleur, soit funeste ou féconde,
Éclaira tour à tour ou consuma le monde,
Brûle à jamais ton ciel qui n'aura plus de nuit.

Ton front, que dévorait l'auréole enflammée,
Cherchait en vain les bras d'une famille aimée,
D'une épouse chérie, et non fille de roi;
Dans tes veines il faut que ton sang meure esclave;
Car des Napoléon le sang est une lave
Qu'avec tes pleurs, Reichstadt, on veut éteindre en toi.

GALLOIX (Imbert)

Quelques pages de Victor Hugo, publiées dans l'*Europe litté-*
raire de décembre 1833, puis, avec moins de développement,
dans un de ses deux volumes : *Littérature et philosophie mêlées,*
ont rendu Imbert Galloix célèbre.

Il était de Genève, et, comme Rousseau, il en avait l'esprit
de raisonnement et d'opposition en tout. « Imbert Galloix, dit
V. Hugo, est un des plus frappants exemples du péril de la
controverse. »

Paris, où il vint à dix-neuf ans, sans ressource, l'eut bientôt
dévoré. Il y faut l'action. Qu'y apportait-il ? la contradiction et
le rêve. Sa première fièvre de voir satisfaite, il tomba dans un
marasme qu'aggravèrent le dénûment et le réveil d'une maladie dont il avait déjà souffert.

Jamais on ne vit alors découragement pareil au sien. « Il ne
voulait plus rien voir, plus rien entendre, dit encore V. Hugo ;
en quelques mois, il était tombé de la curiosité au dégoût. »

Sa fin, qui fut une délivrance, ne tarda pas : « Il était
arrivé à Paris au mois d'octobre 1827, il est mort de misère
au mois d'octobre 1828. » Il avait vingt et un ans.

Cinq ans après, un ami recueillit ses *Poésies* en un volume
que Cherbulliez publia à Genève.

La pensée de Galloix était ainsi revenue où lui-même, le
pauvre poète, eût si bien fait de rester.

FRAGMENTS DE LA NUIT DE NOEL

L'air est glacé, mais la nuit est sereine,
Les astres clairs nagent en un ciel pur,
J'entends gémir les eaux de la fontaine,
Le firmament étale son azur.

L'airain battu d'un coup triste et sonore
Seul a troublé le repos de la nuit,
Il est une heure, et moi je veille encore ;
Je veille seul et le repos me fuit.

Oh ! que de fois le silence nocturne
Prêta son calme à mes songes divers !
Oh ! que de fois ma lampe taciturne
M'a vu rêver, lire, tracer des vers !

Nuit de Noël, derniers jours de l'année,
Oh ! que de jeux, de paix et de plaisirs
Vous rappelez à mon âme fanée !
Et tout a fui sous de nouveaux désirs !

Comme d'un rêve aussi doux que rapide,
Il me souvient de ce bonheur passé,
Bonheur d'enfance, imprévoyant, avide,
Que la raison a si vite effacé...

Il me souvient de ces cadeaux magiques
A mon réveil offerts dès le matin,
Et du foyer, et des plombs fantastiques,
Dont les contours présageaient le destin.

Me disaient-ils que je serais poëte,
Victime, hélas ! des désirs de mon cœur ?
Que le chagrin ferait courber ma tête,
Et que jamais je n'en serais vainqueur ?...

* *

Déjà la cloche a répété quatre heures ;
Je veille encor, je veille pour chanter :
Un bruit soudain ébranle nos demeures ;
Quelle douceur je trouve à l'écouter !

Quels sons divins, quelle auguste harmonie
L'airain du temple exhale dans les airs !
Comme l'espoir, mon âme rajeunie
Entend vibrer les célestes concerts.

Nuit de Noël, nuit de paix et de joie,
C'est dans ton sein qu'un Sauveur nous est né.

Le cœur soumis qui marche dans ta voie,
Humble et joyeux, n'est pas abandonné.

O mon Sauveur, viens éclairer ma route !
Viens me couvrir des ailes de la foi !
Ouvre mon âme et dissipe mon doute ;
Viens, je t'attends et je me livre à toi

LES RÊVES DU PASSÉ.

Alors les fleurs croissaient dans la verte prairie ;
Dans un ciel glorieux triomphait le soleil,
Des songes printaniers erraient dans mon sommeil ;
Le ciel n'était pas froid, l'eau n'était pas tarie,
Alors. — Mais aujourd'hui tout est morne et glacé ;
Le cœur est desséché, la nature est flétrie...
        Où sont les rêves du passé ?

Soleil, tu nous rendras tes splendeurs matinales ;
Astres, vaisseaux du ciel, vous voguerez encor,
Jours d'azur de juillet, verts coteaux, moissons d'or,
Horizon du Léman, vieux mont, Alpes natales,
Je voudrais vous revoir, vous, mon ancien trésor !....
O rives de mon lac, je croyais à la gloire ;
D'avenir et d'espoir l'amour m'avait bercé.
L'amour ! Je n'y crois plus ; mon cœur est délaissé.
La gloire me dédaigne... oublie, ô ma mémoire,
        Les tristes rêves du passé.

GAULMIER (Eugène)

Poète peu connu, mais qui mérite de l'être par sa vie singulière et par ce qui nous est resté de lui.

En 1812, à dix-sept ans, il partait de Saint-Amand en Berry, où il était né, pour être professeur dans une ville voisine. Ensuite, il vint à Paris se faire médecin, mais il tomba en syncope à sa première dissection ; il voulut faire son droit, mais il n'y put mordre ; il se réfugia à Saint-Sulpice pour être prêtre, mais l'ennui l'en chassa ; repris par le goût du professorat, il obtint la chaire de rhétorique au collège de Nevers, puis à celui de Bourges, mais il y instruisit moins d'élèves qu'il n'écrivit de poèmes.

C'est de là qu'en 1818 il envoya à Paris une *Ode sur le dévouement de Malesherbes* que l'Académie couronna. Il avait concouru avec Alexandre Dumas, qui n'eut pas même une mention.

Gaulmier tenta deux fois encore la même épreuve, sans obtenir le même succès. Son poème sur la *Traite des nègres* fut pourtant remarqué ; on en lut à l'Académie des fragments qui furent applaudis. Par malheur il avait gardé l'anonyme. Son autre poème, le *Dénouement des médecins français et des sœurs de Sainte-Camille à Barcelone*, fut cité partout ; on lui en récita des vers à lui-même, mais quand il demanda si l'on en connaissait l'auteur, il lui fut répondu que c'était la dixième muse, la belle Delphine Gay. Il est vrai, comme on le verra plus loin, qu'elle avait eu le prix.

Il a raconté ces petites déconvenues et quelques autres dans sa jolie pièce : *l'Anniversaire du poète*, dont on lira plus loin un fragment.

Il s'y montre gai de ce qui, au fond, l'attristait, car il avait à cœur son métier de poète. Une dernière déception qu'il y éprouva, l'insuccès, devant l'Académie, de son poème sur la *Découverte de l'Imprimerie*, lui fut un coup mortel.

Pris d'une fièvre cérébrale, il mourut le 25 septembre 1829. Ses *Œuvres*, où l'on trouve de la variété et du charme, furent publiées l'année suivante en 3 volumes in-12.

LA PREMIÈRE COMMUNION

Où vont de ces enfants les flots religieux ?
Un éclat doux et pur anime leur visage,

Pareil au rayon gracieux
Dont brille un matin sans nuage.
Leur front qui réfléchit la candeur de leur âge,
Vers la terre penché, semble rêver les cieux.

Pour eux s'accomplit le mystère
Où, quand de sa raison le premier jour a lui,
L'homme, nourri du Dieu qui s'immole pour lui,
Achève du chrétien le sacré caractère,
Et dans le ciel cherche l'appui
Qu'il ne trouve pas sur la terre.

L'un par l'autre embellis, deux sexes différents,
Convives séparés, s'étendent sur deux rangs,
Pour le commun banquet recueillis en silence.
Vers le juge équitable et le Père indulgent,
Qui les pèsera tous dans la même balance,
S'élèvent, confondus, les vœux de l'opulence
Et l'hommage de l'indigent.

L'orgueil n'est pas où la prière habite ;
Dieu ne mesure pas le pardon au bonheur :
L'égalité, sur la terre proscrite,
Vient se réfugier aux autels du Seigneur.

L'art, pour eux, ornant la nature,
Sous une main amie arrangea simplement
Le fin tissu de laine, ou la gaze ou la bure.
Leur âme aussi dans ce moment
Va revêtir sa plus riche parure.

De leurs mères, près d'eux, fières de se ranger,
Je vois les yeux briller sous un voile de larmes ;
Pour instruire l'objet de leurs tendres alarmes,
Leur zèle seconda les soins de l'étranger.
Donné par le pasteur, le précepte sévère,
Toujours des lèvres d'une mère
Tomba plus doux et plus léger.

. . . .

Oui pour eux, dans le ciel, un nouveau jour commence.
Tendres mères! par vous formés, dès le berceau,
Ils ont du lourd péché secoué le fardeau;
Au saint médiateur, qui transmet la clémence,   ·
     Leur cœur naïf s'est révélé,
     Rajeuni par la pénitence;
Du Dieu qui les réclame il attend la présence,
Léger comme l'encens, dans les airs exhalé,
Pur comme ce lin blanc, symbole d'innocence,
Dont le front virginal en ce jour s'est voilé.

Ils ont ravi sa proie à l'esprit de l'abîme:
Tout son pouvoir en eux vient de s'anéantir.
     Avant de connaître le crime,
     Ils connaissaient le repentir;
A nos tristes erreurs leur jeune âme étrangère,
     Par le remords consolateur,
Brûle de racheter l'omission légère;
     Sur les ailes de la prière,
Timide, elle s'élève au divin Rédempteur;
Priez, simples enfants, priez, pleins d'espérance;
Redoublez de vos vœux l'innocente ferveur;
Priez, car nul parfum n'est plus doux au Seigneur
     Que la prière de l'enfance.

·   ·   ·   ·   ·   ·   ·   ·   ·   ·   ·   ·   ·   ·

Avant de les admettre au mystique festin,
Le pasteur, l'œil humide et la voix attendrie,
Déroule à leurs regards leur sublime destin;
Pour prix d'un peu d'amour, à l'horizon lointain,
     Montre l'éternelle patrie.
De leur âme docile hôte mystérieux,
Le Seigneur les remplit, les presse, les domine,
En sanglots étouffés soulève leur poitrine,
Prolonge à flots brûlants leurs pleurs délicieux.

Tremblez, enfants! le temple a repris son silence;
Le prêtre a remonté les marches de l'autel;

Il prie, il tient en main le calice immortel :
    Déjà sa bouche recommence
Les mots sacrés que suit le banquet solennel ;
Il approche, tremblez..... Mais non : de la victime
Le sang réparateur dans vos seins a germé ;
L'ange du mal a fui, le ciel s'ouvre, l'abîme
    Sous vos pas vainqueurs s'est fermé.
Sur vous du Rédempteur le sceau divin s'imprime,
    Le sacrifice est consommé.

L'ANNIVERSAIRE DU POÈTE

FRAGMENT

Je ne suis pas de ces rares élus,
A qui leur nom garantit leur salaire ;
Dont les écrits, toujours certains de plaire,
Un même jour nés, achetés et lus,
Vont, surchargés d'éloges superflus,
Accaparer la vogue populaire :
Qui, désignés d'un doigt admirateur,
Enfants gâtés du monde littéraire,
Egalement vendent à l'acheteur
Et leurs vers faits, et leurs rimes à faire.
D'un tel destin combien mon sort diffère !
Mes plus beaux vers, mes plus riches talents
Ont fait gémir la presse à mes dépens.
Nul imprimeur, accueillant ma misère,
Dans les profits ne m'admit qu'à moitié ;
L'écrit modeste en mon nom publié
Pour le public fut toujours un mystère.
Si quelquefois un complaisant libraire
Sur sa boutique étala, par pitié,
Ou mon épître ou mon chant funéraire,
Toujours pour moi loyal dépositaire,
Il me rendit le trésor confié.
Partout pressé d'une étroite limite,
Fils de l'oubli, mon nom bien rarement

A dépassé l'arène circonscrite
De ma cité, de mon département :
Bien peu de gens, instruits de mon mérite,
A ma valeur savent m'apprécier.
Deux ou trois fois, par honneur singulier,
Je fus couché sous l'ombre du *Mercure.*
Mais soit usage, ou bien mésaventure,
Quand j'obtenais l'asile hospitalier,
Nul amateur de la mince brochure,
Dans les salons où j'allais épier,
D'un court regard n'effleurait sa lecture.
Sur un journal d'un illustre renom
Je vis un jour, du milieu des ténèbres,
Mes vers jaillir, radieux et célèbres;
Mais l'imprimeur estropia mon nom;
Une autre fois, d'un éloge unanime
On couronna des vers de ma façon;
Mais par malheur je gardais l'anonyme.

GAUTIER (Théophile)

Celui-ci, on le sait sans que j'aie besoin d'y insister, est un des initiateurs, un des maîtres du Romantisme. Il l'eût inventé, si, de par Victor Hugo, son aîné de dix ans, il n'eût existé déjà. Au collège Charlemagne, où il fut son camarade dès l'âge de huit ans, — car ses parents habitaient Paris, et c'est par hasard, pendant un séjour de passage, qu'il était né à Tarbes en 1811, — il se passionna des premiers, avec son camarade Gérard Labrunie, futur Gérard de Nerval, pour les entreprises et les audaces de la nouvelle école.

Ses classes, dont cette fièvre anticlassique l'avait quelque peu distrait, étant achevées, il ne songea pas cependant, tout d'abord, à se jeter dans la mêlée. Il voulut être peintre, entraîné par cet instinct du pittoresque et de la couleur qu'il avait à un si haut degré, et ne se doutant guère encore qu'il ne devait pas l'être avec le pinceau, mais avec la plume.

Après quelque temps passé dans l'atelier de Rioult, il y renonça, pour n'y revenir de temps en temps que par fantaisie. Il le regretta plus tard, lui-même nous l'a dit, en mesurant ce qu'il faut de copie pour gagner la moitié à peine de ce que rapporte un méchant tableau.

Le Romantisme militant avait chez lui pris le dessus, il s'y laissait emporter. On était à la veille de la grande bataille d'*Hernani*. Il y fut, sa longue chevelure au vent, avec tous les disciples, « ces brigands de la pensée », comme ils s'appelaient entre eux. Son costume de combat est resté célèbre et le méritait. Qu'on en juge par la description qu'il a faite lui-même. Le fameux gilet, disons mieux, le pourpoint en satin rouge cerise, taillé et busqué comme ceux des Valois, en était l'armure, la cuirasse rutilante; « le reste, dit-il, se composait d'un pantalon vert d'eau très pâle, bordé sur la couture d'une bande de velours noir, d'un habit noir à revers de velours largement renversé, et d'un ample pardessus gris doublé de satin vert. Un ruban de moire, servant de cravate et de col de chemise, entourait le cou. Le costume, il faut en convenir, ajoute-t-il, n'était pas mal combiné pour irriter et scandaliser les philistins. »

C'était là le grand point : tout pour l'art, rien pour le bourgeois, pas même ce qu'il croit pouvoir demander de morale et de décence élémentaires.

Gautier, dans ses premières *Poésies*, qui parurent peu après *Hernani*; et dans *Albertus ou l'âme et le péché*, roman théologique — qui suivit d'assez près, montra encore quelque retenue.

Il ne s'y prit guère qu'au bon sens, autre détail bourgeois, autre préoccupation philistine, dont « le truculent » et l'extraordinaire devaient, il était temps, avoir enfin raison. C'est dans *Mademoiselle de Maupin*, en 1835, qu'il rompit avec le reste, et l'on sait comment : de la plus éclatante et audacieuse manière, sans le moindre ménagement de pudeur, sans la plus petite sourdine pour amortir les témérités tapageuses de ses descriptions.

Le scandale, qui fut très grand, commençait dès la préface, car Gautier, comme Hugo, comme Émile Deschamps, avait voulu faire la sienne. Celle de *Cromwell* était, pour le grand Cénacle qui se tenait chez Victor Hugo, le code divin, la loi et les prophètes ; celle de *Mademoiselle de Maupin* fut de même, pour le petit Cénacle qui siégeait chez Petrus Borel, dit le *Lycanthrope*, avec Gautier pour pacha-pontife.

Il n'était pas dupe des excentricités dont il se faisait l'apôtre, mais il les croyant bonnes pour l'éblouissement du « bourgeois glabre » — c'était l'expression du Cénacle, — il les multipliait et les exagérait à plaisir.

Très fin, et, dans le fond, d'un sens comique très observateur et très délié, il savait distinguer mieux que personne les romantiques de vocation, et les romantiques de mode ; les vrais et les faux, ceux qu'il fallait admirer, et ceux dont il fallait rire. C'est ce qui lui fit faire son volume de fantaisie si curieuse et si spirituelle, *Les Jeunes France*, qui est pour les romantiques ridicules ce que fut l'immortelle farce de Molière pour le ridicule de certaines précieuses.

Le petit Cénacle se tenait alors chez lui ; il en était l'hôte en même temps que le dieu. L'ancien appartement d'un chanoine de Saint-Thomas du Louvre, dans l'impasse du Doyenné, servait de temple. Les folies diurnes y furent célèbres, les nocturnes plus encore.

Gautier, l'hercule, qui dans ce beau temps avait prouvé que son coup de poing pesait cinq cents sur la tête du Turc, était de force à suffire à tout : aux nuits de plaisir et aux journées de labeur. Il multipliait sa copie partout où l'on voulait bien lui faire accueil. Or, il commençait à compter sur le marché : le temps était loin où tous les exemplaires d'un volume, fait à ses frais, — c'est celui de ses premières *Poésies*, — lui restaient, comme il nous l'a dit, sur les bras. Voici ce qu'il écrivait en 1835 à l'un de ses amis : « Je travaille à la *Chronique de Paris*, qui est maintenant dirigée par Balzac, qui est un bon gros porc très plein d'esprit et très agréable à vivre. Je fais le Salon dans le *Cabinet de lecture*, et je dirige, conjointement avec cet honnête Lassailly, un petit journal inédit, intitulé *Ariel*. Tu vois que je suis dans l'ouvrage jusqu'au cou. »

L'année suivante, il entrait à la *Presse*, enrôlé pour cette galère du feuilleton des théâtres, qu'il ne devait plus quitter. Il y ramait encore lorsqu'il mourut, il y a quatre ans. Après avoir fait son temps dans un journal, il le recommençait dans un autre !

Les travaux, les fantaisies, où il se plaisait mieux, continuaient toutefois à côté. En 1837, par exemple, il publia en feuilletons dans le *Figaro*, un roman, l'*Eldorado*, qui, l'an d'après, se transformait tout étincelant en volume avec ce nouveau titre, *Fortunio*, qui devint le surnom du maître, comme Albertus l'avait été auparavant.

La même année, dans une note tout autre, il donna son poème, *la Comédie de la mort*. Puis une nouvelle période, une phase plus calme, où le romantique plus mûr devait se transformer, commença pour son talent.

« La *Comédie de la mort*, dit M. Émile Bergerat, clôt par un chef-d'œuvre la période romantique de Théophile Gautier, et on peut le dire aussi sa jeunesse. »

Ce serait donc le moment de nous arrêter. Cependant, comme l'année 1840, pendant laquelle il fit son *Voyage d'Espagne*, se trouve encore dans les limites que nous nous sommes marquées, nous ferons notre moisson de quelques-unes des poésies qu'il en rapporta. Elles importent beaucoup à son œuvre. On lui a reproché, comme touriste, de voir trop, partout où il passe, le pays et pas assez ceux qui l'habitent, et de faire comme le photographe qui dresse son objectif avant que personne soit levé. « Il n'y a donc pas d'Espagnols en Espagne? » lui disait un jour madame de Girardin.

Quand on a lu ses vers, le reproche n'est plus à faire. Ils mettent la vie où, dans le volume de prose, il n'y a guère que les monuments et le paysage.

ALBERTUS OU L'AME ET LE PÉCHÉ

LÉGENDE THÉOLOGIQUE

SONNET IV

Lorsque je vous dépeins cet amour sans mélange,
Cet amour à la fois ardent, grave et jaloux,
Que maintenant je porte au fond du cœur pour vous,
Et dont je me raillais jadis, ô mon jeune ange,

Rien de ce que je dis ne vous paraît étrange;
Rien n'allume en vos yeux un éclair de courroux.
Vous dirigez vers moi vos regards longs et doux;
Votre pâleur nacrée en incarnat se change :

Il est vrai, dans la mienne, en la forçant un peu,
Je puis emprisonner votre main blanche et frêle,
Et baiser votre front si pur sous la dentelle ;

Mais ce n'est pas assez pour un amour de feu ;
Non, ce n'est pas assez de souffrir qu'on vous aime ;
Ma belle paresseuse, il faut aimer vous-même.

LA CHANSON DE MIGNON

FRAGMENT

Italie, Italie !
Si riche et si dorée, oh ! comme ils t'ont salie !
Les pieds des nations ont battu tes chemins ;
Leur contact a limé tes vieux angles romains,
Les faux dilettanti s'érigeant en artistes,
Les mylords ennuyés et les rimeurs touristes,
Les petits lords Byron fondent de toutes parts
Sur ton cadavre à terre, ô mère des Césars !
Ils s'en vont mesurant la colonne et l'arcade ;
L'un se pâme au rocher, et l'autre à la cascade ;
Ce sont à chaque pas des admirations,
Des yeux levés en l'air et des contorsions :
Au moindre bloc informe et dévoré de mousse,
Au moindre pan de mur où le lentisque pousse ;
On pleure d'aise, on tombe en des ravissements
A faire de pitié rire tes monuments.
L'un avec son lorgnon collant le nez aux fresques
Tâche de trouver beaux tes damnés gigantesques,
O pauvre Michel-Ange ! et cherche en son cahier,
Pour savoir si c'est là qu'il doit s'extasier ;
L'autre, plus amateur de ruines antiques,
Ne rêve que frontons, corniches et portiques,
Baise chaque pavé de la Via-Lata,
Ne croit qu'en Jupiter et jure par Vesta.
De mots italiens fardant leurs rimes blêmes,

Ceux-ci vont arrangeant leur voyage en poèmes,
Et sur de grands tableaux font de petits sonnets ;
Artistes et dandys, roturiers, baronnets,
Chacun te tire aux dents, belle Italie antique,
Afin. de remporter un pan de ta tunique !

Restons, car au retour on court risque souvent
De ne retrouver plus son vieux père vivant ;
Et votre chien vous mord, ne sachant plus connaître
Dans l'étranger bruni celui qui fut son maître ;
Les cœurs qui vous étaient ouverts se sont fermés :
D'autres en ont la clef, et dans vos plus aimés,
Il ne reste de vous qu'un vain nom qui s'efface.
Lorsque vous revenez, vous n'avez plus de place ;
Le monde où vous viviez s'est arrangé sans vous,
Et l'on a divisé votre part entre tous.
. . . .
C'est le monde. — Le cœur de l'homme est plein d'ou-
C'est une eau qui remue et ne garde aucun pli,   [bli ;
L'herbe pousse moins vite aux pierres de la tombe
Qu'un autre amour dans l'âme ; et la larme qui tombe
N'est pas séchée encor que la bouche sourit,
Et qu'aux pages du cœur un autre nom s'écrit.
— Restons pour être aimés, et pour qu'on se souvienne
Que nous sommes au monde ; il n'est amour qui tienne
Contre une longue absence ; oh ! malheur aux absents !
Les absents sont des morts, et comme eux impuissants ;
Dès qu'aux yeux bien-aimés votre vue est ravie,
Rien ne reste de vous qui prouve votre vie ;
Dès que l'on n'entend plus le son de votre voix,
Que l'on ne peut sentir le toucher de vos doigts,
Vous êtes morts ; vos traits se troublent et s'effacent
Au fond de la mémoire, et d'autres les remplacent.
Pour qu'on lui soit fidèle, il faut que le ramier
Ne quitte pas le nid et vive au colombier.
Restons au colombier. Après tout, notre France
Vaut bien ton Italie, et, comme dans Florence,
Rome, Naple ou Venise, on peut trouver ici
De beaux palais à voir et des tableaux aussi.
Nous avons des donjons, de vieilles cathédrales,

Aussi haut que Saint-Pierre élevant leurs spirales.
Notre-Dame tendant ses deux grands bras en croix,
Saint-Séverin dardant sa flèche entre les toits,
Et la Sainte-Chapelle aux minarets mauresques,
Et Saint-Jacques hurlant sous ses monstres grotesques ;
Nous avons de grands bois et des oiseaux chanteurs,
Des fleurs, embaumant l'air de divines senteurs,
Des ruisseaux babillards dans de belles prairies,
Où l'on peut suivre en paix ses chères rêveries ;
Nous avons, nous aussi, des fruits blonds comme miel,
Des archipels d'azur aux flots de notre ciel,
Et ce qui ne se trouve en aucun lieu du monde,
Ce qui vaut mieux que tout, ô belle vagabonde,
Le foyer domestique ineffable en douceurs,
Avec la mère au coin et les petites sœurs,
Et le chat familier qui se joue et se roule,
Et, pour hâter le temps, quand goutte à goutte il coule,
Quelques anciens amis causant de vers et d'art
Qui viennent de bonne heure et ne s'en vont que tard.

DÉPART

. . . .
Oui, je suis curieux d'essayer de l'absence
Et de voir ce que peut cette sourde puissance ;
Je veux savoir quel temps, sans être enseveli,
Je flotterai sur l'eau qui ne garde aucun pli,
Et dans combien de jours, comme un peu de fumée,
Des cœurs éteints s'envole une mémoire aimée.
Le voyage est un maître aux préceptes amers ;
Il vous montre l'oubli dans les cœurs les plus chers
Et vous prouve, ô misère et tristesse suprême !
Qu'ingrat à votre tour vous oubliez vous-même,
Pauvre atome perdu, point dans l'immensité,
Vous apprenez ainsi votre inutilité ;
Votre départ n'a rien dérangé dans le monde ;
Déjà votre sillon est refermé sur l'onde.
Oublié par les uns, aux autres inconnu,

9

Dans les lieux où jamais votre nom n'est venu,
Parmi des yeux distraits et des visages mornes
Vous allez sur la terre et sur la mer sans bornes.
Par l'absence à la mort vous vous accoutumez,
Cependant l'araignée à vos volets fermés
Suspend sa toile ronde et la maison déserte
Semble n'avoir plus d'âme et pleurer votre perte,
Et le chien qui s'ennuie et voudrait vous revoir
Au détour du chemin va hurler chaque soir.

DANS LA SIERRA

J'aime d'un fol amour les monts fiers et sublimes,
Les plantes n'osent pas poser leurs pieds frileux
Sur le linceul d'argent qui recouvre leurs cimes,
Le soc s'émousserait à leurs pics anguleux.

Ni vigne aux bras lascifs, ni blés dorés, ni seigles,
Rien qui rappelle l'homme et le travail maudit ;
Dans leur air libre et pur nagent des essaims d'aigles,
Et l'écho du rocher siffle l'air du bandit.

Ils ne rapportent rien et ne sont pas utiles,
Ils n'ont que leur beauté je le sais, c'est bien peu ;
Mais moi je les préfère aux champs gras et fertiles,
Qui sont si loin du ciel qu'on n'y voit jamais Dieu.

AU BORD DE LA MER

La lune de ses mains distraites
A laissé choir du haut de l'air
Son grand éventail à paillettes
Sur le bleu tapis de la mer.

Pour le ravoir elle se penche
Et tend son beau bras argenté,

Mais l'éventail fuit sa main blanche,
Par le flot qui passe emporté.

Au gouffre amer, pour te le rendre,
Lune, j'irais bien me jeter,
Si tu pouvais du ciel descendre,
Au ciel si je pouvais monter!

SÉRÉNADE ANDALOUSE

Sur le balcon, où tu te penches,
Je veux monter... efforts perdus!
Il est trop haut, et tes mains blanches
N'atteignent pas mes bras tendus.....

Ote tes fleurs, défais ton peigne,
Penche sur moi tes cheveux longs,
Torrent de jais, dont le flot baigne
Ta jambe ronde et tes talons.

Aidé par cette échelle étrange,
Légèrement je gravirai,
Et jusqu'au ciel, sans être un ange,
Dans les parfums je monterai.

GAVARNI

Encore un poète par hasard. Gavarni, de son vrai nom Guillaume Chevalier, ne fit des vers que pour prouver qu'il pouvait faire tout.

Il commença par la science, et, comme on le verra, finit par elle aussi. Avant de dessiner des gravures de mode, pour le journal alors célèbre de M. de la Mésengère; avant d'être l'étonnant dessinateur de mœurs que tout le monde connaît, il avait, comme attaché à l'administration des ponts et chaussées, dressé et gravé des plans.

On lui doit, en partie, ceux du pont de Bordeaux; un grand nombre de dessins de machines, publiés dans le *Bulletin de la Société d'encouragement,* sont aussi de lui. Il y a loin de là, bien loin, à ce qu'il devait faire ensuite : cette comédie humaine au crayon, et en quelques lignes de légende, qui vaut presque celle que Balzac nous a donnée en tant de prodigieux volumes.

Sa transformation se fit peu à peu par son frottement avec les romantiques, qu'il connut dans les journaux à gravures, tels que le *Musée des familles,* lorsqu'il eut quitté la feuille de M. de la Mésengère. C'est là qu'il trouva même son nouveau nom, par suite, dit-on, de l'erreur d'un graveur, qui, ayant à mettre sur bois son dessin de la chute de Gavarnie, prit le nom de la cascade pour celui de l'artiste. Il plut à celui-ci qui le garda, et qui l'a porté comme on sait.

Avec tous ces littérateurs le goût de la littérature l'avait pris. « Moi aussi, se disait-il, je puis faire des romans, » et il écrivit sa charmante nouvelle *Madame Acker,* que Ch. Yriarte a jointe à ses *Fragments posthumes,* et dont Sainte-Beuve faisait grand cas. « Moi aussi, je saurai faire des vers ! » et il rima, ainsi que beaucoup d'autres, ceux que vous allez lire.

La science, qu'il n'avait jamais quittée, et qui servait, par ses problèmes, de repos à ses fantaisies, le reprit peu à peu presque complètement après un voyage qu'il avait fait en Angleterre de 1849 à 1851. La misanthropie de son Thomas Vireloque, ce type du philosophe chiffonnier (retourneur de loques) qu'il en avait rapporté, était chez lui un véritable spleen, qui le rejeta dans les mathématiques.

C'est alors qu'on trouve parmi ses travaux : *Théorie des forces tournant sur leur point d'application aux corps d'ailleurs libres dans l'espace ; Propriété du segment* ou *Trigonométrie mixtiligne ; Parallélipipède liquide,* etc.

Un jour du mois de mai 1865, M. Joseph Bertrand déposant

sur le bureau de l'Académie des sciences la solution d'un problème des plus ardus: *La généralisation de la série des sinus en
fonction de l'arc*, ajouta, à la grande stupeur du docte corps,
que cette solution était... de M. Gavarni! « Quand on lui parle
de ses chefs-d'œuvre passés, écrivit à ce propos le chroniqueur
d'un journal, il répond logarithmes. Et il fait des communications à l'Académie des sciences! des communications sur *les
fonctions de l'arc!* nous aimions mieux les flèches. »

Ce fut le dernier succès... mathémathique de Gavarni. Il
mourut le 23 novembre 1866.

LA PIE DE LA PRISON

Du grain qu'ils ont semé laissez la fleur éclore;
Allez, Margot, la loi leur a permis des fleurs.
Eh quoi! méchant oiseau, vous revenez encore
De ce triste jardin becqueter les primeurs.

N'en privez pas, au moins, leurs jours que rien n'abrège;
Les ans laissent ici de bien longues saisons,
Margot! et de l'hiver ils n'ont eu que la neige;
N'allez pas du printemps leur ôter les bourgeons;

Et qu'au moins du soleil un bouquet les console;
Demain, le savez-vous, ils attendraient en vain
Ce printemps qu'aujourd'hui votre audace leur vole.
Margot! les prisonniers vous donnent de leur pain.

Comme cet oiseau noir il est une pensée
Qu'ici le malheureux apporte avec ses jours,
Qu'il nourrit en son âme, et. qui, toujours chassée,
Dès qu'il voudrait sourire, hélas! revient toujours.

C'est le deuil qui le suit, c'est la voix qui le raille,
C'est le regret qui vit de son moindre bonheur;
Tourment qui de son lit a remué la paille,
Et dont le bec aigu lui cherche au fond du cœur.

C'est la faim d'être libre. Un oiseau mord sa cage;
Vous vouliez à la vôtre attacher ce rameau,
Souvenir des jardins dont vous aimiez l'ombrage,
Amis, et vous coupez les ailes d'un oiseau.

A LOUISE

Nous aurons sous nos pas des fleurs à chaque aurore,
    Oui, mon âme, à demain !
Mais dans ces fleurs d'hier laissez-moi voir encore
    Où passait mon chemin.

O mon âme ! là-bas erre une ombre éphémère,
    Enfant aux blonds cheveux ;
La voici qui revient, qui passe, et dit : « Mon frère ! »
    Et me cherche des yeux.

Autour de moi j'entends murmurer : « Qu'elle est belle !»
    Et tout bas une voix
Me parle du passé, comme un bruit qui rappelle
    Un bonheur d'autrefois.

Mais ce soir, entre nous, un voile se soulève :
    Ange, tu me souris ;
C'est que tu vois là-bas ma piété qui rêve
    A ce nom que j'écris.

N'as-tu pas su le mien à l'heure où tout s'oublie ?
    Oui, ta mère, en pleurant,
Me redisait l'adieu que du bord de la vie
    M'a jeté son enfant.

Oh ! ne viens pas ainsi, plein de ce triste charme,
    Autour de moi frémir !
Pour ce livre léger, je dois craindre une larme.
    Laisse-moi, souvenir.

Doux fantôme ! à le voir si brillant et si frêle,
    En son vol arrêté,
On dirait qu'aux feuillets il s'est pris par une aile
    Un phalène argenté.

GIRARDIN (Mme ÉMILE DE)

(DELPHINE GAY)

Elle eut tous les dons ; poète, elle obtint plus qu'un poète
ne peut rêver. Née à Aix-la-Chapelle, en 1804, elle fut baptisée
sur le tombeau de Charlemagne ; revenue à Paris avec sa mère,
Mme Sophie Gay, dont la renommée préparait la sienne, elle se
vit, toute jeune fille, entourée de tous les hommages que peuvent envier la beauté et le talent, adorés même avant d'être
éclos.

Il n'y eut jamais de cour plus empressée, plus choisie, mieux
triée dans la littérature, les arts et le monde, que celle dont
elle était la blonde reine, en ce petit salon de la rue Gaillon,
qui la rehaussait encore par ce qu'il avait de simple et de
modeste. Il n'y manquait qu'un roi. Il faillit venir.

Lorsqu'elle avait dix-neuf ans, après le grand succès de
lecture que son poème sur le *Dévouement des médecins français* avait eu à l'Académie, et celui de ses *Essais poétiques*, qui
avait suivi de près, le bruit courut dans Paris que Monsieur,
comte d'Artois, qui s'ennuyait fort, pourrait bien, comme on
fait chez les princes d'Allemagne, prendre une épouse de la
main gauche, et fixer pour cela son choix sur la belle Delphine,
dont, en plusieurs circonstances où il l'avait vue et entendue,
il semblait s'être assez vivement épris.

La mort de Louis XVIII, qui lui livra le trône, fit rentrer ce
roman dans l'ombre d'où il était à peine sorti. Le roi oublia
ce qu'avait plus ou moins rêvé le comte d'Artois. Delphine, qui
eût été une madame de Maintenon jeune et charmante, resta
poète. Le roi y perdit, la France y gagna.

Sans rancune, comme sans regret, elle chanta le *Sacre* ; mais,
pour montrer qu'avant tout elle était indépendante, lorsque
peu de temps après mourut le général Foy, elle lui consacra
des strophes, dont l'inspiration parut plus sincère. La dernière
se lit encore sur le piédestal de la statue du grand orateur au
Père-Lachaise.

Son voyage avec sa mère, l'année suivante, à travers l'Italie,
ne fut qu'un long triomphe. A Rome, au Capitole, on la reçut
de l'académie du Tibre. A Naples, elle ne fut pas moins fêtée.
C'est là qu'elle connut Lamartine, auquel elle inspira un atta-
chement trop rare entre poètes, pour qu'il fût de la simple
amitié. C'est là qu'elle vit aussi la reine Hortense, dont elle a

si bien prédit les derniers malheurs dans sa complainte, la *Pèlerine au lac Misène*. Enfin, c'est de Naples encore qu'elle rapporta un de ses meilleurs poèmes : le *Dernier jour de Pompéï*.

En repassant par Rome, elle faillit devenir princesse. Un mariage fut presque noué entre elle et l'un des princes les plus authentiques, et les mieux en vue de l'aristocratie romaine. Pourquoi ne fut-il pas conclu? Je ne sais, mais à quelques allusions de ses poésies on peut croire que c'est elle qui refusa.

Croyant encore aux romans qu'elle écrivait, il lui fallait un mari de son choix et qui pût la comprendre.

Un petit jeune homme, d'une myopie timide et d'un blond sentimental, plus jeune qu'elle de deux ans, et qu'on n'appelait guère qu'Emile, car il y avait un mystère dans sa naissance, se présenta, fit sa cour, ainsi qu'on disait alors, et fut agréé : sa naissance mystérieuse lui fut comptée comme prestige, et les gages romanesques qu'il avait donnés dans *Emile*, fragments byroniens où tout le monde le reconnaissait lui-même, achevèrent de faire croire à Delphine qu'il y avait là une âme sœur de la sienne.

Ajoutons qu'elle avait vingt-sept ans, car on était en 1831.

Emile se laissa quelque temps aller au bonheur de son mariage, et à la fierté d'avoir pour femme cette muse enviée qui s'était d'elle-même donnée le nom de « Muse de la Patrie »; puis il se dit qu'il pouvait être mieux que « le mari de Delphine Gay » comme on l'appelait partout; qu'il pouvait être lui-même. Il se lança dans les affaires, y réussit, et s'y révéla enfin l'homme que l'on sait: Emile de Girardin. Ce fut alors à Delphine de s'effacer, et de rentrer dans le rang, pour ne plus être que madame Emile de Girardin. Elle le fit de fort bonne grâce. Nous ignorons quelle fut au vrai l'intimité du ménage, mais il est certain que publiquement il parut des plus unis, et d'un accord parfait. Partout où M. de Girardin fut attaqué, elle se trouva là pour le défendre ; partout où il lui fallut un aide littéraire pour ses entreprises, elle répondit à son appel, et contribua vaillamment au succès.

Quand le vote du 13 avril 1839 eut exclu M. de Girardin de la Chambre, sous prétexte qu'il était né en Suisse, mais en réalité parce qu'il rédigeait la *Presse*, journal trop heureux et trop dévoué au gouvernement, elle protesta avec l'énergie la plus éloquente par des vers qui se terminaient ainsi:

> Qui pleura vos malheurs, qui chanta vos succès
> Ne l'aurait pas choisi, s'il n'était pas Français.

Dix ans plus tard, après les journées de juin 1848, lorsque le général Cavaignac eut trouvé prudent de faire incarcérer M. de Girardin, croyant supprimer le journal en supprimant le journaliste, la protestation de sa femme, en vers encore, ne fut pas moins vigoureuse.

Elle croyait en son mari, et des intimes nous ont répété que souvent dans cette sorte de temple athénien, leur hôtel aux

Champs-Elysées, où le cabinet d'Emile était au-dessus de son salon, elle disait, aux heures inquiétantes, en levant le doigt et en souriant: « Celui qui est là-haut nous sauvera tous. »

Pour lui, pour son journal, elle se donna une tâche terrible, mais si merveilleusement accomplie qu'elle restera sa gloire. Trois mois après que la *Presse* eut commencé à paraître, elle y préludait à cette adorable série des *courriers* du vendredi, qu'elle signait « vicomte de Launay », et qu'elle continua presque sans intermittence pendant dix ans.

M. de Girardin avait fondé le journal ; sa femme, avec cette étincelante causerie de huitaine, écho de celles de son salon, en fonda le succès. Aussi, que de jalousies, que de haines dans le monde des journaux! Elle eut le tort de vouloir y répondre par une grande comédie en cinq actes, l'*Ecole des journalistes*. Le gouvernement, par bonheur, l'empêcha de compléter sa faute : il défendit la pièce. Elle en fit d'autres plus heureuses : *La joie fait peur*, par exemple, qui est le chef-d'œuvre de son cœur, et *le Chapeau d'un horloger*, le plus brillant éclat de rire de son esprit. Nous n'en dirons rien, ni de *Lady Tartuffe* non plus, les œuvres en prose nous échappant ici ; nous n'insisterons pas beaucoup plus sur ses deux tragédies *Judith*, en trois actes, et *Cléopâtre* en cinq actes. Le succès, malgré l'enthousiasme des amis du premier soir, ne fut guère que de complaisance, et Rachel n'y étant plus, l'âme en est partie.

Ce qui restera de madame de Girardin, avec les deux petites pièces rappelées tout à l'heure, ce sont quelques-uns de ses poèmes, dont celui qu'elle préférait, *Madeleine*, n'est malheureusement pas achevé, et quelques poésies, comme celles qu'on va lire, et dont la plus longue, consacrée à la mort de la jeune Rémy, tombée parmi les victimes de l'attentat de Fieschi, est des moins connues.

Les *Courriers de Paris* compteront aussi, bien plus que ses romans, même les meilleurs : *le Lorgnon*, *le Marquis de Pontange*, *Marguerite*, etc., comme appoint sérieux pour sa réputation d'esprit.

Le vicomte de Launay survivra, si je ne me trompe, à madame Emile de Girardin. — Elle mourut en 1855.

LA NUIT

Voici l'heure où tombe le voile
Qui, le jour, cache mes ennuis;
Mon cœur à la première étoile
S'ouvre comme une fleur de nuit.

O nuit solitaire et profonde,
Tu sais s'il faut ajouter foi
A ces jugements que le monde
Prononce aveuglément sur moi.

Tu sais le secret de ma vie,
De ma courageuse gaîté ;
Tu sais que ma philosophie
N'est qu'un désespoir accepté.

Pour toi je redeviens moi même ;
Plus de mensonges superflus ;
Pour toi je vis, je souffre, j'aime,
Et ma tristesse ne rit plus.

Plus de couronne rose et blanche,
Mon front pâle reprend son deuil ;
Ma tête sans force se penche
Et laisse tomber son orgueil.

Mes larmes longtemps contenues,
Coulent lentement sous mes doigts,
Comme des sources inconnues
Sous les branches mortes des bois.

Après un long jour de contrainte,
De folie et de vanité,
Il est doux de languir sans feinte,
Et de souffrir en liberté.

Oh ! oui, c'est une amère joie
Que de se jeter un moment,
Comme une volontaire proie,
Dans les serres de son tourment ;

Que d'épuiser toutes ses larmes
Avec le suprême sanglot,
D'arracher, vaincue et sans armes,
Au désespoir son dernier mot.

Alors la douleur assouvie
Vous laisse un repos vague et doux ;
On n'appartient plus à la vie,
L'idéal s'empare de vous.

On nage, on plane dans l'espace,
Par l'esprit du soir emporté ;
On n'est plus qu'une ombre qui passe,
Une âme dans l'immensité.

L'élan de ce vol solitaire
Vous délivre comme la mort ;
On n'a plus de nom sur la terre,
On peut tout rêver sans remord.

D'un monde trompeur rien ne reste,
Ni chaîne, ni loi, ni douleur ;
Et l'âme, papillon céleste,
Sans crime peut choisir sa fleur.

Sous le joug de son imposture,
On ne se sent plus opprimé,
Et l'on revient à sa nature
Comme à son pays bien-aimé.

O nuit ! pour moi brillante et sombre,
Je trouve tout dans ta beauté ;
Tu réunis l'étoile et l'ombre,
Le mystère et la vérité.

Mais déjà la brise glacée
De l'aube annonce le retour ;
Adieu, ma sincère pensée ;
Il faut mentir, voici le jour.

LA MORT D'UNE JEUNE FILLE

Son humble parure était prête
Sur sa couche, dès le matin ;
Et, comme au plus beau jour de fête,
Elle était joyeuse... O destin !
Elle traverse avec audace
La foule, et dit : « Venez à moi,
J'ai trouvé la meilleure place,
D'ici l'on verra bien le Roi. »

Or, le Roi passait la revue,
Avec ses trois fils à cheval,
Et ce groupe attirait la vue
Du peuple inconstant et banal.
En France on aime à voir le maître,
Mais on n'était pas sans effroi :
On disait que d'une fenêtre
On devait tirer sur le Roi.

Le matin même on vient lui dire :
« Sire, on doit vous assassiner ! »
Et le roi se prit à sourire,
Et répondit sans s'étonner :
« Nous avons chacun sur nos têtes
Des périls qui sont une loi :
Pour le matelot les tempêtes,
Et les assassins pour le Roi. »

Le brillant cortège s'avance,
Il approche du lieu fatal
Où se préparait en silence
Plus qu'un crime, un piège infernal.
Et la jeune fille ravie
La première a dit : « Je le voi ! »
La première a donné sa vie
En s'écriant : « Voici le Roi ! »

Quel bruit !..... Soudain comme une grêle
Fondent mille plombs meurtriers ;
La jeune fille pâle et frêle
Tombe morte avec les guerriers.
Les cadavres jonchent la terre.
Trois fils, saisis d'un seul effroi,
De leurs corps vont cacher leur père.....
Et le peuple cherche le Roi !

Le Roi vit encore..... O mystère !
Calme, il embrasse ses enfants ;
Et triste, il voit mourir, sans guerre,
Des héros jadis triomphants.
Des blessés on compte le nombre ;
Et la garde, tout en émoi,
A l'assassin, qui fuit dans l'ombre,
A répondu : Vive le Roi !

Alors un vieillard, dans la foule,
Inquiet, s'élance en tremblant :
Il s'arrête, il tombe, il se roule
Sur un jeune corps tout sanglant.
Et voyant flétris tant de charmes,
Il ne dit qu'un mot : « Avant moi !... »
Et puis il bénit de ses larmes
Sa fille morte pour le Roi.

Neuf jours après, un long cortège
Cheminait sur les boulevards ;
De blanches fleurs, un deuil de neige ;
Attristaient d'abord les regards ;
Puis, le héros de vingt batailles
Formait la marche du convoi.
Jamais plus belles funérailles !
On eût dit la fille d'un Roi.

Pauvre enfant ! ton âme ingénue
N'avait point rêvé tant d'honneur,
Et ta vie, au monde inconnue,
N'attendait qu'un obscur bonheur.

Nul rayon d'une gloire vaine
Ne s'était réfléchi sur toi,
Et tu devais mourir en reine
De la mort destinée au Roi.

Mais honneur à toi, jeune fille,
Qui tombas comme un vieux guerrier,
En dotant ton humble famille
D'un noble et virginal laurier!
Honneur à celle qu'on enterre,
Avec le canon pour beffroi,
Dans ce beau temple militaire
Où règne l'ombre du grand Roi!

Dors en paix, victime innocente
Immolée à la royauté;
Dors : la France reconnaissante
Rend hommage à ta pureté.
En voyant les fleurs de ta tombe,
Le peuple croyant d'autrefois
Aurait dit : La sainte colombe
Plane encor sur le front des Rois.

Mais nous qui n'avons pour idoles
Que nos haines et notre orgueil,
Nous ne trouvons plus de symboles
Dans ce jeune et chaste cercueil.
Négateurs de la Providence,
Nous n'apercevons point la loi
Du Dieu qui veille sur la France
Et la sauve encor par le Roi.

LA LAIDE

FRAGMENT

Je vois trop maintenant ;
C'est dans ses souvenirs qu'il cherche sa tendresse ;
Et triste, lorsqu'il veut m'admirer aujourd'hui,
Ses yeux sur mon portrait se fixent malgré lui.
Pour être plus sincère en sa pitié touchante,
Il dit que je suis bonne et que ma voix l'enchante :
Quand des soins d'une amie implorant la douceur,
Je repose mon front sur le sein de ma sœur,
Il sourit tristement, il nous regarde ensemble ;
Et dit, pour me flatter, que ma sœur me ressemble.
Mais celle qui garda ses attraits séduisants,
Et celle qui mourante à la fleur de ses ans
A vu s'évanouir une beauté trop chère,
Ne se ressemblent plus qu'aux regards d'une mère.

GOZLAN (Léon)

Si nous admettons parmi les poètes l'auteur du *Notaire de Chantilly,* d'*Aristide Froissard,* du *Lilas de Perse,* de la *Main droite et la main gauche,* du *Lion empaillé,* de *la Pluie et le beau temps,* etc., dont la réputation vient toute du roman et du théâtre, c'est parce que, comme tant d'autres, il voulut commencer par la poésie.

En 1834, à vingt et un ans, d'après le récit qu'il a fait lui-même de ses aventures dans le *Musée des familles,* il était obligé par la ruine de son père, riche armateur juif à Marseille, de se faire marin, d'aller d'Alger au Sénégal, et d'en revenir, après quelques années de cabotage, peut-être même de traite des nègres, aussi pauvre pour le moins, mais par contre quelque peu forban. Il signait quelquefois « Léon Gozlan, ancien pirate », et c'était peut-être plus sérieux qu'on ne pensait.

Il rentra au collège de Marseille comme maître d'étude, et tout en achevant de s'instruire, en instruisant, il se mit à faire des vers. Quand il crut en avoir assez pour remplir un volume ; quand, de plus, il eut mis la dernière main à un roman, *les Mémoires d'un apothicaire,* qu'il croyait pouvoir lui devenir un supplément de ressource, il vint à Paris. Afin d'avoir plus vite un éditeur sous la main, il se fit commis de librairie, faisant les courses, ficelant les paquets, et rimant toujours. C'est là que le trouva Méry, son compatriote, qui tout poète qu'il fût, lui dit de laisser là ses poésies, et de se faire journaliste. Il lui ouvrit l'*Incorruptible,* d'où Gozlan passa au *Vert-Vert,* au *Figaro,* au *Corsaire,* et bref, arriva bientôt partout où il voulut.

Chemin faisant, il publia son roman chez Ladvocat, et oublia ses vers.

Il les semait toutefois, çà et là, dans les recueils la *France littéraire,* les *Annales romantiques ;* mais la poésie pour lui ne tirait plus à conséquence. Il avait d'autres visées : « M. Gozlan, écrivait en 1837, Jules Lecomte, le faux Van Engelgomm, dans ses *Lettres sur les écrivains français,* fait de jolis vers, bien qu'il ne soit plus commis en librairie, mais il n'en publie que fort peu. On croit qu'il a dessein de se livrer à la littérature dramatique. » C'était, en effet, son but. Nous n'avons pas à dire ici comment et par quelles œuvres il l'atteignit plus ou moins heureusement.

Gozlan mourut le 14 septembre 1866, avec la réputation très méritée d'avoir été, en ce temps, un des hommes qui eurent le plus d'esprit.

L'OISEAU-MOUCHE

Il est si petit qu'il se perd,
Quand du soir souffle la risée ;
Par une goutte il est couvert,
Par une goutte de rosée.

Du chasseur il brave le plomb,
Car où l'atteindre ? il est si frêle
Et si léger qu'un cheveu blond
Pèse plus à l'air que son aile.

Il s'endort au milieu des fleurs
Quand il vole de tige en tige ;
Avec son chant et ses couleurs
Il semble une fleur qui voltige.

Il voit pâlir son vermillon,
Si la main d'un enfant le touche ;
Il est moins grand qu'un papillon,
Un peu moins petit qu'une mouche.

LES BAYADÈRES

Sonnez, tambours chinois, et dansez, Bayadères,
Voici les palanquins et les hauts dromadaires.

Déployez le grand schall qui flotte à votre cou,
Écoutez ! le tamtam déjà vous accompagne ;
Je vois vos seins bronzés palpiter sous le pagne,
Comme un jonc de sandal fléchit votre genou.
Le grand-prêtre brahmane est là qui vous regarde ;
Car, vous le savez bien, fleurs d'Asie, on vous garde
Pour les délices de Vichnou.

10

Sonnez, tambours chinois, et dansez, Bayadères,
Voici les palanquins et les hauts dromadaires.

Partez, entrelacez vos bras, jeunes péris,
Baissez vos yeux d'amour ; dans votre course égale
Imprimez sur le sol votre courbe sandale.
L'Orient vous prendrait pour ces fraîches houris
Dont la virginité, renaissant comme une âme,
Ne se flétrit jamais sous des baisers de flamme,
    Baisers plus doux que l'ambre gris.

Sonnez, tambours chinois, et dansez, Bayadères,
Voici les palanquins et les hauts dromadaires.
. . . .
. . . .

Pour vous on oublierait la feuille du bétel,
La pagode aux glands d'or qui s'élève en losange...
On quitterait les bords du Bengale et du Gange ;
Le faquir oublierait Brahma sur son autel.
Le Mahratte, qui porte au cou les fruits d'Angole,
Laisserait son cheval et sa femme mogole :
    On viendrait du Coromandel.

Sonnez, tambours chinois, et dansez, Bayadères,
Voici les palanquins et les hauts dromadaires.

Il est doux de cueillir la fleur du cotonnier,
De regarder le ciel à l'ombre du platane,
De dormir lorsqu'un noir aère la cabane
Avec son éventail tressé de latanier.
Mais il est bien plus doux, danseuses ingénues,
De ne rêver qu'à vous, en voyant fuir les nues
    Durant un soleil tout entier.

Sonnez, tambours chinois, et dansez, Bayadères,
Voici les palanquins et les hauts dromadaires.

Celui qui vous connut peut-il vous oublier ?
Vous le suivrez toujours ; qu'il vogue au fleuve Jaune,

Qu'il passe dans ces bois où le serpent qui sonne
Se défait de sa peau comme un noir d'un collier ;
Il vous verra toujours foulant la même arène ;
Tel on voit un esprit glisser la nuit sereine
    Dans les rameaux du manglier.

Sonnez, tambours chinois, et dansez, Bayadères,
Voici les palanquins et les hauts dromadaires.

  . . . .

GRAMONT (LE COMTE FERDINAND DE)

Le marquis de Belloy a fait une comédie charmante : *Pythias et Damon*; or, le comte Ferdinand de Gramont et lui furent deux amis comme l'étaient les héros de la pièce. Les premiers vers du marquis, par exemple, traduction remarquable du *Livre de Ruth*, parurent en 1843 dans le même volume que la traduction en vers du *Livre de Job*, par le comte Ferdinand.

Quoique plus jeune de trois ans, celui-ci avait commencé le premier, en 1840. Voilà pourquoi il a place ici, tandis que le marquis de Belloy n'y est pas. Mais, si nous faisons un second volume, il n'y sera pas oublié.

Ce sont des *Sonnets* que M. de Gramont, qui n'avait alors que vingt-deux ans, publia en 1840, dans un volume tiré à cent cinquante exemplaires seulement. Sur deux cent quatre vingts nous ne vous en donnons que deux, mais nous aurions pu sans peine faire la moisson plus ample.

A la suite, viennent sous le titre de *Rhythmes* des Terzines et des Sextines, sortes de poésies de tour de force, dont nous avons cru intéressant de vous faire connaître un échantillon.

M. de Gramont, qui publia, deux ans après, une traduction des *Poésies complètes* de Pétrarque, s'y était inspiré de son poète, le seul qui eût vaincu, en italien, les immenses difficultés des Sextines.

Celle que nous donnons parut d'abord, le 25 août 1840, dans la *Revue parisienne* que publiait Balzac.

SUR LE SIÈCLE ACTUEL

SONNET

Le culte du passé ne me rend point injuste.
Je ne viens pas toujours m'attaquer au présent,
Parce qu'il garde au front quelque tache de sang
Des mains de la Terreur, sa nourrice robuste.

Par trois fois mesuré sur le lit de Procruste,
Ce siècle, il faut le dire, est beaucoup plus décent

Que celui dont la honte, en tous lieux s'exhaussant,
Dans les vers de Gilbert si rudement s'incruste.

Plus de crimes altiers, plus d'excès monstrueux,
De sanglant ravisseur, de traitant fastueux
Jetant sur le pavé les finances qu'il pille.

Le vice aime aujourd'hui la paix de la maison ;
La débauche se range, et l'on vole en famille ;
On est impie, infâme, avec calme et raison !

———————

Comme ce mont fameux où le génie antique
A figuré de l'art l'escarpement hautain,
Dressant un double front, l'épopée homérique
Du ciel de poésie envahit le lointain.

Là, deux muses, nouant leur changeante tunique
Sous la ceinture d'or, et gardant à la main
Et l'homicide épée et la rame nautique,
Abritent dans l'azur leur éternel destin.

Le vallon, palpitant d'harmonieux feuillages,
Voit blanchir dans son sein, à l'abri des orages,
Un temple au long portique, aux magiques autels.

Sous la robe de neige et le vert diadème,
Le vieillard ionien y siège, Dieu lui-même,
Au milieu de ces Dieux qu'il a faits immortels.

SEXTINE

Dans une mer lointaine, au pays des Génies,
Est un golfe interdit à tout grossier travail :
Rien n'y trouble du ciel les pures harmonies,
Et de ces flots aimés les tempêtes bannies
En laissent aux zéphirs le transparent émail,
Où le naphte ruisselle, où fleurit le corail.

Là, parmi les courants et les bancs du corail,
Non loin du bord s'étale une île où les Génies
Ont bâti leur villa : dômes, kiosques d'émail,
Piliers, balcons à jour, capricieux travail
Qu'ils cachent au regard des légions bannies.
Heureux encor qui peut ouïr leurs harmonies!

Mais malheur à celui qui de ces harmonies
Ayant senti l'attrait, aux festons du corail,
Amuse trop ses yeux ; car ses rames bannies,
Que d'un souffle jaloux repoussent les Génies,
S'arrêteront soudain ; et son plus dur travail
De ces ondes à peine aura rayé l'émail!

Parfois quand le soleil frappe en plein sur l'émail
Des feuillages touffus et peuplés d'harmonies
Qui ferment ce refuge ; aux marins en travail,
Une embrasure d'or fait voir que ce corail,
Si riche et si fleuri, du trésor des Génies
N'est rien que le rebut, les parcelles bannies.

Pauvres nefs! que le sort sans retour a bannies,
Regagnez votre rive. Un moins splendide émail
Y revêt les jardins ; mais de moins fiers Génies
Les gardent. Votre terre offre des harmonies,
Offre des fruits de miel et des fleurs de corail
Dont la conquête encor vaut des jours de travail.

Un soir, sur les flots verts qu'il rase sans travail,
Un chevalier, vêtu d'armes d'où sont bannies
Toutes fausses couleurs, arrive ; du corail
Il franchit les brisants ; le soleil sur l'émail
De son blason flamboie, et l'île d'harmonies
Redouble : il touche enfin au palais des Génies!

Leur reine lui tendant des lèvres de corail,
Dans ce séjour d'où sont toutes peines bannies,
Va de ses jeunes ans couronner le travail (1).

(1) Les règles de la sixtine sont de finir par un tercet.

SONNETS

Tout homme n'est pas né pour les sentiers faciles,
Pour le monde de l'homme à tous les pas ouverts ;
Il en est que Dieu fit pour rester au désert,
Qui n'aiment que l'air libre et les sentiers stériles.

Comme l'âme sauvage, ils méprisent les villes ;
Le torrent les abreuve, et les bois, au toit vert,
Sont, avec le ciel vif, leur unique couvert ;
L'ombre d'un joug répugne à leurs fronts indociles.

Arrêtés tout le jour sur le sommet d'un mont,
Ils ruminent en paix leur tristesse farouche,
Et les hommes de loin demandent ce qu'ils font.

Mais le Seigneur a dit : Malheur à qui les touche !
Leur exil m'appartient, inutile ou fécond,
Et c'est moi qui du mors ai délivré leur bouche.

———

Irons-nous, disait-elle, en la forêt déserte,
Troubler, d'un pied discret, le sommeil des échos,
Et rêveurs, épiant les rêves des oiseaux,
Nous asseoir à l'écart, et sur la mousse verte ?

Ou plutôt dans le parc, vers l'avenue ouverte,
Parmi les promeneurs qui s'y font un enclos,
De rires à la brune égayer nos propos ?
Choisissez : chaque route à nos pas est offerte.

Allons où vous voudrez, disais-je. Elle insistait :
« Non, décidez. » — Alors ma bouche répétait,
Comme en riant, ces mots exhalés de ma flamme :

« Votre présence est tout ; le reste est sans attrait.
Partout vous remplissez et mes yeux et mon âme :
Le désert est peuplé ; la foule disparaît. »

GUÉRIN (GEORGES-MAURICE DE)

C'est seulement après sa mort, à vingt-huit ans, en 1839 dans un château du Languedoc, où s'était passée sa vie solitaire et presque sauvage, que Maurice de Guérin fut connu. Il laissait un *Journal* de ses impressions, des fragments de poésies, et un poème en prose, *le Centaure*, dont un ami, qui put en lire le manuscrit, fut frappé. Il le porta à Mme Sand, dont l'admiration fut pareille.

Sans perdre de temps, elle publia, dans la *Revue des Deux Mondes* du 15 mai 1840, un article sur M. de Guérin, en lui donnant par erreur un de ses prénoms pour l'autre. Elle l'appela Georges, tandis que dans sa famille on l'appelait Maurice. De longs fragments accompagnaient et justifiaient l'article.

Ce fut pendant longtemps encore tout ce que l'on eut de Maurice de Guérin. Enfin, sa sœur Eugénie, qui l'avait aidé à mourir, comme elle l'avait soigné dans la vie, étant morte à son tour, laissant elle aussi un *Journal* et des *Lettres* dignes d'être connus, on les recueillit en même temps que les quelques œuvres de son frère, joignant ainsi les reliques de leurs pensées dans les mêmes volumes, comme on avait réuni leurs restes dans la même tombe.

L'ATTRAIT DE LA MER

Non, ce n'est plus assez de la roche lointaine
Où mes jours, consumés à contempler les mers,
Ont nourri dans mon sein un amour qui m'entraîne
A suivre aveuglément l'attrait des flots amers.
Il me faut sur le bord une grotte profonde
Que l'orage remplit d'écume et de clameurs,
Où, quand le dieu du jour se lève sur le monde,
L'œil règne et se contente au vaste sein de l'onde,
Ou suit à l'horizon la fuite des rameurs.
J'aime Thétis, ses bords ont des sables humides ;
La pente qui m'attire y conduit mes pieds nus ;

Son haleine a gonflé mes songes trop timides,
Et je vogue, en dormant, à des points inconnus.
L'amour qui, dans le sein des roches les plus dures,
Tire de son sommeil la source des ruisseaux,
Du désir de la mer émeut ses faibles eaux,
La conduit vers le jour par des veines obscures,
Et qui, précipitant sa pente et ses murmures,
Dans l'abîme cherché termine ses travaux ;
C'est le mien. Mon destin s'incline vers la plage.
Le secret de mon mal est au sein de Thétis.
J'irai, je goûterai les plantes du rivage,
Et peut-être en mon sein tombera le breuvage
Qui change en dieux des mers les mortels engloutis.
Non, je transporterai mon chaume des montagnes
Sur la pente du sable aux bords pleins de fraîcheur ;
Là, je verrai Thétis répandant sa blancheur,
A l'éclat de ses pieds entraîner ses compagnes ;
Là, ma pensée aura ses humides campagnes,
J'aurai même une barque et je serai pêcheur.

PROMENADE A TRAVERS LA LANDE

FRAGMENT

« Terre, Terre, ô combien tes entrailles sont belles !
Et ton flanc abondant ! Heureuses mes prunelles
A qui tu laisses voir en toute intimité
La source et les secrets de ta fécondité !
Bienheureux mes regards, heureuses mes oreilles,
Que ravissent des voix en douceurs non pareilles,
Les merveilleuses voix des êtres qu'en ton sein
La nature façonne avec sa belle main,
Et qui chantent après, dans leur joie infinie,
Des actions de grâce et l'hymne de la vie ! »
— Je m'écriais ainsi de bonheur radieux,
Et mes regards ardents attachés sur les cieux.

Quand je les rabattis, je ne vis dans les plaines
Que des buissons épars et l'ombre des grands chênes,
Et les calmes rayons du croissant argentin
Me venaient d'un limpide et sauvage lointain,
Et notre monde allait, dans sa couche moelleuse,
S'endormant sous les yeux de sa belle veilleuse.

LA ROCHE D'ONELLE

Les siècles ont creusé dans la grotte vieillie
Des creux où vont dormir des gouttes d'eau de pluie;
Et l'oiseau voyageur qui s'y pose le soir,
Plonge son bec avide en ce pur réservoir.

Ici, je viens pleurer sur la roche d'Onelle
De mon premier amour l'illusion cruelle;
Ici, mon cœur souffrant en pleurs vient s'épancher...
Mes pleurs vont s'amasser dans le creux du rocher...
Si vous passez ici, colombes passagères,
Gardez-vous de ces eaux : les larmes sont amères.

GUIRAUD (LE BARON ALEXANDRE)

Ils étaient trois, presque du même âge : Pichald, Soumet et Guiraud, qui, vers la fin de l'Empire, vinrent du collège de Carcassonne à Paris pour faire des tragédies, et qui non seulement tinrent parole, mais, d'élèves devenus maitres, aidèrent le vieux Gary, leur ancien principal, à faire, lui aussi, ses cinq actes tragiques, *Eudore et Cymodocée.* Il leur avait corrigé leur devoir, ils corrigèrent sa tragédie. Grâce à eux le Théâtre-Français la joua, en 1824.

Guiraud avait alors, depuis deux ans, pu faire jouer sa première, *les Machabées,* qui resta sa plus célèbre. Il fit ensuite *le Comte Julien,* que les classiques, dont il était une des espérances, trouvèrent un peu trop empreinte des idées de l'école nouvelle qui commençait à poindre ; en 1827, il fit représenter une *Virginie* qui n'obtint pas grand succès, et depuis lors on n'eut plus rien de lui au théâtre.

C'est à l'ode, au poème, à l'élégie surtout qu'il se voua. Il fit des vers sur tous les tons : il en eut pour les Hellènes, dont la délivrance était à la mode ; pour le *Sacre* de Charles X ; pour les Anges, pour les Sœurs de charité, et surtout pour les petits Savoyards.

Son élégie sur un jeune ramoneur qui vient du pays et y retourne, après avoir traversé les misères de Paris, eut un succès aujourd'hui incroyable. On allait répétant partout, comme exemple de hardiesse et d'expression trouvée, le fameux vers du petit mendiant tendant la main :

> Un petit sou me rend la vie.

Jamais les classiques n'avaient été plus loin dans les témérités du mot vrai.

Dans le camp contraire, surtout lorsque Guiraud eut publié son volume : le *Chemin de la Croix,* on s'amusait un peu de son lyrisme royaliste et évangélique, associé assez singulièrement à ses élégies ramoneuses.

Voici, entre autres, une épigramme qui courut :

> Guiraud prend tour a tour et la vielle et la lyre,
> Sanglotte en ramoneur, pleure en archange, au choix ;
> Mais si d'un bout à l'autre, hélas ! on veut le lire,
> Il faudra parcourir le *Chemin de la Croix.*

Ses derniers ouvrages furent un roman pieux : *Flavien,* dont s'inspira Soumet pour sa tragédie du *Gladiateur* ; un poème, *le Cloître de Villemartin*, et un volume assez étrange : *Philosophie catholique de l'histoire*, dans lequel il remonte aux aventures des Anges. Il mourut le 24 février 1847, à cinquante-neuf ans. L'Académie française l'avait reçu en 1826.

LA SŒUR GRISE

J'ai laissé pour toujours la maison paternelle ;
Mes jeunes sœurs pleuraient ; ma pauvre mère aussi,
Oh ! qu'un regret tardif me rendrait criminelle !
     Ne suis-je pas heureuse ici ?...

Ne m'abandonne pas, toi qui m'as appelée :
Toi qui mourus pour nous, mon Dieu, je t'appartiens !
     Et moi qui console et soutiens,
     J'ai besoin d'être consolée.

Ignorante du monde avant de le quitter,
     Je ne le hais point ; et peut-être
(Un mourant me l'a dit) j'aurais dû le connaître
     Pour ne jamais le regretter.

Quand je me sens reprendre à sa joie éphémère,
     Faible encor du dernier adieu,
     J'embrasse ta croix, ô mon Dieu !...
     Je n'embrasserai plus ma mère.

Souvenirs de bonheur, que voulez-vous de moi ?
Que vous sert de troubler ma retraite profonde ?
     Et qu'ai-je à faire avec le monde,
Dont le nom seul, ici, doit me glacer d'effroi ?

Ici la charité remplit mes chastes heures :
Le malheureux bénit ma main qui le défend ;
Je nourris l'orphelin d'espérances meilleures ;
Ta servante, ô mon Dieu, dans ces tristes demeures,
Est l'enfant du vieillard, la mère de l'enfant.

Et tandis que mes sœurs à de nouvelles fêtes
        Vont peut-être se préparer,
Que des fleurs dont ma mère aimait à me parer
        Elles ont couronné leurs têtes,
Moi, je veille et je prie... et ne dois point pleurer.

Oh ! de mes premiers jours images trop fidèles,
Mes songes quelquefois me rendent vos douceurs.
Ma bouche presse encor les lèvres maternelles,
Et même au bal joyeux je suis mes jeunes sœurs,
        Le front ceint de roses comme elles.

        Vaine illusion d'un instant,
Dont le charme confus m'agite et me réveille !...
Mais la cloche plaintive a frappé mon oreille :
A son lit de douleur le malade m'attend.

        Là, naguère, une pauvre fille
Me disait en pleurant : « Dieu finit mes malheurs.
        J'étais orpheline, et je meurs
        Sans avoir connu ma famille. »
Moi, j'ai quitté la mienne... et nous mêlions nos pleurs...

J'avais une famille ; et pourtant je l'oublie ;
        Et mon cœur bat d'un noble orgueil,
Quand le pauvre a pressé de sa main affaiblie
Ma main qui doucement l'accompagne au cercueil.

Consolé par ma voix à son heure suprême,
Bien souvent le pécheur s'endort moins agité :
Que dis-je ! le mourant me console lui-même
De ce monde si vain, qu'avant lui j'ai quitté.

Et lorsque dans ses yeux une dernière flamme
Révèle un saint espoir, né d'une ardente foi,
Je demande au Seigneur de recevoir son âme,
        Au mourant de prier pour moi.

GUTTINGUER (Ulric)

Un des aînés du Romantisme ; né, en effet, en 1785, il était de
cinq ans plus âgé que Lamartine et de dix-sept plus que
Victor Hugo. En 1812, peu de temps après être arrivé de
Rouen, sa ville natale, à Paris, il concourut à l'Académie pour
le prix de poésie, dont le sujet était *Goffin, ou les mineurs sau-*
vés. C'est Millevoye qui fut couronné. Guttinguer ne recommença pas.

Nous ne le retrouvons plus qu'en 1822, publiant son roman
de *Nadir*, pour lequel il s'était inspiré du poème de *Lalla*
Rookh, de Thomas Moore ; puis à la *Muse française*, cette Lyre
commune, où chacun à son tour faisait vibrer la corde qu'il
avait choisie. Pour Guttinguer c'était celle de l'élégie ou de la
romance.

En 1825, il reprit ce que la *Muse française* avait publié, et
il en fit un volume de *Mélanges poétiques*. H. de Latouche,
qu'il avait auparavant consulté, à qui il avait demandé conseils
et corrections, lui avait répondu de la Vallée-aux-Loups par quelques vers bien dignes du lieu d'où il les datait, mais qu'en
toute modestie, Ulric ne s'était pas moins empressé d'ajouter à
son volume. Voici quel était le dernier, qui, comme coup de
boutoir de la fin, ne manque pas d'originalité :

> Publiez-les vos vers, et qu'on n'en parle plus.

Guttinguer n'eut pas grande influence au Cénacle ; mais
il s'y conserva toujours un certain prestige par son âge, sa
belle prestance d'homme du monde, ses manières bienveil-
lantes sans familiarité, et sa fortune. Les plus illustres lui
adressèrent de leurs vers. On connaît ceux de Musset dans
les *Contes d'Espagne* :

> Ulric, nul œil des mers n'a mesuré l'abyme.....

Hugo lui en dédia aussi, et Sainte-Beuve de même, qui fit
mieux encore. Ulric Guttinguer a son portrait en pied, au tome
IV de ses *Critiques et portraits*. Sainte-Beuve y fait surtout
l'éloge de son roman d'*Arthur*, publié en 1836 : « Arthur, dit-il,
vivra et fera vivre le nom de son auteur. »

Vers la fin, quand il eut fait paraître ses *Fables et médita-*
tions, puis ses deux nouveaux recueils de vers : *Les lilas de*
Courcelles et les *Deux âges du poète*, Guttinguer se fit journaliste : il écrivit au *Corsaire*, il dirigea la partie littéraire à la
Gazette de France, à *la Mode* et partout se fit aimer : « J'ai,

dit Monselet dans une note manuscrite, connu Ulric Guttinguer, en 1847, chez Augustin Thierry, et ensuite chez lui,
dans sa maison de l'avenue Frochot. Il a gardé, jusqu'à ses
derniers moments, cette affabilité à laquelle il avait dû tant
de sympathies parmi ses confrères. »
 · Il mourut le 20 septembre 1866, à soixante-dix-neuf ans.

LES SAINTES AMITIÉS

A MADAME V. P.

J'ai lu dans Bourdaloue un chapitre admirable :
Les saintes amitiés. Le prêtre vénérable
Les voit avec effroi, les juge avec rigueur,
Et sur tous leurs dangers avertit bien le cœur ;
Il le dit hautement, quoi qu'en souffre son âme :
Craignez pour la vertu l'amitié d'une femme !
Qu'en son intention elle ait la pureté,
Qu'elle ait Dieu pour objet, le ciel, la charité,
Craignez-la, craignez-la ! la femme est toujours Ève,
Et même à son insu. C'est un dangereux rêve,
Que cette confiance en des épanchements
De sublimes pensers, de tendres sentiments !
Le cœur s'émeut parfois d'une manière étrange,
Et le démon y vient sous la forme de l'ange.

J'ai beaucoup médité sur ce divin discours,
Madame, et j'y reviens plus sombre tous les jours.
Triste sort ! triste monde, où tout nous est à craindre
Et de tant de rigueur je suis près de me plaindre,
De la trouver injuste, inflexible... Et pourtant,
Je frémis hier au soir, lorsque, m'interrogeant
Au foyer solitaire, à l'heure du silence,
Je me trouvai si triste, hélas ! de votre absence,
Que je me demandai si nul coupable espoir
Ne se mêlait jamais au bonheur de vous voir ;
Si des feux mal éteints la cendre réveillée
Ne jetait point de flamme en mon âme troublée ;

Si dans le bon dessein toujours bien affermi,
J'étais bien près de vous comme auprès d'un ami !
Non, répondit alors la voix intérieure,
Il faut à ces liens la céleste demeure,
Pour que nul ennemi n'y mêle son poison.

Toute la nuit j'ai dit : Bourdaloue a raison.

SONNET

A UNE DAME

EN RENVOYANT LES ŒUVRES DE VOITURE

Voici votre Voiture et son galant Permesse ;
Quoique guindé parfois, il est noble toujours ;
On voit tant de mauvais naturel de nos jours,
Que ce brillant monté m'a plu, je le confesse.

On voit (c'est un beau tort) que le commun le blesse,
Et qu'il veut une langue à part pour ses amours ;
Qu'il croit les honorer par d'étranges discours :
C'est là de ces défauts où le cœur s'intéresse.

C'était le vrai pour lui, que ce faux tant blâmé ;
Je sens que volontiers, femme, je l'eusse aimé.
Il a d'ailleurs des vers pleins d'un tendre génie.

Tel celui-ci, charmant, qui jaillit de son cœur :
« Il faut finir ses jours en l'amour d'Uranie. »
Saurez-vous, comme moi, comprendre sa douceur ?

EMBARQUEZ-VOUS

Embarquez-vous, qu'on se dépêche,
La nacelle est dans les roseaux ;
Le ciel est pur, la bise est fraîche,
L'onde réfléchit les ormeaux.
Le dieu de ces riants rivages,
Le tendre Amour veille sur nous.
Jeunes et vieux, folles et sages,
    Embarquez-vous.

Je vais, du pied, loin de la rive
Pousser le bateau vacillant.
Lise, ne sois point si craintive,
Presse-moi sur ton cœur tremblant.
Eh quoi ! tu craindrais les naufrages !
Périr ensemble serait doux...
Jeunes et vieux, folles et sages,
    Embarquez-vous.

Venez aussi, troupe timide,
Petits enfants de ce hameau :
La barque sur l'onde limpide
Se balance comme un berceau :
Quittez un instant vos rivages,
Je vous y ramènerai tous.....
Jeunes et vieux, folles et sages,
    Embarquez-vous.

Je veux vous conduire moi-même
Dans l'île où l'on danse aux chansons,
Où de la voix de ce qu'on aime
L'écho redit longtemps les sons.
Le plaisir aime les voyages,
Amis, amants, accourez tous !
Jeunes et vieux, folles et sages,
    Embarquez-vous.

N'ESPÉRONS PLUS

L'air semblait calme encor dans les champs, dans les bois ;
 Pourtant, du fond de leurs retraites,
 De temps en temps sortaient des voix
 Qui prophétisaient les tempêtes.
 Un dernier rayon pâlissant
  Éclairait encor la montagne ;
 L'oiseau d'un soupir gémissant
  Appelait encor sa compagne ;
 Incertain et dernier trésor,
 Près d'échapper à la nature,
 Sur l'orme triste et sans verdure
 Une feuille restait encor...
 Une seule... et c'était l'emblème
 Du destin de mon faible cœur !
  L'hiver cruel et ta rigueur
  Prononçaient leur arrêt suprème.
Le ciel et toi ne voulez plus qu'on aime,
  Adieu les rêves de bonheur !
 Tout prend l'aspect de la douleur,
 Autour de l'amant solitaire :
  Le rayon cessait d'éclairer,
  Le jeune oiseau de soupirer ;
  La feuille tombait sur la terre :
Adieu bocage, oiseau, doux rayon, doux mystère,
La nature et mon cœur ont cessé d'espérer.

HALÉVY (Léon)

Littérateur à peu près universel, qui, d'une main plus ou moins heureuse, a touché à tout, même à la politique, — on lui doit un bon travail sur *Machiavel*, — et même à la religion, — Saint-Simon en effet l'eut pour disciple, — et personne n'a donné sur cet apôtre de plus intéressants détails.

Nous ne verrons, nous, dans M. Léon Halévy, que le poète, l'auteur dramatique, et le traducteur ou imitateur en vers des poètes anciens ou étrangers.

En 1817, n'ayant que quinze ans, il publiait dans l'*Israélite français,* qui s'était empressé de livrer ses pages à ce coreligionnaire adolescent, une cantate d'*Egée,* et des imitations d'Horace; en 1825, il mettait en volume un certain nombre d'élégies, sous ce titre, qui sont bien son temps : *les Cyprès ;* et, la même année, il passait des premiers dans le bataillon encore bien clair-semé, dont Saint-Simon s'était fait le chef, avec le docteur Bailly (de Blois), Olinde Rodrigue, etc. Il eut part au volume : *Opinions littéraires, philosophiques et industrielles,* qui fut un des ballons d'essai de la nouvelle doctrine.

Léon Halévy ne s'y était pas livré tout entier. Il faisait de l'apostolat le matin, de la poésie dans la journée, et du théâtre le soir.

C'est en effet dans ce temps-là qu'il fit paraître, sous le titre de *Poésies européennes,* ses traductions ou imitations des poètes étrangers, dont vous lirez tout à l'heure une des meilleures, inspirée par Pope.

C'est alors aussi qu'on lui joua, au Théâtre-Français, sa petite comédie en prose, *le Duel,* et deux ans après, en 1829, sa tragédie du *Czar Démétrius,* avec un succès qu'il ne retrouva pas lorsqu'en 1863 il tira, pour l'Odéon, de ses *Etudes sur la Grèce tragique,* une *Electre,* en cinq actes, en vers, qui ne réveilla pas pour plus de trois semaines l'immortalité de l'œuvre de Sophocle.

En 1829, l'année même de son succès tragique, son frère Fromental Halévy, grand compositeur à ses débuts, ayant besoin d'un poème d'opéra comique, il avait écrit pour lui, d'après Hoffmann, le *Dilettante d'Avignon,* qui, paroles et musique, réussit au Théâtre-Feydeau.

La collaboration fraternelle ne s'arrêta pas là. Léon s'étant amusé à faire avec Jaime, pour Odry, aux Variétés, la farce du *Chevreuil ou le fermier anglais,* le futur compositeur de la

Juive ne dédaigna pas de noter, pour leurs couplets, une série d'airs nouveaux.

Cette bouffonnerie et quelques autres servent de trait-d'union entre l'esprit de Léon Halévy et celui de son fils Ludovic, l'un des auteurs d'*Orphée*, de la *Belle Hélène*, etc.

DEO OPTIMO MAXIMO

Dieu de tous les climats, de tout temps, de tout âge,
Toi, qui nous créas tous, toi qu'adore à la fois
L'esprit du philosophe et le cœur du sauvage,
Jéhovah, Jupiter, Seigneur, Dieu, Roi des rois !

De ce monde éternel père et souverain maître,
Être si peu compris, et dont la volonté
    Borne ma science à connaître
    Mon ignorance et ta bonté !

Qui pourtant à mes yeux, dans cette route obscure,
Sur le mal et le bien fais luire la clarté,
Et sous les lois du sort enchaînant la nature,
A l'humaine raison laisses sa liberté !

Ce qu'à mon faible cœur prescrit ma conscience,
Qu'avec amour, grand Dieu, je m'y sente porter !
    Fais que je fuie avec constance
    Ce qu'elle m'apprend d'éviter !

Fais que toujours soumis, lorsque ta voix ordonne,
J'accepte tous les dons que tu voudrais m'offrir,
Car la main qui reçoit bénit la main qui donne :
Jouir de tes bienfaits, c'est encore obéir.

Empêche qu'entouré de ténèbres profondes,
Je borne à cette terre et ta gloire et ta loi,
    A l'aspect des milliers de mondes
    Qui rayonnent autour de toi !

Empêche aussi, grand Dieu, qu'au gré de mon caprice
Je lance imprudemment les foudres immortels,
Et que mes préjugés, remplaçant ta justice,
M'arment d'un fer sanglant pour venger tes autels.

Si dans le droit sentier je m'avance timide,
Daigne affermir mon âme et mes pas incertains :
    Si je m'égare, sois mon guide ;
    Montre-moi de meilleurs chemins !

Si tu versas sur moi tes biens avec largesse,
Préserve mon esprit d'un orgueil insensé ;
S'il en est qu'à mes vœux refusa ta sagesse,
D'un coupable courroux sauve mon cœur blessé !

Apprends-moi la pitié ! que ma douce assistance
Prête un voile à l'erreur, au malheur un appui !
    A mes fautes rends l'indulgence
    Que j'apporte aux erreurs d'autrui !

Qu'en ce lieu de passage où tes lois me retiennent
Je trouve un peu de pain et la tranquillité !
Pour tes autres bienfaits, tu sais s'ils me conviennent ;
Et que soit faite en tout ta sainte volonté !

Que l'univers immense, uni par la prière,
Te salue à la fois d'hymnes reconnaissants.
    Ton temple est la nature entière ;
    Tous ses parfums sont ton encens.

A LA PATRIE

IMITATION DE THOMAS MOORE

Tant qu'un reste de sang coulera dans mes veines,
Je veux le réserver à la Patrie en pleurs,
Plus belle dans l'orage, et plus chère en ses peines
Qu'un sol de liberté, de soleil et de fleurs.

Oh! si je te voyais grande, libre, puissante,
Du fond de ton cercueil soudain te ranimer,
Je pourrais te chanter d'une voix plus brillante,
Mais d'un cœur plus ardent je ne saurais t'aimer.

Non! je chéris en toi tes douleurs, tes injures;
Ta chaîne t'embellit aux yeux de tes enfants;
Je bois avec amour le sang de tes blessures,
Je le bois à ta gloire, à la mort des tyrans.

L'ESPOIR

IMITÉ DE KOLLAR, POÈTE NATIONAL DE LA BOHÈME

Si près de nous dort notre amie,
Si dans ses regards abattus
Pour un instant s'éteint la vie,
Devons-nous dire : Elle n'est plus?
Non, tout se renouvelle au monde :
Cette terre aux tristes sillons,
Le soleil la rendra féconde :
Attendons, amis, et veillons!

Le temps fuit, les siècles s'écoulent;
On voit sur un peuple au tombeau
S'élever un peuple nouveau ;
Au bruit des trônes qui s'écroulent,
L'avenir qui semblait lointain
Grandit tout à coup, nous éveille,
Et fait du rêve de la veille
La vérité du lendemain.

Plein de force et de confiance,
Embellissons notre avenir
Du prestige de l'espérance,
De la fierté du souvenir.

Bravons le fort qui nous opprime,
Que nos jours aux pâles rayons
S'éclairent d'un passé sublime...
Attendons, amis, et veillons.

ÉPITRE AUX SAINT-SIMONIENS

(FRAGMENT)

Je l'ai connu, cet homme à la parole ardente ;
Deux ans, j'ai recueilli de sa bouche éloquente
          Ses leçons et sa foi.
Vous n'avez rien de lui, présomptueux sectaires,
Qui prêtez à son nom vos gothiques mystères ;
          Vous mentez à sa loi.

.   .   .   .

Il voulait appeler à régir la patrie
La science, les arts, la féconde industrie,
          Source de tous bienfaits :
Mais s'offrir en prophète à la foule soumise,
Et placer dans ses mains la verge de Moïse,
          Le voulut-il ? Jamais !

Dans un lien d'amour réunissant les âmes,
Il voulait à son œuvre associer les femmes,
          Messagères de paix ;
Mais changer les devoirs des mères et des filles,
Arracher leurs loisirs aux travaux des familles,
          Le voulut-il ? Jamais !

Plaindre, assister le pauvre en ses justes murmures,
Changer des biens mortels l'inégale mesure,
          C'étaient là ses projets !
Mais sous un nom pompeux proclamer le pillage
Du père à ses enfants disputer l'héritage,
          Le voulut-il ? Jamais !

HOUSSAYE (Arsène)

Quoique ses premières poésies imprimées, *Sentiers perdus*, ne datent que de 1841, c'est-à-dire d'un an trop tard pour avoir place dans ce volume, on nous saura gré de l'y admettre ; il y manquerait trop. Sans lui, le petit Cénacle, de Gautier, de Gérard de Nerval, de Bouchardy, etc., dans l'impasse du Doyenné, n'y serait pas complet.

Dès 1836, à vingt et un ans, lorsqu'il fut arrivé de Bruyères, en Picardie, son village paternel, il se mit de ce groupe si gaillardement excentrique, où poètes et peintres confondaient leurs fantaisies.

Sa double éducation de littérature et d'art y fut bientôt faite, mais sans qu'il y perdît ce premier parfum d'originalité, qu'il avait rapporté du pays, dont on sent la fleur sur ses premières ébauches : *la Couronne de bluets*, *la Pécheresse*, et qui restera sa marque.

« Bien qu'il appartienne, a dit Gautier, par ses sympathies, à ce grand mouvement romantique, d'où découle toute la poésie de notre siècle, Arsène Houssaye ne s'est fixé sous la bannière d'aucun maître. Il n'est le soldat ni de Lamartine, ni de Victor Hugo, ni d'Alfred de Musset. »

A l'influence de ses premières inspirations tout indépendantes, il faut joindre, pour avoir le mot de son originalité, le goût de la critique et de l'histoire, qu'il sut appliquer avec tant de distinction et de tact : l'une à ses études sur la peinture flamande et hollandaise, et sur l'école française depuis Watteau jusqu'à Greuze, auxquels il rendit leur rang et leur succès ; l'autre à ses portraits du xviiie siècle, dont, peintre à son tour, il nous a donné une si élégante série en deux volumes : *Philosophes et comédiennes*.

Il se fit le contemporain de Voltaire, le *Roi Voltaire* — comme s'appelle un de ses ouvrages — presque autant que le nôtre. Il en arriva même jusqu'à « pasticher » son style, dans un conte : *L'arbre de la science*, avec tant d'adresse qu'à la *Revue de Paris*, où il le publia, tout le monde y fut pris.

Il s'amusa du même jeu, dans son *Histoire du quarante et unième fauteuil de l'Académie*, pour faire parler les académiciens imaginaires auxquels il y donne place. La chanson, qu'il y prête à Béranger, est un chef-d'œuvre d'imitation.

Nous ne parlerons pas de ses romans. Ils sortent trop de notre cadre ; et, pour quelques-uns des premiers, la collaboration de Jules Sandeau y eut trop de part. Nous glisserons aussi sur les *Caprices de la marquise*, une des rares pièces qu'il ait fait jouer. Les mots spirituels n'y manquaient pas, mais le meilleur était sur le titre : « Comédie en un acte, *sifflée*, pour la première fois, sur le second Théâtre-Français, le 12 mai 1846. »

Comme directeur, Arsène Houssaye a fort bien entendu le théâtre. Son administration à la Comédie Française, de 1849 à 1856, est restée célèbre par les succès obtenus, tous dignement, en pleine littérature ; et par l'argent gagné.

Le plus merveilleux, c'est que pendant sa direction il ne cessa pas d'écrire. Il continua ses articles à l'*Artiste*, qu'il dirige, on le sait, depuis 1844 ; son *Quarante et unième fauteuil* parut aussi dans ce temps-là. Chez lui, l'homme de lettres ne s'oublie jamais, et reparaît toujours ; le poète de même. En 1867, lorsqu'on pouvait le croire absorbé dans les affaires, il ajoutait à ses recueils : *Sentiers perdus*, *La poésie dans les bois*, *Poèmes antiques*, un troisième volume : *La symphonie des vingt ans*, « composé, dit Gautier, de ces vers qu'il sème çà et là, tout en marchant dans la vie, comme ces magnats hongrois qui ne daignent pas se courber au bal, pour ramasser les perles détachées de leurs bottes. »

LE VOYAGE DU POÈTE

A SAINTE-BEUVE

O poète, voilé par la mélancolie,
Doux amant du silence et de la liberté,
O tendre pèlerin, tu reviens d'Italie,
De la belle Italie où Virgile a chanté.

Après avoir battu les sentiers et les grèves,
Vu les mille tableaux, ouï les mille bruits,
Tu reviens palpitant, et tu chantes tes rêves,
Comme par souvenir chante l'oiseau des nuits.

Car ton âme n'est pas de ces âmes muettes
Qui vont péniblement traîner leur corps ailleurs.
Ton âme a pris son vol dans le ciel des poètes,
Pour goûter l'ambroisie en des pays meilleurs.

Ton âme a voyagé comme la blonde abeille
Qui s'enivre en buvant aux bouquets des chemins ;
La Muse la plus fraîche a rempli ta corbeille,
Et tu jettes sur nous les fleurs à pleines mains.

JE SENS FUIR LE RIVAGE

Je sens fuir le rivage, adieu la Poésie !
Elle reste au pays de l'éternel printemps.
Idéal, idéal, que j'ai cherché longtemps,
J'ai surpris ton énigme au cœur du sphinx d'Asie.

Tu te nommes Jeunesse, et verses l'ambroisie
Avec l'urne des dieux aux âmes de vingt ans.
Idéal, idéal, vierge aux cheveux flottants,
Je te vois, mais je pars, et ne t'ai pas saisie.

Cependant le vaisseau m'entraîne en pleine mer,
Et, comme l'exilé dans sa douleur sauvage,
Je dis aux matelots : « Retournons au rivage ! »

Car j'ai mis au tombeau, sur le rivage amer,
Mon amour le plus cher, ma maîtresse adorée,
La jeunesse divine !... Adieu, Muse éplorée !

TABLEAUX HOLLANDAIS

J'ai traversé deux fois le pays de Rembrandt,
Pays des matelots, — qui flotte et qui navigue,
Où le fier Océan gémit contre la digue,
Où le Rhin dispersé n'est plus même un torrent.

La prairie est touffue et l'horizon est grand ;
Le Créateur ici fut comme ailleurs prodigue...

— Le lointain monotone à la fois nous fatigue,
Mais toujours ce pays m'attire et me surprend.

Est-ce l'œuvre de Dieu que j'admire au passage ?
Pourquoi me charme-t-il ce morne paysage
Où mugissent des bœufs agenouillés dans l'eau ?

Oh ! c'est que je revois la nature féconde
Où Rembrandt et Ruysdaël ont créé tout un monde.
A chaque pas ici je rencontre un tableau.

*
* *

Je retrouve là-bas le taureau qui rumine
Dans le pré de Potter, à l'ombre du moulin ;
— La blonde paysanne allant cueillir le lin,
Vers le gué de Berghem, les pieds nus, s'achemine.

Dans le bois de Ruysdaël qu'un rayon illumine,
La belle chute d'eau ! — Le soleil au déclin
Sourit à la taverne où chaque verre est plein,
— Taverne de Brauwer que l'ivresse enlumine.

Je vois à la fenêtre un Gérard Dow nageant
Dans l'air ; — plus loin Jordaens : les florissantes filles !
Saluons ce Rembrandt si beau dans ses guenilles !

Oui, je te connaissais, Hollande au front d'argent ;
Au Louvre est ta prairie avec ta créature ;
Mais dans ces deux aspects où donc est la nature ?

LA MORT DE CÉCILE

Elle mourut ; que de larmes amères !
Elle mourut au soleil du matin,
En respirant la rosée et le thym.
Son âme au ciel emporta nos chimères.

Le lendemain ses compagnes en deuil
Portaient son corps de neige au cimetière ;
Moi, j'étais seul, sans larme et sans prière,
Dans le moulin comme au fond d'un cercueil.

Je te saisis, violon triste et tendre,
Et le doux air que Cécile aimait tant,
Je le jouai, le cœur tout palpitant :
Son âme sainte a passé pour l'entendre.

Je le jouai, mais au dernier accent
Mon cœur bondit comme un daim qui se blesse,
Je me perdis si loin dans ma tristesse,
Que je brisai mon violon gémissant.

Perle d'amour à ce monde ravie,
Au sein des mers je t'ai cherchée en vain ,
Et je n'ai plus de mon bonheur divin
Qu'un souvenir : c'est la fleur de ma vie.

LE POÈTE

LE POÈTE.

Violettes embaumant le sentier du moulin
Où flottait le berceau de mes jeunes années,
Je ne vous trouve plus.

LES VIOLETTES.

Dans un corset de lin,
Sur un sein palpitant l'amour nous a fanées.

LE POÈTE.

O ruisseau qui baignais son petit pied charmant,
Rossignol qui chantais sous la verte ramure,
Vous ne dites plus rien.

LE ROSSIGNOL ET LE RUISSEAU,

C'est pour un autre amant
Que le rossignol chante et que l'onde murmure.

LE POÈTE.

Aubépine fleurie où je cueillais souvent
Un bouquet pour Cécile, au beau temps de ma vie,
Qu'as-tu fait de ta fleur ?

L'AUBÉPINE.

Hélas ! un mauvais vent,
Le vent d'orage, un soir de mai, me l'a ravie.

LE POÈTE.

Mais toi, belle Cécile, âme de mes vingt ans,
Blonde moisson d'amour que je n'ai pas fauchée,
Cécile, où donc es-tu ?

CÉCILE.

Mon ami je t'attends
Dans le jardin sauvage où la mort m'a couchée.

DE PROFUNDIS

N'avez-vous pas vu, drapée en chlamyde,
Une jeune femme aux cheveux ondés,
Qui prend dans le ciel son regard humide,
Car elle a les yeux d'azur inondés ?

Son front souriant qu'un rêve traverse
N'est pas couronné, mais elle a vingt ans.
Et sur ce beau front la jeunesse verse,
Verse à pleines mains les fleurs du printemps. .

Mais le ciel jaloux, sans attendre l'heure,
Prit ce doux portrait pour le paradis :
Et mon pauvre cœur qui saigne et qui pleure
Ne me chante plus qu'un De profundis !

HUGO (Victor-Marie)

Nous voici en face du maître, du vrai chef de l'école. Son histoire serait longue à faire, si elle n'était déjà faite, et ne se trouvait un peu partout, soit esquissée par lui-même, d'abord dans l'admirable page des *Feuilles d'automne*, consacrée à son enfance, où il semble que tous les clairons de la Renommée jettent au monde la date de sa naissance avec le premier hémistiche : « Ce siècle avait deux ans ; » puis, çà et là, dans les *Misérables*, où, changeant un peu son second prénom Marie, il s'est appelé Marius ; soit écrite par d'autres, mais de façon à ce que leur récit ne fît que compléter le sien, ou éclairer ses allusions. Presque toujours, il l'a inspiré ou même dicté.

Les deux volumes : *Victor Hugo, raconté par un témoin de sa vie*, ne sont ainsi, par exemple, qu'une sorte d'autobiographie, où il est bien difficile de distinguer la rédaction personnelle du témoin, de la dictée plus ou moins consciente du poète.

Pour la notice que publia Sainte-Beuve en 1831, dans le troisième volume de la *Revue des Deux-Mondes*, d'où elle passa — ce qu'on ne sait guère — un peu arrangée et anonyme, dans le Supplément de la *Biographie portative des Contemporains*, dite *Biographie Rabbe*, il en est de même. Un jour que quelqu'un y avait relevé je ne sais quelle inexactitude, Sainte-Beuve lui écrivit : « Mon récit, qui peut bien être incxact, est cependant *authentique ;* il a été fait d'après une conversation directe de Victor Hugo. »

Dumas en aurait pu dire autant pour les longs chapitres de ses *Mémoires,* que les souvenirs du poète remplissent à déborder. Il l'avait entendu causer, sa prodigieuse mémoire avait tout retenu, et il avait écrit.

Ainsi, l'on ne connaît bien encore de Victor Hugo, ce merveilleux causeur sur toutes choses, et particulièrement sur lui-même, que ce que ses causeries ou ses dictées nous ont appris.

Il n'en faut pas plus, en y ajoutant les révélations de ses préfaces sur ses doctrines, ses opinions, ses idées et leur mobile formation, pour reconstituer, comme diraient les Allemands, « la genèse de son génie. »

Sa naissance tout d'abord en explique les éléments et leurs disparates. On comprend, lorsqu'on la connaît bien, qu'ayant eu pour père le soldat plébéien Léopold-Sigebert Hugo, fils d'un menuisier de Nancy, et pour mère une Bretonne, une Vendéenne, mademoiselle Sophie Trébuchet, qui pendant la Terreur avait sauvé, à Nantes, dix-neuf prêtres réfugiés chez son père, armateur très riche et très aristocrate, il ait pu, tour à tour, être ce qu'on l'a vu: royaliste et républicain.

La première part d'influence fut toute à la mère. Le père devenu colonel, puis général, était le plus souvent au loin pour son service; ses enfants, trois fils, dont Victor était le second, lui restaient. Elle les éleva suivant ses idées de Vendéenne. Le père ne s'en émut pas, surtout pour Victor. Il sentait qu'il lui reviendrait.

Dès 1820, Victor le pressentait lui-même, quoiqu'il fût dans toute l'ardeur de son royalisme adolescent.

« Dernièrement, écrivait-il alors à un ami, je venais de sou-tenir en présence de mon père mes opinions vendéennes. Mon père m'a écouté parler en silence, puis il s'est tourné vers le général Lucotte, qui était là, et lui a dit: « Laissons faire le temps, « l'enfant est de l'opinion de sa mère; l'homme sera de l'opinion « de son père. »

« Cette prédiction, ajoutait-il, m'a rendu tout pensif. »

Le général Hugo, que cette incompatibilité politique avait peu à peu séparé de sa femme, vivait à Blois. Il ne venait que fort rarement la voir à Paris, dans l'ancien couvent des Feuillantines, où ses deux aînés, que le père voulait bon gré mal gré faire entrer à l'Ecole polytechnique, étaient allés rejoindre leur mère à leur sortie d'une pension de la rue Sainte-Marguerite.

Cette mésintelligence du ménage n'existait, d'ailleurs, que depuis la Restauration, et l'éveil persistant de ces haines de partis dont elle fut le guêpier, et qui la tuèrent.

Auparavant, l'accord ne semblait pas avoir été troublé. Madame Léopold Hugo avait suivi, autant qu'elle avait pu, avec tous les siens, le général dans ses campagnes ou ses sé-jours lointains, et Victor s'y était de bonne heure imprégné de poésie, et pour ainsi dire nourri de drames.

Quelle pâture pour l'imagination d'un pareil enfant que cette course à travers l'Italie, jusqu'en Calabre, où le général Hugo, lancé sur la trace de Fra Diavolo et de ses bandes, finit par le traquer et par le prendre. Après ce drame, que d'autres! avec de nouveaux décors: le retour de Naples à Paris, le voyage de Paris à Madrid, à travers la France encore émerveillée et l'Es-pagne indomptée; les chasses du général contre les guérillas, qui, racontées le soir dans ce grand palais castillan où logeait la famille, allumaient déjà dans le cerveau du poète enfant les premières flammes d'Hernani.

Puis venaient d'autres récits encore, échos déjà sinistres de ceux qu'on répétait en France: cette étrange conspiration Malet, par exemple, où le général Victor La Horie, ancien chef d'état-major de Moreau, que Victor avait eu pour parrain, en 1802, à Besançon, paya de sa vie sa complicité; puis, l'an d'après, en 1813, le commencement de [la débâcle, et ensuite le retour au milieu de la France meurtrie, foulée aux pieds par d'anciens vaincus étonnés d'être vainqueurs.

Que de souvenirs pour l'enfant, et, dans ces souvenirs, que d'inspirations en germe pour le poète! Avant d'éclore, elles se

mûrirent par des lectures, où l'on sent l'âme de la mère qui
éclaire, et sa main qui dirige. Chateaubriand, pour qui l'admiration était encore dans toute sa ferveur, y tenait la première
place avec son *Atala*, et surtout avec son *Génie du Christianisme*.
C'est là que Victor Hugo s'éprit de ce goût profond pour la
Bible, et pour Homère, dont l'expression s'est faite si puissante
dans la *Légende des siècles*. C'est de là encore que lui vint sa
vive passion pour Virgile, dont à quinze ans il traduisit en vers,
comme on verra, un fragment des *Géorgiques*. Il y prit aussi l'idée
de l'une de ses premières élégies, *la Canadienne*, qu'on lira
de même tout à l'heure, et qui, publiée en 1819, dans le *Lycée
français*, n'a pas, je ne sais pourquoi, reparu dans ses *Œuvres*..

Enfin, c'est pénétré de ce souffle du *Génie du Christianisme*,
qu'en 1822, il écrivait dans la préface de son premier recueil,
Odes et poésies diverses: « L'histoire des hommes ne présente
de poésie que jugée du haut des idées monarchiques et des
croyances religieuses. »

A cette époque, il venait de perdre sa mère, et sous. le coup
de ce deuil, il n'en était que plus croyant. Son père cessait de
le tourmenter pour qu'il se fît savant; il avait pleine liberté
de devenir grand poète, et il commençait à l'être.

On sait qu'à moins de quinze ans il avait concouru à l'Académie pour le prix de la Saint-Louis, sur le sujet: *Le bonheur
que procure l'étude;* et que ses quinze ans n'avaient d'abord
trouvé que des incrédules. On ajoute — ce qui n'est pas — que
Chateaubriand l'appela « l'enfant sublime. »

Nous passerons donc vite sur ces *juvenilia* suffisamment
connus, mais en insistant toutefois sur ce qu'ils eurent de rare.
Que la qualification « d'enfant sublime » lui ait été ou non
donnée, peu importe. Le vrai, c'est qu'il la mérita; et qu'en lui,
seul peut-être avec Mozart, l'enfant prodige se continua, se
perpétua chez l'homme pour grandir à sa taille.

La précocité du cœur était venue avec celle du génie, et,
après quelques contradictions encore, on ne s'y était pas opposé
plus qu'à l'autre. L'année même où avait paru son premier
volume de *Poésies*, il s'était marié avec mademoiselle Adèle Foucher, de cinq ans plus jeune que lui, qui l'était tant cependant.

Les mariés, à eux deux, n'avaient pas trente-cinq ans !

Neuf cents francs que rapporta le volume, acheté par un
gentilhomme ruiné, le marquis de Persan, qui s'était fait
libraire, fut le premier appoint de la dot; mille francs payés pour
la première édition de cet étrange roman de *Han d'Islande*, que
le poète venait d'achever, et dans lequel l'idéale figure d'Éthel
est un immortel souvenir de celle qu'il aimait, en fut le com-
plément, et sembla être la fortune pour Victor, qui, pendant
une des dernières années, avait, comme son Marius des *Misérables*, vécu avec un budget de sept cents francs.

Si les premiers temps étaient ainsi plus ou moins assurés,
quelles seraient les ressources pour ceux qui suivraient? *Han
d'Islande* répondit à cette question par son succès. Il fut tel,
que les libraires Lecointe et Durey décuplèrent pour la seconde

édition le prix payé pour la première. Une pension spontanément donnée par Louis XVIII, qui voulait récompenser en Victor Hugo l'homme de talent et l'homme de cœur, car il n'ignorait pas à quels risques il s'était exposé, en cachant chez lui son ami Delon, compromis gravement dans la conspiration de Saumur, était venue ajouter encore à l'aisance du jeune ménage.

Victor put ainsi travailler comme il voulut, et c'est ce qu'il fit sans relâche ni cesse. Il composa un autre roman, *Bug Jargal,* qui parut en 1825 ; il écrivit des vers nouveaux, des *Ballades,* qu'il ajouta, en 1826, à la seconde édition de ses *Odes;* mais, avant tout, il se prépara par d'incessantes lectures, par d'infatigables recherches, à l'élaboration d'œuvres plus hautes et plus décisives.

Il se familiarisa avec l'histoire et la littérature espagnoles, et y devint assez érudit pour être à même d'annoter, presque seul, l'édition de *Gil-Blas,* donnée alors par François de Neufchâteau, qui n'en a rien dit, comme le lui reproche avec tant de raison Marius, c'est-à-dire Victor Hugo lui-même, dans les *Misérables.* Il pratiqua nos vieux auteurs, prosateurs ou poètes, ceux de la Pléiade surtout, Ronsard en tête, dont il reprit les rhythmes, rajeunit les vieux tours, et raviva les fleurs.

Il fit, dans cette course à travers notre vieille littérature, de véritables découvertes, dont profita, pour la seconde édition de son *Dictionnaire des Anonymes,* le plus savant de nos bibliographes, M. Barbier, qui, lui du moins, s'empressa de dire, dans sa préface, combien il lui était redevable.

Ses excursions dans les littératures étrangères ne s'étaient pas bornées à l'Espagne. L'Angleterre le vit tout aussi ardent sur son terrain. Il y avait trouvé Shakespeare, et il avait fait de lui son dieu ; de ses œuvres, sa loi. C'est aux lueurs de ce génie, qu'il lui sembla, pour la première fois, voir clair dans les choses de l'art, que des exigences de convention avaient jusque là trop circonscrites, en dehors de la vérité et de la nature : « Le poète, avait-il dit déjà, en 1826, sous le feu de cette inspiration, dans la préface de ses *Odes et Ballades,* ne doit avoir qu'un modèle, la nature ; qu'un guide, la vérité. »

L'an d'après, dans la préface de son *Cromwell,* qui fut plus un événement que le drame lui-même, pour lequel ses sept mille vers multipliaient trop les *impedimenta,* il alla plus loin. Shakespeare et son art, où tout peut se confondre, le tragique et le comique, y éclatèrent avec leur plus intrépide sincérité, et cela, chose singulière, sous le couvert même du christianisme, auquel un lien d'en haut rattachait toujours le poète : « Il amène, disait-il, la vérité. Comme lui, la muse moderne... sentira que tout dans la création n'est pas humainement beau, que le laid y existe à côté du beau, le grotesque au revers du sublime. » C'est en défigurant ce passage, qu'on a si longtemps accusé Victor Hugo de s'être fait l'apôtre du difforme, et d'avoir dit : « le beau, c'est le laid ! »

L'application de la théorie restait à faire publiquement, *Cromwell,* nous venons de dire pourquoi, ne pouvant pas être une démonstration pratique des doctrines de sa préface. Victor Hugo fit *Marion Delorme*, et, dans le groupe d'amis ou d'adeptes qui commençait à se former autour de lui, et qui peu après devint le Cénacle, il surprit chacun par le contraste des ressources et des habiletés qu'il y avait mises, avec les impossibilités scéniques de *Cromwell*. Il avait voulu faire, cette fois, une pièce qu'on pût représenter ; il l'avait faite. Malheureusement, il fallut une révolution pour qu'elle fût jouée. Le roi Charles X n'accepta pas que son ancêtre Louis XIII pût être mis à la scène, avec l'insurmontable ennui du trône qu'il a dans la pièce, et dont lui-même, hélas ! avait repris alors et sentait tout le poids. Victor Hugo obtint une audience ; mais, malgré tout ce qu'il put dire d'éloquent, n'obtint pas autre chose. *Marion Delorme* fut défendue.

Un mois après, le drame d'*Hernani*, dont il n'avait encore que le plan, était écrit du premier jusqu'au dernier vers. Le poète aimait les promptes revanches. Le public lui disputa celle-ci : le roi avait été pour *Marion* rigoureux, mais poli ; il fut, lui, pour *Hernani*, injuste et discourtois.

Nous ne vous raconterons pas cette mémorable lutte de la vieille et de la jeune école, qui se prolongea, avec toutes les variations du sifflet, pendant plus de deux mois, « en quarante-cinq représentations rangées, » comme a dit Théophile Gautier, qui lui fut, on l'a vu par sa *Notice* — un des plus vaillants et des plus indomptables dans la multiple bataille.

C'est à la fin de février 1829 que s'était passé ce grand événement, que s'était accomplie cette véritable révolution littéraire. Une autre, bien différente, ne tarda pas à suivre. Victor Hugo y fut empressé pour la jeune liberté qu'elle amenait, mais respectueux pour le vieux roi qu'elle forçait à fuir. On s'en convaincra par ses beaux vers, *la Jeune France*, que *le Globe* publia, dès le 19 août 1830, et que Victor Hugo a réimprimés en tête de ses *Chants du crépuscule*, avec un nouveau titre.

Il lui fut possible alors de faire jouer *Marion Delorme*. Par un reste de respect pour Charles X, qui n'avait pas voulu en permettre la représentation, il craignit, en se hâtant, de paraître trop heureux de la révolution qui l'avait renversé. C'est seulement un an après, le 11 août 1831, que la pièce fut jouée à la Porte-Saint-Martin, où, malgré les instances de la Comédie-Française, il l'avait portée. Les représentations en furent agitées et mal soutenues. Le Romantisme n'avait plus d'unité. D'un seul camp, il s'en était fait deux : l'un, qui tenait pour Dumas, dont le même théâtre venait de jouer *Antony ;* l'autre plus faible, qui soutenait Victor Hugo.

Le Boulevard ne lui paraissant pas être son terrain, il retourna, l'année d'après, à la Comédie-Française, avec le *Roi s'amuse*, qui eût peut-être soulevé plus d'orages qu'*Hernani*, si on ne l'eût arrêté à la première représentation. On sait que la pièce ne fut jouée qu'une fois, le 12 novembre 1832. On avait changé de règne, mais on n'avait pas changé de censure. La monarchie constitutionnelle n'admettait pas qu'on pût toucher à celle « du bon plaisir. »

Victor Hugo, impassible au milieu de ces épreuves, revint à la Porte-Saint-Martin, avec un nouveau drame tout prêt, qu'Harel, le directeur, accepta d'enthousiasme. C'était celui de *Lucrèce Borgia*, où, pour la première fois, le poète allait faire parler en prose au théâtre. A chaque lieu, sa langue : au Théâtre-Français, le vers ; à la Porte-Saint-Martin, la prose.

Lucrèce eut un très grand succès, qui mit si bien Victor Hugo en verve, que, peu de temps après, sa *Marie Tudor* se trouvait faite. Une lutte alors recommença, dans laquelle il trouva des ennemis partout, Harel en tête. L'*Angèle*, de Dumas ,était reçue et toute prête ; et à tort ou à raison, Harel, qui la préférait à *Marie Tudor*, voulait lui donner le pas sur elle. Hugo résista et l'emporta, mais pour se repentir de sa victoire, qu'aux représentations Harel trouva moyen de transformer en défaite. Une rupture violente s'ensuivit qui ramena Victor Hugo à la Comédie-Française avec un drame, qu'à sa forme en prose on voyait bien qu'il n'avait pas écrit pour elle.

C'était *Angélo*, joué en 1835, et dont le succès assez vif fut surtout de curiosité. On y venait moins pour entendre le drame que pour voir la lutte de deux talents étonnés eux-mêmes de leur rencontre sur la même scène : Melle Mars, qui jouait Thisbé ; Mme Dorval, qui jouait Catarina.

Une certaine lassitude du théâtre prit Victor Hugo à la suite de ces épreuves où il avait trop à se dépenser, sans qu'une gloire suffisante le dédommageât de sa dépense. Il revint aux joies plus radieuses du lyrisme, où ses bonheurs de mari et de père trouvaient de si admirables et de si tendres épanchements ; où, tout aux nouvelles illusions qu'il s'était faites, il aimait à voir la liberté à travers la gloire, et n'en célébrait l'aurore que colorée des lueurs qu'avait laissées dans notre ciel le météore impérial.

C'est alors qu'après les *Chants du crépuscule,* il publia les *Voix intérieures*, dont la préface nous donne, en deux lignes, le programme de plus sage des politiques : « Être de tous les partis par leurs côtés généreux, n'être d'aucun par leurs côtés mauvais. » Dans *les Rayons et les Ombres*, qui parurent un peu plus tard, il garde et prêche, pour tout poète, la même indépendance : « Nul engagement, nulle chaîne, la liberté dans les idées comme dans les actions ; » voilà pour lui l'idéal, et c'est le vrai.

S'il revint à la poésie, il ne revint pas au roman. Le succès considérable de sa *Notre Dame de Paris*, qui, depuis qu'il avait commencé, le 13 février 1831, ne faisait que grandir, le tenait sur la réserve. Ferait-il mieux, ferait-il aussi bien ? Il s'abstint dans le doute, et certaine *Quiquengrogne,* promise pendant dix ans au moins, ne parut jamais.

La scène, dont les attractions sont si vives dès qu'on y a touché une fois, le reprit. Il venait d'aider à la création d'un nouveau théâtre qui promettait d'être littéraire, le théâtre de la Renaissance, à la salle Ventadour. Comme don de joyeux avènement, il lui devait tout au moins un drame. Il lui donna

Ruy Blas, pour pièce d'ouverture. Le succès en fut assez tiède, comparé surtout à celui qu'il a si justement retrouvé dans ces derniers temps.

De là nouveau dégoût de sa part, et éclipse nouvelle. Il voyagea, parcourut une partie de l'Allemagne, d'où il rapporta son beau livre, *le Rhin*, et son drame des *Burgraves*, dont on avait vu poindre l'idée dans la onzième de ses ballades. Il fut joué en 1843, au Théâtre-Français, et je n'ai pas besoin de rappeler l'injuste accueil qui lui fut fait par le public et par la presse. Celui-là aussi aura sa revanche.

Lassitude et dégoût furent alors complets. Le poète, n'ayant plus où se prendre, se prit à la politique. Le théâtre ne lui étant plus une tribune, il en voulut une autre, celle de la pairie. Comme membre de l'Académie française depuis 1841, il y avait droit. Il se laissa donc faire pair de France.

Le poète disparaissant, pour ne reparaître qu'à une époque tout à fait en dehors de celle que nous nous sommes fixée, notre notice s'arrêtera ici.

LA CANADIENNE

SUSPENDANT AU PALMIER LE TOMBEAU DE SON NOUVEAU-NÉ.

ÉLÉGIE.

Sur ce palmier qui te balance,
Dors, tendre fruit de mon amour ;
Mes bras, quelques instants, ont porté ton enfance,
Ce fragile palmier te soutient à son tour;
Ainsi me berçait l'espérance.

Dors en paix sur ce frêle appui.
Si le vent vient gémir sur ta tombe légère,
Le vent te dira que ta mère
Gémit sans cesse comme lui.
Aussi longtemps que les pleurs de l'aurore
Mouilleront ton front pâle, en arrosant les fleurs ;
Aussi longtemps, mon fils, ta mère qui t'adore
Te viendra baigner de ses pleurs.
Tout sur l'arbre de mort te peindra ma souffrance :
Si pourtant le ramier de ses accords touchants
Te fait entendre la cadence ;

VICTOR HUGO.

Ne crois pas de ta mère entendre les doux chants,
Car ta mère avec toi veut garder le silence.

Tu n'es donc plus? Mes yeux ne te verront jamais
Rire et folâtrer dans nos plaines,
Poursuivre le chevreuil de sommets en sommets,
Et gravir le vieux front des chênes.
Je ne te verrai point dans l'âge des amours,
Quand un léger duvet t'embellirait à peine,
A ta craintive amante apportant tous les jours
Le fruit d'une chasse lointaine ;
Lui demander, pour prix des dépouilles des ours,
L'une de ses tresses d'ébène.
Nos guerriers ne me diront pas :
Ton fils est digne de son père ;
Il porte sans frémir la lance des combats,
Et le calumet de la guerre.
Je vivrai comme une étrangère,
Et l'on dira : « Son fils est le jouet du vent ;
« Il n'est pas mort en brave étendu sur la terre ;
« C'est lui dont le cercueil mouvant
« Courbe le palmier solitaire. »

Tu n'es plus, quel est mon malheur !
Tes yeux, à peine ouverts, sont fermés à l'aurore ;
Je fus un instant mère : hélas ! à ma douleur,
Cher enfant, je crois l'être encore.

Au sommet du triste palmier,
Ce berceau, qui te sert de tombe,
Servira de nid au ramier,
Ou de demeure à la colombe ;
Et quand demain l'astre des jours
Teindra ton froid cercueil de sa couleur riante,
Au fond de sa couche odorante
L'oiseau s'éveillera : tu dormiras toujours.

Quand pour bénir l'enfant, dont sa fille est la mère,
Viendra mon père aux cheveux blancs ;
Je guiderai ses pas tremblants
Au pied de l'arbre funéraire.

Que lui dirai-je ? hélas ! Son regard attristé
Se remplira des pleurs dont ici je l'arrose...
        Le fils que j'ai porté repose ·
        Sur le palmier qu'il a planté.

LE VIEILLARD DU GALÈZE

TRADUCTION DES GÉORGIQUES DE VIRGILE

Si mon vaisseau, déjà prêt à toucher les bords,
Vers le but désiré ne tournait sans efforts,
Poète des jardins, je chanterais peut-être
La culture des fleurs et la rose champêtre.
Je décrirais l'acanthe arrondie en berceaux,
L'endive, se gonflant du suc des clairs ruisseaux,
Le myrte, amant des eaux qu'il couvre de son ombre,
Les contours tortueux de l'énorme concombre,
Le narcisse tardif, le persil frais et vert,
Et le lierre rampant dont le chêne est couvert.

Aux plaines du galèze, où, noire et sablonneuse,
Roule en des champs dorés son onde limoneuse,
Sous les tours d'Œbalie, il fut, je m'en souviens,
Un paisible vieillard, riche de peu de biens.
C'était un lieu désert, aride pâturage,
Funeste aux jeunes ceps, rebelle au labourage.
Le vieux sage semait, dans ces prés buissonneux,
Des légumes, parmi les chardons épineux,
Et croyait, cultivant le lis et la verveine,
Être l'égal des rois dans son humble domaine.
Le soir, à son retour, il goûtait sans ennui
Des mets simples et purs, qu'il ne devait qu'à lui.
Le premier au printemps, le premier en automne,
Il recueillait les dons de Flore et de Pomone ;
Et quand le triste hiver, brisant les rocs durcis,
Mettait un frein de glace aux ruisseaux épaissis,

Déjà taillant le front de l'acanthe encor tendre,
Il hâtait les zéphirs qu'il se lassait d'attendre.
Aussi, sur mille essaims il étendait ses droits,
Des rayons pleins de miel écumaient sous ses doigts;
Dans l'automne, chez lui, chaque arbre se colore
D'autant de fruits nouveaux qu'il voit de fleurs éclore.
Il plantait le tilleul près du pin résineux,
Et greffait le prunier sur l'arbuste épineux ;
Chez lui se soumettant au cordeau qui l'aligne,
Le platane ombrageait les amants de la vigne ;
Et seul il sut toujours transplanter, sans efforts,
Des poiriers déjà vieux, des ormeaux déjà forts.
Mais à d'autres sujets il faut que je me livre,
Je laisse un vaste champ à qui voudra me suivre.

DATE LILIA

Oh ! si vous rencontrez quelque part sous les cieux
Une femme, au front pur, au pas grave, aux doux yeux,
Que suivent quatre enfants dont le dernier chancelle,
Les surveillant bien tous, et, s'il passe auprès d'elle
Quelque aveugle indigent que l'âge appesantit,
Mettant une humble aumône aux mains du plus petit;
Si, quand la diatribe autour d'un nom s'élance,
Vous voyez une femme écouter en silence,
Et douter, puis vous dire : — Attendons pour juger :
Quel est celui de nous qu'on ne pourrait changer?
On est prompt à ternir les choses les plus belles;
La louange est sans pieds et le blâme a des ailes. —
Si, lorsqu'un souvenir, ou peut-être un remords,
Ou le hasard vous mène à la cité des morts,
Vous voyez, au détour d'une secrète allée,
Prier sur un tombeau dont la route est foulée,
Seul avec des enfants, un être gracieux
Qui pleure en souriant comme l'on pleure aux cieux;
Si de ce sein brisé la douleur et l'extase
S'épanchent comme l'eau des fêlures d'un vase;

Si rien d'humain ne reste à cet ange éploré ;
Si, terni par le deuil, son œil chaste et sacré,
Bien plus levé là-haut que baissé vers la tombe,
Avec tant de regret sur la terre retombe
Qu'on dirait que son cœur n'a pas encor choisi
Entre sa mère au ciel et ses enfants ici ;
Quand, vers Pâque ou Noël, l'église, aux nuits tombantes,
S'emplit de pas confus et de cires flambantes ;
Quand la fumée en flots déborde aux encensoirs
Comme la blanche écume aux lèvres des pressoirs ;
Quand au milieu des chants d'hommes, d'enfants, de
Une âme selon Dieu sort de toutes ces âmes ;   [femmes,
Si, loin des feux, des voix, des bruits et des splendeurs,
Dans un repli perdu parmi les profondeurs,
Sur quatre jeunes fronts groupés près du mur sombre,
Vous voyez se pencher un regard voilé d'ombre,
Où se mêle, plus doux encor que solennel,
Le rayon virginal au rayon maternel ;
Oh ! qui que vous soyez, bénissez-la. C'est elle !
La sœur, visible aux yeux, de mon âme immortelle !
Mon orgueil, mon espoir, mon abri, mon recours !
Toit de mes jeunes ans qu'espèrent mes vieux jours !
C'est elle ! la vertu sur ma tête penchée ;
La figure d'albâtre en ma maison cachée ;
L'arbre qui, sur la route où je marche à pas lourds,
Verse des fruits souvent et de l'ombre toujours ;
La femme dont ma joie est le bonheur suprême,
Qui, si nous chancelons, ses enfants ou moi-même,
Sans parole sévère et sans regard moqueur,
Les soutient de la main et me soutient du cœur ;
Celle qui, lorsqu'au mal, pensif, je m'abandonne,
Seule peut me punir et seule me pardonne ;
Qui de mes propres torts me console et m'absout ;
A qui j'ai dit : Toujours ! et qui m'a dit : Partout !
Elle ! tout dans un mot ! c'est dans ma froide brume
Une fleur de beauté que la bonté parfume ;
D'une double nature hymen mystérieux !
La fleur est de la terre et le parfum des cieux !

MILTON A CROMWELL

On te perd à l'appât d'un fatal diadème,
Frère, et je viens plaider pour toi, contre toi-même.
Tu veux donc être roi, Cromwell? et dans ton cœur
Tu t'es dit : c'est pour moi que le peuple est vainqueur:
Le but de ses combats, le but de ses prières,
De ses pieux travaux, de ses veilles guerrières,
De son sang répandu, de tant de pleurs versés,
De tous ses maux, c'est moi; je règne, c'est assez.
Il doit se croire heureux, puisqu'après tant de peines
Il a changé de roi, renouvelé ses chaînes.
Rien qu'à ce seul penser mon front chauve rougit.
Écoute-moi, Cromwell, c'est de toi qu'il s'agit.
Donc, tous les grands moteurs de nos guerres civiles,
Vane, Payn, qui d'un mot faisaient marcher des villes,
Ton gendre Irison, oui, ce martyr de nos droits,
Que ton orgueil exile au sépulcre des rois,
Sidney, Halliz, Martyn, Bradshaw, ce juge austère
Qui lut l'arrêt de mort de Charles d'Angleterre,
Et ce Hampden si jeune au tombeau descendu,
Travaillaient pour Cromwell dans leur foule perdu!
C'est toi qui des deux camps règles les funérailles,
Et dépouilles les morts sur les champs de batailles!
Ainsi depuis quinze ans, pour toi seul révolté,
Le peuple, à ton profit, joue à la liberté.
Dans les grands intérêts tu n'as vu qu'une affaire,
Et dans la mort du roi qu'un héritage à faire!

. . . .

Au sommet de l'Etat jeté par la tempête,
Ivre de ton destin, tu veux parer ta tête
De cet éclat des rois pour nous évanoui.
Tremble! on est aveuglé quand on est ébloui :
Ollvier, de Cromwell, je te demande compte,
Et de ta gloire enfin qui devient notre honte!

. . . .
. . . . Songe à Charles premier!

12.

Oses-tu dans son sang ramassant sa couronne
Avec son échafaud te rebâtir un trône!
Quoi! tu veux être roi, Cromwell, y penses-tu?
Ne crains-tu pas qu'un jour, de crêpe revêtu,
Ce même Witte hall où ta grandeur s'étale
N'ouvre encore une fois sa fenêtre fatale?
Tu ris : mais dans ton astre as-tu donc tant de foi?
Songe à Charles Stuart : souviens-toi, souviens-toi.
Quand ce roi dut mourir, quand la hache fut prête,
C'est un bourreau voilé qui fit tomber sa tête.
Roi, devant tout son peuple, il périt sans secours,
Sans savoir seulement qui dénouait ses jours.
Par le même chemin tu marches à ta perte ;
Cromwell, d'un voile aussi ta fortune est couverte,
Crains qu'elle ne ressemble à ce spectre masqué,
Qui sur un échafaud paraît au jour marqué !
Des rêves de l'orgueil dénouement formidable !
Cromwell, d'un seul côté le trône est abordable.
On y monte, et de l'autre on descend au tombeau.
Crains de voir, si tu prends cette pourpre en lambeau,
S'assembler, quelque jour, dans cette même chambre,
Une cour, dont alors tu ne seras plus membre.
. . . .
Ne recules-tu pas? ah! jette loin de toi
Ce sceptre d'histrion et ce masque de roi :
Reste Cromwell, maintiens le monde en équilibre ;
Fais sur les nations régner un peuple libre.
Ne règne pas sur lui, sauve la liberté.
Oh! combien a rougi ce peuple en sa fierté,
Quand, dans son parlement, il a vu ton génie
Mendier à prix d'or un peu de tyrannie.
Démens les vils flatteurs, montre-toi noble et grand,
Juge, législateur, apôtre, conquérant.
Sois plus que roi! remonte à la grandeur première.
Il n'a fallu qu'un mot pour créer la lumière ;
Toi, redeviens Cromwell à la voix de Milton.

A UN VOYAGEUR

Ami, vous revenez d'un de ces longs voyages
Qui nous font vieillir vite et nous changent en sages
    Au sortir du berceau.
De tous les océans votre course a vu l'onde,
Hélas! et vous feriez une ceinture au monde
    Du sillon du vaisseau.

Le soleil de vingt cieux a mûri votre vie :
Partout où vous mena votre inconstante envie,
    Jetant et ramassant,
Pareil au laboureur qui récolte et qui sème,
Vous avez pris des lieux, et laissé de vous-même
    Quelque chose en passant.

Tandis que votre ami, moins heureux et moins sage,
Attendait des saisons l'uniforme passage
    Dans le même horizon;
Et comme l'arbre vert qui de loin la dessine,
A sa porte effeuillant ses jours, prenait racine
    Au seuil de sa maison!

Vous êtes fatigué, tant vous avez vu d'hommes!
Enfin vous revenez, las de ce que nous sommes,
    Vous reposer en Dieu.
Triste, vous me contez vos courses infécondes,
Et vos pieds ont mêlé la poudre de trois mondes
    Aux cendres de mon feu.

Or maintenant, le cœur plein de choses profondes,
Des enfants dans vos mains tenant les têtes blondes,
    . Vous me parlez ici,
Et vous me demandez, sollicitude amère!
« — Où donc ton père? Où donc ton fils? Où donc ta
    « — Ils voyagent aussi! »   [mère?

Le voyage qu'ils font n'a ni soleil ni lune ;
Nul homme n'y peut rien porter de sa fortune,
       Tant le maître est jaloux !
Le voyage qu'ils font est profond et sans bornes ;
On le fait à pas lents, parmi des faces mornes,
       Et nous le ferons tous !

J'étais à leur départ comme j'étais au vôtre :
En diverses saisons, tous trois, l'un après l'autre,
       Ils ont pris leur essor.
Hélas ! j'ai mis en terre, à cette heure suprême,
Ces têtes que j'aimais. Avare, j'ai moi-même
       Enfoui mon trésor.

Je les ai vus partir. J'ai, faible et plein d'alarmes,
Vu trois fois un drap noir semé de blanches larmes
       Tendre ce corridor.
J'ai sur leurs froides mains pleuré comme une femme,
Mais, le cercueil fermé, mon âme a vu leur âme
       Ouvrir deux ailes d'or !

Je les ai vus partir comme trois hirondelles
Qui vont chercher bien loin des printemps plus fidèles
       Et des étés meilleurs.
Ma mère vit le ciel et partit la première,
Et son œil, en mourant, fut plein d'une lumière
       Qu'on n'a point vue ailleurs.

Et puis mon premier né la suivit, puis mon père,
Fier vétéran, âgé de quarante ans de guerre,
       Tout chargé de chevrons.
Maintenant ils sont là ; tous trois dorment dans l'ombre,
Tandis que leurs esprits font le voyage sombre,
       Et vont où nous irons !

Si vous vouléz, à l'heure où la lune décline,
Nous monterons tous deux la nuit sur la colline
       Où gisent nos aïeux.
Je vous dirai, montrant à votre vue amie
La ville morte auprès de la ville endormie :
       Laquelle dort le mieux ?

Venez : muets tous deux et couchés contre terre,
Nous entendrons, tandis que Paris fera taire
      Son vivant tourbillon,
Ces millions de morts, moisson du Fils de l'homme,
Sourdre confusément dans leurs sépulcres; comme
      Le grain dans le sillon.

Combien vivent joyeux, qui devaient, sœurs ou frères,
Faire un pleur éternel de quelques ombres chères!
      Pouvoir des ans vainqueurs!
Les morts durent bien peu : laissons-les sous la pierre!
Hélas! dans le cercueil ils tombent en poussière
      Moins vite qu'en nos cœurs.

Voyageur! voyageur! quelle est notre folie!
Qui sait combien de morts à chaque heure on oublie,
      Des plus chers, des plus beaux?
Qui peut savoir combien toute douleur s'émousse,
Et combien sur la terre un jour d'herbe qui pousse
      Efface de tombeaux?

STANCES A LA JEUNE FRANCE

Frères, et vous aussi vous avez vos journées,
Vos victoires, de chêne et de fleurs couronnées,
Vos civiques lauriers, vos morts ensevelis,
Vos triomphes si beaux à l'aube de la vie,
Vos jeunes étendards troués à faire envie
      A de vieux drapeaux d'Austerlitz.

Soyez fiers : vous avez fait autant que vos pères :
Les droits d'un peuple entier conquis par tant de guerres,
Vous les avez tirés tout vivants du linceul;
Juillet vous a donné, pour sauver vos familles,
Trois de ces beaux soleils qui brûlent les bastilles :
      Vos pères n'en ont eu qu'un seul.

Vous êtes les enfants des belliqueux lycées ;
Là, vous applaudissiez nos victoires passées,
Tous vos jeux s'ombrageaient des plis d'un étendard.
Souvent, NAPOLÉON plein de grandes pensées,
Passant, les bras croisés dans vos lignes pressées,
    Aimanta vos fronts d'un regard.

Aigle qu'ils devaient suivre, aigle de notre armée,
Dont la plume sanglante en cent lieux est semée,
Dont le tonnerre, un soir, s'éteignit dans les flots :
Toi qui les a couvés dans l'aire maternelle,
Regarde, et sois joyeuse, et crie, et bats de l'aile ;
    Mère, tes aiglons sont éclos.

. . . .

    Les insensés qui font ce rêve
    N'ont-ils donc pas des yeux, pour voir,
    Depuis que leur pouvoir s'élève,
    Comme notre horizon est noir?
    Qu'un foudre lointain nous éclaire ;
    Qu'on les suit des yeux en rêvant,
    Et que le lion populaire
    Regarde ses ongles souvent.

Alors tout se leva, l'homme, l'enfant, la femme.
Quiconque avait un bras, quiconque avait une arme ;
Tout vint, tout accourut ; et la ville, à grand bruit,
Sur les lourds bataillons se rua jour et nuit.

. . . .

Les bouches des canons trouaient au loin la foule ;
Elle se refermait comme une mer qui roule ;
Et de son râle affreux ameutant les faubourgs
Le tocsin haletant bondissait dans les tours.

. . . .

Comment donc as-tu fait pour calmer ta colère,
Souveraine cité, qui vainquis en trois jours?
Comment donc as-tu fait, ô fleuve populaire,
Pour rentrer dans ton lit et reprendre ton cours ?

C'est qu'il est plus d'un cœur stoïque
Parmi vous, fils de la cité ;
C'est qu'une jeunesse héroïque
Combattait à votre côté.
Vous avez une âme commune
Qui dans tous nos périls a lui.
Honneur au grand jour qui s'écoule !
Hier, vous n'étiez qu'une foule,
Vous êtes un peuple aujourd'hui !

Les lâches conseillers de bassesse et d'audace,
Voilà donc à quel peuple ils se sont attaqués !
Fléaux ! qu'aux derniers rois d'une fatale race
Toujours la Providence envoie aux jours marqués :
Malheureux ! qui croyaient dans leur erreur profonde
(Car Dieu les voulait perdre et Dieu les aveuglait),
Qu'on prenait un matin la liberté d'un monde,
    Comme un oiseau dans un filet.

.   .   .   .

N'effacez rien ; le coup d'épée
Embellit le front du soldat :
Laissez à la ville frappée
Les cicatrices du combat ;
Adoptons héros et victimes,
Emplissons de ces morts sublimes
Les sépulcres du Panthéon :
Que nul souvenir ne nous pèse ;
Rendez sa tombe à Louis XVI,
Sa colonne à Napoléon.

Ah ! laissez-moi pleurer sur cette race morte
Que rapporta l'exil et que l'exil remporte.
Vent fatal, qui déjà trois fois les enleva.
Ah ! reconduis au moins ces vieux rois de nos pères ;
Rends, drapeau de Fleurus, les honneurs militaires
    A l'oriflamme qui s'en va.

Je ne leur dirai point de mot qui les déchire ;
Qu'ils ne se plaignent pas des adieux de la lyre :
Pas d'outrage au vieillard qui s'exile à pas lents ;
C'est une pitié d'épargner les ruines ;
Je n'enfoncerai pas la couronne d'épines
Que la main du malheur met sur des cheveux blancs.
D'ailleurs, infortunés ! ma voix achève à peine
L'hymne de leur douleur dont s'allonge la chaîne ;
L'exil et les tombeaux dans mes chants sont bénis,
Et tandis que d'un règne on saluera l'aurore,
Ma poésie, en deuil, ira longtemps encore
        De Sainte-Hélène à Saint-Denis.

        Ah ! venez prier sur des tombes,
        Prêtres ; que craignez-vous encor ?
        Qu'allez-vous faire aux catacombes
        Tout reluisants de pourpre et d'or ?
        Venez, mais plus de mitre ardente,
        Plus de vaine pompe imprudente,
        Plus de trône dans le saint lieu :
        Rien que l'aumône et la prière :
        La croix de bois, l'autel de pierre
        Suffit aux hommes comme à Dieu.

LES FANTOMES

Hélas ! que j'en ai vu mourir de jeunes filles !
C'est le destin. Il faut une proie au trépas.
Il faut que l'herbe tombe au tranchant des faucilles,
Il faut que dans le bal les folâtres quadrilles
        Foulent des roses sous leurs pas.

Il faut que l'eau s'épuise à courir les vallées ;
Il faut que l'éclair brille, et brille peu d'instants :
Il faut qu'avril jaloux brûle de ses gelées
Le beau pommier trop fier de ses fleurs étoilées,
        Neige odorante du printemps.

Oui, c'est la vie. Après le jour, la nuit livide ; .
Après tout, le réveil infernal ou divin.
Autour du grand banquet siège une foule avide
Mais bien des conviés laissent leur place vide
    Et se lèvent avant la fin.

Que j'en ai vu mourir ! L'une était rose et blanche ;
L'autre semblait ouïr de célestes accords ;
L'autre, faible, appuyant d'un bras son front qui penche,
Et comme en s'envolant l'oiseau courbe sa branche,
    Son âme avait brisé son corps.

Une, pâle, égarée, en proie au noir délire,
Disait tout bas un nom dont nul ne se souvient ;
Une s'évanouit comme un chant sur la lyre ;
Une autre en expirant avait le doux sourire
    D'un jeune ange qui s'en revient.

Toutes fragiles fleurs, sitôt mortes que nées :
Alcyons engloutis avec leurs nids flottants !
Colombes que le ciel au monde avait données,
Qui, de grâce, et d'enfance, et d'amour couronnées,
    Comptaient leurs ans par leurs printemps.

Quoi ! mortes, quoi ! déjà sous la pierre couchées !
Quoi ! tant d'êtres charmants sans regard et sans voix !
Tant de flambeaux éteints ! tant de fleurs arrachées...
Oh ! laissez-moi fouler les feuilles desséchées,
    Et m'égarer au fond des bois !

Doux fantômes ! C'est là, quand je rêve dans l'ombre,
Qu'ils viennent tour à tour m'entendre et me parler.
Un jour douteux me montre et me cache leur nombre :
A travers les rameaux et le feuillage sombre
    Je vois leurs yeux étinceler.

Mon âme est une sœur pour ces ombres si belles.
La vie et le tombeau pour nous n'ont plus de loi.
Tantôt j'aide leurs pas, tantôt je prends leurs ailes,

Vision ineffable où je suis mort comme elles,
Elles, vivantes comme moi!

Elles prêtent leur forme à toutes mes pensées.
Je les vois! je les vois! elles me disent : Viens!
Puis autour d'un tombeau dansent entrelacées,
Puis s'en vont lentement par degrés éclipsées :
Alors je songe et me souviens...

Une surtout : un ange, une jeune Espagnole,
Blanches mains, sein gonflé de soupirs innocents,
Un œil noir où luisaient des regards de créole,
Et ce charme inconnu, cette fraîche auréole
Qui couronne un front de quinze ans!

Non, ce n'est point d'amour qu'elle est morte : pour elle
L'amour n'avait encor ni plaisirs ni combats;
Rien ne faisait encor battre son cœur rebelle.
Quand tous en la voyant s'écriaient : Qu'elle est belle !
Nul ne le lui disait tout bas.

Elle aimait trop le bal, c'est ce qui l'a tuée.
Le bal éblouissant, le bal délicieux!
Sa cendre encor frémit, doucement remuée,
Quand dans la nuit sereine une blanche nuée
Danse autour du croissant des cieux.

Elle aimait trop le bal! Quand venait une fête,
Elle y pensait trois jours, trois nuits elle en rêvait;
Et femmes, musiciens, danseurs que rien n'arrête,
Venaient dans son sommeil, troublant sa jeune tête,
Rire et bruire à son chevet.

Puis c'étaient des bijoux, des colliers, des merveilles !
Des ceintures de moire aux ondoyants reflets;
Des tissus plus légers que des ailes d'abeilles;
Des festons, des rubans à remplir des corbeilles,
Des fleurs à parer un palais!

La fête commencée, avec ses sœurs rieuses
Elle accourait, froissant l'éventail sous ses doigts;

Puis s'asseyait parmi les écharpes soyeuses,
Et son cœur éclatait en fanfares joyeuses
Avec l'orchestre aux mille voix.

C'était plaisir de voir danser la jeune fille !
Sa basquine agitait ses paillettes d'azur ;
Ses grands yeux noirs brillaient sous la noire mantille :
Telle une double étoile au front des nuits scintille
Sous les plis d'un nuage obscur.

Tout en elle était danse, et rire, et folle joie.
Enfant, nous l'admirions dans nos tristes loisirs ;
Car ce n'est point au bal que le cœur se déploie :
La cendre y vole autour des tuniques de soie,
L'ennui sombre autour des plaisirs.

Mais elle, par la valse ou la ronde emportée,
Volait, et revenait, et ne respirait pas,
Et s'enivrait des sons de la flûte vantée,
Des fleurs, des lustres d'or, de la fête enchantée,
Du bruit des voix, du bruit des pas.

Quel bonheur de bondir éperdue en la foule,
De sentir par le bal ses sens multipliés,
Et de ne pas savoir si dans la nue on roule,
Si l'on chasse en fuyant la terre, ou si l'on foule
Un flot tournoyant sous ses pieds !

Mais, hélas ! il fallait, quand l'aube était venue,
Partir, attendre au seuil le manteau de satin :
C'est alors que souvent la danseuse ingénue
Sentit, en frissonnant, sur son épaule nue
Glisser le souffle du matin.

Quels tristes lendemains laisse le bal folâtre !
Adieu parure, et danse, et rires enfantins !
Aux chansons succédait la toux opiniâtre,
Au plaisir rose et frais la fièvre au teint bleuâtre,
Aux yeux brillants les yeux éteints.

Elle est morte à quinze ans, belle, heureuse, adorée !
Morte au sortir d'un bal qui nous mit tous en deuil.
Morte, hélas ! et des bras d'une mère égarée
La Mort aux froides mains la prit toute parée,
      Pour l'endormir dans le cercueil.

Pour danser d'autres bals elle était encor prête,
Tant la mort fut pressée à prendre un corps si beau !
Et ces roses d'un jour qui couronnaient sa tête,
Qui s'épanouissaient la veille en une fête,
      Se fanèrent dans un tombeau.

Sa pauvre mère, hélas ! de son sort ignorante,
Avait mis tant d'amour sur ce frêle roseau,
Et si longtemps veillé son enfance souffrante,
Et passé tant de nuits à l'endormir pleurante,
      Toute petite, en son berceau !

A quoi bon ! maintenant la jeune trépassée,
Sous le plomb du cercueil, livide, en proie au ver,
Dort ; et si dans la tombe où nous l'avons laissée,
Quelque fête des morts la réveille glacée,
      Par une belle nuit d'hiver,

Un spectre au rire affreux, à la morne toilette,
Préside au lieu de mère, et lui dit : Il est temps !
Et, glaçant d'un baiser sa lèvre violette,
Passe les doigts noueux de sa main de squelette
      Sous ses cheveux longs et flottants.

Puis tremblante il la mène à la danse fatale,
Au chœur aérien dans l'ombre voltigeant ;
Et sur l'horizon gris la lune est large et pâle,
Et l'arc-en-ciel des nuits teint d'un reflet d'opale
      Le nuage aux franges d'argent.

Vous toutes qu'à ses jeux le bal riant convie,
Pensez à l'Espagnole éteinte sans retour,
Jeunes filles ! Joyeuse et d'une main ravie

Elle allait moissonnant les roses de la vie,
    Beauté, plaisir, jeunesse, amour!

La pauvre enfant, de fête en fête promenée,
De ce bouquet charmant arrangeait les couleurs ;
Mais qu'elle a passé vite, hélas ! l'infortunée!
Ainsi qu'Ophélia par le fleuve entraînée,
    Elle est morte en cueillant des fleurs !

A UNE JEUNE MARIÉE

VERS ÉCRITS SUR SON ALBUM LE JOUR DE SON MARIAGE

Aime celui qui t'aime et sois heureuse en lui :
Adieu ! sois son trésor, ô toi qui fus le nôtre !
Va, mon enfant chéri, d'une famille à l'autre
Emporte le bonheur et laisse-nous l'ennui !
Ici l'on te retient, là-bas l'on te désire.
Fille, épouse, ange, enfant, fais ton double devoir.
Donne-nous un regret, donne-leur un espoir ;
Sors avec une larme, entre avec un sourire !

JANIN (Gabriel-Jules)

On sent, à sa prose d'un rhythme si harmonieux et si bien cadencé, qu'il dut faire des vers. Il en a rimé, en effet, et beaucoup, surtout vers la fin, quand, sa goutte l'empêchant de tenir la plume, il tâchait de mieux fixer sa pensée dans sa mémoire par la cadence et par la rime.

L'amour si profond et si fidèle qu'à la suite de ses classes commencées à Saint-Etienne, sa ville natale, et terminées à Paris, il avait conservé pour les poètes latins, lui fit ébaucher d'abord quelques traductions rimées de leurs œuvres. Il se prit d'abord à Virgile, aux *Eglogues,* et l'on assure qu'il en fit en vers une version complète. On n'en connaît qu'un épisode, *la Mort de Daphnis,* qui a été publié dans le pieux recueil consacré à la mémoire de l'un des écrivains de son temps qu'il appréciait le plus. Nous voulons parler du volume qui a pour titre : *Tombeau de Théophile Gautier.*

Plus tard, c'est d'Horace qu'il s'éprit, pour le caresser dans une traduction bien connue, et quatre ou cinq fois réimprimée.

Il la fit en prose, n'ayant plus le loisir du vers, comme à l'époque où il était maître d'étude dans une pension de la rue de Chaillot, coureur de cachet pour le latin et le grec, ou secrétaire de l'abbé Guillon, qui, en le faisant travailler à sa collection des Pères, l'avait ramené, pour s'en débarbouiller l'esprit par des parfums, à la pure latinité de Virgile et d'Horace.

Quand, pour ne plus le quitter, il revint à celui-ci, il était lancé dans le plein tourbillon du roman, des conférences et du journalisme.

Romancier, il avait fait *l'Ane mort et la Femme guillotinée,* qui ne font guère penser aux Pères de l'Eglise, qu'il venait d'abandonner ; il avait écrit *Barnave,* le *Chemin de traverse,* la *Confession, Un cœur pour deux amours;* conférencier, il avait fait, à l'Athénée de la rue de Valois, un cours sur l'*Histoire du Journal,* où il s'était posé courageusement en défenseur de Fréron contre Voltaire ; journaliste, il avait traversé le *Figaro* et la *Quotidienne,* les deux extrêmes, puis s'était définitivement fixé au *Journal des Débats,* vraie base alors du juste milieu.

En 1836, il y prit le feuilleton des petits théâtres, puis peu après, Ernest Béquet s'étant retiré, le feuilleton tout entier.

Ce fut dès lors sa vie, son agitation, son mouvement, son étincellement.

Victor Hugo écrivait en 1866 : « Il est depuis trente ans

un des éblouissements de Paris ; » et c'était vrai. Pendant sept ans encore — il ne le quitta en effet que bien peu avant sa mort — il fut à cette tâche de pyrotechnie continue, où tout était fusée d'esprit, et émerveillement.

Quoi qu'il fît d'ailleurs, et il ne se marchandait nulle part où une page brillante était à écrire, tout le ramenait là. C'était son poste ; il n'en voulut jamais d'autre, et, qui plus est, il tint à ne pas changer de maison. Partout ailleurs qu'à son rez-de-chaussée des *Débats*, il lui aurait semblé qu'il n'était plus chez lui. En 1848, on lui offrit jusqu'à 24,000 francs au *Moniteur;* il refusa pour rester à son cher journal, où l'on venait pourtant de le réduire à 6,000 !

C'était l'homme de lettres dans la plus franche et la plus généreuse acception du mot. Sainte-Beuve l'a reconnu : « Il ne veut, écrivait-il en 1850, d'autre position que celle qu'il a depuis vingt ans dans la presse, et en pensant ainsi il s'honore, il fait preuve de bon sens ; il fait ce que bien des grands littérateurs qui se croient graves ne font pas, il reste lui-même. »

Que de talents on lui doit, de poètes surtout! Il encouragea Augier, il patronna Pensard, il se fit le clairon de renommée pour le poëte lyonnais Joséphin Soulary. Et ce pauvre Adolphe Dumas, auteur du *Camp des Croisés* et du grand drame en vers *Deux hommes ou un Secret*, que ne fit-il pas pour lui donner courage, et même pour qu'il vécût! On le sait par ce que l'obligé en a dit lui-même dans l'hommage reconnaissant qu'il fit au critique de sa dernière pièce en 1849 : « Janin, cette année-là, était le plus heureux des hommes, et il le méritait bien, car il était le meilleur des hommes. Il eut pour moi un duel à l'épée, une bataille rangée à la plume, et me fit une pension de 2,000 francs. »

Ce « duel à l'épée », dont les détails, la cause et l'époque même nous échappent, est le seul que nous lui connaissions. Quant aux passes d'armes de critique, c'est différent. Il en eut bon nombre, dont les plus célèbres sont sa bruyante affaire avec Félix Pyat, à propos d'une reprise du *Tibère* de Joseph Chénier, au Théâtre-Français, et sa querelle plus courtoise avec Rolla, son confrère du *National*, après certain feuilleton d'octobre 1841, où, troquant sa couronne de « prince des critiques, » pour le bonnet de coton du « critique marié », il avait trop complaisamment conté les premières joies de son mariage avec mademoiselle Adèle Huet, fille d'un riche magistrat à la cour de Rouen.

Ce n'était d'ailleurs, on le vit bien plus tard, que l'indiscrétion anticipée du plus constant, du plus inaltéré des bonheurs. L'union fut parfaite. Janin demeura tout le reste de sa vie l'amoureux de sa femme. Un an avant sa mort, envoyant à un jeune ami le manuscrit de ses *Gaietés champêtres*, recopié par lui même pour sa chère Adèle, il y avait joint ces quelques mots : « Voici, mon cher enfant, un manuscrit des *Gaietés champêtres*, écrit en l'honneur de ma femme, honorée et estimée entre toutes les belles femmes de l'univers. »

Un des fidèles de la maison, M. Louis Ratisbonne, a défini
en un quatrain adorable, écrit sur l'exemplaire de sa *Comédie
enfantine*, qu'il leur offrit en 1861, tout ce qu'il y avait d'agré-
ment enjoué et simple dans cette union :

> Il était une fois un ménage modèle,
> Ils étaient l'un pour l'autre enfants autant qu'époux :
> Adèle enfant de Jule, et Jule enfant d'Adèle ;
> Et moi, j'ai mis ces vers d'enfant à leurs genoux.

Si la goutte n'avait été implacable, si la guerre n'était survenue, les dernières années de Jules Janin auraient été pour
lui les plus heureuses. Il habitait à Passy un chalet tout embaumé de verdure et de fleurs ; il avait publié son chef-d'œuvre,
auquel, à notre connaissance, il travailla pendant quinze ans :
c'est son volume *la Fin d'un monde et du neveu de Rameau* ; —
il s'était vu ouvrir, le 7 avril 1870, l'Académie française, où il
avait heurté si longtemps ; sa traduction d'*Horace* avait fait
le plus beau chemin : en dix ans elle avait eu cinq éditions.

Rien ne lui manquait que la force, la santé, ce ressort sans
lequel celui de l'esprit finit toujours peu à peu par faiblir.

Il voyait ses livres, ses chers livres ; mais, avec des désespoirs
de Tantale, sans pouvoir remuer pour aller les caresser et les
prendre lui-même.

Il se consolait en faisant des vers, la plupart, comme on
le verra, pour envoyer à des amis, à des confrères, un exemplaire de son *Horace* revu à chaque édition, et rendu plus digne du modèle.

Dans le nombre un quatrain nous fut adressé à nous-même
à une époque où Janin n'était encore que candidat à l'Académie ; on le lira plus loin, avec la réponse qui peut-être paraîtra
un peu longue. Mais, pour une pièce d'or, il faut beaucoup de
menue monnaie.

Jules Janin mourut à soixante-dix ans, le 19 juin 1874, suivi
de près par celle qui avait trop bien été la compagne de sa vie
pour pouvoir lui survivre longtemps.

LE VOILE

A MARIE

Il te plaît, jeune fille ; eh bien ! je te l'envoie ;
Et la prochaine nuit, loin des yeux importuns,
Si tu veux confier à ses longs plis de soie
    Tes cheveux doux et bruns ;

Si le sommeil, plus fort que la coquetterie,
Endort ton frais sourire, un moment arrêté,
Pour ne laisser régner sur ta bouche fleurie
    Que ta jeune beauté;

Si, plus doux que les feux des deux frères d'Hélène,
Tes yeux sous leur paupière ont voilé leur clarté,
Et si les soupirs seuls de ta suave haleine
    Troublent l'obscurité;

Comme le chant léger d'un sylphe qui voltige
Sur les pas d'une fée aux pieds blancs et polis,
Et qui pose en passant, sans en courber la tige,
    Ses ailes sur un lis,

Une voix, doucement plaintive à ton oreille,
Te parlant dans la nuit sans te causer d'effroi,
Te dira bas, tout bas : « Enfant, tu dors, il veille;
    Il veille, et c'est pour toi.

« Il demande à la nuit les leçons de l'histoire,
De fabuleux récits, des pensers douloureux,
Et des accents de joie, et des chants de victoire,
    Et des vers amoureux.

« Il cherche, pour te plaire, une palme suprême;
Il veut sentir son front couronné comme un roi,
Pour se mettre à genoux, et te dire : « Je t'aime,
    « Je t'aime, et c'est pour toi. »

C'est pour toi que je veux un nom grand et célèbre;
Puis, à ton nom chéri prêtant l'appui du mien,
De l'avenir pour toi levant l'oubli funèbre,
    Je lui dirai le tien.

Et tous les cœurs aimants, retrouvant leur folie
Dans cet amour vivant dont tu m'as enchanté,
Sauront ton nom plus doux que le nom de Délie
    Que Tibulle a chanté.

Oh! mais lorsque l'azur de ce tissu de soie
Pressera sur ton front tes beaux cheveux bouclés,
Eusses-tu renfermé tes plaisirs et ta joie
　　　Sous mille et mille clés...

Celte voix te criera : « Prends garde, ta folie
Peut-être aura demain de subites rougeurs ;
Son œil voit tout, prends garde ! un cœur qu'on humilie
　　　Rêve des jours vengeurs. »

Ou plutôt, si tu dois, dans une nuit profane,
En faire à ton amant un triomphe moqueur,
Livre au feu, dès ce soir, ce tissu diaphane
　　　Brûlé comme mon cœur.

VERS

MIS AU BAS DU PORTRAIT DE SA TANTE, MADAME FAVERGE, MORTE A CENT ANS,
ET QUE LUI AVAIT PEINT EUGÈNE DÉVÉRIA

Voici donc le portrait de ma seconde mère,
Ma tante, ange gardien qui mourut centenaire.
O toi qui dans cent ans trouveras quelque jour,
Sur les quais, sur les ponts, au coin d'un carrefour,
Livrée à tous les vents de bise et d'agonie,
Cette image à bon droit honorée et bénie,
Accepte, ami passant, par grâce et par raison,
Ce cadre qui sera l'honneur de ta maison.
Ainsi, dans ton respect et ta reconnaissance,
D'un honnête écrivain j'aurai la récompense.

VERS

ÉCRITS SUR LA GARDE D'UN EXEMPLAIRE DES ŒUVRES DU CHEVALIER
DE BERTIN, 1785.

Aimer est un destin charmant ;
C'est un bonheur qui nous enivre,
Et qui produit l'enchantement.
Avoir aimé, c'est ne plus vivre :
Hélas ! c'est avoir acheté
Cette accablante vérité,
Que les serments sont un mensonge,
Que l'amour trompe tôt ou tard,
Que l'innocence est un grand art,
Et que le bonheur est un songe.

MES BONHEURS

(SOUS LE SECOND EMPIRE)

Ami des braves gens et content de moi-même ;
Un jardin sans épine, un logis sans remords,
Un cortège affligé quand j'irai chez les morts...
La Muse en donne moins au poète qu'elle aime.
En si petit espace, hélas ! tant de bienfaits !
Un si cher compagnon, tant de grâce et de paix !
Ces rayons, cette fleur, ce rêve, cette branche,
Ce balcon si joyeux, ce toit qui rit et penche,
Ce grand œil bleu sur moi doucement arrêté !
Tout ce beau quart d'arpent pour mon unique usage....
       A ces bonheurs, dans leur bonté,
Si les dieux ajoutaient un peu de liberté,
       Je n'en voudrais pas davantage.

D'UNE PHOTOGRAPHIE DE SA BIBLIOTHÈQUE

EN TÊTE DES « CONTES DU CHALET »

Sur cette page blanche était la frêle image
Du toit où s'abritaient mes travaux et mes jours.
Mon bruit... une fumée! et mon cœur... un nuage!
Mais je ne tiens qu'à vous, ô mes chères amours.

VERS D'ENVOI DE SA TRADUCTION D'HORACE

A MONSIEUR LE PRÉSIDENT HUET

Je viens vous adresser en son habit français
        Un Latin de l'ancienne Rome;
        Auprès de vous qu'il ait accès
        En qualité de galant homme.
        Vous aimerez sa bonne humeur,
        Son cœur droit et son âme tendre;
        Il fut plein de sens et d'honneur :
        Vous êtes faits pour vous entendre.

A SAINTE-BEUVE

De ce triple salut ne prenez point d'ombrage!
        Ami, je vous présente un sage
        Traduit, mais non pas corrigé.
        Il vous dira qu'à la sagesse
        On n'est pas toujours obligé;

Que chaque mois à sa maîtresse
On peut fort bien donner congé :
Il aimait le vin, moins l'ivresse ;
Il piquait, mais il était doux.
Il faut qu'on l'aime ou qu'on le craigne ;
Il savait... Eh ! ce qu'il enseigne,
Pas un ne le sait mieux que vous.

A ÉMILE DE LA BÉDOLLIÈRE

Voici, confrère, un bon garçon
Compagnon de notre jeunesse !
Il nous chantait à l'unisson
Le vin, l'amour et la paresse.
Il fut votre maître en chanson,
Il est notre émule en sagesse.

A MONSIEUR ÉDOUARD FOURNIER

Grand chercheur, habile inventeur,
As-tu rencontré mieux qu'Horace ?
Fais-m'en part, — et soudain je passe
De mon poète à ton auteur.

RÉPONSE DE M. ÉD. FOURNIER

Non, l'égal de ton cher Horace,
Non, je ne l'ai pas rencontré ;
Et je sais que, perdant sa trace,
Si l'on marche, on est égaré.

Il forge l'or sur son enclume,
Le vrai parle quand il écrit,

Et le bon sens, qu'un mot allume,
S'égaie et grise avec l'esprit.

Vénus le tint à la mamelle ;
Comme son vin, son vers est pur,
Et si parfois un flot s'y mêle,
C'est de l'eau de son cher Tibur.

L'art d'être heureux fut l'art d'écrire
Pour ce poète réjoui ;
Tout son livre n'est qu'un sourire
A chaque vers épanoui.

Il ne traîna pas sans relâche
Un feuilleton pris à long bail ;
Il n'eut, toujours libre en sa tâche,
Que les voluptés du travail.

Il ignora les chaudes veilles,
Tout à ce caressant loisir,
D'où sort pur le miel des abeilles
Et qui fait des vers un plaisir.

Revient-il d'adorer Lydie,
Il chante ce qu'il sut oser,
Ou maudit une perfidie
Pour mieux demander un baiser.

A-t-il fait visite à Mécène,
Au retour l'esprit aiguisé,
Il sent une épître sans gêne
Babiller sous son style aisé.

Voit-il un fat à la *tonstrine*,
Sa satire part comme un trait,
Trop vive pour être chagrine
Et pour lui laisser un regret.

Ailleurs, sans plus de violence,
S'inspirant des bois et des cieux,

Il va chercher dans leur silence
Ses vers les plus mélodieux.

Comment, toi, que retient en laisse
L'hebdomadaire feuilleton,
Peux-tu retrouver sa souplesse
Et de ses chants prendre le ton?

On sent que tu le mets à l'aise,
Comme en son Tibur tant fêté :
Tu lui rends la grâce française,
Pour le latin qu'il t'a prêté.

Par ton livre et ta courtoisie,
Il prend place à notre foyer ;
Ce sont lettres de bourgeoisie :
Il saura bien te les payer.

Sa naissance était incertaine,
Et partageait les beaux esprits :
A Rome, on le disait d'Athènes ;
Maintenant, il est de Paris.

Puisque l'Académie en crise
Cherche encore à qui faire accueil,
Quel candidat de belle prise !
A lui de droit est le fauteuil.

C'est alors qu'il saura te rendre
Ta bonne grâce d'aujourd'hui :
Cette place qu'il ne peut prendre,
Janin, tu la prendras pour lui.

A MES CONFRÈRES DU CAVEAU

O vous dont les grâces parfaites
Ont allégé mes déplaisirs,

Vrais buveurs, gourmands et poètes,
Chansonniers des légers loisirs,
Le *Caveau*, c'est le vrai Parnasse !
A vos côtés faites-moi place,
Et m'apprenez à l'unisson
Comment se trousse une chanson !

Mais abuser de l'espérance,
Chanter sans voix, triste science !
J'avais promis, en plein été,
Dans un jour de belle santé,
— Ce jour-là, content et superbe,
J'aurais dîné même sur l'herbe, —
D'écrire à votre intention
Mon couplet de réception :
J'aurais chanté Margot la belle,
Et son doux rire, et sa querelle,
— Un appel à maint jouvenceau, —
Et son jupon rouge ponceau !

Le fils de Sémélé ne veut pas que je chante
Une beauté leste et vivante,
Il dit que ça m'est défendu,
Que j'en serais tout morfondu ;
Mais il me permettrait sans peine
De célébrer la vieille Hélène,
Et l'antique Lydie et l'ancienne Chloé,
Et Néobule et Pholoé :
Voilà des amours salutaires !
Et d'autant mieux que ces grand'mères
Se laissaient aimer bien avant
Que Christophe Colomb eût mis sa barque au vent.

Modère, Jeanneton, le feu de ta prunelle !
Échanson, verse-moi de ton plus petit vin !
Ne comptez pas sur moi pour le roi du festin ..
Amis, déjà voici que je chancelle
D'avoir bu trop d'eau ce matin.

JUILLERAT (Paul)

Un des plus distingués parmi les poètes — et ils sont nombreux — qui se sont formés à l'école d'Emile Deschamps. Il a, comme lui, au plus haut degré la science accomplie de la forme, la souplesse du tour, l'incomparable richesse de la rime, et, plus que le maître peut-être, une haute philosophie, un inaltérable sentiment d'idéal et de moralité.

Il est né à Nîmes, pendant la tourmente de la terreur blanche, dont son père, pasteur protestant, affronta les dangers avec le plus calme courage. Il eut pour parrain M. Guizot, qui lui aussi, était de Nîmes, comme on sait.

Il fut élevé à Paris, où son père — plus tard président du consistoire — resta longtemps attaché comme pasteur au temple de la rue des Billettes. Entré jeune au ministère de l'intérieur, dans la division de l'imprimerie et de la librairie, P. Juillerat en devint le chef en 1860, sans que ce long labeur d'administration eût jamais glacé, ni même attiédi en lui l'inspiration du poète. Son premier volume, dont le titre charmant, *Lueurs matinales*, annonçait bien une aurore, parut en 1837; ensuite, en 1840, vinrent les *Solitudes*, où passe un souffle plus vigoureux et plus ardent. Le jeune poète s'est fait homme.

On a joué de lui avec succès, en 1854, à la Comédie-Française, la *Reine de Lesbos*, belle étude taillée d'une main savante dans sa légende antique, comme en plein marbre, et l'année suivante, à l'Odéon, une jolie comédie en un acte, en vers, *le Lièvre et la Tortue*. Nous regrettons de n'avoir pas à nous occuper ici de ses *Nouvelles*, dont quelques-unes sont charmantes, et de son roman des *Deux Balcons*, qui fut très apprécié en 1858.

Son dernier recueil, *Soirs d'octobre*, publié en 1862, est le plus remarquable, par la variété d'inspiration et de rhythmes, le sentiment soutenu, et la hauteur morale.

Émile Deschamps aimait à en citer cet admirable vers de la pièce *le Righi*, où l'homme se trouve face à face avec l'un des plus grands spectacles de la nature :

Le lac lui dit : Sois pur; la montagne : Sois grand.

LA VALSE DES FEUILLES

Octobre 18...

Le vent d'automne passe,
Emportant à la fois
Les oiseaux dans l'espace,
Les feuilles dans les bois.
Jours tièdes, brises molles,
Pour longtemps sont chassés
Valsez comme des folles,
Pauvres feuilles, valsez.

Sur les marges des routes,
Au midi comme au nord,
Voyez-les valser toutes
Cette valse de mort.
Le vent qui les invite
Jamais n'en trouve assez :
Tournez, tournez plus vite,
Pauvres feuilles, valsez.

Oui, toute feuille tombe,
Ormeau, chêne ou tilleul ;
Tout homme est à la tombe,
L'enfant comme l'aïeul.
Les rêves de ce monde
Sont bientôt effacés :
Poursuivez votre ronde,
Pauvres feuilles, valsez.

LA CROIX-DE-BERNY

Septembre 1846.

Amis, qu'attendez-vous ? — Il faut partir, c'est l'heure ;
Hâtez-vous ! que vous font et la bise qui pleure,
Et l'averse qui tombe et qui ne cesse point ?
Beau malheur ! seriez-vous primitifs à ce point?
Traversons au plus tôt la Seine, ce doux fleuve, [pleuve.
Et moquons-nous qu'il tonne, ou qu'il vente, ou qu'il
Les amateurs de sport, même ceux en jupons,
Seront au grand complet aujourd'hui, j'en réponds.
Entendez les chevaux battre comme une enclume
Le pavé refroidi qui sous leurs pieds s'allume :
Avez-vous oublié qu'un drame palpitant,
Un drame en plein gazon, près d'ici vous attend ;
Que, venus récemment tout exprès d'Outre-Manche,
Des jockeys de bon lieu vont, aujourd'hui dimanche,
Au risque d'y laisser les débris de leurs os,
Distancer sur le turf le vol prompt des oiseaux,
Et que Londre et Paris, ces fières capitales,
Là-bas dans la prairie ont retenu leurs stalles ?
Plus de retard, vous dis-je, il faut partir; allons!
Enfin, vous êtes prêts. — A cheval, postillons!
Le but est sûr pour qui résolûment le cherche.
Modérez dans Paris vos étalons du Perche :
Puis, quand vous atteindrez la barrière d'Enfer,
Alerte ! n'épargnez ni le fouet ni le fer ;
Que nul obstacle, alors, postillons, ne vous trouble.
Vos chevaux sont en belle humeur; ils ont henni ;
Soyons dans trois quarts d'heure à la Croix-de-Berny;
Marchons grand train, marchons ! Dût verser la calèche,
Dût se tordre l'essieu, dût se rompre la flèche,
Dussent vos percherons crever en arrivant,
En avant, postillons ! postillons, en avant !

Sans accident déjà nous voici hors barrière,
Laissant en un clin d'œil nos rivaux en arrière,
Briskas, tandems, coupés et même les daumons,
Tant nos quatre bidets ont de larges poumons,
Tant, d'instant en instant, leur vigueur musculaire
Sous les coups d'éperon et de fouet s'accélère !
Que d'ornières partout, et partout pleines d'eau !
Bah ! qu'importe ? — Donnons la chasse à ce landau !
Mais quelle matinée ! est-elle assez brumeuse !
De l'entrain, postillons ! Coupons cette dormeuse,
Ce tilbury, ce wurst et ces deux phaétons ;
En avant, en avant, et gare les piétons !   [mettre !
Passons, passons, qu'on veuille ou non nous le per-
A peine s'il nous reste un demi-kilomètre.'
Par ici, par ici ! — La route est un plancher.
Attendre ? — Quelle honte ! — Au risque d'accrocher,
Devançons ce congrès de tous les véhicules ;
Tous, les plus élégants et les plus ridicules,
Tous, les neufs et les vieux, sont de ce carrousel ;
Sauf la chaise à porteurs, nul ne manque à l'appel.

Mais quel encombrement dans le petit village !
Pas moyen d'y laisser souffler notre attelage,
Blanc d'écume, pourtant, de la croupe au fanon !
Gagnons, incontinent la prairie, ou sinon
La place, croyez-m'en, pourrait bien être prise.
Quoi qu'on en ait, ce ciel toujours gris vous dégrise.
Et ce brouillard ! Jamais on n'en vit de pareil.
Ah ! comme on paierait cher un rayon de soleil !
Notre équipage, au lieu de se mettre à la file,
A grand renfort d'audace, en tête se faufile ;
Bon ! le voilà premier, crotté, mais triomphant ;
C'est un chaos roulant, hennissant et piaffant.
Quelle prairie ! Au moins quatorze cents voitures,
Dont la pluie en torrents a changé les toitures,
Sur trois rangs côte à côte, entre quatre cordeaux !
Et les cavaliers ! Tous de la boue en plein dos :
L'un qu'on dirait de bois, l'autre qui caracole,
Un troisième risquant un peu de haute école,
Celui-ci franchissant un ruisseau peu profond,

Et celui-là, bon gré, mal gré, tombant au fond !
Quant au pré, froid martyr, qu'un tel assaut saccage,
Que voulez-vous qu'il fasse ? il tourne au marécage.

Ce n'est pas tout encore, il est plus de midi ;
En route l'estomac semble s'être agrandi,
Et la prairie, avant que la course commence,
Devient en un instant un restaurant immense.
Piètre est le festin, mais il n'est pas réchauffé !
Le pâté, le poulet et le perdreau truffé
Soutiennent le jambon et relèvent la daube ;
Et soif ! — Tant bien que mal nous sommes établis.
Par ici le Volnay, le Bordeaux, le Chablis,
Et que chacun de nous en boive et même en offre,
Chaque voiture a mis une cave en son coffre,
Et chaque impériale est changée en balcon,
Où, bouteille à bouteille et flacon à flacon,
Près du Johannisberg, du Nuits et du Champagne,
Coulent les meilleurs crus de Sicile et d'Espagne.
Ma foi, tant pis pour ceux qui n'ont pas déjeuné !
En place ! Il n'est que temps, car la cloche a sonné ;
En dépit des efforts d'une averse nouvelle,
Plus d'un rose visage à présent se révèle.
Le juge a dit : Partez ! — Silence ! ils sont partis.
Aux aguets, curieux ; vous êtes avertis !
Baissez les glaces, vite, et relevez les stores.
Arrière ! — Place, place aux modernes centaures !
Ils sont douze. Au départ leur élan est si prompt,
Qu'ils passent devant nous tous les douze de front,
Et de front les voilà qui sautent la rivière.
L'un a fait le plongeon ! — Çà, vite une civière !
Deux sombrent corps et biens sur les bords détrempés.
Mais les neuf autres vont étroitement groupés.
Comme ces grands maudits que fait défiler Dante,
Plus de périls, soudain la route s'accidente.
Plus le saut est scabreux et le passage étroit,
Plus le coup d'œil est sûr, plus grand est leur sang-froid.
Non, rien ne les émeut, non, rien ne les effraie.
Qu'ils ont légèrement tous sauté cette haie !
Murailles et ravins, barrières et fossés,

Pour ces rudes jouteurs ce n'est jamais assez ;
Cheval ni cavalier, aucun des neuf ne boude !
Comme ils vont ! — Où sont-ils ? Le terrain fait un coude,
Et les voilà cachés par un large talus :
On a beau regarder, non, on ne les voit plus.
Combien reviendront-ils ? — Un quart d'heure se passe ;
Le public anxieux interroge l'espace,
Et les gros parieurs se taisent indécis.
Vivat ! on les entend. — Ils ne sont plus que six.
L'émotion commune en mille cris éclate :
Qui sera le premier ? — Le jaune ou l'écarlate ?
Le vert a pris la corde ; il la perd. — Ce sera
Le brun ; non, c'est le bleu ; bravo le bleu ! Hourra !
Et chacun d'applaudir ; — car chez nous la bravoure
A toujours un parfum que la foule savoure.

Quant à nous, curieux éblouis un moment,
Sachons faire jaillir un grave enseignement
Des rapides hasards d'un semblable spectacle.
Dans les plus heureux jours il est plus d'un obstacle;
A travers mille ennuis il nous faut chevaucher,
Et la vie est pour tous une course au clocher.
Armés de purs désirs, d'espoir et de constance,
Vers le bien et le beau, seuls buts de l'existence,
Dirigeons-nous ensemble, et, sans être arrêtés
Par tous les embarras sur la route jetés ;
Avançons le front haut, l'âme en paix, le cœur ferme ;
Et, de peur de faillir parfois avant le terme,
N'oublions pas surtout, à l'heure du départ,
Que dès qu'on l'a franchi l'obstacle est un rempart.

LABENSKI (LE COMTE XAVIER)

(JEAN POLONIUS)

Quand parurent dans les recueils, dans les keepsakes de 1827 à 1829, des vers d'une fort belle allure et d'un grand sentiment signés *Jean Polonius*, le monde des poètes fut assez vivement surpris.

Rien n'y révélait un étranger ; la langue était des plus pures, le vers ferme et sonore. Il n'y avait d'étrange que la signature étrangère. Que cachait-elle ? Qu'était-ce que ce nom de Polonius ? Un demi-masque, derrière lequel se dissimulait un noble polonais, le comte Xavier Labenski.

On ne le sut qu'en 1839, lorsque parut, signée enfin par lui, sa dernière œuvre, *Erostrate*, poème en six chants. Les autres : un volume de *Poésies diverses*, en 1827, et la *Vision d'Empédocle*, en 1829, avaient été endossées par le faux Jean Polonius.

Ce sont les plus remarquables. *Erostrate* ne fait que ressasser tout ce qui avait traîné dans les recueils mélancoliques, sur le dégoût du monde, « le mal du siècle », qui avait eu, avant 1830, ses adeptes languissants, mais dont, plus sceptique, on commençait à se guérir et même à se moquer dix ans après.

La *Vision d'Empédocle* est au contraire d'une originalité très fière et très haute : « Labenski, dit Charles Asselineau, a conquis une place et doit la garder entre Auguste Barbier, dont il fut un jour l'émule, et Lamartine, dont il fut mieux que l'élève. »

Après avoir été attaché à la légation russe de Londres, puis à la chancellerie impériale de Saint-Pétersbourg, le comte Labenski est mort, en 1855, à soixante-cinq ans, conseiller d'État et secrétaire de M. de Nesselrode.

L'EXIL D'APOLLON

Apollon dans l'exil végète sur la terre.
Dépouillé de sa gloire, il a fui loin du ciel,
Errant, comme l'aiglon qu'a rejeté son père,
    Loin du nid maternel.

Ah! plaignez le destin du dieu de l'harmonie!
Des plus vils des humains il a subi la loi ;
Et celui dont l'Olympe admirait le génie
    Est l'esclave d'un roi!

Près des lieux où l'Ossa lève sa crête altière,
Morne, il va conduisant ses troupeaux vagabonds,
Réduit au pain grossier qu'on jette pour salaire
    Aux pâtres de ces monts.

Il est nuit : dans les parcs tout se tait, tout sommeille ;
On n'entend que le bruit du sauvage torrent,
Ou la voix de l'agneau qu'un autre agneau réveille,
    Et qui bêle en rêvant.

Qu'il est doux, le parfum de ces forêts lointaines!
Qu'il est grand, le tableau de ce dôme étoilé !
Mais quels tableaux, hélas ! peuvent charmer les peines
    De l'auguste exilé ?

Astres, soleils divins, peuplades vagabondes,
Yeux brillants de la nuit qui parsemez les cieux,
Qu'êtes-vous pour celui qui du père des mondes
    A vu de près les yeux?...

Le front nu, le regard levé vers les étoiles,
Sous l'abri d'un laurier le dieu s'est étendu,
Et son œil enivré cherche à percer les voiles
    Du ciel qu'il a perdu.

Ses doigts courent sans but sur sa lyre incertaine ;
Errant de corde en corde il prélude longtemps,
Puis, tout à coup, cédant au transport qui l'entraîne,
    Il exhale ces chants :

« Que voulez-vous de moi, visions immortelles ?
« Douloureux souvenirs, ineffables regrets,
« Que voulez-vous ? Pourquoi m'emporter sur vos ailes
    « Aux célestes palais ?

« J'entends encor le bruit de leurs fêtes brillantes :
« Sous ces lambris d'azur d'où me voilà tombé,
« Je sens, j'aspire encor les vapeurs enivrantes
          « De la coupe d'Hébé.

« Je vois les dieux assis sous les pieds de mon père !
« Je les vois, de son front contemplant la splendeur,
« L'œil fixé sur ses yeux, brillants de sa lumière,
          « Heureux de son bonheur.

« Même vœu, même soin, même esprit les anime.
« Chacun d'eux, l'un de l'autre écho mélodieux,
« Sait comprendre et parler cette langue sublime
          « Qu'on ne parle qu'aux cieux.

« Mais moi, qui me comprend dans mes chagrins sans nom-
« Qui peut sentir, connaître, alléger ma douleur ?   [bre?
« Hélas ! pour compagnon je n'ai plus que mon ombre,
          « Pour écho que mon cœur. »

« Ces pâtres ignorants à qui mon sort me lie,
« Bruts comme les troupeaux qu'ils chassent devant eux,
« Peuvent-ils deviner d'une immortelle vie
          « Les besoins et les vœux ?

« Ont-ils vu les rayons dont brille mon visage ?
« Sauraient-ils distinguer mes lyriques accents,
« De ces cris imparfaits, de ce grossier langage
          « Qu'ils appellent des chants ?

« Fixant sur mes regards un stupide sourire,
« Ils s'étonnent de maux que nul d'eux n'a soufferts ;
« Cet étroit horizon où leur âme respire
          « Est pour eux l'univers.

« J'ai vécu d'une vie et plus haute et plus fière !
« Ma lèvre, humide encor du breuvage des dieux,
« Rejette avec dégoût les flots mêlés de terre
          « Qu'il faut boire en ces lieux.

                              14

« O mon père ! ô mon père ! à quelle mort vivante
« L'enfant de ton amour est ici-bas livré ?
« Pourquoi le triple dard de ta flèche brûlante
        « Ne m'a-t-il qu'effleuré ?

« Frappe ! éteins dans mon sang ta colère implacable !
« Brise à jamais le sceau de ma divinité ;
« Délivre-moi du joug horrible, intolérable
        « De l'immortalité. »

Il disait. — Mille éclairs ont déchiré la nue ;
L'aigle sacré descend sur ses ailes de feu ;
Et, parlant dans la foudre, une voix trop connue
        Vient réveiller le dieu.

« O mon fils ! de tes maux supporte ce qui reste !
« Attends que de l'exil le temps soit accompli ;
« Une fois épuisé, le sablier funeste
        « Ne sera plus rempli.

« Ton père te punit, mais il punit en père ;
« Bientôt, volant vers toi sur un rayon du jour,
« Mon aigle descendra t'enlever de la terre
        « Au céleste séjour.

« Là, mon cœur te réserve une place plus belle.
« Conduisant du soleil les coursiers vagabonds,
« C'est toi qui de sa flamme à la race mortelle
        « Verseras les rayons.

« Alors, si, comme toi, quelque enfant du génie,
« A d'ignobles travaux forcé par le malheur,
« Élevait jusqu'au sein de ta gloire infinie
        « Le cri de sa douleur ;

« Si, saisi du dégoût des choses de la terre,
« Jetant sur la nature un œil désenchanté,
« Il écartait de lui la coupe trop amère
        « De l'immortalité,

« Qu'à ton seul souvenir il reprenne courage !
« Qu'il sache que l'injure ou l'oubli des humains
« Ne lui raviront pas le sublime héritage
        « Qu'il reçut de tes mains !

« Le peuple des oiseaux, quand le temps les dévore,
« Tombe, et reste englouti dans l'éternel sommeil ;
« Le phénix sait revivre et s'élancer encore
        « Aux palais du soleil. »

FRAGMENT

Le fond du lac n'est pas toujours limpide ;
Qu'un voyageur, qu'un téméraire enfant
Jette une pierre en son cristal humide,
Un noir limon s'en élève à l'instant.
Mais, par degrés plus tranquille et plus claire,
On voit bientôt la vague s'aplanir,
Et, tout brillant de sa splendeur première,
L'azur du ciel revient s'y réfléchir.

Souvent ainsi le tourbillon du monde,
De mes pensers troublant la douce paix,
Vient y mêler comme une fange immonde,
Qui dans mon sein voile un moment tes traits.
Mais, lorsqu'a fui la foule murmurante,
Lorsque le calme en mes sens est rentré,
Le voile tombe, et ta forme charmante
Se peint encor sur mon cœur épuré !

EMPÉDOCLE

(FRAGMENT)

. . . .

Qui t'amène en cës lieux, voyageur téméraire?
Par quel désir profane, attiré sur ce bord,
Oses-tu bien sonder l'effroyable mystère
    De ces gouffres de mort ?

Tremble ! — Ici tombe l'homme, ici meurt la nature ;
Le fier démon qui règne en ces antres secrets,
Dominateur jaloux, à toute créature
    En interdit l'accès.

J'ai vécu, j'ai foulé la terrestre poussière !
Cette ombre qui t'échappe, un esprit l'animait ;
Cette voix qui te parle, à d'autres voix naguère
    Parlait et répondait.

J'ai tenu le compas, j'ai fait vibrer la lyre.
Comme toi, j'ai voulu tout sentir et tout voir ;
Comme toi, j'ai cherché la gloire, et ce délire
    Qu'on appelle savoir.

Heureux, si j'eusse aimé les arts et la nature
Pour eux, non pour l'éclat d'un stérile renom,
Sans vouloir y puiser une vaine pâture
    A mon ambition ;

Si, content du plaisir de leur seule poursuite,
J'eusse cueilli les fleurs qui bordent leurs chemins,
Sans rêver d'autre but, sans chercher à leur suite
    Des succès incertains !

Que maudit soit ce jour d'imprudence et d'ivresse
Où ma lèvre approcha la coupe du savoir,
Où sa première goutte embrasa ma jeunesse
    D'un orgueilleux espoir !

De ce jour, une soif inquiète, insensée,
A tourmenté mon âme, a dévoré mon sang ;
J'ai maudit ma raison, renié ma pensée,
    Envié le néant.

Pour étancher en moi cette soif invincible,
J'aurais voulu franchir tous les temps, tous les lieux,
M'élancer loin des bords de l'univers visible
    Par delà tous les cieux.

J'aurais voulu m'unir à la nature entière,
Pénétrer les secrets de la terre et de l'air ;
Être tout, vivre en tout, dans l'herbe, dans la pierre,
    Dans le feu, dans l'éther.

Après avoir erré de système en système,
Changé cent fois d'étude et d'essais toujours vains,
Je voulus à l'Etna demander le problème
    De ses feux souterrains.

. . . .

LACHAMBEAUDIE (Pierre)

Un des rares fabulistes de ce temps-ci. Viennet faisait ses fables, « genre où j'excelle », disait-il modestement, pour le monde et pour l'Académie; Lachambeaudie a fait les siennes pour le peuple. Aussi peu modeste d'ailleurs que son académique confrère, il aimait à se laisser appeler : « le Béranger de l'Apologue. »

Fils de paysans des environs de Sarlat, dans le Périgord, il se dut tout à lui-même : certaines connaissances en calcul qui le firent admettre comme teneur de livres chez un négociant: une belle écriture qui lui permit d'entrer dans un bureau du chemin de Roanne; et même tout ce qu'il fallait de style pour travailler dans un journal : *les Echos de la Loire*. Malheureusement, comme il arrive pour les éducations incomplètes, les utopies vinrent gâter son demi-savoir.

Il se fit saint-simonien, rue Monsigny et à Belleville, et n'aurait su comment se libérer de cette école de liberté, si le père Enfantin ne lui eût fourni les moyens de publier le recueil de fables, que depuis longues années il élaborait une à une.

De cette publication, qui date de 1839, vinrent sa réputation et le peu qu'il eut d'aisance. En dix ans, sept éditions se succédèrent, avec l'honorable appoint de 2,000 francs — le prix de Maillé — à l'Académie française.

La révolution de Février le remit en fièvre d'utopie sociale. Il se fit Blanquiste acharné, fut arrêté, interné sur le vaisseau *le Duguesclin*, et il était tout près de partir pour Cayenne, quand M. de Persigny, son ancien collaborateur des *echos de la Loire*, fit commuer pour lui la déportation en simple exil. Il se retira à Bruxelles où ses *fables*, quelques romances, un recueil de poésies, *les Fleurs de Villemomble*, publié en 1861, l'aidèrent à vivre.

Il est mort à Paris depuis la guerre.

Nous avons choisi dans ses fables celles dont la morale se ressent le moins des opinions du fabuliste.

LE FER ET LE MARTEAU

D'une barre de fer un fragment retiré,
Et tout rouge sortant de la fournaise ardente,

Sur l'enclume, à grands coups, est battu, torturé ;
En vain le malheureux gémit et se lamente.
« Quand de ce dur marteau serai-je délivré? »
Dit-il ; mais, ô prodige! aux tourments il échappe.
    En marteau se transfigurant,
    L'esclave, qui se fait tyran,
Aujourd'hui sur l'enclume à coups redoublés frappe.
Ce valet qui, lassé d'un joug injurieux,
A son tour devient maître, et maître impérieux ;
L'indomptable tribun, farouche patriote,
Qui saisit le pouvoir et commande en despote ;
La victime d'hier, transformée en bourreau,
Ne sont-ils pas ce fer qu'on façonne en marteau ?

L'ALOUETTE ET LE POURCEAU

C'était un jour d'avril, aucun obscur brouillard
Ne voilait du printemps la robe virginale.
S'élevant dans les airs, son royaume d'azur,
L'alouette chantait sa chanson matinale.
    Le porc de son côté
Vers la fange tournait un regard hébété.
L'oiseau disait : « Salut, bienfaisante nature !
Doux soleil, cieux profonds, renaissante verdure,
Salut! » Le porc grognait : « L'astre qu'on dit si beau,
    Le ciel qu'on croit si vaste,
N'est qu'un miroir étroit, n'est qu'un mourant flambeau ! »
Dieu, vertu, gloire, amour, ô bizarre contraste !
Quand le croyant vous dresse un autel dans son cœur,
Le sceptique vous nie avec un ris moqueur.
L'un, pour juger, bien bas regarde vers la terre,
Et l'autre voit plus haut : c'est là tout le mystère.

L'ÉGLISE ET LES MOINEAUX

Dans les murs d'une église antique et délabrée
    Des moineaux avaient fait leurs nids;
L'ortie et le lichen au lierre réunis
    A l'aquilon en défendaient l'entrée.
On voyait nos gaillards s'ébattre en liberté
    Autour de leur vaste domaine;
Mais ce qui des oiseaux fait la félicité
Devient pour la paroisse une calamité;
L'église menaçait d'une chute prochaine,
Et pour se rajeunir attendait le maçon.
Il vint.... c'était alors le temps de la moisson.
Or, les moineaux, aux champs allant à la maraude,
Avaient, pour quelques jours, déserté leur foyer.
Nos oiseaux, on le sait, n'avaient pas de loyer
    A payer.
Puis, l'été, pour dormir, partout on s'accommode.
Comme de vrais Sancho s'étant engraissés tous,
On se décide enfin à regagner les trous....
Mais, ô douleur!... trouvant l'église réparée,
    Voilà notre troupe éplorée,
Imitant tout à coup le meunier Sans-Souci,
Qui s'écrie : « Eh! pourquoi nous chasse-t-on d'ici?
    De ces vieux murs nos pères, nos ancêtres
Se virent de tout temps seuls et paisibles maîtres....
C'est un crime sans nom, c'est une cruauté
De dépouiller autrui de sa propriété. »

Moineaux, écoutez-moi ; quittez cette humeur sombre;
    Quoique souvent du petit nombre
L'intérêt général froisse les intérêts,
Il ne faut pourtant pas renoncer au progrès.

LACRETELLE (Henri de)

Digne fils du célèbre historien, Charles de Lacretelle, il ne lui fallut pas aller loin pour se faire à la meilleure école une éducation excellente de haute littérature et de poésie. Son père aimait les poètes, et l'avait été lui-même avant de passer aux sérieux travaux de l'histoire.

Ce vers proverbe, que citait si souvent M. de Montalembert quand il voulait reprocher aux jeunes gens leur indifférence et leur paresse :

> Cédez-moi vos vingt ans si vous n'en faites rien,

est de lui. Ce n'est pas pour son fils qu'il aurait pu le faire. A vingt ans, Henri de Lacretelle avait déjà tout prêt un volume de vers, *les Cloches*. Son père s'en fit le patron. Le volume parut avec une préface rimée, où, pour souhaiter la bienvenue à ce poète nouveau, Charles de Lacretelle était redevenu poète. Un autre patronage se joignit à l'approbation paternelle : ce fut celui de Lamartine, l'ami et le compatriote de la famille. Il salua, lui aussi, cette aurore de poète par des vers qui étaient un encouragement et un exemple. M. Henri de Lacretelle, par son intéressant volume sur Lamartine, a depuis dignement rendu à la mémoire du grand poète ce que sa jeunesse en avait reçu.

Après son premier recueil, d'où nous avons tiré les vers qui vont suivre, il en a publié d'autres, *Nocturnes* et les *Nuits sans étoiles*, qu'une grande hauteur de pensées et le plus beau souffle d'inspiration spiritualiste firent vivement apprécier par les délicats. On lui doit aussi, sous le titre d'*Avant-scènes*, un volume de drames, dont un seul, *Fais ce que dois*, écrit en collaboration avec M. Decourcelles, a été représenté.

Romancier, M. de Lacretelle a beaucoup écrit, et toujours avec succès, car chez lui l'outil de la prose est égal, pour l'habileté et la souplesse, à l'instrument du vers; mais il faut qu'il nous échappe sous cette forme, et que, comme homme politique, nous nous désintéressions aussi de sa vie. Le poète seul nous appartient.

SUR « LES CLOCHES »

RECUEIL DE POÉSIES DE L'AUTEUR

Pour vous, mes Cloches, pauvre livre
Fermé sans être feuilleté,
Si votre fruit parfois enivre,
Pour moi seul vous avez chanté !

Tout petit, cloche palpitante,
J'essayai, mais Dieu le défend,
De prendre la corde tremblante
Trop haute pour ma main d'enfant.

Et lorsque je m'approchais d'elle,
Timide, tressaillant d'effroi,
Un oiseau d'un battement d'aile
Vous faisait chanter plus que moi !

Et puis, vint une heure suprême
Où vous avez, un soir d'été,
O cloche! vibré de vous-même,
Sous le souffle de la beauté !

Alors, instrument de délire
Que la main brise en le touchant,
La cloche devint une lyre,
Et je m'endormis à son chant.

Mais, hélas! le ciel ne te laisse
Qu'un instant embaumer mon seuil :
Lyre, pour les jours d'allégresse,
Et cloche, pour les jours de deuil.

Aujourd'hui, de ce coteau sombre,
Où vous sonniez à mon réveil,

Vous voulez quitter la douce ombre
Pour aller chanter au soleil.

Vous voulez laisser la vallée
Où, quand vous disiez l'*Angelus*,
Votre musique modulée
Pénétrait dans des cœurs élus.

Vous voulez, pauvres inconnues,
Vous plaçant sur les hautes tours,
Parmi les brumes et les nues
Servir de nid à des vautours !

Quand, sans jamais être épuisées,
Elles sonnent le carillon,
Vos grandes sœurs sont baptisées,
Mais vous, vous n'avez pas de nom !

Allez, et cherchez dans la route,
Puisque vous voulez me quitter,
Une oreille qui vous écoute,
Un écho pour vous répéter !

———————

Soyez bonne avant tout : c'est bien peu d'être belle ;
Réprimez le courroux de votre âme rebelle.
La beauté, c'est le corps ; la bonté, c'est le cœur.
Votre lèvre a souvent un petit coin moqueur ;
Votre main convulsive, à ces instants d'angoisse,
Saisit brutalement votre robe et la froisse :
Quand vous semblez charmante à tous, moi, je sais bien,
Par une inflexion, un demi-mot, un rien,
Un éclair de vos yeux qui n'est vu par personne,
Un mouvement furtif, et que seul je soupçonne,
Qu'un orage secret se forme en votre sein,
Qu'il passe en votre tête, ainsi qu'un fol essaim,

Des colères, des mots que vous n'osez pas dire,
Et que vous voulez mordre, alors qu'il faut sourire !

Oh ! combattez ainsi, jeune âme, et triomphez
De ces soulèvements par vous-même étouffés !
La femme, voyez-vous, rameau plein de mystère,
Des fleurs de sa bonté doit parfumer la terre !
Elle est le temple saint où nous nous recueillons.
Du ciel sur son front chaste elle a tous les rayons.
Ses yeux, cristal limpide et foyer d'espérance,
Ont de pures clartés pour nos nuits de souffrance :
Dieu jette sur ses traits, amante, mère ou sœur,
Pour nous rendre plus doux l'angélique douceur :   [elle.
Quand nous disons : jamais ! — toujours ! nous répond-
Et nous nous réchauffons à son âme immortelle !
Et nous nous enivrons au timbre de sa voix,
Charmante comme un son de harpe et de hautbois !
Elle est la note juste, et nous la note fausse :
Sa pitié nous grandit, son amour nous rehausse ;
Sa vive sympathie enchante nos malheurs,
En nous tendant la main, elle nous fait meilleurs :
De toutes les vertus un jour Dieu lui tient compte,
Belle, elle vient des cieux, et bonne, elle y remonte.

LAMARTINE (Alphonse de)

Comme Béranger, afin de se mettre en ordre avec la postérité, Lamartine a devancé toutes les biographies qu'on pourrait
faire de lui par celle qu'il a esquissée lui-même : d'abord dans
Raphaël, pages de la vingtième année, puis dans les *Confidences !* et enfin dans les *Notes,* qu'il a jointes à ses *Méditations,* pour nous dire, émotion par émotion, comment elles lui
furent inspirées.

C'est à ces diverses sources toutes personnelles, mais que la
loyauté de l'homme nous garantit sincères, que nous allons
surtout puiser. Sa *Correspondance,* récemment publiée, et ce
qu'on a pu écrire de plus intéressant sur lui, fourniront le reste.

Jusqu'à ce qu'il fût devenu l'homme politique que l'on sait,
et dont nous ne nous occuperons pas, il fut difficile à saisir
pour les biographes. Les œuvres étaient en vue, le poète ne
l'était pas. Il ne donnait aucune prise à cette curiosité avide
de minuties et d'anecdotes qui rôde et furète autour des
célébrités: « Son existence large, simple, négligemment tracée,
disait alors Sainte-Beuve, s'idéalise à distance et se compose
en massifs lointains à la façon des larges paysages qu'il nous
a prodigués. »

Il y avait eu, cependant, on l'a su depuis, bien des orages
dans son horizon, d'apparence si calme. En 1793, lorsqu'il
avait trois ans, peu s'en était fallu que la Terreur ne lui prît
son père, ancien major d'un régiment de cavalerie, qui, sans
autres crimes que son nom et son grade, fut arrêté, mis en
prison à Mâcon, et ne dut la vie qu'au 9 thermidor.

Son enfance, plus rêveuse qu'appliquée, dans les deux collèges où il fut mis, à Lyon d'abord, puis à Belley, ne se passa
pas sans épreuves. Un oncle, l'abbé de Lamartine, de qui devait lui venir un très gros héritage, voulait absolument qu'il
se lançât dans les sciences, c'est-à-dire dans ce qui répu-
gnait le plus à son esprit et à son goût.

Il en eut presque du désespoir, ne le dissimula pas, et,
comme l'oncle tenait bon, il fut, à dix-huit ans, sur le point de
s'engager. Or, on était sous l'Empire, et par là vous devinez
quel chagrin c'eût été pour son père, ancien soldat de
Louis XVI, et pour sa mère, dont la famille avait été longtemps attachée à la maison d'Orléans. C'est ce qui l'arrêta :
« Ma mère en mourrait, » écrivait-il, le 10 décembre 1810, à
un de ses amis, après lui avoir fait part de sa folle pensée
d'entrer dans la garde impériale. Il n'en parla donc plus.

Mais que devait-il faire ? que serait-il ? Avocat ? il croyait, lui

15

qui fut l'éloquence même, qu'il ne serait pas assez éloquent. Employé du gouvernement ? fi ! il ne daignait, lors même que l'emploi eût été d'importance : « Une liberté ignorée, précieuse et consacrée à ses goûts, voilà, a-t-il dit, ce qu'il préférait. » On la lui donna. L'oncle ne l'obséda plus de ses mathématiques, son père ne l'en tourmenta pas davantage, sa mère lui remit dans sa bourse l'argent que cette maladie des folles dépenses, dont il ne se guérit jamais, lui avait fait dissiper, une de ses lettres l'avoue, « sans rime ni raison, pour des sottises » et, livré à lui-même, il partit pour l'Italie.

On était en 1811, il avait vingt et un ans, et c'était son premier voyage ! Aussi quel enthousiasme pour tout ce qu'il voit, pour tout chef-d'œuvre qui parle à son admiration ! Quel éveil de passion aussi pour toute jolie femme qui passe, qu'elle soit du monde, ou qu'elle soit du peuple ! A Naples, il en rencontra une, avec laquelle un roman fut bientôt noué, et qu'il a rendue immortelle. C'est Graziella, son amour de toute une saison, qu'il quitta vers la fin du printemps, avec promesse de revenir en hiver, mais qui mourut en automne. Qu'était-elle ? Une pêcheuse de corail, dit le roman, obligé de mentir un peu afin de mieux la poétiser ; une simple plieuse de cigares de la manufacture de Naples, avouent les *Confidences*, qui craignent moins d'être vraies.

Lamartine l'oublia vite, pour ne se ressouvenir d'elle que lorsque, à son déclin d'homme politique et aux prises avec l'écroulement de sa fortune, il dut faire argent de tout, même de ses émotions passées. Jusques alors, il n'avait rien dit de cet amour, et, pour en effacer jusqu'à l'ombre, il avait attribué à d'autres inspirations, les vers qu'il avait faits pour Graziella. Sa troisième Méditation, qui fut écrite pour elle, ne nous est ainsi arrivée que sous le nom d'une Elvire imaginaire.

La poésie s'était alors emparée de son esprit et de son cœur. C'est à la campagne, sous les grands bois du château paternel, qu'il en avait senti vibrer les premiers accents et qu'il s'y était laissé entraîner avec un élan dont il nous a dit l'ardeur et les inquiétudes. Que penserait-on de ses vers ? Il en sentait la sincérité et la flamme ; mais il les trouvait si différents de ceux qu'il entendait vanter, que la peur le prenait, et qu'à peine écrits, il se hâtait de les détruire. Ainsi, inquiet de son talent, effrayé de son originalité, il doutait qu'il fût poète, parce qu'il lui semblait ne pas l'être assez à la façon de Florian, de Delille, d'Esménard et de Baour-Lormian ! « Mes vers, a-t-il dit, je n'avais personne à qui les faire entendre ; je me les lisais à moi-même ; je trouvais avec étonnement, avec douleur, qu'ils ne ressemblaient pas à tous ceux que je lisais dans les recueils ou dans les volumes du jour ; je me disais : On ne voudra pas les lire ; ils paraîtront étranges, bizarres, insensés, et je les brûlais. » Deux volumes, dont l'*Hymne au soleil*, qu'il écrivit à dix-huit ans, et les vers à Elvire sont les trop rares épaves, ont ainsi disparu.

A la chute de l'Empire, Lamartine, qui se devait au gouver-

nement nouveau, prit du service dans une des compagnies des
gardes du corps, et n'y marchanda pas sa fidélité. Il fut de
ceux qui, au retour de l'île d'Elbe, se dévouèrent pour ac-
compagner le duc de Berry jusqu'à la frontière.

Comme on pouvait l'inquiéter, il se réfugia lui-même en
Suisse du côté de Nyons, sur le Léman, où M. de Vincy et sa
charmante fille lui offrirent une hospitalité qu'il accepta pendant quelques semaines. Il avait, avant d'arriver à leur château,
écrit sa romance de l'*Hirondelle*, qui fut célèbre avant qu'il
le devînt lui-même, et qu'il laissa chanter partout, sur un
air de Doche, sans dire qu'il en était l'auteur. Il ne l'avoua
que dans les *Confidences*. La fille de son hôte en avait eu la primeur au moment du départ : « J'adressai, dit-il, cette romance
par le batelier à mademoiselle de Vincy. Ce fut mon adieu à
mes hôtes. » On la lira tout à l'heure, telle qu'il l'avait
d'abord écrite et qu'elle fut publiée par l'*Almanach des
Muses* de 1831, et l'on pourra la comparer avec la version
presque entièrement nouvelle que, par scrupule et coquetterie de poète difficile à se satisfaire, il en a donnée dans les
Confidences. Nous l'avons mise à la suite.

L'ouragan qui, une seconde fois, emporta l'Empire lui rouvrit
brusquement les portes de la France. Il y revint par la vallée de
Chambéry, où il s'arrêta pendant quelques jours au château
de Bissy, chez l'un des frères de Joseph de Maistre. Cette hospitalité lui fut encore une inspiration.

C'est en souvenir de Bissy et de son châtelain à la noble
et sympathique austérité qu'il a fait la 31e de ses Méditations :
Adieu. « Je quittai avec peine, dit-il, cette oasis de paix, d'a-
mitié, de poésie, pour revenir à Beauvais reprendre l'uniforme,
le sabre, le cheval, le tumulte de la garnison. »

On voit, par ces dernières lignes, que ceux qui ont écrit sa
vie se sont trompés, lorsqu'ils ont prétendu qu'il ne reprit pas
de service après les Cent jours. Ce ne fut, il est vrai, qu'un
retour de passage et presque au galop. Peu de temps après,
quoique son père ne cessât de répéter : « On ne fera d'Alphonse
qu'un officier, » il avait pour jamais quitté l'armée.

Retiré à Paris dans ce modeste entresol au-dessus du portier de l'hôtel du maréchal de Richelieu que son *Raphaël*
nous a si bien fait connaître, il ne voulait plus être que poète.

Il faisait sa tragédie sacrée, un *Saül*, dont il n'a conservé
que quelques fragments des *Chœurs*. Il y était encouragé par
une bonne vieille amie, la marquise de Raigecourt, qui, après
avoir vécu avant la Terreur dans l'intimité de Madame Élisa-
beth, était de celles qui tâchaient de renouer la tradition
rompue entre l'ancienne cour et la nouvelle : « La bonne
marquise, dit Lamartine, m'engageait à faire pour Louis XVIII
ce que Racine avait fait pour Louis XIV. »

Il eut, pour sa pièce, de fréquents entretiens avec Talma qui
l'encouragea, lui aussi, le conseilla, mais en pure perte. Les
conseils du tragédien ne firent pas aboutir la tragédie. Il n'en
est resté que ce que nous avons dit tout à l'heure.

La poésie sans action, qui se satisfait du rêve et ne se complaît que dans les hautes solitudes, était la seule où sa pensée pût vraiment se retrouver et se recueillir. Tout y semblait aliment pour ses vers, dont la source était alors d'une abondance et d'une soudaineté intarissables. C'est en ce temps-là qu'il pouvait répéter :

> Je chantais, mes amis, comme l'homme respire.

A chaque émotion qui frappait son âme, les vers en jaillissaient comme le flot avait jailli du rocher frappé par la baguette de Moïse. Une peine, un chagrin l'atteignaient-ils, quels qu'ils fussent, peine d'argent ou chagrin de cœur, ils l'inspiraient.

Sa Méditation, *le Désespoir*, est née ainsi : « Je souffrais trop, a-t-il dit, il fallait crier ; » et de quoi souffrait-il ? d'une séparation dont ses folies avaient été la cause : « J'étais enfermé, par suite de mes dissipations et par l'indigence, dans une retraite forcée à la campagne. » Sa mère lut ces vers de désespoir exagéré, et lui en fit reproche, comme d'une « offense à Dieu ». Pour qu'elle les lui pardonnât, il écrivit la Méditation qui les suit : *La Providence à l'homme.*

De ses maladies même — et Dieu sait s'il en eut, ce malade éternel ! — il se fit un aiguillon de poésie. Le *Chrétien mourant* de la 33e Méditation, c'est lui-même, après quelques jours de fièvre dans son entresol de la rue Neuve-Saint-Augustin.

Au choc d'une lecture digne de le passionner son cerveau prenait feu, et s'enflammait à éclater. Il n'avait de calme que lorsqu'à cette inspiration il avait répondu par une autre, sympathique ou contraire. C'est ce qui lui arriva, ce jour où, par hasard, il lut à Milly, chez son père, quelques-uns des poèmes de Byron. Il s'enferma dans sa chambre, et n'en descendit qu'ayant à la main son admirable Méditation, *l'Homme*, dans laquelle il combat avec une si brûlante ardeur de foi, le scepticisme désolant du poète anglais : « J'écrivis, dit-il, la Méditation tout entière, d'un seul trait, en dix heures. Je descendis à la veillée, le front en sueur, et je lus le poème à mon père. Il trouva les vers étranges, mais beaux. »

C'est, toutefois, l'amour qui fut sa muse la plus vraie, la plus sincère. Il en connut toutes les émotions et plus encore tous les deuils, et jamais ce qu'il avait de poésie ne s'échappa mieux, en flots purs et brûlants, que par ces déchirures de son cœur.

Nous ne parlerons que de sa passion la plus célèbre, et sans nous départir même de la discrétion qui a mis jusqu'ici un voile sur le nom de celle qui l'inspira. Il ne l'a nommée qu'Elvire : nous lui conserverons ce nom qui l'a faite immortelle. Elle était la jeune femme d'un vieux savant qui, pour le moins, aurait pu être son père. Ses hivers se passaient à Paris, où Lamartine erra pendant bien des soirées sous ses fenêtres du quai Voltaire. Ils se voyaient chez M. de Bonald, dont elle était l'amie, et l'été ils se retrouvaient auprès d'Aix en Savoie.

La 22e Méditation, *le Génie*, fut faite pour l'homme illustre, leur ami commun, mais en pensant à elle, que le poète voulait convaincre de son talent. Il y parvint : « Elle ne me croyait pas, dit-il, capable d'un pareil coup d'aile ; elle fut fière de moi. »

Nous ne vous redirons pas tout le roman ainsi commencé, et dont les bords du lac du Bourget, ce lac désormais immortel pour la poésie, encadrèrent les scènes les plus amoureusement idéales. Lamartine lui-même nous l'a conté. « Le commentaire de cette Méditation, dit-il, lorsque dans ses notes il est arrivé à celles de la 14e, *le Lac*, se trouve tout entier dans l'histoire de *Raphaël* publiée par moi. » Puisqu'il y renvoie, nous y renverrons de même.

La jeune femme mourut, comme était morte Graziella, mais en lui laissant plus de regrets. Son chagrin, cette fois, fut navrant et profond, presque mortel. Il ne fallut pas moins que la gloire et ses bruits pour l'en distraire. Elle s'était fait attendre, mais elle n'arriva qu'avec plus d'éclat.

Quelques lectures à des amis, dont ceux-ci parlèrent dans le monde firent qu'on désira le connaître. Ce fut à qui monterait à l'entresol de l'hôtel Richelieu, trop petit bientôt pour cet encombrement d'admirateurs. Lamennais, Genoude, le prince de Rohan, officier aux gardes et futur cardinal, y étaient des plus empressés.

Les grandes dames, qui n'y pouvaient venir, firent demander à Lamartine l'honneur de le voir chez elles. Il ne s'y refusa pas. Dès la première lecture, chez madame de Sainte-Aulaire, croyons-nous, ou chez madame de Broglie, son amie, après un peu d'effroi causé par la gravité du mot *Méditations,* l'enthousiasme le porta aux nues, d'où ses vers semblaient descendre.

De si incomparables inspirations ne pouvaient rester inconnues ; tel fut le cri de tous. Lamennais et Genoude se chargèrent de trouver un libraire. La recherche fut longue. Didot, qui, l'année d'auparavant, avait publié à vingt exemplaires la première des Méditations: *l'Isolement,* se récusa. Gosselin et Urbain Canet firent de même, quoiqu'on leur ait, à l'un et à l'autre, fait souvent l'honneur de la publication. C'est un libraire beaucoup plus obscur, nommé Nicolle, qui se hasarda à en courir les risques. Il donna 600 francs au poète pour la première édition, qui parut au mois de mars 1820, en petit format et sans nom d'auteur. Emportée en quelques jours, elle fut suivie d'une autre qui fut payée 3,000 francs, et presque aussitôt d'une troisième, pour laquelle Lamartine n'eut pas à toucher moins de 25.000.

Jamais on n'avait vu, pour des vers, religieux surtout, pareille explosion d'admiration et de vogue. C'est un succès chrétien, allait-on répétant partout ; et on l'opposait triomphalement, dans le noble faubourg d'où il était parti, au succès libre-penseur de Casimir Delavigne. « Le christianisme, s'écriait Nodier avec enthousiasme, est arrivé avec trois Muses immortelles, qui régneront sur toutes les générations poétiques de l'avenir : la Religion, l'Amour et la Liberté. »

M. de Talleyrand, avec plus de sang-froid, avait vu beaucoup plus juste, lorsqu'il avait d'avance annoncé à Lamartine la grande fortune de son recueil : « Vos vers, lui avait-il dit, réussiront parce que vous offrez des rêveries à des hommes chez qui tout est devenu calcul, et que vous provoquez de l'enthousiasme chez des individus qui, par intérêt, tiennent à paraître désintéressés comme vous... La société, comme honteuse et mécontente d'elle-même, sollicite une poésie qui puisse, non l'exprimer, mais la déguiser. Ainsi des vers religieux obtiendront les applaudissements des athées pratiques, et il faut de l'idéal pour les grandes dames les plus matérialistes en amour. »

Les succès s'enchaînent et ne vont jamais un par un. A peine la première édition de son livre était-elle enlevée, que Lamartine obtint une faveur depuis longtemps sollicitée : la place de secrétaire d'ambassade à Naples. Il partit en prenant le chemin des écoliers, qui, cette fois, était aussi celui des amoureux. Il passa par Chambéry où il épousa une belle et riche Anglaise, miss Elisa-Marianna Birch, qu'il y avait connue à l'arrière-saison de l'année précédente, et pour laquelle il avait écrit une de ses plus adorables Méditations, l'Automne.

Elle l'attendait, et, pour qu'il n'y eût pas d'obstacle à leur mariage, elle s'était, pendant cette attente, convertie au catholicisme. Elle l'aimait avec passion, et il le lui rendait avec calme. C'était un mariage moitié d'amour, moitié de raison : « C'est par religion, écrit-il à un ami, que je veux absolument me marier... Enchâssons-nous dans l'ordre établi avant nous, tout autour de nous, appuyons-nous sur les soutiens qui ont servi à nos pères. »

Ils restèrent quatre ans à Naples, d'où Lamartine envoya à Paris son poème de la Mort de Socrate, cette ample et magnifique imitation du Phédon, si digne d'avoir été inspirée sous les transparences du ciel lumineux de la Grande-Grèce. C'est de là aussi que partirent les Nouvelles Méditations, l'Ode à Bonaparte, le Poète mourant, le Crucifix, dernier souvenir, dernier regret du poète pour Elvire; l'Ode sur la naissance du duc de Bordeaux, qu'il n'envoya pas, dit-il, à la cour de France : « Je l'adressai à mon père et à ma mère, qui se réjouirent de voir leurs propres sentiments chantés par leur fils. »

Il passa, en 1824, de Naples à Florence où, deux ans après, il fut chargé en titre de la légation, à la place du marquis de La Maisonfort. Il y fit le Chant du Sacre, qui faillit soulever une si grosse affaire entre la cour des Tuileries et celle du Palais-Royal, à propos d'une allusion périlleuse, mais effacée depuis, qui laissait trop entrevoir, derrière le duc d'Orléans et les siens, l'ombre néfaste et sanglante de Philippe-Égalité.

La même année, la publication du Dernier chant du pèlerinage d'Harold amena une autre querelle. Lamartine n'y avait pas épargné l'Italie abaissée et sans honneur : Adieu ! lui avait-il dit,

> Adieu ! pleure ta chute en vantant tes héros !
> Sur des bords où la gloire a ranimé leurs os,
> Je vais chercher ailleurs (pardonne, ombre romaine) !
> Des hommes, et non pas de la poussière humaine.

Le frère du général napolitain Pépé y vit une offense d'autant plus grave, qu'elle venait d'un homme que ses devoirs diplomatiques auraient dû mettre en garde contre de tels écarts de poésie. Il provoqua Lamartine, qui accepta le duel et y fût assez grièvement blessé au poignet.

Depuis lors jusqu'en 1830, sa vie fut heureuse et calme, entre sa femme et Julia, la charmante petite fille qui lui était née.

Il éluda, en 1829, le périlleux honneur d'être, sous M. de Polignac, secrétaire général du ministère des affaires étrangères. Poète, il ne voulait aller que là où il pourrait continuer de l'être. Après avoir publié les *Harmonies*, son chef-d'œuvre, suivant Sainte-Beuve, quoique l'inspiration y soit plus diffuse que dans les *Méditations*; après avoir été, vers le même temps, en avril 1830, reçu de l'Académie française, il accepta d'aller en Grèce, comme ministre.

La Révolution lui barra le passage au départ. Il aurait pu pactiser avec elle, il ne voulut pas. C'était pour lui « le déluge universel sans l'arche ». Il donna sa démission.

Sa conduite, pendant ces jours troublés, fut des plus vaillantes : il sut tenir tête aux paysans du Mâconnais qui voulaient piller Saint-Point, un de ses domaines ; et quand la peine de mort sembla planer sur la tête des ministres de Charles X, mis en accusation, il en appela courageusement au peuple dans une *Ode*, qui, par l'immense effet qu'elle produisit, fut peut-être leur salut.

La fièvre politique s'était emparée de lui. Il n'avait plus qu'un rêve : se jeter dans la mêlée, en orateur ou en journaliste. Le journal qu'il désirait tant, « car, disait-il, je fais des sauces, et n'ai pas de plat pour les servir », lui échappa ; mais la tribune faillit lui être ouverte.

En 1832, passant par Dunkerque pour aller en Angleterre surveiller les intérêts de la fortune de sa femme, il s'y laissa offrir une candidature à la Chambre ; et il obtint 880 voix, 7 de moins seulement que son adversaire, bien que toute l'opposition, et même la *Gazette de France*, « cette infernale furie », comme il l'appelle, l'eussent combattu.

Barthélemy et sa *Némésis* s'étaient mis de la partie par les strophes ironiques qu'on a lues plus haut, avec la brûlante réponse qu'y fit Lamartine.

Nous l'avons donnée telle qu'il l'écrivit ou plutôt l'improvisa de plein jet, un soir, dans le feu même de la lutte qu'avivait encore pour lui le souffle de l'indignation. Les corrections qu'il y fit plus tard ne l'ont que refroidie.

A Toulon, dans le Var, où son élection avait aussi été posée,

il échoua de même. Comprenant qu'il ne semblait pas encore
mûr pour la politique militante et qu'on s'obstinait toujours à
ne voir en lui qu'un poète, il s'embarqua pour le pays de la
poésie, pour l'Orient, avec sa femme et sa fille, dont la santé
chancelante réclamait d'ailleurs impérieusement ce beau ciel.
Elle y arriva trop tard pour en revenir vivante. Julia mourut à
Beyrouth, dans les bras de son père fou de douleur.

Au retour, la lutte attendait Lamartine. Les électeurs de
l'arrondissement de Dunkerque l'avaient élu député. Il entra à
la Chambre pour combattre et se consoler par le combat. « Où
siégerez-vous ? lui dit quelqu'un. — Au plafond », répondit-il en
poète, car il l'était toujours, et ne cessa pas de l'être.

Longtemps on parla moins de ses discours que de ses vers,
dont, il est vrai, on ne l'avait jamais vu plus prodigue.

Après la publication des *Souvenirs d'Orient*, qui sont plutôt
un mirage poétique que le récit d'un voyageur, il donna, en
1836, son poème de *Jocelyn*, auquel, sous le titre de *Mémoires
d'un curé,* il avait presque sans interruption, on l'a su par une
lettre à un ami, travaillé depuis cinq ans, ce qui détruit à fond
la légende qui le lui fait improviser en dix jours.

Deux ans après, on eut son autre poème, *la Chute d'un
ange,* qui fut aussi un peu la sienne par les étrangetés
et les conceptions parfois monstrueuses qu'il y accumula
sous une forme où l'on ne retrouvait plus le poète aux
vers si pénétrants et si purs des *Méditations,* des *Harmonies*
et de *Jocelyn.*

Il ne se releva pas, sauf en deux ou trois pièces, par la
publication des *Recueillements poétiques.* La nonchalance,
presque le mépris de la forme, s'y trouve partout.

Le vers n'est plus pour lui une inspiration, mais une distraction, quelque chose comme un compagnon de marche : « Cela,
écrivait-il alors dédaigneusement, cela marque le pas, et donne
la cadence aux mouvements du cœur et de la vie. Voilà tout ».
Il n'y revenait pas moins toujours, comme si l'expression
vraie de sa pensée n'eût été encore que là avec toute sa vibra-
tion. En 1840, on s'occupait beaucoup de l'émancipation des
Noirs, et il s'en était constitué l'apôtre. Pour y triompher sans
réplique, que fit-il ? Un beau discours ? non, un drame en vers,
car il fallait que le poète se retrouvât partout. Ce drame est
celui de *Toussaint Louverture,* qu'il oublia dès qu'il fut écrit, qui
semblait même absolument perdu, lorsqu'au bout de cinq ou six
ans, un domestique le retrouva, « servant de bourre à un panier de vin de Jurançon », et qui fut joué enfin, le 6 août 1850,
à la Porte-Saint-Martin, avec l'aide précieuse de MM. Henri de
Lacretelle et Paul de Saint-Victor, qui en surveillèrent les
retouches et les laborieuses répétitions.

A l'époque où Lamartine l'avait écrit s'était soulevée une
assez vive querelle au sujet d'une poésie provocante de l'Allemand Becker, *le Rhin,* que nos poètes ne pouvaient laisser sans
riposte. Musset répondit par des strophes bien connues, im-
provisées un soir chez Édouard Mennechet. Lamartine répliqua

ALPHONSE de LAMARTINE

(1790 — 1869)

de plus haut encore par la *Marseillaise de la paix.* Ce fut,
comme poète, son dernier cri. Il est de ses plus éclatants et
presque sublime.

Dès lors le poète disparaît, l'homme politique reste seul ;
Lamartine ne nous appartient plus.

L'HIRONDELLE

PREMIÈRE VERSION

Pourquoi me fuir, passagère hirondelle ?
Ah ! viens fixer ton vol auprès de moi !
Pourquoi me fuir, lorsque ma voix t'appelle ?
Ne suis-je pas voyageur comme toi ?

Peut-être, hélas ! des lieux qui t'ont vu naître
Un sort cruel te chasse ainsi que moi :
Viens déposer ton nid sur ma fenêtre :
Ne suis-je pas étranger comme toi ?

Dans ce désert le destin nous rassemble ;
Va, ne crains pas d'y rester avec moi :
Si tu gémis, nous gémirons ensemble :
Ne suis-je pas exilé comme toi ?

Quand le printemps reviendra te sourire,
Tu quitteras mon triste asile et moi,
Tu voleras au pays de Zéphyre :
Pourquoi ne puis-je y voler comme toi ?

Tu reverras ta première patrie,
Ton premier nid et tes amours ; et moi,
Un sort cruel enchaîne ici ma vie :
Ne suis-je pas plus à plaindre que toi ?

Pourquoi me fuir, passagère hirondelle ?
Viens reposer ton aile auprès de moi.
Pourquoi me fuir ? C'est un cœur qui t'appelle :
Ne suis-je pas voyageur comme toi ?

Dans ce désert le destin nous rassemble.
Va, ne crains pas d'y nicher près de moi ;
Si tu gémis, nous gémirons ensemble :
Ne suis-je pas isolé comme toi ?

Peut-être, hélas ! du toit qui t'a vu naître,
Un sort cruel te chasse ainsi que moi ;
Viens t'abriter au mur de ma fenêtre :
Ne suis-je pas exilé comme toi ?

As-tu besoin de laine pour la couche
De tes petits frissonnants près de moi ?
J'échaufferai leur duvet sous ma bouche :
N'ai-je pas vu ma mère comme toi ?

Vois-tu là-bas, sur la rive de France,
Ce seuil aimé, qui s'est ouvert pour moi ?
Va ! portes-y le rameau d'espérance :
Ne suis-je pas son oiseau comme toi ?

Ne me plains pas ! Ah ! si la tyrannie
De mon pays ferme le seuil pour moi,
Pour retrouver la liberté bannie,
N'avons-nous pas notre ciel comme toi ?

BONAPARTE

Sur un écueil battu par la vague plaintive,
Le nautonnier de loin voit blanchir sur la rive
Un tombeau, près du bord par les flots déposé :
Le temps n'a pas encor bruni l'étroite pierre,
Et sous le vert tissu de la ronce et du lierre
     On distingue... un sceptre brisé !

. . . .

Il est là !... sous trois pas un enfant le mesure !
Son ombre ne rend pas même un léger murmure.
Le pied d'un ennemi foule en paix son cercueil.
Sur ce front foudroyant le moucheron bourdonne,
Et son ombre n'entend que le bruit monotone
     D'une vague contre un écueil.

Ne crains pas, cependant, ombre encore inquiète,
Que je vienne outrager ta majesté muette !
Non, la lyre aux tombeaux n'a jamais insulté.
La mort fut de tout temps l'asile de la gloire.
Rien ne doit jusqu'ici poursuivre une mémoire,
     Rien, excepté la vérité.

Ta tombe et ton berceau sont couverts d'un nuage ;
Mais, pareil à l'éclair, tu sortis d'un orage !
Tu foudroyas le monde avant d'avoir un nom :
Tel ce Nil, dont Memphis boit les vagues fécondes,
Avant d'être nommé, fait bouillonner ses ondes
     Aux solitudes de Memnon.

Les dieux étaient tombés, les trônes étaient vides :
La victoire te prit sur ses ailes rapides ;
D'un peuple de Brutus la gloire te fit roi !
Ce siècle, dont l'écume entraînait dans sa course

Les mœurs, les rois, les dieux..., refoulé vers sa source,
    Recula d'un pas devant toi.

. . . .

Ainsi, dans les accès d'un impuissant délire,
Quand un siècle vieilli de ses mains se déchire
En jetant dans ses fers un cri de liberté,
Un héros tout à coup de la poudre se lève,
Le frappe avec son sceptre,.... il s'éveille, et le rêve
    Tombe devant la vérité.

Gloire! honneur! liberté! ces mots que l'homme adore,
Retentissaient pour toi comme l'airain sonore
Dont un stupide écho répète au loin le son!
De cette langue en vain ton oreille frappée
Ne comprit ici-bas que le cri de l'épée
    Et le mâle accord du clairon.

. . . .

Jamais, pour éclaircir ta royale tristesse,
La coupe des festins ne te versa l'ivresse;
Tes yeux d'une autre pourpre aimaient à s'enivrer:
Comme un soldat debout, qui veille sous ses armes,
Tu vis de la beauté le sourire ou les larmes,
    Sans sourire ni soupirer!

Tu n'aimais que le bruit du fer, le cri d'alarmes,
L'éclat resplendissant de l'aube sur les armes;
Et ta main ne flattait que ton léger coursier,
Quand les flots ondoyants de sa pâle crinière
Sillonnaient comme un vent la sanglante poussière,
    Et que ses pieds brisaient l'acier!

Tu grandis sans plaisirs, tu tombas sans murmure!
Rien d'humain ne battait sous ton épaisse armure:
Sans haine, sans amour, tu vivais pour penser!
Comme l'aigle régnant dans un ciel solitaire,
Tu n'avais qu'un regard pour mesurer la terre,
    Et des serres pour l'embrasser!

. . . .

Être d'un siècle entier la pensée et la vie ;
Émousser le poignard, décourager l'envie ;
Ébranler, raffermir l'univers incertain ;
Aux sinistres clartés de la foudre qui gronde,
Vingt fois contre les dieux jouer le sort du monde :
  Quel rêve !... et ce fut ton destin !

. . . .

On dit qu'aux derniers jours de sa longue agonie,
Devant l'éternité seul avec son génie,
Son regard vers le ciel parut se soulever ;
Le signe rédempteur toucha son front farouche,
Et même on entendit commencer sur sa bouche
  Un nom... qu'il n'osait achever !

Achève !... c'est le Dieu qui règne et qui couronne !
C'est le Dieu qui punit ! c'est le Dieu qui pardonne !
Pour les héros et nous il a des poids divers.
Parle-lui sans effroi ; lui seul peut te comprendre.
L'esclave et le tyran ont tous un compte à rendre :
  L'un du sceptre, l'autre des fers.

STANCES

EN RÉPONSE AUX RÊVES DE VICTOR HUGO

  Je sommeillais sans rêve,
  Comme Écho dans les bois ;
  Mais qu'une voix s'élève,
  Soudain la mienne achève :
  Un son me rend la voix.

  Que celle qui m'éveille
  A de touchants concerts !
  Jamais à mon oreille
  Harpe ou lyre pareille
  N'enchanta ces déserts,

  Depuis l'heure charmante
  Où le servant d'amour,

Sa harpe sous sa mante,
Venait pour une amante
Soupirer sous la tour.

C'est la voix fraîche et pure
D'un enfant des cités,
Qui, las de leur murmure,
Demande à la nature
Des jours plus abrités,

Un toit où se repose
L'ombre des bois épais ;
Le ruisseau qui l'arrose,
Et le buisson de rose
Où l'oiseau chante auprès,

La tranquille habitude
Qui lie au jour le jour ;
Point de gloire ou d'étude ;
Rien que la solitude,
La prière et l'amour.

Ah ! ton rêve est un rêve,
Ami, ce rien est tout.
Ta vie a trop de sève ;
Mais, attends, l'âge enlève
L'ivresse et le dégoût.

Plus, hélas ! sur la terre,
L'homme compte de jours,
Plus la route est sévère,
Et plus le cœur resserre
Sa vie et son amour.

Fuis ces champs de bataille,
Où l'insecte pensant
S'agite et se travaille
Autour d'un brin de paille
Qu'écrase le passant.

Je sais, sur la colline,
Une blanche maison ;
Un rocher la domine ;
Un buisson d'aubépine
Est tout son horizon.

Là, jamais ne s'élève
Bruit qui fasse penser :
Jusqu'à ce qu'il s'achève
On peut mener son rêve,
Et le recommencer.

Le clocher du village
Domine ce séjour;
Sa voix, comme un hommage.
Monte au premier nuage
Que colore le jour.

Signal de la prière,
Elle part du saint lieu,
Appelant la première
L'enfant de la chaumière
A la maison de Dieu.

Au son que l'écho roule
Le long des églantiers;
Vous voyez l'humble foule
Qui serpente et s'écoule
Dans les pieux sentiers.

C'est la pauvre orpheline
Pour qui le jour est court,
Qui déroule et termine,
Tandis qu'elle chemine,
Son fuseau déjà lourd ;

C'est l'aveugle que guide
Le mur accoutumé ;
Le mendiant timide,
Et dont la main dévide
Son rosaire enfumé ;

C'est l'enfant qui caresse,
En passant, chaque fleur;
Le vieillard qui se presse :
L'enfance et la vieillesse
Sont amis du Seigneur.

La fenêtre est tournée
Vers le champ des tombeaux,
Où l'herbe moutonnée
Couvre, après la journée,
Le sommeil des hameaux.

Plus d'une fleur nuance
Ce voile du sommeil :
Là, tout fut innocence ;
Là, tout dit espérance,
Tout parle de réveil.

Mon œil, quand il y tombe,
Voit l'amoureux oiseau
Voler de tombe en tombe,
Ainsi que la colombe
Qui porta le rameau ;

Ou quelque pauvre veuve,
Aux longs rayons du soir,
Sur une pierre neuve,
Signe de son épreuve,
S'agenouiller, s'asseoir,

Et, l'espoir sur la bouche,
Contempler du tombeau,
Sous les cyprès qu'il touche
Le soleil qui se couche
Pour se lever plus beau.

Paix et mélancolie
Veillent là près des morts,
Et l'âme recueillie
Des vagues de la vie
Croit y toucher les bords.

LE CRUCIFIX

Toi que je recueillis sur sa bouche expirante,
Avec son dernier souffle et son dernier adieu.
Symbole deux fois saint, don d'une main mourante,
    Image de mon Dieu !

Que de pleurs ont coulé sur tes pieds que j'adore,
Depuis l'heure sacrée où, du sein d'un martyr,
Dans mes tremblantes mains tu passas tiède encore
    De son dernier soupir.

Les saints flambeaux jetaient une dernière flamme ;
Le prêtre murmurait ces doux chants de la mort,
Pareils aux chants plaintifs que murmure une femme
    A l'enfant qui s'endort.

De son pieux espoir son front gardait la trace,
Et sur ses traits frappés d'une auguste beauté
La douleur fugitive avait empreint sa grâce,
    La mort sa majesté.

Le vent, qui caressait sa tête échevelée,
Me montrait tour à tour et me voilait ses traits,
Comme l'on voit flotter sur un blanc mausolée
    L'ombre des noirs cyprès.

Un de ses bras pendait de la funèbre couche,
L'autre, languissamment replié sur son cœur,
Semblait chercher encore et presser sur sa bouche
    L'image du Sauveur.

Ses lèvres s'entr'ouvraient pour l'embrasser encore ;
Mais son âme avait fui dans ce divin baiser,
Comme un léger parfum que la flamme dévore
    Avant de l'embraser.

Maintenant tout dormait sur sa bouche glacée ;
Le souffle se taisait dans son sein endormi ;
Et sur l'œil sans regard la paupière affaissée
     Retombait à demi.

Et moi, debout, saisi d'une terreur secrète,
Je n'osais m'approcher de ce reste adoré,
Comme si du trépas la majesté muette
     L'eût déjà consacré.

Je n'osais !.. Mais le prêtre entendit mon silence,
Et de ses doigts glacés prenant le crucifix :
« Voilà le souvenir, et voilà l'espérance !
     « Emportez-les, mon fils. »

Oui, tu me resteras, ô funèbre héritage !
Sept fois depuis ce jour l'arbre que j'ai planté
Sur sa tombe sans nom a changé de feuillage :
     Tu ne m'as pas quitté.

Placé près de ce cœur, hélas ! où tout s'efface,
Tu l'as contre le temps défendu de l'oubli,
Et mes yeux goutte à goutte ont imprimé leur trace
     Sur l'ivoire amolli.

O dernier confident de l'âme qui s'envole,
Viens, reste sur mon cœur ! parle encore, et dis-moi
Ce qu'elle te disait quand sa faible parole
     N'arrivait plus qu'à toi ;

A cette heure douteuse où l'âme recueillie,
Se cachant sous le voile épaissi sur nos yeux,
Hors de nos sens glacés pas à pas se replie,
     Sourde aux derniers adieux ;

Alors qu'entre la vie et la mort incertaine,
Comme un fruit par son poids détaché du rameau,
Notre âme est suspendue et tremble à chaque haleine
     Sur la nuit du tombeau ;

Quand les chants, des sanglots la confuse harmonie
N'éveille déjà plus notre esprit endormi,
Aux lèvres du mourant collé dans l'agonie
          Comme un dernier ami :

Pour éclairer l'horreur de cet étroit passage,
Pour relever vers Dieu son regard abattu,
Divin consolateur dont nous baisons l'image,
          Réponds ! que lui dis-tu ?

Tu sais, tu sais mourir ! et tes larmes divines
Dans cette nuit terrible où tu prias en vain,
De l'olivier sacré baignèrent les racines
          Du soir jusqu'au matin.

De la croix où ton œil sonda ce grand mystère,
Tu vis ta mère en pleurs et la nature en deuil ;
Tu laissas comme nous tes amis sur la terre,
          Et ton corps au cercueil !

Au nom de cette mort, que ma faiblesse obtienne
De rendre sur ton sein ce douloureux soupir :
Quand mon heure viendra, souviens-toi de la tienne,
          O toi qui sais mourir !

Je chercherai la place où sa bouche expirante
Exhala sur tes pieds l'irrévocable adieu ;
Et son âme viendra guider mon âme errante
          Au sein du même Dieu.

Ah ! puisse, puisse alors sur ma funèbre couche,
Triste et calme à la fois comme un ange éploré,
Une figure en deuil recueillir sur ma bouche
          L'héritage sacré !

Soutiens ses derniers pas, charme sa dernière heure,
Et, gage consacré d'espérance et d'amour,
De celui qui s'éloigne à celui qui demeure
          Passe ainsi tour à tour,

Jusqu'au jour où, des morts perçant la voûte sombre,
Une voix dans le ciel les appelant sept fois,
Ensemble éveillera ceux qui dorment à l'ombre
De l'éternelle croix.

SUR LA MORT DE SA FILLE JULIA

C'était le seul débris de ma longue tempête,
Seul fruit de tant de fleurs, seul vestige d'amour :
Une larme au départ, un baiser au retour ;
Pour nos foyers errants une éternelle fête !
C'était, sur ma fenêtre, un rayon de soleil,
Un oiseau gazouillant qui buvait sur ma bouche,
Un souffle harmonieux, la nuit, près de ma couche,
Une caresse à mon réveil.

C'était le seul anneau de ma chaîne brisée,
Le seul coin pur et bleu dans tout mon horizon.
Pour que son nom sonnât plus doux dans la maison,
D'un nom mélodieux nous l'avions baptisée :
C'était mon univers, mon mouvement, mon bruit,
La voix qui m'enchantait dans toutes mes demeures,
Le charme ou le souci de mes jours, de mes heures,
Mon matin, mon soir et ma nuit.

Eh bien ! prends, assouvis, implacable justice,
D'agonie et de mort le besoin immortel ;
Moi-même je l'étends sur ton funèbre autel.
Si je l'ai tout vidé, brise enfin mon calice.
Ma fille ! mon enfant ! mon souffle ! la voilà !
La voilà ! J'ai coupé seulement ces deux tresses,
Dont elle m'enchaînait, hier, dans ses caresses,
Et je n'ai gardé que cela !

A MARIA-ANNA-ÉLISA

(MADAME DE LAMARTINE)

Doux nom de mon bonheur, si je pouvais écrire
Un chiffre ineffaçable au socle de ma lyre,
C'est le tien que mon cœur écrirait avant moi,
Ce nom où vit ma vie et qui double mon âme,
Mais pour lui conserver sa chaste ombre de femme,
  Je ne l'écrirai que pour toi !

Lit d'ombrage et de fleurs où l'ombre de ma vie
Coule secrètement, coule à demi tarie,
Dont les bords, trop souvent, sont attristés par moi ;
Si quelque pan du ciel par moments s'y dévoile,
Si quelque flot y chante en roulant une étoile,
  Que ce murmure monte à toi.

Abri dans la tourmente où l'arbre du poète,
Sous un ciel déjà sombre obscurément végète,
Et d'où la sève monte et coule encore en moi,
Si quelque vert débris de ma pâle couronne
Refleurit aux rameaux et tombe aux vents d'automne,
  Que ces feuilles tombent sur toi !

RESPECT AU TOIT NATAL

  Écarte, ô mon Dieu ! ce présage ;
Ne souffre pas, mon Dieu ! que notre humble héritage
Passe de mains en mains troqué contre un vil prix,
Comme le toit du vice ou le champ des proscrits ;
Qu'un avide étranger vienne d'un pied superbe
Fouler l'humble sillon de nos berceaux sur l'herbe,
Dépouiller l'orphelin, grossir, compter son or
Aux lieux où l'indigence avait seule un trésor,

Et blasphémer ton nom sous ces mêmes portiques
Où ma mère à nos voix enseignait des cantiques !
Ah ! que plutôt cent fois, aux vents abandonné,
Le toit pende en lambeaux sur le mur incliné ;
Que les fleurs du tombeau, les mauves, les épines,
Sur les parvis brisés germent dans les ruines ;
Que le lézard dormant s'y repose au soleil,
Que Philomèle y chante aux heures de sommeil,
Que l'humble passereau, les colombes fidèles,
Y rassemblent en paix leurs petits sous leurs ailes,
Et que l'oiseau du ciel vienne bâtir son nid
Aux lieux où l'innocence eut autrefois son lit !
Ah ! si le nombre écrit sous l'œil des destinées
Jusqu'aux cheveux blanchis prolonge mes années,
Puissé-je, heureux vieillard, y voir baisser mes jours
Parmi ces monuments de mes simples amours !
Et quand ces toits bénis et ces tristes décombres
Ne seront plus pour moi peuplés que par des ombres,
Y retrouver au moins, dans les noms, dans les lieux,
Tant d'êtres adorés disparus de mes yeux !
Et vous qui survivrez à ma cendre glacée,
Si vous voulez charmer ma dernière pensée,
Un jour, élevez-moi... Non, ne m'élevez rien !
Mais, près des lieux où dort l'humble espoir du chrétien,
Creusez-moi dans ces champs la couche que j'envie.

LE PRESBYTÈRE

FRAGMENT DE JOCELYN

Une cour le précède, enclose d'une haie
Que ferme sans serrure une porte de claie ;
Des poules, des pigeons, deux chèvres et mon chien,
Portier d'un seuil ouvert et qui n'y garde rien,
Qui jamais ne repose et qui jamais n'aboie,
Mais qui flaire le pauvre et l'accueille avec joie ;
Des passereaux montant et descendant du toit ;
L'hirondelle rasant l'auge où le cygne boit :
Tous ces hôtes, amis du seuil qui les rassemble,

Famille de l'ermite, y sont en paix ensemble ;
Les uns couchés à l'ombre en un coin du gazon,
D'autres se réchauffant contre un mur au rayon,
Ceux-ci léchant le sel le long de la muraille,
Et ceux-là becquetant ailleurs l'herbe ou la paille ;
Trois ruches au midi sous leurs tuiles, et puis,
Dans l'angle, sous un arbre, au nord, un large puits,
Dont la chaîne rouillée a poli la margelle
Et qu'une vigne étreint de sa verte dentelle.
Voilà tout le tableau ; sept marches d'escalier
Sonore, chancelant, conduisent au palier
Qu'un avant-toit défend du vent et de la neige,
Et que de ses réseaux un vieux lierre protège.
Là, suspendus le jour au clou de mon foyer,
Mes oiseaux familiers chantent pour m'égayer.
Jusqu'ici, grâce aux lieux, au ciel, à la nature,
Ton doux regard de sœur sourit à ma peinture ;
Ta tendre illusion dure encor, mais, hélas !
Si tu veux la garder, ô ma sœur, n'entre pas !
Mais non, car pour vos cœurs je n'ai point de mystère,
Pourrais-je devant vous rougir de ma misère ?
Entrez, ne plaignez pas ma riche pauvreté,
Ces murs ne sentent pas leur froide nudité !
Des travaux journaliers voilà d'abord l'asile,
Où le feu du foyer s'allume, où Marthe file ;
Marthe, meuble vivant de la sainte maison,
Qui suivit dans le temps son vieux maître en prison,
Pauvre fille, à ces murs trente ans enracinée,
Partageant leur prospère ou triste destinée,
Me servant sans salaire, et, pour l'honneur de Dieu,
Surveillant à la fois la cure et le saint lieu ;
Et qui, voyant votre ombre, ô mon Dieu ! dans son maître,
Croit s'approcher du ciel en vivant près du prêtre ;
Quelques vases de terre, ou de bois, ou d'étain,
Où de Marthe attentive on voit briller la main ;
Sur la table un pain noir sous une nappe blanche,
Dont chaque mendiant vient dîner d'une tranche.
Des grappes de raisin que Marthe fait sécher,
De leur pampre encor vert décorent le plancher ;
La sève en hiver même y jaunit leurs grains d'ambre.

De ce salon rustique on passe dans ma chambre ;
C'est elle dont le mur s'éclaire du couchant :
Tu sais que pour le soir j'eus toujours du penchant,
Que mon âme un peu triste a besoin de lumière,
Que le jour dans mon cœur entre par ma paupière,
Et que j'aimais tout jeune à boire avec les yeux
Ces dernières lueurs qui s'éteignent aux cieux.
La chaise où je m'assieds, la natte où je me couche,
La table où je t'écris, l'âtre où fume une souche,
Mon bréviaire vêtu de sa robe de peau,
Mes gros souliers ferrés, mon bâton, mon chapeau,
Mes livres pêle-mêle entassés sur leur planche,
Et les fleurs dont l'autel se pare le dimanche,
De cet espace étroit sont tout l'ameublement.
Non ! non ! ah ! j'oubliais son divin ornement,
Qui surmonte tout seul mon humble cheminée,
Ce Christ, les bras ouverts et la tête inclinée,
Cette image de bois du Maître que je sers,
Céleste ami qui seul me peuple ces déserts,
Qui, lorsque mon regard le visite à toute heure,
Me dit ce que j'attends dans cette âpre demeure,
Et, recevant souvent mes larmes sur ses pieds,
Fait resplendir sa paix dans mes yeux essuyés.
Ce Christ ? tu le connais ! C'est celui que ma mère
Colla dans l'agonie aux lèvres de mon père !
C'est celui que plus tard, moi-même, en un grand jour,
Au pur sang d'un martyr je teignis à mon tour ;
D'autres lèvres encore il conserve la trace,
Et Dieu sait de combien de pitié je l'embrasse !

LES LABOUREURS

FRAGMENT DE JOCELYN

Quelquefois, dès l'aurore, après le sacrifice,
Ma Bible sous mon bras, quand le ciel est propice,
Je quitte mon église et mes murs jusqu'au soir,
Et je vais par les champs m'égarer ou m'asseoir,

Sans guide, sans chemin, marchant à l'aventure,
Comme un livre, au hasard, feuilletant la nature,
Mais partout recueilli, car j'y trouve en tout lieu
Quelque fragment écrit du vaste nom de Dieu.
Oh ! qui peut lire ainsi les pages du grand livre,
Ne doit ni se lasser ni se plaindre de vivre !
La tiède attraction des rayons d'un ciel chaud,
Sur les monts ce matin m'avait mené plus haut.
J'atteignis le sommet d'une rude colline
Qu'un lac baigne à sa base et qu'un glacier domine,
Et dont les flancs boisés aux penchants adoucis
Sont tachés de sapins par des prés éclaircis.
Tout en haut, seulement, des bouquets circulaires
De châtaigniers croulants, de chênes séculaires,
Découpant sur le ciel leurs dômes dentelés,
Imitent les vieux murs des donjons crénelés,
Rendent le ciel plus bleu par leur contraste sombre,
Et couvrent à leurs pieds quelques champs de leur ombre.
On voit en se penchant luire entre leurs rameaux
Le lac dont les rayons font scintiller les eaux,
Et glisser sous le vent la barque à l'aile blanche,
Comme une aile d'oiseau passant de branche en branche.
Mais plus près leurs longs bras sur l'abîme penchés,
Et de l'humide nuit goutte à goutte étanchés,
Laissaient pendre leur feuille et pleuvoir leur rosée
Sur une étroite enceinte au levant exposée,
Et que d'autres troncs noirs enfermaient dans leur sein
Comme un lac de culture en son étroit bassin ;
J'y pouvais adosser le coude à leurs racines,
Tout voir, sans être vu, jusqu'au fond des ravines.
Déjà tout près de moi j'entendais par moments
Monter des pas, des voix et des mugissements :
C'était le paysan de la haute chaumine,
Qui venait labourer son morceau de colline
Avec son soc plaintif traîné par ses bœufs blancs,
Et son mulet portant sa femme et ses enfants ;
Et je pus, en lisant ma Bible ou la nature,
Voir tout le jour la scène et l'écrire à mesure ;
Sous mon crayon distrait le feuillet devint noir.
O nature, on t'adore encor dans ton miroir.

16

Laissant souffler ses bœufs, le jeune homme s'appuie
Debout au tronc d'un chêne, et de sa main essuie
La sueur du sentier sur son front mâle et doux ;
La femme et les enfants tout petits, à genoux
Devant les bœufs privés baissant leur corne à terre,
Leur cassent des rejets de frêne et de fougère,
Et jettent devant eux en verdoyants monceaux
Les feuilles que leurs mains émondent des rameaux ;
Ils ruminent en paix, pendant que l'ombre obscure
Sous le soleil montant se replie à mesure,
Et, laissant de la glèbe attiédir la froideur,
Vient mourir et border les pieds du laboureur.
Il rattache le joug, sous la forte courroie,
Aux cornes qu'en pesant sa main robuste ploie ;
Les enfants vont cueillir des rameaux découpés
De gouttes de rosée encore tout trempés,
Au joug avec la feuille en verts festons les nouent,
Que sur leurs fronts voilés les fiers taureaux secouent,
Pour que leur flanc qui bat et leur poitrail poudreux
Portent sous le soleil un peu d'ombre avec eux ;
Au joug de bois poli le timon s'équilibre,
Sous l'essieu gémissant le soc se dresse et vibre,
L'homme saisit le manche, et sous le coin tranchant,
Pour ouvrir le sillon, le guide au bout du champ...

La terre, qui se fend sous le soc qu'elle aiguise,
En tronçons palpitants s'amoncelle et se brise,
Et tout en s'entr'ouvrant fume comme une chair
Qui se fend et palpite et fume sous le fer.
En deux monceaux poudreux les ailes la renversent,
Les racines à nu, ses herbes se dispersent ;
Ses reptiles, ses vers, par le soc déterrés,
Se tordent sur son sein en tronçons torturés.
L'homme les foule aux pieds en secouant le manche,
Enfonce plus avant le glaive qui les tranche ;
Le timon plonge et tremble et déchire ses doigts.
La femme parle aux bœufs du geste et de la voix.
Les animaux, courbés sous leur jarret qui plie,
Pèsent de tout leur front sur le joug qui les lie :
Comme un cœur généreux leurs flancs battent d'ardeur ;

Ils font bondir le sol jusqu'en sa profondeur.
L'homme presse ses pas, la femme suit à peine ;
Tous au bout du sillon arrivent hors d'haleine.
Ils s'arrêtent ; le bœuf rumine, et les enfants
Chassent avec la main les mouches de ses flancs.
Un moment suspendu, les voilà qui reprennent
Un sillon parallèle, et sans fin vont et viennent
D'un bout du champ à l'autre, ainsi qu'un tisserand,
Dont la main, tout le jour sur son métier courant,
Jette et retire à soi le lin qui se dévide,
Et joint le fil au fil sur sa trame rapide.
La sonore vallée est pleine de leurs voix ;
Le merle bleu s'enfuit en sifflant dans les bois,
Et du chêne, à ce bruit, les feuilles ébranlées
Laissent tomber sur eux les gouttes distillées.

LA MARSEILLAISE DE LA PAIX

Roule, libre et superbe, entre tes larges rives,
Rhin ! Nil de l'Occident ! coupe des nations !
Et des peuples assis qui boivent tes eaux vives
Emporte les défis et les ambitions.
Il ne tachera plus le cristal de ton onde,
Le sang rouge du Franc, le sang bleu du Germain ;
Ils ne crouleront plus sous le caisson qui gronde,
Ces ponts qu'un peuple à l'autre étend comme une main !
. . . .
. . . .

Et pourquoi nous haïr et mettre entre les races
Ces bornes ou ces eaux qu'abhorre l'œil de Dieu ?
De frontières au ciel voyons-nous quelques traces ?
Sa voûte a-t-elle un mur, une borne, un milieu ?
Nations ! mot pompeux pour dire barbarie !
L'amour s'arrête-t-il où s'arrêtent vos pas ?
Déchirez ces drapeaux ; une autre voix vous crie :

L'égoïsme et la haine ont seuls une patrie,
    La fraternité n'en a pas!

Roule, libre et royal, entre nous tous, ô fleuve!
Et ne t'informe pas, dans ton cours fécondant,
Si ceux que ton flot porte ou que ton onde abreuve
Regardent sur tes bords l'aurore ou l'occident.

Ce ne sont plus des mers, des degrés, des rivières,
Qui bornent l'héritage entre l'humanité;
Les bornes des esprits sont les seules frontières,
Le monde en s'éclairant s'élève à l'unité.
Ma patrie est partout où rayonne la France,
Où sa langue répand ses décrets obéis!
Chacun est du climat de son intelligence,
Je suis concitoyen de toute âme qui pense :
    La vérité c'est mon pays!

Roule, libre et paisible, entre ces fortes races,
Dont ton flot frémissant trempa l'âme et l'acier,
Et que leur vieux courroux, dans le lit que tu traces,
Fonde au soleil du siècle avec l'eau du glacier.
. . . .
. . . .
Amis, voyez là-bas! la terre est grande et plane
L'Orient délaissé s'y déroule au soleil!
L'espace y lasse en vain la lente caravane,
La solitude y dort son immense sommeil!
Là, des peuples taris ont laissé leurs lits vides;
Là, d'empires poudreux les sillons sont couverts;
Là, comme un stylet d'or, l'ombre des pyramides
Mesure l'heure morte à des sables livides
    Sur le cadran nu des déserts!

. . . .
Débordement armé des nations trop pleines,
Au souffle de l'aurore envolés les premiers,
Jetons les blonds essaims des familles humaines
Autour des nœuds du cèdre et du tronc des palmiers!
Allons, comme Joseph, comme ses onze frères,
Vers les limons du Nil que labourait Apis,

Trouvant de leurs sillons les moissons trop légères,
S'en allèrent jadis aux terres étrangères,
    Et revinrent courbés d'épis !

Roule libre et descends des Alpes étoilées
L'arbre pyramidal pour nous tailler nos mâts,
Et le chanvre et le lin de tes grasses vallées ;
Tes sapins sont les ponts qui joignent les climats !

Allons-y, mais sans perdre un frère dans la marche,
Sans vendre à l'oppresseur un peuple gémissant,
Sans montrer au retour au Dieu du patriarche,
Au lieu du fils qu'il aime, une robe de sang!
Rapportons-en le blé, l'or, la laine et la soie,
Avec la liberté, fruit qui germe en tout lieu !
Et tissons de repos, d'alliance et de joie
L'étendard sympathique où le monde déploie
    L'unité, ce blason de Dieu !......

Roule libre et grossis tes ondes printanières
Pour écumer d'ivresse autour de tes roseaux,
Et que les sept couleurs qui teignent nos bannières,
Arc-en-ciel de la paix, serpentent dans tes eaux.

LAPRADE (Victor de)

L'ordre alphabétique qui amène ici M. de Laprade après Lamartine est un trait d'esprit du hasard. C'est le disciple à la suite du maître, mais un disciple indépendant et qui n'a pas écouté que les leçons d'un seul.

Si l'auteur de *Jocelyn* l'a inspiré ; si, par exemple, pour l'*Hermia* des *Odes et Poèmes*, il a pour ainsi dire marché dans son ombre, d'autres aussi l'ont éclairé. Il y a des reflets de la *Messiade* de Klopstock dans ses premiers vers publiés en volume, *les Parfums de Madeleine*, qui parurent en 1839, lorsqu'il avait vingt-sept ans ; dans la *Colère de Jésus*, qui est à peu près du même temps, et dans les *Poèmes évangéliques*, dont la date est plus récente.

Un moment il se laissa pénétrer, sous l'œil paternel de Ballanche, dans l'intimité duquel il vécut à Lyon, par les effluves du panthéisme néo-platonicien, mais il ne s'en laissa pas enivrer. Après son beau poème de *Psyché*, écrit au retour de ce voyage en Suisse dont il avait dit en partant, tout plein des espérances d'inspiration qu'il y devait trouver :

> Ceux qui m'ont vu gravir pesamment la colline
> Ne reconnaîtront plus l'homme qui descendra,

il revint avec une foi plus que jamais pénétrée et fervente aux idéales grandeurs du spiritualisme chrétien.

Il en porta partout la conviction et la flamme : dans son cours de littérature à la faculté de Lyon, dont un décret brutal le révoqua pour quelques vers d'assez anodine satire, en 1861 ; dans son volume de prose *le Sentiment de la nature chez les modernes*, et surtout dans ses nouveaux recueils de vers : les *Symphonies*, les *Idylles héroïques*, les *Voix du silence*, et le poème de *Pernette*, œuvres qui toutes sont d'une haute valeur, et dont chacune a ses beautés.

Après le succès des *Symphonies*, le fauteuil d'Alfred de Musset étant devenu vacant à l'Académie française, M. de Laprade y fut appelé. Justice était ainsi rendue à ce poète d'une élévation si pure et si sincère, en qui se confondent les parfums de la Grèce et ceux de l'Évangile, et qui semble avoir fait pour lui-même ce vers d'un de ses poèmes :

> Beau vase athénien plein de fleurs du Calvaire.

LA MORT D'UN CHÊNE

I

Quand l'homme te frappa de sa lâche cognée,
O roi qu'hier le mont portait avec orgueil,
Mon âme, au premier coup, retentit indignée,
Et dans la forêt sainte il se fit un grand deuil.

Un murmure éclata sous ses ombres paisibles;
J'entendis des sanglots et des bruits menaçants;
Je vis errer des bois les hôtes invisibles,
Pour te défendre, hélas! contre l'homme impuissants.

Tout un peuple effrayé partit de ton feuillage,
Et mille oiseaux chanteurs, troublés dans leurs amours,
Planèrent sur ton front comme un pâle nuage,
Perçant de cris aigus tes gémissements sourds.

Le flot triste hésita dans l'urne des fontaines;
Le haut du mont trembla sous les pins chancelants,
Et l'aquilon roula dans les gorges lointaines
L'écho des grands soupirs arrachés à tes flancs.

Ta chute laboura, comme un coup de tonnerre,
Un arpent tout entier sur le sol paternel;
Et quand son sein meurtri reçut ton corps, la terre
Eut un rugissement terrible et solennel :

Car Cybèle t'aimait, toi l'aîné de ses chênes,
Comme un premier enfant que sa mère a nourri;
Du plus pur de sa sève elle abreuvait tes veines,
Et son front se levait pour te faire un abri.

Elle entoura tes pieds d'un long tapis de mousse,
Où toujours en avril elle faisait germer
Pervenche et violette à l'odeur fraîche et douce,
Pour qu'on choisît ton ombre et qu'on y vînt aimer.

Toi, sur elle épanchant cette ombre et tes murmures,
Oh ! tu lui payais bien ton tribut filial !
Et chaque automne à flots versait tes feuilles mûres,
Comme un manteau d'hiver, sur le coteau natal.

La terre s'enivrait de ta large harmonie ;
Pour parler dans la brise, elle a créé les bois :
Quand elle veut gémir d'une plainte infinie,
Des chênes et des pins elle emprunte la voix.

Cybèle t'amenait une immense famille ;
Chaque branche portait son nid ou son essaim :
Abeille, oiseaux, reptile, insecte qui fourmille,
Tous avaient la pâture et l'abri dans ton sein.

Ta chute a dispersé tout ce peuple sonore ;
Mille êtres avec toi tombent anéantis ;
A ta place, dans l'air, seuls voltigent encore
Quelques pauvres oiseaux qui cherchent leurs petits.

Tes rameaux ont broyé les troncs déjà robustes ;
Autour de toi la mort a' fauché largement.
Tu gis sur un monceau de chênes et d'arbustes ;
J'ai vu tes verts cheveux pâlir en un moment.

Et ton éternité pourtant me semblait sûre !
La terre te gardait des jours multipliés...
La sève afflue encor par l'horrible blessure
Qui dessécha le tronc séparé de ses pieds.

Oh ! ne prodigue plus la sève à ces racines,
Ne verse pas ton sang sur ce fils expiré,
Mère ! garde-le tout pour les plantes voisines :
Le chêne ne boit plus ce breuvage sacré.

Dis adieu, pauvre chêne, au printemps qui t'enivre :
Hier, il t'a paré de feuillages nouveaux ;
Tu ne sentiras plus ce bonheur de revivre :
Adieu les nids d'amour qui peuplaient tes rameaux ;

Adieu les noirs essaims bourdonnant sur tes branches,
Le frisson de la feuille aux caresses du vent ;
Adieu les frais tapis de mousse et de pervenches
Où le bruit des baisers t'a réjoui souvent.

O chêne, je comprends ta puissante agonie !
Dans sa paix, dans sa force, il est dur de mourir ;
A voir crouler ta tête, au printemps rajeunie,
Je devine, ô géant ! ce que tu dois souffrir.

Ainsi jusqu'à ses pieds l'homme t'a fait descendre.
Son fer a dépecé les rameaux et le tronc ;
Cet être harmonieux sera fumée et cendre,
Et la terre et le vent se le partageront !

Mais n'est-il rien de toi qui subsiste et qui dure ?
Où s'en vont ces esprits d'écorce recouverts ?
Et n'est-il de vivant que l'immense nature,
Une au fond, mais s'ornant de mille aspects divers ?

Quel qu'il soit, cependant, ma voix bénit ton être
Pour le divin repos qu'à tes pieds j'ai goûté...
Dans un jeune univers, si tu dois y renaître,
Puisses-tu retrouver ta force et ta beauté !

Car j'ai pour les forêts des amours fraternelles ;
Poète vêtu d'ombre et dans la paix rêvant,
Je vis avec lenteur, triste et calme, et, comme elles,
Je porte haut ma tête, et chante au moindre vent.

Je crois le bien au fond de tout ce que j'ignore ;
J'espère malgré tout, mais nul bonheur humain :
Comme un chêne immobile, en mon repos sonore,
J'attends le jour de Dieu qui nous luira demain.

En moi de la forêt le calme s'insinue;
De ses arbres sacrés, dans l'ombre enseveli,
J'apprends la patience aux hommes inconnue,
Et mon cœur apaisé vit d'espoir et d'oubli.

Mais l'homme fait la guerre aux forêts pacifiques;
L'ombrage sur les monts recule chaque jour:
Rien ne nous restera des asiles mystiques
Où l'âme va cueillir la pensée et l'amour.

Prends ton vol, ô mon cœur! la terre n'a plus d'ombres,
Et les oiseaux du ciel, les rêves infinis,
Les blanches visions qui cherchent les lieux sombres,
Bientôt n'auront plus d'arbre où déposer leurs nids.

La terre se dépouille et perd ses sanctuaires,
On chasse des vallons ses hôtes merveilleux;
Les dieux aimaient des bois les temples séculaires :
La hache a fait tomber les chênes et les dieux.

Plus d'autels, plus d'ombrage et de paix abritée,
Plus de rites sacrés sous les grands dômes verts!
Nous léguons à nos fils la terre dévastée;
Car nos pères nous ont légué des cieux déserts.

II

Ainsi tu gémissais, poète ami des chênes,
Toi qui gardes encor le culte des vieux jours !
Tu vois l'homme altéré sans ombre et sans fontaines;
Va! l'antique Cybèle enfantera toujours.

Lève-toi ! c'est assez pleurer sur ce qui tombe;
La lyre doit savoir prédire et consoler;
Quand l'esprit te conduit sur le bord d'une tombe,
De vie et d'avenir c'est pour nous y parler.

Crains-tu de voir tarir la sève universelle
Parce qu'un chêne est mort et qu'il était géant?
O poète, âme ardente en qui l'amour ruisselle,
Organe de la vie, as-tu peur du néant?

Va! l'œil qui nous réchauffe a plus d'un jour à luire;
Le grand semeur a bien des graines à semer.
La nature n'est pas lasse encor de produire ;
Car, ton cœur le sait bien, Dieu n'est pas las d'aimer.

Tandis que tu gémis sur cet arbre en ruines,
Mille germes là-bas, déposés en secret,
Sous le regard de Dieu, veillent dans ces collines,
Tout prêts à s'élancer en vivante forêt.

Nos fils pourront aimer et rêver sous leurs dômes,
Le poète adorer la nature et chanter :
Dans l'ombreux labyrinthe où tu vois des fantômes,
Un idéal plus pur viendra les visiter.

Croissez sur nos débris, croissez, forêts nouvelles !
Sur vos jeunes bourgeons nous verserons nos pleurs ;
D'avance je vous vois, plus fortes et plus belles,
Faire un plus doux ombrage à des hôtes meilleurs.

Vous n'abriterez plus de sanglants sacrifices ;
L'âge emporte les dieux ennemis de la paix.
Aux champs, aux jeux sacrés, vos séjours sont propices,
Votre mousse aux loisirs offre des lits épais.

Ne penche plus ton front sur les choses qui meurent ;
Tourne au levant tes yeux, ton cœur à l'avenir.
Les arbres sont tombés, mais les germes demeurent;
Tends sur ceux qui naîtront tes bras pour les bénir.

Poète aux longs regards, vois les races futures,
Vois ces bois merveilleux à l'horizon éclos;
Dans ton sein prophétique écoute les murmures ;
Écoute ! Au lieu d'un bruit de fer et de sanglots,

Sur des coteaux baignés par des clartés sereines,
Où des peuples joyeux semblent se reposer,
Sous les chênes émus, les hêtres et les frênes,
On dirait qu'on entend un immense baiser.

INVOCATION A PLATON

Sagesse des vieux jours, vierge mélodieuse,
Muse vêtue encor de la pourpre du ciel,
Manne que distillait une bouche pieuse,
Science des enfants faite d'ambre et de miel !

La lumière et l'amour ruisselaient, ô déesse,
Sur ta chaste poitrine en un même ruisseau,
Et l'homme, entre tes bras, buvait avec ivresse
Le breuvage du vrai dans la coupe du beau...

Je vous vois, ô vieillard, assis sous les portiques,
Et marchant lentement sous les platanes verts,
Et sur un lit d'ivoire en ces festins antiques,
Où coulaient à la fois le nectar et les vers.

Là, couronné de fleurs, ô hiérophante, ô prêtre !
Vous montriez le seuil d'un monde radieux;
Vos amis se pressaient, beaux comme leur beau maître,
Et leurs regards suivaient le chemin de vos yeux.

Ainsi qu'un vin bénit que l'on boit à la ronde,
Vous répandiez sur eux un discours embaumé,
En flattant sous vos doigts la chevelure blonde
D'un jeune Athénien immobile et charmé.

Après venait un chœur de femmes d'Ionie ;
La flûte cadençait leurs pas mélodieux ;
Puis, ô Grecs ! enivrés d'amour et d'harmonie,
Vous chantiez sur la lyre un hymne pour les dieux.

APPEL A LA JEUNESSE

Qu'importe un jour d'attente, une heure inoccupée ?
Tous vos lauriers d'hier peuvent encor fleurir,
Vous qui portiez si bien et la lyre et l'épée,
Vous qui saviez aimer, vous qui saviez mourir !

Hier, une étincelle éveillait tant de flamme !
Hier, c'était l'espoir et non le doute amer ;
Un seul mot généreux tombé d'une grande âme
Vous soulevait au loin comme une vaste mer...

Aimez votre jeunesse, aimez, gardez-la toute !
Elle est de vos aînés l'espoir et le trésor ;
Portez-la fièrement, sans en perdre une goutte ;
Portez-la devant vous, comme un calice d'or...

Venez donc ! je vous suis, et nous volons ensemble ;
Nous remontons le cours du temps précipité ;
Vous me faites revoir tout ce qui vous ressemble,
Toute chose où rayonne un éclair de beauté.

Avec vous, je suis jeune ; avec vous, j'ai des ailes,
Vos ailes de vingt ans, l'espérance et la foi !
Ces deux vertus des forts, qui vous restent fidèles,
Me rouvrent votre Éden déjà trop loin de moi...

Puis, sans vous arrêter même à ces temps sublimes,
Au réel trop étroit par votre essor ravis,
Toujours plus haut, toujours plus avant sur les cimes,
Lancez dans l'idéal vos cœurs inassouvis.

Plus haut ! toujours plus haut, vers ces hauteurs sereines
Où nos désirs n'ont plus de flux et de reflux,
Où les bruits de la terre, où le chant des sirènes,
Où les doutes railleurs ne nous parviennent plus.

Plus haut dans le mépris des faux biens qu'on adore,
Plus haut dans ces combats dont le ciel est l'enjeu,
Plus haut dans vos amours! montez, montez encore
Sur cette échelle d'or qui va se perdre en Dieu.

ADIEUX SUR LA MONTAGNE

Là, nous avons vécu de divines journées,
Parlant des vérités et des biens éternels;
De célestes lueurs nous y furent données :
La sagesse descend dans les cœurs fraternels.

Je partis le premier rappelé dans les villes,
Et lui, pour prolonger notre cher entretien,
Me suivit jusqu'au bout de ces forêts tranquilles;
Et son bras ne pouvait se détacher du mien.

Il nous fallut enfin rompre la douce chaîne.
Alors, restant, malgré le soleil lourd et chaud,
Debout au bord des pins, et tourné vers la plaine,
Il me voyait descendre et me parlait d'en haut.

Longtemps, sur ce trépied de mousse et de bruyère,
— Cette image à jamais vit dans mon souvenir; —
Je l'aperçus baigné d'une ardente lumière,
Tenant son bras levé comme pour me bénir.

Et Dieu m'a retiré cette main forte et pure,
Ce rayon tout puissant qui m'aurait rajeuni!
Dans ces bois altérés de ton souffle, ô nature!
Nous n'irons plus tous deux respirer l'infini.

LATOUCHE (Hyacinthe de)

Comme il ne mettait avant son nom que l'initiale de son prénom, l'on a cru qu'il s'appelait Henri, et il laissa dire. Il était de La Châtre en Berry, où il naquit le 2 février 1785. Son éducation fut manquée, et il s'en ressentit toujours. Beau causeur, il était, surtout en vers, un écrivain incomplet : sa parole était facile, brillante ; sa plume bégayait. Émile Deschamps, avec qui, peu de temps après son arrivée à Paris, il écrivit, en 1818, la jolie petite comédie en vers le Tour de faveur, ne fut pas des derniers à en faire la remarque.

Son début, l'année précédente, n'avait pas été une œuvre, mais une affaire. Latouche s'était mêlé au procès Fualdès, pour y rédiger les Mémoires de la fameuse madame Manson, et avait, dit-on, gagné ainsi trente mille francs au moins.

L'habitude de se substituer aux autres et de parler sous leur nom, lui resta de cet essai trop encourageant. Il y eut, dès lors, toujours un peu de mystification dans son fait, il se plut à faire des faux en matière de littérature. La Correspondance, dont, sur la foi d'une anecdote racontée par l'abbé Galiani, il fit échanger les lettres entre le pape Clément XIV et l'arlequin Carlin Bertinazzi, en est un des plus hardis ; mais ajoutons, des plus habiles : le roman qu'il prête au Girondin Grangeneuve, dans les deux volumes, dont son nom est le titre, rentre aussi dans cette série. Il y faut ranger encore, et à la moins honorable place, sa scandaleuse nouvelle d'Olivier, qu'il voulut faire passer pour une autre au titre pareil, mais d'un sentiment tout contraire, dont il savait que madame de Duras avait fait mystérieusement lecture à ses amis.

Quand il ne prêtait pas, il empruntait ; et son jeu mystificateur restait le même. Sa Fragoletta, qui fit si grand bruit et qu'on faillit saisir, n'est guère qu'une imitation de la Princesse Brambilla d'Hoffmann, auquel il avait déjà pris, en démasquant le titre, son Olivier Brussion.

On le savait si coutumier de substitutions et d'arrangements, que lorsqu'il publia le premier, d'après les manuscrits, les Poésies d'André Chénier, ce fut à qui répéterait qu'elles étaient de lui. Il ne fallait pourtant que les comparer aux siennes, et surtout se rappeler que plusieurs des plus remarquables avaient paru déjà : les unes en 1795, les autres dans les notes du Génie du christianisme. C'est ce que ne fit pas Béranger ; il mourut avec la conviction qu'elles étaient de Latouche dont, ce qui est déjà trop, quelques corrections et suppressions y furent la seule part de travail.

Quoiqu'il eût commencé, en 1818, par le théâtre, il n'y revint qu'une fois, et pour une seule représentation! Son drame en cinq actes, la *Reine d'Espagne*, joué le 3 novembre 1831, au Théâtre-Français, ne put aller plus loin, tant les situations en parurent révoltantes. Lui-même en convint par l'épigraphe de la pièce imprimée : « Un instant, dit-il comme autrefois madame d'Épinay, un instant, Duclos, vous nous prenez pour de trop honnêtes femmes ! »

Ses vers sont, au point de vue moral du moins, beaucoup plus purs que sa prose. On lui en connaît quatre recueils : les *Agrestes*, *Adieu*, la *Vallée aux loups*, mélange de prose et de poésie qu'il baptisa du nom de la vallée près d'Aulnay, d'où il le data ; enfin *Encore adieu*, publié, en 1852, par mademoiselle Pauline de Flaugergues, son amie des derniers jours.

Latouche était mort l'année précédente. Madame Sand lui consacra, dans le *Siècle*, plusieurs articles de regret sincère, qu'elle lui devait bien. Le premier qui l'avait accueillie et aidée à Paris c'était Latouche, son compatriote du Berry, son voisin de La Châtre.

L'auteur du fameux article de la *Revue de Paris* contre la *Camaraderie*, qui fit tant de bruit en 1829, était en somme assez bon camarade, un peu rude, mais obligeant.

SÉLIMA

Sur les bords escarpés d'un grand vase où la Chine
Avait, pour les yeux noirs de quelque mandarine,
Épuisé le secret des riantes couleurs,
Jeté l'azur du ciel et la pourpre des fleurs,
Sélima, la plus chatte et la plus regrettée
De l'espèce qui joue en robe tachetée,
S'inclinait pour saisir un rayon du soleil ;
Car le soleil mourant teignait d'un feu vermeil
Ce lac, dont le miroir flottait au-dessous d'elle.
Elle a vu... dans ses traits quel orgueil se décèle !
Son visage arrondi, sa barbe aux fils d'argent,
Le velours de ses pieds, tout son manteau changeant,
Des oreilles de jais, des yeux verts où la fraude
S'allume quelquefois au feu de l'émeraude.
Elle contemplait tout; et sa voix s'enrouait
A murmurer l'accent que module un rouet.
Oh! pourquoi, dans l'azur de ces eaux aplanies,
Vit-elle se glisser deux formes, deux génies,

Deux frêles habitants d'un océan si clair ?
Ils traversaient les flots comme un furtif éclair ;
L'or mobile éclatait sur leur tête orgueilleuse,
Et la pourpre enflammait leur armure écailleuse.
Sélima sent l'espoir de ravir ce trésor.
Quel désir féminin sait résister à l'or !
De son dos recourbé voyez frémir la soie,
Une griffe ardemment s'allonger vers la proie.
Les pièges, les dangers sont tous inaperçus ;
Et le vase glissant trahit ses pieds déçus :
Elle tombe.
        Trois fois remontant sur les ondes,
Elle adjura les dieux de ces vagues profondes.
Pas une néréide, hélas ! pas un dauphin,
N'accourut se charger de son flottant destin.
Que faisiez-vous, Effie ! Et toi, cent fois coupable,
O John, qu'elle admettait aux honneurs de sa table ?
Esclaves si longtemps à ses ordres soumis :
Un favori tombé n'a donc jamais d'amis !

L'HIRONDELLE

Dès qu'avril renaîtra, j'ouvrirai ma fenêtre
Plus tôt et de plus loin pour te voir apparaître ;
J'éteindrai sous ton vol, hôte religieux,
La bleuâtre fumée à mon foyer joyeux.
— Mais si l'épais volet, resté clos à l'aurore,
Ne sait plus s'entr'ouvrir à ta voix qui l'implore,
Pense que ton ami, loin, bien loin, à son tour,
Pour un autre voyage est parti sans retour.
Crains de déployer là tes ailes assoupies ;
Car d'un dur successeur les servantes impies
Te pourraient disputer ta patrie en lambeaux.
Alors, va de l'église habiter les arceaux ;
Cherche l'enclos bordé de prunelliers, de mûres,
Où la brise du soir fait pleurer ses murmures ;
Et de la croix de fer où Christ a bu le fiel
Laisse, pour ton ami, monter tes chants au ciel.

SUPERSTITIONS DE L'AMOUR

Oui, l'amour vit d'erreur et de pressentiments :
Eh! qui ne lui connaît, dans ses vagues tourments,
Pour irriter sa fièvre ou calmer ses alarmes,
Des superstitions, des augures, des charmes?
On dirait qu'il ne voit, ce tyran passager,
A son frêle avenir rien qui soit étranger.
Cet inquiet instinct, le monde entier l'atteste :
Les erreurs ont changé, la crédulité reste;
Et pour son rêve, hélas! toujours prêt à finir,
L'amour ose, insensé, consulter l'avenir.

Ainsi son culte aveugle aux signes prophétiques [ques,
S'adresse, et plus d'un sage, honneur des temps anti-
Attacha sa croyance au dieu qui l'a trompé.

De Délie et d'amour que Tibulle occupé
Achève au sein des nuits l'écrit plein de son âme,
De la lampe incertaine il consulte la flamme ;
Et si l'ardent flocon vers lui s'est incliné,
O bonheur ! pour ses feux présage fortuné!
Et Délie à l'enfant que le hasard appelle,
Fait agiter des sorts l'urne trois fois rebelle.

Ces Romaines vivant sous la crainte des dieux,
Pensaient que le parjure éteignait les beaux yeux ;
Et d'un serment trahi, dans leur candeur insigne,
Sur l'ongle de leurs doigts voyaient blanchir le signe.
Properce, tu frémis, quand parjure à tes vœux
Cynthie a conservé l'or de ses blonds cheveux,
Quand nulle empreinte encor prompte à venger ta gloire,
De ses riantes dents n'ose insulter l'ivoire,
Et que son pied coupable, à te fuir empressé,
Dans le cothurne étroit joue à peine embrassé.
Trop heureux préjugés ! crédulité charmante!
Gardiez-vous la pudeur sur le front d'une amante?

Nos belles aujourd'hui, consultent préparés
Tous ces cartons joueurs, de pourpre bigarrés ;
Pour échanger l'objet de leur amour mobile,
Leur essaim rougissant court chercher la sibylle
Qui, dominant Paris d'un gothique manoir,
En soumet une part à son hideux pouvoir.
Vous que je vois sourire et que mon cœur adore,
Valérie ! à son art, oui, vous croyez encore.
Dans le moka tiédi, dans les blancs agités
De l'œuf que loin de vous la main gauche a jetés,
N'ai-je pas vu vos yeux ardents de jalousie
Soupçonner, en partant, ma foi déjà trahie,
Et sur un bord lointain vos soins m'ont envoyé
De la verveine en fleur la magique moitié.

Que de fois, si, pour fuir la cité turbulente,
Enchaînant à mon bras sa marche douce et lente,
Ma Valérie osait, loin de l'œil des méchants,
Respirer le silence et le parfum des champs,
Elle m'a su montrer, ingénue et savante,
De ce culte raillé la trace encor vivante !
Tu disais : « Le jaloux qu'enferme le hameau,
Dérobant aux blés mûrs un léger chalumeau,
Vole, effleurant la bouche où son cœur voudrait lire,
Interroger trois fois l'oracle d'un sourire.
Quand l'été va pâlir, qui ne connaît encor
Cette herbe de nos prés, dont la corolle d'or
En duvet blanchissant voit refleurir son germe ?
Amour, de ses soupçons y vient chercher le terme.
Enfant ! que je te plains ! car ton malheur est sûr,
Si, penché vers la fleur, tu n'as d'un souffle pur,
Au gré de mille vœux que déjà tu regrettes,
Dépouillé tout son front des volantes aigrettes !
Et toi, toi l'ornement de toutes nos saisons,
D'un front d'argent et d'or étoilant les gazons,
Timide marguerite, éclose au pied d'un trône,
L'amour, de tous les temps offense ta couronne ;
Il attache aux rayons sur ta coupe étagés
Ses destins, ses périls cent fois interrogés.
Jeune homme, en tes amours tu crains le sort contraire :

On t'aime, *un peu, beaucoup*. Prends garde, téméraire !
L'espérance repose auprès de la douleur,
Dans le dernier débris qui tombe avec la fleur ! »

L'OMBRE DE MARGUERITE

A l'heure qui s'enfuit d'un vol silencieux,
Quand l'aube et quand la nuit luttent encore aux cieux,
Près du lit, où celui qu'elle poursuit s'agite,
Apparut, triste et doux, l'esprit de Marguerite.

Le hameau se souvient, qu'éteinte avant le temps,
Charmante, elle brilla comme un jour du printemps.
Elle tomba. L'amant au sein d'un noir asile,
Emporta, belle encor, la dépouille immobile.

« Viens, éveille-toi, viens, a murmuré la voix :
« Je suis ta fiancée ; écoute, approche et vois !
« Vois du moins en pitié, loin du cercueil ravie,
« Celle que tu troublas en l'une et l'autre vie.
« Tu vantais ma beauté, mes charmes, leur douceur,
« Ingrat, lorsqu'à mes pieds tu rêvais à ma sœur,
« Et d'un cœur sans détour tu t'es rendu le maître,
« Pour le briser ce cœur qui t'aime encor peut-être.
« Écoute ! écoute !... Hélas ! déjà près de ce lieu
« Le coq s'éveille. Adieu ; reçois mon long adieu. »

Voyez ce malheureux, que le remords déchire,
De la couche obsédée arracher son délire !
C'est lui. Que cherche-t-il, sous l'humide gazon ?
La place, où la victime avait laissé son nom.
Il appuie, en pleurant, son cœur, ce cœur fragile,
Sur l'herbe qui grandit dans la vivante argile.
« Marguerite ! » Trois fois les cris de ses douleurs
L'appellent ; et trois fois s'éteignent dans les pleurs.
Enfin sur l'humble tertre il s'étendit près d'elle.
L'écho n'entendit plus le nom de l'infidèle.

LEBRETON (Théodore)

Un des ouvriers qui auraient le plus marqué dans la poésie, si — comme il n'arrive que trop pour les poètes de cet ordre — la politique ne l'en eût distrait.

Il est de Rouen, fils d'un journalier et d'une blanchisseuse. A sept ans, en 1810, il était déjà apprenti imprimeur sur indienne dans une manufacture. Ayant eu pour prix de catéchisme une Bible, qu'il pouvait à peine lire, il compléta de son mieux, en la dévorant, l'ébauche informe de son éducation.

Les drames y apparaissaient pour lui à chaque page. Il en fit un avec l'histoire d'*Athalie*, un autre avec celle d'*Esther*, qu'il s'empressa de brûler, on le conçoit, lorsqu'il sut quels chefs-d'œuvre les mêmes sujets avaient inspirés à Racine.

Il se contenta, dès lors, de poésies plus modestes dont quelques-unes parvinrent jusqu'à Paris, et lui valurent les encouragements de Béranger, de Chateaubriand, de madame Valmore, etc. En 1837, elles furent mises en volume sous le titre : *Heures de repos d'un ouvrier,* et leur succès — trois éditions successives — lui mérita d'être nommé, en 1840, conservateur de la bibliothèque Leber que la ville de Rouen venait d'acheter.

En 1842, parurent ses *Nouvelles Heures de repos,* et, trois ans après, son dernier recueil, *Espoir.* La révolution de Février approchait. Lebreton, quand elle éclata, y fut des plus ardents. Rouen l'envoya, par 150,000 suffrages, à l'Assemblée, où il marqua fort peu. Aux élections suivantes, il échoua, et l'on n'a plus parlé de lui.

LE POÈTE ET L'OISEAU

Que je plains son destin ! il est captif... sa cage
Est pour lui l'univers : il ne verra jamais
Tout l'éclat d'un ciel bleu, ni l'ombre du bocage,
Les fleurs que le printemps jette sur son passage,
    Ni l'arbre immense des forêts.

Il ne s'unira point à la troupe joyeuse
Des siens, que nous voyons s'élever dans les airs,

17.

Et lorsqu'ils chanteront la nature amoureuse,
Il ne mêlera pas sa voix mélodieuse
  A leur délicieux concert.

Il connaîtra bientôt sa funeste disgrâce :
Son aile faible encor commence à s'agiter ;
Il rêve ses accords, et chaque jour qui passe
Lui révèle que Dieu le jeta dans l'espace
  Pour être libre et pour chanter.

O mon triste destin! je crois te reconnaître
Au destin de l'oiseau que j'aime à révéler.
Esclave comme lui, comme lui, dans mon être,
Je sens que la nature et soupire et fait naître
  Des chants qui voudraient s'envoler.

Mais lorsque chaque jour ma poitrine est pressée
Par l'air impur et lourd qui pèse sur mes sens ;
Quand mon âme languit sous son aile glacée,
Et qu'un tourment secret écrase ma pensée,
  Ma faible voix n'a plus d'accens...

SUR LA MORT D'UN POÈTE

Ils ont dit, ces cœurs durs que l'égoïsme presse :
  « Qu'est-ce qu'un poète ici-bas ?
« Un rêveur orgueilleux qui chante la mollesse,
  « Un esclave que la paresse
  « Enchaîne et retient dans ses bras. »

O nains au cerveau creux, fiers de votre ignorance,
  Non, vous n'avez jamais compris
Ce qu'il faut éprouver de sublime souffrance
  Pour n'obtenir que vos mépris.
Non, vous n'avez point vu, dans ses veilles ardues,
Le poète agiter ses ailes étendues ;
Vous ne l'avez point vu, quand son âme rêvait,

Dans le calme des nuits, plein d'une fièvre ardente,
Pour méditer les chants que son délire enfante,
Repousser le sommeil de son humble chevet.
·Attachés sur le sol où rampe votre vie,
Vous n'avez point connu le rapide sentier
Que dans son noble élan doit franchir le génie
    Pour ne point mourir tout entier...

LA FEUILLE

    Point de jours arides
    Pour ton beau destin ;
    Sur ton vert satin,
    Une brise humide
    Verse en eau limpide
    Les pleurs du matin.

    Mais le printemps passe ;
    L'été qui le suit,
    Pour mûrir le fruit,
    Réchauffe l'espace :
    Ta couleur s'efface
    Et ton éclat fuit.

    Puis l'automne achève
    Sa jaune moisson ;
    De son aquilon
    Qui, bruyant, s'élève,
    Le souffle t'enlève
    Dans son tourbillon.

    Ainsi notre vie,
    Jouet du destin,
    Forte en son matin,
    Le soir affaiblie,
    Par le temps flétrie,
    Doit trouver sa fin.

LEBRUN (Pierre)

Il échapperait à notre recueil, s'il était resté ce que son âge
— il naquit en 1785 — voulait qu'il fût d'abord : un arrière-clas-
sique, un poète de l'Empire, rimant des *Odes sur la guerre de
Prusse, sur la campagne de* 1807, et des tragédies telles qu'*U-
lysse* et *Pallas, fils d'Évandre;* mais il lui appartient par la
part qu'il prit au mouvement rénovateur, avec sa pièce de
Marie Stuart, assez fièrement imitée de celle de Schiller, et
surtout avec son brillant *Voyage en Grèce,* l'œuvre la plus sincère, la plus vraie de couleur, et la plus éclatante, qui ait été
inspirée chez nous par la guerre des Hellènes.

Pierre Lebrun avait fait le voyage; aussi partout la Grèce s'y
révèle sur la page qui la décrit ou la chante, partout on y surprend quelque reflet de son ciel : « Lebrun dans ses vers, dit
Sainte-Beuve, rendit aux rivages célèbres quelque chose de leur
naturelle et sauvage verdure... à travers des portions quelque
peu incultes et rudes comme le pays même, on sentait un fond
de récitatif, qui n'était pas écrit d'après les impressions d'autrui. »

Ce beau poème, qui parut en 1823, et que M. Thiers, alors
simple journaliste au *Constitutionnel,* voulut bien appeler
« une composition pleine de charmes », fit plus pour Lebrun
que sa *Marie Stuart,* que le *Cid d'Andalousie* — dont le succès,
il est vrai, n'avait été que médiocre — plus, en un mot que
tout le reste de ses œuvres. Il lui dut d'être nommé, l'année
même, à l'Académie française, dont il mourut le doyen, en 1874.

La révolution de Juillet l'avait fait, sur le refus de Béranger,
son ami, directeur de l'imprimerie royale, d'où la révolution
suivante le fit partir, malgré l'unanime protestation des ouvriers. Pour le dédommager, le second Empire lui avait donné
au sénat une place qu'une troisième révolution |le força aussi
de quitter, sans que la sérénité de sa verte et souriante vieillesse parût troublée en quoi que ce soit par toutes ces vicissi-
tudes.

LA VALLÉE DE CHAMPROSAY

Heureux qui de son espérance
N'étend pas l'horizon trop loin,

Et, satisfait de peu d'aisance,
De ce beau royaume de France
Possède à l'ombre un petit coin.

Pour m'agrandir m'irai-je battre?
Trois arpents sont assez pour moi :
Dans trois arpents on peut s'ébattre.
Alcinoüs en avait quatre,
Mais Alcinoüs était roi...

Si les hommes pouvaient s'entendre !
Mais non : tant qu'il trouve un voisin,
Tout homme a le cœur d'Alexandre,
Et prince ou bourgeois veut étendre
Ou son royaume ou son jardin.

Quant à moi, devenu plus sage,
Et dans mes désirs satisfait,
Peu redoutable au voisinage,
Je ne demande à ce village
De lot que celui qu'il m'a fait.

Content si, m'assurant la vue
De la rivière et du coteau,
J'y puis seulement, sur la rue,
Joindre la place étroite et nue
Que borne, en fleur, le vieux sureau.

C'est tout... Et puis encor peut-être
Ce petit bois plein de gazon,
Qui se berce sous ma fenêtre,
Et semble m'attendre pour maître,
Caché derrière ma maison.

Rien de plus... Et si, murmurante,
Dans ce bois, devenu le mien,
Venait à luire une eau courante,
Alors... si ce n'est quelque rente,
Il ne me manquerait plus rien.

LE DÉPART DE LA FLOTTE

Hydra,sur l'Archipel tout entière a monté.
  Entendez-vous la clameur qu'elle envoie ?
Elle s'avance, et mêle aux cris de liberté
  Des chants d'orgueil, d'espérance et de joie.
    « Hydra vogue, la riche Hydra,
    « Sur la mer escortée en reine
    « Par les dauphins de Typarène,
    « Et les alcyons d'Ipsara.
    « Iles, pressez-vous autour d'elle ;
    « Cyclades, c'est vous qu'elle appelle :
    « Venez, mes sœurs, je vous attends.
    « Tyne, Andros, Mycone, il est temps.
    « Chios nous demeure infidèle ;
    « Mais l'absence d'une hirondelle
    « Ne fait pas manquer le printemps. »

SPARTE

Dans la belle vallée où fut Lacédémone,
Non loin de l'Eurotas, et près de ce ruisseau
Qui, formant son canal de débris de colonne,
Va sous le laurier-rose ensevelir son eau,
Regardez ! c'est la Grèce, et toute en un tableau.
Une femme est debout, de beauté ravissante,
Pieds nus, et sous ses doigts un indigent fuseau
File, d'une quenouille empruntée au roseau,
Du coton floconneux la neige éblouissante.
Un pâtre d'Amyclée, auprès d'elle placé,
Du bâton recourbé, de la courte tunique,
Rappelle les bergers d'un bas-relief antique.
Par un instinct charmant, et sans art adossé
Contre un vase de marbre à demi renversé,

Comme aux jours solennels des fêtes d'Hyacinthe,
Des fleurs du glatinier sa tête encore est ceinte :
Sous sa couronne, à l'ombre, il regarde surpris
Trois voyageurs d'Europe, au pied d'un chêne assis:
Le chemin est auprès. Sur un coursier conduite,
La musulmane y passe, et de l'air du mépris
Regarde ; et l'Africain marche et porte à sa suite,
Dans une cage d'or, sa perdrix favorite :
Cependant qu'un aga, dans un riche appareil,
Rapide cavalier, au front sombre et sévère,
Sous un galop bruyant fait rouler la poussière ;
De ses armes d'argent, que frappe le soleil,
Parmi les oliviers scintille la lumière.
Il nous lance, en passant, des regards scrutateurs.
Voilà Sparte ! voilà la Grèce tout entière !
Un esclave, un tyran, des débris et des fleurs.

CONSTANTINOPLE

Avez-vous vu la reine de l'aurore,
La cité merveilleuse, épouse des sultans,
Dont les palais légers, fragiles, éclatants,
D'un triple amphithéâtre enchantent le Bosphore ?
Connaissez-vous ses tours, ses dômes, ses forêts
De mâts, de cyprès noirs et de blancs minarets
Où l'or dans un ciel bleu jour et nuit étincelle ?
Des arts de l'Orient la fille la plus belle,
Du dernier Constantin cette veuve infidèle ?
Cette Istamboul enfin, dont le miroir des mers
Répète avec amour le ravissant rivage,
Qui se plaît à s'y voir, et dans tout l'univers
        N'a d'égale que son image ?
De son premier aspect tout votre œil s'éblouit,
Frappé, quand elle accourt au-devant de vos voiles,
Comme, au sein d'une fête, alors que dans la nuit
Quelque feu jaillissant au ciel épanouit
        Son bouquet éclatant d'étoiles.

Ah! que de sa splendeur l'Européen séduit,
Enivré des parfums dont la rive est chargée,
S'étonne, en approchant de la ville ombragée,
Où par enchantement tout lui semble produit,
Où le jour est sans voix, le mouvement sans bruit!
Qu'il regarde surpris, quand d'un léger caïque
Il voit, sur trois penchants, de lumière dorés,
Et d'innombrables toits couverts et colorés,
Se peindre le tableau de la cité magique ;
Venir, et près de lui passer de toutes parts
Ces cyprès, vastes bois, d'où, sans borne aux regards,
En globes, en croissants, en flèches, l'or s'élance,
Et renvoie au soleil les rayons qu'il lui lance ;
Ces merveilleux jardins, ces dômes, ces bazars,
Ces sérails, ces harems, solitudes peuplées
Où règnent, à genoux, des idoles voilées;
Ces transparents séjours aux grilles de roseaux,
Qui laissent voir des fleurs, des orangers, des eaux,
Des yeux noirs et brillants... Mais la terreur glacée,
Sentinelle invisible assise aux portes d'or
De l'enceinte, où plongeait l'œil ignorant encor,
Repousse les regards et même la pensée.

MELVIL A ÉLISABETH

FRAGMENT DE LA TRAGÉDIE DE « MARIE STUART ».

Madame, on vous abuse alors que de Marie
On vous fait redouter les complots et la vie.
C'est dans sa seule mort qu'est tout votre danger.
Vivante, on l'oubliait ; morte, on va la venger.
Les peuples désormais ne vont plus voir en elle
Celle qui menaçait leur croyance nouvelle,
Mais une reine esclave au mépris de ses droits,
Mais le sang de Henri, la fille de leurs rois.
Demain, entrez dans Londre, où, naguère adorée,
Vous traversiez les flots d'une foule enivrée,
Au lieu de ces longs cris, de ces regards joyeux,

Qui frappaient votre oreille et qui suivaient vos yeux,
Vous trouverez partout une crainte muette,
D'un peuple mécontent menaçante interprète,
Ce silence glacé dont, terrible à son tour,
Il avertit les rois qu'ils n'ont plus son amour.
Vous n'achèverez pas. D'une tache éternelle
Vous ne souillerez point une vie aussi belle,
Madame ; vous craindrez que l'équitable voix
Qui dicte après leur mort le jugement des rois,
Rangeant Stuart parmi les injustes victimes,
Ne place son trépas sur la liste des crimes.
Vous craindrez que la voix de vos accusateurs,
Couverte maintenant par le bruit des flatteurs,
N'aille un jour, soulevant l'inexorable histoire,
Devant son tribunal citer votre mémoire.
Vous frémissez. Je tombe à vos sacrés genoux :
Si ce n'est pour Stuart, grâce, grâce pour vous !

TRIOLETS

Lorsque je pense à mon tombeau,
Mon regret est pour la lumière.
Le soleil me semble si beau,
Lorsque je pense à mon tombeau.
Quoi ! cet admirable flambeau
Ne rouvrirait plus ma paupière !
Lorsque je pense à mon tombeau,
Mon regret est pour la lumière.

Mais par delà le monument
Il est une aurore éternelle ;
L'âme la voit incessamment
Par delà le froid monument.
Dans la beauté du firmament,
Dieu lui-même aux sens la révèle.
Par delà le froid monument
Il est une aurore éternelle.

LEFÈVRE-DEUMIER (Jules)

Né à Paris, en 1799, il était prêt pour le grand mouvement romantique, lorsqu'il commença. En 1823, nous l'y trouvons déjà lancé sur la trace de lord Byron, qui, de loin, en est l'initiateur. Il publie le *Parricide*, inspiré par un de ses poèmes, et donne à la suite d'autres imitations de *Parisina*, de *Manfred*, etc.; mais en même temps il n'oublie pas nos poètes. Il fait fête à ceux qui ont aidé aussi à l'essor nouveau. Son *Hommage aux mânes d'André Chénier* est une page éclatante, de laquelle se détache ce beau vers qui est resté :

Adieu donc, jeune ami, que je n'ai pas connu.

Il voyagea ensuite ayant toujours Byron pour guide. Il fit un assez long séjour en Italie d'où il nous revint, en 1825, avec son recueil, *le Clocher de Saint-Marc*. Il y retourna pour aller jusqu'en Grèce, puis il s'absorba dans la méditation et l'étude. En 1833 seulement, on le revit apportant un nouveau volume de vers, *les Confidences*, où on le sent plus ferme, plus fortement nourri de toutes les moelles qui font celles de l'esprit et de l'âme : le rêveur s'était fait penseur.

Ensuite on ne le voit plus, ce n'est pas une éclipse, mais une retraite. Il vit avec ses livres à l'Abbaye du Val, qu'il doit à l'héritage d'un parent, dont par reconnaissance il ajouta le nom au sien. On ne l'appela plus que Lefèvre-Deumier.

Après s'être préparé pour un immense ouvrage, où il eût exposé ses idées sur toutes choses, et dont il n'a publié que deux volumes, *Œuvres d'un désœuvré*, il reparut encore et donna son nouveau recueil de vers, *Vêpres de l'Abbaye du Val*, dont, par fragments, l'*Artiste* avait eu la primeur.

Il s'était marié, il avait épousé mademoiselle Roulleaux-Dugage, qui fut, comme on sait, un sculpteur distingué; il était père de famille. Tout cela devait le fixer à Paris, il ne le quitta donc presque plus.

En 1857, il avait tout prêt un dernier volume de vers. Il ne différa pas pour le publier. Le titre, le *Couvre-feu*, était de mauvais présage. Pour Jules Lefèvre affaibli, malade, on y sentait comme le tintement d'une cloche funèbre. Quelques mois après, il était mort.

LA VIE HUMAINE

Notre vie est semblable à l'étoile qui file,
Au nuage d'albâtre où l'azur se faufile,
Au chant du passereau sur les buissons verdis,
Au vol de l'aigle errant autour du paradis,
Aux grains d'argent tombés du voile de l'aurore,
Au flambeau vacillant dans les ombres qu'il dore,
Au papillon rôdeur qui le prend pour le jour,
Aux brises d'orient, dont le volage amour -
Soulève des ruisseaux l'humide rêverie,
Aux sillons dont il brode en courant la prairie,
A cet arc sept fois teint d'une splendeur d'emprunt,
A l'insecte de feu qui luit sous un ciel brun,
Au son de l'*Angelus* que la cloche soupire,
A l'encens d'une fleur que le printemps respire,
Aux récits des amants, le soir, sous les bouleaux :
Tout cela, c'est la vie ; et ces riants tableaux
N'en sont tous cependant qu'une affligeante image.
L'étoile qui s'envole a le sort du nuage ;
Le passereau s'enfuit, l'aigle ne revient pas ;
Les larmes du matin se sèchent sous nos pas ;
Le papillon se brûle à des flambeaux qui meurent ;
Jamais les plis du vent sur les prés ne demeurent ;
L'arc-en-ciel se déflore au soleil qui le peint ;
La cloche en pleurs se tait, le ver luisant s'éteint.
L'encens s'évanouit ; l'histoire commencée
S'arrête : rien n'écoute... et la vie est passée !

TRISTESSE

Quand les vents froids du nord, sifflant dans la vallée,
Courbaient des saules noirs la tête échevelée ;

Quand la neige, en nos champs dépeuplés de gazon,
Laissait tomber des airs sa frileuse toison,
J'accusais tristement l'hiver de ma paresse.
Mais que l'herbe, disais-je, en nos prés reparaisse,
Que le ruisseau glacé recommence à courir,
L'abeille à voltiger, l'églantine à s'ouvrir;
Que l'oiseau, retrouvant ses palais de feuillages,
Comme un bouquet qui vole, anime les ombrages,
Et l'éclair endormi renaîtra dans mes yeux;
Mon front sera serein, mon cœur sera joyeux,
Et de mes vers captifs la source qui sommeille,
Va, comme le ruisseau, l'églantine et l'abeille,
Bondir et murmurer, voltiger et fleurir.
Qui pourrait s'égayer, quand tout semble périr,
Quand, veuve du soleil, dont l'éclat la fait vivre,
La nature se meurt sous son manteau de givre?
Attendez que la terre ait cessé de pleurer,
Je chanterai peut-être au lieu de soupirer.
Tout est sombre à présent : voilà pourquoi ma lyre,
Pourquoi mon âme est triste et ne sait pas sourire.
Le printemps maintenant rajeunit nos buissons,
Le torrent ne dort plus sous le joug des glaçons;
Avec le renouveau voici les hirondelles
Qui baignent dans nos lacs la pointe de leurs ailes,
Et le gai loriot, rossignol du matin,
Qui fait luire au soleil ses plumes de satin.
Voici de fleurs en fleurs l'abeille qui butine,
Chaque rayon du jour éveille une églantine.
Mon esprit cependant a gardé sa langueur,
Et l'hiver engourdi ne me sort pas du cœur.
J'ai changé de tristesse et non pas d'habitude;
C'est que la prévoyance est une morne étude,
Qui jette un voile noir sur toutes les saisons;
L'âme sans avenir n'a pas deux horizons.
L'ennui fane, en naissant, nos plus pures délices,
Et de nos plus beaux champs dévore les prémices.
Voilà pourquoi je pleure, et pourquoi mon amour
Au milieu du printemps n'en sent pas le retour.
Comme j'étais joyeux au sortir de l'enfance!
Mon incrédulité défiait la souffrance :

Les prés étaient plus verts, et les arbres plus beaux,
Et les airs, ce me semble, avaient bien plus d'oiseaux.
La nature, à cet âge, étincelle de charme.
Chaque idée, en passant, nous emporte une larme ;
On essaie, on choisit vingt sentiers à la fois,
Et le plaisir dans tous éparpille sa voix.
On croit sur son génie assurer sa mémoire,
On assigne une forme aux rêves de la gloire,
Les serres de l'amour étreignent sans douleur,
Même en pleurant, l'espoir a les traits du bonheur.
Plus tard sans la choisir, on a reçu sa route :
Le peu que vaut la gloire, et le prix qu'elle coûte,
On le sait : le dégoût a mis sur nous la main :
La moitié de nos nœuds s'est rompue en chemin,
Ceux qu'on voudrait former deviennent impossibles,
Et, le cœur sillonné de rides invisibles,
Vieux sans être un vieillard, l'esprit chauve et muet,
On s'avance, isolé, vers ce terme inquiet
Qui nous promet de loin un repos dont on doute.
Quand on souffre, la mort ne vient que goutte à goutte.
Voilà pourquoi mon âme est si triste, et pourquoi
Le printemps, sans me voir, passe à côté de moi.

LE BALEINIER

Regardez ce vaisseau, dont une mer fatale
Semait d'écueils tranchants la route boréale ;
Qui, captif de l'hiver, dont l'acerbe rigueur
De ses muscles de cuivre oxydait la vigueur,
Voyait le pôle, armé d'immobiles naufrages,
Autour de sa voilure engourdir ses cordages ;
Et qui, par le printemps, loin du pôle emporté,
Du soleil qu'il revoit sent la chaude clarté
De ses agrès raidis assouplir la rudesse !
De ses ailes de lin dégonflant la paresse,
Il se rouvre les flots qu'il avait crus d'airain ;
Sur des dangers franchis il vogue en souverain ;

Mais du froid, dont il sort, le récent esclavage
Sous un ciel sans péril poursuit son sourd ravage ;
Et, victime du Nord, le navire infiltré
S'engloutit au soleil qui l'avait délivré.
Et cherchez maintenant le sens de ce symbole!
Vous en voyez plus d'un sous cette parabole.
Moi, celui que j'y vois, c'est que souvent, hélas!
Au sort qu'il a vaincu l'homme ne survit pas.
Le destin terrassé garde longtemps rancune.
Qu'on laisse prendre au cœur le pli de l'infortune,
Le salut vient trop tard : et sourdement blessé,
On meurt en plein bonheur de son malheur passé.

A MES DEUX FILS

FRAGMENT DE LA DÉDICACE DU « COUVRE-FEU ».

Causez souvent de moi, mais pas longtemps ; mon ombre
Rendrait, en vous suivant, votre chemin plus sombre.
Aimez toujours les vers ; quand ils sortent du cœur,
Les vers, échos du ciel, rendent l'homme meilleur..
Dites de moi, caché sous ma muette argile :
« Il a chanté tout bas tout ce qu'aimait Virgile,
« Et si le monde ingrat ne s'en est pas douté
« C'est que sans doute, hélas! il n'a pas écouté. »
Voilà, mes chers petits, mon oraison funèbre!
Vous la répéterez pour que je sois célèbre.
J'y compte, et c'est pourquoi, mes bons petits amis,
Je vous offre ce livre, où mes vers endormis
Refleuriront sans tache à votre haleine aimée.
Votre mémoire, enfants, c'est là ma renommée.

LEGOUVÉ (Ernest)

Quoiqu'il n'ait pu connaître son père, le célèbre auteur du *Mérite des femmes,* et se pénétrer de ses idées et de ses sentiments — il le perdit en 1813, lorsqu'il n'avait que cinq ans — il n'a pas moins, tant ces sentiments et ces idées étaient dans le génie de sa famille, et dans son sang pour ainsi dire, continué ce qui s'y trouvait de traditions de tendresse pour les mères et de sollicitude éclairée pour les enfants. L'excellent Bouilly, qui fut son tuteur et à la mémoire duquel, en mainte occasion, il a payé sa dette de reconnaissance, était là d'ailleurs pour le lui rappeler.

A dix-neuf ans, il préluda par un prix de poésie à l'Académie française, mais sans beaucoup s'embarrasser de cette couronne classique, il se jeta résolûment dans le Romantisme, pour lequel ses premiers gages furent : un recueil de poèmes dramatiques, les *Morts bizarres,* en 183?, et un poème d'un assez long souffle, les *Vieillards,* en 1834.

Dans l'un, il touchait au théâtre, où il fut bientôt entraîné ; dans l'autre, il touchait à la famille, vers laquelle il allait de lui-même.

Le beau dialogue en vers, les *Deux mères,* qu'il publia en décembre 1836, dans la *Revue de Paris,* et que je ne sais pourquoi il n'y a pas repris, fut peut-être la première expression de sa tendre admiration pour les mères. Il était impossible — on s'en convaincra tout à l'heure — de la donner plus touchante et plus vraie.

Il fit ensuite, pour l'*Encyclopédie* de P. Leroux et Jean Reynaud, son bel article *Femme,* qu'il devait plus tard développer au Collège de France, dans une série de ces conférences, où il est maître sans partage ; et qui prit, de 1848 à 1864, sa forme définitive en deux volumes : *Histoire morale des Femmes* et la *Femme en France au XIXᵉ siècle.*

Au théâtre, sa première pièce fut *Louise de Lignerolles,* écrite avec Goubaux (Dinaux), et jouée en 1838 à la Comédie Française ; mais nous ne dirons quelques mots que de ses ouvrages en vers, laissant ainsi de côté, à notre grand regret, tout ce qu'il y fit avec Scribe : *Adrienne Lecouvreur, Bataille de dames,* les *Contes de la Reine de Navarre,* etc., et même son excellente comédie, écrite sans collaborateur : *Par droit de conquête.*

Dans son théâtre en vers, je trouve trois tragédies : *Guerrero ou la Trahison,* œuvre énergique, inspirée par un épisode des révolutions de l'Amérique du Sud ; *Médée,* cause et victime d'un long débat avec mademoiselle Rachel, et victoire éclatante

312 LEGOUVÉ (ERNEST).

pour madame Ristori qui, par sympathique admiration pour
l'auteur, ami dévoué de leur chère Italie, le vengea, d'une façon
digne de l'homme et de l'œuvre, des injustes fantaisies de la
tragédienne française; enfin, les *Deux Reines,* frappées d'interdit par la censure, tant que dura l'Empire, et qui eurent, depuis,
leurs jours de brillante revanche, au théâtre Ventadour, avec
la musique de Gounod.

Nous ne lui connaissons qu'une comédie en vers, *Un jeune
homme qui ne fait rien,* très jolie pièce toujours au théâtre, et
dont il avait d'abord fait lecture à l'Académie française, avec
ce merveilleux talent de « liseur », qui n'a pas son égal.

M. Ernest Legouvé est de l'Académie française depuis 1855.

DEUX MÈRES

Par une belle aurore, en la belle saison,
Sous d'épais châtaigniers, et sur un vert gazon,
Foulant de frais sentiers tout semés de pervenches,
Portant toutes les deux de longues robes blanches,
Le bonheur sur le front... deux femmes de vingt ans
Marchaient... et l'air jouait dans leurs cheveux flottants.
L'une a pour nom Clary : radieuse, elle veille
Sur un enfant d'un an qui dans ses bras sommeille :
L'autre se nomme Ellys : les yeux pleins de langueur,
Elle parle un peu bas, s'avance avec lenteur,
Et sourit d'un sourire expirant, éphémère,
Qui nous dit que bientôt elle doit être mère ;
Qui grave sur son front pâli, mais respecté,
Le vénérable sceau de la fécondité ;
Incline à son aspect la tête la moins pure
Et de la femme alors fait une créature
Belle comme l'espoir, et sainte comme Dieu !

. . . .
Et toutes deux causaient ainsi dans ce beau lieu :

ELLYS, embrassant l'enfant.

La ravissante enfant ! Les belles chairs marbrées !
Et ces bras !.... et ce corps !.. et ces boucles dorées !
Et cet œil dont le blanc est si bleu ! non, jamais
La plus charmante femme en pleine fleur d'attraits,

Une ange à dix-huit ans ne sera pure et belle
Comme un petit enfant qui dort à la mamelle!

CLARY.

Puis, en le regardant, c'est si doux de penser
Qu'il ne sait pas encor ce que c'est qu'offenser,
Que jamais rien de faux ni d'impur ne se cache
Sous ce regard limpide et sous ce front sans tache :
Ah! tout enfant d'un an est un enfant Jésus!

ELLYS.

Vous avez bien raison!... Et leurs cœurs ingénus,
Leurs cœurs tout ignorants de la vie et des choses,
Ont la virginité de leurs petits pieds roses,
Qui, n'ayant pas marché, sont frais comme une fleur...
— Et votre enfant déjà vous aime-t-il de cœur?

CLARY.

Oui! car lorsqu'elle voit des larmes sur ma joue
Elle accourt vite avec une petite moue
Et vient baiser mes yeux... pauvre ange nouveau-né
Qui ne sait même pas le nom d'infortuné,
Et qui comprend que Dieu créa dans nos misères
Les baisers des enfants pour les larmes des mères!

ELLYS.

Quand a-t-elle souri pour la première fois?

CLARY.

Ce fut, je m'en souviens, le jour qu'elle eut cinq mois.
Voici comment : un soir je prends une lumière,
Et vais à son berceau pour baiser sa paupière,
Et je la regardais doucement sommeiller,
Ma main sur le flambeau de peur de l'éveiller :
Soudain sans qu'aucun pli, sans que nul penser vague,
Vint glisser sur son front comme l'air sur la vague,
Sans qu'elle remuât, sans que son œil s'ouvrît,
Sa bouche s'étendit faiblement.... et sourit!
Et la nourrice, à Dieu promettant un beau cierge,
Me dit : « Cela s'appelle un sourire à la Vierge. »

ELLYS.

C'est charmant!... Voyez donc! elle sourit encor;
On dirait qu'elle entend. Dans tous vos rêves d'or
Vous la figuriez-vous comme elle est?

18

CLARY.

Pas si belle !

ELLYS.

Quand je pense, ô mon Dieu, qu'à la saison nouvelle
Je serai mère aussi ! D'ici là, chaque soir,
Je veux mettre, Clary, toute une heure à la voir !
Dehors, quand j'aperçois un bel enfant qui passe,
Je m'arrête, je prends sa tête, je l'embrasse ;
Je roule dans mes doigts ses longs cheveux soyeux,
De toutes ses beautés je me remplis les yeux,
Comme si je pouvais lui ravir sa figure,
Et la faire passer, délicieuse et pure,
De mes yeux à mon sein, de mon sein à mon fils :
Était-ce ainsi pour vous ?

CLARY.

Sans doute, et vous, Ellys,
Le soir, près du foyer, lorsque la flamme est morte,
Posez-vous vos deux mains sur le sein qui le porte,
Pour le sentir frémir, tout à votre aise ?

ELLYS.

Et vous,
Quand soudain s'arrêtaient ses mouvements plus doux,
Dans votre cœur alors ne sentiez-vous pas naître
Cette horrible pensée... Il expire peut-être !

CLARY.

Taisez-vous ! taisez-vous ! car encor maintenant
Je ne peux pas quitter ma fille un seul moment
Sans rester, au retour, sur le seuil de la porte,
Tremblante et me disant : Si je la trouvais morte !
Ne parlons pas de mort, et fions-nous à Dieu.
L'enfant dort !

ELLYS.

Dites-moi, quand, faible, évanouie,
Vous avez entendu ce premier cri de vie,
Qu'on reconnaît.... bien qu'on ne le connaisse pas,
Qu'avez-vous...?

CLARY.

J'ai crié, puis j'ai tendu les bras.

ELLYS.

Et quand, le lendemain, en ouvrant la paupière,
Vous vous dîtes soudain ces trois mots : Je suis mère !

CLARY.

Non, ce ne fut pas là mon premier sentiment.
J'étais triste plutôt ; mon corps languissamment
S'affaissait sur mon lit. Ma tête était lassée,
Une douce faiblesse émoussait ma pensée
Comme le lendemain d'une grande douleur ;
Et pourtant j'entendais, tout au fond de mon cœur,
Je ne sais quelle voix touchante et chaleureuse,
Qui me disait tout bas que j'étais bien heureuse.
La porte tout à coup s'entr'ouvre... o ciel ! c'était...
C'était elle, ma fille, elle qu'on m'apportait,
Elle, ma ravissante et frêle créature ;
Ellys, ma chère Ellys, devant Dieu je le jure,
Lorsque des bras d'une autre on la posa dormant
Sur mes deux bras vers elle étendus ardemment,
Quand elle me toucha, quand, sur elle penchée,
Dans mon lit, avec moi, tout près je l'eus couchée ;
Quand, la pressant longtemps avec de doux transports,
Je sentis la chaleur de son cher petit corps....
Je crus que tout mon cœur de joie allait se fendre,
Et que mon sein s'ouvrait afin de la reprendre !
Que de baisers alors !... Tout bas je murmurais :
C'est à moi, mon enfant !... ma fille !... Et je pleurais :
Puis c'étaient tout à coup des élans de prière,
Des besoins de tomber à genoux sur la pierre,
Et de crier : Mon Dieu ! combien vous êtes bon !
Et pourtant, de son cœur en comptant chaque bond,
Je regrettais, — de l'âme expliquez le problème ; —
De ne plus la porter en mes entrailles même ;
Elle était plus à moi quand elle était en moi !

ELLYS.

Clary, je voudrais bien oser vous dire... toi !
Quel bien vous m'avez fait ! Vos mots l'un après l'autre
M'apprenaient mon bonheur en racontant le vôtre,
Et je devenais mère... amie, en t'écoutant !

Tout à coup un cri part des lèvres de l'enfant !
C'est le cri du réveil. Alors ces jeunes femmes,
Abaissant leur visage aussi pur que leurs âmes,
Sur cet ange au berceau qui s'éveillait vermeil...

Car un enfant devient tout rose en son sommeil,
Dans cet être charmant baisèrent en silence,
L'une tout son bonheur, l'autre son espérance ;
Puis, après ce baiser bien longuement cueilli,
Comme elles relevaient leur beau front recueilli,
Se rencontrant alors sous leurs longs cils de soie,
Leurs yeux brillants de pleurs et tout noyés de joie
Se fondirent longtemps en un même regard !
Puis, sans se dire un mot et comme par hasard,
Autour de leurs deux cous leurs deux bras s'enlacèrent,
Leurs bouches tendrement devant Dieu se pressèrent...
Car en un seul instant, réunissant leurs cœurs,
Leur amour maternel en avait fait deux sœurs !

L'AME ET LE CORPS

Un jour l'âme et le corps d'un sage,
Tirant chacun de son côté,
Se souhaitaient un bon voyage
Aux portes de l'éternité.
Par un fil se tenant à peine,
En bons époux, sous l'œil de Dieu,
Ils disputaient à perdre haleine :
— Adieu, mon corps ! — Mon âme, adieu !

— O mon corps ! dans notre ménage
Tu fus plus despote que roi :
Voulais-je chanter dans ma cage,
Monsieur était goutteux : tais-toi.
Bonne âme, voulais-je une messe,
Tu me menais loin du saint lieu
Fêter... Dieu sait quelle déesse !
— Adieu, mon corps ! — Mon âme, adieu !

— Et tous vos caprices, ma chère,
Pouvez-vous donc les oublier ?
Soupçons, amours, désirs, colère,
Faisaient un forçat du geôlier.

Dans la maison toujours la guerre.
Mais le bail se rompt, grâce à Dieu !
Déménage, ma locataire.
— Adieu, mon corps ! — Mon âme, adieu !

— Et pour le doux péché du diable,
Ingrat, qui répondra là-haut?
Je n'eus jamais part à la table,
Et je vais payer tout l'écot.
— Eh bien ! ma chère, je te prie,
Si Dieu te damne, dis à Dieu
Pour enfer qu'il nous remarie.
— Adieu, mon corps ! — Mon âme, adieu !

— Ah ! pourtant j'ai connu, mon maître,
De beaux jours dans ces jours maudits ;
Et je regretterai peut-être
Notre enfer dans mon paradis :
Tiens, mon corps, que la paix se fasse ;
Ah ! pardonnons-nous devant Dieu
Jours de divorce et jours de grâce.
— Adieu, mon corps ! — Mon âme, adieu !

— Près d'une femme, oh ! que de charmes
Tu savais prêter à mes yeux !
A ma voix tu donnais des larmes ;
Que nous aimions bien à nous deux !
Je m'épurais à ta lumière,
Et tu t'embrasais de mon feu ;
Ah! c'était le ciel et la terre !
— Adieu, mon corps ! — Mon âme, adieu !

— Après trente ans passés ensemble,
Il faut nous quitter à jamais :
Ah! je sens à ma voix qui tremble,
Mon compagnon, que je t'aimais !
Nous reverrons-nous? Je l'ignore...
Tu tombes, je remonte à Dieu.
Ah! serrons-nous la main encore !
— Adieu, mon corps ! — Mon âme, adieu !

LEMERCIER (Népomucène)

Nous dirons de lui ce que nous avons dit de Pierre Lebrun :
S'il n'avait fait que ses tragédies, d'ailleurs remarquables,
Agamemnon et *Frédégonde et Brunehaut ;* ses comédies
Plaute, de *Pinto,* qui parut si hardi en son temps, et le poème
des *Quatre métamorphoses,* nous ne lui donnerions pas place
ici ; mais, sans le vouloir, il est vrai, et surtout sans jamais
l'avouer, il s'est mêlé, dès 1819, aux novateurs littéraires de
la Restauration avec une telle verve, malgré ses quarante-
huit ans, avec un tel feu, une telle originalité presque voisine
du génie, que, de droit, nous devons l'admettre.

La *Panhypocrisiade, ou le Spectacle infernal,* comédie
épique, comme il l'appelle, dans laquelle, à chaque scène et
par chacun des types, il tend à prouver que tout est hypocrisie
dans le monde, fut l'œuvre énorme qu'il lança dans la mêlée
des idées nouvelles, où elle tomba, ne faisant d'abord que le vide
autour d'elle, comme tombent ces pierres des volcans dont on
cherche sous leurs scories brûlantes, l'origine et la nature.

Jamais depuis le seizième siècle, où Lemercier en avait placé
la multiple scène, en la dédiant au Dante, il n'avait paru rien
qui, même de loin, y ressemblât. C'était tout ensemble du
d'Aubigné et du Rabelais, un mélange de *Pantagruel* et des
Tragiques. « L'homme y est donné par Dieu en spectacle au démon », a dit Victor Hugo, lorsqu'il fut reçu successeur de
Lemercier à l'Académie : « Cette *Panhypocrisiade,* ajoute-t-il,
est une épopée, une comédie et une satire, sorte de Chimère
littéraire, espèce de monstre à trois têtes, qui chante, qui rit
et qui aboie. »

Quand vint la guerre des Hellènes, Lemercier y apporta ses
hymnes de combat ; il publia une belle et fière traduction des
Chants héroïques des montagnards et matelots grecs, dont un
fragment vous fera juger plus loin. On voit ainsi qu'il était de
toutes les inspirations du moment ; que par tous les côtés il
s'était fait jour vers la jeune école. Il refusait cependant de la
reconnaître. A sa mort, il en était encore l'ennemi déclaré. Il
combattit trois fois de suite à l'Académie la candidature de
Victor Hugo qui, à la quatrième, en 1840, lui succéda, et ne
fit pas voir, par son discours, qu'il lui gardât rancune.

Lemercier ne le méritait pas. En dehors de ses antipathies
obstinées, que lui-même démentait par ses œuvres, il était d'une
bonté parfaite. Sa vie, qui avait été très courageuse sous l'Empire et très honorable en tout temps, se résumait dans ce vers
qu'il se donna pour épitaphe deux heures avant sa mort :

Il fut homme de bien et cultiva les lettres.

LES QUATRE AGES

Comme Zéphire épris de chaque rose,
Dans mon printemps, j'aimais tout, pour toujours ;
Dans mon été, je m'émus trop sans cause,
Flottant jouet d'amitiés et d'amour.

Amitié froide alarmait ma tendresse ;
Amours trompeurs abusaient de mes soins ;
Soupçons jaloux m'accablaient de tristesse :
Pour mon repos je voulais aimer moins.

Le tiède automne, en rendant mon front blême,
Calme mes sens, donne à mon cœur la paix ;
Sans m'agiter, j'aime à croire qu'on m'aime :
Mais suis-je heureux? Non, j'ai mille regrets.

Vienne l'hiver ! ses graves jouissances
M'enlèveront, dans mes derniers loisirs,
D'un âge vain les folles espérances,
D'un âge ardent les amers souvenirs.

LA PLAINTE DU CHÊNE

FRAGMENT DU CHANT II DE LA « PANHYPOCRISIADE ».

Malheureux arbre! en moi quel murmure s'élève?
Je sens que vers mon cœur se retire ma sève :
Mes membres ont tremblé comme ils tremblent souvent
Du frisson qui les glace à l'approche du vent.
Cependant la fraîcheur et la paix m'environne,
Nul choc ne m'avertit qu'il pleuve ou bien qu'il tonne.
De tous les points divers de l'espace éthéré
La nuit souffle sur moi l'air le plus épuré.

Quel noir pressentiment m'épouvante, me glace?
M'annonce-t-il la fin, moi, dont l'antique race
A peuplé l'univers de tant d'arbres fameux?
La nature me dit que je suis grand comme eux :
En mon accroissement nul voisin ne m'arrête ;
Je sens loin de mon tronc se balancer ma tête ;
Je sens mes bras des cieux mesurer la hauteur,
Et mes pieds des enfers sonder la profondeur.
Ah! qu'importe! La mort va m'entraîner peut-être...
Sais-je comment, pourquoi je commençai de naître?
Sais-je comment, pourquoi sitôt je périrai!
Immobile sur terre, en moi seul retiré,
Je ne vois ni n'entends : aucune voix n'exhale
Le trouble qui saisit mon âme végétale ;
Mais, sensible aux objets qui me viennent saisir,
Non moins que la douleur j'éprouve le plaisir.
Cent hivers, m'arrachant ma robe de verdure,
M'ont déjà fait subir leur piquante froidure,
Et, glaçant mes rameaux comprimés et raidis,
Ont chargé de frimas mes membres engourdis ;
Mais, lorsque du printemps les ailes caressantes,
Revenaient protéger mes feuilles renaissantes,
Quel charme de sentir sa main me délivrer,
Ma sève plus active en mes veines errer,
La force déployer mes tiges vigoureuses,
Le germe entrer au sein de mes fleurs amoureuses,
Et, se multipliant par mille extrémités,
Rapporter à mon cœur toutes leurs voluptés!
Quelle douceur je goûte à boire la rosée,
Et les sucs de la terre à mes pieds arrosée,
Lorsque des chauds étés les feux étincelants
Brûlent ma chevelure et dessèchent mes flancs !
Dans le recueillement du nocturne silence,
De mon secret sommeil paisible jouissance,
Que semblent respecter le mouvement des airs
Et mes hôtes nourris sous mes ombrages verts,
J'entends l'heure où partout les chantres de l'aurore
Font tendrement frémir mon écorce sonore.
Si j'ai peine à dompter les vents et leurs fureurs
Des torrents de la pluie affreux avant-coureurs ;

Si la foudre, sur moi gravant des cicatrices,
M'a déjà de la mort annoncé les supplices ;
N'ai-je donc pas, ô Dieu ! sujet de redouter
La perte des plaisirs qu'elle viendra m'ôter ?
Encor plein de verdeur, mon feu va-t-il s'éteindre ?
Je jouis de la vie ; ô mort, je dois te craindre.

LE TOMBEAU DU KLEPHTE

Le soleil, mollement balancé sur les flots,
De ses rayons mourants effleurait le rivage,
Et semblait à regret fuir un ciel sans nuage ;
A ses fils attentifs Dimos, le vieux Dimos,
    Donnait des ordres en ces mots :
« Allez, enfants, allez : de la source prochaine
Pour le repas du soir qu'on épuise les eaux.
  Toi, Lamprakis, digne sang d'un héros,
Fils de mon frère, approche et sois leur capitaine ;
Prends, revêts mon armure, et siège à mon côté.
Et vous, mes compagnons, du cèdre qui m'ombrage,
Avec le fer chéri que j'ai longtemps porté,
Coupez les verts rameaux ; sur un lit de feuillage
Que je repose encor de vous tous entouré !
Hâtez-vous, que du ciel le ministre sacré
Vienne entendre l'aveu des fautes de ma vie,
Et du joug du péché que sa main me délie !...
J'espérais rencontrer, pour prix de ma vaillance,
En frappant l'infidèle, un plus noble trépas !
Mon heure a bien tardé, la voici qui s'avance....
    Du klephte, qui meurt dans vos bras,
Préparez, mes amis, la demeure dernière.
Que mon tombeau soit vaste, et, debout sur la pierre,
Que j'y puisse combattre au moment du réveil ;
Qu'il s'entr'ouvre aux regards de l'orient vermeil,
    Et, lorsque la saison nouvelle
De son souffle embaumé ranimera vos champs,
Le rossignol plaintif et la vive hirondelle
    Viendront m'annoncer le printemps !

LESGUILLON (Hermance)

Si nous l'admettons seule ici, sans son mari, l'Orléanais J. Les-guillon, qui fut aussi un poète, et souvent même des mieux inspirés, c'est que nous n'avons su où le prendre, tant il se dispersa en improvisations, en vers d'académies provinciales, sans le plus souvent prendre la peine de les ramasser après les avoir ainsi éparpillés partout.

Sa femme, plus soigneuse, n'a rien laissé perdre des siens. Elle en a donné cinq recueils au moins, de 1833 à 1845. Quand elle publia le premier, *Rêveuse,* elle n'était pas encore mariée. Elle le signa donc de son nom de fille, Hermance Sandrin.

Le deuxième, *Rosées,* son meilleur, croyons-nous, est signé Hermance Lesguillon. Il date de 1837; nous y avons pris la pièce qu'on va lire.

Ensuite vinrent : *Rayons d'amour,* en 1841, le *Midi de l'âme,* en 1842, et trois ans après, le *Prêtre au dix-neuvième siècle,* qu'elle avait fait un peu attendre, pour qu'on ne dît pas qu'elle travaillait trop vite. Ce reproche lui avait été adressé un peu vivement par un critique du *Constitutionnel :* « Les jolis vers ne manquent pas, avait-il dit, il y a même des strophes entières qu'on peut louer à peu près sans restriction ; mais que d'incohérences!... L'auteur semble être victime de son excessive facilité. »

J. Lesguillon est mort peu de temps après la guerre, à soixante-douze ans ; sa veuve, en fidèle gardienne de sa mémoire, a fait jouer, au théâtre du Château-d'Eau, sa grande pièce, *le dernier Figaro ou Cinq jours d'un siècle,* à laquelle il travaillait et cherchait une place depuis plus de vingt-cinq ans.

VAPEURS

Comme le ciel a ses orages,
Comme il a ses sombres nuages,
Ainsi l'âme a de noirs détours !
Comme il a ses brises qui grondent,
Comme il a ses neiges qui fondent,
Ainsi l'âme a ses mauvais jours !

Jours d'indolence et de malaise,
Où tout déplaît, chagrine et pèse,
Où le repos et la raison
Nous paraît chimère barbare,
Qui prend notre route et la barre,
Et tient notre vie en prison ;

Des jours où notre âme oppressée
Est faible, malade et froissée
D'un zéphyr qui passe dans l'air ;
Où notre mémoire est cachée,
Où notre parole est fâchée,
Où notre sourire est amer,

Où notre pensée est oisive,
Comme un écho sur une rive
Qui marche où l'entraîne le vent ;
Où notre sang lourdement coule,
Comme un char funèbre qui roule
Et qui nous emporte au néant ;

Des jours qui sont vieilles années,
Où les fleurs nous semblent fanées.
Où notre œil est désolateur ;
Où le dédain vient et se pose,
Ote le voile à chaque chose,
Sans y trouver son Créateur ;

Des jours de haine et de blasphème,
Où l'on maudit celui qu'on aime,
Celui qui sacra notre vœu ;
Des jours de deuil et d'athéisme,
Où notre croyance est un schisme,
Un schisme qui rejette Dieu !

Oui, des jours dépouillés de charmes,
Où la poésie est sans larmes,
Où la douleur n'a pas d'accent !
Oui, des jours de morte souffrance,
De courage sans espérance,
Où tout notre cœur est absent !

LUCAS (Hippolyte)

Né à Rennes, en 1807, il fut travailleur comme l'est tout Breton, mais avec plus de douceur et de calme. Le vers, lorsqu'il se dégageait de la pratique du journalisme, à laquelle il fut presque toute sa vie enchaîné, était la forme qu'il préférait. Il en faisait la toilette de son esprit.

Son premier ouvrage, en 1829, lorsqu'il vint s'installer à Paris, fut une traduction en vers du *Corsaire*, de Byron, faite avec Boulay-Paty. Cinq ans après, dans son recueil d'esquisses, le *Cœur et le monde*, dont le succès exigea bientôt une seconde édition, les poésies se mêlaient à part égale aux contes et aux nouvelles. Quand la double critique des livres et du théâtre l'eut accaparé, c'est par la rime encore qu'il se délassa et se détendit.

Pour qu'on ne lui reprochât point de faire concurrence d'invention aux auteurs qui étaient les justiciables de son feuilleton du *Siècle*, il fit moins des pièces que des études dramatiques, d'après les Grecs Euripide et Aristophane et les Espagnols Lope de Véga et Calderon. On eut ainsi à l'Odéon ses diverses traductions : *Alceste*, les *Nuées*; l'*Hameçon de Phénice*, le *Médecin de son honneur*, le *Vrai Cid*. Le Théâtre-Français n'en joua qu'une : *le Tisserand de Ségovie*, où, dans un très beau rôle, Ligier se tailla un beau succès. Nous ne parlerions ni de ses opéras ni de ses opéras-comiques, si parmi ces derniers nous n'en trouvions un qui a beaucoup marqué : c'est *Lalla Rouck*, dont Félicien David a, comme on sait, fait la partition.

Hippolyte Lucas est mort bibliothécaire à l'Arsenal au mois de novembre 1878.

PENSÉES DU TEMPS

O siècle impatient !... Oui, ce temps où nous sommes
N'est point le temps des longs et des savants travaux ;
Nous voulons en un jour un nom parmi les hommes :
C'est assez d'un effort pour vaincre nos rivaux.

La gloire à nos regards semble une loterie
Où l'on peut tout gagner avec un faible enjeu ;
Mais lorsqu'en un moment la veine s'est tarie,
Lorsque l'on a perdu quelques coups à ce jeu,

L'espérance s'en va ; l'illusion ravie
Dans le fond du cœur laisse un désespoir amer :
On craint d'être un comparse au drame de la vie,
Un flot errant perdu dans une vaste mer.

Comme l'amant se croit trompé par sa maîtresse
Pour un moins doux sourire, un moins tendre regard ;
Quand l'inspiration quelque temps le délaisse,
Le poète se plaint d'être trahi par l'art.

Pourquoi faut-il qu'alors votre troupe revienne,
Fantômes impuissants de ses rêves de feu ?
Vous demandez la vie à qui sent fuir la sienne,
Ingrats, sans voir que l'homme a cessé d'être Dieu !

Votre souffle inconstant l'abat et le relève ;
Il ressemble au roseau qui plie à tous les vents ;
Comme vous, dont l'appel le tourmente et l'achève,
Il devient presque une ombre au milieu des vivants.

A votre pâle foule enfin le suicide
Se mêle, et vous chassant, près de lui reste seul,
S'assied à ses repas, tel qu'un hôte homicide,
Le berce chaque nuit dans les plis d'un linceul.

Comme au nègre accablé du poids de l'esclavage,
Il dit : Je suis le roi d'un monde où tout est mieux.
Viens, suis moi. Le poète écoutant ce langage,
Cède, et s'en va chercher une patrie aux cieux.
. . . .

Habitez-vous Paris, Babylone des villes,
Sortez-en quelquefois : vous reviendrez meilleur.
Allez vivre un moment loin de ses cœurs serviles,
Loin de sa foule au rire incrédule et railleur.

19

Allez, si vous avez un toit héréditaire
Où des parents aimés fêtent votre retour,
Allez : retrempez-vous à cette source austère
Où vous avez puisé l'innocence et l'amour.

Dans les yeux d'une mère, ô tendresse! tu brilles;
Tu réjouis le front des frères ou des sœurs :
L'âme s'épanouit au souffle des familles,
Comme l'arbre au printemps reprend toutes ses fleurs.

L'étude doucement occupe les journées;
On relit son Virgile au sein des bois épais,
Ou bien, près des amis de ses jeunes années,
On parle du passé, temps de joie et de paix.

On se laisse entraîner dans vos naïves rondes,
Enfants nés au départ qu'on trouve si grandis;
On aime à dénouer vos chevelures blondes,
Têtes de chérubins, anges du paradis.

On aime vers le soir, dans les sombres allées,
Les bêlements plaintifs des agneaux égarés,
De l'*Angelus* lointain les dernières volées,
Et tous les bruits du soir qui meurent par degrés.

On promène longtemps ses vagues rêveries
Sous les cieux étoilés de leurs mondes de feu;
On cherche à soulever ces riches draperies
Qui cachent au regard la majesté de Dieu !

Enfin on vient errer au fond du cimetière
Où quelque front chéri dans une tombe dort;
Et, foulant sous ses pieds une humaine poussière,
On comprend mieux la vie, en consultant la mort.

Le doute n'ose pas, sur les os de nos pères,
Descendre et s'acharner, ainsi qu'un vil corbeau :
Comme la fleur qui croît dans les champs funéraires,
La foi prend bien souvent racine en un tombeau.

MAGU

Un des premiers venus et des plus sincères parmi les ouvriers poètes de ce temps-ci. Pauvre tisserand à Lizy-sur-Ourcq, dans la Brie, il devint poète tout naturellement, sans autre étude que quelques lectures, et ne s'abusant pas sur ce qu'il pourrait faire. Il nous le dit en toute franchise dans sa pièce : *Pourquoi je ne suis poète qu'à demi.* En 1839, à cinquante et un ans, ayant déjà beaucoup rimé, il se laissa aller à publier un recueil au titre le plus modeste, *Poésies.* Le succès lui fit bientôt donner un second volume. Comme l'abeille qu'il a si bien chantée dans une de ses pièces les mieux inspirées, il butinait dans tous ses épis. En 1845, il n'en fit qu'une seule gerbe, un recueil unique, dont un ami, M. Aug. Chopin, avait avant de mourir payé les frais, et que madame Sand recommanda par une préface des plus sympathiques pour « le bonhomme Magu », comme elle l'appelle, et pour ses vers : « Il y en a, dit-elle, de si vraiment adorables qu'on est attendri, et qu'on n'a le courage de rien critiquer. »

Magu est mort en 1860, à soixante-douze ans.

A MA NAVETTE

Cours devant moi, ma petite navette ;
Passe, passe rapidement !
C'est toi qui nourris le poète,
Aussi t'aime-t-il tendrement.

Confiant dans maintes promesses,
Eh quoi ! j'ai pu te négliger...
Va, je te rendrai mes caresses,
Tu ne me verras plus changer.

Il le faut, je suspends ma lyre
A la barre de mon métier ;
La raison succède au délire,
Je reviens à toi tout entier.

Quel plaisir l'étude nous donne !
Que ne puis-je suivre mes goûts !
Mes livres, je vous abandonne...
Le temps fuit trop vite avec vous.

Assis sur la tendre verdure,
Quand revient la belle saison,
J'aimerais chanter la nature...
Mais puis-je quitter ma prison ?

A l'astre qui fait tout renaître
Il faut que je renonce encor ;
Jamais à ma triste fenêtre
N'arrivent ses beaux rayons d'or.

Dans ce réduit profond et sombre,
Dans cet humide et froid caveau,
Je me résigne comme une ombre
Qui ne peut quitter son tombeau.

Qui m'y soutient? C'est l'espérance,
C'est Dieu ; je crois en sa bonté :
Tout fier de mon indépendance,
J'y retrouve encor la gaîté...

Je me soumets à mon étoile,
Après l'orage, le beau temps !
Ces vers que j'écris sur ma toile
M'ont délassé quelques instants.

Mais vite reprenons l'ouvrage,
L'heure s'enfuit d'un vol léger ;
Allons, j'ai promis d'être sage,
Aux vers il ne faut plus songer.

Cours devant moi, ma petite navette ;
Passe, passe rapidement !
C'est toi qui nourris le poète,
Aussi t'aime-t-il tendrement.

MARMIER (Xavier)

M. Marmier est de Pontarlier, à quelques pas de la Suisse, ce pays des premiers voyages, et, par les voyages, la terre bénie de l'inspiration. En 1830, il avait déjà assez couru le monde, depuis la Suisse jusqu'en Hollande, pour en revenir poète. Il rapportait un volume d'*Esquisses poétiques,* qu'il se hâta de publier pour repartir plus vite. Nouveau retour quelques années après, et moisson nouvelle, dont il fit deux parts : l'une formée des chants populaires qu'il avait écoutés et transcrits au vol en Allemagne, en Suède, en Russie, et qu'il publia sous le titre de *Chants populaires du Nord;* l'autre, composée de ce qu'il avait écrit sous la dictée de ses émotions, à la vue des grands spectacles de la nature et à la lecture des grands poètes dont il visitait la patrie. C'est ce qu'il appela *Poésies du voyageur.*

Depuis lors, il s'en est tenu à la prose, voyageant toujours, mais en savant et en historien, observant sur les routes, mais n'y rêvant plus.

Les volumes si intéressants que nous avons ainsi gagnés nous dédommagent des vers que nous y avons perdus.

Il y a dix ans environ, il fit un retour vers la poésie, mais des plus discrets et tout intime. Son volume intitulé *Dernières glanes* ne fut tiré qu'à cent exemplaires.

M. X. Marmier est de l'Académie française. Il y a succédé, en 1870, à M. de Pongerville.

L'ENFANT MOURANT

IMITÉ D'ANDERSEN

Ma mère, je suis las, et le jour va finir,
Sur ton sein bien-aimé laisse-moi m'endormir,
Mais cache-moi tes pleurs, cache-moi tes alarmes.
Tristes sont tes soupirs, brûlantes sont tes larmes.
J'ai froid. Autour de nous, regarde, tout est noir;
Mais lorsque je m'endors, c'est un bonheur de voir

L'ange au front rayonnant qui devant moi se lève,
Et les rayons dorés qui passent dans mon rêve.

N'entends-tu pas des chants, des chants harmonieux,
Tels qu'un jour nous devons en écouter aux cieux?
L'ange est à nos côtés; il m'appelle, il m'attire.
Je l'entends qui me parle, et je le vois sourire.
Je vois de tous côtés d'admirables couleurs:
C'est l'ange aux ailes d'or qui me jette des fleurs.
Dans ce monde, ma mère, aurai-je aussi des ailes?
Ou bien faut-il mourir pour les avoir si belles?

Pourquoi me presses-tu tristement dans tes bras?
Pourquoi ces longs soupirs que je ne comprends pas?
Pourquoi ces pleurs ardents sur ta joue enflammée?
Ah! tu seras toujours ma mère bien-aimée.
Mais je t'en prie encor, ne pleure pas ainsi.
Si je te vois souffrir, hélas! je souffre aussi.
J'ai mal, et la douleur assoupit ma paupière.
Adieu! l'ange m'embrasse: adieu, ma pauvre mère!

EN SUÈDE

Pendant l'hiver en Suède, à l'heure où vient la nuit,
Souvent le voyageur n'entend plus aucun bruit.
Nul oiseau dans les prés ne voltige et ne chante,
Nul ruisseau murmurant au vallon ne serpente,
Nul insecte ne passe en bourdonnant dans l'air:
La plaine entière dort sous son linceul d'hiver;
Le vent dort dans les bois, le lac dort sous la glace.
Tout est inanimé, tout se tait dans l'espace.
Que si la lune alors, le long du ciel obscur,
Sous son disque mobile ouvre un sillon d'azur,
L'œil ne découvre au loin que la montagne blanche
D'où l'orage à grand bruit fait tomber l'avalanche,
La terre inhabitée et le triste sapin
Dont les larges rameaux pendent sur le chemin

Mais quand on a marché quelques heures dans l'ombre,
Au revers du coteau silencieux et sombre,
Soudain on aperçoit la lampe du chalet,
Et la famille est là, la famille au complet :
Enfants, femmes, vieillards, près de la cheminée,
Oubliant les travaux de leur rude journée,
Tous unis l'un à l'autre et satisfaits de peu,
Regardant leur cabane et remerciant Dieu.

A l'heure où la nuit sombre enveloppe la terre,
Souvent j'erre au hasard dans le bois solitaire,
Et lorsque j'aperçois au bout de mon sentier
Le paisible chalet et son joyeux foyer,
Je sens que je suis seul sur la terre étrangère,
Et je m'en vais rêvant au foyer de mon père.

LA MORT D'UN ENFANT

IMITÉ DU HOLLANDAIS

Un jour dans son tombeau la chenille enfermée
Déchire le linceul de sa cellule d'or,
Et laissant sa dépouille informe inanimée,
Se lève toute jeune, et monte, et prend l'essor.

Voyez comme elle fuit, et joyeuse et légère ;
Voyez comme son aile aux riantes couleurs
L'emporte tout à coup au-dessus de la terre,
On la laisse en passant se bercer sur les fleurs.

Enfant, ne pleurez pas votre pauvre chenille :
Regardez sans douleur ce faible corps mourir,
Déjà le papillon là haut dans les airs brille,
Et les anges du ciel le regardent venir.

MARTIN (Nicolas)

Né à Bonn, sur les bords du Rhin, en 1814, d'un père français et d'une mère allemande : il ne fut cependant pas Français à demi ; on le verra par les vers qui suivent, que nous avons trouvés dans la *Revue de Paris* de 1840, et qui sont sans contredit un de ses plus beaux élans.

C'est par la littérature seulement et non par le cœur qu'il tint à l'Allemagne. On la rencontre un peu partout, par échos ou reflets, dans ce qu'il a écrit : *Sonnets et chansons, France et Allemagne, Fragments du livre des harmonies de la famille, Ariel, le Presbytère*, etc.

Il travailla beaucoup, presque toujours avec un certain succès qu'il savait préparer et conduire.

Il est mort, il y a deux ans, chef de bureau à l'administration des douanes.

HYMNE A LA PATRIE

Autel que l'on dépouille et qu'il faudrait orner,
Autel d'où l'on écarte au lieu d'y ramener,
Patriotisme, hélas ! dont les flammes trop pâles
S'éteignent sous les mains des tremblantes vestales,
Où l'âme des héros ne plane plus qu'en deuil,
Où le vieux glaive dort comme sur un cercueil,
Où des drapeaux penchés le vent tire une plainte,
Je t'embrasse aujourd'hui d'une plus vive étreinte.

Blanche statue, on dit que ton marbre insulté
Doit faire place au dieu, qu'on nomme Humanité ;
On dit que ton saint culte était une hérésie,
Et qu'il nous faut rougir de cette idolâtrie. —
Proscrivez donc aussi le culte des tombeaux,
Des pieux souvenirs, et des riants berceaux !

Vous aurez beau chanter, bardes socialistes,
Vous aurez beau parler avocats optimistes,
Et vous, acteurs toujours fardés de dévouement,
Derrière votre peur retranchés lâchement, .
Qui du manteau troué d'un faux patriotisme
Voulez en vain cacher l'ulcère d'égoïsme :
Vous ne pourrez jamais rendre égaux à nos yeux
Le sol de l'étranger et le sol des aïeux ;

Vous ne verserez pas aux langues étrangères
Ce miel qu'a seul pour nous l'idiome de nos mères ;
Vous ne pourrez jamais détruire dans les cœurs
Ni le fiel des vaincus, ni l'orgueil des vainqueurs ;
Vous ne changerez pas l'instinct des vieilles races ;
L'histoire fume encor de leurs sanglantes traces ;
Laissez les nations marcher dans leur chemin,
Ou, pour les réformer, changez le cœur humain.

Conservons, conservons les vertus anciennes,
L'ombrageuse fierté des âmes citoyennes,
Le respect des grands noms, trésor du souvenir,
Chaîne dont le passé nous lie à l'avenir.

MENNESSIER-NODIER (MME MARIE)

C'est cette charmante Marie Nodier, la joie et le sourire des soirées, dont son père était l'esprit, « qui, dit Jules Janin, nous faisait avec tant de mérite et de charme les honneurs du salon de l'Arsenal. »

Elle était née le 22 avril 1811, à Quintigny, dans le Jura, où son père avait dû se retirer après ses attaques bien inoffensives pourtant contre l'Empire. Personne ne fut mieux douée : elle était jolie, poète, musicienne — on a d'elle des mélodies charmantes, celle entre autres qu'elle écrivit pour une romance d'Alfred de Vigny : *le Bateau* ; — mais par dessus tout, elle était bonne.

Une dot seule lui manquait. Son père, afin qu'elle l'eût, se dévoua, il fit le plus grand sacrifice qu'un bibliophile — et l'on sait s'il l'était — puisse faire : il vendit sa bibliothèque. A ce prix, Marie put se marier. Elle épousa, en 1831, M. Jules Mennessier, qui, bien qu'il ne fût pas dans les lettres, n'y gêna pas ses goûts. Elle put continuer tout à son aise d'être poète et musicienne. Elle publia, en 1836, son joli recueil, *Les perce-neige*, puis écrivit un peu partout dans les feuilles spéciales pour les femmes et les enfants.

Après la mort de son père, elle suivit son mari à Metz. C'est là que, tout au culte d'une chère mémoire, elle écrivit son intéressant et pieux volume : *Charles Nodier. Épisodes et souvenirs de sa vie.* Il parut en 1867.

Madame Mennessier est morte depuis la guerre.

POUR ENDORMIR MA FILLE

Tous les petits oiseaux du bois
Ont caché leur tête à la fois
    Sous leur aile ;
Tous les petits enfants aimés
Ont éteint de leurs yeux fermés
    L'étincelle.

Les marguerites dans les prés,
Les alouettes dans les blés,
    Tout repose
Et dort maintenant comme vous,
O mon oiseau joyeux et doux,
    O ma rose !

Mais ce pauvre nid suspendu,
Mal protégé, mal défendu,
    Se balance ;
Les petits oiseaux effrayés,
Que le vent froid a réveillés,
    Font silence.

Car leur mère, ô ma belle enfant !
Ce matin, d'un vol triomphant,
    S'est sauvée,
Cherchant tout le long du chemin
De quoi nourrir encor demain
    Sa couvée.

Puis un faucheur qui revenait,
Tandis qu'au champ elle glanait,
    L'a surprise,
Gémissant sur son cher trésor,
Abandonné si frêle encor
    A la bise.

Près du petit nid isolé,
Tout refroidi, tout désolé,
    Le vent gronde :
Moi je rêve, et je dis : Hélas !
Mon Dieu, ne me retirez pas
    De ce monde !

Car vous m'avez aussi donné
Une enfant, trésor couronné
    De tendresse ;
Et si votre main la défend,

C'est moi dont l'amour triomphant
  La caresse.

C'est moi qui baise son sommeil,
C'est moi qu'elle trouve au réveil,
      Éveillée ;
Bientôt pourtant, si je mourais,
De ce cœur léger je serais
      Oubliée.

Ingrats, qui nous font tant souffrir ;
Toujours trembler, souvent mourir
      Avant l'heure ;
Vous oubliez vite un trépas,
Anges sereins qui n'aimez pas
      Quand on pleure.

Ainsi vont toutes mes chansons,
S'accrochant aux plus noirs buissons
      Par les ailes,
Et ramenant parmi les fleurs
Les nids perdus et les douleurs
      Maternelles.

MERCŒUR (Élisa)

Type douloureux de ces muses précoces, trop vite encouragées, pour être oubliées plus vite encore, dans un abandon où elles meurent. Mademoiselle Mercœur était née à Nantes, comme l'une des Saphos de l'Empire, madame Dufresnoy ; et l'on s'était empressé de répéter, lorsqu'en 1827, ayant à peine dix-huit ans, elle publia son premier recueil, qu'elle serait l'héritière de ce talent célèbre.

La duchesse de Berry, à qui fut envoyé un exemplaire du volume, fit remercier la jeune fille poète par une lettre des plus flatteuses. M. de Chateaubriand l'encouragea d'un applaudissement encore plus vif.

Venir à Paris, où l'on semblait si bien la comprendre, fut dès lors son rêve. L'année suivante, nous l'y trouvons avec sa mère. Assez heureuse d'abord, elle obtient du ministre une pension de 1,200 francs, et son recueil augmenté de plusieurs pièces se fait un nouveau succès.

Arrive la révolution des trois jours, tout croule pour la pauvre jeune muse : la pension est supprimée, et les vers ne se vendent plus. Pour continuer d'en vivre, elle va en offrir à un journal, où l'a recommandée Alibert. Ce n'est qu'une pièce d'essai qu'elle apporte, de vingt-huit vers au plus. Le rédacteur, qui était en même temps caissier, les lit, les compte, lui aligne vingt-huit sous, et voyant sa stupeur : « Mais, mademoiselle, lui dit-il, je ne paye les autres que deux liards ! — Deux liards ou un sou, ce n'est pas mon prix, dit-elle, » reprend ses vers, les déchire et sort.

La poésie n'étant pas un gagne-pain, elle se mit, pour vivre, à apprendre à lire aux petits enfants de son quartier. « Je voudrais bien, disait-elle quelquefois, avec un triste sourire, savoir si chez les Grecs les poètes avaient du pain tous les jours. »

Une maladie de langueur l'affaiblissait, qui fut aggravée encore par cette misère et finit par l'emporter, le 7 janvier 1835, à vingt-six ans.

Chateaubriand fut un des rares amis qui suivirent son cercueil. On a dit qu'il avait fait pour elle ses stances : *Jeune fille et jeune fleur*. On s'est trompé. Il les avait écrites pendant sa détention à la préfecture de police, le 17 juin 1832, pour la mort d'une autre jeune fille, qui s'appelait aussi Élisa, et elles avaient paru dans l'*Almanach des muses* de 1833, p. 91.

Les Œuvres d'Élisa Mercœur, recueillies en trois volumes par sa mère, ont paru en 1843.

LE CENTENAIRE

Le poids de tout un siècle a fatigué sa tête ;
Que de jours sont passés (soit de deuil ou de fête)
Depuis que dans son sein est enfermé son cœur !
Combien d'êtres, hélas ! qui passaient sur sa route,
Avant lui parvenus au terme qu'on redoute,
　　　Ont délaissé le voyageur !

Oublié par le temps, ruine de soi-même,
Cherchant en vain quelqu'un qui le comprenne ou l'aime,
Du naufrage des ans il n'a sauvé que lui.
Tour à tour dans son cœur laissant leur place vide,
Pour adieu sur son front imprimant quelque ride,
　　　Toutes les passions ont fui.

Enfant, il avait ri dans les bras de sa mère,
Car ce n'est pas au bord que la coupe est amère ;
Dans le monde, plus tard, lorsqu'il s'est élancé,
Quand son âme rêvait d'honneurs, d'amour, de gloire,
Il a cru......Maintenant, même de sa mémoire,
　　　Chaque songe s'est effacé.

Il a vu le délire affecter la sagesse ;
Il a, soit dans sa force ou soit dans sa faiblesse,
Vu tout homme ici-bas sur soi-même abusé ;
Il a vu qu'en tout lieu d'un masque on se recouvre ;
Que ce n'était jamais que quand la tombe s'ouvre
　　　Que le masque était déposé.

C'est quand on a vécu qu'on sait ce qu'est la vie,
Que l'on voit le néant des biens que l'on envie,
Que, fatigué du jour, on n'attend que le soir.
Désenchanté de tout, lorsque la nuit arrive,
A quel banquet encore, et près de quel convive,
　　　Le vieillard pourrait-il s'asseoir ?

PHILOSOPHIE

Lorsque je vins m'asseoir au festin de la vie,
Quand on passa la coupe au convive nouveau,
J'ignorais le dégoût dont l'ivresse est suivie,
Et le poids d'une chaîne à son dernier anneau.

Et pourtant, je savais que les flambeaux des fêtes,
Éteints ou consumés, s'éclipsent tour à tour,
Et je voyais des fleurs qui tombaient de nos têtes,
Montrer en s'effeuillant leur faiblesse d'un jour.

J'apercevais déjà sur le front des convives
Des reflets passagers de tristesse ou d'espoir...
Souriant au départ des heures fugitives,
J'attendais que l'aurore inclinât vers le soir.

J'ai connu qu'un regret payait l'expérience,
Et je n'ai pas voulu l'acheter de mes pleurs ;
Gardant comme un trésor ma calme insouciance,
Dans leur fraîche beauté j'ai su cueillir les fleurs.

Préférant ma démence à la raison du sage,
Si j'ai borné ma vie à l'instant du bonheur,
Toi, qui n'as cru jamais aux rêves du jeune âge,
Qu'importe qu'après moi tu m'accuses d'erreur?

En vain tes froids conseils cherchent à me confondre,
L'obtiendras-tu jamais ce demain attendu?
Lorsqu'au funèbre appel il nous faudra répondre,
Nous aurons tous les deux, toi pensé, moi vécu.

Nomme cette maxime ou sagesse ou délire,
Moi, je veux jour à jour dépenser mon destin;
Il est heureux, celui qui peut encor sourire
Lorsque vient le moment de quitter le festin.

FRAGMENT

Ne jamais redouter le temps qui nous entraîne,
Attendre sans effroi son rappel vers les cieux,
Chaque jour détacher un anneau de sa chaîne,
Mourir sans exhaler des regrets pour adieux ;
Supporter sans chagrin l'oubli de la richesse,
Deviner au regard ce qu'éprouve le cœur ;
Sans cesse prodiguer la plainte à la tristesse,
Et présenter joyeux un sourire au bonheur ;
A l'indigent ami tendre la main d'un frère,
Alléger ses malheurs en lui parlant des cieux ;
Et, fidèle, toujours soulageant sa misère,
De consolants pavots couvrir ses tristes yeux.

. . . .
. . . .

Aimer pour enchanter les peines de sa vie,
Muet à tout soupçon, loin de soi l'exiler,
Retrouver dans ses fils sa jeunesse flétrie ;
Et comme un doux parfum, sur le soir s'exhaler.
Ainsi l'heure toujours en succédant à l'heure
Lui devrait révéler quelques nouveaux bienfaits ;
Jusqu'au jour où, s'ouvrant la céleste demeure,
L'âme au sein de son Dieu se repose à jamais.

MÉRY (Joseph)

Nous l'avons déjà rencontré dans la *Notice* sur Barthélemy, et ce que nous y avons dit de leur collaboration abrégera ce que nous avons à dire sur lui.

Il naquit le 21 janvier 1798, près de Marseille, aux Aygalades, qu'il a si voluptueusement chantées. Un bon prêtre, l'abbé Carrier, fit son éducation, et sans beaucoup de peine, tant était vive son ardeur à tout savoir, et prompte sa facilité à tout comprendre. A treize ans il chantait déjà les petites Glycères et les enfantines Chloés de Marseille, en de jolis vers latins qui n'eussent pas été indignes d'Horace.

Cette muse latine fut longtemps la seule qu'il aima. Il y improvisait comme Ovide, avec lequel, comme l'a remarqué Philoxène Boyer, dans une très curieuse notice, il eut tant d'autres ressemblances. A vingt ans passés, il avait encore le culte de l'hexamètre, bien plus que celui de l'alexandrin.

Pendant une retraite qu'il fit aux Aygalades, après les agitations d'une première jeunesse très tourmentée, où les duels se mêlèrent aux amours, et les voyages les plus lointains — il alla jusqu'à Constantinople — aux premières fougues de la politique la plus libérale ; ce qu'il trouva de mieux à faire pour se reposer l'esprit, ce fut un *commentaire* sur Lucain et sur Juvénal, et une traduction en vers latins de la *Henriade !* Il prépara aussi un livre sur *Rome* qu'il avait étudiée en passant. Mais comme un de ses paradoxes était que, pour bien peindre un pays ou une ville, il est essentiel de ne les avoir pas vus, il ne donna pas suite à cet ouvrage.

Après un an de calme et de vers latins, il se laissa enrôler par son compatriote Barthélemy, pour sa campagne contre le gouvernement de la Restauration.

Il avait déjà fait du journalisme en vers avec Alphonse Rabbe, qu'il avait aidé pour la création du *Phocéen*. Il s'agissait cette fois de se risquer sans faiblir dans le journalisme en vers, dans le pamphlet rimé.

Il y fut l'égal de celui qui le prenait pour second ; disons même que souvent le second fut le premier.

Ils ne mêlèrent pas tout d'abord leurs attaques. Pour les *Sidiennes*, par exemple, « Épîtres à Sidi Mahmoud, envoyé de Tunis, » Barthélemy fit la première et Méry la seconde. C'étaient, l'a spirituellement dit Boyer, « des Dioscures versificateurs ».

Pour la grande bataille de la *Villéliade*, leurs vers commencèrent à se confondre ; dans ce flot de verve et de satire on ne distingua plus un courant de l'autre.

Après Juillet, Méry, quoiqu'il ne se soit pas nommé, fut de presque tous les numéros de la *Némésis*. Sans cet improvisateur toujours prêt, Barthélemy, harcelé de procès, comme poète responsable, n'aurait jamais pu suffire à la tâche. Nous avons dit comment se fit sa désertion, et quel en fut le prix, seule chose que Méry ne voulut pas partager. Ainsi se rompit cette collaboration, où la différence d'allures et de physionomie des deux poètes n'avait pas été la moindre singularité : « Barthélemy est de haute taille, dit Dumas, Méry de taille ordinaire ; Barthélemy est froid comme une glace, Méry ardent comme la flamme ; Barthélemy muet et concentré, Méry loquace et tout en dehors ; Barthélemy manque d'esprit dans la conversation, Méry est une cascade de mots, un paquet d'étincelles, un feu d'artifice. »

C'est en Italie qu'il alla dépenser sa verve. La part qu'il avait prise au beau poème de *Napoléon en Egypte*, et à celui du *Fils de l'homme*, lui avait acquis toutes les sympathies des Bonaparte de Florence et de Rome. Il fut leur hôte et leur enchanteur.

Que de vers il éparpilla sous ce beau ciel, que d'improvisations à chaque coin de cette terre bénie, où il semblait aller comme le féerique épagneul des Contes de La Fontaine qui court en secouant des pierreries !

A son retour, il fit ses romans d'outre-mer : *Héva*, la *Guerre du Nizam, la Floride*, et à voir ce qu'il y met de couleur vraie, de magie étincelante, on aurait pu penser qu'il revenait, non pas de Florence ou de Naples, mais des Indes ou de l'Amérique.

C'était l'homme du soleil. Il lui en fallait dans ses œuvres, il lui en fallait dans la vie. On se moqua beaucoup de ses habitudes de flanelles et de fourrures pendant nos plus chauds printemps de Paris. Il se connaissait, et laissait rire.

A la fin de 1865 ces précautions ne suffirent plus. Il fut pris d'une terrible laryngite, qui le cloua impitoyablement dans son appartement de la rue, trop bien nommée pour lui, « des Martyrs ». Il espérait toutefois. Le printemps le sauverait. « Patience et lilas ! » écrivait-il à un ami. Quand vinrent les lilas, il ne put les aller respirer ; il mourut, en juin, quand tombèrent leurs dernières fleurs.

LAC DE BOLSENA

Après les Apennins, lorsqu'on descend des nues,
Qu'on a fait ses adieux au doux pays toscan,
Qu'on est las de fouler ces grandes roches nues,
Toutes noires encor des flammes d'un volcan ;

Oh! que j'aime à te voir aux régions nouvelles,
Beau lac que le soleil a choisi pour miroir!
En toi que de fraîcheur, soit que tu te révèles
Dans les feux du matin, ou les brumes du soir!

C'est comme un vif plaisir après les ennuis sombres ;
Après les déserts nus, c'est la terre du miel,
C'est la clarté de l'aube après les noires ombres ;
Après le désespoir, c'est le rayon du ciel.

Tu n'as pas eu toujours ces verdoyants asiles
Où l'esclave s'endort pour oublier ses maux,
Ni ces vagues d'azur, ni ces flottantes îles,
Qu'un printemps éternel couronne de rameaux.

Tu n'as pas eu toujours ta pelouse fleurie,
Ni ces rivages d'or, ni ces coteaux voisins,
Où la vigne romaine à l'ormeau se marie,
Où le soleil d'été colore les raisins.

Les siècles écoulés t'ont couvert de mystère,
Beau lac! A cette place où chantent les roseaux,
Un volcan formidable ouvrit son noir cratère,
Et s'éteignit après sous tes tranquilles eaux!

Comme toi, l'Italie, auguste et noble reine,
D'un long fracas d'airain doit troubler ses deux mers,
Puis elle reprendra sa figure sereine,
Ses jours d'azur et d'or après les jours amers.

SUR LA TERRASSE DES AYGALADES

De ce haut perron où les roses
Montent pour toucher notre main,
On peut voir d'un coup d'œil trois choses.
La mer, la ville et le chemin.

La mer nous dit : Crains mes naufrages,
J'ai noyé mes meilleurs amis ;
Et ceux qui bravaient mes orages
Dans mon algue sont endormis.

La ville nous dit : Je suis pleine
De fracas, de brume et d'ennuis ;
Mes jours sont voués à la peine,
Et je manque d'air pour mes nuits.

Le chemin nous dit : Mon ornière
Mène aux pâles climats du Nord ;
On trouve à ma borne dernière
Les peuples assis dans la mort.

Or, la vie est ici dans l'ombre,
Pleine d'un air délicieux,
Au milieu de ces fleurs sans nombre,
Comme les étoiles des cieux ;

Sous ces toits rougis par la tuile,
Baignés par un azur divin,
Où naît l'arbre qui donne l'huile,
Le pampre qui donne le vin ;

Au pied des montagnes arides,
Dont les fleurs couvrent les sommets,
Où le printemps des Hespérides
Commence et ne finit jamais ;

Sous ces verdoyantes arcades
Qui conseillent le doux sommeil,
Dans l'arc-en-ciel de ces cascades
Qui pleuvent avec le soleil ;

Sur ces bords où tout nous convie,
Vivons d'extase et de langueur ;
Cet air est celui de la vie,
La fête des sens et du cœur ;

Vivons dans ce limpide espace,
Et, sans songer au lendemain,
Laissons à la foule qui passe
La mer, la ville et le chemin.

LES HEURES

Les heures sont des fleurs l'une après l'autre écloses
Dans l'éternel hymen de la nuit et du jour ;
Il faut donc les cueillir comme on cueille des roses,
    Et ne les donner qu'à l'amour.

Ainsi que de l'éclair, rien ne reste de l'heure
Qu'au néant destructeur le temps vient de donner ;
Dans son rapide vol embrassez la meilleure,
    Toujours celle qui va sonner.

Et retenez-la bien au gré de votre envie,
Comme le seul instant que votre âme rêva,
Comme si le bonheur de la plus longue vie
    Était dans l'heure qui s'en va !

Vous trouverez toujours, depuis l'heure première,
Depuis l'heure de nuit qui sonne douze fois,
Les vignes sur les monts inondés de lumière,
    Les myrtes à l'ombre des bois.

Aimez, buvez ; le reste est plein de choses vaines.
Le vin, ce sang nouveau, sur la lèvre versé,
Rajeunit l'autre sang qui vieillit dans nos veines,
    Et donne l'oubli du passé.

Que l'heure de l'amour d'une autre soit suivie !
Savourez le regard qui vient de la beauté :
Être seul, c'est la mort ! être deux, c'est la vie !
    L'amour, c'est l'immortalité !

STROPHES A PONCY

Aux bords où, comme toi, ta noble ville est née,
Chante, chante toujours la Méditerranée,
Cet océan d'azur des fortunés climats ;
Mêle ton harmonie à l'écume des lames,
A la voix du marin, aux murmures des flammes
        Qui volent aux cimes des mâts.

Personne mieux que toi ne sonda le mystère
Que l'Océan confie à l'écueil solitaire ;
Mieux que toi n'écouta l'éternel entretien
De la vague et du roc, ces artistes sublimes,
Qui, perdus sans témoin au désert des abîmes,
        N'ont d'autre regard que le tien.

Ton oreille a connu toutes ces mélodies
Qui s'exhalent des flots, par les pins applaudies,
Lorsque, penchés sur eux, ces beaux arbres vivants,
Laissant tomber du ciel des paroles humaines,
Semblent battre des mains sur les vastes domaines
        Où chantent les eaux et les vents.

Travaille en attendant des semaines de fête !
La truelle est un sceptre en tes mains, ô poète !
Personne dans Toulon n'est plus heureux que toi.
Gagne le pain du jour avec l'obole due.
Va ! la planche de chêne à tes pieds suspendue
        Vaut mieux que le trône d'un roi !

LES BOULEVARDS DE PARIS

ᴇɴ 1838

Civilisation! en tête je t'imprime,
N'osant faire courir tes six pieds à la rime ;
Toi, qui sers de parure aux modernes discours,
Une fois dans mes vers j'emprunte ton secours !
Au centre de Paris j'aime à te rendre hommage :
Sur le long boulevard je trouve ton image ;
D'autres, moins indolents, iront user leurs pas
Pour te chercher encore aux lieux où tu n'est pas :
Tu brilles sur le sol où l'ennui me promène ;
Je suis les échelons de ton vaste domaine ;
Et, sans quitter Paris, je te vois, humble enfant,
Grandir et t'élever dans un vol triomphant !

Sur les premiers degrés de cette zone immense,
Au sol de la Bastille une cité commence :
Paris, sur cette place, est l'enfant ombrageux
Qui demande à toute heure un hochet pour ses jeux !
Qui selon ses ennuis, l'embrasse ou l'abandonne ;
Veut ce qu'on lui refuse, et rompt ce qu'on lui donne ;
Passe de l'éléphant au ciron, et sa main
Qui caresse aujourd'hui, brise le lendemain.
Le bourgeois du faubourg a vu de sa fenêtre,
Là, bien des monuments mourir avant de naître,
Et l'éternelle grue au bec aérien,
Qui commence toujours et ne termine rien.
Respectons le sommeil du Marais. — Voici l'orme
Qui couvrit les amours de Marion Delorme !
Quel deuil, depuis le jour où la main du Régent
Prodiguait sous les toits les femmes et l'argent !
Thébaïde, quel est le peuple qui t'habite
Maintenant? le rentier bon bourgeois cénobite ;
Des femmes, qui toujours au bras de leurs maris,
Font une fois par an un voyage à Paris.

Ici, le boulevard est désert, les boutiques
Étalent au néant des merveilles antiques,
De noirs portraits d'aïeux aux enchères vendus
Pour solder les loyers que leurs enfants ont dus.
La nuit, ce boulevard, que l'indigence obère,
S'assombrit aux lueurs du pâle réverbère,
Lorsque, le front rougi de son double fanal,
Passe comme un dragon l'omnibus infernal.
Là, sont des cabarets où le garçon avide
Contemple, ô désespoir ! son réfectoire vide ;
Des jardins recueillis devant une maison,
Où le saule incliné pleure sur le gazon,
Des hôtels du vieux temps où le rentier s'oublie,
Bercé par les langueurs de la mélancolie,
Et s'éveille une fois dans l'année, à l'accent
Du tribun qui réduit l'orageux cinq pour cent.

. . . .

Le théâtre est ici dans son berceau ; les scènes
Retentissent à l'air sur des tréteaux obscènes ;
C'est encore Thespis avec son tombereau ;
Plus loin vous rencontrez le pâle Debureau,
Enfant déjà célèbre, et qui, dans chaque rôle,
D'un geste primitif remplace la parole.
Aux théâtres voisins, le peuple sur trois rangs
Applaudit les vertus et siffle les tyrans ;
Royaume ensanglanté du mélodrame antique,
Ce démon précurseur de l'astre romantique.
Tout auprès c'est le cirque où brillent les tournois,
Où les acteurs sont grecs, musulmans et chinois ;
Où Bisson fit sauter son brick ; où Saragosse,
Chantant son Requiem s'abîma dans sa fosse,
Où toujours continue, aux mains de Franconi,
Le drame impérial à Waterloo fini.

Tout va grandir : déjà le voyageur contemple
Deux cités ; l'une meurt aux limites du Temple,
L'autre perce déjà derrière l'angle aigu
Que signale de loin le cap de l'Ambigu.
Le grand roi de Corneille élève son portique
Au théâtre où brilla le drame romantique,

Pour montrer qu'en tout siècle, et pour tous ses enfants,
La France aura toujours des arceaux triomphants.
Montjoye et Saint-Denis ! Courons ! Bonne-Nouvelle !
Du sommet du Gymnase un monde se révèle !
C'est Paris ! la nuit tombe ; ô merveille ! en deux rangs
Ses étoiles de feu ruissellent par torrents !
Laissez le fanal sombre au pauvre Diogène !
Toute maison reluit au soleil hydrogène ;
Voyez comme le ciel est noir ! En ce moment
Le boulevard ravit sa robe au firmament ;
Sa zone étincelante, à jamais agrandie,
Prolonge à l'horizon un joyeux incendie
Le jour est rallumé, la foule qui le suit,
D'une antique terreur déshérite la nuit.
Plus de dalle au trottoir ; le piéton s'accoutume
A fouler mollement un plancher de bitume.
Plus de bruit au pavé ; tous les pas assoupis
Semblent, comme au salon, marcher sur un tapis.
La foule, de partout, tombe ici ; qu'elle vienne
Des palais qu'éleva la nouvelle Vivienne,
Ou des Panoramas, labyrinthe crétois
Qui rayonne et s'éclaire aux vitres de ses toits ;
Ou du faubourg Montmartre, ou de la longue rue
Richelieu ; de partout cette foule accourue
Inonde à flots pressés le vaste boulevard
Du théâtre d'Odry jusqu'à l'île Favart.
C'est le cœur de Paris : dans ce bruyant espace
Chaque jour en détail toute la ville passe ;
Aussi, même aux cités du splendide Orient,
Aucun lieu n'est plus vif, plus aimé, plus riant,
Dans ce monde inconnu l'étranger solitaire
De Paris sous ses pieds entend battre l'artère.
Ce boulevard unit par un étroit lien
A l'Opéra de France un frère italien.

. . . .

Voyez autour de vous : quelle puissante vie,
Le luxe a prodigué tout ce qui fait envie !
L'hôtel des grands festins aux gourmands est ouvert ;
Le maître prévoyant a mis votre couvert.

20

O Lucullus ! Romain que l'antiquité nomme
Le héros et le dieu du genre gastronome,
Toi qui, mettant à sec les vignobles voisins,
Donnais à tes rôtis des sauces de raisins ;
Qui lançais des vaisseaux sur les flots de Tyrrhène
Pour harponner au vol la hideuse murène ;
Toi qui couvais d'amour quelque fauve animal ;
Toi qui dépensais tant et qui mangeais si mal,
Nous t'avons surpassé ! C'est en vain qu'on nous vante
Ton goût proverbial, ta cuisine savante.

. . . .

Marchons ; tout à nos yeux va se grandir encore.
De monuments lointains la brume se décore ;
La foule s'éclaircit ; le cadre des maisons
Laisse une toile immense à tous les horizons.
Ce quartier de la Paix, clouant le bronze en terre,
Fait une apothéose au héros de la guerre :
Entendez-vous le vol de l'aigle souverain ?
La garde impériale aux grenadiers d'airain,
Déroulant son trésor d'héroïques médailles,
Le coule en piédestal pour le dieu des batailles !
Entendez ce bruit sourd : c'est le bronze qui bout,
Et rend au ciel natal Napoléon debout !
Passons devant ce temple aux allures antiques,
Avec son blanc fronton et ses quatre portiques :
A ce monument neuf, ombre du Panthéon,
La Gloire, sa marraine, avait donné son nom.
Elle eut tort. Aujourd'hui, c'est ta sublime tente,
Madeleine ! ô beauté coupable et repentante !
Patronne d'une ville où tombe à chaque pas,
Madeleine qui pèche et ne se repent pas !
Devant le saint parvis le boulevard expire,
Encor retentissant des gloires de l'Empire.
Paris a fait fortune ; il veut pour son loisir,
Des arbres, des palais, des places à choisir ;
Repu d'honneurs et d'or, il veut des promenades,
Des jardins et des parcs coupés de colonnades :
Paris n'est plus celui de la Bastille ; il sent
Que le goût des grandeurs lui vient en vieillissant.

Vers le Nil où toujours les merveilles sont nées,
Il choisit un bijou vieux de trois mille années ;
Dans l'écrin de Memphis il désigne du doigt
L'Obélisque, présent que Méhémet lui doit ;
Il dit : Je veux avoir ce joyau, fantaisie
Que je tiens d'un satrape en renom dans l'Asie.
Et là, sur ce terrain désert, brûlant et nu,
A la voix de Paris, l'obélisque est venu.
Paris, sur cette place, imite Babylone ;
Partout l'arbre commence où finit la colonne :
A gauche la verdure étagée en gradins,
Couvre les dieux sculptés qui peuplent les jardins ;
L'eau vive d'où s'élance une gerbe éternelle,
Et le cygne endormi, la tête sous son aile.
A droite, courez donc à cet arceau vermeil,
Qui, le jour déclinant, sert de cadre au soleil ;
Et, comme une planète arrachée à la nue,
Le réfléchit encor quand la nuit est venue.
Oh ! c'est là que Paris fonda de ses deux mains
Un bloc à faire envie aux artistes romains !
C'est là que l'empereur monte et respire à l'aise,
Que le marbre vivant chante la *Marseillaise* ;
Que du couchant à l'est et du nord au midi,
Les soldats de Fleurus, d'Essling et de Lodi
Tournent et font baisser ma débile paupière,
Comme si des rayons jaillissaient de la pierre !
Ici la langue expire, et mon vers affaibli
Sur ma lèvre en naissant, se condamne à l'oubli.
L'autre jour, un poète, issu d'une bataille,
Visita ce géant et se mit à sa taille ;
Il couronna son front de lauriers et de fleurs,
Et s'en revint après, lui cachant quelques pleurs.
Ainsi donc, rien ne manque à son noble portique ;
Il garde les parfums de l'encens poétique ;
Il est saint à jamais, car ce n'est point en vain
Que l'ode lui versa son baptême divin.
C'est pourquoi devant lui le voyageur recule ;
Infirme, il reconnaît ces colonnes d'Hercule ;
L'empereur les bâtit, Paris les cisela :
Devant, on trouve tout, et rien n'est au delà !

MICHELET (Jules)

Grand poète en prose, il n'a que bien rarement fait des vers. Toute sa poésie a passé dans l'histoire, ou dans ces livres sur la nature : l'*Insecte*, l'*Oiseau*, la *Mer*, qui marquèrent sa dernière manière.

La petite pièce, *la Mendiante*, que nous donnons ici, est de sa jeunesse, quand il cherchait, comme on dit, sa note, et se demandait sur quel « mode » rimé ou non il chanterait.

Il était alors tout à la piété. Elevé dans une vieille église gothique, où son père s'était fait imprimeur d'assignats, il y avait pris je ne sais quelle mysticité mélancolique, dont sont empreintes tant de pages de ses livres, celles entre autres où il parle de Jeanne d'Arc, et qui resta comme l'auréole de son talent, même lorsqu'il eut rompu avec la foi.

C'est le temps, qui avait suivi de près cette première lecture de l'*Imitation* qui l'avait si vivement ému, et dont il a parlé ainsi : « Comment dire l'état de rêve où me jetèrent les premières paroles de ce livre? Ces dialogues entre Dieu et une âme malade, comme l'était la mienne, m'attendrissaient profondément. Je ne lisais pas, j'entendais... comme si cette voix douce et paternelle se fût adressée à moi-même. »

Jules Michelet est mort le 9 février 1874 à soixante-seize ans. Il avait été professeur au Collège de France, chef de section aux Archives, et membre de l'Académie des sciences morales et politiques.

LA JEUNE MENDIANTE

Sous le portique d'une église,
Révélant le besoin qui causait sa douleur,
Pour la troisième fois, par les ombres surprise,
Se plaignait en ces mots la fille du malheur :
« Je me meurs, je le sens ; je me meurs, car ma vue
Est d'un voile funèbre obscurcie à moitié.
La charité ne m'a pas entendue,
    Et l'aumône de la pitié
    A mon secours n'est point venue.

C'en est fait, orpheline à la fleur de mes ans,
   Rien ne m'a souri sur la terre ;
   Comme le roseau solitaire
   Je cède à l'effort des autans :
   Adieu, triste sol des vivants !
Ma place est dans le ciel, à côté de ma mère.
Adieu, c'est pour toujours !...Mais quoi ! dans ma misère
N'est-il donc plus d'espoir ? Si du moins le sommeil
Fermait quelques instants ma paupière lassée,
   J'aurais encor la force, à mon réveil,
      De tendre cette main glacée.
Tendre la main, souffrir et se voir repoussée !
Hélas ! l'airain qui sonne augmente mon effroi :
Il est minuit : peut-être est-ce ma dernière heure ;
      O mon Dieu ! prends pitié de moi :
Je suis jeune, et j'ai faim, et je veille, et je pleure »
Elle dit, et se tait, et quand le lendemain
S'arrêta près du temple une foule attendrie,
      La pauvre enfant n'avait plus faim ;
Elle ne pleurait plus en attendant du pain,
      Et sa veillée était finie.

CHANT DE L'OISEAU

   Je suis le compagnon
   Du pauvre bûcheron.

   Je le suis en automne,
   Au vent des premiers froids,
   Et c'est moi qui lui donne
   Le dernier chant des bois.

   Il est triste, et je chante
   Sous mon deuil mêlé d'or.
   Dans la brume pesante
   Je vois l'azur encor.

                              20.

Que ce chant te relève
Et te garde l'espoir !
Qu'il te berce d'un rêve,
Et te ramène au soir !

Mais quand vient la gelée,
Je frappe à ton carreau.
Il n'est plus de feuillée :
Prends pitié de l'oiseau !

C'est ton ami d'automne
Qui revient près de toi.
Le ciel, tout m'abandonne...
Bûcheron, ouvre-moi !

Qu'en ce temps de disette,
Le petit voyageur,
Régalé d'une miette,
S'endorme à ta chaleur !

Je suis le compagnon
Du pauvre bûcheron.

MOREAU (Mme ÉLISE)

Née en 1813 à Rochefort, mais élevée à Niort où sa famille
était venue s'établir : elle fut signalée pour quelques jolis vers,
qu'elle avait rimés presque enfant, au préfet, M. de Saint-Geor-
ges, qui l'encouragea, et lui donna des lettres de recommanda-
tions pour Paris. Elle y vint avec sa mère, et y reçut le meilleur
accueil, notamment chez madame de Bawr, dont, par reconnaissance, elle écrivit l'éloge, à sa mort, en 1861.

Le premier recueil de mademoiselle Moreau, *Rêves d'une jeune
fille*, parut en 1837, peu après son arrivée à Paris. Il eut une
2e édition augmentée en 1843. Elle envoya à l'Académie française, pour le concours du monument de Molière, une pièce qui
n'obtint pas le prix, mais fut remarquée. Après quelques autres
publications : *Une destinée*, scènes de la vie intime; *Souvenirs
d'un petit enfant*, etc., elle épousa l'avocat Paulin Gagne, dont
les bizarres conceptions, traduites dans le plus étonnant des
styles, ont fait plus de bruit que ne l'aurait désiré sa femme.

Elle s'y laissa toutefois prendre un peu elle-même. Dans son
poème en douze chants, *Omégar*, on sent qu'elle n'est plus
Élise Moreau, mais madame Gagne. Son mari est mort en août
1876.

TRISTESSE

Sur Paris déjà se balance
Le crêpe brumeux de la nuit ;
Un lugubre et profond silence
Règne dans notre humble réduit.
L'ai-je rêvé, ma bonne mère?
Dis, n'est-ce point une chimère?
Ce soir n'allons-nous pas au bal ?
— Oui, mon enfant, ta robe est prête ;
Des rubans vont orner ta tête...
— Maman, ces apprêts me font mal!....

Aller au bal! lorsque navrée
Par des douleurs qu'il faut céler,
Notre pauvre âme est déchirée,
Nos larmes prêtes à couler!
Aller au bal! quand la souffrance
A nos yeux voile l'espérance,
Quand nous ignorons si demain
Nous aurons du pain!... ô ma mère!
Aller au bal! quand la misère
Nous presse avec sa froide main...

Non, non! il faudrait être folle,
Ou bien n'avoir pas plus de cœur
Que ce monde à l'âme frivole,
Au sourire faux et moqueur!...
Dans cette paisible retraite,
Jusqu'au moment où l'alouette
Commence son chant matinal,
A la lueur de ma bougie,
Je vais rimer une élégie
Pour le feuilleton d'un journal!

Mais quoi! je n'ai plus de pensées!
Elles ont pâli sous mes pleurs;
L'air de Paris les a glacées,
Comme l'hiver glace les fleurs!
De mes derniers accords vibrante,
Comme la voix d'une mourante,
Ma lyre se tait pour toujours:
Adieu donc, sainte poésie!...
Hélas! mon cœur t'avait choisie
Pour appuyer mes tristes jours!

Je croyais tes goûts moins volages,
Noble fille de l'Éternel!
Mais il te faut de verts ombrages,
Un chaume obscur sous un beau ciel;
Des ruisseaux perdus dans la plaine,

Des zéphyrs à la pure haleine,
Un banc sur des gazons fleuris :
Fuis! blanche vierge au doux visage;
Fuis! ces biens ne sont qu'au village,
Et je les cherchais à Paris!...

BONNE FILLE ET BONNE MÈRE

FRAGMENT

Vois-tu ce vert sentier qui fuit dans la vallée,
Et se cache à demi sous les buissons en fleurs!
Viens y prier, il mène au pied d'un mausolée,
Dont chaque touffe d'herbe a grandi sous mes pleurs.

O mon enfant, c'est là que repose ma mère!
Ame pure, envolée au ciel avant le soir,
Et qui ne me laissa dans cette vie amère,
Ni cœur pour m'appuyer ni genoux pour m'asseoir.......

O ma rêveuse Emma, lorsque tu vins au monde,
Sans doute elle brillait aux yeux du Tout-Puissant.
Tes yeux noirs et brillants, ta chevelure blonde,
L'éclatante fraîcheur de ton front innocent,

Tu la dois à ses vœux..... Aime-la bien, ma fille;
Et la Vierge qui règne au palais de l'azur
Ne voilera jamais cette étoile qui brille
Dans son ciel de quinze ans si serein et si pur!

Sois bonne fille, Emma, tu seras bonne mère;
Tu verras qu'ici-bas le bonheur le plus doux,
Le seul, qui ne soit point une ombre passagère;
C'est d'aimer ses enfants et chérir son époux.

MOREAU (Hégésippe)

Sa naissance fut irrégulière, et il ne s'en releva jamais. De la mansarde natale, rue Saint-Placide, n. 9, à Paris, il fut emmené par sa mère à Provins, où son père était professeur au collège. On l'aurait deviné au prénom pédantesque qu'il avait donné à son fils. Il mourut jeune, la mère le suivit bientôt, et l'enfant serait resté abandonné, si on ne l'eût gardé au collège pour achever son éducation qui fut assez brillante. La façon dont il maniait l'hexamètre était une promesse pour le tour pur et distingué qu'il saurait donner plus tard à l'alexandrin.

Ses études finies ou à peu près, il fut recueilli à la ferme de Saint-Martin par la bonne madame Gérard, qu'il retrouva toujours aux heures de peine, et qu'il en a remerciée par une de ses plus jolies pièces, *la Fermière*, son cadeau d'étrennes, le 1er janvier 1836.

Il lui fallait un état. On le plaça, en 1826 — il venait d'avoir seize ans — chez M. Lebeau, imprimeur à Provins, pour y faire son apprentissage. La fille de cet excellent homme le prit en grande amitié. C'est elle que dans ses vers il appelle « ma sœur », et c'est à elle aussi qu'il a dédié ses *Contes* en prose. « Il était à seize ans, disait-elle lorsqu'on l'interrogeait sur Hégésippe, de l'âme la plus délicate et la plus noble ; d'une sensibilité exquise, ayant des larmes pour toutes les émotions simples et pures... »

A Paris, où, quoi qu'on pût faire, il voulut venir et vint en effet, tout cela se gâta par de mauvais contacts, et s'aigrit par la misère, à laquelle il n'opposa que mollesse de courage ou fierté déplacée. Entré comme ouvrier à l'imprimerie Didot, il ne tarda pas à en sortir. Le joug du travail lui pesait. Il se fit maître d'études et traîna deux ou trois ans de pension en pension, de collège en collège, puis il y renonça.

La révolution de Juillet était venue. M. Pierre Lebrun, nouveau directeur de l'Imprimerie royale, voulut l'y attacher. Moreau accepta ; mais, quand arriva l'heure d'aller au travail, il ne s'y rendit pas. C'est par protection qu'il eût travaillé ; ce qu'il appelait « sa fierté » s'y refusait : il aima mieux mourir de faim qu'être obligé à de la reconnaissance !

Malade de privations, il dut entrer à l'hôpital et faillit y mourir. Quand la force lui fut revenue, il retourna chez sa bonne fermière de Provins et s'y refit un peu. Le corps reprit de la santé, mais l'esprit resta malade.

Que fit-il quand il put recommencer à écrire? Une satire, *le*

Diogène, qui, à la façon de *Némésis,* aurait paru chaque semaine. Au quatrième numéro, il avait déjà ameuté contre lui toute la petite ville de Provins, et s'était mis un duel sur les bras.

Il revint à Paris, et y trouva plus de travail qu'il n'en voulut faire. Melle Fouqueau de Pussy, qui dirigeait le *Journal des demoiselles,* nous a souvent raconté ce qu'elle eut de peine à lui arracher page par page quelques-uns de ses contes.

Il vivait comme il pouvait, et couchait n'importe où : dans les champs, au coin d'une borne, sur les marches d'une église. On le ramassa, une nuit, étendu sur celles de la Sorbonne, rimant les couplets d'un vaudeville où il collaborait pour un quart, et qui ne fut pas joué : il acheva sa nuit au Dépôt.

En 1838, Berthaud, du *Charivari,* lui trouva un éditeur pour le recueil qu'il pouvait former avec ses poésies, et auquel il avait donné ce joli titre : *le Myosotis.* Le volume parut, mais trop tard. Moreau, épuisé, venait d'entrer à l'hôpital de la Charité. Il y mourut le 10 décembre suivant, après un touchant retour aux croyances de sa jeunesse, un réveil de piété, dont on trouvera l'expression dans les quelques stances reproduites plus loin, et qui sont fort peu connues, je crois même *inédites.*

M. de Banville, après avoir rappelé quelques-uns de ses plus jolis vers, tels que la pièce sur la Voulzie, charmante rivière qui coule à Provins, a dit de lui : « Il fut un élégiaque inspiré à la grande source de Théocrite. Aussi est-il de ceux dont le nom se ravive et la fête revient au temps où fleurit l'aubépine... L'oubli ne lui prendra que sa politique et ses regains de Béranger. »

A MES CHANSONS

Au Val Bénit partez, fils de ma muse !
A peine éclos, c'est là qu'il faut aller ;
Partez sans moi, vous direz pour excuse :
Il n'a pas, lui, d'ailes pour s'envoler.

Lisant Rousseau, qu'aiment tous les poètes,
Là, j'ai coulé peu de jours bien remplis,
Mais, sans remords, j'ai quitté mes Charmettes,
L'air en est pur, ma pervenche est un lis.

Oh ! quel bonheur de revêtir la brume
Sur le coteau comme un linceul flottant,

Et de chercher à l'horizon qui fume
Là-bas, là-bas, le toit qu'on aime tant ;

Et de poursuivre aux champs, aux bois, sans terme,
Un papillon, un rêve, un feu follet,
Sûr de trouver, de retour à la ferme,
Un doux accueil, du pain blanc et du lait.

Avec le pâtre au ravin j'allais boire ;
M'inspirant, là, pauvre et gai j'y vécus,
Fontaine aux vers, quel conte dérisoire
T'a fait nommer la *Fontaine aux écus* ?

Tu n'eus jamais ce qu'a la boulangère,
Mais quand l'amour me caressait alors,
S'il étreignait une bourse légère,
Il sentait battre un cœur plein de trésors.

Trésors perdus ! la semence divine
Que j'étalais, vaniteux possesseur,
S'est envolée, et rien n'a pris racine ;
Et cependant je vous disais : Ma sœur,

Un beau laurier, sur votre front d'ivoire,
Remplacera la rose des buissons ;
Je le disais, et mon rêve de gloire
A comme tout *fini par des chansons*.

Au Val Bénit partez, fils de ma muse !
A peine éclos, c'est là qu'il faut aller ;
Partez sans moi, vous direz pour excuse :
Il n'a pas, lui, d'ailes pour s'envoler.

LA VOULZIE

ÉLÉGIE.

S'il est un nom bien doux fait pour la poésie,
Oh! dites, n'est-ce pas le nom de la Voulzie?
La Voulzie, est-ce un fleuve aux grandes îles? Non ;
Mais, avec un murmure aussi doux que son nom,
Un tout petit ruisseau coulant visible à peine :
Un géant altéré le boirait d'une haleine ;
Le nain vert Obéron, jouant au bord des flots,
Sauterait par-dessus sans mouiller ses grelots.
Mais j'aime la Voulzie et ses bois noirs de mûres,
Et dans son lit de fleurs ses bonds et ses murmures.
Enfant, j'ai bien souvent, à l'ombre des buissons,
Dans le langage humain traduit ses vagues sons ;
Pauvre écolier rêveur, et qu'on disait sauvage,
Quand j'émiettais mon pain à l'oiseau du rivage,
L'onde semblait me dire : « Espère, aux mauvais jours
Dieu te rendra ton pain. » — Dieu me le doit toujours !
C'était mon Égérie, et l'oracle prospère
A toutes mes douleurs jetait ce mot : « Espère ;
Espère et chante! Enfant dont le berceau trembla,
Plus de frayeur : Camille et ta mère sont là !
Moi, j'aurai pour tes chants de longs échos... » Chimère!
Le fossoyeur m'a pris et Camille et ma mère.
J'avais bien des amis ici-bas quand j'y vins,
Bluet éclos parmi les roses de Provins ;
Du sommeil de la mort, du sommeil que j'envie,
Presque tous maintenant dorment ; et, dans la vie,
Le chemin, dont l'épine insulte à mes lambeaux,
Comme une voie antique est bordé de tombeaux.
Dans le pays des sourds j'ai promené ma lyre ;
J'ai chanté sans échos, et, pris d'un noir délire,
J'ai brisé mon luth, puis de l'ivoire sacré
J'ai jeté les débris au vent... et j'ai pleuré !

Pourtant, je te pardonne, ô ma Voulzie! et même,
Triste, tant j'ai besoin d'un confident qui m'aime,
Me parle avec douceur et me trompe, qu'avant
De clore au jour mes yeux battus d'un si long vent,
Je veux faire à tes bords un saint pèlerinage,
Revoir tous les buissons si chers à mon jeune âge,
Dormir encore au bruit de tes roseaux chanteurs,
Et causer d'avenir avec tes flots menteurs.

LA FERMIÈRE

ROMANCE

ÉTRENNES A MADAME G***

Amour à la fermière! elle est
　　Si gentille et si douce!
C'est l'oiseau des bois qui se plaît
　　Loin du bruit dans la mousse.
Vieux vagabond qui tend la main,
　　Enfant pauvre et sans mère,
Puissiez-vous trouver en chemin
　　La ferme et la fermière!

De l'escabeau vide au foyer,
　　Là, le pauvre s'empare,
Et le grand bahut de noyer
　　Pour lui n'est point avare;
C'est là qu'un jour je vins m'asseoir,
　　Les pieds blancs de poussière;
Un jour... puis en marche, et bonsoir
　　La ferme et la fermière!

Mon seul beau jour a dû finir,
　　Finir dès son aurore;
Mais pour moi ce doux souvenir
　　Est du bonheur encore:

En fermant les yeux, je revois
    L'enclos plein de lumière,
La haie en fleur, le petit bois,
    La ferme et la fermière !

Si Dieu, comme notre curé
    Au prône le répète,
Paye un bienfait (même égaré),
    Ah ! qu'il songe à ma dette !
Qu'il prodigue au vallon les fleurs,
    La joie à la chaumière,
Et garde des vents et des pleurs
    La ferme et la fermière !

Chaque hiver, qu'un groupe d'enfants
    A son fuseau sourie,
Comme les anges aux fils blancs
    De la Vierge Marie !
Que tous, par la main, pas à pas,
    Guidant un petit frère,
Réjouissent de leurs ébats
    La ferme et la fermière !

ENVOI

Ma chansonnette, prends ton vol !
    Tu n'es qu'un faible hommage ;
Mais qu'en avril le rossignol
    Chante et la dédommage ;
Qu'effrayé par ses chants d'amour,
    L'oiseau du cimetière
Longtemps, longtemps se taise pour
    La ferme et la fermière !

A LA VIERGE

Quand le ciel se rougit aux doux feux de l'aurore,
O Vierge de mon cœur, aussitôt je t'implore ;
Et ce vœu plein d'amour s'élève jusqu'à toi :
          Bénis-moi, bénis-moi !

Dans les tourments du jour, lorsque l'ennui me presse,
Au fort de mes travaux, rappelant ta tendresse,
Mes yeux mouillés de pleurs se dirigent vers toi :
          Aide-moi, aide-moi !

Si, voyageur, je suis une route incertaine,
Si la nuit me surprend dans ma course lointaine,
Mon âme en ses terreurs se recommande à toi :
          Guide-moi, guide-moi !

Dans cette vie, hélas ! que d'écueils, que d'orages !
Heureux qui dans le port arrive sans naufrages !
Astre du nautonier, je n'ai d'espoir qu'en toi :
          Sauve-moi, sauve-moi !

La blanche fleur des champs, un beau ciel sans nuage,
Tout me parle de toi, tout m'offre ton image ;
La nuit comme le jour, partout je pense à toi ;
          Pense à moi, pense à moi !

Oui, d'un pauvre exilé sois la fidèle amie ;
A t'aimer, te bénir je consacre ma vie,
Reine du chaste amour, tout mon cœur est à toi :
          Aime-moi, aime-moi.

MUSSET (Alfred de)

Pas un — si ce n'est Victor Hugo — ne commença aussi jeune et ne le resta davantage. A dix-sept ans, en 1827, l'année même où il obtint le second prix de *dissertation latine* au concours général, il était déjà, du moins à l'apparence, et sauf le génie, qui d'ailleurs ne se fit guère attendre, ce qu'il devait presque toujours être : un fanfaron du doute et du dandysme, jouant au lord Byron et se cherchant partout des forces artificielles pour mieux avoir la tenue du rôle. C'en était un, en effet, et qui, Dieu merci, s'évanouissait vite lorsque l'inspiration, reprenant le poète, faisait reparaître l'homme sous son masque, l'esprit sincère sous le faux sceptique, le vrai Français sous le Byron d'emprunt, et nous le montrait enfin ce que Théophile Gautier nous l'a fait si bien voir, « cœur tout ému sous l'allure cavalière ».

C'est du collège qu'il était sorti tel qu'il voulait paraître. Il y avait suivi ce courant de désenchantement « ou, si l'on veut — lui-même l'a dit — de désespérance » ; ce souffle d'universelle négation, qui emportait alors tous les jeunes esprits, et dont il a plus tard, en 1836, si bien parlé dans la *Confession d'un enfant du siècle :* « Qui osera jamais, dit-il, raconter ce qui se passa dans les collèges ? Les hommes doutaient de tout, les enfants nièrent tout ! »

Une lettre, qu'il écrivit à son camarade Paul Foucher, un mois après qu'il fut sorti du collège Henri IV, va nous mettre au fait du degré d'avancement, pour ne pas dire pis, où pouvait en arriver alors, à dix-sept ans, un esprit d'un éveil aussi prompt. Ce sera déjà Alfred de Musset presque complet, dressant sur le seuil de sa jeunesse, j'allais dire de son enfance, le programme de ses idées, de ses goûts, de sa vie.

Les mystères de l'existence le préoccupent et il s'indigne de n'en pas trouver le mot : « Je ne puis souffrir, écrit-il, ce mélange de bonheur et de tristesse, cet amalgame de fange et de ciel. Où est l'harmonie s'il manque des touches à l'instrument ? » Ce n'est pas mal pour un athéisme de dix-sept ans. Vingt ans après l'homme répondit à l'enfant par une de ses plus belles pièces, *Espoir en Dieu.* « L'âge me mûrira, j'espère, » disait Musset dans la même lettre ; on voit que, sur ce point du moins, il prévoyait juste.

Les poètes étrangers, Shakespeare et Schiller en tête, le passionnent. Il en parle dans sa lettre, mais il ajoute, ce qui de même se trouva vrai et se manifesta par les plus brillantes parties de ses œuvres : « J'ai l'esprit français, je le sens. »

Cet esprit toutefois, il ne le voulait que sous sa forme la plus élevée, la plus pure. Le style courant, la prose gazétière lui répugnaient jusqu'à l'écœurement : « Depuis, dit-il, que je lis les journaux, je ne sais pas pourquoi tout cela me semble d'un misérable achevé. » Il persista dans ce dégoût. L'apparition du roman-feuilleton lui fit même, pour un temps, abandonner complètement la prose. Il écrivait alors le dernier chapitre d'une de ses plus jolies nouvelles, *Croisilles*, il ne l'acheva pas. La *Revue des Deux-Mondes*, du 15 février 1839, dut la publier incomplète. Les lecteurs se demandèrent pourquoi. C'est que Musset ne voulait plus rien de commun entre lui et la misérable littérature du roman, et avait juré de se vouer uniquement désormais à la poésie : « Ce n'est qu'en vers, disait-il à son frère, qu'un poète peut se permettre de livrer au public l'expression vraie de ses sentiments, et non dans le langage dont abuse le premier venu »

Il eut pourtant un retour. Le *Constitutionnel*, dont Véron venait de prendre la direction, l'entraîna jusqu'aux faux dieux de son rez-de-chaussée. Il y fit, lui aussi, du feuilleton : *le Secret de Javotte*, que son frère Paul dut, il est vrai, terminer, et cette adorable pièce de *Carmosine* « le plus profond peut-être, comme on l'a dit, et le plus touchant de ses ouvrages. » Il s'y était tenu si haut au-dessus du style du journalisme, qu'il avait oublié, quand elle parut, que c'était un journal qui la publiait.

On ne s'attend pas à le trouver amoureux dans sa curieuse lettre de sa dix-septième année. Il l'est pourtant, ou du moins aspire à l'être de toutes les forces, nous ne dirons pas de son cœur, mais de son imagination. Il cherche à aimer déjà, mais, comme le Chérubin de Beaumarchais, dont il avait l'âge et la blonde tête : « J'ai besoin, dit-il, d'un joli pied et d'une taille fine, j'ai besoin d'aimer. — J'aimerais ma cousine, qui est vieille et laide, si elle n'était pas pédante et économe. » N'est-ce pas Chérubin disant à Suzanne qu'il aimerait même la vieille Marceline ?

Bientôt les amours ne lui manquèrent pas, et, quels qu'ils fussent, tous l'inspirèrent.

Du plus douloureux, qui fit trop de bruit en son temps et dans le nôtre pour qu'il soit nécessaire d'en parler, il tira, comme le sang d'une plaie, ce drame de : *On ne badine pas avec l'amour*, où Perdican c'est lui-même, et Camille, la raisonneuse romancière à laquelle, pendant de trop longs mois, il avait lié, garrotté sa vie.

D'un autre, qui eut aussi ses désespoirs, nous vinrent, pendant sa crise, les élans les plus éloquemment passionnés de l'*Épître à Lamartine*, et, plus tard, quand il fut calmé, la charmante nouvelle d'*Emmeline.*

Au bruit des amours faciles, s'éveillèrent les refrains, les couplets, la chanson de *Mimi Pinson*, la grisette ; et dans le mystère inavouable des amours sans nom, qu'il connut trop tôt, couva ce poème de *Rolla*, dont l'étincelante étrangeté étonnerait dans l'œuvre de tout autre, mais qui semble bien plus inouïe dans la sienne à l'heure où elle y jeta ses éclairs. Quand la *Revue des Deux-Mondes* publia *Rolla,* dans son numéro du 15 août 1833, Musset n'avait pas vingt-trois ans !

Quelle science de corruption, quelle profondeur de doute et de désespoir dans cette jeune âme, où il semblait que l'illusion eût à peine dû naître! mais quelle inspiration aussi, et quelle flamme ! Pourquoi, malheureusement, y sent-on déjà pour s'attiser, ces moyens artificiels qui devaient peu à peu en consumer le foyer ? Il s'en était fait de bonne heure une force factice : « Si je me trouvais dans ce moment-ci à Paris, écrit-il, dans sa lettre de septembre 1827, à Paul Foucher, j'éteindrais ce qui me reste d'un peu noble dans le punch et la bière, et je me sentirais soulagé. »

L'habitude prise devint un insatiable besoin, dont les exigences trop assidûment satisfaites, finirent, après de terribles avertissements mal écoutés, par avoir raison de ce qui lui restait de force, et par l'emporter.

La crainte de paraître trop jeune, trop enfant — sa tête blonde et son teint rosé lui en donnèrent longtemps l'apparence — avait été une des premières causes de ce recours à des excès où il croyait plus vite grandir et devenir homme.

C'est ce que bien souvent nous a dit Sainte-Beuve. Ils s'étaient connus chez Nodier, et dans le salon de Victor Hugo — le cénacle, ainsi que disaient les fidèles — « la grande boutique... romantique, » comme disait beaucoup moins respectueusement Musset, qui n'y fut jamais un adepte soumis, mais bien plutôt un indépendant, un enfant perdu, s'amusant volontiers du dieu et de son culte. Un des rites était d'aller voir, le soir, du haut des tours de Notre-Dame, se coucher le soleil, « Phœbus le blond », et se lever la lune.

Au retour d'une de ces ascensions, qui l'avait rompu et très irrespectueusement fait bâiller, il rima la fameuse *Ballade à la lune,* où l'on ne voulut pas voir la moquerie, la parodie du genre, et dont le succès de ridicule empêcha si longtemps qu'on ne prît le poète au sérieux.

Peu lui importa. On parlait de lui, c'était alors ce qu'il voulait. Aussi cherchait-il ardemment un libraire pour publier tout ce qu'il avait déjà rimé. Un petit volume de prose, *l'Anglais mangeur d'opium,* qu'il avait, à dix-huit ans, moitié traduit, moitié imité de l'Anglais Thomas de Quincey, ne comptait, à son avis, que pour ce que l'éditeur Mame lui en avait donné, et comme hommage à l'un de ces paradis artificiels dont il aimait tant les ivresses.

Le libraire fut enfin trouvé. C'était celui des romantiques en renom, Urbain Canel, qui pesa le manuscrit, et reconnut au poids qu'il y manquait cinq cents vers. Quelques jours après Musset apportait sa fantaisie de *Murdoche,* qui en a six cents il faisait bonne mesure. Pour son second recueil, *Spectacle dans un fauteuil,* il en fut de même. Faute de quelques centaines de vers, il ne pouvait paraître. La lacune fut bientôt comblée : Musset, en une ou deux nuits, avait écrit *Namouna.*

Les *Contes d'Espagne et d'Italie* — ainsi s'appelait, comme on sait, le premier recueil — firent un certain bruit surtout par leur ton tapageur et insolent. Musset qui, dès la préface, y avait visé, touchait juste : « Ma préface, écrit-il, en janvier 1830, à son oncle Desherbiers, est impertinente ; cela était nécessaire pour l'effet. »

Plus loin, il fait un autre aveu : « J'ai retranché du dernier poème plusieurs choses trop matérialistes, mais j'y ai laissé dominer le *dandysme.* » Voilà le grand mot. Il se le jette à lui-même. Pourquoi s'étonnera-t-il plus tard qu'il lui soit jeté par les autres, et qu'on l'accuse — lui-même nous l'a appris — d'imiter Byron ? Sur ce point, M. D. Nisard a dit le mot vrai : « Il ne l'imitait pas comme poète ; mais il avait un peu de son humeur comme homme, et, en l'exprimant, il se rencontrait avec Byron. »

Au théâtre, cette désinvolture n'était pas pour plaire au public, toujours prêt à se moquer d'un auteur qu'il suppose se moquer de lui. La *Nuit vénitienne* qu'Harel avait demandée à Musset pour l'Odéon, y fut, par suite de cette prévention, beaucoup plus sifflée qu'écoutée. Il se consola en disant, ce que l'avenir a singulièrement démenti :

> Le théâtre, à coup sûr, n'était pas mon affaire ;

puis en publiant dans la *Revue des Deux-Mondes* son drame d'*André del Sarto,* qui aurait dû succéder à sa comédie de la *Nuit vénitienne,* si elle eût réussi, et dont il avait même livré l'esquisse à Harel, qui l'oublia dans un tiroir.

La *Revue,* dès lors, fut son unique théâtre. C'est par cette pièce d'*André del Sarto* qu'il y débuta le 1er avril 1833. D'autres suivirent presque coup sur coup. Dans la même année, c'est-à-dire d'avril 1833 à juillet 1834, il donna presque d'une seule haleine : les *Caprices de Marianne, Fantasio* et *L'on ne badine pas avec l'amour.* C'étaient les fleurs de sa vingt-quatrième année.

L'inspiration alors ne se faisait pas attendre. A chaque instant, en ces chaudes heures de son printemps, il en sentait les éclairs. Ce n'est point par figure poétique que nous parlons ainsi. Lorsqu'il devait se fixer sur une idée, il en était averti par une sorte de commotion, comme celle qu'on ressent au frôlement de la foudre : « A toute heure, disait-il un jour à madame Sand qui nous l'a rappelé dans une page trop peu remarquée, mille sujets flottent et se succèdent dans ma cervelle... mais je ne m'y arrête point, sachant que celui que je suis capable de traiter, m'empoignera d'une manière toute particulière, et me fera sentir son autorité sur ma volonté par des signes irrécusables... une sorte d'éblouissement, et un battement de cœur, comme si j'allais m'évanouir. » Dès qu'un sujet s'était ainsi imposé à lui, il n'avait plus d'autre maître. C'était une obsession dont il n'était délivré que lorsqu'il avait écrit le dernier mot de l'œuvre dont il était l'esclave.

Ainsi s'expliquent ces réclusions de plusieurs semaines dont il sortait brisé, mais souriant : il était quitte envers la muse.

Pendant cette captivité rayonnante, que d'éclairs nouveaux l'avaient illuminé! chaque vers avait eu le sien, car l'inspiration, en le frappant sans relâche, continuait de l'avertir des coups qu'il avait le mieux frappés.

Au mois d'août 1831, il écrivait à son frère, avec cette familiarité pénétrante et juste qui lui est particulière : « Tous les raisonnements du monde ne pourraient faire sortir du gosier d'un merle la chanson du sansonnet. Ce qu'il faut à l'artiste ou au poète, c'est l'émotion. Quand j'éprouve, en faisant un vers, un certain battement de cœur que je connais, je suis sûr que mon vers est de la meilleure qualité que je puisse pondre. »

Si cet avertissement d'inspiration lui manquait au début d'une œuvre, il la quittait et n'y revenait plus. Nous avons appris par l'excellente biographie que lui a consacrée son frère, M. Paul de Musset, qu'en 1835, dans le plein succès de sa *Nuit de mai*, il voulut, comme première suite, faire la *Nuit de juin*. Il la rêvait aussi joyeuse, aussi retentissante de chansons, que l'autre était voilée de mélancolie. Il en écrivit les quatre premiers vers :

> Muse, quand le blé pousse, il faut être joyeux;
> Regarde ces coteaux et leur blonde parure :
> Quelle douce clarté dans l'immense nature!
> Tout ce qui vit ce soir doit se sentir heureux.....

Il n'alla pas plus loin; son cœur n'avait pas battu. Mais il devait lui répondre, lorsque trois autres *Nuits*, celle d'août, celle d'octobre et celle de décembre, secouant leur robe étoilée, se levèrent, l'une après l'autre, comme des sœurs, pour faire escorte à la première.

Leur ensemble est le point culminant de son génie. C'est là, qu'après ce voyage d'Italie, resté si célèbre depuis les révélations transparentes d'*Elle et lui*, et de *Lui et elle*, et d'où il était revenu aussi douloureusement désenchanté qu'il était parti ravi, il se ressaisit enfin tout entier, plus inspiré même et plus vibrant. Comme ce stradivarius, dont parle Lamartine, auquel ses brisures, peu à peu réparées, donnent une sonorité nouvelle, son âme chantait mieux depuis qu'on l'avait brisée.

« Ces *Nuits*, a dit quelqu'un, tout à fait d'accord avec nous, sont la principale note de la poétique de Musset. Tant qu'un homme jeune et de bonne race aimera et souffrira, ce quadruple nocturne sera son livre et ses quatre évangiles. »

Les éclairs qui en avaient été l'étincelante auréole, se firent ensuite intermittents. Quelques-uns furent admirables encore, mais à plus longs intervalles. Sa pièce, *l'Espoir en Dieu*, nous semble le plus éclatant. Musset eut même une sorte de complet réveil, lorsqu'à l'apparition de Rachel et de Pauline Garcia (madame Viardot), cette sœur de la Malibran, dont, en 1836, il avait parfumé la mort avec de si merveilleuses *stances*, il

put croire que le grand art des deux tragédies, celle de Corneille et celle de Gluck, allait renaître.

Vers le même temps, autres clartés encore : *Sylvia, Une
soirée perdue* et *Simone*, cette perle oubliée par La Fontaine
dans l'écrin de Bocace, un jour de distraction, que l'on ne
regrette plus depuis le conte adorable de Musset. Il suffirait
pour marquer sa place, à côté du bonhomme et montrer à quel
point leur inspiration toute française était de la même source :
« Dans Musset, a dit encore M. Nisard, l'esprit est si français
que ce n'est pas assez de l'appeler français ; on veut encore
qu'il soit gaulois, tant il est de toutes les époques de notre
nation. »

Cependant le jour baissait pour lui. Le poète des *Nuits* en
était à son crépuscule. Il en avait conscience. Un matin,
Alfred Tatet, le plus fidèle de ses amis, chez lequel il achevait
la belle saison au château de Bury, dans la forêt de Montmo-
rency, trouva sur sa table, à côté d'une bougie aux trois quarts
consumée qui attestait l'insomnie, le sonnet *Tristesse*, qu'on
lira plus loin « et qu'on aurait dû graver sur sa tombe, dit
M. Rosseuw Saint-Hilaire, car son âme s'y exhale dans un dernier sanglot. »

L'âme s'éteignait avant l'homme, qui eut du moins dans ses
derniers jours, lorsqu'il ne pouvait plus rien pour l'avenir, la
satisfaction du réveil de ses œuvres passées.

La mise au théâtre de ses comédies, proverbes ou drames,
qui peu à peu s'y égrenèrent tous un à un, après que madame Al-
lan eut rapporté le premier, *le Caprice*, dans ses bagages, en
revenant de Saint-Pétersbourg, fut une des plus vives joies
d'Alfred de Musset, à son déclin.

Il y trouvait une revanche du dédain des directeurs et du
public, et de plus, il faut bien l'avouer, les droits d'auteur,
quoiqu'il n'y songeât guère, le vengeaient de la gêne où sa ré-
vocation, comme bibliothécaire du ministère de l'intérieur, après
la révolution de Février, l'avait brusquement réduit.

Il mourut le 1ᵉʳ mai 1857, après un dernier enthousiasme
que lui inspira madame Ristori. Il laissa plus d'admirateurs
que d'amis. « L'air ordinaire de son visage était la fierté, » dit
son frère ; or, par là, il vous tenait à distance.

Il eut des envieux, des jaloux, mais pas un ennemi : aussi
disait-il vrai dans cette phrase charmante de son discours de
réception à l'Académie française en 1852 : « Je ne me suis
jamais brouillé qu'avec moi-même. »

ALFRED de MUSSET.

AUX CRITIQUES DU *CHATTERTON*

D'ALFRED DE VIGNY

(SONNETS NON RECUEILLIS DANS SES ŒUVRES)

I

O critique du jour, chère mouche bovine,
Que te voilà pédante au troisième degré !
Quel plaisir ce doit être, à ce que j'imagine,
D'aiguiser sur un livre un museau de fouine

Et de ronger à l'ombre un squelette ignoré !
J'aime à te voir surtout en style de cuisine
Te comparer sans honte au poète inspiré
Et gonfler ta grenouille aux pieds du bœuf sacré !

De quel robuste orgueil l'autre jour je t'ai vue
Te faire un beau pavois au fond d'une revue !
Oh ! que je t'aime ainsi, dépeçant tout d'abord

Quiconque autour de toi donne signe de vie,
Et puis, d'un laurier-rose, amer comme l'envie,
Couronnant un chacal sur le ventre d'un mort !

II

Quand vous aurez prouvé, messieurs du journalisme,
Que Chatterton eut tort de mourir ignoré,
Qu'au Théâtre-Français on l'a défiguré ;
Quand vous aurez crié sept fois à l'athéisme,

Sept fois au contre-sens et sept fois au sophisme,
Vous n'aurez pas prouvé que je n'ai pas pleuré.

Et si mes pleurs ont tort devant le pédantisme,
Savez-vous, moucherons, ce que je vous dirai ?

Je vous dirai : Sachez que les larmes humaines
Ressemblent dans nos yeux aux flots de l'Océan,
Qu'on n'en fait rien de bon en les analysant ;

Et quand vous en auriez deux tonnes toutes pleines,
En les laissant sécher, vous n'en aurez demain
Qu'un méchant grain de sel dans le creux de la main !

LE TYROL

Tu n'as rien, toi, Tyrol, ni temples, ni richesse,
Ni poètes, ni dieux ; tu n'as rien, chasseresse !
Mais l'amour de ton cœur s'appelle d'un beau nom :
La liberté ! Qu'importe au fils de la montagne
Pour quel despote obscur, envoyé d'Allemagne,
L'homme de la prairie écorche le sillon !
Ce n'est pas son métier de traîner la charrue ;
Il couche sur la neige, il soupe quand il tue ;
Il vit dans l'air du ciel qui n'appartient qu'à Dieu.
L'air du ciel ! l'air de tous ! vierge comme le feu !

Oui, la liberté meurt sur le fumier des villes ;
Oui, vous qui la plantez sur vos guerres civiles,
Vous la semez en vain même sur vos tombeaux.
Il ne croît pas si bas, cet arbre aux verts rameaux.
Il meurt dans l'air humain, plein de râles immondes ;
Il respire celui que respirent les mondes.
Montez, voilà l'échelle, et Dieu qui tend les bras ;
Montez à lui, rêveurs, il ne descendra pas.
Prenez-moi la sandale et la pique ferrée,
Elle est là sur les monts, la Liberté sacrée ;
C'est là qu'à chaque pas l'homme la voit venir,
Ou, s'il l'a dans le cœur, qu'il l'y sent tressaillir.

. . . .

Ah ! malheur à celui qui laisse la débauche
Planter le premier clou sous sa mamelle gauche !
Le cœur d'un homme vierge est un vase profond :
Lorsque la première eau qu'on y verse est impure,
La mer y passerait sans laver la souillure ;
Car l'abîme est immense et la tache est au fond.

1833.

A LA MALIBRAN

FRAGMENTS

Sans doute il est trop tard pour parler encor d'elle ;
Depuis qu'elle n'est plus, quinze jours sont passés ;
Et dans ce pays-ci, quinze jours, je le sais,
Font d'une mort récente une vieille nouvelle.
De quelque nom d'ailleurs que le regret s'appelle,
L'homme par tous pays en a bien vite assez.

O Maria-Felicia ! le peintre et le poète
Laissent, en expirant, d'immortels héritiers ;
Jamais l'affreuse nuit ne les prend tout entiers.
A défaut d'action, leur grande âme inquiète
De la mort et du temps entreprend la conquête,
Et, frappés dans la lutte, ils tombent en guerriers.

Celui-là sur l'airain a gravé sa pensée.
Dans un rhythme doré l'autre l'a cadencée ;
Du moment qu'on l'écoute, on lui devient ami.
Sur sa toile, en mourant, Raphaël l'a laissée ;
Et, pour que le néant ne touche point à lui,
C'est assez d'un enfant sur sa mère endormi.

Comme dans une lampe une flamme fidèle,
Au fond du Parthénon le marbre inhabité
Garde de Phidias la mémoire éternelle,
Et la jeune Vénus, fille de Praxitèle,

Sourit encor, debout dans sa divinité,
Aux siècles impuissants qu'a vaincus sa beauté.

Recevant d'âge en âge une nouvelle vie,
Ainsi s'en vont à Dieu les gloires d'autrefois ;
Ainsi le vaste écho de la voix du génie
Devient du genre humain l'universelle voix...
Et de toi, morte hier, de toi, pauvre Marie,
Au fond d'une chapelle il nous reste une croix !

Une croix ! et l'oubli, la nuit et le silence !
Écoutez ! c'est le vent, c'est l'Océan immense ;
C'est un pêcheur qui chante au bord du grand chemin.
Et de tant de beauté, de gloire et d'espérance,
De tant d'accords si doux d'un instrument divin,
Pas un faible soupir, pas un écho lointain !

N'était-ce pas hier qu'enivrée et bénie
Tu traînais à ton char un peuple transporté,
Et que Londre et Madrid, la France et l'Italie,
Apportaient à tes pieds cet or tant convoité,
Cet or deux fois sacré, qui payait ton génie,
Et qu'à tes pieds souvent laissa ta charité ?

Qu'as-tu fait pour mourir, ô noble créature,
Belle image de Dieu, qui donnais en chemin
Au riche un peu de joie, au malheureux du pain ?
Oh ! qui donc frappe ainsi dans l'amère nature,
Et quel faucheur aveugle, affamé de pâture,
Sur les meilleurs de nous ose porter la main ?

Que nous restera-t-il, si l'ombre insatiable,
Dès que nous bâtissons, vient tout ensevelir ?
Nous qui sentons déjà le sol si variable
Et sur tant de débris marchons vers l'avenir,
Si le vent, sous nos pas, balaie ainsi le sable,
De quel deuil le Seigneur veut-il donc nous vêtir ?

Hélas ! Marietta, tu nous restais encore.
Lorsque, sur le sillon, l'oiseau chante à l'aurore,

Le laboureur s'arrête, et, le front en sueur,
Aspire dans l'air pur un souffle de bonheur.
Ainsi nous consolait ta voix fraîche et sonore,
Et tes chants dans les cieux emportaient la douleur.

Ce qu'il nous faut pleurer sur ta tombe hâtive,
Ce n'est pas l'art divin, ni les savants secrets;
Quelque autre étudiera cet art que tu créais :
C'est ton âme, Ninette, et ta grandeur naïve;
C'est cette voix du cœur qui seule au cœur arrive,
Que nulle autre, après toi, ne nous rendra jamais.

Meurs donc ! ta mort est douce, et ta tâche est remplie.
Ce que l'homme ici-bas appelle le génie,
C'est le besoin d'aimer ; hors de là tout est vain.
Et, puisque tôt ou tard l'amour humain s'oublie,
Il est d'une grande âme et d'un heureux destin
D'expirer comme toi pour un amour divin.

15 octobre 1836.

L'ESPOIR EN DIEU

FRAGMENTS

Il existe, dit-on, une philosophie
Qui nous explique tout sans révélation,
Et qui peut nous guider à travers cette vie
Entre l'indifférence et la religion.
J'y consens. — Où sont-ils, ces faiseurs de systèmes
Qui savent, sans la foi, trouver la vérité ?
Sophistes impuissants qui ne croient qu'en eux-mêmes,
Quels sont leurs arguments et leur autorité ?
L'un me montre ici-bas deux principes en guerre
Qui, vaincus tour à tour, sont tous deux immortels ;
L'autre découvre au loin, dans le ciel solitaire,
Un inutile Dieu qui ne veut pas d'autels.

Pythagore et Leibnitz transfigurent mon être.
Descartes m'abandonne au sein des tourbillons.
Montaigne s'examine, et ne se peut connaître.
Pascal fuit en tremblant ses propres visions.
Pyrrhon me rend aveugle, et Zénon insensible.
Voltaire jette à bas tout ce qu'il voit debout.
Spinosa, fatigué de tenter l'impossible,
Cherchant en vain son Dieu, croit le trouver partout.
Pour le sophiste anglais l'homme est une machine.
Enfin sort des brouillards un rhéteur allemand
Qui, du philosophisme achevant la ruine,
Déclare le ciel vide, et conclut au néant.
Voilà donc les débris de l'humaine science !
Et depuis cinq mille ans qu'on a toujours douté,
Après tant de fatigue et de persévérance,
C'est là le dernier mot qui nous en est resté !
Ah ! pauvres insensés, misérables cervelles,
Qui de tant de façons avez tout expliqué,
Pour aller jusqu'aux cieux il vous fallait des ailes ;
Vous aviez le désir, la foi vous a manqué.
Je vous plains ; votre orgueil part d'une âme blessée.
Vous sentiez les tourments dont mon cœur est rempli,
Et vous la connaissiez, cette amère pensée
Qui fait frissonner l'homme en voyant l'infini.
Eh bien, prions ensemble, abjurons la misère
De vos calculs d'enfants, de tant de vains travaux.
Maintenant que vos corps sont réduits en poussière,
J'irai m'agenouiller pour vous sur vos tombeaux.
Venez, rhéteurs païens, maîtres de la science,
Chrétiens des temps passés, et rêveurs d'aujourd'hui ;
Croyez-moi, la prière est un cri d'espérance !
Pour que Dieu nous réponde, adressons-nous à lui.
Il est juste, il est bon, sans doute il vous pardonne.
Tous vous avez souffert, le reste est oublié.
Si le ciel est désert, nous n'offensons personne ;
Si quelqu'un nous entend, qu'il nous prenne en pitié !

15 février 1838.

TRISTESSE

J'ai perdu ma force et ma vie
Et mes amis et ma fierté,
J'ai perdu jusqu'à la gaîté
Qui faisait croire à mon génie.

Quand j'ai connu la Vérité,
J'ai cru que c'était une amie ;
Quand je l'ai comprise et sentie,
J'en étais déjà dégoûté.

Et pourtant elle est éternelle,
Et ceux qui se sont passés d'elle
Ici-bas ont tout ignoré.

Dieu parle, il faut qu'on lui réponde ;
Le seul bien qui me reste au monde
Est d'avoir quelquefois pleuré.

LA NUIT DE MAI

FRAGMENT

Poète, prends ton luth ; c'est moi, ton immortelle,
Qui t'ai vu cette nuit triste et silencieux,
Et qui, comme un oiseau que sa couvée appelle,
Pour pleurer avec toi descends du haut des cieux.
Viens, tu souffres, ami. Quelque ennui solitaire
Te ronge, quelque chose a gémi dans ton cœur ;
Quelque amour t'est venu, comme on en voit sur terre,
Une ombre de plaisir, un semblant de bonheur.
Viens, chantons devant Dieu ; chantons dans tes pensées,
Dans tes plaisirs perdus, dans tes peines passées ;

Partons, dans un baiser, pour un monde inconnu,
Éveillons au hasard les échos de ta vie,
Parlons-nous de bonheur, de gloire et de folie,
Et que ce soit un rêve, et le premier venu.
Inventons quelque part des lieux où l'on oublie ;
Partons, nous sommes seuls, l'univers est à nous.
Voici la verte, Écosse et la brune Italie,
Et la Grèce, ma mère, où le miel est si doux,
Argos et Ptéléon, ville des hécatombes ;
Et Messa la divine, agréable aux colombes ;
Et le front chevelu du Pélion changeant ;
Et le bleu Titarèse, et le golfe d'argent
Qui montre dans ses eaux, où le cygne se mire,
La blanche Oloossone à la blanche Camyre.
Dis-moi, quel songe d'or nos chants vont-ils bercer ?
D'où vont venir les pleurs que nous allons verser ?
Ce matin, quand le jour a frappé ta paupière,
Quel séraphin pensif, courbé sur ton chevet,
Secouait des lilas dans sa robe légère,
Et te contait tout bas les amours qu'il rêvait !
Chanterons-nous l'espoir, la tristesse ou la joie ?
Tremperons-nous de sang les bataillons d'acier ?
Suspendrons-nous l'amant sur l'échelle de soie ?
Jetterons-nous au vent l'écume du coursier ?
Dirons-nous quelle main, dans les lampes sans nombre
De la maison céleste, allume nuit et jour
L'huile sainte de vie et d'éternel amour ?
Crierons-nous à Tarquin : « Il est temps, voici l'ombre ! »
Descendrons-nous cueillir la perle au fond des mers ?
Mènerons-nous la chèvre aux ébéniers amers ?
Montrerons-nous le ciel à la Mélancolie ?
Suivrons-nous le chasseur sur les monts escarpés ?
La biche le regarde ; elle pleure et supplie ;
Sa bruyère l'attend ; ses faons sont nouveau-nés ;
Il se baisse, il l'égorge, il jette à la curée
Sur les chiens en sueur son cœur encor vivant.
Peindrons-nous une vierge à la joue empourprée,
S'en allant à la messe, un page la suivant,
Et d'un regard distrait, à côté de sa mère,
Sur sa lèvre entr'ouverte oubliant sa prière,

Elle écoute en tremblant, dans l'écho du pilier,
Résonner l'éperon d'un hardi cavalier.
Dirons-nous aux héros des vieux temps de la France
De monter tout armés aux créneaux de leurs tours,
Et de ressusciter la naïve romance
Que leur gloire oubliée apprit aux troubadours ?
Vêtirons-nous de blanc une molle élégie ?
L'homme de Waterloo nous dira-t-il sa vie,
Et ce qu'il a fauché du troupeau des humains,
Avant que l'envoyé de la nuit éternelle
Vînt, sur son tertre vert, l'abattre d'un coup d'aile,
Et sur son cœur de fer lui croiser les deux mains ?
Clouerons-nous au poteau d'une satire altière
Le nom sept fois vendu d'un pâle pamphlétaire,
Qui, poussé par la faim, du fond de son oubli,
S'en vient, tout grelottant d'envie et d'impuissance,
Sur le front du génie insulter l'espérance
Et mordre le laurier que son souffle a sali ?
Prends ton luth ! prends ton luth ! je ne peux plus me taire.
Mon aile me soulève au souffle du printemps,
Le vent va m'emporter ; je vais quitter la terre :
Une larme de toi ! Dieu m'écoute ; il est temps.

PROMENADE AU JARDIN DES PLANTES

(SONNET NON RECUEILLI DANS SES ŒUVRES)

Sous ces arbres chéris, où j'allais à mon tour
Pour cueillir, en passant, seul, un brin de verveine,
Sous ces arbres charmants où votre fraîche haleine
Disputait au printemps tous les parfums du jour ;

Des enfants étaient là qui jouaient à l'entour ;
Et moi, pensant à vous, j'allais traînant ma peine ;
Et si de mon chagrin vous êtes incertaine,
Vous ne pouvez pas l'être au moins de mon amour.

Mais qui saura jamais le mal qui me tourmente ?
Les fleurs des bois, dit-on, jadis ont deviné !
Antilope aux yeux noirs, dis, quelle est mon amante ?

O lion ! tu le sais, toi, mon noble enchaîné ;
Toi qui m'as vu pâlir lorsque sa main charmante
Se baissa doucement sur ton front incliné.

A MADAME RISTORI

Pour Pauline et Rachel j'ai chanté l'Espérance,
Et pour la Malibran je me suis attristé ;
Grâce à toi, j'aurai vu, dans leur toute-puissance,
        La force unie à la beauté.

Conserve-les longtemps ; celui qui t'en supplie
A l'appel du génie eut le cœur toujours prompt.
Rapporte, en souriant, dans ta belle Italie,
        Une fleur de France à ton front.

Quelqu'un m'avait bien dit, revenant de voyage,
Que nous autres Français, nous ne connaissions rien ;
Qu'il t'avait par hasard entendue au passage,
Et gardait dans son cœur un cri parti du tien.

Quelqu'un m'avait bien dit que, malgré la misère,
La peur, l'oppression, l'orgueil humilié,
D'un grand peuple vaincu le genou jusqu'à terre
        N'avait pas encore plié ;

Que ces dieux de porphyre et de marbre et d'albâtre,
Dont le monde romain autrefois fut peuplé,
Étaient vivants encore, et que dans un théâtre
Une statue antique, un soir, avait parlé !...

NERVAL (Gérard de)

Son vrai nom, qu'il ne prit jamais, était Labrunie. Avant de se donner, en le tirant on ne sait d'où, le pseudonyme « de Nerval », il signait simplement de son prénom, Gérard.

Son père, qui était médecin, possédait quelque bien dans le Valois, cette partie si riante de la Picardie, qu'il aima tant et d'où il rapporta quelques-unes de ses plus jolies nouvelles.

Né à Paris en 1808, il y fit ses études au collège Charlemagne, avec Théophile Gautier, dont, quoiqu'il fût son aîné de trois ans, il devint, dès lors l'ombre obligeante, prête à tous les services, à toutes les abnégations.

Il fit avec lui la campagne d'*Hernani*, et le suivit dans le petit cénacle de la rue du Doyenné. Doux et silencieux au milieu de la mêlée tapageuse, il étudiait, lisait ou écrivait toujours, vers ou prose. Les poètes du xvi⁰ siècle furent un moment sa passion. Il les dévora du premier jusqu'au dernier vers, quels qu'ils fussent, Ronsard ou Du Bartas. Il existe, à la Bibliothèque nationale, un exemplaire des *œuvres* de celui-ci, où, par une note finale, Gérard a certifié lui-même ce formidable effort de lecture. Il n'en est resté que l'*Introduction* d'un choix de ces poètes, écrite par lui pour la *Société des bons livres*.

Il eut, un peu après, la même ardeur pour la littérature allemande, qu'il alla étudier sur place, au delà du Rhin. Il en rapporta une traduction de *Faust,* très estimée encore, et qui fit dire à Gœthe qu'il s'était enfin compris.

Le mouvement sans bruit, les voyages inaperçus étaient ses plus vrais bonheurs. A la mort de son père, se croyant très riche d'un assez maigre héritage, il quitta le feuilleton de la *Presse*, qu'il partageait avec Gautier, et se mit en route. Il revit toute l'Allemagne, revint prendre pied en France, et s'en alla ensuite jusqu'au fond de l'Orient; tout cela silencieusement, sans rien dire à personne, même à Gautier, comme s'il ne fût parti que pour Asnières ou Chatou. En 1843, à l'un de ses retours, son cerveau trop ébranlé l'obligea de faire halte chez le docteur Blanche.

Une passion, un amour d'opéra-comique, Jenny Colon, le disputait à ses fantaisies errantes. C'est pour sa belle chanteuse, avec laquelle il ne dépassa pas les bornes du plus pur platonisme, qu'il fit, en 1837, avec Dumas et Monpou, l'opéra-comique de *Piquillo*.

Vers la fin de 1854, une nouvelle éclipse obscurcit sa raison. Il n'alla plus par la ville — je le vois encore — que comme un rêveur gris de hachisch. Des fantômes le hantaient. Une nuit d'hiver, le 24 janvier 1855, sous le coup d'une obsession sans doute plus poignante, égaré près de la place du Châtelet, il descendit les marches de l'infect coupe-gorge qu'on appelait la rue de la Vieille-Lanterne, et s'y pendit au support d'un réverbère.

« C'était plutôt une âme qu'un homme, a dit de lui Henri Heine..... Il était d'une candeur enfantine, d'une délicatesse de sensitive,..... aimait tout le monde et ne jalousait personne. »

LE POINT NOIR

Quiconque a regardé le soleil fixement
Croit voir devant ses yeux voler obstinément
Autour de lui dans l'air une tache livide.

Ainsi, tout jeune encore et plus audacieux,
Sur la gloire un instant j'osai fixer les yeux :
Un point noir est resté dans mon regard avide.

Depuis, mêlée à tout comme un signe de deuil,
Partout, sur quelque endroit que se fixe mon œil,
Je la vois se poser aussi la tache noire.

Quoi, toujours ! entre moi sans cesse et le bonheur !
Oh ! c'est que l'aigle seul — malheur à nous ! malheur !
Contemple impunément le soleil et la gloire.

LE ROI DE THULÉ

Il était un roi de Thulé
A qui son amante fidèle
Légua, comme souvenir d'elle,
Une coupe d'or ciselé.

C'était un trésor plein de charmes
Où son amour se conservait :

A chaque fois qu'il y buvait
Ses yeux se remplissaient de larmes.

Voyant ses derniers jours venir,
Il divisa son héritage,
Mais il excepta du partage
La coupe, son cher souvenir.

Il fit à la table royale
Asseoir les barons dans sa tour :
Debout, et rangée à l'entour,
Brillait sa noblesse loyale.

Sous le balcon grondait la mer.
Le vieux roi se lève en silence.
Il boit, frissonne, et sa main lance
La coupe d'or au flot amer.

Il la vit tourner dans l'eau noire,
La vague en tournant fit un pli ;
Le roi pencha son front pâli....
Jamais on ne le vit plus boire.

LE RELAIS

En voyage on s'arrête, on descend de voiture,
Puis entre deux maisons on passe à l'aventure,
Des chevaux, de la route et du fouet étourdi,
L'œil fatigué de voir et le corps engourdi.

Et voici tout à coup, silencieuse et verte,
Une vallée humide et de lilas couverte,
Un ruisseau qui murmure entre les peupliers, —
Et la route et le bruit sont bientôt oubliés !

On se couche sur l'herbe, et l'on s'écoute vivre,
De l'odeur du foin vert à loisir on s'enivre,

Et, sans penser à rien, on regarde les cieux....
Hélas ! une voix crie : — En voiture, messieurs !

UNE ALLÉE DU LUXEMBOURG

Elle a passé, la jeune fille
Vive et preste comme un oiseau,
A la main une fleur qui brille,
A la bouche un refrain nouveau.

C'est peut-être la seule au monde
Dont le cœur au mien répondrait,
Qui, venant dans ma nuit profonde,
D'un seul regard l'éclairerait !....

Mais non, ma jeunesse est finie...
Adieu, doux rayon qui m'as lui,
Parfum, jeune fille, harmonie....
Le bonheur passait, il a fui.

NODIER (Charles)

Il ne fut poète qu'en d'assez rares loisirs, et ce fut cependant pour une poésie, *La Napoléone,* que sa vie fut le plus
agitée. Euloge Schneider, sous lequel, après avoir commencé
ses études à Besançon près de son père, il était allé les achever à Strasbourg, lui avait, à force de terrorisme, fait prendre
la République en haine ; Bonaparte, lorsqu'il eut fait le 18 bru-
maire, ne lui rendit pas la tyrannie moins odieuse.

Nodier avait alors dix-sept ans, et se trouvait à Paris, où
tout un parti, qui s'étendait jusque dans l'armée et auquel il
se laissa affilier, conspirait contre le Consulat. On le choisit
pour poète de cette sorte de franc-maçonnerie militaire, dont
il a si singulièrement idéalisé les héros dans son *Histoire des
Sociétés secrètes de l'armée.* C'est pour ces « Philadelphes »
— ils s'appelaient ainsi entre eux — qu'il fit la *Napoléone.*
Des copies trop nombreuses passèrent de main en main ; on
chercha l'auteur, Nodier fut découvert, mis à Sainte-Pélagie,
et bientôt relâché comme fou. Pouvait-on être autre chose
lorsqu'on s'attaquait à l'homme de Marengo ?

Il fut ramené de brigade en brigade jusqu'à Besançon, avec
ordre d'y rester en surveillance. Il sut se soustraire à cette
torture par des échappées dans les montagnes, puis à Dôle,
puis en Suisse, et enfin beaucoup plus loin, en Illyrie, à Lay-
bach, où le mari de sa sœur, M. de Tercy, lui fit avoir la place
de bibliothécaire.

C'est pendant ses longues courses qu'il écrivit quelques-unes
de ses plus jolies nouvelles et rima la plus grande partie de
ses poésies.

Plus tard, tout aux romans sombres : *Jean Sbogar, Smarra,*
etc., et à ses travaux de philologue ou de bibliophile, il cessa
presque entièrement de faire des vers, mais il enseigna
comment on en fait, continuant ainsi cette curieuse leçon, ébau-
chée en 1805, dans son *Dictionnaire des Onomatopées,* où
l'horreur des romantiques pour les métaphores usées se trouve
si bien devancée de vingt ans.

Pendant les premières années de la Restauration, recommandé par les persécutions de l'Empire, il travailla aux *Débats,* à la *Quotidienne,* etc.

Au commencement de 1824, le comte d'Artois, qui disposait
de la bibliothèque de l'Arsenal par droit de propriété, — elle
était en effet composée en grande partie de celle qu'il avait ac-
quise du marquis de Paulmy, et que la Révolution avait confisquée

22

— y nomma Charles Nodier bibliothécaire : « Toute la littérature contemporaine, dit M. Francis Wey, y fit son entrée en même temps que lui. » On sait quel fut l'éclat et l'influence de ses soirées du dimanche, nous en avons déjà dit un mot dans la notice sur sa fille, madame Mennessier ; et, plus loin, d'adorables vers de Musset vous en reparleront, beaucoup mieux que je ne le pourrais faire.

Nodier mourut le 24 janvier 1844, à soixante et un ans. Il était depuis dix ans de l'Académie française.

LA NAPOLÉONE

ODE

Que le vulgaire s'humilie
Sur les parvis dorés du palais de Scylla,
　　　Au-devant des chars de Julie,
Sous le sceptre de Claude et de Caligula :
Ils régnèrent en dieux sur la terre tremblante,
　　　Leur domination sanglante
　　　Accabla le monde avili.
Mais les siècles vengeurs ont maudi leur mémoire.
Et ce n'est qu'en léguant des forfaits à l'histoire
　　　Que leur règne échappe à l'oubli.

　　　Qu'une foule pusillanime
Brûle aux pieds des tyrans son encens odieux,
　　　Exempt de la faveur du crime,
Je marche sans contrainte et ne crains que les dieux :
On ne me verra pas mendier l'esclavage,
　　　Et payer d'un coupable hommage
　　　Une infâme célébrité.
Quand le peuple gémit sous sa chaîne nouvelle,
Je m'indigne d'un maître, et mon âme fidèle
　　　Respire encor la liberté.

　　　Il vient, cet étranger perfide,
Insolemment s'asseoir au-dessus de nos lois :
　　　Lâche héritier du parricide,
Il dispute aux bourreaux la dépouille des rois.

Sycophante vomi des murs d'Alexandrie,
        Pour l'opprobre de la patrie
        Et pour le deuil de l'univers,
Nos vaisseaux et nos ports accueillent le transfuge :
De la France abusée il reçoit un refuge,
        Et la France en reçoit des fers !

        Pourquoi détruis-tu ton ouvrage,
Toi qui fixas l'honneur au pavillon français ?
        Le peuple adorait ton courage,
La liberté s'exile en pleurant tes succès.
D'un espoir trop altier ton âme s'est bercée,
        Descends de ta pompe insensée ;
        Retourne parmi tes guerriers,
A force de grandeur crois-tu devoir t'absoudre ?
Crois-tu mettre ta tête à l'abri de la foudre
        En te cachant sous des lauriers ?

        Quand ton ambitieux délire
Imprimait tant de honte à nos fronts abattus,
        Dans l'ivresse de ton empire,
Revois-tu quelquefois le poignard de Brutus ?
Voyais-tu se lever l'heure de la vengeance
        Qui vient dissiper ta puissance
        Et les prestiges de ton sort ?
La roche Tarpéienne est près du Capitole ;
L'abîme est près du trône, et la palme d'Arcole
        S'unit aux cyprès de la mort.

        En vain la crainte et la bassesse
D'un culte adulateur ont bercé ton orgueil ;
        Le tyran meurt, le charme cesse,
La vérité s'arrête au pied de son cercueil.
Debout, dans l'avenir la justice implacable
        Évoque ta gloire coupable
        Veuve de ses illusions.
Les cris des opprimés tonnent sur ta poussière,
Et ton nom est voué par la nature entière
        A la haine des nations.

En vain aux lois de la victoire
Ton bras triomphateur a soumis le destin,
        Le temps s'envole avec ta gloire
Et dévore, en fuyant, ton règne d'un matin.
Hier j'ai vu le cèdre, il est couché dans l'herbe,
        Devant une idole superbe
        Le monde est las d'être enchaîné ;
Avant que tes égaux deviènnent tes esclaves,
Il faut, Napoléon, que l'élite des braves
        Monte à l'échafaud de Sidney.

STANCES

A ALFRED DE MUSSET

J'ai lu ta vive Odyssée
        Cadencée,
J'ai lu tes sonnets aussi,
        Dieu merci !

Pour toi seul l'aimable Muse,
        Qui t'amuse,
Réserve encor des chansons
        Aux doux sons.

Par le faux goût exilée
        Et voilée,
Elle va dans ton réduit
        Chaque nuit ;

Là, penchée à ton oreille
        Qui s'éveille,
Elle te berce aux concerts
        Des beaux vers.

Elle sait les harmonies
        Des génies

Et les contes favoris
  Des péris,

Les jeux, les danses légères
  Des bergères,
Et les récits gracieux
  Des aïeux.

Puis elle se trouve heureuse,
  L'amoureuse,
De prolonger son séjour
  Jusqu'au jour,

Quand du haut d'un char d'opale
  L'aube pâle
Chasse les chœurs clandestins
  Des lutins,

Si l'aurore mal apprise
  L'a surprise,
Peureuse, elle part sans bruit
  Et s'enfuit,

En exhalant dans l'espace
  Qui s'efface
Le soupir mélodieux
  Des adieux.

Fuis, fuis le pays morose
  De la prose,
Ses journaux et ses romans
  Assommants.

Fuis l'altière période
  A la mode,
Et l'ennui des sots discours
  Longs ou courts.

Fuis les grammes et les mètres
  De nos maîtres,

Jurés experts en argot
        Visigoth.

Fuis la loi des pédagogues
        Froids et rogues,
Qui soumettraient tes appas
        Au compas.

Mais reviens à la vesprée,
        Peu parée,
Bercer encor ton ami
        Endormi.

RÉPONSE D'ALFRED DE MUSSET

Ta Muse, ami, toute française,
        · Tout à l'aise,
Me rend la sœur de la santé,
        La gaîté.

Elle rappelle à ma pensée
        Délaissée
Les beaux jours et les courts instants
        Du bon temps,

Lorsque, rassemblés sous ton aile
        Paternelle,
Échappés de nos pensions,
        Nous dansions ;

Gais comme l'oiseau sur la branche ;
        Le dimanche,
Nous rendions parfois matinal
        L'Arsenal.
La tête coquette et fleurie
        De Marie

Brillait comme un bluet mêlé
    Dans le blé.

Tachés déjà par l'écritoire,
    Sur l'ivoire
Ses doigts légers allaient sautant
    Et chantant;

Quelqu'un récitait quelque chose,
    Vers ou prose,
Puis nous courions recommencer
    A danser.

Chacun de nous, futur grand homme,
    Ou tout comme,
Apprenait plus vite à t'aimer
    Qu'à rimer.

Alors, dans la grande boutique
    Romantique,
Chacun avait, maître ou garçon,
    Sa chanson.

Nous allions brisant les pupitres
    Et les vitres,
Et nous avions plume et grattoir
    Au comptoir.

Hugo portait déjà dans l'âme
    Notre-Dame,
Et commençait à s'occuper
    D'y grimper.

De Vigny chantait sur sa lyre
    Ce beau sire
Qui mourut sans mettre à l'envers
    Ses bas verts.
Antony battait avec Dante
    Un andante;

Émile ébauchait vite et tôt
      Un presto.

Sainte-Beuve faisait dans l'ombre
      Douce et sombre,
Pour un œil noir, un blanc bonnet,
      Un sonnet.

Et moi, de cet honneur insigne
      Trop indigne,
Enfant par hasard adopté
      Et gâté,

Je brochais des ballades, l'une
      A la lune,
L'autre à deux yeux noirs et jaloux
      Andaloux.

Cher temps, plein de mélancolie,
      De folie,
Dont il faut rendre à l'amitié
      La moitié !

Pourquoi, sur ces flots où s'élance
      L'espérance,
Ne voit-on que le souvenir
      Revenir?

Ami, toi qu'a piqué l'abeille,
      Ton cœur veille,
Et tu n'en saurais ni guérir
      Ni mourir;

Mais comment fais-tu donc, vieux maître,
      Pour renaître ?
Car tes vers, en dépit du temps,
      Ont vingt ans.
Si jamais ta tête qui penche
      Devient blanche,

Ce sera comme l'amandier,
    Cher Nodier.

Ce qui le blanchit n'est pas l'âge
    Ni l'orage ;
C'est la fraîche rosée en pleurs
    Dans les fleurs.

LE STYLE NATUREL

FRAGMENT

La parole est la voix de l'âme,
Elle vit par le sentiment ;
Elle est comme une pure flamme
Que la nuit du néant réclame
Quand elle manque d'aliment.

Elle part, prompte et fugitive,
Comme la flèche qui fend l'air,
Et son trait vif, rapide et clair,
Va frapper la foule attentive
D'un jour plus brillant que l'éclair.

Le simple, c'est le beau que j'aime,
Qui, sans frais, sans tours éclatants,
Fait le charme de tous les temps.
Je donnerais un long poème
Pour un cri du cœur que j'entends.

En vain une muse fardée
S'enlumine d'or et d'azur.
Le naturel est bien plus sûr :
Le mot doit mûrir sur l'idée,
Et puis tomber comme un fruit mûr.

LE BUISSON

S'il est un buisson quelque part,
Bordé de blancs fraisiers, ou de noires brunelles,
Ou de l'*œil-de-la-vierge* aux riantes prunelles,
Dans les creux des fossés, à l'abri du rempart...

Ah ! si son ombre printanière
Couvrait avec amour la pente d'un ruisseau,
D'un ruisseau qui bondit sans souci de son eau,
Et qui va réjouir l'espoir de la meunière...

Si la liane aux blancs cornets
Y roulait en nœuds verts sur la branche embellie !
S'il protégeait de loin le muguet, l'ancolie,
Dont les filles des champs couronnent leurs bonnets !...

Si ce buisson, nid de l'abeille,
Attirait quelque jour une vierge aux yeux doux,
Qui viendrait en dansant, et sans penser à nous,
De boutons demi-clos enrichir sa corbeille !...

S'il était aimé des oiseaux ;
S'il voyait sautiller la mésange hardie ;
S'il accueillait parfois la linotte étourdie,
Échappée, en boitant, au piège des réseaux !...

S'il souriait, depuis l'aurore,
A l'abord inconstant d'un léger papillon,
Tout bigarré d'azur, d'or et de vermillon,
Qui va, vole et revient, vole et revient encore !...

Si, dans la brûlante saison,
D'une nuit sans lumière éclaircissant les voiles,
Les vers luisants venaient y semer leurs étoiles,
Qui de rayons d'argent blanchissent le gazon !

Si d'un couple naïf et tendre
Il devait un beau soir surprendre les aveux,
Quand l'amant, de l'amante écartant les cheveux,
Lui dit tout bas un mot qu'elle brûlait d'entendre !...

Si longtemps des feux du soleil
Il pouvait garantir une fosse inconnue !
Enfants ! dites-le-moi ! L'heure est si bien venue ;
Il fait froid ; il est tard ; je souffre, et j'ai sommeil.

CACHER SA VIE

FRAGMENT

C'est le secret du sage, et j'y suis parvenu,
        Chose qu'on aura peine à croire.
Ils ne comprennent pas, ces amants de la gloire,
        Le bonheur de vivre inconnu,
De traverser les jours sans laisser de mémoire,
Sinon un doux penser dans un cœur ingénu
        Qui n'en dira rien à l'histoire,
Et de partir après comme l'on est venu.

OURLIAC (Édouard)

Type singulier, chez qui le mystique succéda au voltairien, le Breton plein de foi au Méridional le plus sceptique. Né à Carcassonne, en 1813, il vint à Paris au moment où préludaient les excentricités effarées et chevelues du petit cénacle d'Albertus (Théophile Gautier), dans la rue du Doyenné. Il s'y fit bientôt une place par la verve de ses saynètes impromptus : « Il y improvisait, dit Gautier, avec une âpreté terrible et un comique sinistre ces charges amères, où perçait déjà le dégoût du monde et des ridicules humains. »

Ses vers, dont les premiers parurent, en 1832, dans l'*Almanach des Muses*, n'étaient pas d'un jet aussi heureux, aussi prompt.

Balzac l'enrôla, avec Gautier, Lassailly, Laurent Jan, etc., dans l'escouade littéraire, qu'il chargeait d'improviser les pièces dont il avait lui-même dégrossi le plan.

Il ne devint pas auteur dramatique à cet exercice, il s'y dégoûta plutôt du théâtre. C'est vers le roman et la nouvelle qu'il se tourna. Il s'y fit remarquer par beaucoup d'originalité, où le sentiment se relevait de verve et s'épiçait de satire et de gaieté. Il fit en 1843 un voyage en Vendée, d'où il revint transformé. Il en rapportait les *Contes du bocage*, un de ses meilleurs livres. Peu à peu des chagrins de ménage l'ayant désespéré, la transformation se fit conversion.

Lorsqu'il mourut, en 1848, chez les frères de Saint-Jean-de-Dieu, il était arrivé, nous l'avons dit, à la mysticité. C'est peut-être ce qui a fait métamorphoser, dans une compilation où on lui a donné place, sa joyeuse *Confession de Nazarille* en *Confession de Nazareth !*

NOCTURNE

Aux plus sombres endroits des grands parcs solitaires
On trouve quelquefois de tranquilles parterres
Entourés d'ombre épaisse et de treillages verts,
Qui pour le promeneur ne sont jamais ouverts ;
Nul pas de ces gazons n'éveille les mystères :
De grands arbres autour sont rangés comme un mur,
Et découpent en haut le ciel en dais d'azur.

Là, des fleurs s'endormant aux baisers des abeilles,
Et nageant au soleil dans les splendeurs de l'air,
Dont le souffle amoureux balance leurs corbeilles,
Tendent en paix à Dieu leur calice entr'ouvert
Comme des vases d'or sur un autel désert ;
Mais quand la nuit d'été, sous sa robe glacée
Faisant éclore aussi les étoiles, leurs sœurs,
Étend sous les rameaux son ombre et ses fraîcheurs,
Et que chacune a bu sa goutte de rosée,
Triste larme d'amour! baiser mystérieux
Que des amants voilés laissent tomber des cieux ;
Elles penchent alors tristement leurs corolles,
Et murmurent tout bas d'adorables paroles.
Suspendus et cachés sous chacun de leurs plis,
De petits papillons se bercent endormis ;
Des moucherons tremblants, de radieux phalènes
Viennent se réchauffer à leurs tièdes haleines,
Comme sur des buissons, des oiseaux dans leurs nids ;
Et les sylphes errants dans les brises timides
S'en viennent, dans le fond des calices humides,
Baigner leurs ailes d'or en attendant le jour,
Les baiser sur la bouche et s'y pâmer d'amour.
Qui pourra dire alors ce qui se passe entre elles?
Elles se parlent bas ; et que se disent-elles?
Ah! mon Dieu! que d'amours, ineffables, secrets,
Si purs qu'on les croirait des amours immortelles,
Éclosent sous la mousse et s'éteignent après:
Quels soupirs embrasés le souffle des forêts
Dans l'ombre calme et fraîche étouffe sous ses ailes!
Si tu les as compris, ô nuit! redis-nous-les !
Dis-nous donc leur prière et leurs plaintes étranges,
Et l'hymne plein de foi qu'elles savent chanter ;
Et, noyés de parfums, quels chœurs de pâles anges,
Penchés dans les vapeurs, viennent les écouter.
Pourtant leur vie est triste, et, sur l'herbe mouillée,
Elles trouvent souvent quelque tige pliée
Qui meurt en frissonnant au vent frais du matin,
Et qui pleure à leurs pieds sa couronne effeuillée ;
Mais sans pleurs ni regrets pour leur sœur qui s'éteint
Comme pour un festin splendide et consolée,

Aux rayons enivrants de ce nouveau soleil.
Elles rouvrent en paix leur coupe de vermeil.
Fleurs qu'une voix cachée ainsi guide et console,
C'est que vous savez bien vers quel trône éternel,
Quel tabernacle en feu, quelle puissante idole,
Montent avec l'encens vos offrandes de miel :
Vous savez où s'en va, virginale et voilée,
Votre odeur, dans les airs comme une âme exhalée.
Dites-moi si c'est là que nous irons aussi,
O fleurs, pour que je vive et que je meure ainsi.

PEYRAT (Napoléon)

(NAPOL LE PYRÉNÉEN)

Il en fut pour lui comme pour Polonius (le comte Labenski) que nous avons rencontré plus haut. Quand parut, en 1833, dans le petit recueil de la *Bibliothèque populaire* d'Ajasson de Grandsagne, *Poètes français vivants*, 1re partie, p. 45, le magnifique morceau intitulé *Roland*, et signé Napol-le-Pyrénéen, on se demanda quel grand poète se cachait sous ce masque. On ne le sut que trente ans plus tard.

Un article de M. Paul Boiteau, dans la *Revue de l'Instruction publique*, nous apprit seulement alors que le poète n'était autre qu'un pasteur protestant, M. Napoléon Peyrat, qui s'était inventé ce pseudonyme poétique, en abrégeant son prénom, et en se faisant un nom de celui du pays « pyrénéen », sa patrie. Il est né, en effet, au Mas d'Azil, dans l'Ariége, non loin du torrent de l'Arise.

Quand ses vers avaient paru en 1833, il n'était que depuis peu de temps à Paris, où le meilleur accueil lui avait été fait par Lamennais, et par Béranger surtout qui le mit en relation avec Sainte-Beuve.

Une supplique en vers charmants, publiée aussi dans le recueil de la *Bibliothèque populaire*, et qui commençait ainsi :

> Oh ! d'un vent qui le brise
> Sauve un doux rossignol,
> Pleurant sa verte Arise,
> Son soleil espagnol ;

lui avait ouvert la porte du chansonnier. Celle de M. Ferdinand Denis ne lui fut pas moins hospitalière. Il obtint par lui d'être chargé d'une éducation dans la famille d'un riche notaire, chez lequel, lui-même nous l'a dit, « le précepteur eut le droit de rester poète. » Il ne tarda pas toutefois à quitter Paris, car la gêne était venue.

A partir de ce moment on le perd de vue, ne le retrouvant qu'à de rares intervalles, lorsqu'il publie quelque ouvrage, tel que son livre — souvenir reconnaissant de ses premières années — *Lamennais et Béranger*.

Le poète semblait complètement disparu. Un appel de Charles Asselineau, qui publia son *Roland*, en 1862, au tome IV du Recueil-Crépet, le fit reparaître. M. Peyrat, piqué d'émulation, voulut prouver qu'il était toujours poète, et n'avait ja-

mais cessé de l'être. Il publia peu après son volume de vers :
l'*Arise, romancero religieux, héroïque et pastoral.*

Il a aujourd'hui soixante-dix ans et est, nous dit-on, pasteur
protestant à Saint-Germain-en-Laye.

ROLAND

A P. T.

Vous allez donc partir, cher ami, vous allez
Fuir vers notre soleil, comme les vents ailés :
    Déjà la berline jalouse
Frissonne sous le fouet, inquiète, en éveil,
Belle et fière d'aller bondir sous le soleil
    Où s'endort la brune Toulouse.

Que Dieu vous garde, ami! — Mais lorsque vous aurez
Franchi monts et vallons, et fleuves azurés,
    Villes et vieilles citadelles,
La vermeille Orléans, et les âpres rochers,
D'Argenton, et Limoge aux trois sveltes clochers
    Pleins de cloches et d'hirondelles ;

Et Brive et sa Corrèze, et Cahors et ses vins,
Où naquit Fénelon, le cygne aux chants divins,
    Qui nageait aux sources d'Homère. —
Arrêtez un moment votre char agité
Pour voir la belle plaine où le Maure a jeté
    La blanche cité, votre mère.

Ces plaines de parfums, cet horizon fleuri,
L'Aveyron murmurant, des pelouses chéri,
    Le Tescoud aux grèves pensives,
Le Tarn fauve et bruyant, la Garonne aux longs flots,
Qui voit navires bruns et verdoyants îlots
    Nager dans ses eaux convulsives ;

Et puis, voyez là-bas, à l'horizon, voyez
Cés grands monts dans l'azur et le soleil noyés :
    On dirait l'épineuse arête
D'un large poisson, mort entre les océans,
Ou bien, quelque Babel, ruine de géants,
    Dont la foudre ronge la crête.

Non, cé mur de granit qui clôt ce bel Eden,
C'est Charlemagne, c'est Roland le paladin,
    Qui lui fit ces grandes entailles ;
Qui tronqua le Valier, blanc et pyramidal,
En faisant tournoyer sa large Durandal
    Contre les Mores aux batailles.

Les Maures ont haché les rois goths à Xérès,
Leurs bataillons fauchés sont là dans les guérets
    Comme des gerbes égrenées ;
L'Arabe, sur les pas de Musa-el-Kévir,
Fait voler son cheval du bleu Guadalquivir
    Jusques aux blanches Pyrénées.

Mais un jour que Musa-el-Kévir a voulu
Traquer, sur leurs sommets, un vieil ours chevelu,
    Grimpant de pelouse en pelouse,
Il monte au pic neigeux du Valier..... ébloui,
Il voit un horizon en fleurs épanoui,
    Où, comme une perle est Toulouse.

« Fils d'Allah, dégaînez vos sabres! Fils d'Allah,
Montez sur vos chevaux ! La France est au-delà,
    Au-delà de ces rocs moroses !
L'olive y croît auprès du rouge cerisier,
La France est un jardin fleuri comme un rosier
    Dans la belle saison des roses. »

L'Arabie, en nos champs, des rochers espagnols
S'abattit ; le printemps a moins de rossignols :
    Et l'été moins d'épis de seigle.

Blonds étaient les chevaux dont le vent soulevait
La crinière argentée, et leur pied grêle avait
    Des poils, comme des plumes d'aigle.

Ces Mores mécréants, ces maudits Sarrasins
Buvaient l'eau de nos puits, et mangeaient nos raisins,
    Et nos figues et nos grenades ;
Suivaient dans les vallons les vierges à l'œil noir,
Et leur parlaient d'amour, à la lune, le soir,
    Et leur faisaient des sérénades.

Pour eux leurs grands yeux noirs, pour eux leurs beaux
                              [seins bruns,
Pour eux leurs longs baisers, leur bouche aux doux
    Pour eux leur belle joue ovale ;   [parfums,
Et quand elles pleuraient, criant : « Fils des démons ! »
Ils les mettaient en croupe, et, par-dessus les monts
    Ils faisaient sauter leur cavale.

« Malheur aux mécréants ! Malheur aux circoncis !
« Malheur ! » dit Charlemagne, en fronçant ses sourcils
    Blancs, et jetant des étincelles.
« Sire, disait Turpin, ne souffrez pas ainsi
Qu'un Africain maudit vienne croquer ici
    A votre barbe vos pucelles. »

Charlemagne, Roland, Renaud de Montauban,
Sont à cheval ; le gros Turpin, en titubant
    Sur sa selle, les accompagne :
Ils ont touché les os de saint Rocamadour ;
Mais du Canigou blanc aux saules de l'Adour,
    Les Mores ont fui vers l'Espagne.

Non, ils sont sur les monts, menaçant à leur tour ;
Ils coiffent chaque pic, comme une ronde tour,
    De leur bannière blanche et bleue ;
Hérissent le granit des crêtes du rempart,
Et crient : « Chiens, ne mordez l'oreille au léopard,
    Du lion n'épluchez la queue ! »

Et Roland rugissait, et des vautours géants,
Des troupeaux d'aigles bruns, volaient en rond, béants,
    Faisait claquer leurs becs sonores,
Et Roland leur disait : « Mes petits oiselets,
Un moment, vous allez avoir bons osselets
    Et belles carcasses de Mores ! »

Un mois il les faucha, sautant de mont en mont,
Jetant leurs corps à l'aigle et leur âme au démon
    Qui miaule et glapit par saccades ;
Les âmes chargeaient l'air comme un nuage noir,
Et notre bon Roland, en riant, chaque soir,
    S'allait laver dans les cascades.

Mais tu tombas, Roland ! — Les monts gardent encor
Tes os, tes pas, ta voix, et le bruit de ton cor,
    Et, sur leurs cimes toujours neuves,
Ont, comme un Sarrasin, une nue en turban ;
La cascade les ceint et les drape en tombant,
    De l'écharpe d'azur des fleuves.

Nos pères, du soleil et du canon bronzés,
Sont morts aussi, mordant leurs vieux sabres usés
    Sur tous ces rochers de l'Espagne,
Dis-moi, toi qui les vis, quand ils tombaient ainsi,
Étaient-ils grands, et grand notre empereur aussi,
    Comme ton oncle Charlemagne ?

Ah ! si vers l'Ebre, un jour, passaient par Roncevaux,
Nos soldats, nos canons, nos tambours, nos chevaux,
    Et nos chants tonnant dans l'espace,
Lève-toi pour les voir, lève-toi, vieux lion :
Plus grande que ton oncle et que Napoléon,
    Viens voir la liberté qui passe.

POMMIER (Amédée)

Poète complexe, et pour ainsi dire en partie double, qui sut se tenir entre les deux écoles, pour profiter de l'une et de l'autre.

Romantique, il se permit toutes les excentricités du genre, et enchérit même sur ses néologismes par de beaucoup plus téméraires, dignes de Du Bartas, tels que « le flot *rumoreux*, *extuant*, les rocs *fluctisonnants*, les fleurs *immarcessibles*, etc. »; qu'on trouve dans ses *Océanides*.

Classique, il se fit plus calme, dirigea correctement le *Journal des Arts agricoles*, exécuta d'honnêtes traductions pour la collection Panckoucke, professa un cours de littérature très sage à l'Athénée; et, d'une inspiration régulière et rangée, concourut, sans tapage, aux prix de vers ou de prose, proposés par l'Académie française. Il en obtint cinq, si nous avons bien compté, dont un pour l'*Eloge d'Amyot*, en 1849.

C'étaient les repos, les calmants de sa muse. Il n'en revenait que mieux, ensuite, à ses turbulences, à ses recueils exaspérés : la *République* ou le *Livre de sang; Colères*, dont une des satires, les *Trafiquants littéraires*, parut, d'abord, dans la *Revue des Deux-Mondes*.

Deux de ses poèmes, qui ont le plus marqué par la verve, l'originalité et l'étonnante facilité des rimes, sont *Paris* et l'*Enfer*. Th. Gautier faisait un cas particulier de celui-ci, où le poète, disait-il, « semble avoir introduit les diableries de Callot dans l'*Enfer* du Dante. » Rien ne lui paraissait plus neuf et mieux trouvé que le supplice de deux amants, morts en ne s'aimant plus, et pour toujours rattachés l'un à l'autre, ce qui fait dire au poète :

> L'Eternité du tête-à-tête
> Ne pouvait manquer à l'enfer.

Amédée Pommier est mort dans ces derniers temps, à soixante-douze ans.

APPEL AUX FEMMES POÈTES.

Le prosaïsme gagne! à ses empiètements
Opposez vos efforts et vos écrits charmants.
Vous êtes cette troupe et gracieuse et svelte
Qui s'armait du carquois, de l'arc et de la pelte,
Qui, le front couronné du cimier belliqueux,
A côté des héros brillait aussi bien qu'eux,
Et que Penthésilée ou la belle Harpalyce,
Une hache à la main, conduisait dans la lice.
Courage, nobles sœurs, cette lutte vous sied ;
Disputez avec nous le terrain pied à pied.
Aux sots coalisés, à leur ligue maussade,
Des partisans de l'art opposons la croisade ;
Venez, raidissons-nous contre nos ennemis ;
Gardons le feu sacré que Dieu nous a commis,
Quant à moi, dût toujours un public malévole
Traiter notre art divin de passe-temps frivole ;
Dût l'époque en travail et son bourdonnement
Couvrir ma faible voix qui chante vainement ;
Dussé-je, encor vingt ans, créancier de la gloire,
Sans qu'on ouvre, cogner au temple de Mémoire ;
A de nouveaux affronts fallût-il m'aguerrir,
Fallût-il sur la brèche obscurément périr,
O sainte Poésie, en ton nom, je le jure ;
Jusqu'au dernier soupir je tiendrai la gageure,
Et ne m'en irai pas, infâme déserteur,
De la réalité me faire adorateur.
Comme un joueur qui brave une chance inégale
Et d'un cœur obstiné pousse sa martingale,
Le dessein en est pris, je me bute ; on verra
Qui du sort ou de moi le dernier cédera.
Contre nos vils penchants hautement je proteste !
Qu'aux autels du veau d'or tout passe ; moi, je reste,
Quand je devrais mourir dans l'ombre et dans l'oubli,
Prêtre d'un temple vide et d'un culte aboli !

23.

NE TOUCHEZ PAS A L'ENFANT

La foi, la loyauté, la pudeur, l'innocence,
Sont dans le cœur humain comme une exquise essence ;
Que par le moindre choc le flacon soit fêlé,
Le précieux parfum est bien vite envolé !
Oh ! laissons à l'enfant sa candeur jeune et fraîche,
Cette fleur qui veloute ou la prune, ou la pêche,
Ce duvet délicat, virginité du fruit,
Qu'on ne saurait frôler sans que tout soit détruit ;
Ce glacis de vapeur de la grappe dorée,
Cet éclat de pastel, poussière colorée,
Voile mince et subtil, à s'en aller tout prêt,
Réseau fin et ténu, qu'un souffle enlèverait,
Enveloppe si frêle et si bien nuancée,
Qu'on tremble d'y toucher, même de la pensée.

ODE A LA RIME

FRAGMENT

Cet essaim chez moi pullule.
Guêpe quittant sa cellule,
Frémissante libellule,
Que mon œil sait épier ;
Nulle d'elles ne m'échappe,
Au vol ma main les attrape,
D'un coup brusque je les happe,
Et les fixe à mon papier.

J'en décore mes ballades,
J'en compose mes roulades,
Je dispose en enfilades

· Leur assortiment coquet.
En longs colliers je les noue,
Je leur dis : « Faites la roue ; »
Avec elles je me joue,
Comme avec un bilboquet.

LES TROIS PERLES

(FRAGMENT DES *Océanides*)

Oh ! qui me donnera d'assez bons yeux pour voir
Tout ce que l'Océan cache en son gouffre noir ;
Pour trouver les talents, les vertus que le monde
Retient ensevelis dans une nuit profonde ?

Quand pourrai-je arracher à leur obscurité
La perle, dont le flot connaît seul la beauté ;
Le grand homme qui vit sans gloire et sans couronne,
Et la vierge aux doux yeux, pauvre, naïve et bonne.

PONCY (Charles)

Poète maçon, né en 1821, à Toulon, y fit, tout en travaillant de son métier, son éducation de poète par la lecture des tragédies de Racine. En 1840, à dix-neuf ans à peine, il publiait un premier recueil qui fut remarqué et chaudement recommandé par un de ses compatriotes, le légiste poète, Ortolan. Il vint alors à Paris ; mais prudemment ne fit qu'y passer. Il publia chez Gosselin son second volume de vers, *Marines ;* répara — car le maçon ne s'oubliait jamais sous le poète, — la cheminée de la chambre de son hôtel, qui fumait, et s'en retourna au pays.

Il y fut fait juge suppléant d'une justice de paix, puis secrétaire de la Chambre de commerce, et ne cessa pas, pour cela, de faire des vers.

Sa poésie était restée celle de l'ouvrier, qui chante son travail. Elle s'était seulement un peu plus étendue, d'abord dans son troisième recueil, *le Chantier,* puis surtout dans celui qui vint après, La *Chanson pour tous,* où chaque corps d'état trouve son refrain et ses couplets, à commencer par le maçon, et à finir par le fossoyeur. Nous n'avons pas choisi la chanson de celui-ci, mais celle du Forgeron, plus consolante et plus gaie.

LE FORGERON

Debout devant mon enclume,
Prêt au travail me voici :
Dès que l'aube au ciel s'allume
Ma forge s'allume aussi.
Frappe, marteau, tors et façonne
Le métal qu'amollit le feu.
Que ta voix de fer, mon marteau, résonne
Pour glorifier le travail et Dieu.

En vain la sueur m'inonde,
Mes bras n'en sont que plus forts.

C'est la sueur qui féconde
Mon courage et mes efforts.
On m'en voit, comme une couronne,
Une perle à chaque cheveu.
Que ta voix de fer, etc.

Le riche, qui de ma blouse
Détourne son œil railleur,
Plus d'une fois me jalouse
Ma gaîté de travailleur.
La gaîté, Dieu toujours la donne
A qui sait vivre heureux de peu.
Que ta voix de fer, etc.

J'aime à forger la charrue,
Qui nourrit le genre humain ;
Mais jamais le fer qui tue
Ne fut battu par ma main.
Sur terre il ne faut que personne
Avant son heure dise adieu.
Que ta voix de fer, etc.

Pince, qui fend les carrières,
Balcon, où l'on prend le frais,
Soc, qui sillonne les terres,
Marteau, qui brise le grès ;
Qu'on laboure, taille ou maçonne,
Mon ouvrage sert en tout lieu.
Que ta voix de fer, etc.

Dans mon ténébreux asile
Je vis plus heureux qu'un roi ;
Lorsqu'à tous on est utile,
On peut être fier de soi.
Cette forge que je tisonne
Du char du travail fait l'essieu.
Que ta voix de fer, etc.

Vive la forge qui brille !
Dans cet enfer de charbon

On dit qu'en été je grille,
Mais l'hiver il y fait bon.
Que toujours mon bras y moissonne
Le pain du jour, c'est mon seul vœu.
Que ta voix de fer, mon marteau, résonne
Pour glorifier le travail et Dieu.

LE RICHE

Nous jointions le saillant d'une vieille toiture ;
Il passait sous nos pieds dans sa belle voiture;
C'était un blanc jeune homme, un riche désœuvré.
Il avait épuisé tous les plaisirs du monde,
Et par les gais refrains dont notre voix abonde
     Son pauvre cœur était navré.

Notre joie irrita tellement son envie,
Qu'il vint nous demander un jour pourquoi la vie
L'abreuvait de dégoûts, d'ennuis à chaque pas,
Tandis qu'elle coulait pour nous pleine et légère.
Nous lui criâmes tous, du haut de l'étagère :
     C'est que tu ne travailles pas !

AUX OUVRIERS MAÇONS

Que nous sommes heureux d'être ouvriers ! La vie
A pour nous des douceurs que plus d'un prince envie.
Le matin, sur les toits, avec les gais oiseaux,
Nous chantons le soleil qui sort du sein des eaux,
Qui, submergeant ces toits d'une mer de lumière,
Change en corniches d'or leurs corniches de pierre,
Et semble réchauffer, de ses rayons bénis,
La tuile, frêle égide où s'abritent les nids.
Nous guettons les beautés dont l'âme et la fenêtre
Semblent s'épanouir au jour qui vient de naître ;
Et, de l'aube à la nuit, l'aile de nos refrains
Emporte, dans son vol, nos maux et nos chagrins..

PONS (LE COMTE GASPARD DE)

Un de ces gentilshommes de la garde, qui, comme Lamartine, Alfred de Vigny, etc., furent tout à la fois soldats et poètes pendant la Restauration, et surent s'y distraire de la vie de caserne, en faisant des vers. Ceux de M. de Pons ne valent ni ceux de Vigny, ni ceux de Lamartine, lui-même en convient avec gaîté dans les notes de son recueil en trois volumes, *Adieux poétiques ;* mais quelques-uns toutefois sont d'une assez haute inspiration.

En 1820, il était venu d'Avallon, sa ville natale, à Paris, pour y servir dans la garde, et il y voyait Victor Hugo, dont il était l'aîné de quatre ans. Il y eut entre eux un échange de vers, qu'il nous a conservés, et dont un certain nombre manquent dans les œuvres du grand poète, où ils seraient curieux, comme point de départ et premiers bégaiements du génie.

M. de Pons avait déjà alors publié une ode, dont le sujet assez singulier était le *Congrès d'Aix-la-Chapelle*, et un poème en quatre chants, *Constante et discrète*. Son véritable essor, qui n'alla pas bien haut, fut un volume d'*Inspirations poétiques* publié en 1825. Il avait alors quitté la garde, et servait comme capitaine dans le 7e léger.

Après juillet, il se retira de l'armée. Il est mort vers 1860, après avoir publié ses *Adieux poétiques,* choix de ses meilleurs vers, qui n'exigeaient pas trois volumes, et qu'il dut par conséquent grossir en ajoutant au dernier certain *Fatras rimé,* dont le titre dit assez la valeur.

L'INFINI

FRAGMENT

Que m'importe le temps? que m'importe le monde?
Je parle à l'infini ; que lui seul me réponde !
Je le vois par-delà les soleils et les jours ;
Il est plus que partout, il fut plus que toujours ;
Pour ne cesser jamais, à jamais il commence ;
L'éternelle étendue et la durée immense

Se perdent dans son être où tout est réuni ;
Il est seul, il est tout, car il est l'infini.

. . . .

. . . .

Univers, fils du temps et roi de l'étendue !
Quand, forçant les ressorts de mon âme éperdue
Pour reculer ton âge et ton immensité,
Mes calculs sonderaient leur double obscurité
Jusqu'en des profondeurs aux mortels interdites ;
Tu n'as pas même un flot dans la mer sans limites.
Avant la première heure, après le dernier lieu,
Je tombe épouvanté dans l'abîme d'un Dieu.
Que dis-je ? épouvanté ! n'est-ce point un blasphème ?
Dieu n'épouvante pas les cœurs justes qu'il aime :
S'il est le Dieu terrible, il est le Dieu clément,
S'irrite avec douleur, et pardonne aisément.
Il soutient dans sa chute une feuille qui tombe ;
Du berceau pas à pas il nous guide à la tombe ;
Sa loi, stable au milieu du tourbillon des jours,
Nous conserve la vie en nous créant toujours.
Le Seigneur se plaisait aux jeux de notre enfance ;
C'est par ses propres dons que notre erreur l'offense ;
Il nous a donné l'être ; espérons au Seigneur :
Le sentiment de l'être est l'instinct du bonheur.
Oui, mortels, l'infini, c'est le Seigneur lui-même.

. . . .

PRIÈRE D'UN DAMNÉ

Oh ! du fond de ces lieux où ta vengeance habite,
Entends, Dieu que je hais, entends ma voix maudite !
Je sais trop bien que, sourd à de lâches sanglots,
Ton courroux débordé n'arrête plus ses flots :
L'enfer te bénirait, s'il espérait encore ;
Et ce n'est pas pour lui qu'un réprouvé t'implore.

Mais si je fus ton fils, par toi longtemps béni,
Si du cœur paternel un instant m'a banni ;

Si devant toi mon crime est une ombre d'atome,
Si la mort contre moi dans son hideux royaume
Veille, veille à jamais ; et si, pour l'assoupir,
Naguère il n'eût fallu peut-être qu'un soupir ;
Enfin, si, par un doux mais déchirant mystère,
En exécrant les cieux, j'aime encor sur la terre,
Sur la terre du moins partage à mes amis
Ma part de ce bonheur au fils d'Adam promis :
De quelque nom brillant que notre erreur le nomme,
C'est, hélas ! c'est bien peu que le bonheur d'un homme !
Ceux que j'aime toujours en frémissant d'aimer,
L'éternité bientôt les saura réclamer ;
Et dussent leurs forfaits irriter ta colère,
Va, laisse au dernier jour le soin de leur salaire,
Je t'en conjure...— O rage ! oh ! quels tourments de feu !...
L'éternité suffit à la haine d'un Dieu.
J'ai trop prié déjà, j'en souffre plus encore ;
Mais ce n'est pas pour lui qu'un réprouvé t'implore,
Dieu jaloux !... Si tu crains, dans ta sombre équité,
De consoler mes maux par leur félicité...
Eh bien ! qu'ils soient heureux ; et que moi je l'ignore !
Que, du sein des tourments dont l'ardeur me dévore,
Mes cris fassent pleuvoir le bonheur sur leurs pas !
Qu'ils en sachent la source, et qu'ils en soient ingrats !

QUINET (Edgar)

Chez cet écrivain d'une valeur si haute; philosophe profond dans son livre sur Herder; professeur éloquent, lumineux érudit dans ses *Épopées inédites du moyen âge;* historien d'une très fière justice dans ses ouvrages sur la Révolution, et sur la Campagne de 1815, le poète fut, malgré de remarquables éclairs, ce qui s'affirma le moins.

Il eut plutôt la prétention que le succès de la poésie. « Quinet, a dit M. Chassin, son panégyriste, semble gêné par le vers au point de rester, dans l'expression, au-dessous de sa propre pensée. »

Il aurait peut-être dû faire pour tous ses poèmes comme il avait fait, en 1833, pour le premier, *Ahasvérus:* les écrire en prose. L'émulation de poésie, très vive alors, l'entraîna. Son *Napoléon,* qu'il publia, trois ans après, était en vers, d'une inspiration fort inégale, mais d'une fougue très hardie, en ses rhythmes divers, et d'un élan par endroits irrésistible. On y sentait tout à la fois la jeunesse sous l'essor, et la maturité sous la force. Quinet avait alors trente-trois ans.

En 1838, on eut son *Prométhée,* qui surprit venant de lui; on y trouvait des pensées d'un idéalisme presque chrétien.

Proscrit par le 2 décembre, il revint à la poésie dans l'exil; il fit sa tragédie des *Esclaves,* à laquelle il donna cette épigraphe: *Exulibus exul.* Ce fut son adieu aux vers. Selon M. Chassin, il n'a pas d'œuvre poétique plus remarquable. Suivant nous le poème de *Napoléon* est supérieur.

Edgar Quinet est mort à Versailles, le 27 mars 1875, âgé de soixante-douze ans. Il était né à Bourg, le 17 février 1803.

SARAGOSSE

Malheur! malheur! malheur! à travers ses rideaux,
Ah! la fête a pâli sous ses mille joyaux!
Un cri s'élève à l'heure où la terre sommeille.
Les cieux l'ont entendu. L'Èbre prête l'oreille;
Le Douro le répète; et d'un pas de géant
Le Tage aux flots guerriers le porte à l'Océan.

Est-ce un cri de vautour qui cherche sa pâture ?
Un lion d'Aragon qui lèche sa blessure ?
Ce n'est pas un lion, ce n'est pas un vautour :
C'est Saragosse en deuil, sur sa plus haute tour,
Au milieu de ses sœurs, qui crie : A moi, Castille !
Aragon, levez-vous ! Es-tu debout, Séville ?

Chantez vos chants de mort, Andujar et Burgos,
Valence, qui du Cid avez gardé les os,
Sagonte mon aînée ; Abrantès et Tudèle,
Médine la Moresque, et Tolède la Belle.
Toi, sainte Lérida, monte sur ton clocher,
Et dis si de tes monts on peut voir mon bûcher.

Lisbonne, à pleines mains, dans le flot qui t'enserre,
Sans faute as-tu rempli le seau de ta colère ?
Province de Murcie, as-tu, pendant les nuits,
De fiel et de ciguë empoisonné ton puits ?
Es-tu prête, Tortose ? et toi, sur tes rivages,
Trafalgar, as-tu ceint ta ceinture d'orages ?

Cordoue, as-tu caché le soir, en souriant,
Sous ton manteau d'émir ton poignard d'Orient ?
Jeune et Vieille Castille ! Algarve ! Estramadure !
La louve d'Aragon demande sa pâture.
Baylen au toit de chaume, en ton roc de granit,
Pour y couver sa honte, à l'aigle fais son nid !

Ségovie, en ton champ hâte-toi de descendre !
Ronge tes ossements ; couvre-toi de ta cendre !
Grenade, bois ton sang aux cris des guérillas,
Comme fait la tigresse au penchant de l'Atlas.
Souviens-toi, Roncevaux, du nom de Charlemagne !
Navarre, souviens-toi que l'on t'appelle Espagne.

Déserts ! landes ! sierras ! gorges et défilés !
Grottes ! lacs ! mers ! forêts ! toits et murs écroulés !
Vipères du chemin à la langue acérée !
Loups cerviers de Biscaye à la gueule ulcérée !
Hidalgos ! guérillas ! saints d'Espagne et du Nord !
San Iago ! terre et cieux ! criez tous : Mort ! mort ! mort !

Ah! quand il entendit, dans sa tombe royale,
Le vieux nom d'Aragon qui soulevait la dalle,
Le roi Sébastien s'est levé du cercueil.
Il a pris son épée et son manteau de deuil.
Pâle, il a sur son front renoué ses années,
Et, pâle, il est monté sur ses tours ruinées.

Ah! quand il entendit le vieux nom d'Aragon
Qui brisait des tombeaux les portes sur leur gond,
L'évêque de Grenade a quitté son suaire.
Il est sorti debout de sa propre poussière.
Sans guide il a suivi le chemin des Sierras,
Et, pâle, il est monté sur les Alpuxarras.

Sur la cime il a dit les saintes litanies;
Et l'Alhambra se tait sous ses dalles bénies.
Et Valence, et Médine, et Tolède à genoux
Ont redit après lui : Grands saints, priez pour nous!
Vierge des assiégés, soyez, moi ma barrière!
Tour de ma délivrance, exhaussez ma bannière!

San Jorge! prêtez-nous votre casque divin.
San Miguel! votre épée et son tranchant d'airain.
San Diego! préparez le festin du carnage.
San Bartolomeo! gardez mon héritage.
San Fernando! soyez la tour de mon beffroi.
San Pablo! conduisez l'épouvante après moi.

San Iago! Bénissez les longues espingoles.
San Andrès! aiguisez les lances espagnoles.
San Juan! donnez-nous des fusils enchantés,
Des sabres flamboyants, toujours ensanglantés!
San Lucar! labourez le champ de nos batailles!
San Pedro! faites-nous de belles funérailles!

Et là-haut, sur le mont, le clairon portugais
A dit : Écoutez-moi, cieux, sous vos vastes dais!
Et là-bas, dans la plaine à la verte pelouse
Où gronde le Douro, la trompette andalouse

A dit : Écoutez-moi, Vierge au bras tout-puissant!
Vase de mon combat, remplissez-vous de sang.

Qu'ont dit les Hidalgos, aux lances indomptées,
Qu'ont dit les guérillas, aux balles enchantées,
Quand la voix du clairon a sonné dans leur cœur ?
Leurs lèvres n'ont rien dit. Sans changer de couleur,
Les Hidalgos ont pris les lances espagnoles ;
Les saintes guérillas, les longues espingoles.

Leur lèvre ne veut plus sourire en un festin,
Tant qu'il vous reste un fils qui n'est pas orphelin,
Bourgogne, Roussillon, Guyenne, Normandie.
Leur bouche ne veut plus goûter la sainte hostie,
Avant que l'ossuaire élevé dans Burgos
Ne réveille, en sa soif, l'ourse de Roncevaux.

Ah ! fier taureau de Corse ! au milieu de l'arène,
Tu cherches ton étable avec ton auge pleine,
Et tu ne vois partout que le toréador.
Qu'as-tu fait de ta source au pied du mont Thabor ?
Vers ton étang d'Arcole, où sont tes pâturages ?
Sous l'orme de Wagram où sont tes frais ombrages ?

Que cherches-tu de l'œil au bout de l'horizon,
Ton berger d'Austerlitz, assis sur le gazon ?
Va ! tes cornes d'airain sont de fleurs couronnées,
Et ta barrière est close au pied des Pyrénées.
Burgos a pris sa lance et son rouge étendard ;
Valence son épieu, Grenade a pris son dard.

Dans ton chemin sanglant, ton front au joug d'ivoire
Ne ramènera plus le soc de la victoire.
Tu ne sentiras plus dans ton âpre sillon
Que le fouet du bouvier et son froid aiguillon ;
Et l'épi qui croîtra dans ton champ de bruyère
S'appellera néant, et fera ta litière.

Ah! que sert de fouiller la terre de ton pied?
Va! ton herbe est amère, et rude ton sentier.

Tortose à sa ceinture a pendu son épée,
Salamanque trois jours dans ton sang s'est trempée.
Et le toréador a dit dans ton enclos :
Le faut-il immoler, répondez, Hidalgos !

Et cent peuples, muets sur leurs gradins d'albâtre,
Spectateurs entassés dans leur amphithéâtre,
Au pied du mont Oural, des Alpes, du Carmel,
Se sont penchés au bord de leur cirque éternel ;
Et, regardant l'arène et Valence qui pleure,
Et le monstre debout, ont répondu : Qu'il meure !

Qu'il meure ! ont répété les Portes Caspiennes,
Qu'un géant invisible aux rives cimmériennes
Ébranle avec fracas sur leurs durs gonds d'airain.
Qu'il meure ! a dit l'Oural. Sur la hutte de crin
Où vers la mer d'Azof le Tartare demeure,
Le vent du désert passe et répète : Qu'il meure !

RAYNAL (Hippolyte)

Pauvre poète de cour d'assises, que nous n'aurions pas admis dans ce recueil, s'il n'avait eu pour lui, comme caution de sa moralité seulement égarée, la bienveillance persistante de Béranger.

Né à Paris, en 1805, de parents qu'il ne connut guère — il était orphelin à quatorze ans — sa seule ressource au sortir de l'école fut le vagabondage, puis le vol. Il ne s'y laissa toutefois entraîner qu'après bien des tentatives de travail. Il fut successivement : apprenti menuisier, commis-libraire, garçon boucher, clerc d'avoué et berger. La mendicité n'était pas loin : il mendia, fut pris et mené au dépôt de Saint-Denis, où il passa deux ans.

A la sortie, il ne sut pas rompre avec des camarades libérés en même temps que lui, et dont le vol fut aussitôt le seul métier. Raynal était chargé de vendre ce qu'ils avaient pris ; il fut arrêté, et condamné à cinq ans de réclusion.

Sa conduite à la prison de Poissy fut excellente. Il travaillait, lisait, s'instruisait, faisait des vers. Il en signa quelques-uns du nom d'Arthur, et les envoya à Béranger, qui l'encouragea de ses conseils et de sa bourse. Quelques mois avant que son temps fût terminé, on le gracia à l'occasion de la fête du Roi.

Il avait, en prison, appris un métier, la sculpture sur corne et sur ivoire ; il chercha de l'ouvrage, en trouva chez quelques couteliers, et se mit à travailler avec ardeur, dans une pauvre mansarde, dont on lui donna bientôt congé, la surveillance de la police, dernière conséquence de sa condamnation, l'ayant fait considérer comme un locataire indigne. La dénonciation de quelques misérables camarades lui fit de même retirer l'ouvrage que lui donnaient les couteliers. Il écrivit à Béranger pour l'instruire de sa déplorable situation et le supplier de le recommander à Laffitte, pour un secours. Béranger malade ne put lui répondre.

Que faire? Céder à quelque fatale inspiration, comme celle qui l'avait déjà perdu. Un matin du mois de février 1830, on apprit qu'un vol avec fausses clefs avait été tenté la veille, vers huit heures du soir, chez le restaurateur Brébant, rue Neuve-Saint-Eustache. Les coupables étaient Raynal et un nommé Leblond, plus jeune que lui de quatre ans. Ils furent arrêtés et passèrent devant la cour d'assises le 27 avril suivant.

Malgré le témoignage très sympathique de Béranger et une

défense très éloquente de l'avocat Ch. Ledru, Raynal fut condamné à six ans de travaux forcés, et Leblond à cinq.

Raynal ne subit guère que la moitié de sa peine. En 1834, nous
le trouvons qui publie chez Perrotin, grâce à la recommanda-
tion de Béranger, un volume de vers, *Malheur et poésie*. L'année suivante, il mit son histoire en roman, avec ce titre trop
franc pour n'être pas cynique : *Le voleur*. Le terrible incendie
de la rue du Pot-de-Fer détruisit l'édition. Il en donna bientôt
après une seconde, qu'il intitula moins effrontément : *Sous les
verrous*.

Sa vie ensuite nous échappe, nous savons seulement qu'a-
près avoir habité Lyon, en 1850, il se retira avec sa sœur, à
Bordeaux, où de 1851 à 1855 il publia plusieurs poésies, dont
une, la satire *les Sangsues*, fut couronnée par l'Académie de la
ville. Il y fonda aussi une revue bi-mensuelle, avec M. Céles-
tin Gragnon, *la nouvelle Mosaïque du Midi*. Qu'est-il devenu?
Nous l'ignorons, mais on voit qu'il s'était réhabilité par le
travail, et s'était donné le droit de rester poète!

J'AIME A RÊVER

J'aime à rêver quand mon âme en délire
Plane inspirée au sein des immortels ;
Du dieu des vers j'ose prendre la lyre,
Et les humains m'élèvent leurs autels.
Comme un éclair quand mon rêve s'efface,
Quand sous mon toit j'ai dû me retrouver,
Sur ces autels, dont il n'est plus de trace,
    J'aime à rêver.

J'aime à rêver sur le bord du rivage,
Quand échappé dans les plaines de l'air
Sur mon front pâle amoncelant l'orage
Un vent fougueux soulève au loin la mer.
Par la pensée errant au sein de l'onde,
Assis au port où je puis la braver,
Tranquille, au bruit de la foudre qui gronde,
    J'aime à rêver.

J'aime à rêver sur la tombe isolée
Où dort en paix l'ami de la vertu ;

L'adversité fut par lui consolée ;
Son bras soutient l'indigent abattu :
Cherchant en vain, sous la ronce et l'épine,
Son nom que nul n'eut soin de conserver,
Devant l'éclat de la tombe voisine,
        J'aime à rêver.

J'aime à rêver sur la brillante aurore
Qui devança mon pénible avenir :
Que de beaux jours pour moi devaient éclore !
Que de beaux jours ne devaient pas finir !
De mes destins je traverse l'espace,
Loin du bonheur, que je n'ai pu trouver :
Le temps s'enfuit, sur chaque instant qui passe.
        J'aime à rêver.

CONSEILS A UN AMI

FRAGMENT

Peins-nous l'homme naissant s'éveillant aux douleurs,
Et du sort qui l'attend trace-nous les malheurs.
La fleur qu'un souffle pur anime et fait éclore,
La perle du matin que nous verse l'aurore,
De l'enfant nouveau-né nous offrent les attraits :
Quelle aimable candeur respire en tous ses traits !
Que cet œil tendre et fier et nous charme et nous touche !
Le parfum du printemps s'exhale de sa bouche,
Où la rose nouvelle étale sa fraîcheur.
Sous ce tissu de lis voyez battre son cœur,
Ce cœur sensible et bon où se plaît l'innocence ;
Ses petits bras vers nous levés par l'espérance,
Semblent nous rappeler qu'il n'est rien qu'un mortel.
Il espère, il attend le nectar maternel,
Il implore, il demande et sa mère et la vie.
Ah ! plutôt pauvre enfant ! qu'elle te soit ravie !

24

A peine de ce monde aborde-t-on le seuil,
Que la douleur nous suit et nous pousse au cercueil
Au char de l'intérêt l'un par l'autre enchaînés,
Nous marchons au hasard l'un par l'autre entraînés,
Et de chocs douloureux notre existence est pleine ;
La fortune aux humains commande en souveraine ;
A peine elle a parlé qu'on nous voit obéir.
Aux dépens de chacun, chacun veut parvenir,
Et chacun, quel qu'il soit, veut parvenir encore,
Ce n'est point la vertu que notre encens honore ;
Ce culte misérable est méprisé de nous.
Nous laissons à nos pieds l'infortune à genoux :
Le malheur est pour nous une image abhorrée ;
La vertu naît, vit, souffre et s'éteint ignorée.
Le crime fortuné se montre avec orgueil,
Debout sur son trésor comme sur un écueil
Où devra se briser la justice impuissante.

ODE A LA DUCHESSE DE BERRY

FRAGMENT

Horace, dans le cours d'une vie indigente,
Accordait rarement sa lyre gémissante :
Il invoque Mécène, il obtient un regard.
Deux mille ans ont passé sur la cendre d'Horace,
Et sa grande ombre encore au sommet du Parnasse
        Chante Auguste-César.
Princesse, du Très-Haut qui connaît les oracles ?
Qui sait, en ma faveur opérant des miracles,
S'il ne m'a point créé l'Horace de ton fils ;
Et si le monde un jour, exaltant ma mémoire,
Ne joindra pas mon nom, comme un titre de gloire,
        A la gloire des lis ?
Oui dans les temps futurs je l'entends : on me nomme....
Tout rêve généreux est l'enfant d'un grand homme.
Vers la gloire, ô Berry, guide mes premiers pas !
Gilbert, dont le malheur égala le génie,
Périt dans la souffrance et dans l'ignominie ;
        Mais tu n'existais pas.

REBOUL (Jean)

Le plus célèbre des poètes ouvriers, en notre siècle qui en a tant vu. Son père était serrurier à Nîmes, où il naquit le 23 janvier 1796. Il ne fit que d'assez courtes études; à quinze ans, il était déjà apprenti boulanger. Quand les Bourbons revinrent, il s'enrôla, pour eux, dans les volontaires royaux, et resta toujours fidèle à leur cause.

Après 1815, il fut quelque temps expéditionnaire chez un avoué, puis revint à son métier de boulanger, rêvant quand son travail était fini, et rimant entre deux fournées. Ces vers, qu'il eut — ce dont il lui faut tenir compte — l'excellent esprit d'écrire en français, et non en patois, comme Jasmin et Mistral, avaient d'abord pour thèmes des sujets d'à-propos, tels que la guerre d'Espagne, par exemple, qui lui inspira, en 1823, une *ode* assez médiocre.

Sa vraie voie, ce qui semblait étrange lorsqu'on le voyait avec son teint d'Arabe et ses grands yeux noirs tout pleins de feu, était du côté de l'élégie et de ses plus délicates tendresses. C'est de là que lui vint son premier succès, en 1828, avec cette adorable petite pièce de *l'Ange et l'Enfant*, si finement ciselée dans une assez abrupte poésie de l'Allemand Grillparzer.

On en parla partout, ce fut à qui en prendrait des copies et la réciterait dans le monde. Le poète boulanger devint le poète à la mode. Lamartine lui adressa ses vers, *le Génie dans l'obscurité*; Alexandre Dumas passa par Nîmes tout exprès pour lui rendre visite, et ne voulut voir les Arènes qu'après l'avoir vu ; un libraire de Paris lui demanda tout ce qu'il avait écrit, et s'en trouva bien. Le premier recueil des *Poésies* de Reboul eut quatre éditions de 1836 à 1842.

Son poème biblique en dix chants, *le Dernier Jour*, dont il vint lui-même surveiller la publication ne réussit pas aussi bien. La curiosité était passée. Le second volume de ses *Poésies* n'eut aussi, en 1846, qu'un médiocre succès; sa tragédie, *le Martyre de Vivia*, jouée à l'Odéon, en 1850, fut une chute ou peu s'en faut ; et enfin les *Traditionnelles*, quatre ans après, n'ajoutèrent rien à sa renommée.

Reboul mourut le 1ᵉʳ juin 1864. Il avait, toute sa vie, été du plus admirable désintéressement. Deux fois, il refusa la croix; en 1844, il accueillit de même par un refus l'offre que lui fit le maire de Nîmes de la place de bibliothécaire de la ville ; enfin, après la révolution de février, qui lui valut d'être nommé de la Constituante, mais qui, en le forçant de s'éloigner de Nîmes,

dérangea singulièrement les affaires de sa boulangerie ; il fut
avéré pour ses amis qu'il était dans une gêne assez cruelle.
On le fit savoir au comte de Chambord qui envoya aussitôt une
somme importante. Reboul remercia, mais sans accepter. In-
trépidement fidèle, il ne voulait pas qu'on lui payât sa fidélité.

L'ANGE ET L'ENFANT

Un ange au radieux visage,
Penché sur le bord d'un berceau,
Semblait contempler son image
Comme dans l'onde d'un ruisseau.

« Charmant enfant qui me ressemble,
Disait-il ! oh ! viens avec moi !
Viens, nous serons heureux ensemble ;
La terre est indigne de toi.

« Là, jamais entière allégresse :
L'âme y souffre de ses plaisirs,
Les cris de joie ont leur tristesse,
Et les voluptés, leurs soupirs.

« La crainte est de toutes les fêtes ;
Jamais un jour calme et serein
Du choc ténébreux des tempêtes
N'a garanti le lendemain.

« Eh quoi ! les chagrins, les alarmes
Viendraient troubler ce front si pur,
Et par l'amertume des larmes
Se terniraient ces yeux d'azur !

« Non, non, dans les champs de l'espace
Avec moi tu vas t'envoler ;
La Providence te fait grâce
Des jours que tu devais couler.

« Que personne dans ta demeure
N'obscurcisse ses vêtements ;
Qu'on accueille ta dernière heure
Ainsi que tes premiers moments.

« Que les fronts y soient sans nuage,
Que rien n'y révèle un tombeau ;
Quand on est pur comme à ton âge,
Le dernier jour est le plus beau. »

Et, secouant ses blanches ailes,
L'ange à ces mots a pris l'essor
Vers les demeures éternelles...
Pauvre mère !... ton fils est mort !

LES LANGES DE JÉSUS

Auprès de Nazareth, au bord de la Piscine,
La Vierge vint laver les langes de Jésus.
Or une pauvre femme était là, sa voisine,
Qui lui dit, reprenant ses travaux suspendus : ;

« De ce ruisseau, ma sœur, connaissez-vous l'histoire ?
Ce n'était qu'un ravin au temps de la moisson ;
Le plus petit oiseau n'y trouvait pas à boire ;
Les troupeaux, maintenant, y plongent leur toison.

« Ses flots semblent créer des Édens dans leur course,
Et sous les feux du jour redoubler de fraîcheur ;
On dirait que quelque ange a remué leur source... »
— La Vierge répondit : « Bénissez le Seigneur ! »

— « Alors que sa cavale ici se désaltère,
Le simoun n'a jamais surpris le voyageur,
Ni l'Arabe infesté sa route solitaire. »
— La Vierge répondit : « Bénissez le Seigneur !

— « Et, pour mettre le comble à ces choses étranges,
Mon enfant pâlissait ; il reprend sa couleur,
Depuis que dans ces eaux je viens laver ses langes. »
— La Vierge répondit : « Bénissez le Seigneur ! »

— « Toute la Galilée est pleine d'allégresse.
Savez-vous d'où nous vient une telle faveur ?
Nos scribes, nos docteurs y perdent leur sagesse... »
— La Vierge répondit : « Bénissez le Seigneur ! »

Elle aurait pu tout dire à la pieuse femme :
Marie à ce prodige avait longtemps rêvé ;
Mais le bruit du dehors n'allait pas à son âme,
Et le temps de son fils n'était pas arrivé.

SOUPIR

Tout n'est qu'image fugitive,
Coupe d'amertume ou de miel ;
Chansons joyeuses ou plaintives
Abusent des lèvres fictives :
Il n'est rien de vrai que le ciel.

Tout soleil naît, s'élève et tombe ;
Tout trône est artificiel ;
La plus haute gloire succombe ;
Tout s'évanouit pour la tombe,
Et rien n'est brillant que le ciel.

Navigateur d'un jour d'orage,
Jouet des vagues, le mortel,
Repoussé de chaque rivage,
Ne voit qu'écueils sur son passage,
Et rien n'est calme que le ciel.

FRAGMENTS

I

. . . .
Le rossignol caché dans la feuillée épaisse
S'inquiète-t-il s'il est, dans le lointain des bois,
Quelque oreille attentive à recueillir sa voix ?
Non, il jette au désert, à la nuit, au silence,
Tout ce qu'il a reçu de suave cadence.
Si la nuit, le désert, le silence sont sourds,
Celui qui l'a créé l'écoutera toujours.

II

Je suis né pour la vie, et n'obéirai pas.
Mort. Au fond du sépulcre, où tu me fais descendre,
Mes hymnes donneront une voix à ma cendre.
Je laisse en m'en allant de quoi t'anéantir.
Je t'ai tuée, ô mort, avant que de mourir.

REGNIER-DESTOURBET

Bien inconnu aujourd'hui, il eut son moment à la belle époque du Romantisme, comme auteur dramatique, romancier et
même poète. « Il l'était dans le fond de l'âme, » a dit Janin ;
ses vers toutefois sont assez rares.

Il naquit à Langres, comme Diderot ; y fut substitut, vers
1827, à vingt-deux ans ; puis jeta sa toge aux orties et vint à
Paris, où son premier livre, des plus graves, fut une *Histoire du
clergé de France pendant la Révolution*. L'année suivante, le
roman l'avait pris : il publiait en trois volumes — dont le dernier était, dit-on, de Charles Rabou, qui ne s'était pas nommé
— sa curieuse fantaisie, *Histoire de tout le monde*.

Ensuite, il faisait paraître un roman bien autrement étrange,
Louisa, dont nous ne vous dirons pas le sous-titre. Il y avait
pris, pour pseudonyme, le nom de l'ami de Desgrieux : il l'avait
signé l'abbé Tiberge, pour bien marquer sans doute que dans
cette histoire d'une fille plus avilie encore, plus déchue que
Manon, il voulait seulement faire œuvre de morale.

La révolution de Juillet le lança dans le théâtre aux actualités populaires : il fit avec Ch. Dupeuty, pour la Porte-Saint-
Martin, un *Napoléon*, dont le succès fut énorme ; et pour le
Théâtre-Français, une *Charlotte Corday*, en cinq actes, en prose,
qui passa beaucoup plus inaperçue.

Tout à coup, on ne le vit plus. Un désespoir d'amour lui
avait fait prendre la vie en dégoût ; il s'était retiré au séminaire
de Saint-Sulpice. Après y être resté quelques mois, il rentra
dans le monde, mais ce fut pour y mourir bientôt, n'ayant
que vingt-sept ans, le 23 septembre 1832.

RIEN, PLUS RIEN

Dans la vallée, en ton absence,
Nos jolis oiseaux font silence.....
Ils chantaient si bien autrefois,
Clémence,
Quand ils entendaient près du bois
Ta voix !

La jeune fleur dans la prairie
A présent se penche flétrie.....
La primevère était si bien
     Fleurie,
Quand tu venais ici...... Mais rien !
    Plus rien !

Rien, plus rien à l'âme trahie,
A l'ami qui n'a plus d'amie....
Car j'ai laissé dans'tes yeux bleus
    Ma vie,
Et suis seul où nous étions deux
    Heureux !

Moins triste est la pauvre hirondelle
Qui ne trouve plus la tourelle
Où, chaque printemps, de retour,
    Fidèle,
Elle chantait, volant autour,
    L'amour.

RESSÉGUIER (LE COMTE JULES DE)

Gentilhomme, soldat et poète, comme Gaspard de Pons, mais plus brillant, du moins comme poète.

Il était né en 1789, à Toulouse, cette ville qu'il aimait tant et qu'il célébra si bien dans une des poésies qu'il disait le plus volontiers, en y mettant tout le charme de l'accent natal.

A sa sortie de l'École militaire, en 1805, il fit, comme officier de cavalerie les campagnes de Pologne et d'Espagne, puis quitta le service pour être tout aux lettres.

En 1821, il fut reçu membre de l'Académie des Jeux floraux, honneur qui n'exigeant pas résidence, lui permit de vivre à Paris, où il fonda avec V. Hugo et Saint-Valry, la *Muse française* « Moniteur officiel du Romantisme, » ainsi qu'on l'appela. Quelques-uns de ses *Tableaux poétiques,* publiés en 1828, y parurent d'abord.

Entre ce premier recueil et le second, *Prismes poétiques,* passa une révolution et s'écoulèrent dix ans, pendant lesquels le poète dut s'oublier pour les fonctions de maître des requêtes au Conseil d'Etat, que son ami M. de Peyronnet l'avait obligé de prendre; et ensuite pour les luttes de la politique d'opposition contre le gouvernement de Juillet. En 1849, il lui fallut abdiquer encore plus complètement toute poésie : le département des Basses-Pyrénées venait de l'envoyer à la Chambre.

M. de Rességuier ne fit donc plus de vers. Les derniers que nous connaissions de lui sont un appel chrétien aux ouvriers de Toulouse, sous ce titre : le *Chemin du ciel.* Il mourut à Sauveterre, dans la Haute-Garonne, le 7 septembre 1862.

LE PASSÉ

Que j'ai souffert dans mes jeunes années,
Quand je croyais aux longs enchantements !
Que j'ai souffert aux heures fortunées,
Lorsque ma joie était dans mes tourments !
Tout est fini maintenant, et j'oublie,
J'oublie un nom que je disais tout bas :

Racontez-moi ce qu'on fait dans la vie ;
Je ne vis plus, car je ne souffre pas.

Le soir encore, à travers la vallée,
Voit-on passer, dans la blanche vapeur,
Comme autrefois, une femme voilée
Qui n'est pas seule, et dit pourtant : j'ai peur !
Sont-ils troublés quand leur âme est ravie ?
Des pas jaloux poursuivent-ils leurs pas ?
Racontez-moi ce qu'on fait dans la vie ;
Je ne vis plus, car je ne souffre pas.

Prépare-t-on une chaîne flexible
Pour retenir de légères amours ?
Comme autrefois croit-on que c'est possible,
Comme autrefois se trompe-t-on toujours !
La jeune fille est-elle poursuivie
Par des remords après de longs combats ?
Racontez-moi ce qu'on fait dans la vie ;
Je ne vis plus, car je ne souffre pas.

Près de l'autel où l'encens s'évapore,
Va-t-on prier pour des êtres chéris ?
Et s'aime-t-on, et s'écrit-on encore,
Et les billets sont-ils toujours surpris ?
Un mot charmant donne-t-il la folie ?
Un mot cruel donne-t-il le trépas ?
Racontez-moi ce qu'on fait dans la vie ;
Je ne vis plus, car je ne souffre pas.

Est-il encor, sous des gazes discrètes,
Des yeux d'azur, de longs cheveux dorés,
De douces voix et des bouches muettes,
Et des adieux et des cœurs déchirés ?
Puis des talents, et toujours de l'envie ;
Puis des bienfaits, et toujours des ingrats ?
Racontez-moi ce qu'on fait dans la vie ;
Je ne vis plus, car je ne souffre pas.

CRÉDULE !

Déjà crédule en mon berceau,
Je croyais aux chansons que chantait ma nourrice,
Je croyais à la fée ou méchante ou propice,
A mes plus chers secrets trahis par un oiseau,
Et je croyais au loup quand je n'étais pas sage ;
Je croyais voir aussi, répétant sa chanson,
Le ramoneur tout noir, venant à son passage,
    Pour m'emporter dans sa maison.

Plus crédule, quinze ans après,
Car je croyais alors mille fois davantage,
Je croyais aux serments, au silence, au langage,
Et que nos regards seuls trahissaient nos secrets.
Je croyais que l'amour durait comme la vie,
Je croyais que « toujours » devait être éternel,
Je croyais qu'en aimant notre âme était ravie
    Comme les anges dans le ciel.

Je croyais tout cela..... j'aimais !
Sa voix si doucement exprimait ses tendresses ;
Cette voix me faisait d'incroyables promesses,
Et je n'avais été si crédule jamais.
Il m'a trompée ; il ment : je vois tous ses mensonges.
Je croyais à son cœur et je doute du mien.
Les chansons, les serments, les prodiges, les songes,
    Hélas ! je ne crois plus à rien.

LA BOUQUETIÈRE

Je vends anémone,
Jacinte, lilas ;
Mon cœur, je le donne
Et ne le vends pas.

C'est la bouquetière
Qui se tait toujours,
Et qui, la première,
Connaît vos amours.

L'amant qui la veille
Choisit de sa main
Toute ma corbeille
Viendra-t-il demain ?

Pour tous, quand j'arrange
L'œillet blanc uni
A la fleur d'orange,
Je dis : C'est fini.

A MES ENFANTS

Mes enfants, votre tête a dépassé ma tête ;
Pour voir vos fronts il faut que je lève les yeux.
Mes enfants, mes amours, mon orgueil et ma fête,
Voyez, vous grandissez, et moi, je deviens vieux.

Je descends, vous montez : quand vous serez au faîte,
D'en bas j'écouterai vos chants mélodieux.
Je suis l'arbre d'hiver ployé par la tempête ;
Vous, la fleur du soleil qui regarde les cieux.

25

Vos vers sont pour mon cœur la voix de votre mère ;
Vous ne recherchez pas une gloire éphémère ;
Je triomphe à vous voir tous les jours triomphants ;

Et quand de l'urne d'or la fraîche poésie
Me verse la jeunesse avec son ambroisie,
Je me crois votre frère, alors, ô mes enfants !

LES TROUBLES

Ainsi que les bouleaux tremblant sur nos fontaines,
Vous tremblez au doux bruit des louanges humaines.
Vos troubles sont charmants, on dit qu'ils sont trompeurs ;
Moi je ne le dis pas, et je crois à vos peurs.
Vous craignez vivement de plaire, d'être aimée ;
Et vous avez raison d'être bien alarmée.
Contre un pareil effroi quel secours espérer ?
Certes ce n'est pas moi qui puis vous rassurer !
Quand un ange nous vient des voûtes éternelles
On entend dans les airs frémir ses blanches ailes ;
L'enfant qui nous séduit a peur en triomphant ;
Et vous tenez beaucoup de l'ange et de l'enfant.
J'ai mes troubles aussi, j'ai mes terreurs secrètes :
Le sort peut me jeter loin des lieux où vous êtes ;
Alors je crains l'absence et ses pénibles jours ;
Je crains en vous aimant de vous aimer toujours ;
Je crains le souvenir de vos vives alarmes,
De vos chants commencés, de vos timides larmes ;
Je crains, portant mes pas et mes regards ailleurs,
De n'y jamais trouver de semblables frayeurs.

ROBERT (Clémence)

On ne sait pas généralement que la romancière, si long-- temps chère au *Siècle,* commença par écrire en vers. Rien de plus vrai pourtant, et ses vers sont même, comme on en jugera tout à l'heure, d'une inspiration des plus élevées. La future créatrice de tant d'œuvres étranges, qui a fait dire d'elle : « Son plus grand plaisir était de poétiser des monstres, » ne s'y laisse en aucune façon deviner.

C'est du milieu où elle vivait alors que venait la différence. Il était tout à l'idéal. Mᵐᵉ Tastu en était l'ange, et le célèbre Sénancour, qu'on n'appelait qu'Obermann, depuis le livre aux mysticités éthérées qui l'avait fait connaître, en était le dieu. Mˡˡᵉ Robert, quoiqu'elle fût plutôt dans l'âge de l'expérience que du rêve — elle avait au moins trente-cinq ans lorsqu'elle vint de Mâcon à Paris — n'avait pu échapper à cette conta- gion de mysticisme.

Elle s'en dédommagea bien, un peu plus tard, lorsque le roman-feuilleton l'eut conquise. Femme, elle resta ce qu'elle était, elle ne quitta même pas l'Abbaye-au-Bois, où, bien avant sa métamorphose de poète mystique en romancière démocrate, elle avait pris un appartement, près de celui de Mᵐᵉ Récamier. Ses manières étaient d'une si parfaite distinction, et d'une te- nue si réservée, que ceux qui entraient chez elle, croyant en- trer chez sa voisine, pouvaient, à première vue, ne pas s'aper- cevoir qu'ils s'étaient trompés de porte.

Mˡˡᵉ Clémence Robert est morte en 1872, à soixante-quinze ans.

LA MAISON D'OBERMANN

Quand nous courbons nos fronts sous la loi du malheur,
Il est quelques mortels, nos frères en douleur,
Qui savent porter haut une pâleur divine,
Et faire resplendir la couronne d'épine
Plus que bandeau royal ou guirlande de fleur.

Tel était Obermann au fond des solitudes,
Oppressé, dans un air d'ardentes plénitudes,
Par deux immensités : le ciel qui lui jetait
Ses magiques splendeurs, et son cœur qui battait.

Il souffrit pour apprendre à consoler ses frères,
Pour sonder le secret et la fin des misères.
Ainsi que l'eau, troublée au sable du ravin,
S'épure en reposant dans une urne choisie,
Toutes les passions s'épuraient dans son sein ;
Les larmes en sortaient en flots de poésie.
La souffrance en élans vers le monde divin.

Saint prophète de l'âme, il trouve la parole
Qui lui dit ses destins, l'élève et la console ;
Il traduit les langueurs, les secrets soucieux
D'une nature, hélas! qui souffre et qui s'ignore,
Ainsi que le roseau de la flûte sonore
Module notre souffle en sons mélodieux.

Comme le faible enfant, courbant sa jeune tête,
Parle au Seigneur avec les versets du prophète,
Nous trouvons dans son livre à l'accent solennel
Des mots pour enlever nos soupirs vers le ciel.

Mais lui, qui répandit dans notre vie austère
Cet adoucissement de peines, ces bienfaits
Puisés dans le trésor de lumière et de paix,
Oh! savez-vous quel est son bonheur sur la terre?

Un peu de gazon vert semé devant ses pas,
Sur sa tête pensive un parfum de lilas,
Au-dessus du taillis, du taillis vert qu'émaille
La fleur du seringa, du muguet, du jasmin,
Un chêne, les rameaux étreints dans la muraille,
Ainsi que le génie au front de l'être humain :
Quelquefois, le matin, le chant de la fauvette,
Fille des bois fleuris, âme des champs d'azur,
Pour un instant, hélas! égarée en nos murs,

Ainsi que dans le monde une âme de poète...
Un peu d'herbe, de chant et d'horizon vermeil,
Et, dans les jours d'avril, un rayon de soleil...

Oui, mais sur tout cela les immortelles flammes
De ce soleil qui luit sur le monde des âmes ;
Puis les pensers, les voix du monde intérieur,
Qui sont autour du sage, et de saintes musiques
L'accompagnent partout, comme, aux fêtes antiques,
Les musiciens sacrés, les théorbes en chœur,
Sur des roses suivaient au temple le vainqueur.

Voilà tout son bonheur dans l'humaine vallée :
Le bruit du monde expire à sa porte isolée ;
Il n'entend rien de lui, pas même dans leur jour
Les accents de louange et les accents d'amour
Qui résonnent autour des œuvres qu'il nous donne ;
Quand un soupir s'élève et lui parle tout bas,
Quand la fibre du cœur à son souffle résonne,
Quand une larme tombe, il ne l'aperçoit pas ;
Sa palme loin de lui s'élève feuille à feuille,
Et sa moisson d'amour mûrit sans qu'il la cueille.
Mais la vie à venir, ce vaste lendemain,
Tracera d'autres lois dans l'élément humain.

Vous, fils du globe, éclos dans l'argile ignorée,
Et qui croyez toujours vous élever assez
Alors que vous montez à sa couche dorée ;
Vous, nourris d'ambroisie et d'air serein bercés,
Enfants, vous passerez du monde comme passe
Le ruban parfilé que l'air jette à l'espace,
La perle du collier, dont le globe irisé
Ne laisse que poussière au doigt qui l'a brisé.
Sur votre coupe d'or voyez la mousse blanche,
A votre lèvre à peine elle brille et se penche,
Que s'enfuit en vapeur son limpide réseau ;
Ainsi vous passerez en brillantes fumées,
Enfants du monde, esprit des coupes parfumées,
En touchant à la bouche avide du tombeau.

Liés à la matière, à l'argile mortelle,
Ah! vous retournerez vous confondre avec elle.
Oui, votre atome ira féconder le roseau
Qui jusqu'au soir se joue avec les lames d'eau,
Le papillon cherchant le lac au doux mirage
Pour regarder son aile en gaze de nuage,
Le sable qui, jetant un éclat argenté,
Se complaît à briller dans sa stérilité.

Mais lui, le sage, ayant sur l'humaine ruine
Incessamment nourri l'étincelle divine,
Il ira par la tombe, ouverte sur le ciel,
Rejoindre les esprits vivants. — Et l'Éternel
Fera de lui, voyant la clarté qui l'inonde,
Un des regards divins qui veillent sur le monde.

Mai 1838.

FRAGMENT

La jeunesse est le temps de la douce prière :
C'est le printemps qui met ses roses sur l'autel.
C'est dans ces jours sereins que l'hymne de la terre
    S'élève au sein de l'Éternel.
Prie, ô vierge, tandis que tes pures louanges
Peuvent monter au ciel avec tant de douceur;
Hâte-toi de prier, vierge, tandis qu'aux anges
    Tu peux encore parler en sœur.

ROGER DE BEAUVOIR (Édouard)

Il s'appela d'abord Roger de Bully, mais un de ses parents, dont c'était aussi le nom, et qui était député, le pria de s'en chercher un autre, lorsqu'il le vit se lancer dans la littérature. Il prit alors, d'une petite terre de sa mère, en Normandie, le nom de Beauvoir. A vingt ans il était diplomate. M. de Polignac, notre ambassadeur à Londres, se l'était attaché. Ce ne fut qu'un passage, mais dont ses manières se ressentirent toujours, même au milieu des folies les plus débraillées de sa vie.

Entré dans les lettres après son excursion diplomatique, il ne cessa d'y être une sorte d'échappé de la Régence par ses prodigalités, ses aventures et son esprit. Quelle dépense il en a faite sous toutes les formes: articles, nouvelles, romans, que je n'ai pas ici à vous énumérer, et recueils de vers, ce qui m'importe davantage! Il en a publié trois, sans compter toute une brochure rimée, *Mon procès*, où il versifia, en 1850, ses mésaventures de ménage avec M{ᵘᵉ} Doze, du Théâtre-Français, et leur séparation.

Son premier recueil, où on le reconnut dès le titre, la *Cape et l'Épée*, parut en 1837; le second, *Colombes et Couleuvres*, en 1853, et le troisième, neuf ans après : *Les meilleurs fruits de mon panier*, tel en est le titre, qui n'est pas juste. Ses meilleurs fruits sont ceux qu'il n'y a pas mis, et qui ne se retrouveront malheureusement nulle part : merveilleux impromptus de dessert, improvisations d'une gaieté et d'une folie toujours prêtes ; couplets à l'intarissable verve, dont chacun avait le sien, chez ce roi des « soupeurs », aussitôt que quelques verres de vin de Champagne l'avaient mis en humeur de prodigalité chansonnière.

« Roger, disait Courchamp, est le dernier écho de la véritable chanson française. » Rien n'est plus vrai, et pourtant rien n'est moins connu.

Il est mort en 1866, à soixante-trois ans.

BRUNOY

A M. LÉON GOZLAN

A Brunoy, beau village aux grands pics de verdure,
La vigne en longs anneaux, comme une chevelure,

Tombe, serpente, et va sous les saules, le soir,
Au lac charmant d'Yère emprunter son miroir.
Lorsque septembre vient, que la cuve s'apprête,
Tout alors est soleil, et joie, et cris de fête ;
Et le village entier, comme un brun moissonneur,
Encombre de raisins le chariot d'honneur.

Mais il faut voir aussi les tristes vendangeuses,
Revenir par un ciel aux lueurs orageuses ;
Il faut les voir courir avec leurs mouchoirs blancs,
Les plus vieilles poser leurs paniers sur les bancs,
Et, pendant que l'orage à l'horizon murmure,
Les jeunes au pressoir rentrer la grappe mûre.
Au mois où la vendange est là-bas en honneur,
Je me donnais souvent ce plaisir de seigneur :
Je les suivais de l'œil à travers la prairie
Où les épis sifflaient sous le ciel en furie......

Vers le pont du village ainsi fuyant le soir,
Auprès de son raisin l'une se laissa choir;
Comme elle descendait nu-pieds, demi-vêtue,
Soutenant le panier de ses bras de statue.
Près la grille du parc quand le pied lui glissa,
Un homme accourut vite au cri qu'elle poussa.
Il releva bientôt la jeune vendangeuse,
Et là, comme il eût fait d'un beau portrait de Greuze,
En silence un instant l'examina d'abord.
Elle ne parut point surprise à son abord,
Car il était connu des gens de ce village,
Pour aller y chercher son lait et son fromage,
De la ferme emporter l'œuf éclos du matin,
Et pour arroser seul les fleurs de son jardin.

Cependant le raisin, en roulant sur la terre,
Avait rompu le jonc de son anse légère ;
La boue avait terni son éclatant velours,
Il se voyait gagner par les ruisseaux plus lourds.
Les larmes que l'enfant répandait goutte à goutte
A travers son corset se frayaient une route.
Elle avait un bouquet de plantes et de fleurs
Que l'orage du soir avait mis tout en pleurs ;

Et l'on voyait assez que la pauvre petite,
Sans sa récolte, hélas! n'osait rentrer au gîte.

Mais par la grille avant que de la faire entrer,
Heureux de ce malheur qu'il pouvait réparer,
Lui toujours contemplait la vendangeuse obscure,
Comme un savant docteur qui compte sur sa cure.
Enfin par les jardins, dans la brume du soir,
Lui-même il la mena tremblante à son pressoir;
Là, prenant un panier tressé de nœuds de saule,
Il l'emplit de raisins, et sur sa forte épaule
Il dit à cette enfant de monter le fardeau;
Puis, la fille au côté, par les chemins pleins d'eau,
Il s'en fut aux parents, ses guêtres dans la fange,
Avec la vendangeuse amener la vendange.

On le reçut près l'âtre où brûlait le bois vert,
Mais devant lui bientôt chaque front découvert
S'inclina de respect comme devant un prêtre.
Pourtant il n'avait rien des airs tranchants du maître,
Et, voulant se chauffer, il lui suffit de voir
Un mauvais escabeau laissé dans un coin noir;
Il l'approcha du feu, puis, comme eût fait un pâtre,
Racla ses gros souliers tout boueux devant l'âtre,
Avec un vieux couteau qui fut donné par eux,
Content comme Titus d'avoir fait des heureux!

Et tous le regardaient, jeunes et chauves têtes,
Mais les vieillards surtout, car en leurs jours de fêtes
Ceux-là se souvenaient d'avoir vu ce seigneur
Que vous nous avez peint marchant près du sonneur
Dans la procession aux chapes magnifiques;
Ce marquis, fou pieux, qui chantait des cantiques,
Et, quittant sa dentelle et son frac mordoré,
De tous ses paysans s'était fait le curé!

Celui qu'ils voyaient là, par sa seule parole,
Eût fait lever bien mieux le peuple, son idole;
Celui-là par la foule et le monde eût bien mieux
Prêché son évangile en prêtre harmonieux.

25.

Il eût greffé partout l'ardente poésie,
Et jusqu'au chaume obscur apporté l'ambroisie
Et le mâle parfum de ces antiques vers
Dans sa bouche vainqueurs du temps et des hivers !

Il préféra, Léon, tondre un mur de charmille,
Dessiner ses gazons ou doter quelque fille ;
Je l'ai vu bien des fois sous le grand marronnier
Écouter les leçons de son vieux jardinier,
Calme, emportant son âme au fond de ses prairies,
Et mirant dans ses eaux ses pâles rêveries !

Et quand à ce village on sut qu'il était mort,
Ces vieillards en enfance, anciens débris du sort,
Qui sur votre marquis aux temps lointains pleurèrent,
Ceux-là dans la chapelle humbles s'agenouillèrent ;
Ils n'étaient plus que cinq, mais des ans si courbés
Qu'on disait : A l'automne ils seront tous tombés !

D'eux en vain, à cette heure, on cherche aussi la trace...
Ainsi le souvenir même au hameau s'efface :
Du marquis de Brunoy, l'ancien dissipateur,
Aucun ne parle ici ; tous, de Talma l'acteur !

PLUME D'AIGLE

A VICTOR HUGO

Pyrénées, le 18 septembre 1840.

C'est un aiglon qui, regagnant son aire,
Laissa tomber sur le roc solitaire
La longue plume arrachée à son flanc ;
Je vis au bout une perle de sang.....
J'en eus pitié, car vous êtes son frère !

·Que faites-vous, dites, notre aigle à tous!
Pendant qu'ici la brise nous assiège ?
Près de ces monts aux épaules de neige
On est si haut qu'on doit penser à vous.

RÉPONSE DE VICTOR HUGO

Oui, c'est une heure solennelle !   .
Mon esprit en ce jour serein
Croit qu'un peu de gloire éternelle
Se mêle au bruit contemporain,

Puisque dans mon humble retraite
Je ramasse sans me courber,
Ce qu'y laisse choir le poète,
Ce que l'aigle y laisse tomber!

Puisque sur ma tête fidèle
Ils ont jeté, couple vainqueur,
L'un une plume de son aile,
L'autre, une strophe de son cœur !

Oh! soyez donc les bienvenues,
Plume, strophe, envoi glorieux !
Vous avez erré dans les nues,
Vous avez plané dans les cieux.

SAINT-AGUET (CHARLES-MAURICE)

Son dernier prénom est son nom véritable. Il n'y ajouta celui de Saint-Aguet que pour ne pas être confondu avec le gazetier théâtral, Charles-Maurice, dont la réputation péchait par bien des côtés.

Son père, ancien capitaine sous l'Empire, voulut en 1828, lorsqu'il eut dix-neuf ans, qu'il entrât à l'Ecole polytechnique. Comme il était préparé par de très sérieuses études, il fut admis, mais lâcha pied dès la première année, pour se donner tout à la littérature, qu'il préférait de beaucoup aux sciences. Il ne put en vivre, et fut obligé d'entrer comme précepteur dans une famille, n'ayant plus que quelques heures de liberté qu'il employait encore à écrire.

C'est alors qu'il fit sa charmante nouvelle, la *Croix d'or*, dont le succès fut si populaire que sur trois théâtres à la fois : le Vaudeville, les Variétés, le Palais-Royal, elle fut arrangée pour la scène. Six auteurs — deux par pièce — s'y taillèrent de fort beaux droits. Lui seul n'eut rien, et ne fut pas même nommé ! Peu de temps après, il quitta Paris, et nous le trouvons professeur de mathématiques au collège de Vendôme, et cependant plus que jamais poète. Il tient tout prêt un volume de vers, les *Perce-neige*, mais l'argent lui manque. Des amis ouvrent une souscription, le recueil est publié, à Vendôme même, en 1835, réussit au mieux et sert de thèmes d'inspiration à de charmantes mélodies.— Scudo y trouva, comme on sait, le sujet de sa composition la plus populaire, le *Fil de la Vierge* — mais Saint-Aguet n'en reste ni moins pauvre ni moins inconnu.

Aujourd'hui encore, malgré ce volume remarquable, malgré de très nombreux romans, presque tous d'une réelle valeur comme invention et style, qui le connaît ?

A MA SOEUR

O ma sœur ! j'étais là, le jour où notre mère,
Comme à moi, vous donna la vie et la lumière,
Au prix de sa douleur.

J'étais là, j'entendis un long cri de souffrance,
Un cri de femme... Et puis, au milieu du silence,
     Vos premiers cris, ma sœur !

Et puis, l'on m'appela pour vous voir endormie,
Et, vous trouvant si calme au départ pour la vie,
     Je me mis à genoux ;
Et dans votre sommeil vous eûtes un sourire ;
Et mon premier baiser, ma sœur, a dû vous dire
     Que je veillais sur vous !

Me protégeant d'amour, une mère attentive
Jusque-là m'avait dit, inquiète et craintive :
     « Je l'aime... pense à toi ! »   [rent,
Oh ! qu'il fut doux le jour où vos yeux bleus s'ouvri-
Et, se levant sur moi, presque en pleurant, me dirent :
     « Je t'aime... pense à moi ! »

Votre père avec nous ne vous a pas bercée...
Votre père vous prit, jeune âme délaissée,
     Au ciel qui l'appela...
Comme un ange, après lui, vous veniez sur la terre,
Et lui dormait dessous. — Vous n'aviez plus de père,
     Ma sœur... mais j'étais là !

J'étais là par son ordre, et pour tenir sa place :
Debout, je regardais votre avenir en face,
     Avec des yeux jaloux ;
J'étais là : vous étiez ma fille et mon partage,
A moi, si jeune encore ! Et tout mon héritage,
     O ma sœur, c'était vous !

Notre mère... avant vous, qu'elle a pleuré de larmes,
Si vous saviez !... Par vous elle trouva des charmes
     A les laisser couler !
Dans les chagrins du cœur vous qui fûtes conçue,
Oh ! n'oubliez jamais que vous êtes venue,
     Enfant, pour consoler !

Une sœur, voyez-vous ! c'est un présent céleste,
Quelque chose qui vient avec la vie, et reste
        A nous jusqu'à la mort :
C'est une amie enfin que le bon Dieu nous donne,
Comme le soir au jour, la vendange à l'automne,
        La prière au remord.

Ah ! c'est que dans ce monde, où seul l'homme voyage,
Il faut marcher longtemps, longtemps contre l'orage
        Et le ciel ennemi ;
Dans ce monde, où partout les méchants sont les maîtres,
Il faut, sous son manteau, recueillir bien des traîtres
        Pour trouver un ami !

Les femmes y sont bien pour nous aider à vivre ;
Mais ce sont des parfums dont la douceur enivre
        Et flétrit sans retour :
C'est, sur notre avenir, un fard qui décolore...
L'amitié d'une sœur est ce qui reste encore
        Quand on n'a plus d'amour.

LE FIL DE LA VIERGE

Pauvre fil qu'autrefois ma jeune rêverie,
        Naïve enfant,
Croyait abandonné par la Vierge Marie
        Au gré du vent ;
Dérobé par la brise à son voile de soie,
        Fil précieux,
Quel est le chérubin dont le souffle t'envoie
        Si loin des cieux ?
Viens-tu de Bethléem, la bourgade bénie,
        Frêle vapeur
De l'encens qu'apportaient les mages d'Arménie
        Pour le Seigneur ?
Sous les palmiers du Nil, la ronce te prit-elle
        Au manteau bleu

Où la reine des cieux, fugitive et mortelle,
        Cachait un Dieu ?

Détaché quelque part de sa blanche auréole,
        Oh ! quand tu viens,
Furtif et méconnu comme un faible symbole
        Des vieux chrétiens,
Oh ! je t'aime ! vois-tu, parce qu'une croyance
        Est avec toi !
Tu viens comme un lambeau de la première enfance
        Et de sa foi !
Tu viens comme autrefois ces blanches tourterelles,
        Discrets courriers,
Portant un peu d'espoir, suspendu sous leurs ailes,
        Aux prisonniers ;
Tu me rends d'autrefois les tranquilles soirées,
        Et les enfants,
Et les vierges marchant dans les fêtes sacrées
        En voiles blancs ;
Et ce temps d'innocence où l'âme est tout éprise
        Pour une fleur,
Quand l'orgue aux longs accords soupirait dans l'église
        Avec mon cœur ;
Quand l'ombre de ma mère, attentive et charmée,
        Venait le soir
Écarter les rideaux de l'alcôve fermée
        Pour mieux me voir.
Adieu, pauvre fil blanc. Je t'aime... Vole encore !
        Mais ne va pas
T'arrêter au buisson dont l'épine dévore
        Et tend les bras !
Ne te repose pas, quand du haut des tourelles,
        Le jour a fui :
Vole haut, près de Dieu : les seuls amours fidèles
        Sont avec lui.

SAINTE-BEUVE (Charles-Augustin)

C'est moins par un essor d'inspiration que par un effort de volonté que celui-ci fut poète. L'esprit critique le dominait trop pour qu'il eût sincèrement le génie que la poésie exige. Chez lui, quoi qu'il ait fait, et quoi qu'il ait dit, — car pour aucun de ses ouvrages il ne montra une susceptibilité plus chatouilleuse que pour ses ouvrage en vers, — ce ne fut que chose d'imitation, et « voulue ».

Au sortir de ses études, commencées dans sa ville natale, Boulogne-sur-Mer, et achevées à Paris, où il vint à quinze ans, en 1819, il commença par la critique, dans le *Globe*, et dès lors, nous le répétons, quoi qu'il fît, la critique le garda.

Comme elle ne va pas sans curiosité, on le vit se glisser et fureter partout, pour être à même de savoir et de juger tout. Pendant trois ans, par exemple, il étudia la médecine. Il fut même un an interne à l'hôpital Saint-Louis. Puis, sachant ce qu'il avait voulu apprendre, il jeta là scapel et tablier, et courut du côté où l'horizon romantique commençait à s'éclairer. Il y avait là, pour lui, l'appât de curiosités et de lumières nouvelles qu'il lui fallait à tout prix voir et toucher de près. Il fut admis au Cénacle, et, pour paraître aussitôt l'un des fervents, il s'en fit le chantre enthousiaste. On le verra par l'une des pièces qui suivent.

Pour observer mieux — son vrai but était là, — il n'y prit qu'un rôle modeste. D'autres officiaient, pontifiaient, lui chantait les cantiques : c'était l'Eliacin du temple. Mme Sand l'appelait alors un doux et tendre rêveur, Mme Dorval déclarait que, de tous les nouveaux apôtres, il était le seul qui fût bon, et Saint-Valry — en des vers qu'on lira aussi plus loin — croyait ne pouvoir le bien désigner qu'en disant : « le naïf Sainte-Beuve ! » Oui, aurait répliqué Beaumarchais, « naïf comme un vieux juge ! »

C'est ce que, en effet, ses habitudes de critique l'avaient fait déjà. Il n'en jouait pas pour cela moins bien — puisque, vous le voyez, chacun s'y trompait — à la mélancolie rêveuse, éthérée, pulmonique. C'était la note alors. Tout poète, pour que sa réputation eût chance de vivre, devait être phthisique au moins au second degré ; s'il en mourait, la fortune de ses vers se trouvait faite.

Sainte-Beuve voulut cette fortune pour les siens. Il imagina, dès qu'il en eut assez pour former un volume, de les faire endosser par un certain Joseph Delorme, mort poitrinaire à la fleur des années et du talent; qui, disait-il, l'avait institué héritier de son œuvre et lui avait recommandé sa gloire.

Quelques-unes des pièces, les vers *Sur la Rime*, entre autres, avaient paru avec son nom. Il ne s'en embarrassa guère. « Joseph, dit-il, qui en voulait voir l'effet, sans les signer, tant il était modeste, me chargea de les signer pour lui. Voilà pourquoi ils ont passé pour être de moi. » Le tour fut si bien joué, que le public y fut pris, et que le succès vint comme il l'avait espéré. Pour dérouter les incrédules, s'il s'en trouvait, un mois après la publication du volume il en fit la critique dans le *Globe* du 30 novembre 1829, en s'y donnant, lui-même nous le dit, un demi-masque de Saint-Simonien.

C'était sa religion du moment. Elle ne le posséda pas longtemps. Quelques relations avec Lamennais et l'abbé Gerbet le ramenèrent au christianisme. Sous cette influence parut son second recueil, les *Consolations*, qu'il ne signa d'aucun nom, et qui fut une nouvelle énigme, tant il s'y était transformé. Ce n'était plus l'homme des *Poésies de Joseph Delorme*, le désenchanté, le désespéré, « le Werther carabin », comme l'appelaient ceux qui étaient dans le secret, ou qui l'avaient deviné; c'était, au contraire, un croyant d'une mysticité mêlée de tendresse, avec des échappées de lumière vers le ciel.

Cette nouvelle phase ne dura pas beaucoup encore. Le roman de *Volupté* en marqua bientôt une autre d'une singularité pénible et répugnante : le mysticisme et le sensualisme se côtoyant et tâchant de se confondre.

Avec les *Pensées d'août*, son troisième et dernier recueil, en 1837, il sembla se rasseoir en des idées moins troublées, plus saines. Il en avait — ce qu'on n'a pas dit — écrit une partie pour un recueil d'éducation, le *Magasin pittoresque*, et, toujours souple, il avait incliné sa raison vers la morale. Ce fut presque, pour le public du moins, son adieu aux vers. Il était temps, car dans ces *Pensées d'août* on sent que la prose monte, et que la critique et l'historien vont bientôt, chez Sainte-Beuve, prendre enfin toute la place. Le causeur des *Lundis* et l'auteur de *Port-Royal* ne sont pas loin.

Les derniers vers qu'il ait, je crois, livrés à la publicité sont ceux que la *Revue des Deux-Mondes* du 1er septembre 1843 inséra sous ce titre : la *Fontaine de Boileau*, sujet des mieux choisis, et dont l'intention n'échappa à personne.

Il était, en passant par Port-Royal, redevenu classique : or, comment aurait-il pu mieux le prouver qu'en prenant pour Hippocrène la source de Basville où Boileau, lorsqu'il était chez Lamoignon, aimait à se désaltérer?

Depuis lors, il ne se fit pas faute, en déchirant son premier masque, de dire que le Romantisme, qui avait cru le posséder, n'avait vu passer que son ombre; qu'il s'y était fait acteur un moment, pour être mieux spectateur; et qu'enfin il ne s'y était jamais sincèrement mêlé tout en ayant l'air de s'y fondre.

Ses trois ans d'assiduité n'avaient été qu'une comédie d'observateur, avec un coin de drame amoureux. Il en convenait entre amis, quoique cet épisode de ses amours prouvât ainsi qu'il avait, au Cénacle, payé d'une bien étrange manière l'hospitalité du dieu.

L'aveu le plus dégagé que l'on ait de lui sur tout cela se trouve en une page de ses *Cahiers*, publiés dans ces derniers temps :

« En général dans cette École, dit-il, dont j'ai été, depuis la fin de 1827 jusqu'à juillet 1830, ils n'avaient de jugement personne, ni Hugo, ni Vigny, ni Nodier, ni les Deschamps... Au sortir d'une école toute rationaliste et critique, comme l'était *le Globe*, au sortir d'un commerce étroit avec M. Daunou, ce m'était un monde tout nouveau, et je m'y oubliai... Je sentais bien par moments le faux d'alentour, aucun ridicule, aucune exagération ne m'échappait, mais je me flattais que ces défauts resteraient un peu le secret de la famille... Et puis, au milieu de tout cela, et quoi que ma raison pût tout bas me dire, un charme me retenait, le plus puissant et le plus doux, celui qui enchaînait Renaud dans le jardin d'Armide.

« Depuis 1830, ce dernier charme a continué de régner en moi durant plusieurs années, et en même temps ma raison était complètement éclairée sur les défauts des hommes de cette école. De là une lutte bien pénible et bien de la contrainte dans l'expression de ma critique. »

Bon apôtre! Le Cénacle, qui avait pris son nom du lieu où s'était fait la Cène, avait donc, comme elle, eu son Judas.

Sainte-Beuve est mort sénateur en 1869. Il était de l'Académie française depuis 1844.

LE CÉNACLE

En ces jours de martyre et de gloire où la hache
Effaçait dans le sang l'impur crachat du lâche
        Sur les plus nobles fronts ;
Où les rhéteurs d'Athène et les sages de Rome
Raillaient superbement les fils du Dieu fait homme
        Qu'égorgeaient les Nérons ;

Quelques disciples saints, les soirs, dans le Cénacle
Se rassemblaient, et là parlaient du grand miracle,
        A genoux, peu nombreux,
Mais unis, mais croyants, mais forts d'une foi d'ange :
Car des langues de feu voltigeaient, chose étrange !
        Et se posaient sur eux.

Moins mauvais sont nos jours, pourtant on y blasphème,
Et des railleurs encor lancent leur anathème
        Au dieu qui ne voit pas.
Si le poète saint, apôtre du mystère,
Descend, portant du ciel quelque chose à la terre :
        « Où court-il de ce pas ?

Que nous veut ce chanteur dans sa fougue insensée ? »
Et voilà qu'un mépris fait rentrer la pensée
        Au cœur qui la cachait,
Comme au penchant des monts l'hiver qui recommence
Suspend l'onde lancée et la cascade immense
        Qui déjà s'épanchait.

Que faire alors ? se taire ? Oh ! non pas, mais poursuivre,
Mais chanter, plein d'espoir en celui qui délivre,
        Et marcher son chemin ;
Puis les soirs quelquefois, loin des moqueurs barbares,
Entre soi converser, compter les voix trop rares
        Et se donner la main :

Et là, le fort qui croit, le faible qui chancelle,
Le cœur qu'un feu nourrit, le cœur qu'une étincelle
        Traverse par instants ;
L'âme qu'un rayon trouble et qu'une goutte enivre,
Et l'œil de chérubin qui lit comme en un livre
        Aux soleils éclatants ;

Tous réunis s'entendre, et s'aimer et se dire :
« Ne désespérons point, poètes de la lyre,
        Car le siècle est à nous. »
Il est à vous, chantez, ô voix harmonieuses ;
Et des humains bientôt les foules envieuses
        Tomberont à genoux.

Parmi vous un génie a grandi sous l'orage,
Jeune et fort ; sur son front s'est imprimé l'outrage
        En éclairs radieux ;
Mais il dépose ici son sceptre, et le repousse ;
Sa gloire sans rayons se fait aimable et douce
        Et rit à tous les yeux.

Oh! qu'il chante longtemps! car son luth nous entraîne,
Nous rallie et nous guide, et nous tiendrons l'arène
　　　　Tant qu'il retentira;
Deux ou trois tours encore, aux sons de sa trompette,
Aux éclats de sa voix, que tout un chœur répète,
　　　　Jéricho tombera.

Et toi, frappé d'abord d'un affront trop insigne,
Chantre des saints amours, divin et chaste cygne
　　　　Qu'on osait rejeter,
Oh! ne dérobe plus ton cou blanc sous ton aile;
Reprends ton vol et plane à la voûte éternelle
　　　　Sans qu'on t'ait vu monter.

Un jour plus pur va luire, et déjà c'est l'aurore;
Poëtes, à vos luths!... Pourquoi tarder encore,
　　　　O vous le plus charmant?
Sous quels doigts merveilleux la mélodie a-t-elle
Ou tissus plus soyeux, ou plus riche dentelle,
　　　　Ou plus fin diamant?

Fuyez des longs loisirs la molle enchanteresse;
La gloire est là — partez — qui du regard vous presse
　　　　Et vous convie au jour:
Hâtez-vous; quelle voix plus tendrement soupire,
Et mêle dans nos yeux plus de pleurs au sourire
　　　　Quand vous chantez l'amour?

Mais un jeune homme écoute, à la tête pensive,
Au regard triste et doux, silencieux convive,
　　　　Debout en ces festins:
Il est poëte aussi; de sa palette ardente
Vont renaître, en nos temps, Michel-Ange avec Dante
　　　　Et les vieux Florentins.

Fraternité des arts! union fortunée!
Soirs dont le souvenir, même après mainte année,
　　　　Charmera le vieillard!
Lorsqu'enfin tariront ces délices ravies
Que le sort, s'attaquant à de si chères vies,
　　　　— Oh! que ce soit bien tard! —

Aura mis à son rang le grand homme qui tombe
Et fait, comme toujours, un autel de sa tombe,
          Alors, si l'un de nous,
Le dernier, le plus humble en ces banquets sublimes,
— Car le sort trop souvent aux plus nobles victimes
          Garde les premiers coups —

S'il survit, seul assis parmi ces places vides,
Lisant des jeunes gens les questions avides
          Dans leurs yeux ingénus,
Et des siens essuyant une larme qui nage,
Il dira, tout ému des pensers du jeune âge :
          « Je les ai bien connus ;

Ils étaient grands et bons. L'amère jalousie
Jamais chez eux n'arma le miel de poésie
          De son grêle aiguillon,
Et jamais dans son cours leur gloire éblouissante
Ne brûla d'un dédain l'humble fleur pâlissante,
          Le bluet du sillon. »

L'ILE SAINT-LOUIS

Dans l'île Saint-Louis, le long d'un quai désert,
L'autre soir je passais ; le ciel était couvert,
Et l'horizon brumeux eût paru noir d'orages,
Sans la fraîcheur du vent qui chassait les nuages ;
Le soleil se couchait sous de sombres rideaux ;
La rivière coulait verte entre les radeaux ;
Aux balcons çà et là quelque figure blanche
Respirait l'air du soir ; — et c'était un dimanche.
Le dimanche est pour nous le jour du souvenir :
Car, dans la tendre enfance, on aime à voir venir,
Après les soins comptés de l'exacte semaine
Et les devoirs remplis, le soleil qui ramène
Le loisir et la fête, et les habits parés,
Et l'église aux doux chants, et les jeux dans les prés.

Et plus tard, quand la vie, en proie à la tempête,
Ou stagnante d'ennui, n'a plus loisir ni fête,
Si pourtant nous sentons, aux choses d'alentour,
A la gaîté d'autrui, qu'est revenu ce jour,
Par degrés attendris jusqu'au fond de notre âme,
De nos beaux ans brisés nous renouons la trame,
Et nous nous rappelons nos dimanches d'alors,
Et notre blonde enfance, et ses riants trésors.
Je rêvais donc ainsi, sur ce quai solitaire,
A mon jeune matin si voilé de mystère,
A tant de pleurs obscurs en secret dévorés,
A tant de biens trompeurs ardemment espérés,
Qui ne viendront jamais,.... qui sont venus peut-être !
En suis-je plus heureux qu'avant de les connaître ?
Et, tout rêvant ainsi, pauvre rêveur, voilà
Que soudain, loin, bien loin, mon âme s'envola,
Et d'objets en objets, dans sa course inconstante,
Se prit aux longs discours que feu ma bonne tante
Me tenait, tout enfant, durant nos soirs d'hiver,
Dans ma ville natale, à Boulogne-sur-Mer.
Elle m'y racontait souvent, pour me distraire,
Son enfance, et les jeux de mon père, son frère,
Que je n'ai pas connu ; car je naquis en deuil,
Et mon berceau d'abord posa sur un cercueil.
Elle me parlait donc, et de mon père, et d'elle ;
Et ce qu'aimait surtout sa mémoire fidèle,
C'était de me conter leurs destins entraînés
Loin du bourg paternel où tous deux étaient nés.
De mon antique aïeul je savais le ménage,
Le manoir, son aspect et tout le voisinage ;
La rivière coulait à cent pas près du seuil ;
Douze enfants (tous sont morts !) entouraient le fauteuil ;
Et je disais les noms de chaque jeune fille,
Du curé, du notaire, amis de la famille,
Pieux hommes de bien, dont j'ai rêvé les traits,
Morts pourtant sans savoir que jamais je naîtrais.
Et tout cela revint en mon âme mobile,
Ce jour que je passais le long du quai, dans l'île.
Et bientôt, au sortir de ces songes flottants,
Je me sentis pleurer, et j'admirai longtemps

Que de ces hommes morts, de ces choses vieillies,
De ces traditions par hasard recueillies,
Moi, si jeune, et d'hier, inconnu des aïeux,
Qui n'ai vu qu'en récits les images des lieux,
Je susse ces détails, seul peut-être sur terre,
Que j'en gardasse un culte en mon cœur solitaire,
Et qu'à propos de rien, un jour d'été, si loin
Des lieux et des objets, ainsi j'en prisse soin.
Hélas ! pensai-je alors, la tristesse dans l'âme,
Humbles hommes, l'oubli sans pitié nous réclame,
Et sitôt que la mort nous a remis à Dieu,
Le souvenir de nous ici nous survit peu ;
Notre trace est légère et bien vite effacée ;
Et moi, qui de ces morts garde encor la pensée,
Quand je m'endormirai comme eux, du temps vaincu,
Sais-je, hélas ! si quelqu'un saura que j'ai vécu ?
Et, poursuivant toujours, je disais qu'en la gloire,
En la mémoire humaine il est peu sûr de croire,
Que les cœurs sont ingrats, et que bien mieux il vaut
De bonne heure aspirer et se fondre plus haut,
Et croire en Celui seul, qui, dès qu'on le supplie,
Ne vous fait jamais faute, et qui jamais n'oublie.

Juillet 1829.

UN MALHEUR, UN DEVOIR

FRAGMENT DES « PENSÉES D'AOUT »

Le mal, l'ambition, la ruse et le mensonge,
Faux honneur, vertu fausse, et que souvent prolonge
L'histoire ambitieuse autant que le César,
Grands et petits calculs coupés de maint hasard ;
Voilà ce qui gouverne et la ville et le monde.
Où donc sauver du bien l'arche sainte sur l'onde ?
Où sauver la semence ? En quel coin se ranger ?
Et quel sens a la vie en ce triste danger ?
Surtout le premier feu passé de la jeunesse,
Son foyer dissipé de rêve et de promesse,

Après l'expérience et le mal bien connu,
Que faire? Où reporter son effort soutenu?
Durant cette partie aride et monotone
Qui, bien avant l'hiver, dès le premier automne,
Commence dans la vie, et quand par pauvreté,
Malheur, faute (oh! je sais plus d'un sort arrêté),
Tout espoir de choisir la chaste jeune fille
Et de recommencer sa seconde famille
Dont il sera le chef, à l'homme est refusé,
Où se prendre? où guérir un cœur trop vite usé?
En cette heure de calme, en ce lieu d'innocence,
Dans ce fond de lointain et de prochain silence,
La réponse est distincte, et je l'entends venir
Du ciel et de moi-même, et tout s'y réunir.
Oh, oui! ce qui pour l'homme est le point véritable,
La source salutaire avec le rocher stable,
Ce qui peut l'empêcher ou bien de s'engourdir
Aux pesanteurs du corps, ou bien de s'enhardir,
S'il est grand et puissant, à l'orgueilleuse idée
Qu'il pose ensuite au monde en idole fardée
Et dans laquelle il veut à tout jamais se voir,
Ce qu'il faut, c'est à l'âme *un malheur, un devoir!*

— Un malheur (et jamais il ne tarde à s'en faire),
Un malheur bien reçu, quelque douleur sévère
Qui tire du sommeil et du dessèchement,
Nous arrache aux appâts frivoles du moment,
Aux envieux retours, aux aigreurs ressenties,
Mette bas d'un seul coup tant de folles orties
Dont avant peu s'étouffe un champ dans sa longueur,
Et rouvre un bon sillon avec peine et sueur!
— Un devoir accepté, dont l'action n'appelle
Ni l'applaudissement ni le bruit après elle,
Qui ne soit que constance et sacrifice obscur,
Sacrifice du goût le plus cher, le plus pur,
Tel que l'honneur mondain jamais ne le réclame,
Mais voulu, mais réglé dans le monde de l'âme.
Et c'est ainsi qu'il faut, au ciel avant le soir,
A son cœur demander *un malheur, un devoir!*

REFRAIN

Désert du cœur, en ces longues soirées
Qu'automne amène à notre hiver sans fleur,
Que vous avez de peines ignorées,
De sourds appels, de plaintes égarées,
     Désert du cœur !

Dans la jeunesse, alors que tout commence,
Avant d'aimer, l'impatiente ardeur
S'en prend au sort, et parle d'inclémence ;
Alors aussi vous paraissez immense,
     Désert du cœur !

On veut l'amour ; on croit le ciel barbare ;
Tout l'avenir n'est qu'orage et rigueur ;
Et l'on demande à l'horizon avare
Quel infini du bonheur vous sépare :
     Désert du cœur !

Illusion ! Courez, jeunesse franche ;
Rien qu'à deux pas, c'est le buisson en fleur ;
Plus de désert ! — Mais, à l'âge où tout penche,
Est-il encor buisson ou rose blanche,
     Désert du cœur ?

Lenteur amère ! attente inconsolée !
Oh ! par delà ce sable au pli trompeur,
N'est-il donc plus de secrète vallée,
Quelque Vaucluse amoureuse et voilée,
     Désert du cœur ?

SONNET

L'autre nuit, je veillais dans mon lit, sans lumière,
Et la verve en mon sein à flots silencieux
S'amassait, quand soudain, frappant du pied les cieux,
L'éclair, comme un coursier à la pâle crinière,

Passa : la foudre en char retentissait derrière ;
Et la terre tremblait sous les divins essieux ;
Et tous les animaux, d'effroi religieux
Saisis, restaient, chacun, tapis dans leur tanière.

Mais, moi, mon âme en feu s'allumait à l'éclair ;
Tout mon sein bouillonnait ; et chaque coup dans l'air
A mon front trop chargé déchirait un nuage.

J'étais dans ce concert un sublime instrument ;
Homme, je me sentais plus grand qu'un élément ;
Et Dieu parlait en moi plus haut que dans l'orage.

SAINT-FÉLIX (Jules de)

De son vrai nom, qui est des plus considérés à Uzès, où il naquit en 1806, il s'appelait D'Amoreux. Avec un de ses prénoms Félix, qu'il canonisa, il se fit un nom nouveau, qu'il ne prit d'abord que pour ses livres, mais qui peu à peu resta le seul sous lequel on le connut.

La Provence, sa terre natale, est encore toute pleine des débris de Rome ; il s'inspira de ces ruines. Quand il vint à Paris, en 1830, pour y publier ses *Poésies romaines ;* on l'aurait cru un échappé de la Rome des Césars. Il le resta ; tout ce qu'il écrivit porte l'empreinte antique. Voyez le titre de ses ouvrages : *Cléopâtre, reine d'Égypte, Rome en Provence,* les *Nuits de Rome.* C'est toujours l'antiquité. La seule fois qu'il mit la main à une pièce de théâtre, ce fut à une tragédie grecque, l'*Orestie* de Dumas, dont un grand nombre de scènes sont de lui. En 1849, il publia un livre de réaction contre les bavards de l'assemblée. Toujours Romain, il les appela les *Tribuns,* et il signa Trimalcion, nom qu'il avait pris dans Pétrone.

Saint-Félix passa ses dernières années attaché comme chef de bureau à la division de la presse, au ministère de l'Intérieur. Il est mort en 1869.

SOLITUDE

Solitude, Souffrance, oh ! que vous êtes belles !
      Anges errants, la nuit,
Heureux qui peut toucher les plumes de vos ailes,
Et plus heureuse encore est l'âme qui vous suit !

Autrefois, sur les bords du lac de Galilée,
      Un jeune homme rêveur
Allait s'asseoir auprès d'une roche isolée...
Sa robe était de lin, son nom était Sauveur.

Il n'avait pas vingt ans ; sa blonde chevelure
      Retombait mollement,

Et son regard humide errait à l'aventure
De la rive sur l'eau, de l'onde au firmament.

Il était doux de cœur, mais de pensée austère;
        Pauvre, silencieux :
On voyait que cette âme avait choisi la terre
Pour pleurer un moment et remonter aux cieux.

D'où venait sa pâleur?... pourquoi son front pudique
        Vers le sable penché?...
Pourquoi ses longs soupirs, plus doux que le cantique
De l'ange séraphin près de l'arche couché?...

Pourquoi? C'est qu'il souffrait d'une angoisse infinie,
        C'est qu'il voyait venir
La couronne d'épine et l'amère agonie,
Lui, descendu du ciel pour aimer et bénir !

Souffrance, Solitude, oh ! que vous êtes saintes!
        La Grâce est votre sœur,
Et comme les rochers ont leurs fleurs hyacinthes,
Vous avez des parfums d'une grande douceur.

Vous seules enseignez que la peine est fragile !
        Avec vous seulement
L'homme purifié dédaigne son argile,
Pour sa beauté native et son blanc vêtement.

O pâle Solitude, ô Souffrance isolée,
        Qui ne vous aime pas
Ignore le Sauveur, Jésus de Galilée,
Qui, jusques à la fin, vous cherchait ici-bas.

Espère donc, mon âme, et choisis ton asile
        Loin de l'humanité...
Mon âme, espère donc, car la terre est une île
Sur l'océan divin qu'on nomme Éternité.

POÉSIES ROMAINES

FRAGMENTS

I

Ainsi dit l'affranchi ; sur Paris cependant
Il attachait ses yeux ; car le fils de Tibère
Était là, près du lit où l'empereur son père
Se mourait, dévoré par un mal inconnu :
Pour l'entendre râler Caïus était venu ;
Et le tigre, caché sous un rideau de soie,
Le couvait d'un regard et rugissait de joie.
Souvent à l'affranchi, du bout de son poignard,
Il indiquait la tête et le sein du vieillard :
Et le bel affranchi se prenait à sourire,
Et Caïus écumait altéré de l'empire.

. . . .

II

. . . .

Interrogez Celui dont la main peut surprendre
Le Balthazar assis au festin de la nuit ;
Interrogez Celui qui dispersa la cendre
De la ville embrasée et du trône détruit :
Et, Lui, vous répondra qu'il change les empires
Au gré de son plaisir ; qu'il fait crouler les dieux,
Et qu'il jette les rois en d'étranges délires
Quand ils tentent sa foudre et fatiguent ses yeux ;
Et, Lui, vous répondra que sur la ville reine,
Sur vous, il fit veiller un esprit inconnu,
Et que cet ange, un jour, trouvant la coupe pleine,
Au palais de César jeta son glaive nu ;

26.

Qu'alors tout s'ébranla, temples et Capitole,
Cirques, palais de marbre et portiques d'airain ;
Que le prêtre tremblant embrassa son idole,
Et que Rome entendit un foudre souterrain.

. . . .
. . . .

III

. . . . Donnez-moi du falerne,
Esclaves, couronnez mon front de myrtes verts
Je bois aux dieux, à Rome, aux succès, aux revers,
A ma grandeur passée, aux provinces d'Asie,
Au roi Tigrane mort, à toi, jeune Aspasie,
Qui, sur ce lit couchée, enivres mes regards.
Que d'autres de la guerre affrontent les hasards,
Qu'ils briguent au Forum les faisceaux consulaires,
Qu'ils achètent le prix des faveurs populaires ;
Je renonce aux rivaux : l'athlète est abattu ;
Applaudissez, Romains, s'il a bien combattu.
Les Parthes, m'a-t-on dit, menacent nos frontières ;
Eh bien ! au-devant d'eux j'enverrai mes litières ;
Je veux les enivrer d'un falerne écumeux ;
Et sur des lits de fleurs m'endormir auprès d'eux.

IV

« César, pour ton plaisir je descends dans l'arène.
Rome ainsi l'a voulu... Divin triomphateur,
Applaudis, applaudis de ta main souveraine ;
Il va mourir debout, le beau gladiateur.

« Je m'appelle Narsès ; je naquis à Corinthe ;
Je vidais autrefois la coupe de vermeil,
Et, captif, aujourd'hui je viens dans cette enceinte
Saluer le rayon de mon dernier soleil ;

« Car la fortune est double, et sa roue est rapide ;
Tout doit s'éteindre un jour dans le gouffre béant
Où toi-même, demain, de ta loge splendide .
Tu tomberas peut-être, audacieux géant.

« Pourquoi pâlir?... pourquoi ta tête impériale
Avec moins de fierté se dresse-t-elle aux cieux ?
Qui suis-je pour troubler ta fête triomphale,
Immortel héritier des Jules, tes aïeux ?

« Mort au gladiateur ! mais, à toi gloire ! gloire !
Dans un repos divin dors ton sommeil, César,
Ou chante des vers grecs sur ta lyre d'ivoire
Quand le sang de Narsès va couler au hasard.

« Eh bien ! préfet des jeux, lâchez donc la panthère ;
Mon glaive est flamboyant, et le peuple romain
Murmure dans le cirque... Arrosons cette terre
D'un peu de sang : César aime le sang humain ;

« Il aime à voir les dents de la gueule sanglante,
Il aime à voir le corps de l'athlète abattu
Sous la main de la mort laborieuse et lente...
Viens donc me voir de près, César : que ne viens-tu?

« Si tu savais combien, devant deux yeux de flammes,
Le cœur épouvanté saute violemment !
Comme l'âme se meut, alors que cent mille âmes
Ont poussé dans les airs un long rugissement !

« César, pour ton plaisir je descends dans l'arène :
Rome ainsi l'a voulu... Divin triomphateur,
Applaudis, applaudis de ta main souveraine ;
Il va mourir debout, le beau gladiateur. »

V

Camilla, Camilla, pourquoi ta belle tête
Penche-t-elle attristée? Au milieu de la fête
Je te voyais rêveuse hier, et vers les cieux
Élancer des soupirs et tourner tes grands yeux.

Qu'as-tu donc, Camilla, vierge de Campanie?
Est-il un plus beau nom dans toute l'Ausonie
Que le nom de Flavus, ton père, sénateur,
Consul deux fois nommé, deux fois triomphateur?
N'a-t-il pas amené des barbares frontières
Deux fils de rois captifs qui suivent ses litières?
Et dans ses grands jardins, sur les eaux, sous les fleurs,
N'a-t-il pas des tritons, des Naïades en pleurs,
Dieux de marbre arrivés d'Athène et de Corinthe?
N'a-t-il pas renfermé dans une vaste enceinte
Un crocodile vert au large ventre d'or;
Et quatre léopards... mais si jeunes encor
Que tu peux, Camilla, de tes deux mains d'albâtre
Caresser le velours de leur tête rougeâtre?
Oh! que te manque-t-il, Romaine? N'as-tu pas
Des esclaves sans nombre enchaînés à tes pas?
. . . .
Quels vœux peux-tu former? dans l'eau de ta baignoire
Les parfums sont versés par des cygnes d'ivoire.
A l'heure de la nuit, un tranquille sommeil
Ne te berce-t-il pas sur ton beau lit vermeil,
D'où jamais n'approcha la fiévreuse insomnie?
Cependant, Camilla, vierge de Campanie,
Dont vient cette pâleur, et pourquoi vers les cieux
Élancer des soupirs et tourner tes grands yeux?...

SAINTINE (XAVIER-BONIFACE)

De son vrai nom il s'appelait Boniface, comme son frère, dont l'institution fut longtemps célèbre rue de Tournon. Pour s'en donner un qui ne compromit pas les œuvres sérieuses que, dès son entrée dans la littérature, il rêvait d'écrire, il prit le nom d'un petit bourg du Valois, près de Crespy, où sa mère était née ; il s'appela Saintine. Ses *Poèmes, Odes et Épîtres*, seul recueil de vers qu'il ait publié, parurent en 1823, avec cette signature. Il avait alors vingt-sept ans. Elle lui porta bonheur, et il n'en voulut pas d'autre pour ses romans : le *Mutilé*, les *Trois Reines*, et *Picciola*, son chef-d'œuvre.

Le théâtre, où il fit, mais presque toujours en collaboration, deux cents pièces pour le moins, l'avait déjà distrait des odes et des poèmes. Le prix, qu'il avait remporté à l'Académie pour sa remarquable poésie : *La Renaissance des lettres et des arts sous François I*, n'avait même pu le retenir sur cette pente de la comédie, du drame ou de la farce.

Scribe, avec lequel il travailla beaucoup, dont il fut le collaborateur pour l'*Ours et le Pacha*, l'y entraînait ; il le suivit.

C'était le moment de reprendre son nom de Boniface. Il n'osa pas. Il craignit que ses pièces ne fussent pas assez drôles pour ce nom comique. Il les signa de son prénom, Xavier, qui fut longtemps des plus en vue sur les scènes de vaudeville. Saintine toutefois, qui a de remarquables œuvres à son compte, a bien mieux survécu. Alphonse Karr avait eu raison, quand il avait dit dans ses *Nouvelles Guêpes :*

Il mange de trois noms, mais n'en laissera qu'un.

Saintine est mort le 21 janvier 1865, à soixante-huit ans.

LE SERMENT DU FAISAN

(XIII* SIÈCLE)

Sous de vastes arceaux et dans une grand'salle
Où naguère siégeait la Thémis féodale,
La pierre, en bas-relief, présente à tous les yeux
L'image des guerriers et des hommes pieux

Que, par un double culte, au Valois on honore.
Leur souvenir sacré leur y survit encore ;
Les devises, les noms des saints et des héros
Dans l'or et dans l'azur brillent sur les vitraux ;
Et la lance des preux, debout près des murailles,
Y soutient le harnais qu'ils portaient aux batailles.
Tout, enfin, dans ce lieu, rappelle incessamment
La crainte du Seigneur et la foi du serment.
C'est là que du banquet la table est préparée.
Bientôt, le front serein, mais l'âme déchirée,
L'infortuné Raoul arrive, et sur ses pas
Les nobles conviés ont pris place au repas.

Adalbert le bénit ; prince parmi les prêtres,
Ce frère de Raoul garda de ses ancêtres
L'indomptable fierté, le courage hautain :
Combattre était son lot, prier fut son destin,
Il s'y soumit. Domptant son fougueux caractère,
Il fit don aux autels de sa jeunesse austère ;
Mais, lorsque des périls le jour fatal eut lui,
L'Église militante exista toute en lui.
Poursuivant des Anglais les bandes décimées,
Du glaive et de la croix ses mains étaient armées ;
Et ce prêtre-soldat, dans le sang à genoux,
Confessait les vaincus qui mouraient sous ses coups.

Quand pour les conviés, pour le roi, pour la France
Il eut de l'Esprit-Saint invoqué l'assistance,
De sa nièce Adalbert rappelant le malheur,
D'Aymon, au nom du ciel, rassura la douleur :
« Dieu ne laissera point le coupable dans l'ombre,
Des jours d'impunité sa main marque le nombre ;
Fiez vous en sa force, à tout Dieu pourvoira :
Et du rapt et du meurtre il tient compte, et paîra. »
Lors d'Emma longuement on déplore l'absence ;
Cependant du festin le luxe, l'abondance,
De leurs tristes pensers ont suspendu le cours.
Les femmes de service et leurs légers atours,
Les pages, les varlets circulant à la ronde,
Les coupes de vermeil que l'hypocras inonde,

L'hydromel, la cervoise et les vins épicés,
Et les mets succulents sous leurs yeux entassés,
Tout porte en leurs cerveaux une chaleur soudaine.

Des vains propos alors pour eux s'ouvre l'arène.
Chacun, l'œil plus brillant, en élevant la voix,
Rabaisse ses rivaux et grossit ses exploits ;
Le seul Edwin d'Aymon presse la main chérie,
Et, lui parlant d'Emma, craint de nommer Marie,
Car un présage affreux s'attache à ce doux nom.
Mais Nanteuil, mais Couci, Norbert et Châtillon,
Et vingt jeunes guerriers dont l'âme turbulente
Ne voit dans l'avenir qu'une lice sanglante,
Rêvant gloire et dangers, et tournois et combats,
Semblent crier *rescousse* au milieu du repas ;
Tandis que les vieillards, forts de l'expérience,
Dans les arts belliqueux étalent leur science,
Des sièges, des assauts discutent les apprêts,
D'une ruse de guerre éventent les secrets ;
Que le comte Amaury, vieilli dans trois croisades,
De Tyr et de Saïd redit les escalades,
Et cite avec orgueil ce jour où sous son bras
Quatre chefs sarrasins trouvèrent le trépas.
Les soldats des deux camps en gardent souvenance !

Adalbert observait leur haute contenance,
D'une oreille attentive écoutait leurs récits,
Et l'espoir souriait sur ses traits obscurcis,
Comme un rayon du jour qui luit sur la tempête.
La crainte cependant fermentait dans sa tête ;
Pour des projets sacrés redoutant un retard,
Sur une porte close il fixait son regard
Et gourmandait du geste un ressort immobile.
Tel, au jour du combat, s'irrite un chef habile,
Alors que de l'attaque il sent venir l'instant
Et se voit seul, privé du renfort qu'il attend.

La porte s'ouvre enfin ; plaintives, désolées,
Les compagnes d'Emma, de longs crêpes voilées,

Apparaissent aux yeux des chevaliers surpris.
Leurs sanglots redoublés, leurs lamentables cris,
Ont soudain retrouvé des cœurs d'intelligence,
Et l'écho du palais a répété : Vengeance !
Yolande, plus belle encor de sa pâleur,
Alors devant Raoul prosterne sa douleur.
« Sire comte, vengeance au nom de votre fille !
Si le rapt insolent fond sur votre famille,
Qui nous protégera? Chevaliers, vengez-nous !
Ou le crime d'un séul est le crime de tous. »

Bientôt, devant les preux se montrant la dernière,
D'une main, de la Vierge arborant la bannière,
De l'autre soutenant rosaire et dons pieux,
Une femme paraît les larmes dans les yeux.
Sous un long manteau noir sa taille se dérobe ;
La croix du Rédempteur éclate sur sa robe,
Et son front jeune encor, d'épines couronné,
Sous le faix des douleurs semble s'être incliné.

« Guerriers, crie Adalbert, sous ce vivant emblème,
Celle qui vient à vous, c'est l'Église elle-même ;
L'Église, notre mère, et qui vit sur l'autel
Tomber l'un de ses fils frappé du coup mortel.
Au nom de Jésus-Christ je réclame assistance.
Le ravisseur d'Emma, l'assassin de Constance,
Vous associera-t-il à son crime impuni?
Parmi vous qu'un vengeur se montre et soit béni. »

Un seul cri, mais formé de mille cris, s'élève ;
Vers le prélat guerrier chacun étend son glaive :
« Que demain le bourreau, grâce à notre secours,
Livre à l'enfer son âme et son corps aux vautours ! »
Raoul à ce transport répondait par ses larmes ;
Au signal d'Adalbert s'avance le roi d'armes,
Portant un plat d'émail où le faisan doré,
Mets royal, se montrait de ses plumes paré
(De la foi du serment c'était alors le gage).
Dans un vœu solennel chacun d'entre eux s'engage,

Et jure : *Par le Christ, les dames, le faisan,*
Quel qu'il soit, noble ou serf, ou prince ou paysan,
De poursuivre partout l'auteur du double crime.

« Jusqu'au jour qui joindra l'impie à sa victime
(Dit Aymon dans son vœu) jusqu'au fortuné jour
Où parmi nous Emma se verra de retour,
Du palais paternel je m'interdis l'entrée :
Que sur ses gonds muets la porte en soit murée ;
Que la voix d'un mortel n'y trouble point les airs ;
Que nul pas ne s'imprime en ses remparts déserts ;
Et que le hibou seul, hôte des lieux funèbres,
Redise à mes aïeux, couchés dans les ténèbres,
Qu'Aymon de Chavercy, par un lâche outragé,
Ne reviendra près d'eux que mort ou que vengé. »

Après lui, sire Edwin, son tendre ami d'enfance,
Jure par le poignard, et la dague, et la lance,
De poursuivre partout le sanglant ravisseur :
« Dût un fort l'enfermer dans sa sombre épaisseur,
Dût la mer entre nous se jeter mugissante,
Un rocher m'opposer sa masse menaçante,
Je franchirai le fort, et les flots, et le roc.
Qu'il porte la couronne, ou le casque, ou le froc,
Pour ses jours en danger que ma mère intercède,
Je frapperai ! J'ai dit ; que Dieu me soit en aide ! »
Les nombreux conviés tour à tour font leurs vœux :
L'un laissera grandir sa barbe et ses cheveux ;
Cet autre sans abri dormira dans la plaine ;
Cet autre doit jeûner trois jours chaque semaine ;
Sans heaume et sans brassards combattra celui-ci.
Sur le royal oiseau le généreux Couci,
Jeune, brillant, promet, par son corps, par son âme,
De ne point réclamer un baiser de sa dame,
De laisser sommeiller le luth dont les doux sons
Charmaient jusqu'à Thibaut, son émule en chansons,
Tant que ce même luth sur le champ des batailles
Ne pourra d'un félon dire les funérailles.

27

SAINT-VALRY (Ad. de)

Il fut, avec Rességuier, Vigny, Gaspard de Pons, Soumet, etc., de ce qu'on pourrait appeler le romantisme légitimiste, auquel Victor Hugo ne tarda pas à se joindre, pour en être le chef.

Le *Conservateur*, que Victor, créa en 1819, avec son frère Eugène, et qui ne dura qu'un an, compta Saint-Valry parmi ses poètes. Il fut aussi un des plus distingués de la *Muse française* que dirigeait Soumet, et dont la durée ne fut malheureusement pas beaucoup plus longue. La *Muse française*, qui paraissait une fois par mois, n'eut que douze numéros de 1823 à 1824.

Les *Annales romantiques* furent alors le refuge de sa prose et de ses vers. Il y publia, en 1825, la *Chapelle de Notre-Dame-du-Chêne*, qu'il mit ensuite en volume, en y joignant un autre poème, les *Ruines de Montfort-l'Amaury*. Quelques années après, il donna un roman *Madame de Mably*, dont le succès marqua : il eut en deux ans deux éditions.

La société romantique, dont Saint-Valry a si bien fait le tableau dans les vers que vous lirez tout à l'heure, était alors rompue. Saint-Valry ne voyait presque plus Victor Hugo, qui avait été son hôte à Dreux dans le temps de son mariage. Il avait un vif regret de ces relations brisées. « L'éloignement, écrivait-il en 1861, un peu avant sa mort, des rapports plus rares, des dissentiments politiques s'aggravant sans cesse, des tiers malveillants, de bons conseils trop méconnus ont peu à peu refroidi de part et d'autre une vieille et sincère affection ; mais ces amitiés du premier âge ont des racines si fortes et si profondes, que rien ne saurait les détruire entièrement, et qu'il s'exhale encore de leurs ruines un reste de parfum qu'on respire avec une douce tristesse jusque sur le seuil de la tombe. »

M. Gaston de Saint-Valry, l'éminent critique littéraire de la *Patrie*, est fils d'Ad. de Saint-Valry.

'A JULES DE RESSÉGUIER

Tout poète d'élite a son royal domaine,
Son monde de pensers dont sa muse est la reine,
Puis ses rythmes à lui, ses images, ses mots,
Par prodige à sa voix nouvellement éclos,

Qui viennent lui servir à rendre en traits de flamme
Ce que veut, ce que sent, ce que pense son âme ;
Et, dès qu'il a parlé, tout cœur qui le comprend
A un verbe connu jamais ne se méprend,
Bien qu'après lui souvent des fils de sa parole,
Poètes de reflet, s'inspirant de son rôle,
Ramassent dans le champ de ses heureux labeurs
Quelques fleurs dont l'éclat veut imiter ses fleurs.
Mais nul ne peut ravir jamais aux vrais poètes
Le merveilleux cachet de leurs grâces secrètes,
Qui semble être aux doux chants de ces hommes divins,
Ce qu'est leur frais bouquet à nos différents vins.
Chacun d'eux a son lot dans les dons du génie :
L'un a reçu la flamme, et l'autre l'harmonie ;
Celui-ci, comme un fleuve au cours précipité,
Bondit de vers en vers, par sa verve emporté ;
Celui-là, c'est la mer qui se prolonge immense,
Et dont le flux sans cesse expire et recommence ;
Et partout et toujours plus tranché, plus saillant,
Rayonne en chacun d'eux le sceau vif et brillant
Dont l'empreinte sensible, aux regards de la terre,
Marque, entre tous, leur front d'un frappant caractère.
Ainsi, sans chercher loin en dehors de nos temps,
Pour exemples heureux d'autres noms éclatants,
Voyez comme la muse, aux chants de Lamartine,
Se révèle, et trahit sa céleste origine !
Qui ne reconnaîtrait entre mille, d'abord,
Ce luth harmonieux à son premier accord ?
A lui les cieux ouverts! à lui l'hymne des anges !
A lui de célébrer, ô mon Dieu, vos louanges!
A lui de soupirer, exilé tout en pleurs,
Ton éternelle plainte, ô terre de douleurs !
Béranger, dans ses chants malins et populaires,
Exprime des partis les frondeuses colères :
Mêlant le vers de l'ode au vers de la chanson,
Il est tout à la fois Panard, Anacréon ;
Trop heureux si sa muse, osée avec décence,
N'eût pas souvent au peuple enseigné la licence !
Comme un aigle qui prend son orgueilleux essor,
Celui que nous nommions jadis notre Victor

Aime à planer longtemps dans les hautes pensées ;
Puis, quand son aile est lasse, en rimes cadencées
Il descend mollement, tel qu'un cygne argenté,
Se mirer dans les eaux d'un beau lac enchanté,
Réunissant ainsi, par un accord bien rare,
La grâce de Virgile et l'élan de Pindare.
Émile est l'esprit même, et ne cesse un moment
De scintiller de feux, comme le diamant.
De Vigny, grave et doux, d'un œil mélancolique
Cherche à tout sa raison et son sens symbolique ;
Et la philosophie et l'art, céleste hymen !
Habitent sous son toit en se donnant la main.
Disciple de Ronsard, le naïf Sainte-Beuve
En des champs oubliés ouvrit sa route neuve ;
Ce fut lui dont la muse, à nos foyers bourgeois,
Mit des pénates d'or pour la première fois,
Et qui d'humbles sujets força la poésie
A tirer, sans rougir, sa divine ambroisie !
Tout autre est ta manière à toi, toi Rességuier !
La pourpre comme un roi t'enveloppe en entier.
Tu ne saurais paraître au tournoi poétique
Sans un ajustement d'une grâce magique,
Ni sans que le blason de tes nobles aïeux
Ne brille, malgré toi, dans tes chants glorieux.
C'est toi qui fais rêver nos belles châtelaines
A leurs plaisirs passés, à leurs fêtes prochaines.
Le monde, les splendeurs de la grande cité,
Le charme des beaux-arts, l'amour et la beauté,
Voilà ce qui te rit, voilà ce qui t'inspire,
Et la sphère où ta muse a placé son empire !
Que lui font les torrents, les échos des grands bois,
Et des bergers, le soir, les airs sur le hautbois,
Et la molle lueur des rayons de Diane ?
N'a-t-elle pas, le soir, la lampe diaphane,
Dans le coin du foyer les vers harmonieux,
Et pour échos les cœurs, qui répondent bien mieux ?
N'a-t-elle pas, au lieu de la verte pelouse,
Les tapis plus moelleux tissus par Sallandrouze,
Au lieu des fleurs la myrrhe et l'ambre d'Orient
Qu'a pétri dans ses doigts l'odalisque en riant ?

Ce n'est pas, voyez-vous, l'enfant d'un patriarche,
En ces temps ingénus voisins encor de l'arche ;
Ce n'est pas Rébecca, du vieil Éliézer
Étanchant, près du puits, la soif prise au désert :
D'un siècle policé c'est la fille éclatante.
Son désert est Paris ; un salon est sa tente ;
Ses chants, ce sont le bal, l'amour, Almaria,
Chants heureux où la verve à l'art se maria,
Et qui sont, dans leur grâce animée et coquette,
De notre esprit de France une image parfaite !

Et cependant ce monde, où tu règnes vainqueur,
Est loin, Jules, bien loin de posséder ton cœur ;
Parmi ces chants dorés que ta voix toujours prête
Entremêle à ses jeux pour embellir la fête,
Que de fois un accord grave et religieux
Retentit tout à coup, comme un écho des cieux !
Que de fois un vers triste, un soupir de ton âme,
Montrent le but plus haut où tend sa noble flamme !
Que de fois, libre et fier, ton luth invoqua-t-il
Ces noms que la révolte a voués à l'exil !
Et combien le malheur, l'amitié prisonnière,
Occupent plus ta vie et ta pensée entière
Que ces brillants plaisirs et tous ces beaux succès
Qui sont choses pour toi d'un si facile accès !

Voilà comment ta muse et mondaine et rêveuse,
Folâtre et dévouée, indolente et nerveuse,
Sous deux aspects divers, sûre de nous charmer,
Sait à la fois toujours vaincre et se faire aimer,
Et d'un parfum nouveau dont toute âme est saisie,
Comme ses autres sœurs, empreint sa poésie.

SAND (Georges)

La *ballade*, imitée de Shakespeare, que l'on va lire est la seule pièce de vers de Mme Georges Sand, qui soit bien authentiquement d'elle. Nous l'avons trouvée dans un keepsake de 1832, *les Soirées littéraires*. Mme Sand n'était alors que depuis un peu plus d'un an à Paris, où elle était venue du Berry, après s'être séparée de son mari, le baron Dudevant. Un roman, *Rose et Blanche*, avec Sandeau, qui lui avait laissé prendre la moitié de son nom pour qu'elle s'en fît un, était tout ce qu'elle avait publié. Pour vivre, elle peignait des fleurs et des oiseaux, et, pour s'amuser, faisait des vers.

Quand le succès lui fut venu, avec *Indiana*, *Valentine* et *Lélia*, elle laissa là les couleurs et dit adieu à la rime. Si elle la reprit, ce ne fut que bien plus tard, et par jeu, pour faire quelques complaintes sur les événements de sa vie champêtre, comme celle que Quérard a publiée dans un journal qu'il avait, sans modestie, affublé de son propre nom.

On trouve dans sa *Lélia* de fort belles stances que chante Sténio, mais il est à présent admis, comme on aurait dû s'en douter plus tôt, à voir ce qu'elles ont d'élan et de feu, que c'est Musset, alors dans la première flamme de sa liaison avec elle, qui les a écrites.

Mme Sand est morte le 8 juin 1876, à soixante-douze ans.

LA REINE MAB

BALLADE

Chasseur, sur cette plaine
Que vois-je donc venir ?
Dans la nuit incertaine
Qui peut ainsi courir ?
Quelle rumeur profonde
S'élève dans les airs ?
Est-ce du sein de l'onde
Que partent ces concerts ?

Ces vivantes nuées,
Amis, c'est le sabbat;
Des follets et des fées
C'est l'essaim qui s'ébat.
Ils escortent leur reine,
Mab, aux cheveux dorés,
Dont le pied couche à peine
L'herbe fine des prés.

Vois-tu, c'est la plus belle
Parmi les fils de l'air.
Plus d'un barde pour elle
Souffre un tourment amer.
Oh! crains qu'elle te montre
Seulement son pied blanc;
Ou songe, à sa rencontre,
A se signer, tremblant.

A son regard perfide
Ne va pas t'exposer.
Ici-bas la sylphide
Ne saurait se poser.
Pétulante et menue,
L'air est son élément,
Elle enfourche la nue
Et chevauche le vent.

Quand la lune se lève,
Sur le pâle rayon
Elle vient comme un rêve,
Dansante vision.
Le duvet que promène
Le souffle d'un lutin
Est le char qui l'emmène
Au retour du matin.

Au bord des lacs humides,
Dans la brume des soirs,
De ses ailes rapides
Effleurant les flots noirs,

Sur un flocon d'écume
Que le vent fait vaguer,
Molle comme une plume,
Elle aime à naviguer.

Lorsqu'à grand bruit l'orage
Court sur le bois flétri,
La fleur d'un lis sauvage
Souvent lui sert d'abri :
La tempête calmée,
Elle prend son essor,
Et s'envole embaumée
D'une poussière d'or.

Au nid de l'hirondelle
Qui pend sous le rocher,
Parfois, pliant son aile,
On la voit se cacher ;
Puis, s'élançant comme elle
Sur les flots en fureur,
Rire à la mer cruelle
Où sombre le pêcheur.

En vain de son passage
Sur l'océan vermeil
J'ai cherché le sillage
Au lever du soleil.
La grève de sa trace
Ne peut rien retenir ;
D'elle, hélas ! tout s'efface,
Tout, hors le souvenir !

Le pieux solitaire
A cru souvent, la nuit,
Voir sa forme légère
Glisser dans son réduit ;
Mais, loin qu'il l'exorcise,
A son regard si doux,
Pour un ange il l'a prise
Et s'est mis à genoux.

Du chasseur téméraire
Elle égare les pas,
Et rase la bruyère
En lui tendant les bras ;
Sur la mare trompeuse,
Qu'elle effleure sans bruit,
Elle l'attend, moqueuse,
L'y fait choir, et s'enfuit.

Mais, dit-on, la diablesse,
Soit caprice ou remord,
Parfois d'une caresse
Tient en suspens la mort.
Eh bien ! Mab est si belle,
Qu'on me verrait courir
Après un baiser d'elle,
Quand j'en devrais mourir.

SÉGALAS (Anaïs)

On ne l'a guère connue sous son nom de jeune fille, Anaïs Ménard. En 1829, à quinze ans, elle était déjà Mme Ségalas. Deux ans après, elle préludait à ses succès de poète par un volume d'actualité poétique, *les Algériennes*, que suivit d'assez près un recueil plus important, *les Oiseaux de passage*, dont les salons, où elle en avait lu quelques pièces, avaient eu la primeur avidement goûtée. Ses vers à une *Tête de mort*, improvisés au château du Vivier, et qui étaient bien dans le ton des poésies cadavéreuses du moment, avaient surtout fait fortune, mais sans profit pour la réputation de l'auteur : le plus souvent on ne les citait que pour les attribuer à l'un ou à l'autre des poètes alors en vogue. C'est ainsi que, dans ses *Souvenirs*, Dumas, auquel, je pense, elle n'en voulut pas trop de cette très flatteuse attribution, les a prêtés à Victor Hugo.

Plusieurs années se passèrent sans que Mme Ségalas publiât rien. Elle éparpillait ses vers dans les journaux, les revues, les keepsakes. En 1844, elle se décida enfin à les réunir, et donna deux recueils coup sur coup, dont le plus remarqué fut celui des *Enfantines*, dédié à sa fille, et qui en peu de temps eut sept éditions. Les mères avaient compris ces poésies d'une mère et l'en récompensaient.

En 1848, elle donna un nouveau recueil, *la Femme*, puis un autre encore un peu plus tard, *Nos bons Parisiens*.

On a d'elle plusieurs romans, des nouvelles, quelques pièces de théâtre ; mais ses poésies restent son principal titre.

A UNE TÊTE DE MORT

Squelette, qu'as-tu fait de l'âme ?
Foyer, qu'as-tu fait de ta flamme ?
Cage muette qu'as-tu fait
De ton bel oiseau qui chantait ?
Volcan, qu'as-tu fait de ta lave ?
Qu'as-tu fait de ton maître, esclave ?

. . . .

Étais-tu femme et belle avec de longs cils noirs,
Des fleurs dans les cheveux, souriant aux miroirs ?
Grand seigneur dépassant les têtes de la foule ?
Jeune homme et délirant pour des yeux bruns ou bleus ?
On ne sait ; tous les morts se ressemblent entre eux :
La vie a mille aspects, le néant n'a qu'un moule.

. . . .

Ton âme a fui là-haut, vers la cité des cieux
Aux longs murs de vapeur, aux palais radieux :
Elle est là, contemplant dans une sainte extase,
Le soleil dans sa force et Dieu dans sa splendeur.
Toi, tu n'es que ruine et cendre : le Seigneur,
Quand il a pris l'encens, laisse tomber le vase.

LA PAUVRE FEMME

Que cet hiver est long ! Je sens un air de glace !
Et rien pour me couvrir ! mes bras sont nus, j'ai froid !
Sous ma porte, au travers des tuiles le vent passe,
          La neige tombe sur le toit ;
Mes enfants sont tremblants, leur faible corps tressaille :
Pas une flamme ici ne jette ses rayons.
Ah ! les pauvres petits ! les voilà sur la paille
          Tout blottis sous quelques haillons.

Oh ! sur un long sopha, dans un salon qui brille,
Qu'il est heureux, le riche au front calme et riant,
S'asseyant, à côté de sa jeune famille,
          Auprès d'un feu tout pétillant !
Mais voici qu'un rayon ardent vient de paraître !
Dans ce grenier chétif il se glisse éclatant :
Chauffons-nous au soleil qui luit à la fenêtre,
          C'est le foyer de l'indigent !

Quoi ! vous pleurez encor ! J'entends, la faim commence.
Des aliments pour eux... Hé ! qu'on prenne aussitôt

Mon corps qui les porta, mon sang, mon existence!
       Mais non, c'est de l'argent qu'il faut !
Ces enfants vont mourir ! car tout nous abandonne,
Car on exige un prix pour notre pain grossier,
Car on nous vend enfin : Dieu nous la donne,
       Mais les hommes la font payer !

Peut-être quelque aumône... Oui, sortons ! Cette femme
Au cachemire souple, aux précieux bijoux.
Pourra me secourir... La charité, madame !
       Je prirai le bon Dieu pour vous !
Vers mes jeunes enfants que votre front se penche ;
Ah ! pitié ! L'humble sou qu'on donne aux mendiants
Ornerait mieux encor votre main douce et blanche
       Que tous vos anneaux de brillants.

Un refus, du mépris !.. Le pauvre est dans le monde
Comme un insecte vil qu'un passant foule au pied !
Que faire !... La rivière est là, belle et profonde,
       Elle, au moins, elle aura pitié.
Et pourquoi vivrait-on quand la vie est amère ?
La Seine, qui s'étend comme un vaste tombeau,
Recouvre tant de maux, de haillons, de misère,
       Des plis de son large manteau !

Allons, point de frayeur ! la mort vient si rapide !...
Mais ces enfants privés de leur dernier soutien,
Et Dieu qui me regarde et hait le suicide...
       Non !.. cependant je souffre bien !
La faim ronge mon corps ; oh ! quel affreux martyre !
Mes entrailles déjà se tordent ; c'est l'enfer !
Il semble qu'une main les tourne et les déchire
       Avec d'horribles doigts de fer !

Maudits soient tout ce bruit et ces clameurs joyeuses,
Ces femmes étalant des plumes, des joyaux,
Et ce long froissement de leurs robes soyeuses
       Qui semble railler mes lambeaux !
Aucun don ne viendra calmer ma faim mortelle !
Le pain qui nourrirait la pauvre mère en pleurs

N'aurait qu'à les priver d'une gaze nouvelle
    Ou d'une guirlande de fleurs !

Comme je m'affaiblis !... Des visions étranges...
Ne pleurez pas, enfants ; mourir vous fait donc peur ?
Voyons, consolez-vous ; courage, petits anges,
    Nous allons trouver le Seigneur.
Au lieu d'un grenier triste, avec de noirs étages,
Un grabat, un vieux mur par le vent ébranlé,
Dieu nous garde là-haut sa maison de nuages
    Dont le toit rayonne étoilé.

Bientôt on n'entend plus les enfants ni la mère.
Parmi la foule passe un cercueil d'indigent.
Point d'amis : en voit-on suivre un char funéraire
    Sans festons ni franges d'argent ?
Sur le chemin, pensive, une femme s'arrête.
Un passant se détourne et regarde un instant,
Songe aux plaisirs du jour, à sa prochaine fête,
    Et puis s'éloigne indifférent.

LES ENFANTS AUX TUILERIES

A vous, souverains triomphants,
L'allée immense où près des mères
Vous tournez vos cordes légères,
Où vous semez vos jeunes ans ;
Les ombres larges et flottantes
Des marronniers dressant leurs tentes,
L'été, pour les petits enfants.

A vous le sable où l'on s'élance,
Où la liberté court et danse ;
Le cygne glissant et nageant
Sur une eau bornée et limpide,
Et, comme son maître splendide,
Captif dans un palais d'argent.

Les orangers sont là, sans doute,
Afin d'encenser votre route,
Mes rois au front étincelant :
A vous les senteurs embaumées
De leurs corolles parfumées,
Petits sachets de satin blanc.

Vos pieds mignons, nains, pleins de grâces,
Parfois laissent de faibles traces,
Et l'on dit en voyant cela :
Oh ! quels petits pas de sylphide !
Le bonheur et l'enfant candide
Ont passé par ce chemin-là.

Vous vous cachez derrière un arbre,
Ou même contre un dieu de marbre,
Enfants familiers et hardis :
Au piédestal votre pied grimpe ;
Vous riez des dieux de l'Olympe,
O chérubins du paradis !

Votre essaim voltige et bourdonne.
Vous ne partagez la couronne,
Dans ce jardin plein de rayons,
Qu'avec la reine si petite,
La douce reine-marguerite,
Souveraine des papillons.

Mais tout fuit ; mignonnes et blondes,
Vos mères ont chanté vos rondes,
Et sur votre sable ont dansé.
Ici nous courions par volées,
Nous rayonnions dans vos allées
Comme les fleurs de l'an passé.

Vos enfants y joûront de même,
Comme, dans ce palais suprême,
D'autres rois passeront encor ;
Car le temps marche et tout s'envole :
L'enfant perd sa fraîche auréole,
Et le roi sa couronne d'or.

Mais nos souverains ont la gloire
De trôner encor dans l'histoire ;
Vous, ô petits enfants joueurs,
On vous oubliera... mais vos mères
Gardent vos annales légères
Écrites au fond de leurs cœurs.

LE BAL DE CHARITÉ

FRAGMENT

Pour les pauvres, dansez, s'il vous plaît, ma charmante,
Le quadrille béni, la polka bienfaisante :
Que charitablement vos pieds prennent l'essor ;
Sous les lustres passez, belle entre les plus belles,
Dansez, ô papillon, mais en ouvrant vos ailes,
Laissez au moins au pauvre une couronne d'or.

Vous n'êtes pas toujours la frivole danseuse :
Dame de charité, vous montez, courageuse,
L'escalier de Lazare. A son humble logis,
Frappez, et dans le ciel on ouvrira. Qu'importe
Son triste et noir palier ? Quand vous ouvrez sa porte,
Vous ouvrez, voyez-vous, la clé du paradis.

Comme le bon soleil qui nous charme et rayonne,
Brillez, mais réchauffez le pauvre qui frissonne.
Quêteuse, patronnesse au regard triomphal,
Dame de charité, le grand et divin maître
Vous sourit... Dansez donc, Dieu glissera peut-être
La palme des élus dans vos bouquets de bal.

SOULIÉ (Frédéric)

Chez celui-ci le romancier a presque complètement fait oublier le poète. On ne connaît en lui, maintenant, que l'auteur de tant de romans : le *Comte de Toulouse*, le *Vicomte de Béziers*, où il a si vivement fait revivre l'histoire des contrées qu'il avait vues enfant ; l'écrivain aux inventions étranges qui en 1837 passionna tout Paris avec les *Mémoires du Diable ;* le dramaturge énergique dont une pièce, *Diane de Chivry*, faillit sauver le théâtre de la Renaissance en 1839, et qui fit presque, sept ans après la fortune de l'Ambigu avec la *Closerie des Genêts.*

Quant au poète, il est à peu près inconnu. Qui sait que Soulié, qui ajoutait alors à son nom, celui de Lavelanet, avec la particule, publia en 1825, lorsqu'il venait d'avoir vingt-quatre ans, un volume de vers, d'ailleurs médiocres, *les Amours françaises ?* Qui se rappelle, bien que les cinq actes en aient été joués successivement à l'Odéon en 1828, et au Théâtre-Français dix ans plus tard, le *Roméo* en vers qu'il avait assez faiblement imité de Shakespeare ; enfin, qui se souvient même, tant le drame de Dumas sur le même sujet, et en vers aussi, la fit vite oublier, qui se souvient de sa *Christine à Fontainebleau ?* Elle ne fut célèbre un instant que par sa chute, en 1829.

Soulié, qui avait été obligé pour vivre d'accepter une place dans les contributions indirectes, puis la direction d'une scierie mécanique, se mit après ces insuccès à ne plus écrire qu'en prose, et fit bien. Il ne revint aux vers qu'à ses derniers moments, lorsqu'il mesura son œuvre et vit ce qu'il y avait gaspillé de vigueur et de talent : *hâtant*, dit-il,

> Hâtant tous les labeurs faits à ma forte taille.
> Je jetais au grenier le froment et la paille,
> De mon rude travail nourrissant ma maison,
> Sans m'informer comment s'écoulait la moisson.

Il mourut à Bièvre près Paris, le 23 septembre 1847. Il était né à Foix, le 23 décembre 1800. Il n'avait donc pas encore quarante-sept ans.

LA GIRAFE

L'homme s'est dit dans son génie :
« Je suis le roi de l'univers; »
Et voyez, de la tyrannie
Tous les êtres portent les fers.
La ruse, les combats, la fuite,
Rien ne sauve de sa poursuite :
Il atteint l'aigle au haut des airs,
Le phoque errant au fond des ondes,
Le cerf en ses forêts profondes,
Et le lion dans les déserts.

Moi, je suis fille des campagnes
Qu'aimaient et Fortin et Byron ;
Je naquis non loin des montagnes
Qui se mirent au lac Natron :
Là, sont les gazelles nombreuses
Qui courent douces et peureuses ;
Là, sont les pesants alpagas,
L'éléphant aux longues défenses,
Et la panthère aux bonds immenses
Que ma mère égalait d'un pas.

Du Nil j'ai traversé les ondes
Aux lieux où sont les rochers blancs,
Et sous mes pas les eaux profondes
Ont passé sans mouiller mes flancs.
Là, ma course, parfois cruelle,
Sous mes pieds jeta la gazelle
Et brisa le nid du ramier ;
Là, j'ai brouté l'herbe des lièvres,
Et souvent du bout de mes lèvres
J'ai cueilli les fleurs du palmier.

Lorsque la nuit allait éclore,
Sur le haut d'un cèdre élancé

L'ouistiti cherchait encore
Un rayon du soleil passé ;
La biche aux rochers suspendue,
Le condor perdu dans la nue,
S'éclairaient d'un rayon vermeil ;
Et moi seule alors dans la plaine
Je levais ma tête hautaine,
Et voyais encor le soleil.

Enfin, à mes déserts ravie,
J'ai vu de près nos fiers tyrans.
Des faibles maudissaient ma vie
Qui servait de jouet aux grands.
De Dieu subissant l'anathème,
L'homme nous venge sur lui-même
En outrageant sa liberté :
Ce sont des hommes, ces esclaves
Que l'on enchaîne à mes entraves
Pour garder ma captivité !

Et maintenant, reine et captive
Dans la prison des orangers,
J'y vivrai stérile et chétive
Comme ces arbres étrangers.
Ce n'est plus cet immense espace
Que d'un vol nul oiseau ne passe,
Et que ne mesure aucun œil ;
C'est une prison dont à peine
Tout l'air suffit à mon haleine,
Toute la terre à mon cercueil.

1830.

ROMÉO ET JULIETTE

FRAGMENT

JULIETTE seule.

Fuis, ô mon jeune époux, et que l'ombre discrète
Ralentisse son vol pour cacher ta retraite ;
Que le jour qui la suit, fuyant nos ennemis,
Laisse sur nos amours leurs regards endormis.
Les belles, écoutant leur vanité jalouse,
S'armeront assez tôt contre ta jeune épouse.
Oui, si le ciel ne t'eût confié mon bonheur,
Leur cœur de ton hymen m'eût disputé l'honneur.
Combien j'ai vainement combattu cette flamme !
Mais sans doute le ciel t'avait soumis mon âme ;
Jamais un seul regard, un seul accent de toi
Sans troubler tout mon cœur n'est venu jusqu'à moi ;
Heureuse de t'aimer avant de te connaître,
A t'entendre, à te voir je consacrai mon être ;
Et, lorsque tu m'appris ta naissance et ton nom,
Quel malheur séparait mon sang de ta maison,
De la haine des miens refusant l'héritage,
Je pleurai de t'aimer, et t'aimai davantage.
Oh ! sans doute le ciel dans ce cœur innocent
Mit pour de grands desseins un amour si puissant.
Oui, ton père et le mien béniront cette chaîne,
Tant d'amour doit suffire à calmer tant de haine.

(Elle va vers la fenêtre.)

Mais qu'entends-je ? Non, non, c'est le chant des oiseaux
Qui se mêle dans l'air au murmure des eaux.
Quand pourrai-je goûter un bonheur sans mélange ?
Je ne me trompe pas... ô ciel !.. quel bruit étrange !
Dieu ! défends Roméo... sauve-le du trépas !
Le bruit approche... on vient... qui porte ici ses pas ?

ROMÉO.

... Des jardins je franchissais l'issue,
Quand, surpris par les chants de jeunes débauchés,

Près d'un lilas touffu je tiens mes pas cachés ;
Un d'eux, que mes regards ont reconnu dans l'ombre,
Les quitte... m'aperçoit... approche... et d'un air sombre :
« En ce lieu, me dit-il, que fais-tu si matin ? »
Je veux fuir... ivre encor des vapeurs du festin,
Il arrête mes pas en criant : « C'est un lâche
Ou bien un Montaigu qui devant moi se cache. »
Peut-être que pour toi, prompt à me maîtriser,
J'aurais porté l'amour jusqu'à le mépriser.
Le crois-tu ? l'insensé m'outrage en sa démence ;
Je m'arme, son fer brille, et le combat commence.
Ses amis qu'il quittait, accourus à sa voix,
Pour le voir succomber arrivent à la fois.
Ils m'attaquent ensemble, et leur troupe insensée
Par mon bras à l'instant eût été dispersée,
Si dans un tronc noueux, qu'au hasard j'ai frappé,
Mon glaive retenu ne m'était échappé.
Je fuis alors, et dans le trouble qui m'emporte
De vos jardins déserts je regagne la porte,
Tandis qu'on me poursuit avec des cris aigus
De Vive Capulet ! et Mort aux Montaigus !
Je rentre en maudissant ma fortune et leur rage.
C'est peu que ce trépas venge un stérile outrage,
Peut-être il nous ravit tout espoir de bonheur,
Ton père à le venger mettra tout son honneur.

SOUMET (ALEXANDRE)

Poète du même temps et de la même veine que son ami et compatriote Alexandre Guiraud, que nous avons rencontré plus haut.

Leur âge était pareil à quelques mois près ; tous deux du département de l'Aude, l'un de Limoux, l'autre, Soumet, de Castelnaudary, ils vinrent ensemble à Paris à leur sortie du collège de Carcassonne.

Soumet plus ardent, plus tenace, plus convaincu — « Sa vocation, a dit Vitet, fut aussi précoce qu'irrésistible, » — se lança le premier et resta plus longtemps sur la brèche. A vingt ans il avait déjà publié son poème *le Fanatisme*, et, deux ans après, celui qui en était la contre-partie, et qui réussit mieux : *l'Incrédulité*. Il y gagna une place d'auditeur au conseil d'Etat, et put, dès lors, en prendre un peu plus à l'aise avec les vers. Au lieu de poèmes, il ne fit plus, pendant quelque temps, que des poésies : *la Nuit de Noël*, dont le succès fut si grand, et *la Pauvre fille*, élégie restée célèbre, trop même, au gré de de son auteur, qui, se fatiguant de l'entendre toujours vanter sans qu'on lui parlât de ses autres œuvres, dit un jour : « Ils louent trente vers, pour en tuer trente mille. »

Ce dernier chiffre est gros, mais ne nous paraît pas invraisemblable. Lorsqu'après un assez long relai, dans les premiers temps de la Restauration, il se remit à la tâche, son labeur fut infatigable. Fort peu gêné dans son inspiration par la place de Bibliothécaire à Saint-Cloud, qu'il venait d'obtenir, il entassa tragédies sur tragédies.

En 1822, à deux jours de distance, il en fit représenter deux : *Clytemnestre*, au Théâtre-Français, le 7 novembre ; et *Saül*, le 9, à l'Odéon. C'était faire coup double d'émotions et de terreur. Les deux pièces réussirent. Soumet ne retrouva plus cette fortune, même pour une seule. En 1825, sa *Cléopâtre* fut assez cahotée pour que sa *Jeanne d'Arc*, plus heureuse, n'arrivât que comme compensation. Le drame d'*Emilia*, deux ans après, ne parut au public du Théâtre-Français qu'une incolore détrempe du *Kenilworth* de Walter Scott ; *Elisabeth de France* obtint un accueil meilleur, mais assez froid encore.

Ce n'est qu'en 1830, avec sa *Fête de Néron*, où Soumet eut pour collaborateur M. Belmontet, qu'il revint franchement au succès, mais pour assez peu de temps. Sa *Norma*, l'année suivante, ne fournit qu'une courte carrière, et serait tombée bientôt dans le plus muet oubli, si, transformée en opéra italien, la musique de Bellini ne l'eût réveillée.

En 1841, il voulut renouveler, et même avec plus de hardiesse, son entreprise de 1822 : en trois jours, il avait eu alors deux tragédies. Il se fit fort de donner au Théâtre-Français, dans la même soirée, une tragédie et une comédie ; il y parvint.

Le 24 avril, on joua la tragédie du *Gladiateur*, pour laquelle sa fille, Mme Beuvain d'Altenheym, l'avait aidé, et dont le sujet, nous l'avons déjà dit, avait été emprunté au roman de *Flavien* de son ami Guiraud ; puis, à la suite, furent représentés ses trois actes de la comédie en vers *le Chêne du roi*, plus ou moins adroitement découpés dans le *Woodstock* de Walter Scott.

Ce fut une soirée moins triomphante que curieuse. Aussi Soumet n'y revint-il plus qu'une fois, en 1844, avec une *Jane Gray*, écrite encore, pour une grande partie, par sa fille, et dont la mauvaise fortune le dégoûta tout à fait.

Il ne fut guère plus heureux avec son grand poème, *la Divine épopée*, et sa trilogie nationale, *Jeanne d'Arc*. Celle-ci ne fut qu'un avortement dans le faux. L'autre, malgré d'admirables parties, une grande hauteur d'idéal et, en certains épisodes, une inspiration du plus grand souffle, n'obtint pour accueil, comme l'a poliment dit M. Vitet, qu'un « respectueux étonnement ».

Soumet était une victime du romantisme. Vainement s'y était-il jeté avec sa fougue ordinaire et avait-il figuré des premiers dans la rédaction du *Conservateur* et de la *Muse française* ; des liens le rattachaient à l'ancienne école, qui l'empêchaient de marcher avec la nouvelle. Il était en avant de ses aînés, mais plus en arrière encore de ses cadets. Les littératures, comme la politique, ont leur tiers parti, dont le sort inévitable est celui de toutes les choses de transition : ils s'effacent peu à peu, et disparaissent. Soumet, dont le talent n'avait pour base que ce terrain mobile, en est à la période de l'effacement ; la disparition ne se fera pas attendre.

Il mourut en 1845, à cinquante-sept ans. Il était de l'Académie française depuis la fin de 1829.

LA PAUVRE FILLE

J'ai fui ce pénible sommeil
Qu'aucun songe heureux n'accompagne,
J'ai devancé sur la montagne
Les premiers rayons du soleil.

S'éveillant avec la nature,
Le jeune oiseau chantait sur l'aubépine en fleurs,

Sa mère lui portait la douce nourriture ;
Mes yeux se sont mouillés de pleurs.

Oh ! pourquoi n'ai-je pas de mère ?
Pourquoi ne suis-je pas semblable au jeune oiseau
Dont le nid se balance aux branches de l'ormeau ?
Rien ne m'appartient sur la terre ;
Je n'eus pas même de berceau,
Et je suis un enfant trouvé sur une pierre
Devant l'église du hameau.

Loin de mes parents exilée,
De leurs embrassements j'ignore la douceur,
Et les enfants de la vallée
Ne m'appellent jamais leur sœur !
Je ne partage pas les jeux de la veillée ;
Jamais sous son toit de feuillée
Le joyeux laboureur ne m'invite à m'asseoir ;
Et de loin je vois sa famille,
Autour du sarment qui pétille,
Chercher sur ses genoux les caresses du soir.

Vers la chapelle hospitalière
En pleurant j'adresse mes pas,
La seule demeure ici-bas
Où je ne sois point étrangère,
La seule devant moi qui ne se ferme pas.

Souvent je contemple la pierre
Où commencèrent mes douleurs ;
J'y cherche la trace des pleurs
Qu'en m'y laissant peut-être y répandit ma mère.
Souvent aussi mes pas errants
Parcourent des tombeaux l'asile solitaire ;
Mais pour moi les tombeaux sont tous indifférents,
La pauvre fille est sans parents
Au milieu des cercueils ainsi que sur la terre.
J'ai pleuré quatorze printemps
Loin des bras qui m'ont repoussée :
Reviens, ma mère, je t'attends
Sur la pierre où tu m'as laissée !

ALEXANDRE JUGÉ PAR NAPOLÉON

FRAGMENT DE LA « DIVINE ÉPOPÉE »

De tous les conquérants qui sur la terre ou l'onde
Ont refait les contours des empires du monde,
Il en est un surtout, dont la tête rêvait
Un plan qui bien des fois agita mon chevet.
Il partit à vingt ans de la Grèce indomptée,
Portant dans ses regards Marathon et Platée ;
Il partit, il suivit le sentier de succès
Que lui traçait de loin la fuite de Xercès ;
De son sort en courant composa l'épopée,
Déploya l'Iliade au bout de son épée,
Et, pareil à ces dieux qui ne font que trois pas,
Franchit, presque tout seul, la gloire en trois combats.
Quel élan que le sien !!! comme moi ma colonne,
Lui pour son piédestal choisissait Babylone :
Son œil plein d'avenir en marquait la hauteur ;
Gigantesque cité, nom civilisateur,
Sommet dont il croyait ne jamais redescendre,
Axe sur qui tournait le rêve d'Alexandre,
Et le seul point du globe où pour bien gouverner
On doive s'établir alors qu'on veut régner.
Là, dominant cent rois que leur puissance énerve,
Faisant de sa victoire une sœur de Minerve,
Il voulait, sur ce sol encombré de palais,
Avec toutes ses fleurs transplanter Périclès ;
Et de l'Oxus au Nil, du Sind à l'Illyrie,
Des arts, enfants d'Homère, élargir la patrie.
Comme on vit Phidias, artiste de l'éther,
De métaux différents bâtir son Jupiter,
Le héros, invitant Olympie à ses fêtes,
Créait un monde grec de ses mille conquêtes.
De l'oracle de Delphe il semblait animé ;
Par la prêtresse antique il semblait être armé.

Et ses féconds projets, mal compris du vulgaire,
Ensemençaient partout le sillon de la guerre.
Si ce songe de Dieu se fût réalisé,
Aux balances du sort l'Europe eût moins pesé ;
Et peut-être plus tard, s'égarant dans sa voie,
La louve des Romains aurait manqué de proie.
Mais la mort le surprit... son précoce tombeau
Força l'histoire errante à changer de flambeau.

SOUVESTRE (Émile)

Sorte de Breton genevois, qui se ressentit toujours dans ses livres, vers ou prose, de la rigueur des épreuves par lesquelles il avait passé et des habitudes sincères qu'il avait prises comme maître de pension.

Il était né à Morlaix, en 1806, mais il fit ses études au collège presque militaire de Pontivy.

Lorsqu'il vint à Paris, après avoir fini son droit à Rennes, il avait dans sa poche un drame ne vers, *Missolonghi*, qu'Alexandre Dumas se chargea de faire recevoir au Théâtre-Français, qui fut reçu en effet, mais que la censure arrêta.

Rappelé à Nantes, où se trouvait sa famille, par un terrible malheur, le naufrage d'un navire avec lequel périt son frère aîné, capitaine au long cours et, où sombra presque tout ce que lui et les siens possédaient, il se fit bravement simple commis libraire, puis, ayant intéressé à son infortune et à son courage le député Luminais, il alla tenir à Rennes une pension que celui-ci avait tout exprès fondée pour lui.

De là, il passa professeur de rhétorique à Brest, puis à Mulhouse, et enfin reparut à Paris, où l'avait devancé le succès de ses *Derniers Bretons,* publiés en 1835.

C'était son second ouvrage. En 1830, à Nantes, lorsqu'il était chez son libraire, il avait fait paraître, mais avec beaucoup moins d'éclat, un volume de vers, *Rêves poétiques.*

Après les *Derniers Bretons,* il donna son roman si moral de *Riche et pauvre,* qui devait bientôt devenir un drame, et ne pas être moins heureux sous cette forme que sous la première. L'honnête et brave écrivain fit ainsi deux leçons pour une.

Nous n'en dirons pas plus sur ses œuvres, qui désormais, étant toutes en prose, ne nous appartiennent pas. Nous n'ajouterons que quelques mots sur l'homme même, en les empruntant à celui de ses biographes qui semble l'avoir le mieux connu : « Retiré, dit-il, à l'extrémité d'un faubourg d'où la vue s'étendait sur quelques jardins, il travailla pendant dix-huit années sans relâche, sans dévier de la ligne droite qu'il s'était tracée au début, sans écrire un seul mot que la conscience la plus scrupuleuse eût voulu effacer. »

Il mourut en 1854.

LE NID

De ce buisson de fleurs approchons-nous ensemble ;
Vois-tu ce nid posé sur la branche qui tremble ?
Pour le couvrir, vois-tu les rameaux se ployer ?
Les petits sont cachés sous leur couche de mousse ;
Ils sont tous endormis !... Oh ! viens, ta voix est douce :
      Ne crains pas de les effrayer.

De ses ailes encor la mère les recouvre ;
Son œil appesanti se referme et s'entr'ouvre,
Et son amour souvent lutte avec le sommeil :
Elle s'endort enfin... Vois comme elle repose !
Elle n'a rien pourtant qu'un nid sous une rose,
      Et sa part de notre soleil.

Vois, il n'est point de vide en son étroit asile,
A peine s'il contient sa famille tranquille ;
Mais là le jour est pur et le sommeil est doux,
C'est assez !... Elle n'est ici que passagère ;
Chacun de ses petits peut réchauffer son frère,
      Et son aile les couvre tous.

Et nous pourtant, mortels, nous, passagers comme elle,
Nous fondons des palais quand la mort nous appelle :
Le présent est flétri par nos vœux d'avenir :
Nous demandons plus d'air, plus de jour, plus d'espace,
Des champs, un toit plus grand !... Ah ! faut-il tant de
      Pour aimer un jour... et mourir !   [place

LES SOIRÉES DE FAMILLE

J'avais vingt ans ; mon sang bouillonnait dans mes veines.
Sur mon front je sentais mille chaudes haleines,

Mes pieds impatients demandaient à marcher,
Mon âme en flots vivants cherchait à s'épancher ;
Il me fallait de l'air, du bruit et de l'espace !...
— Au foyer de famille abandonnant ma place,
Je renonçai bientôt au chaste intérieur
Où j'avais jusqu'alors concentré mon bonheur.
De mon père, si bon, le front devint sévère,
Je m'endormis, le soir, sans embrasser ma mère,
Et mes sœurs, renonçant à des liens rompus,
Pour leurs robes de bal ne me consultaient plus.
J'oubliai tout : j'allais, comme une Danaïde,
Versant les voluptés dans un cœur toujours vide,
Fou d'ardeur, et cherchant sur des flots ignorés
L'Amérique où tendaient mes désirs altérés.
Mes soirs, à la famille abandonnés naguère,
Je les consacrai tous au plaisir éphémère.
Nous allions, dans la nuit, près des balcons dormants
Pour de jeunes beautés murmurer de doux chants,
Ou bien, sous les tilleuls aux mobiles arcades,
A la lune, adresser de molles sérénades ;
Mais, plus souvent encor, dans de libres festins,
J'oubliais que la vie a de graves desseins :
Au milieu des chansons et des ébats folâtres,
Que le punch éclairait de ses flammes bleuâtres,
Nos nuits se consumaient, et, quand venait le jour,
Nous rentrions d'un pas furtif et le front lourd.

Mais, un soir, le remords me prit à l'improviste,
Et je voulus rentrer : mon père, seul et triste,
Auprès de la fenêtre arrosait quelques fleurs,
Et ma mère faisait broder mes jeunes sœurs.
Je m'avançai, sentant un embarras étrange
Et comme un visiteur qui s'excuse et dérange.
Dans le cercle, des yeux je cherchai pour m'asseoir
Le siège accoutumé qu'on me gardait le soir ;
Mais (comme un doux usage en peu de temps s'efface !)
Entre mes sœurs, déjà, je n'avais plus ma place ;
N'ayant pas reconnu mon pas, comme autrefois,
Ma mère fut surprise en entendant ma voix,

Et son chien, qui pour moi jadis aboyait d'aise,
Alla, sombre et grondeur, se cacher sous sa chaise.

Mon père, alors, qui vit mon visage changer,
Me dit : — « L'absent, mon fils, est vite un étranger,
Vous l'apprendrez : d'oubli toute chose est avide.
Le cœur ni le foyer ne souffrent point de vide,
Et si vous les quittez, n'espérez au retour
Ni le siège au foyer, ni dans le cœur l'amour.
Depuis six mois par vous la maison délaissée
Ne vous reconnaît plus ; l'attente s'est lassée,
Et votre mère et moi, près de vos sœurs assis,
Nous tâchons d'oublier que nous avons un fils.

« Pourquoi, pour le plaisir qui bruit et qui brille,
Pourquoi dénouez-vous les liens de famille ?
Dieu nous fit un devoir, lorsqu'il créa ces nœuds,
A nous, parents, d'aimer, à vous, fils, d'être heureux.
Votre joie est à nous, c'est notre bien suprême ;
Chercher qui vous amuse ailleurs, ou qui vous aime.
N'est-ce point nous ravir nos bonheurs les plus doux ?
Si nous ne vous servions, pourquoi vivrions-nous ?
La famille !... Oh ! c'est là que les vertus grandissent,
C'est le soleil d'amour auquel les cœurs mûrissent ;
Société sacrée où la mère est le roi,
Elle enseigne comment obéir sans effroi,
Demander sans rougeur, servir sans esclavage ;
Car son code, pour nous, est un apprentissage,
C'est le code du monde en deux mots résumé :
Savoir aimer soi-même et savoir être aimé !

« Ne vous souvient-il plus, mon fils, de ces soirées
Où, l'œil fixé sur vous et nos chaises serrées,
Ravis, nous écoutions quelque récit frappant
Que vous lisiez tout haut en vous interrompant ?
Nous sentions s'allumer en nous les mêmes flammes
En prenant en commun ce doux repas des âmes ;
Mêmes pleurs, mêmes ris, mêmes pensers !... Alors
Parmi nous s'exhalaient de merveilleux accords,

28.

Et, vibrant dans nos seins à la même secousse,
La lyre intérieure élevait sa voix douce !
Oh ! comme l'on s'aimait dans ces soirs d'abandon !...
Quand ils n'irritent pas, les pleurs rendent si bon.
Alors, mon fils, nos cœurs n'avaient qu'une racine,
De tous vos sentiments je savais l'origine,
Et, nous tenant la main, dans le monde idéal,
Ensemble nous marchions toujours d'un pas égal.
Mais, depuis qu'aux amours du foyer infidèle
Vous avez délaissé la maison paternelle,
Devant vous l'on se tait, l'élan est retenu ;
Car, ici, votre cœur est comme un inconnu.
— Oh ! reviens, mon enfant, au cercle domestique,
Laisse qui n'aime pas vivre en place publique ;
Connais-tu dans le monde un pauvre à secourir,
Un front triste à bercer, un faible à soutenir,
Oh ! cours alors, mon fils (malheureux qui balance !) ;
Consacrée au devoir, nous aimons ton absence ;
Mais dans de vains plaisirs n'effeuille pas tes jours :
La vie est grave, enfant, et ses matins sont courts.
Avant qu'un coup de mer t'emporte dans l'orage,
Fais ton lest de vertu, raffermis ton courage,
Apprends les amours purs sous nos paisibles toits ;
Le temps d'épreuve arrive, et, pour être à la fois
Aussi fort qu'un géant, aussi doux qu'une femme,
C'est dans l'amour, vois-tu, qu'il faut tremper son âme.
Celui qui sait aimer sous le plus lourd fardeau
Se relève à l'espoir pour aimer de nouveau ;
Car c'est la vie ! Aimer !... le bien de là découle,
Ce n'est que par le cœur que l'on sort de la foule,
C'est la seule vertu qui de tout nous tient lieu ;
Si Dieu n'aimait pas tant, il ne serait point Dieu. »

Ainsi parla mon père, et, muet, immobile,
J'écoutais !... Je sentais sa parole tranquille
Qui descendait en moi et, comme avec la main,
De mes purs souvenirs y réveillait l'essaim.
Sans lever leurs regards, mes sœurs avec mystère,
En brodant, essuyaient quelques pleurs... et ma mère,

Mains jointes, attendait avec un œil mouillé !..
Alors, j'allai vers elle, et je m'agenouillai,
Sans parler (le regret aisément se devine !) ;
Je demeurai longtemps penché sur sa poitrine,
Et, quand je relevai mon front pâle et confus,
Mon père souriait, mes sœurs ne pleuraient plus !

SUË (Eugène)

Les vers qu'on va lire étaient bons à publier : ils sont jolis, je ne crois pas qu'on en connaisse d'autres de l'auteur des *Mystères de Paris*, et ils ont leur curiosité pour sa biographie.

On voit par leur date — les *Annales romantiques* les donnèrent en 1830 — qu'Eugène Suë, alors chirurgien de marine — c'est comme tel qu'il prit part à la bataille de Navarin — avait déjà des visées littéraires, et, reçu chez Victor Hugo, s'y mêlait au mouvement du Cénacle.

Nous sommes là bien loin du Chourineur, de Lugarto, de Rodin, de Couche-tout-nu, etc., et du député socialiste à qui l'on doit les *Mystères du peuple ;* mais le ton madrigalesque et parfumé des vers nous y fait toucher l'homme même, gentleman. C'est, on le sait, ce que fut toujours Eugène Suë, qui dut certainement écrire son dernier livre avec des gants.

Réfugié à Annecy, après le 2 décembre, il y mourut le 3 juillet 1857, à cinquante-trois ans.

A DEUX HEUREUX

(M. ET Mᵐᵉ V. HUGO)

Dans la création tout est harmonieux,
Comme l'ordre éternel d'où jaillirent les mondes.
Sur de tendres yeux bleus tombent des tresses blondes,
De vastes rayons d'or voilent l'azur des cieux.

Les champs de la Provence, aux soleils radieux,
Sont pour les jeux, le rire et les joyeuses rondes ;
Les forêts de Bretagne, obscurités profondes,
Sont pour l'isolement aux rêves soucieux.

Une femme penchée embrassant une harpe,
Déployant mollement son bras comme une écharpe,
C'est un groupe suave, une harmonie encor :
Mais la beauté, la grâce alliée au génie,
La colombe de l'aigle accompagnant l'essor,
C'est l'accord le plus beau : c'est là votre harmonie !

TASTU (Mme Amable)

La muse la plus idéalement pure, comme talent et comme caractère, de toute l'époque romantique. Elle naquit, deux ans avant le siècle, à Metz, où son père, M. Voïart, était administrateur des vivres pour l'armée de Sambre-et-Meuse. Son enfance se passa aux Invalides, dont M. Voïart, en quittant Metz, était devenu le fournisseur, grâce aux relations que sa femme, sœur de l'ancien ministre de la guerre Bouchotte, avait gardées dans le gouvernement.

Veuf d'assez bonne heure, il ne tarda pas à se remarier pour que sa fille eût une seconde mère. Chose rare, elle la trouva. La nouvelle Mme Voïart, esprit distingué, lettré même, ne fut pas une belle-mère pour elle. Ses leçons lui furent la meilleure des initiations à la poésie, vers laquelle son cœur l'emportait sans savoir quelle. voie suivre. A onze ans, en 1809, elle avait fait des vers, et l'impératrice Joséphine l'envoyait complimenter pour son idylle, le *Réséda*.

Une autre fleur, le *Narcisse*, qu'elle avait prise pour sujet d'une élégie, ne lui fut pas moins favorable, quelques années après. Un ami qui lui avait surpris une copie de ces vers les fit insérer dans le *Mercure*, que publiait Tastu, un des imprimeurs les plus instruits du moment. Mme Voïart et sa jeune fille — elle n'avait que dix-huit ans — allèrent lui demander comment l'élégie lui était parvenue. Des relations se nouèrent et un mariage suivit bientôt. Mlle Voïart devint Mme Tastu.

Désormais l'histoire de ses œuvres est celle de sa vie. Elle les multiplie, mais sans que cette prodigalité en amoindrisse la valeur. Ce n'est jamais avec de la menue monnaie courante qu'elle paye, comme font tant de poètes arrivés, que leurs premiers succès semblent dispenser de talent, mais avec de l'or du plus pur aloi.

La révolution de Juillet, qui ruina son mari et le réduisit à une place de bibliothécaire à Sainte-Geneviève, lui fut un nouvel aiguillon au travail. Elle publia alors ses *Œuvres poétiques*, jusque-là dispersées sans lien en des recueils de dates différentes ; elle fit des livres d'éducation pour lesquels lui vint en aide Mme Élise Voïart, sa belle-mère ; elle compila, traduisit, mais tout cela avec tact et choix, et toujours ayant en vue un but utile.

En 1840, elle fut couronnée par l'Académie française pour l'*Éloge de Mme de Sévigné*. C'était sa cinquième couronne.

Dans sa jeunesse, elle en avait obtenu quatre aux jeux Floraux.

Après 1848, elle quitta la France pour suivre son fils nommé vice-consul à Malte, depuis à Laarnaca, dans l'île de Chypre, et enfin à Bagdad, où il devint consul général.

L'intérêt de ses œuvres ne fut pas indifférent à Mme Tastu dans cette sorte d'exil, qui semblait marcher, et à chaque pas l'éloignait de plus en plus de la France. En 1858, elle publia ses *Poésies complètes*, qui sont et resteront le plus pur de son trésor.

Sainte-Beuve en a fort bien parlé. Il a délicatement fait saisir dans la manière de Mme Tastu : « la nuance d'animation ménagée ; la blanche pâleur, si tendre et si vivante, où le vers est, pour la pensée, comme le voile de Saphoronie, sans trop la couvrir et sans trop la montrer ; la grâce modeste, qui s'efface pudiquement d'elle-même, et enfin cette gloire discrète, tempérée de mystère, qui, dit-il, est, à mon sens, la plus belle pour une femme poète. »

LA CHAMBRE DE LA CHATELAINE

« Délivrez-moi de ma lourde parure ;
Ces longs habits, cette riche coiffure
Doublent encor la fatigue du soir.
L'heure s'avance, et déjà du manoir
Les murs épais sont enveloppés d'ombre :
Seuls, du soldat veillant dans la nuit sombre
Les pas égaux font retentir les tours.
Hâtez-vous donc, prêtez moi vos secours !
Je veux ce soir, pour prix de votre zèle,
Vous proposer une énigme nouvelle.
Par toi, Loïse, un désir est rempli
A peine éclos, et d'un trop long oubli
Je dois venger ta muette tendresse :
Ce carcan d'or qui parait ta maîtresse,
Aimable fille, est désormais à toi ;
Garde toujours ce souvenir de moi.
Et vous, merci, car vos mains, damoiselles,
Plus que jamais sont promptes et fidèles. »
La dame alors s'approcha de son lit ;
Sous son beau corps l'épais duvet fléchit ;

Sur les coussins laissant tomber sa tête :
« Écoutez-moi, dit-elle, je suis prête :
Or, qui saura me dire d'entre vous
Quand le sommeil nous arrive plus doux ?
Parlez ! — Pour moi, dit Blanche avec mystère,
Je m'endors mieux, je ne puis vous le taire,
Quand une vieille, assise à mon foyer,
Me fait tout bas des contes de sorcier,
Ou me redit l'histoire véridique
Du moine blanc qu'au monastère antique
Près des tombeaux on voit errer le soir.
Et je tressaille, et crois aussi le voir.
Le sommeil vient, et l'erreur se prolonge ;
Ou, m'arrachant au vain effroi d'un songe,
Je veille alors le rosaire à la main.
Si mon brasier se ranime soudain,
A ses lueurs inégales et rares,
Mon œil poursuit mille formes bizarres
Qui semblent fuir, glisser le long des murs
Et s'élever jusqu'aux plafonds obscurs.
— La peur est-elle un plaisir ? dit Germonde
En secouant sa jeune tête blonde :
Moi, j'aime mieux le front sur l'oreiller
Ouïr comment un jeune chevalier
Est rencontré de quelque blanche fée ;
Par les périls sa valeur échauffée
Doit triompher d'un noir enchantement,
Et sous ses coups tombent en un moment
Cent paladins, et les géants eux-mêmes ;
Et c'est alors que la beauté qu'il aime
S'unit à lui par le plus doux lien :
Que peut de plus un chevalier chrétien
Que d'exposer pour l'amour de sa dame
Le bien du corps et le salut de l'âme ?
— Moi, s'écria la vive Aliénor,
Si le sommeil jamais d'un doux essor
Sur mon chevet vient incliner ma tête,
C'est au sortir d'une brillante fête :
Aux sons égaux des joyeux instruments
J'épie encor les signes des amants ;

Et cet écho des plaisirs de la veille
Me fait sourire alors que je sommeille. »
— Et vous, Loïse — Oh! moi, je dors, je crois,
Dès que j'ai fait le signe de la croix :
Pour qu'un plaisir au repos nous invite,
Il faut l'attendre, et le mien vient si vite!..... »
La noble dame avec un doux sourire :
« Nulle de vous n'a su ravir le prix.
Celle-là dort plus doucement bercée
Qu'attend au lit quelque tendre pensée,
Et qui fuyant la contrainte et le jour
Y va rêver à son premier amour,
Premier!.... dernier!.... Ah! quel est mon délire
Son seul amour aurais-je dû vous dire !
Allez en paix : Ah ! Loïse, c'est toi
Qui veilleras ce soir auprès de moi,
Et maintenant bonne nuit, Damoiselles.
— Dame, salut, ensemble dirent-elles ;
Et sans retard, le cortège attentif
S'éloigne alors d'un pas lent et furtif.
Leur soin discret clôt la porte fidèle ;
Et le rideau qui retombe sur elle
Rasant le seuil avec un léger bruit
Semble, à son tour, murmurer : Bonne nuit!
— Toi, viens, enfant, viens, et me fais entendre
Quelque vieux chant mélancolique et tendre.
N'en sais-tu pas qui soit triste à la fois
Comme mon cœur, et doux comme ta voix?
Dont l'harmonie, ou rêveuse ou plaintive
Charme si bien mon oreille attentive,
Que du sommeil le vol silencieux
A mon insu puisse effleurer mes yeux?

La jouvencelle, à sa dame soumise,
Du riche étui dont l'éclat le déguise
Tira soudain le luth aux doux accords.
L'heure est propice : au dedans, au dehors
Rien n'interrompt le nocturne silence.
La châtelaine en sa molle indolence,

De ses pensers suivait le cours changeant
Et se taisait. Dans la lampe d'argent,
Qui se balance à la haute solive,
Se consumait le doux jus de l'olive ;
De ses contours ciselés avec art
Quelques rayons échappés au hasard
Vont effleurer le ciel, où se déploie
L'azur mouvant des courtines de soie ;
Les longs tapis, où, d'un épais velours
La blanche hermine enrichit les contours ;
Du dais massif les angles, où se cache
L'or du cimier sous l'ombre du panache,
Et la splendeur des pilastres dorés
Qui de l'estrade entourent les degrés.
D'un champ de soie, où l'argent se marie,
Le bleu tissu de la tapisserie,
A pans égaux, voilait le mur grossier.
L'œil admirait près du vaste foyer
Du saint prie-Dieu l'élégante structure.
Là, le Missel qu'enrichit la peinture
Repose ouvert, et de toutes les fleurs
Son blanc vélin réfléchit les couleurs ;
Et le feu clair qui pétille dans l'âtre
Du bénitier semble rougir l'albâtre.
Pour les parfums les vases préparés
Brûlaient encore, et de leurs flancs dorés
Ils unissaient les vapeurs embaumées
Aux doux tributs de ces eaux parfumées,
Luxe odorant avec soin épanché
Sur les rameaux dont le sol est jonché.
De ce moment secondant le délice,
L'astre des nuits, voluptueux complice,
Glissant alors, à travers les vitraux,
Vient ranimer leurs transparents émaux,
Et, colorant le pavé de la chambre,
Y refléter l'azur, la pourpre et l'ambre.

Quel œil mortel résiste à ces douceurs,
Quand le sommeil compte pour précurseurs,

29

De doux parfums, des clartés fugitives,
Des mots flatteurs et des notes plaintives !
Loïse enfin, d'un air timide et doux,
Saisit le luth posé sur ses genoux,
En raffermit la corde détendue,
Des tons divers parcourut l'étendue,
Dans chacun d'eux préludant tour à tour ;
Puis, murmura le chant qu'un troubadour,
Pour mieux bercer la beauté qui sommeille,
A sa mémoire a confié la veille.

CHANT

Dormez, noble Dame, dormez ;
Les murs gardés font les nuits sans alarmes ;
Laissez veiller vos hardis hommes d'armes
Et ceux que vos yeux ont charmés.

Ah ! si le comte de Montfort,
Le champion de l'Église de France,
De ses bannerets le plus fort,
De nos preux la meilleure lance,
Contre ce châtel, quelque jour,
Guidait ses archers intrépides,
Le vol de leurs flèches rapides,
Ne saurait effleurer ces tours.

Dormez, noble Dame, dormez...

Cinq cents chevaliers valeureux
Font circuler la coupe dans vos salles.
Nos vassaux, dix fois plus nombreux,
Secondent leurs armes loyales.
Qui pourrait, contre leurs désirs,
Troubler les songes de leur belle,
Hors la cloche de la chapelle,
Ou le doux bruit de leurs soupirs ?.

Dormez, noble Dame, dormez, etc.

Loïse alors se tut : et sa maîtresse,
Avec effort soulevant sa paresse,
D'un bras de neige entr'ouvrit ses rideaux
Et soupira : Malgré ces forts créneaux,
Ces bons archers, ces nombreux hommes d'armes,
Et les vaillants dévoués à mes charmes,
Un ennemi s'est glissé jusqu'à moi...
— Dieu! s'écria Loïse avec effroi,
Quel est son nom? En respirant à peine,
Elle écoutait. Mais de la châtelaine
Un doux sommeil avait fermé les yeux ;
Et du rideau quittant les plis soyeux,
Sa blanche main retomba sur la couche.
Pourtant, Loïse, au souffle que sa bouche
En sons confus exhalait tour à tour,
Prêta l'oreille, et crut entendre : Amour.

LA PAUVRETÉ

ODE

La voilà, dites-vous ? Quoi ! c'est la jeune fille
Dont j'admirai naguère, au sein de sa famille,
Dans leur pure fraîcheur les attraits séduisants !
Se peut-il que déjà cette fleur soit fanée,
        Et qu'en passant dix fois, l'année
        Ait vieilli ce front de seize ans ?

D'ordinaire à nous fuir la jeunesse est plus lente.
Quel vent funeste a donc touché la frêle plante?
Quel froid hâtif surprit son feuillage mouillé,
Pour voir ainsi privés de leur grâce infinie
        Sa feuille crispée et jaunie,
        Et son calice dépouillé ?...

La Pauvreté!... Vous tous qui, chers à la Fortune,
N'avez subi jamais sa visite importune,
Son image pour vous est un rêve imparfait ;

Mais nos foyers éteints, mais nos tables désertes,
  Nos demeures aux vents ouvertes,
  Sont les moindres maux qu'elle fait !

La Pauvreté !... Tout meurt sous sa serre cruelle !
Cet esprit lumineux, dont la vive étincelle
Pétillait à vos yeux comme l'âtre en hiver,
S'obscurcit tout à coup, et vous laisse dans l'ombre.
  Savez-vous quel nuage sombre
  Amortit ce lucide éclair ?...

La Pauvreté !... Ce cœur, dont l'altière noblesse
Resplendit si longtenps sans tache et sans faiblesse,
Dément-il aujourd'hui ce qu'il était hier ?
Cherchez bien le secret d'une chute si prompte,
  Et quel joug de plomb ou de honte
  A plié cet honneur si fier ?

La Pauvreté ! Ce mot, qui de vous sait l'entendre ?
Manquer de tous les biens qu'on avait droit d'attendre ;
Vivre jeune sans joie, aimante sans époux,
Tandis que jour et nuit l'âpre travail dévore
  Un éclat que longtemps encore
  Eût épargné le temps jaloux ;

Porter incessamment tout le faix de la vie ;
A ses nécessités, sans relâche asservie,
Passer de l'une à l'autre, y pourvoir tour à tour,
Comme le passereau, grain à grain, goutte à goutte,
  N'avoir pas d'heure qui ne coûte,
  De jour qu'on n'ait payé d'un jour ;

Obéir, sans jamais disposer de soi-même,
Au sourd bourdonnement de cette voix suprême,
Qui trouble le silence ou domine le bruit ;
Et soit qu'on ait cherché la retraite ou la foule,
  Sentir le moment qui s'écoule,
  Gâté par le moment qui suit.

Aux chances du malheur, las enfin d'être en butte,
Invoquer à regret, trop faible dans la lutte,
Des appuis dont peut-être on se fût tenu loin ;
Et, pour dernier fardeau, portant son propre blâme,
    Apprendre que l'orgueil de l'âme
    Fléchit sous le poids du besoin ;

Cela, c'est être pauvre ! — Où donc est ta justice,
Seigneur ? Qu'à tant de maux ton pouvoir compatisse !
Ou, voyant inféconds les dons de la beauté,
Ceux de l'esprit perdus, ceux de l'âme inutiles,
    Nous dirons vaines et futiles,
    Nos croyances en ta bonté !

Est-ce donc qu'à nos yeux la suprême puissance
Témoigne, en prodiguant, de sa magnificence ?
De hautains courtisans, nobles voluptueux,
Ainsi de leur manteau secouaient dans l'arène
    Les perles qu'aux yeux d'une reine
    Semait leur dédain fastueux.

Mais toi, Seigneur ! par qui tout s'enchaîne et se classe,
Qui dus marquer à tout son lot, sa fin, sa place ;
L'ordre est ta gloire à toi, comme tous dons parfaits !
Qui donc impunément dérangea ton ouvrage ?
    Quel pouvoir malfaisant t'outrage
    En paralysant tes bienfaits ?

Pourquoi, parmi nos voix, tant de voix rejetées ?
Pour un fruit qui mûrit, tant de fleurs avortées ?
Tant de grains échappés à l'épi du glaneur ?
D'où vient que, sans profit, tout ce bien s'éparpille,
    Et que la main du sort gaspille
    Tant de bonheurs pour un bonheur ?

L'âme demande en vain, rebelle et curieuse,
Quelle est de cette loi la clef mystérieuse :
Nul effort jusque-là n'est encor parvenu !
Toujours il faut souffrir dans un but qu'on ignore,
    Vieillir en le cherchant encore,
    Et mourir sans l'avoir connu !

TURQUETY (Édouard)

Né à Rennes en 1807, il affirma son origine bretonne par l'ardent catholicisme de sa muse. Son père, qui était notaire, voulut qu'il fût avocat, mais il ne fit, en exigeant qu'il prît cette voie, que le pousser mieux vers celle qu'il s'était tracée.

A vingt-deux ans, il publia son premier recueil, *Esquisses poétiques*; le catholique ne s'y laissait encore que pressentir, mais le romantique y était déjà tout entier.

Dans les volumes qui suivirent : *Amour et foi*, en 1833; *Poésie catholique*, en 1836; *Hymnes sacrés*, et *Primavera*, en 1840; *Fleurs à Marie*, en 1845, l'ardeur du croyant ne cessa plus d'éclater, sans jamais s'amortir, jusqu'à la mort du poète en 1867.

Edouard Turquety était un bibliophile fort distingué; et, chose singulière, ce catholique collectionnait surtout les poètes du xvie siècle, ces païens de la Renaissance.

DESTRUCTION DES CROIX

Je verrai mettre à nu le fond du sanctuaire,
Les plus saints monuments mutilés pierre à pierre,
La croix foulée aux pieds et le temple proscrit ;
Je verrai lois et mœurs pourrir à chaque place,
Et je n'oserai, moi, jeter avec audace
    Toute mon âme dans un cri !...

Oh ! ce cri sortira, ma poitrine est trop pleine,
Et l'indignation enfle trop chaque veine
Pour que mon cœur brisé se taise plus longtemps.
Oui, l'anathème enfin jaillira de ma bouche :
Je veux marquer d'un sceau cette horde farouche
    De triomphateurs insultants.

C'est qu'à travers ces bruits, ces rumeurs effrénées,
Malgré l'impur limon qui souille nos années,

Quand tout s'abâtardit, les peuples et les rois,
Méconnu comme Dieu, le Christ restait notre hôte ;
Et le cœur le plus fier, la tête la plus haute,
  Pliaient en face de la croix.

Et voilà qu'elle tombe, et c'est quelques bras d'hommes
Qui s'en vont l'attaquer jusque sur ses vieux dômes,
Où l'antique ferveur tant de fois éclata :
Elle tombe. — La foule haletante s'arrête,
Et, dans les plus hauts cieux, l'ange voile sa tête
  Devant un nouveau Golgotha.

La croix, signe de deuil et signe d'espérances,
Où l'on vit apparaître à travers les souffrances
Le Sauveur annoncé, l'élu mystérieux ;
La croix, signe divin, que toute langue nomme,
Où le dernier soupir de Jéhova fait homme
  Rapprocha la terre des cieux !

Va donc jusqu'au saint lieu, va donc, ô plèbe vile !
Frappe les croix du temple, arrache-les par mille,
Nos lèvres baiseront ces emblèmes meurtris :
On peut rompre l'airain, anéantir la pierre ;
Mais on ne peut briser l'aile de la prière
  Qui s'élève sur des débris.

A SAINTE-BEUVE

  Ami, pourquoi tant de silence ?
  Pourquoi t'obstiner à cacher
  L'hymne brillante qui s'élance
  De ton cœur prompt à s'épancher ?

  Déserte pour un jour la prose ;
  Réveille, après un long sommeil,
  Ton doux vers plus frais que la rose
  Au premier baiser du soleil.

Dis à l'oiseau de rouvrir l'aile;
Laisse de sillon en sillon
S'égarer la vive étincelle
Que l'on nomme le papillon.

Rends-nous ton chant rempli de flamme,
Ton chant rival du rossignol ;
Permets aux brises de ton âme
De nous embaumer dans leur vol.

Et, puisque tu le peux, ramène
Auprès de nous l'aimable cours
De la poétique fontaine
Que tu voudrais céler toujours.

Regarde : jamais dans ce monde
L'horizon ne fut moins serein ;
Jamais angoisse plus profonde
Ne tourmenta le cœur humain.

Les temps sont lourds, les temps nous pèsent :
Que devenir sous ces linceuls,
Si les plus doux chanteurs se taisent,
Ou ne chantent que pour eux seuls ?

Si, dans la solitude aride,
Qui n'a ni calme ni saveur,
Il n'est pas un ruisseau limpide,
Il n'est pas un palmier sauveur ?

Oh ! viens, doux maître en rêverie,
Viens reprendre ton beau concert ;
Ne reste pas, puisqu'on t'en prie,
A t'épanouir au désert.

Fleur odorante, fleur sonore,
C'est trop te refermer ; tu dois
A ceux qu'un ciel brûlant dévore
Ton frais parfum, ta fraîche voix.

Tu leur dois ton hymne hardie
Plus suave de jour en jour,
Et l'incessante mélodie
De ton âme qui n'est qu'amour !

RÉPONSE DE SAINTE-BEUVE

Mon cœur n'a plus rien de l'amour,
Ma voix n'a rien de ce qui chante.
Ton amitié me représente
Ce qui s'est enfui sans retour.

Il est un jour aride et triste
Où meurt le rêve du bonheur :
Voltaire y devint ricaneur,
Et moi, j'y deviens janséniste.

Ce qu'on appelle notre vol
Ne va plus même en métaphore ;
Nos regards n'aiment plus l'aurore,
Et l'on tuerait le rossignol.

Oiseau, pourquoi cette allégresse,
Orgueil et délices des nuits ?
Ah ! ce ne sont plus mes ennuis,
Que ceux où ton chant s'intéresse !

Soupir, espoir, tendre langueur,
Attente sous l'ombre étoilée !
Par degrés la lune éveillée
Emplit en silence le cœur.

Pour qui donc fleurissent ces roses,
Si ce n'est pas pour les offrir ?
Charmant rayon, autant mourir,
Sans un doux front où tu te poses !

29.

Tous les ruisseaux avec leurs voix
Que sont-ils sans la voix qu'on aime ?
Ce ne fut jamais pour lui-même
Que j'aimai l'ombrage des bois.

Dans les jardins ou les prairies,
Le long des buis ou des sureaux,
Devant l'ogive aux noirs barreaux, ·
Comme au vieux chêne des féeries ;

Même sous l'orgue solennel,
Au seuil dé la chaste lumière,
Même aux abords du sanctuaire
Où toi, tu t'es choisi le ciel,

Dès l'enfance mon seul génie
Ne poursuivit qu'un seul désir :
Un seul jour l'ai-je pu saisir ?
Mais tout vieillit, l'âme est punie.

Et tes doux vers lus et relus
N'ont fait qu'agiter mon mystère :
Quoi donc ? aime-t-on sur la terre,
Depuis que, nous, nous n'aimons plus ?

L'ATHÉE

Il n'y parviendra pas ; il a beau dans sa course
Se serrer à deux mains le cœur,
Comme pour comprimer la source ··
De l'intarissable douleur ;

La douleur ! elle gonfle, elle bat ses artères,
Elle l'étreint de tous côtés,
Dans les lieux les plus solitaires,
Sur les bords les plus fréquentés.

Qu'il aille au haut des monts, qu'il aille sur la crête
  Du roc le plus retentissant,
  Dans le calme ou dans la tempête,
  Sur la terre ou sur l'Océan,

Il entendra toujours le grand mot qu'il redoute,
  Partout à toute heure, en tout lieu,
  Les pierres même de la route
  Lui crieront le nom de son Dieu.

  Oh ! oui, c'est en vain qu'il espère,
  Qu'il implore un sommeil sans fin ;
  Une voix, sourde à sa prière,
  Lui jette le mot de demain.
  C'est en vain qu'il se réfugie
  Dans les ténèbres de l'orgie,
  Dans les abîmes de la nuit :
  Comme une ardente chasseresse
  Qui toujours le traque et le presse,
  Son immortalité le suit.
  Et quand sa paupière alourdie
  Se ferme au soleil d'ici-bas,
  Quand sa voix mourante mendie
  Un jour de plus qu'il n'aura pas,
  Oh! c'est là qu'il tremble et recule ;
  C'est là qu'un affreux crépuscule
  Lui fait pousser un cri profond :
  « A moi, j'ai peur ! à moi, je tombe ! »
  Car il s'aperçoit que la tombe,
  Froide au bord, est brûlante au fond.

VIGNY (LE COMTE ALFRED DE)

Jusqu'à ce que M. Louis Ratisbonne, dépositaire de son héritage littéraire, eût publié le *Journal d'un poète,* la vie d'Alfred de Vigny n'était que fort peu connue. Il a fallu ce livre, où l'auteur de *Cinq-Mars* et d'*Eloa* raconte son histoire et celle de ses sentiments, pour qu'il fût possible de pénétrer un peu dans son intimité si secrète jusqu'alors et si fermée.

« Personne, a dit avec infiniment d'esprit M. Jules Sandeau, n'a vécu dans sa familiarité, pas même lui, » et de l'aveu de Ratisbonne, qui l'a connu le mieux, c'est un peu vrai.

De bonne heure il s'était ainsi retranché, en lui-même, comme s'il avait eu les ailes de quelques-uns de ces anges qu'il aimait à chanter, pour les replier sur sa vie. Chez Victor Hugo, l'on s'amusait de cette discrétion immatérielle, éthérée pour ainsi dire ; et l'image de « la tour d'ivoire », d'où il semblait sortir comme une apparition pour y rentrer aussitôt, y avait fait fortune : « Lorsque par hasard, a dit Dumas, il posait sur quelque cime, c'était une concession qu'il faisait à l'humanité, et parce que au bout du compte, cela lui était plus commode, pour les courts entretiens qu'il avait avec nous. »

Ces relations, ces entretiens, Dumas dit vrai, furent assez courts. Lors même qu'il en eût aimé le bruit, Alfred de Vigny n'aurait pu complètement s'y livrer. Quand le Cénacle était, vers 1824, dans la première floraison de ses jeunes gloires, il servait dans l'armée.

Après avoir passé, comme Lamartine, par les gardes du corps, il était entré, avec le grade de capitaine, dans la garde royale. La vie de garnison le retenait ainsi presque toujours loin de Paris. Sainte-Beuve s'est donc trompé lorsqu'il lui prête chez Victor Hugo une assiduité qu'il n'eut pas. Lui-même sur ce point l'a démenti : « Trop préoccupé, dit-il, du *Cénacle* qu'il avait chanté autrefois, Sainte-Beuve lui a donné dans ma vie littéraire plus d'importance qu'il n'en eut, dans le temps de ces réunions rares et légères. »

Son indépendance et son originalité y gagnèrent, car à ces frottements d'école, on perd toujours plus ou moins de soi-même. Qu'avait-il, d'ailleurs, besoin des initiations que les adeptes allaient chercher chez Victor Hugo, sous l'œil même du dieu ? Il y était arrivé tout initié, et n'y avait rien à apprendre.

On n'a pas en effet assez remarqué que, loin de se mettre à la suite des novateurs romantiques, c'est toujours lui qui les devança. Plus âgé de cinq ans que Victor Hugo, jamais il ne

perdit cette avance. Leurs premiers poèmes seuls parurent en
même temps, en 1822 ; mais l'effet produit par quelques-uns
de ceux de Vigny : la *Fille de Jephté*, le *Bal*, et peu après le
Trappiste, fut peut-être plus grand que celui du volume de
Victor Hugo.

Au théâtre, Alfred de Vigny arriva le premier. Son *More
de Venise*, qui témoignait d'une connaissance si profonde du
génie de Shakespeare, devança tout ce que promettait notre
nouvelle école Shakespearienne. Il était écrit avant *Hernani*,
et il eut le pas sur lui avec un très brillant succès. Pour le
roman historique, c'est encore Victor Hugo, et non Alfred de
Vigny, qui fut le retardataire. *Cinq-Mars*, qu'on s'accoutume à
considérer — toute comparaison mise à part — comme un reflet de *Notre-Dame de Paris*, a sur l'œuvre de Victor Hugo une
antériorité de plus de cinq ans.

Il parut en 1826, et *Notre-Dame* en 1831 seulement.

Ce qui manquait à M. de Vigny, c'était le bruit, c'était le
tapage de la camaraderie auxiliaire, qui attire et fixe l'attention
sur une œuvre ; c'était l'art aussi de faire croire à la fortune
d'un livre par la multiplicité des éditions factices. Il le jetait
du haut de sa « tour d'ivoire », et rentrait sans regarder à
peine où il était tombé. Sa défiance en lui-même était excessive. Rarement il compta même sur ce qu'il avait fait de mieux.
Sainte-Beuve sur ce point encore se trompa, ce qui lui valut
de la part du poète un nouveau démenti dans son *Journal* :
« Jamais, écrit-il, je ne comptai, par exemple, comme il l'a dit,
sur la popularité d'*Eloa* ; je voulais l'imprimer à vingt exemplaires. » Or, c'est son chef-d'œuvre, et mieux même, selon
Théophile Gautier.

Après avoir parlé du poète, et comparé « sa gloire sereine
et sans bruit à ces astres calmes et doux de la voie lactée, qui
brillent moins parce qu'ils sont placés plus haut, » Th. Gautier
dit, lorsqu'il arrive à *Eloa* : « C'est le poème le plus beau, le
plus parfait peut-être de la langue française. »

Ce qui en fait le charme adorable, presque divin, c'est le
sentiment d'immortelle bonté, qui partout le pénètre, c'est
l'idéale émotion, dont on s'y sent saisi à voir la lutte de l'ange
née d'une larme du Christ, avec Satan qui, au lieu de se laisser
sauver par cette messagère de rédemption, finit par en faire sa
proie :

« *Eloa*, a dit quelqu'un, est l'ange de la pitié dans le ciel. »

Personne ne pouvait avoir mieux que M. de Vigny l'inspiration qui l'a créée. Ne fut-il pas dans la vie la pitié, la charité
même ! « Je crois fermement, disait-il, à une vocation ineffable
qui m'est donnée, et j'y crois à cause de la pitié sans borne
que m'inspirent les hommes, mes compagnons de misère, et
à cause du désir que je me sens de leur tendre la main, et de
les élever sans cesse. »

Presque tout ce qu'il a fait est œuvre de pitié : dans *Stello*,
c'est sur les victimes de la Terreur, qui avait failli lui prendre son père, qu'il nous attendrit ; dans son beau livre, *Gran-*

deurs et servitudes militaires, il nous apitoie sur les rudes épreuves de la vie de soldat, et dans *Chatterton,* c'est pour les luttes douloureuses du poète qu'il fait couler les larmes.

Toutes ne furent pas vaines. Dans le temps du grand succès de la pièce, M. le comte Maillé de la Tour-Landry, l'étant allé voir, en fut si profondément touché que, peu de jours après, il envoyait à l'Académie française les fonds nécessaires pour la création d'un prix qui serait donné tous les deux ans à un poète digne d'intérêt, et que son talent ne défendrait pas assez contre les luttes de la vie.

Alfred de Vigny n'avait pas seulement des charités de théorie. Il fut, ce qui est rare, un philanthrope pratiquant. Le poète Lassailly, devenu fou, fut secouru par lui, en attendant qu'il l'eût fait admettre chez le docteur Blanche; la dernière pièce d'or qu'Hégésippe Moreau put serrer de sa main mourante, lui venait d'Alfred de Vigny; c'est lui qui fit reconnaître et récompenser par le ministre, M. de Salvandy, le talent de Brizeux; et si la fille de Sedaine, octogénaire et presque réduite à l'aumône, pendant que la Comédie-Française et l'Opéra-Comique s'enrichissaient avec les œuvres de son père, put obtenir quelques miettes de ces bénéfices, elle le dut à M. de Vigny, après l'éloquent article qu'il fit pour elle dans la *Revue des Deux Mondes.*

Il passa ainsi en faisant du bien avec les beaux exemples de ses livres et les bonnes œuvres de sa charité. Sa vie calme n'eut qu'un orage, le scandale de sa réception à l'Académie française. en 1845. On sait de quelle façon, et avec la plus inexcusable malveillance, il fut traité dans le discours du comte Molé, qui le recevait comme directeur.

L'opinion fut pour Alfred de Vigny. On n'ignorait pas qu'une assez basse vengeance se cachait sous cette venimeuse réponse et y versait le fiel au lieu du miel d'usage. M. Molé, ancien ministre, se souvenait des traits décochés dans *Stello* contre les hommes politiques ; et surtout ne pardonnait pas à M. de Vigny d'avoir oublié, dans son discours, le compliment final pour le roi. L'oubli était réel, et même prémédité. Ancien officier de la garde sous Louis XVIII et Charles X, M. de Vigny s'en était fait une question d'honneur, et cela qui primait tout pour lui. N'a-t-il pas dit dans son *Journal :* « L'honneur est la poésie du devoir. »

Digne jusqu'au bout de cette belle parole, dont on fera sa devise, il mourut à soixante-six ans, le 27 septembre 1863.

LA NEIGE

I

Qu'il est doux, qu'il est doux d'écouter des histoires,
        Des histoires du temps passé,
            Quand les branches d'arbres sont noires,
Quand la neige est épaisse et charge un sol glacé.
Quand seul dans un ciel pâle un peuplier s'élance,
Quand sous le manteau blanc qui vient de le cacher,
L'immobile corbeau sur l'arbre se balance,
Comme la girouette au bout du long clocher.

Ils sont petits et seuls ces deux pieds dans la neige.
Derrière les vitraux dont l'azur le protège,
Le roi pourtant regarde et voudrait ne pas voir,
Car il craint sa colère et surtout son pouvoir.

De cheveux longs et gris son front brun s'environne,
Et porte en se ridant le fer de la couronne;
Sur l'habit, dont la pourpre a teint l'ample velours,
L'empereur a jeté la lourde peau d'un ours.

Est-ce vous, blanche Emma, princesse de la Gaule ?
Quel amoureux fardeau pèse à sa jeune épaule?
C'est le page Éginard, qu'à ses genoux le jour
Surprit, ne dormant pas dans la secrète tour.

Doucement son bras droit étreint un cou d'ivoire,
Doucement son baiser suit une tresse noire,
Et la joue inclinée, et l'épaule où les lis,
De l'hermine entourés, sont plus beaux que ses plis.

Il retient dans son cœur une craintive haleine,
Et de sa dame ainsi pense alléger la peine,
Et gémit de son poids, et plaint ses faibles pieds,
Qui dans ses mains, ce soir, dormiront essuyés.

En s'arrêtant, Emma vante sa marche sûre,
Lève un front caressant, sourit et le rassure,
D'un baiser mutuel implore le secours,
Puis repart chancelante et traverse les cours.

Mais les voix des soldats résonnent sous les voûtes,
Les hommes d'armes noirs en ont fermé les routes ;
— Éginard, échappant à ses jeunes liens,
Descend des bras d'Emma, qui tombe dans les siens.

II

Un grand trône, ombragé des drapeaux d'Allemagne,
De son dossier de pourpre entoure Charlemagne.
Les douze pairs debout sur ses larges degrés,
Y font luire l'orgueil des lourds manteaux dorés.

Tous posent un bras fort sur une longue épée,
Dans le sang des Saxons neuf fois par eux trempée ;
Par trois vives couleurs se peint sur leurs écus
La gothique devise autour des rois vaincus.

Sous les triples piliers des colonnes moresques,
En cercle sont placés des soldats gigantesques,
Dont le casque fermé, chargé de cimiers blancs,
Laisse à peine entrevoir les yeux étincelants.

Tous deux joignant les mains, à genoux sur la pierre,
L'un pour l'autre en leur cœur cherchent une prière,
Les beaux enfants tremblaient, en abaissant leur front,
Tantôt pâle de crainte, ou rouge de l'affront.

D'un silence glacé régnait la paix profonde.
Bénissant en secret sa chevelure blonde,
Avec un lent effort, sous ce voile, Éginard
Tente vers sa maîtresse un timide regard.

Sous l'abri de ses mains Emma cache sa tête,
Et, pleurant, elle attend l'orage qui s'apprête;
Comme on se tait encore, elle donne à ses yeux
A travers ses beaux doigts un jour audacieux.

L'empereur souriait en versant une larme,
Qui donnait à ses traits un ineffable charme;
Il appela Turpin, l'évêque du palais,
Et, d'une voix très douce, il dit : Bénissez-les.

• *. •

Qu'il est doux, qu'il est doux d'écouter des histoires,
    Des histoires du temps passé,
      Quand les branches d'arbres sont noires,
Quand la neige est épaisse et charge un sol glacé.

ÉLOA ET SATAN

Sous l'éclair d'un regard sa force fut brisée;
Et, dès qu'il vit ployer son aile maîtrisée,
L'ennemi séducteur continua tout bas :
  « Je suis celui qu'on aime, et qu'on ne connaît pas.
Sur l'homme j'ai fondé mon empire de flamme
Dans les désirs du cœur, dans les rêves de l'âme,
Dans les liens des corps, attraits mystérieux,
Dans les trésors du sang, dans les regards des yeux.
C'est moi qui fais parler l'épouse dans ses songes;
La jeune fille heureuse apprend d'heureux mensonges;
Je leur donne dés nuits qui consolent des jours;
Je suis le Roi secret des secrètes amours.
J'unis les cœurs, je romps les chaînes rigoureuses.
Comme le papillon sur ses ailes poudreuses
Porte aux gazons émus des peuplades de fleurs,
Je leur fais des amours sans périls et sans pleurs.
J'ai pris au Créateur sa faible créature;

Nous avons malgré lui partagé la nature :
Je le laisse, orgueilleux des bruits du jour vermeil,
Cacher des astres d'or sous l'éclat d'un soleil ;
Moi, j'ai l'ombre muette, et je donne à la terre
La volupté des soirs, et les biens du mystère.

SATAN VAINCU

Sur la neige des monts, couronne des hameaux,
L'Espagnol a blessé l'aigle des Asturies,
Dont le vol menaçait ses blanches bergeries :
Hérissé, l'oiseau part et fait pleuvoir le sang,
Monte aussi vite au ciel que l'éclair en descend,
Regarde son soleil, d'un bec ouvert l'aspire,
Croit reprendre la vie au flamboyant empire ;
Dans un fluide d'or il nage puissamment,
Et parmi les rayons se balance un moment :
Mais l'homme l'a frappé d'une atteinte trop sûre ;
Il sent le plomb chasseur fondre dans sa blessure ;
Son aile se dépouille, et son royal manteau
Vole comme un duvet qu'arrache le couteau ;
Dépossédé des airs, son poids le précipite ;
Dans la neige du mont il s'enfonce et palpite,
Et la glace terrestre a d'un pesant sommeil
Fermé cet œil puissant respecté du soleil.
    Tel retrouvant ces mots au fond de sa mémoire,
L'Ange maudit pencha sa chevelure noire,
Et se dit, pénétré d'un chagrin infernal :
« Triste amour du péché ! Sombre désir du mal !
De l'orgueil, du savoir gigantesques pensées !
Comment ai-je connu vos ardeurs insensées ?
Maudit soit le moment où j'ai mesuré Dieu !
Simplicité du cœur à qui j'ai dit adieu,
Je tremble devant toi, mais pourtant je t'adore :
Je suis moins criminel puisque je t'aime encore ;
Mais dans mon sein flétri, tu ne reviendras pas !
Loin de ce que j'étais, quoi ! j'ai fait tant de pas

Et de moi-même à moi si grande est la distance
Que je ne comprends plus ce que dit l'innocence ;
Je souffre et mon esprit par le mal abattu
Ne peut plus remonter jusqu'à tant de vertu.
Qu'êtes-vous devenus jours de paix, jours célestes !
Quand j'allais, le premier de ces anges modestes,
Prier à deux genoux devant l'antique loi,
Et ne pensais jamais au delà de la foi ?
L'Éternité pour moi s'ouvrait comme une fête ;
Et des fleurs dans mes mains, des rayons sur ma tête,
Je souriais, j'étais.... J'aurais peut-être aimé ! »
   Le Tentateur lui-même était presque charmé,
Il avait oublié son art et sa victime,
Et son cœur un moment se reposa du crime.
Il répétait tout bas et le front dans ses mains :
« Si je vous connaissais, ô larmes des humains ! »

LE BATEAU

Viens sur la mer, jeune fille ;
        Sois sans effroi,
Viens, sans trésor, sans famille
        Seule avec moi ;
Mon bateau sur les eaux brille ;
        Vois ses mâts, voi
Son pavillon et sa quille.
Ce n'est rien qu'une coquille
        Mais j'y suis roi.

Que l'eau s'élève et frissonne
        De toutes parts ;
Que le vent tourne et bourdonne
        Dans ses brouillards ;
Aux flots comme aux vents j'ordonne.
        Plus de regards,
Plus de mur qui t'environne !
Personne avec nous, personne
        Que les hasards.

Pour l'esclave on fit la terre
O ma beauté !
Mais pour l'homme libre, austère,
L'immensité !
Les flots savent un mystère
De volupté.
Leur soupir involontaire
Veut dire : Amour solitaire
Et liberté !

LE COR

FRAGMENT

J'aime le son du cor, le soir, au fond des bois,
Soit qu'il chante les pleurs de la biche aux abois,
Ou l'adieu du chasseur que l'écho faible accueille,
Et que le vent du nord porte de feuille en feuille.

Que de fois seul dans l'ombre à minuit demeuré,
J'ai souri de l'entendre, et plus souvent pleuré !
Car je croyais ouïr de ces bruits prophétiques
Qui précédaient la mort des paladins antiques.

O montagne d'azur ! ô pays adoré,
Rocs de la Frazona, cirque de Marboré,
Cascades qui tombez des neiges entraînées,
Sources, gaves, ruisseaux, torrents des Pyrénées,

Monts gelés et fleuris, trônes des deux saisons,
Dont le front est de glace et les pieds de gazons !
C'est là qu'il faut s'asseoir, c'est là qu'il faut entendre
Les airs lointains d'un cor mélancolique et tendre.

WALDOR (Mme MÉLANIE)

Elle naquit toute portée vers la littérature. Son père, M. Villenave, dont la bibliothèque et les collections ont été si célèbres, avait compté bien vite, quand il vint de Nantes à Paris, avec sa fille encore enfant, parmi nos lettrés et nos érudits les plus distingués.

Ce fut toutefois assez tard, et étant mariée depuis quelques années, que madame Waldor se mit à faire, ou du moins à publier des romans et des vers. Son premier recueil est de 1831, et, comme elle avait alors au moins trente-cinq ans, le titre : *Poésies du cœur* fit un peu sourire. On trouva que ces poésies, sur le tard, devaient être moins brûlantes que réchauffées.

Depuis lors, elle ne cessa plus d'écrire pour les libraires, dont elle ne fit pas la fortune, et même pour le théâtre, où elle n'eut pas de bien grands succès. Une seule de ses pièces, *l'Ecole des jeunes filles* en cinq actes, jouée à la Renaissance en 1841, et reprise en 1860 à l'Ambigu, a quelque peu marqué.

Quant à ses vers, c'est dans son recueil de 1831 que se trouvent les meilleurs.

Elle est morte au mois d'octobre 1871, à soixante-quinze ans.

LE BAL

Heureux temps, où j'aimais la danse pour la danse ;
Où la veille d'un bal, durant la nuit, mes yeux
Voyaient, demi-fermés, se former en cadence
    Mille groupes joyeux !

Où mon réveil était un bonheur, un délire,
Où la première alors j'étais toujours debout,
Où mon cœur battait d'aise, où par un long sourire
    Je répondais à tout.

Où, sans savoir encor, si j'étais laide ou belle,
J'ornais mes noirs cheveux d'une riante fleur,
Sans que mon front gardât, riant et pur comme elle,
    Des traces de douleur !

Car j'ignorais alors que le ciel à la femme
Eût dit : « Tu grandiras pour aimer et souffrir ! »

Et qu'aimer et souffrir fût même chose à l'âme,
   Et fît toujours mourir.

Heureux temps, où mes pieds, dans leur folle vitesse,
Semblaient ne pas poser sur le parquet glissant;
Où mes regards, n'ayant ni langueur ni tristesse,
   Trouvaient tout ravissant ;

Où je ne cherchais pas, jalouse et soucieuse,
Du regard un regard, d'une main une main;
Où le bal le plus beau, pour mon âme oublieuse,
   Était sans lendemain ;

Où jamais, au retour, une pensée amère,
N'ayant entremêlé de pleurs un court adieu,
Je m'endormais, donnant un baiser à ma mère,
   Une prière à Dieu !

Car j'ignorais qu'il compte et nos jours et nos larmes,
Avant de leur donner de la réalité,
Et je n'avais alors, étrangère aux alarmes,
   De foi qu'en sa bonté !

Heureux temps, à jamais retranché de ma vie,
Jours, dont je garde encore un si doux souvenir;
Oh! que vous promettiez à mon âme ravie
   D'autres jours à venir !

Et que je savais peu, dans mon insouciance,
Que l'amour se jouait de nous, comme l'enfant
Fait des fleurs qu'il rejette avec impatience,
   Et cueille triomphant.

Que l'on m'eût dit alors : Tu deviendras rêveuse,
Puis triste, toujours triste ; et j'aurais ri longtemps,
Sans comprendre qu'on pût se trouver malheureuse
   Plus de quelques instants !

Car ma jeune âme était paisible comme l'onde
Sur laquelle un beau jour avant l'orage a lui,
Et souriait au monde, hélas ! tant que ce monde
   Pour moi n'avait pas lui !

MARIE

O mon Dieu! c'est bien lui,... lui, qui m'a tant aimée,
Lui, qu'attendant toujours je n'espérais plus voir...
Mais il dort, et tout bas je crois qu'il m'a nommée...
A ses pieds doucement je vais aller m'asseoir.

J'attendrai son réveil ; je serai la première
A voir son doux sourire et son regard d'amour.
Oui, lorsqu'il ouvrira ses yeux à la lumière,
Il te verra, Marie, avant de voir le jour.

Car je veux aussi, moi, sourire à son sourire ;
Je ne me souviens plus d'avoir versé des pleurs ;
C'est un songe effacé... c'est un temps de délire,
Un orage qui courbe et ne rompt pas les fleurs.

Hier encor je pleurais en voyant la journée
S'avancer et finir... finir sans qu'il fût là !...
Hier encor je disais : Je suis abandonnée...
Je l'attendrai toujours, toujours... et le voilà !

Que de fois dans la nuit, sous la voûte étoilée,
J'ai dit en y fixant un regard plus joyeux :
« Chaque étoile est une âme au ciel pur envolée
Et plus elle eut d'amour, plus elle brille aux cieux. »

Mais il dort bien longtemps, et la rive lointaine
Se dégage déjà de ses blanches vapeurs ;
Salut! soleil si beau des clartés que tu ramène,
Tes feux me sont plus doux qu'ils ne le sont aux fleurs.

Éveille mon ami ; que ta vive lumière
Égarant sur son front un de ses rayons d'or,
Le force à soulever sa mobile paupière ;
Ses yeux ainsi fermés nous séparent encor.

Qu'ai-je dit, insensée, oh non ! dors... le feuillage
Pourra te garantir de l'ardeur du soleil.
De ses rameaux épars j'épaissirai l'ombrage ;
Je voulais t'éveiller, et je crains ton réveil.

J'aurais dû me parer, pour affaiblir la trace
Des pleurs que j'ai versés... Je n'ai pas pris ce soin :
Il est tant de défauts que la parure efface !
Hélas ! d'elle autrefois je n'avais pas besoin.

Mais j'ai, dans ma douleur sans cesse ensevelie,
Tant pleuré, tant souffert, quand j'étais loin de toi,
Que je tremble aujourd'hui de n'être plus jolie,
Car une blanche rose est moins pâle que moi.

Oh ! pourquoi, me livrant au trouble qui m'agite,
Désenchanter ainsi le plus beau de mes jours !
Le bonheur près de lui m'embellira si vite !
Il peut m'aimer encore, il peut m'aimer toujours.

Il est là, je le vois, et je ne puis comprendre
Pourquoi mon cœur s'oppresse et tremble sans raison.
Pour croire à mon bonheur, j'ai besoin de l'entendre ;
Mon Dieu, fais qu'il s'éveille en prononçant mon nom.

Mais sa main lentement de son sein détachée
Se soulève et retombe... Il ne dort presque plus ;
Attendons un instant derrière lui cachée :
Je le vois, je l'écoute ; il dit des sons confus.

Et la pauvre Marie, attentive et tremblante,
Du feuillage écartant la masse vacillante,
Écoutait... mais bientôt sa main cherche un soutien ;
Un voile froid descend sur sa tête brûlante...

Il avait dit un nom qui n'était pas le sien.

FIN

TABLE DES MATIÈRES

FIN DE LA TABLE DES MATIÈRES

7750-79 — Corbeil. Typ. et stér. Crete.